Tren bala

Kotaro Isaka

Tren bala

Kotaro Isaka

Traducción de Aleix Montoto

Ediciones Destino
Colección Áncora y Delfín

Obra editada en colaboración con Editorial Planeta – España

Título original: *Bullet Train*

Publicación original en japonés bajo el título Maria Beetle
© 2010, Kotaro Isaka / CTB Inc.
Todos los derechos reservados
Derechos de traducción al español gestionados a través de CTB Inc.

© 2022, Traducción del inglés: Aleix Montoto

© 2022, Editorial Planeta, S. A. – Barcelona, España

© 2022, Editorial Planeta Mexicana, S.A. de C.V.
Bajo el sello editorial DESTINO M.R.
Avenida Presidente Masarik núm. 111,
Piso 2, Polanco V Sección, Miguel Hidalgo
C.P. 11560, Ciudad de México
www.planetadelibros.com.mx

Primera edición impresa en España: mayo de 2022
ISBN: 978-84-233-6124-3

Primera edición en formato epub en México: junio de 2022
ISBN: 978-607-07-8841-3

Primera edición impresa en México: junio de 2022
ISBN: 978-607-07-8830-7

Impreso en los talleres de Litográfica Ingramex, S.A. de C.V.
Centeno núm. 162-1, colonia Granjas Esmeralda, Ciudad de México
Impreso en México –*Printed in Mexico*

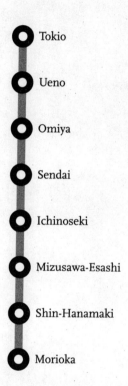

Tokio

Ueno

Omiya

Sendai

Ichinoseki

Mizusawa-Esashi

Shin-Hanamaki

Morioka

Kimura

La estación de Tokio está repleta. Ha pasado ya algún tiempo desde la última vez que Yuichi Kimura estuvo aquí, y no puede estar seguro de si siempre está así de llena. Si alguien le dijera que está celebrándose en la estación algún acontecimiento especial, le creería. La muchedumbre que viene y va le resulta agobiante. Le recuerda al programa de televisión ese que Wataru y él habían visto juntos, el de los pingüinos, y la forma en que estos se amontonaban todos bien juntos. «Al menos los pingüinos tienen una excusa —piensa Kimura—. En el lugar en el que viven hace mucho frío».

Espera que haya un hueco en el flujo de gente y, apretando el paso, pasa entre las tiendas de *souvenirs* y los kioscos. Luego sube un pequeño tramo de escaleras en dirección al torniquete del Shinkansen, el tren bala de alta velocidad. Al cruzar la puerta de embarque automática se pone tenso, teme que puedan detectar de algún modo la pistola que lleva en el bolsillo de la chamarra, que el acceso se cierre de golpe y que lo rodee el personal de seguridad. Pero no sucede nada. Afloja el paso y levanta la mirada hacia la pantalla para consultar el andén de su Shinkansen, el Hayate. Hay un agente de policía uniformado haciendo guardia, pero no parece prestarle la menor atención.

Un niño con una mochila pasa a su lado, rozándolo.

Parece tener unos ocho o nueve años. Kimura piensa en Wataru y siente una opresión en el pecho. Visualiza a su hermoso hijo, tumbado inmóvil e inconsciente en una cama de hospital. La madre de Kimura había exclamado al verlo:

—¡Míralo! Parece que estuviera durmiendo, como si no le hubiera pasado nada. Es posible incluso que esté escuchando todo lo que estamos diciendo. No puedo soportarlo.

Al recordarlo, Kimura siente como si le vaciaran las entrañas.

«Ese cabrón pagará». Si alguien puede empujar a un niño de seis años del tejado de unos grandes almacenes y seguir deambulando por ahí como si nada, es que el mundo está perdido. Kimura vuelve a sentir una opresión en el pecho, y esta vez no es a causa de la tristeza, sino de la rabia. Se dirige hacia las escaleras mecánicas aferrado a una bolsa de papel. «Dejé de beber. Puedo caminar en línea recta. Las manos no me tiemblan».

El Hayate ya está en el andén, esperando su turno para partir. Kimura aprieta el paso en dirección al tren y sube al vagón número tres. De acuerdo con la información que ha obtenido de sus antiguos socios, su objetivo viaja en un asiento de la hilera cinco del vagón número siete. Kimura entrará desde el número seis y lo sorprenderá por la espalda. Debe actuar con mucho cuidado y permanecer alerta, procurando no precipitarse.

Sube al vestíbulo. A la izquierda ve un cubículo con un lavabo y se detiene un segundo frente al espejo. Cierra la cortina de esa pequeña zona de aseo. Luego mira su reflejo. Está despeinado y tiene lagañas en las comisuras de los ojos. En su rostro ya asoma una áspera barba de tres días y los pelos del bigote crecen en todas direcciones. Le cuesta verse así. Se lava las manos, frotándoselas bajo el agua hasta que el chorro automático de la llave se detiene. Le tiemblan los dedos. «No es el alcohol, solo son nervios», se dice a sí mismo.

No ha disparado su pistola desde que Wataru nació. Solo la tocó una vez, al empacar sus cosas para la mudanza. Ahora se alegra de no haberla tirado. Las pistolas resultan útiles cuando hay que amedrentar a algún vándalo o mostrarle a algún idiota que se ha pasado de la raya.

El rostro del espejo se contrae. Sus arrugas agrietan el cristal, cuya superficie se curva y deforma al tiempo que Kimura tuerce la expresión.

«Ahora ya no hay vuelta atrás —parece decirle esa cara—. ¿Vas a ser capaz de apretar el gatillo? No eres más que un borracho, ni siquiera pudiste proteger a tu hijo.

»He dejado de beber.

»Tu hijo está en el hospital.

»Le daré su merecido a ese cabrón.

»Pero ¿vas a ser capaz de perdonarlo?»

La burbuja de sentimientos que hay en su cabeza dejó de tener sentido, y estalla.

Kimura mete la mano en el bolsillo de la sudadera negra que lleva puesta y sujeta la pistola. Luego saca un cilindro estrecho de la bolsa de papel, lo coloca en el cañón y lo enrosca. No eliminará completamente el ruido del disparo, pero, tratándose de una pequeña pistola del calibre 22, al menos lo amortiguará y apenas se oirá un pequeño chasquido, más silencioso que el perdigón de una pistola de juguete.

Se mira en el espejo una vez más, asiente y luego mete el arma en la bolsa de papel y sale del cubículo.

Una azafata del tren está preparando el carrito de los aperitivos y casi choca con ella. Kimura está a punto de exclamar «¡Apártate!», pero sus ojos se posan en las latas de cerveza y contiene el impulso.

«Recuerda: un trago y se acabó. —Las palabras de su padre resuenan en su cabeza—. El alcoholismo nunca llega a desaparecer del todo. Un trago y vuelves al punto de partida».

Entra en el vagón número cuatro y comienza a recorrer el pasillo. Sin querer, le da un pequeño golpe a un hombre que va sentado a la izquierda cuando pasa a su lado. La pistola se encuentra en la bolsa, pero es más larga de lo normal a causa del silenciador, y choca con la pierna de ese tipo.

Rápidamente, Kimura abraza la bolsa con fuerza y, preso del nerviosismo y dejándose llevar por un impulso violento, se voltea hacia el hombre —de rostro apacible y con lentes oscuros—, que inclina con docilidad la cabeza y le pide perdón. Kimura chasquea la lengua y se aleja, dispuesto a seguir adelante, pero el tipo le dice a su espalda:

—¡Oiga! ¡La bolsa que lleva está rota!

Kimura se detiene un momento y mira. Es cierto. Hay un agujero en la bolsa, pero por él no asoma nada que pueda identificarse como una pistola.

—Métase en sus asuntos —contesta con un gruñido mientras sigue adelante.

Deja atrás el vagón número cuatro y recorre deprisa el cinco y el seis.

—¿Cómo es que en el Shinkansen el vagón número uno está al final? —le preguntó una vez Wataru. «Pobre Wataru».

—El número uno es siempre el vagón que está más cerca de Tokio —respondió la madre de Kimura.

—¿Por qué, papá?

—El más cercano a Tokio es el número uno, el siguiente, el dos, etcétera. Así, cuando tomamos el tren para ir a la localidad en la que papá creció, el número uno está en la parte posterior, pero cuando regresamos a Tokio, está en la frontal.

—Cuando el Shinkansen se dirige a Tokio, se dice que sube y, cuando parte de Tokio, que baja —añadió el padre de Kimura—. Todo gira alrededor de Tokio.

—¡Entonces ustedes siempre suben a vernos!

—Bueno, queremos verte, de modo que hacemos el esfuerzo de subir hasta aquí.

—¡Pero no son ustedes quienes lo hacen, sino el Shinkansen!

El padre de Kimura se voltea hacia él.

—Wataru es adorable. Cuesta creer que sea hijo tuyo.

—Sí, no dejan de preguntarme quién es el padre.

Los padres de Kimura ignoraron el comentario malhumorado y siguieron diciendo con alegría:

—¡Lo bueno debe de haberse saltado una generación!

Kimura entra en el vagón siete. A la izquierda del pasillo están las hileras de dos asientos y, a la derecha, las de tres, todas mirando hacia delante y con el respaldo de cara a él. Mete la mano en la bolsa, empuña la pistola y comienza a recorrer el pasillo contando las hileras.

Hay más asientos vacíos de lo que esperaba y apenas ve unos pocos pasajeros aquí y allá. En la hilera cinco, junto a la ventanilla, distingue la parte trasera de la cabeza de un adolescente. El chico está acomodándose y el cuello de una camisa blanca le asoma por debajo del *blazer*. Tiene el aspecto pulcro de un alumno ejemplar. Se voltea para mirar por la ventanilla y contemplar distraídamente cómo otros trenes parten de la estación.

Kimura se acerca a él. Cuando está a una hilera, siente una repentina vacilación: «¿De veras voy a hacerle daño a este chico? Parece tan inocente». Es de hombros estrechos y constitución delicada: no parece más que un simple estudiante excitado por viajar solo en el Shinkansen. El nudo de agresión y determinación que Kimura siente en su interior se afloja un poco.

Y, de pronto, unas chispas saltan ante sus ojos.

Al principio piensa que se deben a un fallo del sistema eléctrico del tren, pero en realidad se trata de su propio sistema nervioso, que por un momento enloquece. El adolescente que está sentado junto a la ventanilla se dio la vuelta y le ha colocado algo junto al muslo, una especie de control remoto. Para cuando Kimura se da cuenta de que es el mismo tipo de pistola eléctrica casera que había visto usar a esos estudiantes, está paralizado y se le han erizado todos y cada uno de los pelos del cuerpo.

Cuando recobra la conciencia se encuentra sentado junto a la ventanilla con las muñecas y los tobillos atados con robustas tiras de tela y cinta para empacar. Puede doblar los brazos y las piernas, pero no desplazar el cuerpo.

—Es usted realmente estúpido, señor Kimura. No puedo creer que sea tan predecible. Es como un robot que se limita a ejecutar su programación. Sabía que vendría por mí, y sé muy bien lo que ha venido a hacer. —El chico está sentado a su lado y habla con emoción. Algo en el pliegue de sus párpados y las proporciones de su nariz resulta casi femenino.

Este chico es quien empujó al hijo de Kimura desde el tejado de unos grandes almacenes, riendo mientras lo hacía. Puede que no sea más que un adolescente, pero habla con la seguridad en sí mismo de alguien que ha vivido varias vidas.

—Todavía me sorprende que haya salido todo tan bien. Desde luego, la vida es muy sencilla. Aunque lamento decir que no para usted. ¡Tantos esfuerzos renunciando a su querido alcohol y haciendo acopio del valor necesario... para luego terminar así!

Fruta

—¿Cómo tienes la herida? —le pregunta Mandarina, que va en el asiento del pasillo, a Limón, que está sentado junto a la ventanilla.

Se encuentran en el vagón número tres, hilera diez, en el lado con tres asientos. Sin dejar de mirar por la ventanilla, Limón murmura:

—¿Por qué tuvieron que deshacerse de los serie 500? Esos vagones azules me encantaban. —Y, como si por fin oyera la pregunta, frunce el ceño y pregunta—: ¿Qué herida? —Su larga cabellera recuerda a la melena de un león, aunque resulta difícil decir si se la peina así o simplemente la lleva desgreñada. La absoluta falta de interés que siente por el trabajo (o, de hecho, por cualquier cosa) es perceptible tanto en su mirada como en la sempiterna mueca de su labio superior. Mandarina se pregunta vagamente si la apariencia de su compañero está dictada por su personalidad o si sucede más bien al revés.

—Me refiero al corte que te hicieron ayer —señala—. En la mejilla.

—¿Cuándo me hicieron un corte?

—Salvando a este niño rico.

Ahora Mandarina señala al tipo que va en el asiento del medio, un joven de unos veintipocos años y con el pelo largo que se encuentra entre ambos. Su mirada va alternativamente de un hombre al otro. Tiene mucho mejor aspecto que cuando lo rescataron la noche anterior. Lo encontraron atado, acababan de darle una paliza y no podía dejar de temblar. Sin embargo, no ha pasado siquiera un día entero y ya parece recuperado por completo. «Seguro que está vacío por dentro», piensa Mandarina. Suele ser el caso de la gente que no lee libros. Se trata de personas vacías y monocromas que pueden cambiar el chip como si nada. Se tragan algo y, en cuanto desciende por su garganta, se olvidan de ello. Físicamente incapaçes de empatía. Son quienes más necesitan la lectura, pero en la mayoría de los casos ya es demasiado tarde.

Mandarina consulta su reloj. Son las nueve de la mañana, así que han pasado ya nueve horas desde el rescate del niño rico. Se trata del hijo único de Yoshio Minegishi. Estaba retenido en un edificio de la zona de Fujisawa Kongocho, en una habitación situada en una tercera planta subterránea, y Mandarina y Limón lo sacaron de allí.

—No digas tonterías. Yo nunca haría algo tan estúpido como dejar que me hicieran un corte. —Limón y Mandarina miden lo mismo, alrededor de uno ochenta, y ambos tienen la misma constitución larguirucha. La gente suele pensar que son hermanos, a veces incluso gemelos. Gemelos asesinos a sueldo. Siempre que alguien se refiere a ellos como hermanos, Mandarina siente una profunda frustración. Le resulta increíble que puedan compararlo con alguien tan descuidado y simple. Seguramente a Limón no le molesta, pero Mandarina no soporta lo dejado que es. Uno de sus socios dijo una vez que Mandarina era de trato fácil, mientras que Limón resultaba insufrible. Era como la fruta: nadie quiere comerse un limón. Mandarina se mostró del todo de acuerdo.

—Entonces ¿qué es este corte que tienes en la mejilla? La línea roja que va de aquí a aquí. Oí cómo te lo hacían. Uno de esos matones te atacó con una navaja y soltaste un grito.

—Yo nunca gritaría por algo así. Si lo hice fue porque el tipo cayó derrotado demasiado rápido y me sentí decepcionado. Dije algo en plan: «¡Será cobarde!». En cualquier caso, esto que tengo en la cara no es ningún corte. Solo se trata de un sarpullido. Tengo una alergia.

—Nunca vi un sarpullido que parezca un corte.

—¿Acaso eres el creador de los sarpullidos?

—¿Si soy qué? —Mandarina se muestra confuso.

—¿Has creado los sarpullidos y las reacciones alérgicas de este mundo? ¿No? Entonces quizá seas un médico especialista y estás poniendo en cuestión los veintiocho años que llevo lidiando con alergias. ¿Qué sabes exactamente sobre sarpullidos?

Siempre igual. Limón se pica y empieza a despotricar y a meterse con él. Si Mandarina no terminara aceptando las culpas o, simplemente, dejara de escucharlo, Limón podría seguir increpándole de forma indefinida. De repente, sin embargo, el chico que está sentado entre los dos, el Pequeño Minegishi, emite un ruido. Está mascullando algo.

—Este... Yo...

—¿Qué? —pregunta Mandarina.

—¿Qué? —pregunta Limón.

—Este... Eeeh... ¿Cómo han dicho que se llaman?

Cuando lo encontraron la noche anterior, estaba atado a una silla y le habían dado una buena golpiza. Mandarina y Limón lo despertaron y, mientras lo cargaban, no dejaba de repetir: «Lo siento, lo siento». Era incapaz de decir nada más. Mandarina se da cuenta de que es muy probable que el chico no tenga ni idea de lo que está pasando.

—Yo soy Dolce y este es Gabbana —dice con despreocupación.

—No —replica Limón—. Yo soy Donald y él es Douglas —añade, señalando a Mandarina con un movimiento de cabeza.

—¿Qué? —Pero nada más preguntarlo ya sabe que se trata de personajes de *Thomas y sus amigos*. Da igual cuál sea el tema, Limón siempre se las arregla para sacar a colación *Thomas*. Se trata de una serie infantil de animación protagonizada por trenes. A Limón le encanta. Siempre que necesita una alegoría, lo más probable es que recurra a alguno de sus episodios. Todo lo que sabe sobre la vida y la felicidad lo ha sacado de ese programa.

—Sé que ya te lo he explicado antes, Mandarina. Donald y Douglas son unas locomotoras gemelas de color negro. Ambas hablan con gran corrección. En plan: «¡Cielos! ¡Pero si se trata de nuestro querido amigo Henry!». Hablar de este modo causa una buena impresión. Seguro estarás de acuerdo.

—No puedo decir que no.

Limón mete una mano en el bolsillo de su chamarra, rebusca algo y, tras sacar una hoja reluciente del tamaño de una agenda de viaje, señala un dibujo:

—Mira, este es Donald. —En la hoja se ven un puñado de trenes. Son calcomanías de *Thomas y sus amigos*. Una de las locomotoras es negra—. Por más que te lo explique, siempre te olvidas de los nombres. Parece que te da igual.

—Es que me da igual.

—Eres un aburrido. Mira, te daré esto para que puedas recordar sus nombres. Comenzando por aquí, este es Thomas, y aquí está Oliver. En esta hoja los tienes a todos. Incluso a Diesel. —Limón comienza a recitar sus nombres uno a uno. Mandarina le devuelve la hoja con calcomanías.

—Bueno... Entonces ¿cómo se llaman? —pregunta el Pequeño Minegishi.

—Hemingway y Faulkner —dice Mandarina.

—Bill y Ben también son gemelos. Y Harry y Burt —añade Limón.

—Nosotros no somos gemelos.

—Bueno, Donald y Douglas ya me parece bien —opina el Pequeño Minegishi con seriedad—. ¿Los contrató mi padre para que me rescataran?

Limón comienza a rascarse la oreja con indiferencia.

—Bueno, supongo que podría decirse que sí. Aunque, siendo honestos, en cierto modo no tuvimos más remedio que aceptar el encargo. Decirle que no a tu padre es demasiado peligroso.

Mandarina se muestra de acuerdo.

—Tu padre es de verdad intimidante.

—¿Tú también piensas que da miedo o contigo es más suave porque eres hijo suyo? —Limón le clava un dedo al niño rico. Lo hace ligeramente, pero el joven se sobresalta de todos modos.

—Yo... Eeeh... No, no creo que sea tan intimidante.

Mandarina sonríe sarcástico. Ese olor tan particular de los asientos del tren hace que comience a sentirse cómodo.

—¿Estás al corriente de las cosas que tu padre hacía cuando estaba en Tokio? Corren historias muy locas. Como la de la chica que se retrasó cinco minutos en el pago de un préstamo. Dicen que le cortó un brazo. ¿Esa la has oído? No un dedo, ¿Oye? ¡Todo el brazo! Y no estamos hablando de cinco horas. Solo se retrasó cinco minutos, y él la dejó manca... —Se detiene aquí, consciente de que el mundo bien iluminado del Shinkansen no es lugar para detalles escabrosos.

—Sí, oí esa historia —murmura el niño rico, en apariencia interesado—. Y luego mi padre metió el brazo en el microondas, ¿verdad? —Lo dice como si estuviera hablando de la vez que su padre probó una nueva receta.

—¿Y qué hay de esta otra? —Limón se inclina hacia delante y vuelve a clavarle un dedo al joven—. Un tipo no quería pagarle y tu padre mandó secuestrar a su hijo, los puso a ambos cara a cara, les dio un cúter a cada uno y...

—Esa también la oí.

—¿La has oído? —insiste Mandarina, desconcertado.

—Lo cierto es que tu padre es un tipo listo. No se complica la vida. Si alguien le causa problemas, ordena que se libren de él, y si algo es demasiado complicado, opta por dejarlo en paz. —Limón observa por la ventanilla que otro tren parte de la estación—. Hace algún tiempo había un tipo en Tokio llamado Terahara. Ganó mucho dinero e irritó a muchas personas haciéndolo.

—Sí, su organización se llamaba Doncella. Sé quién es. Oí hablar de él.

El joven está comenzando también a sentirse cómodo y a dar muestras de cierta altivez. A Mandarina no le gusta. Puede aceptar a los niños mimados en los libros, pero en la vida real no le interesan. Le resultan irritantes.

—Doncella desapareció hace seis o siete años —prosigue Limón—. Terahara y su hijo murieron, y la organización se disgregó. Tu padre debió de oler que las cosas iban a ponerse feas, así que tomó sus cosas y se marchó de la ciudad en dirección al norte, a Morioka. Un tipo listo, como dije.

—Gracias.

—¿Por qué me das las gracias? No estoy alabando a tu padre. —Limón mantiene los ojos puestos en los vagones blancos del tren que se aleja de la estación, aparentemente triste por verlo marchar.

—No, por haberme salvado. Creí que ya no lo contaba. Debían de ser unos treinta o así. Me ataron y me metieron en una habitación subterránea. Y tuve la sensación de que me matarían aunque mi padre pagara el rescate.

Parecían odiarlo de veras. Estaba convencido de que había llegado mi fin.

El niño rico parece mostrarse cada vez más hablador y Mandarina hace una mueca.

—Eres muy listo. En primer lugar, todo el mundo odia a tu padre. No solo tus amiguitos de anoche. Diría que es más fácil encontrar a, no sé, una persona inmortal que a alguien que no odie a tu padre. En segundo lugar, como dijiste, te habrían matado en cuanto hubieran conseguido el dinero. Sin duda. En efecto, de ahí no ibas a salir con vida.

Minegishi se había puesto en contacto con Mandarina y Limón desde Morioka y les había encargado que llevaran el dinero del rescate a los secuestradores y liberaran a su hijo. Parecía un trabajo fácil, pero nada lo es nunca.

—Tu padre fue muy específico —explica Limón en tono gruñón, al tiempo que comienza a contar con los dedos—: «Salven a mi hijo. Traigan de vuelta el dinero del rescate. Maten a todos los implicados». Habla como si estuviera convencido de que obtendrá todo aquello que desea.

Minegishi les había dejado claras sus prioridades. Lo más importante era rescatar a su hijo, luego conservar el dinero y por último matar a los secuestradores.

—Pero, Donald, cumplieron con todo. Lo hicieron a la perfección —dice el niño rico con los ojos relucientes.

—¡Un momento! ¿Dónde está la maleta, Limón? —pregunta Mandarina repentinamente preocupado. Se suponía que Limón tenía que llevar la maleta con el dinero del rescate. No se trataba de un bulto lo bastante grande para un viaje largo, pero era un modelo de un tamaño decente y con un mango robusto. Mandarina acaba de percatarse de que no está en la bandeja portaequipajes, ni debajo del asiento, ni en ningún otro lugar a la vista.

—¡Te diste cuenta, Mandarina! —Con una amplia sonrisa en el rostro, Limón se recuesta en el asiento y levanta las piernas hasta colocarlas en el asiento que tiene delante. Luego se mete una mano en un bolsillo—. Mira esto.

—La maleta no cabe en tu bolsillo.

Limón se ríe, aunque nadie más lo hace.

—Ya, tranquilo. Lo que llevo en el bolsillo es este pequeño trozo de papel. —Saca del bolsillo algo del tamaño de una tarjeta de presentación y lo agita en el aire.

—¿Qué es eso? —El niño rico se inclina hacia delante para verlo mejor.

—Es un cupón para un sorteo que celebran en el supermercado en el que nos detuvimos de camino a la estación. Lo hacen cada mes. ¡Mira, el primer premio es un viaje! ¡Y parece que han metido la pata, porque no aparece ninguna fecha de caducidad, así que si uno gana puede hacerlo cuando quiera!

—¿Me dejas verlo?

—Ni hablar. No pienso dártelo. ¿Para qué quieres tú un viaje gratis? Tu padre puede pagarte los que quieras. Pídeselo a él.

—Déjate de sorteos, Limón, y dime dónde diablos metiste la maleta —lo corta Mandarina, irritado. No puede evitar sentir una horrible premonición.

Limón se voltea hacia él con expresión serena.

—Veo que no sabes mucho sobre trenes, así que te lo explicaré. En los modelos actuales de Shinkansen, el compartimento para el equipaje voluminoso como maletas grandes, equipos de esquí o cosas así se encuentra en el vestíbulo del vagón.

Mandarina se queda de forma momentánea sin palabras. Para aliviar la presión de la sangre que ha comenzado a hervir en su cabeza, le da un codazo al niño rico en el brazo. Este suelta un grito y luego protesta, pero Mandarina lo ignora.

—Limón, ¿es que tus padres no te enseñaron que uno no debe perder nunca de vista sus pertenencias? —Mandarina hace todo lo posible para no alzar la voz.

Limón se siente claramente ofendido.

—¿Se puede saber qué significa eso? —protesta—. ¿Acaso ves por aquí algún lugar donde hubiera podido dejar la maleta? Ocupamos los tres asientos, ¿dónde diablos querías que la metiera? —Unas pocas gotas de saliva salpican al niño rico—. ¡Tenía que dejarla en algún lugar!

—Podrías haber usado la bandeja portaequipajes que hay sobre nuestras cabezas.

—¡Tú no la has llevado, así que no lo sabes, pero es una maleta muy pesada!

—La llevé un rato y no es tan pesada.

—¿Y no crees que si alguien hubiera visto a un par de tipos de aspecto sospechoso como nosotros cargando una maleta habría supuesto que hay algo valioso dentro? Habríamos quedado expuestos. ¡Solo estoy procurando ser cuidadoso!

—No habríamos quedado expuestos.

—Por supuesto que sí. Y, en cualquier caso, Mandarina, ya sabes que mis padres murieron en un accidente cuando yo todavía iba a la guardería. No tuvieron tiempo de enseñarme muchas cosas. Y está claro que una de ellas no fue que no perdiera de vista mis pertenencias.

—Eres un irresponsable.

De repente, el celular que Mandarina lleva en el bolsillo vibra, provocándole un cosquilleo en la piel. Al consultar en la pantalla quién le llama, tuerce el gesto.

—Es tu padre —le dice al niño rico. Y justo cuando se levanta y se dirige hacia el vestíbulo del vagón para responder la llamada, el Shinkansen comienza a moverse.

La puerta automática se abre y, al salir del vagón, Mandarina acepta la llamada y se lleva el celular a la oreja.

—¿Y bien? —pregunta Minegishi en un tono de voz tranquilo pero penetrante.

Mandarina se acerca a la ventanilla y contempla el cambiante paisaje urbano.

—El tren acaba de partir.

—¿Está a salvo mi hijo?

—Si no lo estuviera, no habríamos embarcado.

Luego Minegishi le pregunta si tienen el dinero y qué les ha pasado a los secuestradores. El ruido del tren en marcha va en aumento y la comunicación es cada vez más difícil. Mandarina hace su informe.

—En cuanto me hayan traído a mi hijo, su encargo habrá concluido.

«Pero si estás ahí relajándote en tu villa, ¿de verdad te importa tu hijo?».

Mandarina se muerde la lengua.

La línea se corta. Mandarina se da la vuelta para regresar a su asiento, pero se detiene de golpe: Limón se encuentra delante de él. Es una sensación extraña estar frente a alguien que mide exactamente lo mismo que uno. Es como mirarse en un espejo. La persona que Mandarina ve, sin embargo, es más descuidada y se comporta peor que él, causándole la peculiar sensación de que sus propios rasgos negativos se han encarnado en una persona y están devolviéndole la mirada.

—Estamos en apuros, Mandarina —dice Limón dando muestras de su nerviosismo innato.

—¿Apuros? No me culpes de tus problemas.

—También es problema tuyo.

—¿Qué sucede?

—Dijiste que debería haber dejado la maleta con el dinero en la canastilla portaequipajes del vagón, ¿verdad?

—Así es.

—Bueno, tus palabras me dejaron inquieto, así que fui a buscarla al compartimento portaequipajes del vestíbulo que hay al otro extremo del nuestro.

—Bien hecho. ¿Y?

—No está.

Los dos salen corriendo y cruzan a toda velocidad el vagón número tres hasta el otro extremo; el lugar para dejar el equipaje está justo al lado del baño. En el compartimento hay dos estantes y una maleta grande descansa en el superior, pero no es la de Minegishi con el dinero. A un lado hay una pequeña repisa vacía sobre la que antes debió de haber un teléfono público.

—¿Estaba aquí?

—Sí.

—¿Y adónde ha ido?

—¿Al baño?

—¿La maleta?

Limón voltea hacia el baño y abre la puerta de golpe. No está claro si actúa en broma o en serio, pero su voz suena agitada cuando, después, exclama:

—¿Dónde estás? ¿Adónde demonios fuiste? ¡Vuelve!

«Puede que alguien la haya tomado por equivocación», piensa Mandarina, pero sabe que no es así. Se le acelera el pulso. El hecho de sentirse intranquilo lo pone aún más nervioso.

—¡Oye, Mandarina! ¿Qué tres palabras describen nuestra situación actual?

Justo entonces, el carrito de los aperitivos entra en el vestíbulo. La joven azafata se detiene un momento para preguntarles si quieren algo, pero como no quieren que oiga su conversación, le hacen un gesto con la mano para que siga adelante.

Mandarina espera a que el carrito haya desaparecido por detrás de la puerta.

—¿Tres palabras? ¿Estamos en apuros?

—Estamos bien jodidos.

Mandarina le propone a su compañero regresar a sus asientos: así se calmarán y seguro que se les ocurre algo. Se voltea para salir del vestíbulo y Limón va detrás de él.

—¡Y no he terminado! ¡Todavía hay más combinaciones de tres palabras! —Puede que se deba a que está confundido, o simplemente es idiota, pero en el tono de voz de Limón no se percibe la menor seriedad.

Mandarina hace como que no le oye y, tras entrar en el vagón número tres, camina el pasillo. A pesar de ser un día laboral por la mañana, el vagón no va lleno: poco menos de la mitad de los asientos están ocupados. Mandarina no sabe cuánta gente suele ir en el Shinkansen, pero le parece poca.

Como se dirigen hacia la parte trasera del tren, tienen a los pasajeros de cara. Unos están sentados de brazos cruzados, otros tienen los ojos cerrados, hay gente leyendo el periódico, gente de negocios... Mientras avanza, Mandarina va examinando las bandejas portaequipajes y los reposapiés en busca de una maleta negra de tamaño mediano.

El Pequeño Minegishi sigue sentado en su asiento, situado en la parte media del vagón. Ha reclinado el asiento y tiene los ojos cerrados, la boca abierta y el cuerpo apoyado en la pared y la ventanilla. Debe de estar cansado. Al fin y al cabo, hace dos días fue secuestrado y torturado, anoche lo rescataron y esta mañana lo han metido en un tren sin que haya tenido tiempo de dormir.

Pero no es eso lo que a Mandarina se le pasa por la cabeza. En su lugar, el corazón comienza a latirle con fuerza. «No puede ser». Por un momento se queda petrificado, pero se recompone con rapidez y, tras sentarse junto al joven, comprueba su pulso en el cuello.

Limón se acerca a ellos.

—¿Durmiendo en tiempos de crisis, señorito?

—Nuestra crisis acaba de empeorar, Limón.

—¿Cómo?

—El señorito está muerto.

—No puede ser. —Y, unos pocos segundos después, añade—: Estamos jodidos de veras. —Luego cuenta con los dedos y mascula—: Ahora las palabras son cuatro.

Nanao

Nanao no puede dejar de pensar que si algo ha pasado una vez puede volver a pasar, y que si ha pasado dos veces puede pasar una tercera, y, en ese caso, también cuatro, así que podría decirse que si algo sucede una vez ya no deja de repetirse. Como un efecto dominó. Cinco años atrás, en su primer encargo, las cosas se pusieron mucho más complicadas de lo que esperaba. «Si esto ha pasado una vez, podría volver a pasar», pensó entonces. Debió de haber una especie de poder vinculante en este pensamiento ocioso, porque su segundo encargo también fue catastrófico, y lo mismo sucedió con el tercero. Las cosas siempre salían mal.

—Estás dándole demasiada importancia —le había dicho Maria en múltiples ocasiones. Maria es quien le confía los encargos. Se describe a sí misma como una mera agente, pero Nanao opina que es mucho más que eso. «Yo preparo la comida y tú te la comes» o «Tú das órdenes y yo obedezco» son expresiones que, cual epigramas, siempre le vienen a la mente a Nanao cuando piensa en ella.

—¿Cómo es que tú nunca te encargas en persona de ningún trabajo, Maria? —le preguntó una vez.

—Ya tengo un trabajo.

—Me refiero a lo que hago yo. Ese tipo de trabajo.

Nanao comparó su situación a la de un as del balón en la banca gritando órdenes y reprendiendo a sus compañeros, meros aficionados, mientras se arrastran por el campo.

—Tú eres el as del balón, lo que me convierte a mí en un simple aficionado —prosiguió—. ¿No irían mejor las cosas si intervinieras en el partido? Menos estrés para todos y mejores resultados.

—¡Pero si soy una mujer!

—Sí, pero se te dan muy bien las artes marciales. Te vi tumbar a tres hombres a la vez. Y estoy seguro de que eres más de fiar que yo.

—No me refiero a eso. ¿Y si me estropean la cara?

—¿Se puede saber en qué siglo has nacido? ¿Es que no has oído hablar de la igualdad de género?

—Esta conversación está convirtiéndose en acoso sexual.

Nanao no consiguió profundizar más en la cuestión y, al fin, se resignó. Todo seguiría igual: Maria al mando y Nanao cumpliendo sus órdenes; la entrenadora as del balón y el jugador aficionado.

Con relación a este encargo, Maria le había dicho lo mismo de siempre:

—Se trata de algo muy fácil. Entrar y salir. No tendrás el menor problema.

Nanao ya había oído promesas como esa antes, pero no se vio con ánimo de protestar.

—Seguro que algo sale mal.

—¡Qué pesimista! Eres como un cangrejo ermitaño que no se atreve a dejar su concha porque tiene miedo de los terremotos.

—¿Es eso lo que temen los cangrejos ermitaños?

—Si no temieran los terremotos no vivirían en casas portátiles, ¿no?

—Puede que no quieran pagar impuestos sobre bienes inmuebles.

Ella ignoró ese patético intento de hacer un chiste.

—Nuestro trabajo consiste básicamente en llevar a cabo misiones complicadas y peligrosas, así que no debería sorprenderte que siempre surja algún problemita. Podría decirse que estos son la esencia misma de nuestro trabajo.

—¿Algún problemita? —replicó Nanao con énfasis—. Nunca se trata de un problemita. —Quería dejar bien claro este punto—. A mí nunca me ha surgido un mero problemita. Tomemos por ejemplo ese encargo en el que se suponía que debía obtener fotografías del político aquel con su amante en un hotel. Dijiste que sería fácil. Entrar y salir.

—Y era fácil. Lo único que tenías que hacer era sacar unas cuantas fotos.

—Sí, claro, fácil, siempre y cuando no se desencadenara un tiroteo en el hotel.

De manera inesperada, un hombre trajeado había abierto fuego en el vestíbulo y se había puesto a disparar en todas direcciones. Más adelante, fue identificado como un prominente funcionario cuya prolongada depresión lo había llevado a matar a varios clientes del hotel. Terminó atrincherándose y manteniendo un enfrentamiento con la policía. No tenía relación alguna con el encargo de Nanao, fue una mera coincidencia.

—Pero lo hiciste muy bien. ¿A cuánta gente acabaste salvando? ¡Y le rompiste el cuello al tirador!

—Era él o yo. ¿Y qué hay de ese otro encargo en el que debía ir a un restaurante de comida rápida, probar el nuevo plato del menú y proclamar con gran emoción lo delicioso que era? «¡Es una explosión de sabor!», tenía que decir.

—¿Estás diciendo que no era delicioso?

—Sí lo era, pero hubo una auténtica explosión en el restaurante.

Un exempleado despedido hace poco había puesto una bomba. Aunque la explosión no causó muchas víctimas, el interior del restaurante se llenó rápidamente de humo y llamas, y Nanao se las arregló para sacar a los clientes. Encima, dio la casualidad de que en ese momento también se encontraba en el establecimiento un famoso criminal al que un experto francotirador a sueldo estaba esperando en la calle con un potente rifle, lo que aumentó todavía más el caos.

—Pero también te las arreglaste muy bien: descubriste dónde se escondía el francotirador y le diste una señora paliza. ¡Otro gran éxito!

—También me habías dicho que sería un encargo fácil.

—Bueno, ¿y qué tiene de difícil comerse una hamburguesa?

—Y sucedió lo mismo en el último encargo. «Solo tienes que esconder dinero en el baño de un restaurante. Eso es todo», dijiste. Pero me empapé los calcetines y por poco no me como una hamburguesa con demasiada mostaza. No existe ningún encargo fácil. Es peligroso ser tan optimista. Por cierto, todavía no me has contado en qué consiste el trabajo que quieres que haga ahora.

—Sí lo hice. Se trata de robarle la maleta a alguien y bajar del tren. Eso es todo.

—No me dijiste dónde está la maleta. Ni a quién pertenece. ¿Debo subir al Shinkansen y ya te pondrás en contacto conmigo entonces para darme los detalles? No me parece que vaya a ser algo tan fácil. ¿Y quieres que baje del tren con la maleta en la estación de Ueno? Eso es apenas dos minutos después de haber partido. No voy a tener suficiente tiempo.

—Piénsalo así. Cuanto más difícil es un encargo, más antelación requiere su planeamiento: consideraciones especiales, ensayos, planes de contingencia... La falta de detalles, en cambio, implica que será fácil. Si consistiera en inhalar y exhalar tres veces, ¿necesitarías instrucciones previas?

—Ese razonamiento es absurdo. No, gracias. Es imposible que este trabajo sea tan fácil como dices. No existen los encargos fáciles.

—Claro que sí. Hay muchos encargos fáciles.

—Dime uno.

—El mío. Ser intermediaria es lo más fácil del mundo.

—Qué suerte la tuya.

Nanao permanece a la espera en el andén. De repente, su celular vibra y él se lo lleva a la oreja justo cuando el altavoz de la estación anuncia: «El Shinkansen Hayate-Komachi con dirección Morioka va a llegar en breve al andén número veinte». La voz masculina resuena por la estación, impidiendo que Nanao pueda entender bien lo que Maria le está diciendo.

—¡Bueno! ¿Me escuchas? ¿Puedes oírme?

—El tren está entrando en la estación.

El anuncio hace que aumente el ajetreo en el andén. Nanao tiene la sensación de que le envuelve una membrana invisible que amortigua los ruidos que le rodean. Comienza a soplar un vivificante viento otoñal y las pocas nubes que salpican el cielo hacen que el azul brille todavía más.

—Me pondré en contacto contigo tan pronto como reciba la información sobre la maleta. Imagino que será poco después de que parta el tren.

—¿Llamarás o me enviarás un mensaje de texto?

—Llamaré. Mantén el celular a mano. No te provoca ningún problema, ¿verdad?

El esbelto hocico del Shinkansen hace su aparición en la estación y, acto seguido, el largo tren blanco comienza a aminorar la velocidad hasta que queda detenido por completo en el andén. Las puertas se abren y los pasajeros se apean. El andén se llena entonces de personas que ocupan los espacios vacíos como un chorro de agua extendiéndose por la tierra seca. Las ordenadas colas de la gente que espera para embarcar se disgregan para dar paso a las oleadas de seres humanos que bajan las escaleras. Luego, los que permanecen en el andén vuelven a formar las colas. Nadie habla. Nadie mira a nadie. No hay ninguna señal. Todo el mundo vuelve a ocupar su lugar de forma automática. «Qué extraño —piensa Nanao—. Y yo también hago lo mismo».

Todavía no puede embarcar nadie. Las puertas siguen cerradas, presumiblemente para que los empleados del servicio de limpieza tengan tiempo de darle un pequeño repaso al tren. Nanao permanece al teléfono con Maria unos segundos más antes de colgar.

—¡Yo quería ir en primera clase! —protesta una voz cercana. Nanao voltea y ve a una mujer con el rostro maquillado en exceso y a un hombre bajito que sostiene una bolsa de papel. Él tiene la cara redonda y tiene barba. Parece un pirata de juguete. La mujer luce un vestido sin mangas de color verde que deja a la vista unos fornidos brazos. La falda es extremadamente corta. Sintiéndose más incómodo de lo que debería, Nanao aparta la mirada de sus muslos al tiempo que con un dedo se recoloca los lentes oscuros en el puente de la nariz.

—La primera clase es demasiado cara. —El hombre se rasca la cabeza y luego le enseña los pasajes a la mujer—. Pero mira: vamos en la hilera dos del vagón número dos. Dos-dos, como el dos de febrero. ¡Tu cumpleaños!

—Mi cumpleaños no es el dos de febrero. ¡Y yo que me había puesto este vestido verde porque pensaba que iríamos en primera clase! —La corpulenta mujer expresa su descontento dándole un puñetazo en el hombro a su acompañante, y se le cae la bolsa. Su contenido se cae al suelo con una pequeña avalancha de prendas de vestir: sobre el andén quedan desparramadas una chamarra roja y un vestido negro. También puede distinguirse algo peludo de color negro. Parece un animal pequeño, lo que provoca que Nanao se sobresalte. La repentina aparición de una criatura desconocida le causa repugnancia. Irritado, el hombre vuelve a meterlo en la bolsa. Nanao se da cuenta entonces de que se trata de un peluquín. O, más bien, una peluca completa. Y, ahora que se fija, se da cuenta también de que la mujer no es una mujer, sino un hombre maquillado. Nuez de Adán, hombros anchos. La minifalda deja a la vista sus muslos.

—Y tú, ¿se puede saber qué estás mirando?

Nanao se sobresalta al percatarse de que la voz se dirige a él.

—¿Qué pasa, chico? —dice el hombre barbudo con cara de muñeco, todavía inclinado—. ¿Quieres esta ropa? Te la vendo. Diez mil yenes. ¿Interesado? Enséñame el dinero —dice mientras vuelve a meter la ropa en la bolsa.

«No compraría eso ni por cien yenes —le entran ganas de decir a Nanao, consciente de que eso no haría sino involucrarlo todavía más en algo que ni le va ni le viene. Exhala un suspiro—. No puedo creer que esto me esté pasando a mí.».

El hombre insiste.

—¡Vamos! ¡Date prisa! Seguro que tienes el dinero. —Habla como si estuviera hostigando a un estudiante—. Bonitos lentes, cerebrito. ¿Eres un cerebrito? —Nanao se voltea y le da la espalda.

«Concéntrate en el encargo».

Su tarea es muy sencilla. Robar la maleta y bajar del tren en la siguiente estación. «No surgirá ningún problema. Nada va a salir mal. No habrá sorpresas». Un hombre travesti y otro barbudo le han gritado, pero este será el único contratiempo que se encontrará hoy. Se dice a sí mismo todo esto como si estuviera practicando un ritual, como si estuviera purgando la energía negativa del camino que tiene por delante.

Por el altavoz se oye una voz que agradece a la gente su paciencia. Es un mensaje grabado, pero parece apaciguar los ánimos de las personas que están esperando de pie en el andén. Ese es el caso, al menos, de Nanao, que en realidad no hace tanto que espera. Entonces oye que una azafata del tren anuncia que las puertas van a abrirse y, en efecto, justo entonces lo hacen como por arte de magia.

Consulta el número de su asiento. Vagón número cuatro, hilera uno, asiento D, y recuerda lo que Maria le dijo cuando le dio el boleto:

—¿Sabías que los asientos del Hayate hay que reservarlos con antelación? Como tienes que bajar pronto, me apresuré a reservar el tuyo. Imaginé que lo mejor sería un asiento en el pasillo.

—¿Qué hay en la maleta?

—No lo sé, pero estoy segura de que no es nada importante.

—¿Estás segura? ¿De veras confías en que crea que no sabes qué hay en su interior?

—Ya te lo dije, no lo sé. ¿Querías que lo preguntara y enfadara al cliente?

—¿Y si es algo de contrabando?

—¿Algo de contrabando? ¿Como qué?

—No sé. Un cadáver, o un montón de dinero, o drogas ilegales, o tal vez un enjambre de insectos.

—Un enjambre de insectos daría miedo.

—Las otras tres opciones serían peores. ¿Hay algo comprometedor en la maleta?

—No puedo saberlo con seguridad.

—Hay algo comprometedor, ¿verdad? —Nanao estaba comenzando a perder la paciencia.

—Da igual lo que haya dentro, lo único que debes hacer es transportarla. Nada más.

—Ese razonamiento no tiene sentido alguno. En ese caso, ¿por qué no la transportas tú?

—Ni hablar. Es demasiado arriesgado.

Nanao se acomoda en su asiento, situado al final del vagón número cuatro. Una buena cantidad de asientos están vacíos. Mientras aguarda a que el tren parta, permanece con el celular en la mano y los ojos puestos en su pantalla. Todavía no ha recibido ningún mensaje de Maria. Llegarán a la estación de Ueno pocos minutos después de partir de la de Tokio. Tendrá muy poco tiempo para robar la maleta. Esto le preocupa.

La puerta automática se abre con un pequeño bufido y alguien entra en el vagón. Justo cuando esto sucede, Nanao cruza y descruza las piernas y le da un golpe a la bolsa de papel que lleva el hombre que acaba de entrar. Este lo fulmina con la mirada. Tiene un aspecto decididamente lamentable: barba de pocos días, rostro pálido, ojos hundidos. Nanao se apresura a pedirle perdón:

—Disculpe.

Siendo estrictos, en realidad fue el hombre quien lo ha golpeado y debería haber sido él quien le pidiera perdón, pero a Nanao no le importa. Quiere evitar el menor roce. Se disculpará las veces que haga falta para evitar incidentes. Enojado, el hombre sigue adelante, pero Nanao advierte que la bolsa tiene un agujero, puede que a causa del golpe que le dio con la pierna.

—¡Oiga! ¡La bolsa que lleva está rota!

—¡Métase en sus asuntos! —responde el hombre con un gruñido.

Nanao se quita la cangurera de piel que lleva para comprobar una vez más su boleto. La cangurera está llena de cosas: un lapicero y un cuaderno, un alambre, un encendedor, píldoras, un compás, un potente imán con forma de herradura, un rollo de resistente cinta adhesiva... Lleva incluso tres relojes digitales de muñeca con alarma. Sabe por experiencia que las alarmas son útiles en todo tipo de situaciones. Maria se burla de él diciendo que es una navaja suiza andante, pero son solo cosas que tenía en la cocina o ha comprado en una tienda de esas que abren las veinticuatro horas. Todo salvo la pomada de esteroides y la coagulante, por si sufre alguna quemadura o se corta.

Alguien a quien la suerte no le sonríe no tiene otra elección que estar preparado, por eso Nanao siempre lleva consigo una pequeña colección de utensilios.

Saca el boleto del Shinkansen del compartimento de la cangurera en el que lo ha guardado. Al repasar los detalles, repara en algo que le extraña: es un boleto hasta Morioka. «¿Por qué?» Justo cuando piensa esto, suena su celular. Contesta de inmediato y oye la voz de Maria.

—Bueno, ya tengo la información. La maleta está entre los vagones tres y cuatro. En el vestíbulo hay un compartimento portaequipajes con una maleta negra. Lleva una especie de calcomanía cerca del mango. La persona a la que pertenece viaja en el vagón número tres, así que tan pronto como tengas la maleta dirígete a la salida en la dirección opuesta.

—Entendido. —Nanao se queda un momento callado—. Por cierto, acabo de darme cuenta de una cosa. Se suponía que debía bajar del tren en Ueno, pero por alguna razón mi boleto es hasta Morioka.

—No hay ninguna razón en particular. Para un encargo como este tenía sentido comprar un billete hasta el final del trayecto. Por si sucede algún imprevisto.

—De modo que crees que va a suceder un imprevisto —dice Nanao, alzando un poco más la voz.

—Es solo por si acaso. No te alteres. Sonríe un poco. ¿Cómo era ese viejo dicho? «Sonreír es la llave que abre la puerta de la fortuna».

—Tendría un aspecto algo extraño si me pusiera a sonreír sentado aquí a solas, ¿no crees? —replica, y luego cuelga. El tren comienza a moverse.

Nanao se pone de pie y se dirige a la puerta que hay al fondo de su vagón.

Cinco minutos hasta Ueno. Tiene muy poco tiempo. Por suerte, encuentra el compartimento portaequipajes de inmediato y localiza la maleta negra sin problemas. Es de tamaño medio y con rueditas. Tiene una calcomanía junto al mango. Es dura, aunque no podría decir de qué material está hecha. La toma tan silenciosamente como puede. «Un encargo fácil», le había dicho Maria con su voz melosa. De momento, así es. Consulta la hora. Cuatro minutos para la llegada a la estación de Ueno. «Vamos, vamos». Regresa al vagón número cuatro con la maleta y procurando mantener un paso uniforme y regular. Nadie parece prestarle atención.

Recorre el vagón número cuatro y luego el cinco. Por último, llega al vestíbulo que hay entre los vagones cinco y seis.

Una vez ahí se detiene y, aliviado, exhala un suspiro. Temía que pudiera haber algo que bloqueara la puerta como, por ejemplo, un grupito de jóvenes dormitando, maquillándose o simplemente ocupando todo el espacio, y que, cuando los mirara, le dijeran «¿Es que tienes algún problema?» o algo parecido. O tal vez encontrarse a una pareja discutiendo y que ambos amantes se voltearan hacia él y le exigieran que se pusiera de parte de alguno de los dos, haciéndole partícipe de sus tonterías, fueran estas las que fueran. Estaba convencido de que se encontraría con algo así.

Pero no hay nadie junto a la puerta, de modo que se siente aliviado. Ahora solo tiene esperar a que el tren llegue a Ueno y bajar. Una vez en la estación, llamará a Maria. Ya se la imagina burlándose de él: «¿Ves lo fácil que fue?», le dirá, y pese a que no le gustan este tipo de burlas, lo preferirá al hecho de haberse encontrado con problemas graves.

El exterior del tren se vuelve de pronto oscuro y el tren comienza a descender bajo tierra, anunciando la inminente llegada al andén subterráneo de la estación de Ueno. Nanao aprieta con fuerza el mango de la maleta y consulta la hora en su reloj, aunque no tiene ninguna razón para hacerlo.

Contempla su reflejo en la ventanilla de la puerta. Incluso él mismo debe admitir que tiene aspecto de ser un tipo propenso a la mala suerte, sin fortuna, sin estrella. Sus exnovias solían quejarse: «Desde que salimos juntos no dejo de perder la cartera», «Cuando estoy contigo no dejo de meter la pata», «Cada vez tengo la piel peor». Él intentaba explicarles que difícilmente esas cosas podían ser culpa suya, pero de algún modo intuía que en el fondo era muy probable que sí lo fueran. Como si les hubiera pegado algo de su mala suerte.

El agudo zumbido del tren en los rieles comienza a aminorar. Se abrirán las puertas de la izquierda. Comienza a entrar más luz por las ventanillas y, de repente, aparece la estación como si el tren hubiera llegado a una ciudad futurista construida en el interior de una caverna. En el andén hay gente aquí y allá. Escaleras, bancos y paneles digitales desaparecen por la izquierda de la ventanilla.

Nanao está pendiente de su reflejo en el cristal para asegurarse de que no aparece nadie a su espalda. Si el dueño de la maleta o cualquier otro lo enfrentara, las cosas podrían complicarse. El tren va perdiendo velocidad. Recuerda entonces aquella ocasión en la que jugó a la ruleta en un casino. A medida que la ruleta iba reduciendo su velocidad, parecía ir en aumento la importancia de la casilla en la que pudiera caer la bola. Tiene esta misma sensación cuando el Shinkansen comienza a frenar. Es como si el tren estuviera eligiendo dónde detenerse, qué vagones delante de qué pasajeros, reduciendo perezosamente la velocidad hasta que, por último, se detiene del todo.

Hay un hombre al otro lado de la puerta ante la que se encuentra Nanao. Es de constitución más bien pequeña y lleva una gorra plana con visera que le hace parecer el detective privado de un cuento infantil. La puerta no

se abre de inmediato. Hay una larga pausa, como cuando uno contiene la respiración bajo el agua.

Nanao y el hombre están frente a frente, separados solo por la ventanilla. Nanao frunce el ceño. «Conozco a un tipo con el mismo rostro tristón y la misma estúpida gorra de detective». El hombre en el que está pensando trabaja en lo mismo que él: se dedica a lidiar con asuntos turbios y peligrosos. Su verdadero nombre es de lo más común y corriente, pero se da muchos aires y siempre está alardeando de sus hazañas o hablando mal de los demás. La gente le llama el Lobo. No porque sea heroico y huidizo como un lobo solitario. Más bien porque recuerda al lobo fantasma de la fábula del pastor mentiroso de Esopo. A él no parece molestarle el apodo burlón, y suele afirmar con orgullo que se lo puso el mismísimo señor Terahara. Cuesta creer que Terahara, uno de los hombres más poderosos del submundo del hampa, fuera a perder tiempo poniéndole un apodo a alguien como él, pero el Lobo asegura que así fue.

El Lobo cuenta muchas historias fantasiosas. Como la que le contó a Nanao una vez que ambos se encontraron en un bar:

—¿Conoces al tipo ese que se dedica a matar a políticos y empresarios y luego hace que parezca un suicidio? Uno que se llama a sí mismo Ballena u Orca o algo así. Un tipo grandote. La gente dice que ya no se le ve. ¿Sabes por qué? Me encargué de él.

—¿Qué quieres decir con que te encargaste de él?

—Ya sabes. Se trató de un encargo. Maté a Ballena.

En efecto, el especialista en suicidios al que apodaban Ballena había desaparecido de repente, provocando las habladurías de la gente del gremio. Algunos decían que el asesino era uno de ellos, otros que había estado involucrado en un horrible accidente, y alguno incluso que el cadáver de Ballena había sido adquirido por mucho dinero por un político que se la traía contra él y que ahora colgaba en su casa como elemento decorativo. Fuera cual fuera la verdad, una cosa estaba clara: para realizar un encargo tan importante como ese nadie habría contratado al Lobo, un tipo al que solo encargaban trabajitos de mensajero o para dar palizas a niñas o civiles.

Nanao siempre hacía lo posible para no tener que tratar con él. Cuanto más lo veía, más ganas sentía de darle un puñetazo en la cara, algo que sabía que solo le causaría problemas. Y tenía razones para que le preocupara su capacidad de controlarse a sí mismo, pues en una ocasión ya le había pegado.

Un día iba andando por un callejón de una zona de bares cuando se topó casualmente con él. El Lobo estaba a punto de dar una paliza a tres niños que no debían de tener más de diez años.

—¿Qué crees que estás haciendo? —le preguntó Nanao.

—Estos niños estaban riéndose de mí. Voy a darles su merecido. —Y, tras cerrar el puño, le propinó un puñetazo en la cara a uno de los niños, que permanecían petrificados. La sangre salpicó a Nanao en la cabeza, de modo que, a continuación, tiró al Lobo al suelo y le dio una patada en la parte trasera del cráneo.

Maria se enteró del incidente y no desaprovechó la ocasión para burlarse de él.

—¿Ahora proteges a los niños? Estás hecho todo un caballero.

—No es eso. Simplemente, cuando un niño está en apuros no puedo evitar salir en su defensa. —Para él había algo terrible en la imagen de un niño asustado e indefenso suplicando que alguien lo salvara.

—¡Ah! ¿Te refieres a tu trauma? ¡Menudo cliché!

—Eso no es justo. Los traumas son algo más que una palabra de moda.

—Esa moda ya ha pasado —dijo ella con cierto desdén.

Él intentó explicarle que no era ninguna moda. A pesar de que el término «trauma» se hubiera convertido en un lugar común y que, de repente, todo el mundo estuviera traumatizado por algo, había gente que seguía teniendo que sobrellevar de veras el dolor de su pasado.

—En cualquier caso —añadió ella—, el Lobo siempre se mete con niños y animales, seres más débiles que él. Es lo peor. En cuanto piensa que está en peligro comienza a jactarse de su relación con Terahara: «¡Cuento con la protección de Terahara! ¡Se lo diré al señor Terahara!».

—Terahara está muerto.

—Oí decir que, cuando murió, el Lobo lloró tanto que llegó a deshidratarse. Vaya imbécil. En el fondo, le diste su merecido.

El hecho de que Nanao le pateara la cabeza hirió el orgullo del Lobo tanto como su cuerpo. Con ojos llorosos, juró enfurecido que lo lamentaría la próxima vez que se encontraran, y salió corriendo. Desde entonces, no se habían vuelto a ver.

Las puertas del Shinkansen se abren y Nanao se dispone a bajar del tren con la maleta en la mano. Ahora que se encuentra cara a cara con el hombre de la gorra, repara en que tiene exactamente el mismo aspecto que el Lobo, es una semblanza increíble. Justo en ese momento, el hombre le señala y dice:

—¡Tú!

Y entonces se da cuenta de que, por supuesto, el hombre ese no es otro que el mismísimo Lobo.

Nanao intenta bajar con rapidez del tren, pero el Lobo se arroja hacia delante con sombría determinación, entrando a la fuerza en el vestíbulo y empujándolo hacia atrás.

—¡Bueno, bueno! ¡Qué suerte la mía encontrarte aquí! —dice el Lobo con regocijo—. ¡Vaya sorpresa! —añade con los orificios nasales dilatados por la excitación.

—Ahora no. Tengo que bajar del tren. —Nanao mantiene el tono de voz bajo, temeroso de que, si eleva la voz, pueda atraer la atención del dueño de la maleta.

—¿De veras crees que voy a dejarte escapar? Tenemos cuentas pendientes, colega.

—Ya las ajustaremos otro día. Ahora estoy trabajando. O, mejor, no lo hagamos nunca. Puedes considerar saldada la deuda.

«No tengo tiempo para esto», piensa Nanao, y, justo cuando lo hace, las puertas se cierran de golpe y el Shinkansen arranca, haciendo caso omiso del aprieto en que le deja. Ya puede oír en su cabeza la voz de Maria: «¿Ves lo fácil que es este encargo?» y le entran ganas de gritar de frustración. El encargo ha comenzado a torcerse, y eso es algo que él sabía que ocurriría.

El Príncipe

Deja la botella de agua encima de la bandeja desplegable, abre luego una caja de bombones y se mete uno en la boca. El tren deja atrás la estación de Ueno y emerge de nuevo a la superficie. Unas pocas nubes salpican el cielo, pero en su mayor parte está despejado. «Está tan radiante como yo», piensa. Por la ventanilla divisa un campo de golf, con su red protectora al fondo, como un gigantesco mosquitero de color verde. Desaparece por la izquierda y en su lugar aparece el edificio de un colegio, formado por una serie de rectángulos de hormigón, en cuyas ventanas pueden distinguirse alumnos uniformados. Desde esta distancia le cuesta ver si tienen su edad o son un poco mayores. Por un momento, Satoshi *El Príncipe* Ōji intenta averiguarlo, pero casi enseguida decide que no importa. Son todos iguales.

Tanto si los estudiantes son de su edad o mayores, son todos iguales. Igual de predecibles. Se voltea hacia Kimura, que permanece sentado a su lado. Este hombre es un claro ejemplo perfecto de lo decepcionantemente aburridos que resultan los seres humanos.

Al principio no dejaba de agitarse de forma frenética, a pesar de que le había atado las extremidades con cinta adhesiva y no podía ir a ningún lugar. También le había quitado la pistola que llevaba y, colocándola entre ambos para que nadie viera qué sucedía, ahora le apuntaba con ella.

—Tranquilícese. Esto durará poco. Le advierto que, si no escucha la historia hasta el final, señor Kimura, se va a arrepentir.

Eso lo había calmado. Y ahora le pregunta:

—¿De veras en ningún momento le pareció que había algo extraño en el hecho de que yo viajara solo en el Shinkansen y usted me encontrara con tanta facilidad? ¿No se le ocurrió que podía tratarse de una trampa?

—¿Fuiste tú quien hizo correr la voz de que estarías aquí?

—Bueno, sabía que estaba buscándome.

—Te buscaba porque habías desaparecido. Te habías escondido y no ibas a la escuela.

—No estoy escondido. Simplemente, no puedo ir a la escuela porque han suspendido las clases.

Es cierto. A pesar de que todavía faltaba un poco para la llegada del invierno, en su clase se habían multiplicado los casos de gripa y los profesores les habían dicho a todos los alumnos que permanecieran en casa durante una semana. A la semana siguiente, la pandemia no había dado muestras de remitir y prolongaron el cierre una semana más. Los profesores no habían tenido en cuenta cómo se extienden las gripes ni cuál es su periodo de gestación, tampoco habían valorado qué porcentaje de casos terminan siendo graves. Tan solo habían aplicado un sistema automático según el cual si cierto número de niños están enfermos, toda la clase debe quedarse en casa. Al Príncipe le parecía ridículo escudarse en un conjunto de normas para evitar así tener que asumir alguna responsabilidad o correr algún riesgo. A su parecer, al enviarlos a casa sin la menor vacilación los profesores se habían comportado como unos idiotas. Unos idiotas descerebrados: cero consideraciones, cero análisis, cero iniciativa.

—¿Sabe qué he estado haciendo todo este tiempo?

—No me importa.

—He estado averiguando cosas sobre usted, señor Kimura. Me imaginaba que debía de estar muy enfadado conmigo.

—No estoy enfadado.

—¿De veras?

—Estoy millones de veces más malditamente enojado que eso. —Kimura pronuncia las palabras como si estuviera escupiendo sangre, consiguiendo con ello que se dibuje una sonrisa en el rostro del Príncipe. La gente que no puede controlar sus emociones es la más fácil de manipular.

—Bueno, la cuestión es que sabía que estaba buscándome. Y supuse que cuando me encontrara vendría por mí, así que tuve claro que quedarme en casa no era una opción segura. Decidí entonces que debía averiguar todo lo que pudiera sobre usted. Ya sabe, cuando se quiere ir contra alguien, o hundirlo, o usarlo de algún modo, lo primero que debe hacerse es reunir el máximo de información posible sobre su vida: familia, trabajo, costumbres, aficiones..., todo eso le indica a uno lo que necesita saber. Lo mismo que hace la Agencia Tributaria, vamos.

—¿Qué estudiante toma como ejemplo la Agencia Tributaria? Eres lo peor —replica con desdén Kimura—. Y, en cualquier caso, ¿qué puede averiguar un niño?

El Príncipe frunce el ceño decepcionado. Este tipo no está tomándolo en serio. Se dejó engañar por su edad y su apariencia, y ha subestimado así a su enemigo.

—Si uno paga, puede obtener la información que quiera.

—¿Y qué has hecho? ¿Rompiste tu alcancía de cerdito?

El Príncipe se siente tremendamente desilusionado.

—A veces ni siquiera hace falta dinero. Puede que haya un hombre al que le gustan las menores, alguien dispuesto a hacer de detective privado si con ello puede manosear a una adolescente desnuda. Ese hombre podría descubrir cosas como que su esposa lo abandonó y más tarde se divorció de usted, que es alcohólico o que en la actualidad vive solo con su hijo pequeño. Y quizá yo tengo algunas amigas a las que no les importa quitarse la ropa si se lo pido.

—¿Has obligado a una adolescente insegura a dejarse toquetear por un adulto?

—No es más que un ejemplo, no se excite tanto. Solo estoy diciendo que el dinero no lo es todo. La gente alberga todo tipo de deseos y hace cosas por muchas razones distintas. Solo hay que averiguar cuál es su punto débil. Presionando el botón adecuado del modo adecuado, hasta un estudiante puede hacer que cualquiera haga cualquier cosa. Y, ya sabe, el deseo sexual es el botón más fácil de presionar. —El Príncipe se asegura de que su tono suene burlón. Cuanto más emocional se vuelve alguien, más fácil resulta controlarlo—. A decir verdad, me impresionaron algunas de las cosas en las que solía estar usted implicado. Dígame, señor Kimura, ¿mató alguna vez a alguien? —El Príncipe baja la mirada hasta la pistola que sostiene en la mano y con la que todavía apunta a Kimura—. Lo digo por esta pistola con la que se ha presentado. Es muy chula, por cierto. Esto que puso en el cañón es para que no haga ruido al disparar, ¿verdad? Muy profesional —añade, mostrándole el silenciador que ha retirado antes—. Me he asustado tanto que casi me pongo a llorar —dice en un tono exageradamente dramático, aunque por supuesto no es cierto. En todo caso, si está a punto de llorar es a causa del esfuerzo que le supone aguantar la risa.

—Entonces ¿estabas esperándome?

—Me enteré de que me andaba buscando, así que hice correr la voz de que viajaría en este Shinkansen. Contrató a alguien para averiguar dónde estaba yo, ¿no es cierto?

—A un viejo conocido.

—De cuando todavía trabajaba usted en la mafia, ¿no? ¿Y a él no le extrañó que estuviera usted buscando a un adolescente?

—Al principio, sí. Me dijo que no sabía que me gustaran estas cosas. Pero cuando le conté la historia, se enfureció y deseó que te encontrara cuanto antes. «Nadie le hace eso a tu hijo y luego se va sin su merecido», me dijo.

—Pues al final lo traicionó. Me enteré de que andaba por ahí preguntando por mí y le hice una contraoferta para que le pasara la información que yo quería que usted tuviera.

—¡Y una mierda!

—Cuando se enteró de que podía hacerle a una adolescente lo que quisiera comenzó a respirar agitadamente. «¿Son así todos los adultos?», me pregunté yo. —Al Príncipe le encanta esto, hurgar en los sentimientos de las personas; sus palabras son como garras. Aumentar la fortaleza física resulta fácil, pero desarrollar la resistencia emocional cuesta mucho. Incluso cuando uno piensa que está en calma es casi imposible que no reaccione a determinadas provocaciones malintencionadas.

—No sabía que a mi amigo le gustaba eso.

—No debería confiar en viejos conocidos, señor Kimura. No importa lo que crea que le deben, al final terminarán olvidándose. La sociedad basada en la confianza hace mucho que dejó de existir, si es que llegó a hacerlo alguna vez. Aun así, usted apareció. No podía creerlo. Es un tipo de verdad confiado. Por cierto, ¿cómo le va a su hijo? —pregunta, y se mete en la boca otro bombón.

—¿Cómo carajo crees tú?

—No alce la voz, señor Kimura. Si alguien se acerca tendrá problemas. Le recuerdo que la pistola es suya —susurra con teatralidad el Príncipe—. Mantenga la compostura.

—Eres tú quien la sostiene.

El Príncipe no deja de sentirse decepcionado por la absoluta incapacidad de Kimura para salirse de los límites de la más absoluta predictibilidad.

—Podría decir que forcejeamos y que conseguí tomarla.

—¿Y cómo explicarás el hecho de que yo esté atado?

—Eso no importa. Es usted un viejo guardia de seguridad en la actualidad desempleado y adicto al etanol, yo un simple estudiante. ¿De qué parte cree que se pondrá la gente?

—¿Qué demonios es el etanol? Soy adicto al alcohol.

—El etanol es alcohol, es lo que convierte en alcohólicas las bebidas. Debo decir que me impresiona el hecho de que consiguiera dejar de beber. Lo digo en serio. Es algo muy difícil. ¿Sucedió algo que le ayudara a ello? ¿Que su hijo, tal vez, estuviera a punto de morir?

Kimura estalla de enojo y le lanza una mirada asesina.

—Bueno, vuelvo a preguntárselo: ¿cómo le va a su hijo? ¿Cómo se llama? No recuerdo su nombre, pero sí que le gustan los tejados. Debería tener cuidado. Cuando los niños pequeños suben a lugares altos a veces se caen. Los barandales de los grandes almacenes no siempre son muy sólidos, y los niños siempre encuentran los lugares más peligrosos.

Kimura da la impresión de estar a punto de gritar.

—Calma, señor Kimura, o lo lamentará. —El Príncipe se voltea hacia la ventanilla justo cuando el Shinkansen con dirección a Tokio pasa en la dirección opuesta a una velocidad tal que apenas puede distinguirse bien. Todo el tren tiembla. El adolescente no puede evitar sentir un escalofrío ante la velocidad y la fuerza abrumadoras de la máquina. Un ser humano estaría absolutamente indefenso si chocara contra un objeto metálico que viaja a más de doscientos kilómetros por hora. Se imagina colocando a alguien delante de un Shinkansen que se aproxima en su dirección: quedaría por completo apachurrado. La abrumadora diferencia de poder le fascina. «Y yo soy igual de peligroso. Puede que no sea capaz de moverme a doscientos kilómetros por hora, pero puedo destrozar a las personas del mismo modo». Al pensar eso, no puede reprimir una sonrisa.

Fueron los amigos del Príncipe quienes le ayudaron a llevar al hijo de Kimura al tejado de los grandes almacenes. En sentido estricto, eran compañeros de clase que seguían sus órdenes. El niño de seis años estaba asustado. Nunca antes había conocido la crueldad.

—¡Oye, ven aquí a mirar por el barandal! ¡No tengas miedo, es seguro!

Lo dijo con una sonrisa afectuosa, de modo que el niño le creyó.

—¿De verdad? ¿No me caeré?

Entonces el Príncipe lo empujó y se sintió increíblemente bien.

Kimura frunce el ceño.

—¿Mientras estabas aquí sentado no tenías miedo de que yo te atrapara antes que tú a mí?

—¿Miedo?

—Ya sabes a qué me dedicaba antes. Debías de suponer que iría armado. Si las cosas hubieran pasado de otro modo habría podido matarte.

—Pues... —El Príncipe lo considera de veras. Lo cierto es que no ha sentido ningún temor. Se sentía más bien excitado y con ganas de comprobar si las cosas saldrían tal y como él esperaba que lo hicieran—. No pensaba que fuera a dispararme o apuñalarme de buenas a primeras.

—¿Por qué no?

—Por el odio que debe de sentir por mí. Hacerlo de un modo tan rápido no habría sido suficiente. —Se encoge de hombros—. No creo que se hubiera quedado satisfecho si simplemente hubiera aparecido y me hubiera matado. Lo que en realidad quiere es asustarme, amenazarme, hacerme llorar, que le pida perdón, ¿no es así?

Kimura no lo confirma ni lo desmiente. «Los adultos siempre se quedan callados cuando tengo razón», piensa el Príncipe.

—En cualquier caso, estaba seguro de que yo conseguiría atraparlo antes. —Y saca de su mochila la pistola paralizante casera.

—Eres todo un electricista.

El Príncipe saborea la última reverberación del Shinkansen que pasa en dirección contraria y luego se voltea otra vez hacia Kimura.

—Señor Kimura, ¿a cuánta gente mató cuando todavía trabajaba en la mafia?

Kimura arruga el entrecejo y se le queda mirando con los ojos inyectados en sangre.

«A pesar de estar atado sigue dispuesto a abalanzarse sobre mí de todos modos».

—Yo a unos cuantos —prosigue el Príncipe—. La primera vez tenía diez años. Maté a una persona. En los tres años siguientes, a nueve más. Diez en total. ¿Su cifra es más alta o más baja?

Kimura se muestra desconcertado. De nuevo, el Príncipe se siente decepcionado por su reacción. «Qué poco hace falta para desorientar a este tipo».

—Aunque debería aclarar que yo personalmente solo he matado a un individuo.

—¿Qué demonios quieres decir con eso?

—Bueno, arriesgarse a que lo atrapen a uno con las manos manchadas de sangre es una estupidez, ¿no? Quiero asegurarme de que no me confunda con alguien tan estúpido para hacer algo así.

Kimura tuerce el gesto.

—No sé de qué demonios estás hablando.

—La primera vez... —comienza a explicar el Príncipe.

Después de salir del colegio y regresar a casa, volvió a salir. Tomó la bicicleta para ir a una librería a comprar un libro que quería. De regreso a casa llegó a una calle principal y detuvo la bicicleta en la intersección a la espera de que el semáforo cambiara de color. A su lado había un hombre con la mirada puesta en su celular; iba vestido con un *jersey* y llevaba unos audífonos en la cabeza. A su alrededor no se veía a nadie más. Tampoco había apenas tráfico: la calle estaba tan tranquila que podía oírse incluso la música que estaba escuchando el tipo.

No hubo ninguna razón concreta por la que el Príncipe decidiera comenzar a pedalear cuando el semáforo todavía estaba en rojo. Tan solo pensó que estaba tardando demasiado en ponerse en verde y, como no venía ningún coche, le pareció que no tenía sentido esperar obedientemente a que cambiara de color. Así pues, descendió a la calzada y empezó a cruzar la calle. Un instante después, se produjo una gran cacofonía a su espalda: un frenazo y el ruido de un impacto, aunque en realidad el ruido sordo de la colisión tuvo lugar primero y el desagradable chirrido de los frenos vino después. El Príncipe volteó y vio una minivan negra detenida en medio de la calle y a un hombre con barba descendiendo del asiento del conductor. El del jersey estaba en el suelo. El celular había quedado hecho pedazos.

El Príncipe se preguntó por un momento por qué rayos había cruzado el hombre si venía un coche, pero de inmediato cayó en la cuenta de cómo debían de haberse desarrollado los acontecimientos: él había comenzado a cruzar la calle con la bicicleta y el hombre habría supuesto que el semáforo ya se había puesto verde. Con los audífonos puestos y la mirada pegada al celular, debió haber advertido que la bicicleta empezaba a moverse y haber ido detrás sin comprobar que no viniera ningún vehículo. Entonces lo atropelló la minivan. Teniendo en cuenta lo desierta que estaba la calle, al Príncipe le resultaba más sorprendente la repentina aparición del vehículo que la muerte del hombre del jersey, pero, en cualquier caso, el tipo había fallecido. Incluso desde el otro lado de la calle podía apreciarse que ya no respiraba. El cable de los audífonos había quedado tirado en el suelo y parecía un hilo de sangre.

—Y entonces aprendí dos cosas.

—¿Qué? —pregunta Kimura con un gruñido—. ¿Que uno siempre debe obedecer las señales de tráfico?

—La primera es que, si uno tiene cuidado con cómo lo hace, puede matar a alguien y salir impune. Todo ese episodio del atropello se consideró un mero accidente de tráfico. A mí nadie me prestó la menor atención.

—Bueno, es comprensible.

—Lo segundo, que a pesar de que era culpa mía que hubiera muerto ese tipo, yo no sentía remordimiento alguno.

—Qué suerte la tuya.

—Fue entonces cuando comenzó todo. Es decir, cuando comencé a interesarme por el asesinato. ¿Qué se siente al matar a alguien? ¿Cómo reacciona alguien cuando lo matas? Cosas así...

—Querías probar el pecado definitivo, ¿es eso? ¿Te creías especial porque podías imaginarte haciendo cosas de una aberración tal que a una persona normal ni se le pasarían por la cabeza? Me temo, sin embargo, que todo el mundo tiene pensamientos parecidos, aunque por supuesto la gran mayoría de la gente no los lleva a cabo. «¿Por qué está mal matar personas? ¿Cómo puede todo el mundo estar tan tranquilo si todo ser viviente está destinado a morir? ¡La vida no tiene sentido!». Todo el mundo piensa cosas así. Es la típica angustia adolescente.

—¿Y por qué está mal matar a personas? —plantea el Príncipe. No lo pregunta con cinismo ni está bromeando, de veras quiere conocer la respuesta. Le gustaría encontrar a un adulto que pudiera proporcionarle una respuesta satisfactoria. Es consciente, sin embargo, de que Kimura no será esa persona. Ya sabe cuál será su posición al respecto: «Matar a alguien no supone ningún problema mientras la víctima no sea yo ni alguien de mi familia. En caso contrario, ¿a quién le importa?».

Una sonrisa se dibuja en el rostro sin afeitar de Kimura.

—No creo que haya nada malo en matar. Es decir, siempre y cuando la víctima no sea yo ni alguien de mi familia. Si no es así, adelante, no te detengas, mata todo lo que quieras.

El Príncipe exhala un profundo suspiro.

—¿Impresionado?

—No, solo decepcionado por lo predecible de su respuesta. En cualquier caso, la cuestión es que después de ese episodio decidí experimentar. Para empezar, quería matar a alguien un poco más directamente.

—Y esa fue la persona que mataste tú mismo.

—Así es.

—¿Y cuando empujaste a Wataru del tejado también estabas experimentando?

—No, no. Su hijo quería jugar con nosotros o algo así. Le dijimos que nos dejara en paz, pero él siguió insistiendo. Estábamos intercambiando estampas coleccionables en el estacionamiento que hay en el tejado de los grandes almacenes. Le advertimos que era un lugar peligroso y que no fuera corriendo por ahí, pero él siguió haciéndolo y en un momento dado se acercó demasiado a las escaleras. Antes de que nos diéramos cuenta, se había caído.

—¡Tú y tus amigos lo empujaron!

—¿A un niño de seis años? ¿Del tejado? —El Príncipe se lleva la punta de los dedos a la boca abierta, fingiendo falsa indignación—. ¡Nosotros nunca haríamos algo tan horrible! Ni se me pasaría por la cabeza. Los adultos piensan cosas de lo más siniestras.

—¡Te mataré, cabrón! —Kimura está atado de pies y manos, pero eso no le impide mover frenéticamente el cuerpo para intentar desplazarse en dirección al Príncipe, a quien enseña los dientes como si quisiera clavárselos.

—¡Basta, señor Kimura! —El Príncipe alza la mano—. Lo que voy a decirle es importante, así que escuche con atención. De ello depende la vida de su hijo, así que tranquilícese un minuto —dice sin perder en ningún momento la calma.

Kimura se le queda mirando preso de la ira y con los orificios nasales dilatados a causa de la sobreexcitación, pero la mención de la vida de su hijo lo apacigua y vuelve a sentarse en su asiento.

La puerta automática del vagón se abre entonces detrás de ellos. Debe de tratarse del carrito de los aperitivos, porque oyen a alguien pedir disculpas y luego el ruido de una transacción. Kimura voltea para mirar.

—Ni se le ocurra intentar nada raro con la azafata, señor.

—¿Nada raro? ¿Te refieres a pedirle una cita?

—Me refiero a pedirle ayuda.

—Trata de detenerme.

—Eso estropearía el propósito.

—¿Propósito? ¿Qué puto propósito?

—Que no pueda abrir la boca y pedir ayuda aunque nada se lo impida. Quiero que sienta esa impotencia. No tendría sentido, pues, que le obligara físicamente a mantener la boca cerrada. Lo que quiero es que sienta la frustración que supone no hacer nada a pesar de que físicamente podría hacerlo. Quiero ver cómo se retuerce.

La mirada de Kimura, hasta entonces iracunda, deja traslucir entonces una mezcla de asco y miedo, como si acabara de descubrir un insecto nuevo y repugnante. Finge una sonrisa para disimular su turbación.

—Lo siento, pero cuanto más dices que no puedo, más ganas tengo de intentarlo. Así soy yo. Siempre lo fue.

Cuando la azafata llegue a nuestra altura con el carrito, voy a abalanzarme sobre ella pidiéndole a gritos que me ayude. Si me dices que no quieres que lo haga, lo haré sin duda.

«¿Cómo puede ser tan terco este hombre? A pesar de estar atado de pies y manos, desarmado, y de haberle dejado bien clara la dinámica de poder que existe entre ambos, todavía se atreve a tratarme con condescendencia. La única explicación posible es el hecho de que sea mayor que yo. Ha vivido más, eso es todo. —El Príncipe no puede evitar sentir pena por Kimura—. ¿Y adónde le han llevado sus miles de días perdidos?».

—Se lo explicaré con la mayor claridad posible para que pueda comprenderlo, señor Kimura. Si no sigue mis instrucciones, o si me pasa algo, su hijo pequeño sufrirá las consecuencias.

Kimura permanece en silencio.

El Príncipe siente una mezcla de satisfacción y desánimo. Procura concentrarse en el placer que le provoca ver a alguien completamente perdido.

—Un hombre a mis órdenes está ubicado cerca del hospital en el que se encuentra su hijo, ¿lo entiende?

—¿Qué quiere decir cerca?

—A lo mejor, que se encuentra dentro. En cualquier caso, lo único que importa es que se encuentra lo bastante cerca para hacer el encargo en cuanto necesite hacerlo.

—El encargo.

—Si no puede ponerse en contacto conmigo, lo hará.

La expresión de Kimura evidencia la angustia que le provoca esa idea.

—¿Qué quieres decir con eso?

—Me va a llamar a la hora a la que se supone que deberíamos llegar a cada una de las estaciones: Omiya, Sendai..., hasta llegar a Morioka. Para ver si estoy bien. Si no contesto y cree que me ha pasado algo malo...

—¿Quién es? ¿Uno de tus amigos?

—No, no. Como le dije antes, la gente hace cosas por muy distintas razones. A algunos les gustan las chicas, otros quieren dinero. Lo crea o no, hay adultos cuya concepción del bien y del mal está por completo atrofiada y son capaces de hacer prácticamente de todo.

—¿Y qué va a hacer tu secuaz?

—Al parecer, solía trabajar en una empresa de instrumental médico. No le costará nada inutilizar la máquina de la que depende la vida de su hijo.

—Y una mierda. No será capaz de hacer nada.

—Bueno, no lo sabremos hasta que lo intente. Como dije, está ubicado en un lugar muy cercano al hospital. Esperando la señal. Lo único que tengo que hacer es llamarlo y darle luz verde. Y si me llama, aunque no se trate de una de las llamadas acordadas al llegar a cada una de las estaciones, y el celular suena más de diez veces sin que lo conteste, también tendrá luz verde. Irá al hospital y comenzará a toquetear el respirador de su hijo.

—Vaya conjunto de reglas. Básicamente, todo son luces verdes. ¿Y si estamos en un lugar en el que tu celular no tiene cobertura?

—Han estado instalando antenas en los túneles de tren, así que no creo que eso suceda. Pero será mejor que rece para que no ocurra, por si acaso. De todas maneras, si intenta usted algo raro, me limitaré a no contestar el celular cuando me llame. Quizá baje del tren en Omiya, me vaya al cine y apague el celular un par de horas. Para cuando salga, algo terrible le habrá pasado al sistema de respiración artificial de su hijo.

—Estás mintiendo. —Kimura lo fulmina con la mirada.

—No estoy mintiendo. Siempre hablo por completo en serio. Creo que tal vez es usted quien intenta salirse con la suya.

Los dilatados orificios nasales de Kimura revelan que está a punto de explotar, pero al final parece caer en la cuenta de que no hay nada que pueda hacer. Su cuerpo rígido se relaja de golpe y se hunde en el asiento. La azafata llega a su altura con el carrito y el Príncipe aprovecha para comprar más bombones. Por alguna razón, la mujer no se da cuenta de que las manos y los pies de Kimura están atados. Al Príncipe le provoca una gran satisfacción verlo sentado a su lado con la boca cerrada y el rostro enrojecido.

—Debería estar prestándole atención a mi celular, señor Kimura. Si recibo una llamada y suena diez veces, el desenlace no le gustará nada.

Fruta

—¿Qué hacemos, Mandarina? —Limón baja la mirada al Pequeño Minegishi, que permanece sentado en su asiento, inmóvil y con los ojos cerrados. Tiene también la boca abierta, lo que le confiere una expresión estúpida, como si se burlara de ellos. También hace que Limón se sienta incómodo.

—¿Qué podemos hacer? —Mandarina se frota las mejillas repetidamente. A Limón le supone un ligero consuelo verlo así de alterado, para variar—. Todo esto ha pasado porque lo perdiste de vista. ¿Por qué lo dejaste solo?

—Tenía que hacerlo. Me molestaste tanto con lo de la maleta que fui a comprobar que estuviera donde la había dejado. ¿Qué querías que hiciera, después de la bronca que me armaste?

—La maleta la han robado, eso es evidente. —Mandarina exhala un suspiro—. No puedes ser más descuidado: tus palabras, tus actos, tu forma de pensar... Seguro que tu grupo sanguíneo es B.

—No intentes reducirme a mi grupo sanguíneo. No hay pruebas científicas para eso. Hablar en serio de algo así te hace sonar estúpido. Si eso fuera cierto, tú serías organizado y meticuloso solo porque tu grupo sanguíneo es A.

—Pero es que yo soy organizado y meticuloso, y cuando realizo un encargo me aseguro de que no haya ningún problema.

—Menos lobos. Escucha, mis fallos son míos. No tienen nada que ver con mi grupo sanguíneo.

—Sí, tienes razón —dice Mandarina animadamente—. Tus fallos se deben a tu carácter y a tu falta de juicio.

Mandarina se siente incómodo en medio del pasillo, así que se inclina y traslada el cadáver del Pequeño Minegishi hasta el asiento de la ventanilla. Lo deja apoyado allí, con la cabeza algo inclinada hacia delante.

—Supongo que, por ahora, tendremos que hacer ver que está durmiendo.

Mandarina se sienta en el asiento del medio y Limón en el del pasillo.

—¿Quién diablos hizo esto? ¿Cómo diablos ha muerto? —murmura.

Mandarina comienza a palpar el cadáver. No parece haber ningún corte ni restos de sangre. Abre la boca del joven y mira en su interior. No quiere acercarse demasiado por si hay algo venenoso.

—No hay señales visibles.

—¿Veneno?

—Podría ser. O quizá hsufrió una reacción alérgica y entró en shock.

—¿A qué podría ser alérgico?

—No lo sé. No soy el creador de las alergias, ¿recuerdas? Secuestro, posterior rescate, falta de sueño, agotamiento absoluto... Puede que todo esto haya sido demasiado para él y que su corazón no haya podido resistirlo.

—¿Es eso médicamente posible?

—¿Me has visto leer algún texto médico alguna vez, Limón?

—Siempre estás leyendo algo. —Mandarina lleva un libro consigo a donde va, aunque esté realizando un encargo, y se pone a leer siempre que hay un momento de inactividad.

—Me gusta la ficción, no los libros sobre medicina. ¿Cómo diantre voy a saber si hay casos clínicamente confirmados de corazones que sucumben sin más?

Limón se tira del pelo.

—Pero ¿qué vamos a hacer? ¿Plantarnos en Morioka y decirle a Minegishi: «Lo siento, señor, rescatamos a su hijo, pero ha muerto en el Shinkansen»?

—Y no te olvides de que también nos han robado el dinero del rescate.

—Si yo fuera Minegishi me enfadaría mucho.

—Yo también. Me pondría furioso.

—¡Y eso que, más allá de holgazanear en su villa, él no hizo nada! —No lo sabían a ciencia cierta, pero corría el rumor de que Minegishi estaba de vacaciones con su amante y la hija ilegítima de ambos—. ¡Secuestran a su hijo y él decide irse de vacaciones con su novia! ¡Ya le vale!

—La hija todavía va al colegio. Al parecer, es muy guapa. Y luego está su heredero, este niño rico. Alguien insignificante, un don nadie. No es difícil imaginar a quién quiere más Minegishi. —Mandarina no parece estar hablando en broma.

—Bueno, ahora es un don nadie que además está muerto. Aunque, quién sabe, tal vez a Minegishi le parece bien y se muestra comprensivo.

—Ni hablar. Imagina que tienes un coche que no te gusta. Si alguien te lo destrozara te enfadarías de todos modos. Y luego está la cuestión del daño a su reputación.

Limón parece estar a punto de soltar un grito ante la difícil situación en la que se encuentran, de modo que Mandarina se lleva con rapidez un dedo a los labios y dice:

—¡Shhh! Tendremos que pensar en algo.

—Pensar es cosa tuya.

— Idiota.

Limón comienza a registrar la zona de la ventanilla cercana al cadáver. Luego revisa las bandejas desplegables de los respaldos y hojea las revistas que hay en los bolsillos de los mismos.

—¿Qué estás haciendo?

—Pensaba que encontraría alguna pista, pero no hay nada. Estúpido niño rico.

—¿Una pista?

—El nombre de su asesino escrito en sangre o algo así. Podría ser, ¿no?

—Podría si esto fuera una novela policiaca. No en la vida real.

—Supongo que tienes razón. —Desanimado, Limón vuelve a dejar la revista en su lugar, pero aun así comienza a palpar el asiento y la pared del tren cercana al cadáver.

—Dudo que haya tenido tiempo de dejar alguna pista antes de morir. No hay sangre, ¿cómo iba a escribir un mensaje con sangre?

A Limón parece irritarle la lógica de Mandarina.

—Pues morir así no ayuda en nada a la gente que luego intenta resolver el caso. En el futuro, Mandarina, si crees que alguien está a punto de matarte asegúrate de dejar alguna pista útil.

—¿Qué tipo de pista quieres que deje?

—No sé, la identidad del asesino, o la verdad o algo así. Por lo menos, deja claro si se ha tratado de un asesinato, un suicidio o un accidente. En caso contrario, me estarás dejando un auténtico problemón.

—Si muero no será un suicidio —proclama Mandarina de forma inequívoca—. Me gustan Virginia Woolf y Mishima, pero el suicidio no es lo mío.

—¿Virginia quién?

—Es más difícil recordar todos los detalles de los trenes esos de los que siempre hablas que leer un libro. ¿Por qué no le echas una ojeada alguna vez a alguno de los que te recomiendo?

—Nunca me han gustado los libros, ni de pequeño. ¿Sabes cuánto tardo en terminar uno? ¿Y qué hay de ti?

Tú ni siquiera te esfuerzas en recordar los personajes de *Thomas y sus amigos* por más que te los menciono. No sabes ni quién es Percy.

—¿Quién era?

Limón se aclara la garganta.

—Percival es una locomotora pequeña y verde. Es más bien descarado y juguetón, aunque eso no le impide ser muy serio en su trabajo. Suele hacerle bromas a sus amigos, pero también es algo ingenuo.

—Siempre me pregunto cómo puedes memorizar todo esto.

—Es el texto de la estampa coleccionable que viene con el juguete. Lindo, ¿Oye? Es una explicación simple, aunque para nada carente profundidad. «Suele hacerle bromas a sus amigos, pero también es algo ingenuo». ¿Ves? En cierto modo, es conmovedor. A mí incluso me emociona un poco. Estoy seguro de que tus libros no son así de profundos.

—Prueba leer alguno y compruébalo. Comienza con, no sé, *Al faro*.

—¿De qué trata?

—De nuestra insignificancia. Explica que no somos más que seres solitarios en medio de muchos otros seres. Te hará sentir lo pequeño que eres y lo perdido que estás en la ilimitada extensión del océano del tiempo y sus voraces olas. Es profundo de verdad. «Perecimos, completamente solos».

—¿Qué diantre significa eso?

—Es una frase que pronuncia uno de los personajes de la novela. Significa que todos morimos y que cuando lo hacemos estamos solos.

—Yo no voy a morir —afirma Limón con desdén.

—Morirás, y lo harás solo.

—Aunque lo haga, resucitaré.

—Sí, ya te queda ser tan terco. Yo también moriré algún día. Solo.

—Y, tal y como te he pedido, cuando lo hagas déjame algún tipo de pista.

—Está bien, está bien. Si por casualidad parece que están a punto de asesinarme, haré todo lo posible para dejarte un mensaje.

—Cuando escribas el nombre del asesino, asegúrate de hacerlo con buena letra. Que sea legible, ¿de acuerdo? Nada de iniciales ni de abreviaturas misteriosas.

—No voy a escribir nada con sangre. —Mandarina se queda un momento callado, reflexionando—. A ver qué te parece esto. Si tengo la oportunidad de hablar con el asesino antes de que me mate, le dejaré un mensaje.

—¿Un mensaje?

—Le diré algo que pueda suscitar su interés. Como, por ejemplo: «Dile a Limón que la llave que está buscando se encuentra en el almacén de equipaje de la estación de Tokio», o algo así.

—No estoy buscando ninguna llave.

—Da igual. Lo importante es que sea algo que despierte la curiosidad del asesino. Estoy seguro de que al final no podrá evitar presentarse ante ti haciendo ver que no sabe quién eres y preguntarte educadamente si estás buscando una llave. O quizá incluso decida ir directo al almacén de la estación de Tokio.

—Algo que despierte su interés, dices...

—Si alguna vez alguien te pregunta eso, sabrás que esa es la persona que me mató. O, por lo menos, que tuvo algo que ver con mi muerte.

—Me parece un mensaje condenadamente confuso.

—Bueno, no voy a darle al asesino un mensaje que sea sencillo de comprender, ¿no?

—Yo no pienso morir con facilidad —asevera Limón con repentina seriedad.

—No, ya imagino que no. Y, si lo haces, eres tan terco que resucitas seguro.

—Tú también, Mandarina. Si morimos, sin duda tanto tú como yo resucitaremos.

—¿Como los árboles frutales cada primavera?

—Ambos lo haremos.

El Shinkansen se balancea algo cuando comienza a descender bajo tierra, señal de la inminente llegada a Ueno. La vista de la ventanilla se oscurece de golpe y la escena del interior del tren aparece reflejada en el cristal. Limón agarra una revista del bolsillo del asiento delantero y comienza a leer.

—¡Oye! —dice Mandarina al verlo—. ¡Este no es el momento de ponerse a leer!

—Ya te lo dije un montón de veces. Pensar es cosa tuya. Hay que dejar las ventas de mochi[1] a los vendedores de mochi, ¿no?

—Si yo soy un vendedor de mochi, ¿tú qué eres?

El tren comienza a reducir la velocidad. Por la ventanilla pueden verse las luces del túnel hasta que, de repente, llegan a un lugar intensamente iluminado y aparece el andén. Mandarina se pone de pie.

—¿Quieres ir al baño? —pregunta Limón.

—Vamos —contesta Mandarina al pasar entre su compañero y el respaldo del asiento delantero.

—¿Adónde? —Limón no comprende qué es lo que está sucediendo, pero repara en la intimidante expresión del rostro de Mandarina y se pone deprisa en pie y va tras él—. ¿Es que vamos a bajar del tren? ¿No te parece que tomar el Shinkansen para solo una parada es un poco extravagante?

La puerta automática se abre y salen al vestíbulo. No hay nadie. Por las ventanillas de la izquierda puede verse el andén.

—Así es.

Limón frunce el ceño inquisitivamente.

1. Pastel de arroz glutinoso típico de Japón. *(N. del t.)*

—Sí, subir al Shinkansen en Tokio y descender en Ueno es una extravagancia. Uno podría tomar el metro. Pero es posible que alguien lo haya hecho de todos modos.

—¿Quién?

—Alguien que haya robado una maleta en el Shinkansen y que quiera huir cuanto antes.

Limón asiente al caer en la cuenta.

—¡Ah! ¡Ya entiendo! —Se acerca a la puerta y da unos golpecitos en la ventanilla con un dedo—. Si alguien baja en Ueno, es que se trata del ladrón.

—Será fácil ver si alguien va con la maleta, aunque también cabe la posibilidad de que la haya metido dentro de otra. En ese caso, sin embargo, tendría que tratarse de una maleta muy grande. La cuestión es que, quien baje del tren, será nuestro principal sospechoso. Si ves a alguien, ve detrás de él.

—¿Yo?

—¿Con quién estoy hablando? Deja las ventas de mochi al vendedor de mochi, ¿no? Puede que nunca hayas vendido mochi, ni, ya que estamos, usado la cabeza, pero sé que has cazado a ladrones.

Los frenos rechinan y el tren aminora la marcha hasta quedar casi completamente detenido. Limón se queda mirando el andén, de repente preocupado.

—¿Y qué hago si hay más de uno?

—Supongo que tendrás que ir detrás del que parezca más sospechoso —repone Mandarina con brusquedad.

—¿Y si hay más de una persona que parece sospechosa? ¡Hoy en día todo el mundo lo parece, maldita sea!

Por fin el tren se detiene y la puerta se abre. Mandarina desciende al andén y Limón va detrás de él. Permanecen junto a su vagón a la espera de que alguno que otro pasajero baje. Desde allí pueden ver todo el andén: siempre y cuando presten atención, no deberían tener ningún problema en ver si alguien sale del tren. Tanto Limón como

Mandarina tienen buena vista. Si algo se mueve, lo advertirán aunque esté lejos.

No sale nadie del tren.

Dos o tres vagones más allá, frente a la puerta del número cinco o el seis, ven a un tipo señalando con un dedo el interior del tren. Lleva una gorra plana con visera, pero, aparte de eso, no parece haber nada reseñable en él.

Mandarina se da cuenta entonces de que el tren es más largo de lo que pensaba y que, en realidad, no alcanza a ver bien sus extremos.

—Cuesta distinguir qué sucede en la parte delantera —refunfuña.

—Dudo que el ladrón vaya en alguno de esos vagones. Los que hay más allá del número once forman parte del Komachi, cuyo destino es Akita. Nosotros vamos en el Hayate. El Komachi irá conectado a nuestro tren hasta que lleguemos a Morioka, pero no puede pasarse de uno a otro.

—¡Vaya lío! ¡Esto de los trenes es una auténtica estupidez!

—¡Oye, Mandarina! ¡Usar palabras malsonantes no está nada bien!

Suena una melodía en el andén anunciando la partida del Shinkansen, y un puñado de gente embarca en el tren, pero nadie desciende.

—¿Qué hacemos? —pregunta Limón.

—No podemos hacer otra cosa más que subir otra vez —responde Mandarina.

En cuanto lo hacen, el Shinkansen parte de la estación y, tras ascender una suave pendiente, vuelve a salir a la luz del día. En el interior del tren se oye una versión tintineante de la melodía que había sonado en la estación para anunciar la partida. Limón va silbándola de regreso al asiento, pero vuelve a desanimarse en cuanto ve el cadáver del Pequeño Minegishi apoyado en la ventanilla. Es como si de repente le recordaran una tarea desagradable de la que debe ocuparse. Lo que tiene sentido, pues es algo de lo que deben ocuparse cuanto antes y, sin duda, es desagradable.

—Bueno, aquí estamos otra vez. —Limón se acomoda en el asiento del pasillo y cruza las piernas—. ¿Y ahora qué hacemos? —Su confianza en el vendedor de mochi es un auténtico acto de fe.

—Lo más probable es que el ladrón todavía esté en el tren.

—¿Me quedan balas? —Limón saca su arma de la pistolera sobaquera que lleva bajo la chamarra. Había usado mucha munición rescatando al niño rico—. Solo un cargador.

Mandarina también comprueba su arma.

—Yo igual. Estoy casi sin munición. No pensaba que fuera a necesitarla en el tren. Tendría que haberlo previsto. —Mete la mano en el bolsillo y saca otra pistola—. También tengo esto —dice en un tono casi avergonzado.

—¿De dónde sacaste esa cosa?

—La tenía uno de los secuestradores. Me pareció una lindura, así que la agarré.

—¿Lindura? ¿Una pistola? Si por lo menos estuviera adornada con calcomanías de *Thomas* o algo así... Las cosas lindas y las armas pertenecen a ámbitos por completo distintos.

—Ya, hombre, lo digo porque está modificada —comenta Mandarina con una sonrisa de suficiencia—. No dispara balas. Mira. —Apunta con ella a Limón y este enseguida aparta la cara.

—¡Oye, cuidado! ¡Eso es peligroso!

—No, ya te dije que no dispara balas. Parece una pistola normal, pero el cañón está bloqueado. Es una pistola explosiva.

—¿Dispara explosivos? —Al pensar en explosiones, Limón recuerda una película que vio hace ya unos años, *Escape en tren*. La película en sí no es que le interesara gran cosa, pero disfrutó enormemente viendo los trenes y las locomotoras que aparecían en ella. Eso sí que le pareció excitante: el traqueteo del tren, el movimiento de las bielas, el chirrido de los rieles, la densa nube de humo que se elevaba de la chimenea y, por encima de todo, la abrumadora potencia del tren de acero avanzando a toda velocidad. No recuerda el argumento, pero todavía puede visualizar al protagonista de pie en lo alto de un tren que atraviesa un paisaje nevado. «A ese tipo también debían de gustarle mucho los trenes».

—No, me refiero a que si intentas dispararla, explota.

—¿Por qué alguien necesitaría algo así?

—Es una trampa. El tipo que la llevaba parecía querer que se la quitara. Al final lo hice, pero si hubiera apretado el gatillo... ¡Bum! Me habría quedado sin mano y el tipo ese hubiera sido el último en reírse.

—Pues suerte que te diste cuenta. ¿Cómo puedes ser tan cuidadoso?

—No es que yo sea cuidadoso, es que tú eres descuidado. Si ves un botón, lo presionas. Si una cuerda cuelga del techo, tiras de ella. Si recibes un sobre misterioso por correo, lo abres y te infectas de ántrax.

—Si tú lo dices... —Limón descruza las piernas y, tras ponerse de pie, baja la mirada hacia Mandarina —. Voy a echar un vistazo a ver si algún pasajero tiene aspecto sospechoso —dice, señalando con un movimiento de barbilla la parte delantera del tren—. Quien sea que tenga nuestra maleta debe de estar en algún lugar. Todavía tenemos algo de tiempo antes de llegar a Omiya.

—Quien sea que la tenga la habrá escondido en algún lugar y permanecerá sentado intentando mostrarse relajado. Fíjate bien en todo aquel que tenga una pinta rara.

—Sí, sí, ya lo sé.

—Pero que no parezca que lo haces. No queremos que se arme ningún revuelo. Con discreción, ¿entendido?

—Tú sí que eres un auténtico estúpido.

—¿No decías que usar palabras malsonantes no está nada bien? —responde Mandarina—. Vamos, ponte en marcha. Si no encontramos la maleta antes de llegar a Omiya, tendremos problemas.

—¿De veras?

Mandarina se muestra exasperado. «¿Cómo puede haberse olvidado del lío en el que estamos metidos?».

—Uno de los hombres de Minegishi nos está esperando, ¿recuerdas?

—¿De veras? —Nada más lo dice, sin embargo, Limón lo recuerda: alguien estará esperándolos en la estación para asegurarse de que tanto el Pequeño Minegishi como el dinero del rescate se encuentran en el Shinkansen—. ¡Ah, sí! ¡Claro!

Nanao

«¡Qué sorpresa encontrarte aquí!», parecen decir los relucientes ojos de Lobo al tiempo que agarra a Nanao de la camiseta y le empuja contra la puerta que hay al otro lado.

El tren deja la estación subterránea de Ueno y vuelve a salir a la superficie, ganando velocidad a medida que avanza. Por las ventanillas puede verse cómo el paisaje urbano va mudando cada vez más rápido.

Nanao comienza a protestar diciendo que quería bajar en Ueno, pero el Lobo le coloca un antebrazo sobre la boca y lo inmoviliza contra la ventanilla. La maleta permanece junto a la otra puerta, desatendida. Nanao teme que se aleje rodando a causa del balanceo del tren.

—¡Por tu culpa me faltan algunas muelas! —exclama el Lobo con espuma de saliva en las comisuras de la boca—. ¡Me faltan malditas muelas!

«Lo sabía —piensa Nanao—. Sabía que pasaría algo así». Le duele la mandíbula a causa de la presión del brazo del Lobo, pero más que nada se siente desolado por el giro que han tomado los acontecimientos. «¿Por qué en todos mis encargos surgen contratiempos?». Ahora deberá quedarse en el tren hasta Omiya, con lo que tiene muchas probabilidades de toparse con el dueño original de la maleta.

Y, encima, aquí está el Lobo, soltando imprecaciones mientras agita la cabeza adelante y atrás. Esto provoca que Nanao quede cubierto con la caspa que sueltan las largas greñas que lleva debajo de esa gorra. Es de verdad asqueroso.

El tren da una sacudida y el Lobo se tambalea, aflojando con ello la presión que ejerce en la mandíbula de Nanao.

—Lo siento, lo siento —dice este tan rápidamente como puede—. Tranquilicémonos un poco, ¿de acuerdo? —Alza ambas manos como si estuviera vitoreándolo con timidez—. No montemos ninguna escena en el Shinkansen. ¿Qué te parece si bajamos en Omiya y lo hablamos con tranquilidad? —sugiere Nanao, aunque no puede evitar el desagradable presentimiento de que no haber podido bajar del tren en Ueno solo va a ser el primero de sus problemas y que, a partir de ahora, las cosas irán de mal en peor.

—No estás en posición de exigir nada, Mariquita.

Esto enfurece a Nanao. Por un momento, siente cómo le bulle la sangre. No pocas personas de la mafia le llaman Mariquita. No tiene nada en contra de este insecto en particular. De hecho, ese bicho diminuto y rojo con una pequeña constelación de puntos negros en la espalda le parece incluso lindo. Y como él suele tener tan mala fortuna, le gustan en especial las mariquitas de siete puntos, porque piensa que pueden traerle buena suerte.[1] Sin embargo, está claro que, cuando otras personas de la mafia le llaman Mariquita, están burlándose de él, comparándolo a un insecto diminuto y débil. No lo soporta.

—Déjame en paz. ¿Se puede saber qué problema tienes conmigo? —dice al tiempo que el Lobo saca un cuchillo. Nanao retrocede ligeramente—. ¡Oye! ¡Guarda eso! Si alguien te ve, te meterás en problemas.

—Cierra el pico. Vamos al baño. Voy a rebanarte el pescuezo. Pero no te preocupes, vine aquí a realizar un

1. El sinograma 七才 («siete») puede leerse como *nana. (N. del t.)*

encargo, así que no podré ocuparme de ti tan despacio como me gustaría. Si tuviera tiempo haría que me suplicaras a gritos que te dejara morir, pero en este caso seré magnánimo y te mataré rápido.

—No me gustan los baños de los trenes.

—Me alegro de saberlo, porque tu vida va a terminar en uno. —Los ojos del Lobo relucen con malicia bajo la visera de la gorra.

—Estoy aquí por un encargo.

—Yo también. Uno gordo, además. No como tú. Ya te dije que no dispongo de mucho tiempo.

—Estás mintiendo. Nadie te encargaría a ti nada importante.

—¡Cómo que no! —Los orificios de la nariz del Lobo se dilatan ante ese insulto a su hinchado orgullo. Rápidamente, mete la mano que no sostiene el cuchillo en el bolsillo de su abrigo y saca una fotografía. Es de una chica.

—¿La conoces?

—¿Por qué iba a conocerla? —Nanao hace una mueca. El Lobo siempre lleva consigo fotos de sus víctimas: la que ha proporcionado el cliente y otra que él mismo toma cuando ha completado el encargo. Tiene toda una colección de instantáneas del antes y el después (antes y después de una paliza, antes y después de un asesinato...) y le encanta mostrarlas. Otra cosa que Nanao no puede soportar.

—¿Cómo es que siempre son chicas? ¿Andas buscando a tu Caperucita Roja?

—Parece que no sabes de quién se trata. No es una chica normal.

—¿Quién es?

—Estoy a cargo de una venganza, tío. Una venganza. Una *vendetta* de sangre. Y sé con exactitud dónde está la chica.

—¿Acaso quieres hacerle pagar a una antigua novia que te abandonara?

Lobo tuerce el gesto.

—¡Oye, hombre, no seas idiota!

—Y lo dice alguien que le pega a las chicas.

—Piensa lo que quieras. En cualquier caso, no debería estar perdiendo el tiempo aquí contigo. Alguien podría adelantárseme. Soy como Hideyoshi dando caza a Akechi Mitsuhide. —Nanao no entiende qué diablos tiene que ver esa referencia histórica con la situación presente—. Debo darme prisa, así que seré muy rápido contigo. —El Lobo coloca la hoja del cuchillo en la garganta de Nanao—. ¿Asustado?

—Sí. —Nanao no siente la necesidad de blofear—. No lo hagas.

»Por favor, no lo hagas.

»Por favor, señor Lobo.

Nanao es consciente de que si aparece algún otro pasajero se montará una escena. Aunque esa persona no llegara a ver el cuchillo, sí vería a dos hombres forcejeando y supondría que algo está mal. «¿Qué hago? ¿Qué hago?». No deja de darle vueltas. Tiene el cuchillo del Lobo en el cuello y él podría hacerle un corte en cualquier momento. La presión de la hoja en la piel casi le hace cosquillas.

Sin perder de vista el cuchillo, echa un vistazo rápido a la postura del Lobo. Nanao es bastante más alto, de modo que el Lobo se ve obligado a extender el brazo para sostener el cuchillo junto a su cuello. Eso lo deja por completo expuesto. Nada más de pensarlo, lo rodea a toda velocidad y le aplica una llave Full Nelson, agarrándolo por debajo de los brazos y juntando las manos detrás de la cabeza. Luego le clava la barbilla en la parte posterior del cráneo. El Lobo se estremece ante el repentino vuelco que dio la situación.

—¡Oye! ¡Un momento! ¡Tranquilo!

—¡No te muevas! —le ordena Nanao al oído—. Ahora te irás a tu asiento. No quiero ningún problema.

—Nanao domina la técnica de romper cuellos. Cuando estaba comenzando la practicó una y otra vez, como quien hace malabares con un balón de futbol. No dejó de hacerlo hasta que fue capaz de ejecutarla a la perfección. Si se consigue agarrar a alguien por la cabeza, es una mera cuestión de ángulo y velocidad: solo hay que aplicar la fuerza adecuada al torcer el cuello y punto. Por supuesto, Nanao no tiene intención alguna de romperle el cuello al Lobo. No quiere que las cosas se compliquen todavía más. Le basta con tener agarrada con firmeza la cabeza y amenazarle con hacerlo.

—¡Está bien! ¡Está bien! ¡Suél-ta-me! —tartamudea el Lobo.

El tren vuelve a dar una sacudida. No es muy fuerte, pero, ocupado como está con la llave, Nanao no consigue mantener bien el equilibrio, o quizá las suelas de los zapatos del Lobo tienen mal agarre. En cualquier caso, ambos caen al suelo.

Nanao lo hace de culo y nota cómo su rostro se sonroja a causa de la vergonzosa caída. Entonces se da cuenta de que todavía tiene agarrado al Lobo por la cabeza, con los dedos entrelazados en su pelo, de modo que también está en el suelo. Durante un segundo, Nanao teme que se haya clavado a sí mismo el cuchillo con la caída, pero se fija entonces en que todavía lo tiene en la mano y no hay resto alguno de sangre en la hoja. Exhala un suspiro de alivio.

—Levántate. —Nanao desenlaza los dedos y, tras soltar al Lobo, le da un fuerte empujón en la espalda. La cabeza de este se balancea de un modo exagerado, como la de un bebé que todavía no puede sostener la suya.

«¡Oh, no!». Nanao parpadea varias veces y se apresura a rodear al Lobo para verle la cara. Su expresión facial no parece muy normal: tiene los ojos salidos de las órbitas y la mandíbula caída. Su cuello, además, forma un ángulo espeluznante.

—¡No, no, no! —Pero decir esto no cambia nada. Ha caído con los brazos alrededor de la cabeza de Lobo y, con el impulso, le ha roto el cuello limpiamente.

Justo entonces el celular de Nanao comienza a vibrar. Él contesta la llamada sin mirar quién le llama. Siempre se trata de la misma persona.

—Creo de veras que no existe ningún encargo fácil —dice mientras se pone de pie. Luego alza también al Lobo, y lo apoya en su propio cuerpo hasta que consigue que quede en equilibrio, algo más difícil de lo que había imaginado. Es como si estuviera manejando una marioneta gigante.

—¿Por qué no me has llamado? ¿Qué pasa contigo? —Maria parece enfadada—. ¿Dónde estás? Has bajado del tren en Ueno, ¿verdad? ¿Tienes la maleta?

—Todavía estoy en el Shinkansen. Tengo la maleta. —Nanao intenta sonar lo más despreocupado que puede. No aparta la mirada de la maleta, que todavía se encuentra junto a la puerta opuesta—. No he bajado en Ueno.

—¿Por qué no? —Maria endurece el tono—. ¿Qué pasó? —Luego baja la voz como si intentara mantener la calma—. Solo tenías que subir al tren en Tokio y luego descender en Ueno, ¿acaso era eso demasiado difícil para ti? ¿Hay algo que sepas hacer? ¿Tal vez encargarte de una caja registradora? No, es muy probable que tampoco. Es un trabajo demasiado complicado, hay un montón de pequeñas variaciones que realizar en tiempo real. Supongo que solo eres capaz de llevar a cabo encargos que impliquen únicamente subir a un tren en la estación de Tokio. Eso no supone ningún problema para ti, lo que te cuesta es bajar, ¿verdad? A partir de ahora solo te encargaré cosas así de fáciles.

Nanao reprime el impulso de arrojar el celular al suelo.

—Intenté bajar en Ueno. La puerta ya se había abierto y solo me faltaba descender un escalón, pero él impidió que saliera. Estaba en el andén, justo delante de mi puerta. —Baja la mirada hacia el Lobo, que sigue apoyado en su cuerpo—. Ahora está aquí conmigo.

—¿De quién diablos estás hablando? ¿Del Dios del Shinkansen? ¿Se plantó delante de ti y te dijo «No desembarcarás»?

Nanao ignora la burla.

—El Lobo —replica en un susurro—. Ya sabes, el tipo ese raro que solo acepta encargos en los que pueda hacerle daño a chicas y animales.

—¡Ah, el Lobo! —El tono de Maria cambia: ahora parece preocupada, aunque con toda seguridad no por el bienestar de Nanao, sino por el encargo—. Debió de alegrarse mucho. Tenía una cuenta pendiente contigo.

—Se emocionó tanto que se abalanzó sobre mí para abrazarme.

Maria se queda callada. Debe de estar intentando procesar la situación. Nanao sostiene el celular con el hombro mientras sujeta al Lobo y piensa dónde diantre puede dejar el cadáver. «¿El baño al que me quería llevar?». De inmediato descarta esa opción. Sería fácil esconderlo ahí, pero se quedaría intranquilo por si alguien lo descubre y, paranoico como es, no dejaría de levantarse de su asiento para ir a comprobarlo, lo que llamaría innecesariamente la atención de los demás pasajeros.

—¿Vas a explicarme de una vez qué pasó?

—Bueno, de momento estoy buscando un lugar para esconder el cadáver del Lobo.

Más silencio al otro lado de la línea. Y luego:

—Pero ¿qué sucedió? El Lobo subió al tren y te abrazó. Y ahora está muerto. ¿Qué pasó de mientras?

—Poca cosa. Básicamente, sacó un cuchillo y me lo puso en la garganta.

—¿Por qué?

—Como dijiste antes, no me tenía mucho cariño. Luego yo le hice una llave y amenacé con romperle el cuello. Solo era una amenaza, ¿entiendes? No quería hacerlo de verdad. Pero entonces el tren dio una sacudida al tomar una curva.

—Los trenes suelen hacer eso. De modo que así es como sucedió la cosa.

—¡No puedo creerme que haya aparecido en ese momento exacto! —La frustración es perceptible en el tono de voz de Nanao.

—No hables mal de los muertos —dice ella completamente en serio—. No tenías por qué matarlo.

—¡No pretendía hacerlo! Resbaló, nos caímos y se rompió el cuello. ¡No fue un fallo mío, sino un acto divino!

—No me gustan los hombres que se escudan en excusas.

—No hables mal de los vivos —bromea él, pero está claro que ella no está de humor—. Bueno, la cosa es que ahora estoy sujetando el cadáver del Lobo y no sé qué hacer. Ya sabes, con el cadáver.

—Si lo rodeas con los brazos, tal vez podrías quedarte en el vestíbulo y hacer ver que se están besando. —Maria suena algo desesperada.

—Dos hombres abrazados en el tren hasta Omiya. No parece un plan muy realista.

—Si quieres un plan realista, a ver qué te parece este: encuentra un asiento vacío y déjalo ahí. Simplemente, procura que nadie te vea hacerlo. Puedes sentarlo en tu asiento, o buscar su boleto y hacerlo en el suyo.

Nanao asiente. Tiene sentido.

—Gracias. Lo probaré.

Repara entonces en que el celular del Lobo asoma por el bolsillo del pecho de su chamarra barata y lo toma pensando que tal vez puede serle útil.

—No te olvides de la maleta —añade Maria.

—Estaba a punto de hacerlo, suerte que me lo has recordado.

Maria exhala un sonoro suspiro.

—Procura no perderla. Me voy a dormir.

—¡Pero si es pleno día!

—Me he pasado toda la noche viendo películas. Todos los episodios de *La guerra de las galaxias*.

—Te llamaré más tarde.

Kimura

Kimura retuerce y flexiona las muñecas y los tobillos con la esperanza de encontrar algún modo de liberarse de las robustas tiras de tela y la cinta de empacar con las que está atado, pero estas no parecen mostrar señal alguna de aflojarse.

«La cosa tiene su truco, Yuichi». Un episodio de su infancia acude de improviso a su mente. Alguien le dice algo. Es una escena en la que no había pensado en años, quizá incluso desde que tuvo lugar. Se encuentra en la casa en la que se crio y un veinteañero está atado de pies y manos. El padre de Kimura se ríe. «A ver si puedes escaparte, Shigeru», dice. La madre está cerca y también ríe con ganas. Kimura, por aquel entonces apenas un niño de preescolar, se une a ellos. Shigeru era un antiguo colega de su padre que todavía iba a visitarlos de vez en cuando. Parecía honesto y sincero, y tenía una apariencia imponente, como de atleta profesional. Shigeru adoraba al pequeño Kimura y consideraba un mentor al padre de este.

—Tu padre era en verdad temible cuando trabajábamos juntos, Yuichi. Le llamaban el Cóndor. —El padre de Kimura y su joven amigo compartían el nombre de pila, Shigeru, razón por la cual habían comenzado a hacerse amigos. Kimura recordaba que cuando su padre y Shigeru bebían juntos, el joven solía quejarse del trabajo:

«Es agotador. Estoy pensando en buscar otra cosa». Oír esto había hecho que Kimura se diera cuenta de que los adultos también tenían problemas y que no eran siempre tan fuertes como parecían. Con el tiempo, perdieron el contacto con Shigeru.

En la escena que Kimura recuerda ahora, el joven imitó a un escapista que acababan de ver en la televisión: «Yo también puedo hacer eso», había dicho Shigeru, tras ver cómo el escapista se liberaba de sus ataduras. Kimura volvió a posar sus ojos en la televisión y, mientras no le miraba, Shigeru consiguió desatar la cuerda que lo ataba.

«¿Cómo lo hizo? ¿Cómo puedo hacerlo yo ahora?». Rebusca en los recovecos de su memoria con la esperanza de recuperar algún detalle crucial, alguna pista de cómo había escapado Shigeru, pero no consigue hallar nada.

—Ahora regreso, señor Kimura. Voy un momento al baño. —El Príncipe se pone de pie y sale al pasillo. Kimura se queda mirando a este chico vestido con un *blazer*, claramente hijo de una familia de clase alta que le ha brindado todas las oportunidades. «No puedo creer que esté a merced de este mocoso»—. ¿Quiere que le traiga algo para beber? —le pregunta el Príncipe con malicia—. ¿Tal vez una pequeña lata de sake? —Tras la burla, el chico se aleja hacia el fondo del tren. Kimura recuerda que hay otro baño más cercano en la otra dirección, pero no dice nada.

«Sin duda, un niño rico al que le han dado de todo. Un estudiante pudiente con el alma podrida». Piensa entonces en la ocasión en la que conoció al Príncipe, unos pocos meses atrás.

Esa mañana, de camino a casa tras haber hecho el turno de noche en el hospital de Kuraicho, unos imponentes cumulonimbos encapotaban el cielo. Al entrar en su departamento, Wataru le dijo que le dolía la barriga, de modo que Kimura lo llevó directo al pediatra. Normalmente, lo habría dejado en el preescolar y luego se habría metido en la cama, pero ese día no tuvo otra elección. Sentía además la cabeza embotada a causa del agotamiento. La consulta del médico estaba inesperadamente concurrida y, como era obvio, en la sala de espera no podía beber nada. Se dio cuenta de que las manos le temblaban.

Todos los niños de la sala de espera parecían tener síntomas más leves que los de Wataru. Kimura notaba que su enojo iba en aumento mientras miraba a todos esos niños con la mascarilla puesta sobre sus rostros: «Malditos farsantes, deberían pasar primero a los niños que están sufriendo de verdad». Uno a uno, fulminó con la mirada a sus padres, y cada vez que la enfermera pasaba no podía evitar fijarse en su culo.

Al final, resultó que los síntomas de Wataru también eran leves. Justo antes de que le llamaran, el niño se volteó hacia su padre y le susurró con timidez:

—Creo que ya me encuentro mejor, papá.

Pero después de haber esperado todo ese tiempo, Kimura no quería volver a casa sin ver al pediatra, de modo que le dijo a su hijo que fingiera que todavía le dolía la barriga y dejara que el médico le recetara algo. Se marcharon después de la visita.

Una vez fuera, Wataru le preguntó en un tono indeciso si había bebido algo. Al saber que su hijo se encontraba mejor, Kimura había sentido una oleada de alivio y le había dado un fugaz trago a su petaca. Wataru debía de haberlo visto.

Había sacado la petaca del bolsillo y se había volteado de cara a la pared para que las demás personas que estaban en la sala de espera no lo vieran. La petaca estaba llena de un brandi barato y la llevaba encima cuando trabajaba para poder echarse un trago si lo necesitaba. Se decía a sí mismo que la bebida cumplía la misma función que el aerosol nasal para aquel que tenía alergias. Si no tomaba alcohol, no podría concentrarse y no sería de mucha utilidad como guardia de seguridad. Las manos le temblarían y sería incapaz de sujetar con firmeza la linterna, lo que sería un desastre. Tener a mano un poco de alcohol era como mantener cerca una medicina: una medicina para su dolencia crónica. Se había convencido a sí mismo de que necesitaba el alcohol para hacer su trabajo.

—¿Sabías que el alcohol es una bebida espirituosa que se obtiene mediante un proceso de destilación, y que este se remonta a Mesopotamia? —le explicó a Wataru.

Por supuesto, él no sabía lo que era Mesopotamia. Lo único que sabía era que su padre estaba volviendo a poner excusas, pero era una palabra divertida de pronunciar: Meso-po, Meso-pota-pota.

—En francés, a las bebidas espirituosas las llaman *eau de vie*. ¿Sabes lo que significa eso? Agua de vida. ¿A que suena bien? ¡Agua de vida! —decirlo le hacía sentir mejor. «Así es: cada trago es un salvavidas».

—Pero al médico le sorprendió que te oliera el aliento a alcohol, papá.

—¡Si llevaba puesta una mascarilla!

—Incluso con la mascarilla pudo olerlo.

—Es agua de vida, ¿qué más da si huele? El médico lo sabe a la perfección —murmuró Kimura.

Mientras recorrían una plaza comercial de regreso a casa, Wataru le dijo que tenía que hacer pipí. Entraron al edificio más cercano, unos grandes almacenes llenos de tiendas de ropa y que eran muy populares entre los adolescentes, a buscar un baño. No había ninguno en la planta baja, y Kimura no pudo reprimir una letanía de regaños por tener que tomar el ascensor hasta la primera planta y, una vez ahí, pasar por delante de incontables tiendas para llegar al baño que había al fondo del edificio.

—Puedes ir tú solo, ¿verdad, colega? Yo te esperaré aquí. —Y, tras darle a Wataru una pequeña palmada en el trasero, se acomodó en un banco cercano al baño. La empleada de la tienda de accesorios que había enfrente tenía unos pechos enormes y llevaba una camiseta con escote, de modo que sentado ahí esperaba disfrutar de las vistas.

—Sí, puedo ir solo —declaró Wataru con orgullo, y entró al baño.

Regresó tras lo que a Kimura le pareció apenas un momento. Este bajó la mirada a sus propias manos y se dio cuenta de que estaba sosteniendo la petaca. «¿Cuándo la tomado? No lo recuerdo, pero el tapón todavía está puesto, así que no debo de haber bebido nada». Era como si estuviera reconstruyendo los actos de otra persona.

—¡Qué rápido! ¿Listo?

—No he podido. ¡Estaba lleno!

—¿Lleno? ¿Lleno de pipí?

—No, había muchos chicos mayores.

Kimura se puso de pie y se dirigió hacia el baño.

—A ver.

—Daban un poco de miedo —dijo Wataru, aferrándose a la mano de su padre—. Vámonos a casa.

Kimura soltó la mano de su hijo. Si se trataba de un puñado de adolescentes, era muy probable que estuvieran fumando cigarrillos o haciendo el tonto, o tal vez incluso planeando algún que otro chantaje o el robo a alguna tienda, así que se le ocurrió ir a burlarse un poco de ellos. Se sentía un poco malhumorado por la falta de sueño y la falta de bebida, y quería desfogarse un poco. Le dijo a Wataru que lo esperara y lo dejó junto al banco.

En el interior del baño encontró a cinco chicos vestidos con su uniforme escolar. El lugar era espacioso, con urinarios en dos paredes y cuatro cubículos en la tercera. Los chicos formaban un circulo junto a los cubículos y, cuando Kimura entró, levantaron la vista, pero casi de inmediato volvieron a mirarse entre sí y prosiguieron con su charla. Kimura se acercó con despreocupación al urinario más cercano y se puso a mear. Intentó desentrañar de qué estaban hablando. Seguramente se trataría de alguna discusión sin sentido o estarían planeando alguna broma estúpida. «Voy a tomarles un poco el pelo». Ya hacía tiempo que había dejado de ganarse la vida como maleante, pero eso no significaba que hubiera dejado de gustarle armar broncas.

—¿Qué vamos a hacer? —El chico parecía enfadado—. Alguien tiene que explicárselo al Príncipe.

—Sí, pero ¿quién? Tú eres quien se rajó y salió corriendo.

—Ni de chiste. Yo estaba listo para hacerlo. Fue Takuya quien se rajó. Dijo que le dolía la barriga.

—Porque me dolía la barriga.

—Díselo al Príncipe. «¡Oh, lo siento, me dolía la barriguita, no pude hacer lo que nos pediste!».

Todos se quedaron callados entonces, algo que a Kimura no se le pasó por alto.

Él desconocía los detalles de lo que estaban hablando, pero dedujo las líneas generales.

Estos chicos tenían un líder. Tal vez un compañero de clase, o quizá alguien mayor, a lo mejor incluso un adulto. La cuestión era que alguien les daba órdenes. A esta persona la llamaban Príncipe. Un nombre estúpido. Y tenían el problema de que no habían hecho aquello que su alteza les había ordenado que hicieran. Lo habían defraudado y el Príncipe probablemente estaba enfadado. De modo que ahora estos chicos estaban en el baño de hombres intentando decidir qué decirle y quién asumiría la culpa. Eso venía a ser todo. «Los campesinos no han logrado recaudar suficientes tributos para su querido Príncipe», pensó Kimura en burla. Mientras tanto, su chorro de pipí no cesaba.

Pero había una cosa que no había conseguido entender. Un chico había mencionado un shock. ¿Se refería acaso a un shock eléctrico? Kimura pensó en las sillas eléctricas que usaban para las ejecuciones en Estados Unidos. No creía que fuera eso de lo que estaba hablando el chico, aunque había mencionado que si llega a ser más fuerte habría muerto, algo en lo que Kimura había reparado. Los adolescentes solían hablar con cierta ligereza de morir, o de matarse entre ellos, o de que algo los mataba, pero a Kimura esta vez le había sonado distinto. En realidad, le había dado la impresión de que el chico era consciente de la posibilidad de su propia muerte.

Al final dejó de mear y, tras subirse el cierre, se volteó hacia los chicos.

—¡Oigan, chicos! ¿Qué hacen perdiendo el tiempo en un lugar tan asqueroso como este? No dejan pasar a la gente. Bueno, ¿quién va a ser el que le pida perdón a su alteza el Príncipe?

Extendió un brazo y se limpió su mano sucia en el hombro del chico que tenía más cerca, que era también el más menudo.

Rápidamente, cambiaron de formación y pasaron del círculo a una hilera para hacer frente a Kimura. Todos llevaban el mismo uniforme, pero el aspecto de cada uno era distinto. Uno era alto y con granos, otro llevaba el pelo rapado, y había uno gordo y con cara de idiota. Intentaban resultar amenazantes, pero a Kimura solo le parecían unos críos.

—No van a resolver nada hablándolo aquí. ¿No deberían ir a disculparse con su Príncipe? —Kimura dio una fuerte palmada que sobresaltó a todos los chicos.

—No es asunto suyo.

—Lárguese de aquí, viejo.

Kimura no pudo evitar sonreír ante esos intentos de parecer malotes, cuando claramente no eran más que unos niños inocentes.

—¿Practican estas caras de chicos duros delante del espejo? Yo lo hacía cuando tenía su edad. Fruncía mucho el ceño y ponía cara de pocos amigos en plan «¿Y tú qué carajos miras?». Cosas así. Requiere práctica. Pero les digo que en realidad es una pérdida de tiempo. Cuando hayan pasado la pubertad y volteen la vista atrás, se reirán. Sería mejor que se dedicaran a mirar porno en internet.

—Este tipo apesta a alcohol —dijo el del pelo rapado. Era un chico bastante fornido, pero hizo un exagerado gesto de taparse la nariz con los dedos, lo que le dio un repentino aire de niño pequeño.

—Bueno, ¿entonces cuál es con exactitud su problema? Vamos, pueden contármelo. Dejen que este viejo les eche una mano. ¿Qué quería su Príncipe que hicieran?

Los chicos se mostraron confusos. Un momento después, el del fondo dijo:

—¿Cómo sabe todo esto?

—Los oí mientras meaba. —Kimura miró a cada uno de los chicos—. Quieren mi consejo? Los ayudaré con mucho gusto. Explíquenle a este viejo quién es el Príncipe.

Los chicos se quedaron callados e intercambiaron miradas entre sí, como si estuvieran manteniendo una reunión silenciosa.

—¡Ja! —exclamó entonces Kimura—. ¿De veras piensan que estoy dispuesto a escuchar sus problemas? Solo les estaba tomando el pelo. ¿Por qué iba a dar consejos a un puñado de mocosos como ustedes? Además, estoy seguro de que solo quería que se colaran en un *sex shop* o le dieran una paliza a alguien.

Pero los chicos no se relajaron en absoluto; de hecho, se les veía todavía más serios. Kimura enarcó las cejas. «¿Por qué están tan tensos?». Se acercó al lavabo y se lavó las manos. Por el espejo, vio que los chicos volvían a formar un círculo y retomaban su discusión más agitados que antes.

—Siento haberme burlado de ustedes. Nos vemos. —Se secó las manos en el *blazer* de otro de los chicos, pero ellos apenas parecieron darse cuenta.

Kimura salió del baño.

—¡Papá ya ha vuelto, Wataru! —Pero este había desaparecido. Kimura ladeó la cabeza. «¿Dónde diantre...?» Echó un vistazo en dirección al amplio pasillo con tiendas a cada lado, pero no vio a su hijo en ningún lugar.

Se acercó medio corriendo a la chica de pechos grandes.

—¡Oye! —exclamó. Ella alzó la mirada echando el pelo a un lado y sus grandes ojos se le quedaron mirando con fastidio, aunque él no habría podido decir si se debía a la brusquedad con la que se había dirigido a ella o al hecho de que oliera a alcohol—. ¿Has visto a un niño pequeño más o menos así de alto? —Colocó una mano a la altura de la cadera.

—¡Ah! —contestó ella algo dubitativamente—. Sí, lo vi dirigirse en esa dirección. —Señaló un pasillo que había al fondo de la tienda.

—¿Por qué diantre ha ido por ahí?

—No tengo ni idea. Pero iba con otro niño.

—¿Otro niño? ¿Qué quieres decir? —preguntó en un tono de voz cortante—. ¿Otro niño de preescolar?

—No, de más edad. Pensaba que tal vez era su hermano mayor. Un chico guapo de aspecto acicalado.

—¿Acicalado? ¿Quién era?

—¿Cómo voy a saberlo?

Kimura salió corriendo sin agradecerle siquiera la información. Tras recorrer el pasillo y torcer una esquina, se puso a mirar a un lado y otro frenéticamente. «¿A dónde fuiste, Wataru? ¿Dónde estás?». Recordó la mirada de desdén de su exesposa cuando ella le preguntó si podía hacerse cargo del niño. Una oleada de sudor le empapó el cuerpo y el corazón comenzó a latirle con fuerza.

Cuando por fin encontró a Wataru junto a las escaleras eléctricas sintió tal oleada de alivio que casi se cae de rodillas. Su hijo iba de la mano de un chico vestido con el uniforme escolar.

Kimura llamó a su hijo con un grito y corrió hacia ellos. Al llegar a su lado, agarró de un tirón la mano de su hijo que sostenía el chico del uniforme. A pesar de la violencia con la que lo hizo, este permaneció impertérrito y se limitó a mirar plácidamente a Kimura.

—¿Es este tu padre?

El chico debía de medir un metro sesenta, era más bien delgado y tenía un pelo fino y sin cuerpo que llevaba más bien largo. Sus ojos, grandes y claros, relucían como los de un gato en la oscuridad. «Casi parece una chica», pensó Kimura. Tuvo la extraña sensación de que le miraba una mujer atractiva y, con incomodidad, rio para sí.

—¿Qué diantre crees que estás haciendo? —Kimura atrajo a Wataru hacia sí. Se lo había dicho al chico del uniforme, pero este pareció pensar que su padre estaba gritándole a él.

—Me ha dijo que mi padre estaba por aquí —dijo el niño pequeño con temor.

—¿Cuántas veces te dije que no hables con desconocidos? —El tono de voz de Kimura era enérgico, pero nada más decirlo recordó todas las veces que sus padres, los abuelos de Wataru, lo habían regañado precisamente por no advertir al niño de cosas así. Se volteó enojado hacia ese estudiante de facciones tan bien proporcionadas—. ¿Y tú quién eres?

—Soy un alumno de la escuela Kanoyama —respondió el chico en calma y sin perder la compostura, como si solo estuviera haciendo lo que sus profesores le hubieran dicho—. Mis amigos se encuentran en el baño de hombres y pensé que podían asustar a este niño pequeño, así que se me ocurrió alejarlo de ahí. Luego él me dijo que no sabía dónde estaba su padre, de modo que estaba llevándolo al mostrador de información.

—Yo también estaba en el baño de hombres. Wataru lo sabía. No intentes venderme ese cuento. —Wataru parecía estar convencido de que su padre estaba enfadado con él y se encogió asustado.

—Qué raro. No me dijo que usted se encontrara ahí —explicó el chico con la mayor serenidad—. Puede que le haya asustado mi tono de voz y no se haya atrevido a decir nada. Estaba preocupado por él, así que tal vez fui demasiado brusco.

A Kimura no le gustaba nada todo eso. Más que el hecho de que se hubiera llevado a Wataru, le molestaba la tranquilidad con la que se desenvolvía ese chico y que no pareciera siquiera mínimamente afectado por su agresivo interrogatorio. No era que el chico fuera maleducado o se las diera de listillo, no, había algo más inquietante; algo taimado y malicioso.

Cuando ya estaba a punto de marcharse con su hijo, Kimura dijo:

—Los chicos del baño no dejaban de hablar de un tal Príncipe. Estaban manteniendo una especie de reunión secreta.

—¡Ah, ese soy yo! —repuso el chico con jovialidad—. Me apellido Ōji, escrito con los mismos sinogramas que «príncipe». Me llamo Satoshi Ōji. Extraño, ¿verdad? Mucha gente se burla de mí por ello. Se refieren a mí como el Príncipe Satoshi, o solo el Príncipe. Por cierto, mis amigos y yo puede que estuviéramos pasando el rato en el baño de hombres, pero no estábamos fumando ni nada de eso. Solo para que lo sepa —añadió con cara de no haber roto nunca un plato, y luego se alejó en dirección al baño.

El Príncipe vuelve a entrar en el vagón y se sienta junto a Kimura, haciendo que sus pensamientos vuelvan de golpe al presente.

Con las manos y los pies todavía atados, Kimura comenta el episodio:

—¿Qué ibas a hacer con Wataru la primera vez que nos vimos?

—Quería comprobar una cosa —contesta el Príncipe en un tono suave—. Estaba escuchando a hurtadillas a mis compañeros de clase.

—¿A hurtadillas? ¿Quieres decir que habías instalado un micrófono oculto?

—No, uno de mis amigos llevaba un dispositivo escondido en el bolsillo de su abrigo.

—¿Tenías un espía? —Kimura es consciente de lo infantil que resulta esa idea—. ¿Acaso temes que la gente hable mal de ti?

—No mucho. No me importa que la gente hable de mí. Pero si quienes lo hacen descubren que están siendo escuchados o les preocupa que uno de ellos pueda ser un espía, se pondrán nerviosos y dejarán de confiar entre ellos. Eso me beneficia.

—¿Qué tiene eso que ver con mi hijo?

—Como dije, lo único que estaba haciendo era escuchar a hurtadillas su conversación. Tenía intención de hacerles saber que había un espía, lo que los pondría a todos paranoicos. Y, de hecho, eso es exactamente lo que pasó. Pero cuando estaba escuchándolos, reparé en su hijo mirándome. Parecía interesado en mí, de modo que pensé en jugar con él un poco.

—Tiene seis años. Está claro que no te miró con mala intención.

—Ya lo sé. Pero estaba ahí y me entraron ganas de jugar con él. Quería ver qué le haría a un niño pequeño.

—¿Qué le haría el qué?

—Un shock eléctrico. Quería ver qué efectos tendría una descarga de alto voltaje en un niño de su edad. —El Príncipe señala la pistola paralizante que lleva en la mochila—. Pensé en probarla con él, pero de repente apareció usted, señor Kimura, y lo arruinó todo.

Fruta

Limón decide comenzar su búsqueda en la parte delantera del tren y se dirige primero al vagón número cuatro. Intenta recordar cuál es el aspecto de la maleta robada.

Cuando iba a la escuela primaria, su tutor le dijo a sus abuelos que Limón solo recordaba aquellas cosas en las que estaba interesado. «Es capaz de recordar qué artilugios usa Doraemon en cada uno de los ejemplares del cómic —explicó el tutor con frustración—, pero no sabe cuál es el nombre del director de la escuela». Él no entendía qué molestaba tanto al tutor. Entre el nombre del director y los artilugios de Doraemon, estaba claro qué era más importante.

La maleta debía de medir alrededor de medio metro de altura y un poco menos de ancho. Tenía un mango. Y ruedas. Era negra y estaba hecha de un material duro y frío al tacto. Y tenía un cierre de combinación de cuatro dígitos, aunque Limón y Mandarina desconocían cuáles eran.

—Si no sabemos cuál es la combinación, ¿cómo diantre vamos a pagar el rescate? —Limón había sido incapaz de reprimir la pregunta cuando el hombre de Minegishi les trajo la maleta—. No podemos enseñarles a los secuestradores que tenemos el dinero, ¿cómo espera que llevemos a cabo el encargo?

Fue Mandarina quien contestó.

—No son los secuestradores quienes les preocupan, sino nosotros. Piensan que podríamos huir con el dinero —repuso con su sensatez habitual.

—¿Pero qué diablos? Si no confían en nosotros, ¿por qué aceptamos el encargo de estos idiotas?

—No te preocupes de eso. Si supieras la combinación, ¿no querrías abrir la maleta?

Más adelante, Mandarina sugirió marcar la maleta de algún modo, de manera que agarró una calcomanía infantil del bolsillo y la pegó junto al cierre.

«Eso es, la maleta tiene la calcomanía de Mandarina».

Delante de la entrada al vagón número cuatro, Limón se encuentra con la joven azafata del carrito de aperitivos. Parece estar comprobando el inventario y anotando algo en un pequeño dispositivo que sujeta en la mano.

—¡Oye! ¿Has visto a alguien con una maleta negra así de grande?

—¿Cómo? —La chica parece desconcertada—. ¿Una maleta? —El delantal azul que lleva sobre el uniforme le confiere una apariencia doméstica.

—Sí, una maleta. Ya sabes, para llevar cosas. Una maleta negra. La había dejado en el compartimento portaequipajes, pero ya no está.

—Lo siento. No creo haberla visto. —A la chica parece incomodarle la mirada de Limón y se coloca detrás del carrito para que se interponga entre ambos.

—¿No crees haberla visto, Oye? —Limón sigue adelante y entra en el vagón número cuatro. El suave zumbido de la puerta automática al deslizarse a un lado le recuerda el interior de una nave espacial que vio una vez en una película.

No hay muchos pasajeros. Recorre el pasillo inspeccionando a derecha e izquierda el hueco que hay debajo de los asientos, así como las maletas que hay en las bandejas portaequipajes. Tampoco hay muchas, lo que le facilita comprobar que la negra que está buscando no se encuentra ahí. Sí distingue una bolsa de papel que le llama la atención en la bandeja portaequipajes de la derecha, más o menos a mitad del vagón. Es una bolsa de papel de un tamaño considerable. No puede ver su interior, pero se pregunta si la maleta podría estar dentro. En cuanto se le ocurre esta idea, actúa sin mayor vacilación y se dirige a la hilera en la que se encuentra la bolsa. Un hombre va sentado en el asiento de la ventanilla. Los otros dos asientos están vacíos.

A primera vista Limón piensa que el hombre es un poco mayor que él y que debe de rondar los treinta años. Está leyendo un libro. Podría ser un estudiante de posgrado, aunque va vestido con un traje.

Limón se sienta en el asiento del pasillo y se voltea hacia el hombre.

—¡Oiga! —exclama, colocando una mano en el reposabrazos más cercano al hombre e inclinándose hacia él—. Esa bolsa de ahí arriba... —dice señalando la bandeja portaequipajes—, ¿se puede saber qué es?

El hombre parece tardar un momento en darse cuenta de que alguien está hablando con él. Por fin, se voltea hacia Limón y luego levanta la mirada hacia la bandeja portaequipajes.

—¡Ah! Nada, es solo una bolsa de papel.

—Sí, ya veo que es una bolsa de papel, pero, ¿qué hay dentro?

—¿Cómo dice?

—Perdí mi maleta. Sé que está en algún lugar del tren, de modo que la estoy buscando.

El hombre tarda un momento en procesar esto.

—Espero que la encuentre —replica primero, pero luego parece darse cuenta de lo que Limón está sugiriendo—. ¡Ah! No, su maleta no está en mi bolsa. Yo no la tomé. Mi bolsa está llena de caramelos.

—Es una bolsa muy grande. ¿Lleva caramelos muy grandes?

—No, pero hay muchos.

El hombre parece un individuo reservado y tímido, pero se muestra extrañamente impertérrito.

—Bueno, pues déjeme verlos. —Limón se pone de pie y levanta las manos en dirección a la bandeja para agarrar la bolsa. El hombre no muestra ninguna señal de enojo o preocupación y vuelve a posar la mirada en su libro. En su rostro parece atisbarse incluso una plácida sonrisa. Esta compostura desconcierta a Limón.

—Cuando haya mirado su interior, le agradecería que volviera a dejar la bolsa donde estaba.

Limón la agarra, la coloca en el asiento y la abre. Dentro hay un montón de caramelos, probablemente adquiridos en la estación de Tokio.

— ¿Son regalos para alguien o qué? Compró un montón.

—No sabía qué caramelos escoger, de modo que al final compré muchos distintos.

—A nadie le importa tanto lo que le lleve.

—Lamento no poder ayudarle. —El hombre sonríe afable—. ¿Podría volver a dejar la bolsa donde estaba?

Limón se pone otra vez de pie y arroja descuidadamente la bolsa a la bandeja portaequipajes. Luego vuelve a sentarse, esta vez en el asiento del medio, junto al hombre. Se siente algo intranquilo y no deja de balancearse hacia delante y hacia atrás.

—¿Está seguro que no sabe dónde está mi maleta?

El hombre mira a Limón, pero no dice nada.

—La mayoría de la gente se asustaría o se enojaría si alguien aparece de repente y exige revisar sus pertenencias. Usted, en cambio, permanece aquí sentado en la más absoluta calma. Es como si hubiera estado esperándome. Igual que un criminal con coartada que no se pone nervioso cuando los polis lo interrogan. «¡Oh, no, detective! En ese momento me encontraba en el bar tal y tal». Usted actúa igual. Sabía con exactitud qué decir cuando aparecí, ¿verdad?

—¡No sea ridículo! —El hombre entrecierra los ojos y le lanza una mirada penetrante. En ese momento, Limón repara en lo que está leyendo: *Bufets de hoteles*, un libro profusamente ilustrado con fotos de platos culinarios—. Eso es como los juicios esos de brujas en los que decían que el hecho de que la mujer negara ser bruja era la prueba misma de que lo era. ¿Cree que hay algo sospechoso en mí solo porque no le tengo miedo? —El hombre cierra el libro—. A decir verdad, me ha sorprendido. Salió usted de la nada y se sentó a mi lado exigiendo ver el interior de mi bolsa. Me sentí tan desconcertado que no supe cómo reaccionar.

«Pues no lo parece», piensa Limón, y luego le pregunta:

—¿A qué se dedica?

—Soy profesor en una pequeña escuela extracurricular. Una pequeña.

—Profesor, ¿Oye? Nunca me he llevado bien con los profesores. Aunque claro, todos mis profesores me tenían miedo. Ninguno de ellos se comportaba con la misma calma que lo hace usted. ¿Es que está acostumbrado a tratar con delincuentes juveniles o algo así?

—¿Acaso quiere usted que le tenga miedo?

—No, la verdad es que no.

—Solo estoy intentando comportarme como un ser humano normal. No es que vaya por ahí intentando específicamente no tener miedo. —El hombre parece ahora un poco desconcertado—. Pero si no lo tengo —prosigue—, puede que se deba a que hace algún tiempo me vi involucrado en una situación violenta. Desde entonces, he notado que mi comportamiento se ha vuelto algo temerario. Puede que la experiencia me insensibilizara.

«¿Situación violenta?». Limón frunce el ceño.

—¿Es que algún alumno malo le dio una paliza?

El hombre vuelve a entrecerrar los ojos y tuerce el gesto. Acto seguido, sin embargo, en su rostro se dibuja una amplia sonrisa que le hace parecer un niño pequeño.

—Al morir mi esposa conocí a gente poco recomendable y pasaron muchas cosas... Pero lamentarse no sirve de nada —dice, adoptando de repente el mismo tono de voz que tenía antes—. Solo estoy intentando vivir como si estuviera vivo.

—¿Como si estuviera vivo? ¿Qué diantre significa eso? ¿Cómo puede uno vivir de otra manera?

—En realidad, la mayor parte de las personas viven sin ningún rumbo, ¿no le parece? Sí, interactúan entre sí y se divierten, pero tiene que haber algo más, no sé...

—¿Como qué? ¿Aullar a la luna?

El hombre sonríe y asiente vigorosamente.

—Eso es. Aullar a la luna haría sin duda que uno se sintiera vivo. Y comer muchas cosas buenas. —Abre el libro y le muestra a Limón una fotografía a dos páginas del bufet de un hotel.

Limón no sabe qué decir y cae en la cuenta de que no puede entretenerse más con este hombre. Se pone de nuevo de pie y sale al pasillo.

—¿Sabe qué, profesor? Me recuerda usted a Edward.

—¿Quién es Edward?

—Una de las locomotoras de vapor amigas de Thomas. La número dos. —Y entonces Limón se pone a recitar automáticamente la descripción del personaje que ha memorizado—: Una locomotora muy amigable, amable con todo el mundo. Una vez ayudó a Gordon a subir una colina y en otra ocasión salvó a Trevor del deshuesadero. Todo el mundo en la isla de Sodor sabe que puede contar con Edward.

—¡Uau! ¿Se ha aprendido todo eso de memoria?

—Si Thomas formara parte del temario de los exámenes de acceso a la universidad, habría entrado en la de

Tokio. —Y, tras decir eso, Limón sigue adelante y sale del vagón número cuatro.

En el vestíbulo, examina las maletas que hay en el compartimento portaequipajes.

Nada.

A la altura de la mitad del vagón número seis se encuentra con el chico.

No sabe bien de dónde sale. Parece surgir de la nada y, de repente, ambos se encuentran cara a cara en el pasillo. Debe de tener unos trece o catorce años. Es uno de esos guapitos que tanto abundan últimamente. Ojos claros, nariz proporcionada... Parece un muñeco de sexo indefinido.

—¿Qué diantre quieres? —Limón no está seguro de cómo debería actuar para dejarle claro que es un tipo duro. El chico tiene un aspecto tan espléndido que le recuerda a Percy, la locomotora verde.

—¿Estás buscando algo? Te vi echando un vistazo al baño.

El chico da la impresión de ser un estudiante sobresaliente, lo cual hace que Limón se sienta incómodo. Nunca fue capaz de llevarse bien con los lumbreras.

—Una maleta. Negra. Así de grande. ¿La has visto? Imagino que no.

—Pues la verdad es que sí.

Limón se acerca un poco más a él.

—¿Ah, sí? ¿La has visto?

El chico retrocede un poco, pero no está asustado.

—Vi a alguien que llevaba una maleta de ese tamaño —replica, imitando las dimensiones con las manos—. Una maleta negra —añade, y señala con el dedo la parte frontal del tren. Justo en ese momento, este acelera un poco y Limón no puede evitar tambalearse un poco.

—¿Qué aspecto tenía?

—Pues... —El chico se lleva los dedos a la barbilla, ladea la cabeza y mira hacia arriba, como dando a entender que está intentando recordarlo. «Es una actuación que haría una chica adolescente», piensa Limón—. Veamos, iba vestido con unos pantalones oscuros y una chamarra tejana.

—Así que una chamarra tejana... ¿Y cuántos años tenía?

—Diría que veintimuchos o treinta y pocos. ¡Ah, y llevaba puestos unos lentes oscuros! Era un tipo más bien apuesto.

—Gracias por la información.

El chico hace un gesto con la mano como diciendo «no fue nada» y a continuación le mira con una sonrisa tan deslumbrante que ilumina todo el vagón.

Limón también sonríe, pero con ironía.

—¿Sonríes así porque tienes un corazón hecho de oro puro o porque estás tomándole el pelo a un adulto?

—Ninguna de esas dos cosas —contesta el chico sin vacilar—. Simplemente, es mi forma de sonreír.

—¿Acaso estás intentando que los demás chicos del Shinkansen sonrían como tú, con esa inocencia y ese brillo en la mirada?

—¿Le gusta el Shinkansen, señor?

—¿A quién no le gusta el Shinkansen? Bueno, la verdad es que prefería la serie 500, pero el Hayate también está bien. En cualquier caso, si quieres saber qué tren prefiero, es el personal del duque de Boxford.

El chico se muestra desconcertado.

—¿Cómo? —dice Limón—. ¿No conoces a Spencer? ¿Es que no ves *Thomas y sus amigos*?

—Creo que lo hacía cuando era pequeño.

Limón suelta un resoplido.

—¡Pero si todavía eres pequeño, maldita sea! Tu cara me recuerda a la de Percy. —Y a continuación, se dirige hacia al siguiente vagón para comenzar a buscar a la persona que el chico le ha descrito. Pero se detiene al ver el pequeño letrero digital que hay en la pared, justo encima de la puerta del vagón: en él pueden verse los titulares de las principales noticias desplazándose de derecha a izquierda. Limón las lee distraído. El primer titular le informa de que han robado una serpiente en una tienda de animales de Tokio. Al parecer, se trata de una especie rara. Se desconoce el motivo, pero Limón murmura para sí que en esos momentos probablemente alguien debe de estar intentando vender la serpiente. Luego aparece el siguiente titular:

TRECE MUERTOS EN LA MATANZA DE FUJISAWA KONGOCHO. LAS CÁMARAS DE SEGURIDAD QUE HABÍA EN EL LUGAR DE LOS HECHOS HABÍAN SIDO DAÑADAS CON ANTERIORIDAD

«¿Fueron trece?» El número no le despierta sentimiento alguno. La habitación subterránea estaba oscura y él había disparado a un hombre armado tras otro, de modo que no tenía clara la cantidad final. A pesar de toda la sangre y los cuerpos masacrados, verlo escrito de ese modo hace que parezca algo anodino.

—¡Trece personas! ¡Vaya carnicería! —dice el chico, que se encuentra de pie detrás de Limón y, al parecer, también está leyendo las noticias.

—Yo liquidé al menos seis, es muy probable que más. Mandarina se encargó de los demás. No son pocos, pero tampoco es para tanto.

—¿Qué?

Limón lamenta de inmediato haber pensado en voz alta y procura cambiar de tema.

—¡Oye! ¿Sabes cuál es el nombre oficial de ese aparato? Dispositivo de transmisión de información para viajeros. ¿Lo sabías?

—¿Cómo dice?

—El letrero que transmite las noticias.

—¡Ah! —El chico asiente—. Sí. Me pregunto de dónde las sacan.

Una sonrisa se forma en los labios de Limón.

—Yo te lo diré —dice con satisfacción—. Hay dos tipos de noticias. Unas proceden del mismo tren y otras de la estación central de Tokio. La del tren son cosas como «Pronto llegaremos a la estación tal y tal». Todo lo demás (anuncios, noticias, todo eso) se envía desde la estación central. ¿Sabes cuando hay un accidente en alguna vía y los horarios sufren cambios? Ese tipo de información en tiempo real se redacta en Tokio y aparece en el dispositivo del tren. Y las noticias también. Se transmiten en rotación procedentes de los seis periódicos principales, lo cual impresiona mucho. Y eso no es todo...

—Creo que estamos en medio —anuncia de repente el chico, atrayendo a Limón hacia sí. El carrito de los aperitivos está justo detrás de ellos. La azafata se encoge al ver a Limón, alarmada por el hecho de encontrarse con este tipo allá donde va.

—¡Pero si tengo más cosas interesantes que contarte!

—Cosas interesantes, ¿Oye? —Está claro que el chico tiene sus dudas.

—¿Es que no te pareció interesante lo del dispositivo de transmisión de información para viajeros? ¿No te ha impresionado? —pregunta Limón con la más absoluta sinceridad—. Bueno, da igual. En cualquier caso, gracias por tu ayuda. Si encuentro mi maleta será gracias a ti. La próxima vez que te vea, te compraré unos caramelos.

Nanao

Un pasajero avanza en dirección a Nanao. Se trata de un chico más bien menudo que va vestido con un *blazer*. Rápidamente, cierra su celular plegable y se lo mete en el bolsillo trasero de sus pantalones cargo al tiempo que procura tranquilizarse. Mantiene el cadáver del Lobo apoyado contra la ventanilla de la puerta: si no lo sostiene bien, la cabeza comenzará a balancearse de forma inquietante.

—¿Está todo bien? —pregunta el chico, deteniéndose junto a Nanao. Sus profesores en la escuela deben de haberle enseñado a ofrecerle ayuda a la gente que parece tener algún problema. Justo lo último que necesita ahora mismo Nanao.

—¡Oh, sí! Es solo que mi amigo ha bebido demasiado y ahora le da vueltas la cabeza. —Nanao se esfuerza para no hablar demasiado deprisa. Le da un pequeño codazo al cadáver del Lobo—. ¡Oye, despierta! ¡Estás asustando a los niños!

—¿Necesita que le ayude a llevar a su amigo al asiento?

—No, no. Gracias. Estamos pasándonoslo en grande. —«¿Quién se lo está pasando en grande? ¿Yo? ¡Disfrutando del paisaje abrazado a un cadáver?».

—¡Vaya! Parece que a alguien se le ha caído algo. —El chico baja la mirada al suelo.

Es un boleto del Shinkansen. Con toda seguridad, el del Lobo. Debe de habérsele caído.

—Perdona, ¿te importaría recogerlo? —pide Nanao, pues le resultaría muy difícil reclinarse mientras sostiene el cadáver, y también porque tiene la sensación de que sería algo bueno satisfacer la patente necesidad que tiene este chico de ser amable con la gente.

El chico recoge el boleto del suelo.

—Muchas gracias —dice Nanao inclinando la cabeza.

—Desde luego, los efectos del alcohol dan miedo. El hombre junto al que estoy viajando hoy tampoco puede dejar de beber y está causando muchos problemas —explica el chico alegremente—. Bueno, nos vemos. —Y, al voltear hacia la entrada del vagón número seis, repara en la maleta que descansa solitaria junto a la puerta de enfrente—. Es suya esa maleta, ¿señor?

«¿Se puede saber a qué escuela va este chico?». Nanao quiere que se marche cuanto antes, pero el joven parece determinado a quedarse y a ayudarlo en todo lo que pueda. «¿Por qué enseñan a los chicos a ser tan atentos?». A pesar de la creciente frustración que siente Nanao, no puede evitar pensar que, si alguna vez tiene hijos, intentará llevarlos a la escuela de este chico. Ahora mismo, en cualquier caso, todo esto solo es un ejemplo más de su mala suerte. En esta situación concreta, un encuentro casual con un joven caritativo y cargado de buenas intenciones no es más que otro desafortunado giro de los acontecimientos.

—Sí, es mía, pero puedes dejarla ahí. Ya la recogeré luego. —Tiene la sensación de que su tono es algo más brusco de lo que debería, e intenta dominarse.

—Pero si la deja ahí alguien podría robársela. —Sin duda, el chico es persistente—. Si uno confía demasiado en los demás, se aprovecharán de él.

—¡Vaya! ¡Esto sí que no me lo esperaba! —dice Nanao, pensando en voz alta—. Y yo que creía que la escuela a la que vas te enseñaba a tener fe en la gente. Ya sabes, la doctrina de la bondad inherente del ser humano.

—¿Y por qué pensaba eso? —El chico sonriente parece conocer la doctrina de la bondad inherente del ser humano, lo cual hace que Nanao se sienta un poco avergonzado. «Yo acabo de conocerla por Maria».

—Es difícil explicar la razón, la verdad. —«Porque me parece que tu escuela debía de estar llena de alumnos con un comportamiento ejemplar».

—No creo que la gente al nacer sea inherentemente buena o mala.

—Se convierten en una u otra cosa con el paso del tiempo, ¿no?

—No, solo creo que el bien y el mal dependen del punto de vista de cada uno.

«Vaya con este chico. —Nanao se siente por completo desconcertado—. ¿De verdad hablan así los adolescentes?».

El chico vuelve a ofrecerle ayuda con la maleta.

—No hace falta, de verdad. —Si el chico sigue insistiendo, terminará perdiendo la paciencia—. Ya me ocuparé yo.

—¿Qué hay dentro?

—No estoy seguro —responde con sinceridad sin darse cuenta, pero el chico se ríe. Debe de creer que se trata de una broma. Sus dientes relucen en una perfecta hilera blanca.

El chico parece querer decir algo más, pero al cabo de un momento se despide animadamente y desaparece en el vagón número seis.

Con una oleada de alivio, Nanao se abraza al cadáver del Lobo y, arrastrándolo, se acerca a la maleta. Tiene que decidir qué hacer tanto con el cadáver como con la maleta. Y rápido. El propietario de la maleta, que viaja en el vagón número tres, puede que todavía no se haya dado cuenta de que desapareció, pero si se da cuenta, seguro que la buscará por todo el tren. Nanao es consciente de que, si lleva la maleta a la vista, lo más probable es que lo descubran.

Con un brazo alrededor del cadáver y la mano del otro agarrada al mango de la maleta, mira a la izquierda y derecha sin saber bien qué hacer. Primero, debería ocuparse del cadáver. Lo ideal sería dejarlo en un asiento. Repara entonces el contenedor para la basura que hay en la pared del tren. Consta de un agujero para botellas y latas, una estrecha ranura para revistas y papel y una amplia abertura con tapa para lo demás.

Luego se fija en una pequeña protuberancia que hay justo al lado de la ranura de las revistas. Parece el ojo de una cerradura, pero no se ve ningún agujero, es solo una pequeña protuberancia circular. Sin pensar, extiende un brazo y la presiona. Una pequeña manilla metálica aparece con un clic. «¿Qué tenemos aquí?».

Tira de ella.

Lo que pensaba que era una pared es en realidad un panel que, al abrirse, deja al descubierto un amplio espacio parecido a una taquilla. Un estante divide el espacio en dos niveles. Del inferior cuelga una bolsa de plástico, que es adonde va a parar la basura cuando la gente la tira. Este panel debe de usarlo el personal de limpieza para cambiar las bolsas.

A Nanao, sin embargo, le resulta mucho más interesante el hecho de que el estante superior esté vacío. Sin detenerse a pensar, sostiene con fuerza el cadáver con una mano y, con la otra, alza la maleta y consigue meterla en el estante con un único movimiento. Un segundo más tarde, cierra el panel.

Nanao nota cómo la preocupación que le recome disminuye un poco ante el inesperado hallazgo de este escondite. Luego, centra toda su atención en el cadáver que tiene en las manos y comprueba el boleto que el chico recogió del suelo. Vagón seis, hilera uno. Es la hilera más cercana del vagón más cercano. Ideal para dejar el cadáver sin levantar las sospechas de nadie.

«Está sucediendo. Las cosas están saliéndome bien. —Y luego piensa—: ¿Seguro?».

Alguien a quien suele perseguir la mala suerte no puede evitar extrañarse de haber tenido dos golpes semejantes de buena suerte (uno, haber encontrado el panel de la basura para esconder la maleta, y dos, el hecho de que el asiento del Lobo se encuentre tan próximo). Por un lado, está convencido de que las cosas se van a torcer en cualquier momento; por el otro, lamenta que, con esas dos chuzas, seguro que se acaba su buena fortuna.

El paisaje que se ve por la ventanilla de la puerta se transforma a toda velocidad. Grúas en los tejados de los edificios en construcción, hileras de edificios de departamentos, estelas de los aviones en el cielo... Todo aparece y desaparece a una velocidad uniforme.

Nanao apoya el cadáver contra su propio cuerpo. Cargar con un hombre adulto sobre los hombros llamaría demasiado la atención, de modo que coloca al Lobo a un lado, hombro con hombro, como si fueran a realizar una carrera de tres pies, y da unos pocos pasos. Esto tampoco parece demasiado natural, pero no se le ocurre otra manera de hacerlo.

La puerta del vagón número seis se abre deslizándose a un lado. Nanao entra y deja caer con rapidez el cadáver en la hilera de dos asientos que hay a su izquierda; quiere sentarse cuanto antes y dejar de estar a la vista de cualquier pasajero que deambule por el pasillo. Tras apoyar al Lobo contra la ventanilla, se acomoda en el asiento del pasillo. Por suerte, no hay nadie en la hilera del otro lado.

Se permite a sí mismo exhalar un suspiro de alivio. Luego, el cadáver del Lobo se balancea y empieza a caérsele encima. Se apresura a empujarlo otra vez hacia la ventanilla e intenta colocar los brazos y las piernas de tal forma que impidan que se mueva. Nunca ha llegado a acostumbrarse a la visión de un cuerpo sin vida. Trata de estabilizarlo para que deje de moverse de un lado a otro. Primero, apoya un codo en el alféizar de la ventana, pero el Lobo es demasiado bajito y la postura no parece natural. Al cabo de unos pocos minutos de prueba y error, encuentra una posición que podría funcionar, pero un momento después el cadáver se inclina y comienza a desplomarse como una avalancha en cámara lenta.

Nanao contiene su creciente malhumor e intenta colocar bien otra vez el cadáver. Lo apoya contra la ventanilla y procura que parezca que el Lobo está durmiendo. Por si acaso, le tapa también los ojos con la visera de la gorra.

Justo en ese instante recibe una llamada de Maria. Nanao se pone de pie y regresa al vestíbulo. Se sitúa junto a la ventanilla y se lleva el celular a la oreja.

—Asegúrate de bajar en Omiya. —Nanao sonríe amargamente. No hacía falta que le dijera eso—. ¿Y bien? ¿Estás disfrutando de tu viaje en el Shinkansen?

—No tuve tiempo de hacerlo. Estoy pasándola fatal. Acabo de dejar al Lobo en su asiento. Parece que está durmiendo. También escondí la maleta.

—¡Quién te vio y quién te ve!

—¿Sabes algo del propietario de la maleta?

—Solo que va en el vagón número tres.

—¿Nada más concreto? Sería de gran ayuda saber qué tipo de persona es.

—Si supiera algo te lo diría, pero eso es lo único que sé, de verdad.

—Vamos, échame la mano, Maria. —De pie junto a la puerta, Nanao puede sentir las vibraciones del tren en la vía. Sigue con el celular pegado a la oreja y apoya la frente en la ventanilla. Hace frío y ve pasar los edificios a toda velocidad.

En ese momento, la puerta que lleva a la parte trasera del tren se abre y alguien entra en el vestíbulo. Nanao oye entonces cómo se abre la puerta del baño. A continuación, quien sea que haya entrado vuelve a salir. Se oye un chasquido de lengua que revela la exasperación de esa persona.

«¿Alguien está buscando algo en el baño?».

Nanao echa un vistazo furtivo. Ve a un hombre alto y larguirucho. Va vestido con una chamarra, bajo la que distingue una camisa gris. Lleva el pelo revuelto como si acabara de levantarse de la cama. Y su mirada agresiva parece insinuar que está listo para pelearse con cualquiera con quien se encuentre. Nanao lo reconoce.

—¡Ah! Eso me recuerda una cosa… —dice al celular procurando que su voz suene natural, como si fuera un pasajero corriente que está manteniendo una conversación y mirando por la ventanilla. Permanece de espaldas al hombre que acaba de aparecer en el vestíbulo.

—¿Sucede algo? —Maria percibe el repentino cambio en el tono de voz de Nanao.

—Bueno, ya sabes, lo cierto es que… —Nanao sigue disimulando y haciendo tiempo hasta que el hombre entra en el vagón número seis y la puerta se cierra tras él. Luego vuelve a adoptar su tono de voz normal.

—Vi a alguien que conozco.

—¿A quién? ¿Alguien famoso?

—Uno de esos gemelos. Ya sabes, esos que se dedican a lo mismo que nosotros. Lima y limón o algo así.

El tono de voz de Maria se endurece.

—Limón y Mandarina. No son gemelos. Se parecen un poco y por eso todo el mundo cree que lo son, pero en realidad son por completo distintos.

—Uno de ellos acaba de pasar a mi lado.

—Limón es el que está obsesionado con *Thomas y sus amigos* y Mandarina es un tipo serio al que le gusta leer novelas. Limón es la típica persona de grupo sanguíneo B y Mandarina la típica del grupo A. Si alguna vez se casan, la cosa terminará en divorcio, eso seguro.

—Bueno, a simple vista no fue capaz de determinar su grupo sanguíneo —replica Nanao jovialmente para disimular sus nervios. Habría sido fácil averiguar cuál de los dos era si hubiera llevado una camiseta con un tren. Luego expresa en voz alta un creciente mal presentimiento—: ¿Crees que la maleta es suya?

—Podría ser. También podría ser que no estuvieran juntos en el tren. Antes trabajaban por separado.

—Alguien me dijo una vez que esos dos son los tipos más peligrosos de la mafia.

Fue hace ya tiempo, un día que se reunió con un conocido intermediario en una cafetería que abría toda la noche. Se trataba de un hombre decididamente obeso que en el pasado había hecho todo tipo de trabajillos, asesinatos por encargo y otras tareas peligrosas, pero que, al empezar a engordar, decidió bajar el ritmo hasta que al final se cansó y optó por dedicarse solo a hacer de intermediario. Cuando comenzó a ejercer el oficio todavía era algo nuevo, y como era persistente y mantenía buenas relaciones con todo el mundo, fue capaz de hacerse un nombre en ese nicho de mercado. Ya en la mediana edad había seguido aumentando de peso, así que cambiar de ocupación fue probablemente la decisión adecuada. «Siempre se me dio mejor establecer relaciones con la gente —le explicó a Nanao con cierta presunción—. Creo que estaba destinado a ser un intermediario». Para Nanao eso no tenía mucho sentido.

Luego ese intermediario le hizo una propuesta.

—¿Aceptarías un encargo aunque no te lo propusiera Maria? Lo digo porque tengo uno para ti. Aunque, eso sí, hay buenas y malas noticias. —Este tipo siempre estaba hablando de buenas y malas noticias.

—¿Cuáles son las buenas noticias?

—Está extremadamente bien pagado.

—¿Y las malas?

—Te las verías con unos tipos muy duros. Mandarina y Limón. Diría que ahora mismo son las personas de la mafiao con más garantías de llevar a buen puerto un encargo. Son los más violentos, y desde luego los más peligrosos.

Nanao lo rechazó sin pensárselo dos veces. No porque tuviera ningún problema con trabajar para alguien que no fuera Maria. Se debió más bien al repetido uso que había hecho el intermediario de la palabra «más» aplicada a esos dos tipos. No tenía intención alguna de ir contra alguien así.

—Preferiría no vérmelas con esos dos —protesta Nanao al celular.

—Puede que tú no quieras, pero eso no los detendrá a ellos. Si es que en efecto es su maleta, claro —dijo Maria en un tono de voz tranquilo—. En cualquier caso, declarar que alguien es el más peligroso de la mafia viene a ser como escoger las películas favoritas para los Óscar de este año: hay tantas opiniones como personas. Al fin y al cabo, hay muchos candidatos para elegir. Como el Empujón. ¿Has oído hablar de él, verdad? Es ese tipo que empuja a sus víctimas delante de coches o trenes en marcha para que sus muertes parezcan un accidente. Algunas personas opinan que es el mejor. Y durante un tiempo todo el mundo hablaba del Avispón.

Nanao conoce el nombre. Seis años atrás, el Avispón se hizo un nombre de la noche a la mañana tras colarse en las oficinas de Doncella, la organización más poderosa del hampa, y matar al jefe, Terahara. Mataba clavándoles una aguja envenenada a sus víctimas en el cuello o en la punta del dedo. Algunos rumores decían que el Avispón eran en realidad dos personas que trabajaban juntas.

—Pero ya nadie menciona al Avispón, ¿verdad? Fue flor de un día. Una estrella efímera. Igual que una abeja, supongo: capaz solo de una picadura.

—Si tú lo dices...

—La mayoría de las cosas que circulan por ahí sobre los viejos profesionales no son más que cuentos chinos.

Esto le recuerda a Nanao otra cosa que le dijo el orondo intermediario.

—Me encanta ver películas antiguas. No puedo evitar preguntarme cómo consiguieron unos resultados tan espectaculares sin imágenes generadas por computadora ni efectos especiales. Como, por ejemplo, en el caso de las películas alemanas de la época muda. ¡Son antiquísimas pero deslumbrantes!

—¿No crees que eso se debe precisamente a que son tan antiguas? Ya sabes, como sucede con las antigüedades.

El intermediario negó con la cabeza con teatralidad.

—No, no. Sucede a pesar del hecho de ser tan antiguas. Mira *Metrópolis*. De igual modo, antiguamente los profesionales eran duros de verdad. Diría incluso que más sólidos, más resistentes. Estaban en un nivel completamente distinto —dijo de forma apasionada—. ¿Y sabes por qué esos veteranos no pierden nunca?

—No, ¿por qué?

—Porque ya están muertos o jubilados, así que, en cualquiera de los dos casos, ya no pueden volver a perder.

—Supongo que tienes razón.

El intermediario asintió con solemnidad y comenzó a relatar algunas batallitas de sus amigos legendarios.

—Quizá si me jubilo ahora yo también me convertiré en una leyenda —dice Nanao al celular.

—Sin duda —responde Maria—. Serás recordado como el hombre que fue incapaz de bajar del tren en la estación de Ueno.

—Lo haré en Omiya.

—Buena idea. Así no podrán decir que eres el hombre que no pudo bajar del tren en Omiya.

Nanao cuelga y vuelve a su asiento original en el vagón número cuatro.

El Príncipe

—¿Sabe qué, señor Kimura? —dice el Príncipe con complicidad—. Puede que las cosas se pongan un poco interesantes.

—¿Interesantes? Lo dudo. —Kimura apenas disimula ya su indiferencia. Levanta las manos atadas y se rasca la nariz con el pulgar—. ¿Es que tuviste una revelación divina? ¿Caíste en la cuenta de que has pecado? ¡Vaya visita al baño más memorable!

—En realidad, hay un baño en nuestro vagón, pero fui en la dirección equivocada, de modo que tuve que atravesar el vagón número seis para ir al baño del vestíbulo que hay entre los vagones seis y cinco.

—Así que incluso su alteza el Príncipe comete errores.

—Pero al final, las cosas siempre me salen bien. —Al decirlo, el Príncipe se pregunta cómo es que, en efecto, todo siempre termina saliéndole bien—. Incluso si meto la pata, al final la cosa se arregla. Por ejemplo, el hecho de haber ido a un baño más lejano ha resultado ser algo positivo. Antes de entrar, vi a dos hombres en el vestíbulo, pero no les presté mucha atención. Cuando volví a salir, sin embargo, todavía estaban ahí. Uno de ellos sujetaba al otro.

Kimura suelta una risotada.

—Si te sostiene un amigo, es que vas muy borracho.

—Exacto. Y el tipo que sujetaba a su amigo me Dijo lo mismo. «Ha bebido demasiado». Pero en realidad, a mí no me pareció que estuviera borracho.

—¿Qué quieres decir?

—No se movía, pero tampoco olía a alcohol. Y, sobre todo, el ángulo de su cabeza no parecía natural.

—¿El ángulo de su cabeza?

—El tipo de los lentes oscuros hacía todo lo posible para que no se notara, pero estoy convencido de que su amigo tenía el cuello roto.

—Si tú lo dices... —dice Kimura, y exhala un largo suspiro—. Aunque lo dudo mucho.

—¿Por qué? —El Príncipe posa su mirada en la ventanilla y contempla el paisaje mientras comienza a maquinar sus siguientes pasos.

—Porque si hubiera alguien muerto en el tren ya se habría armado un buen escándalo.

—El tipo de los lentes no quería que eso ocurriera, de modo que comenzó a inventarse todo tipo de excusas y me mintió a la cara. —El Príncipe piensa en el tipo de los lentes oscuros. Parecía amable, pero la oferta que le hizo de ayudarle con el amigo borracho lo puso nervioso. Estaba claro que intentaba transmitir una apariencia de tranquilidad, pero por dentro estaba como un flan. Casi sintió lástima por él—. Y además, llevaba una maleta.

—¿Y qué? ¿Acaso estaba tratando de meter el cadáver dentro de la maleta? —pregunta burlonamente Kimura.

—Eso habría sido una buena idea, aunque con toda probabilidad no habría cabido. El tipo que tenía en brazos era bastante menudo, pero aun así no creo que hubiera podido meterlo.

—Ve a decírselo a los conductores. «¡Hay un pasajero con el cuello roto! ¿Es eso normal? ¿Hay algún descuento si tienes el cuello roto?».

—No, gracias —responde el Príncipe, categórico—. Si hiciera eso, detendrían el tren y... —Se queda un momento callado—. Sería aburrido.

—Bueno, desde luego no queremos que su majestad se aburra.

—Todavía hay más. —El Príncipe sonríe—. De camino aquí no podía dejar de pensar en ese encuentro, así que volví a dar media vuelta. A la altura del vagón número seis vi a otro hombre. Estaba buscando esa maleta.

—¿Y?

—La buscaba por todas partes: el pasillo, los asientos...

—Y no era el de los lentes oscuros ni el borracho.

—No. Este era alto y delgado, con una mirada algo desquiciada. Y de trato algo brusco: no parecía exactamente un miembro productivo de la sociedad. Le preguntó a uno de los pasajeros qué llevaba en su bolsa. Extraño, ¿no? Se le veía desesperado, y resultaba bastante evidente que estaba buscando una maleta.

Kimura bosteza de forma exagerada. «Este viejo también está desesperado», piensa el Príncipe con frialdad. Es incapaz de comprender adónde quiere ir a parar el Príncipe ni por qué está compartiendo con él todo esto. Está poniéndose nervioso. No quiere que su joven antagonista se dé cuenta, de modo que finge un bostezo para disimular un profundo suspiro. «Espera un poco más». Kimura está a punto de aceptar su absoluta indefensión y la futilidad de su situación. «Solo un poquito más».

La gente necesita encontrar un modo de justificarse a sí misma.

Las personas no pueden vivir sin decirse a sí mismas que tienen razón, que son fuertes, que sus vidas tienen algún valor. Por eso, cuando sus palabras y sus actos difieren de la imagen que tienen de sí mismas, necesitan buscar excusas que las ayuden a reconciliarse con esa contradicción. Padres que abusan de sus hijos, curas que mantienen aventuras ilícitas, políticos caídos en desgracia..., todos buscan excusas.

Lo mismo sucede cuando se obliga a alguien a someterse a la voluntad de otra persona. La víctima intenta justificarse a sí misma. Intenta encontrar una excusa para no verse obligada a reconocer su impotencia y su abyecta debilidad. Piensa, por ejemplo, que la persona que la está maltratando de ese modo tiene que ser especial de verdad. O que cualquiera estaría por completo indefenso en una situación similar. Esto le proporciona una pequeña satisfacción. Cuanta más confianza en uno mismo y amor propio tiene alguien, más necesita decirse a sí mismo cosas así. Y, cuando lo hace, la relación de poder que se ha establecido con su verdugo queda grabada en piedra.

Luego, lo único que hay que hacer es decirle a esa persona dos o tres cosas que le masajeen el ego y hará aquello que uno le diga. El Príncipe lo hizo muchas veces con sus compañeros de escuela.

«Veo que funciona igual de bien con adultos».

—Básicamente, un hombre está buscando una maleta y el otro la tiene.

—Pues deberías decírselo: «Ese tipo de los lentes oscuros tiene la maleta que estás buscando».

El Príncipe echa un vistazo a la puerta del vagón.

—En realidad, le mentí. El hombre de los lentes oscuros y la maleta está en los vagones que hay detrás de nosotros, pero le dije al tipo que buscaba la maleta que se encontraba en los que hay delante.

—¿Qué estás intentando hacer?

—Solo es una corazonada, pero algo me dice que esa maleta es muy valiosa. Hay alguien haciendo todo lo posible para encontrarla, así que tiene que valer algo.

Mientras habla, el Príncipe cae en la cuenta de que, si el hombre que busca la maleta estaba viniendo en su dirección, ¿no se debería haber encontrado ya con el de los lentes oscuros? No se trataba de una maleta que pudiera plegarse y esconderse en cualquier lugar, de modo que, si se hubieran cruzado, el hombre que está buscándola debería haberla visto al instante. ¿Es posible que no haya reparado en ella? ¿O es que el hombre de los lentes oscuros se escondió en el baño con la maleta?

—Le contaré algo. Sucedió cuando tenía siete años —le dice el Príncipe a Kimura con una sonrisa. Es tan amplia, que se le forman pequeños pliegues en las mejillas. Siempre que sonríe así, los adultos cometen el error de suponer que se trata de un chico inocente, totalmente inofensivo, y bajan la guardia. Él cuenta con ello. Y, en efecto, la expresión de Kimura parece suavizarse un poco ante la sonrisa del Príncipe—. Las estampas coleccionables eran muy populares. Todos mis amigos las coleccionaban. En el supermercado podían comprarse paquetes que valían cien yenes, pero yo no entendía a qué venía toda esa excitación.

—Mi Wataru no puede comprar estampas coleccionables, así que se los hace él mismo. Es adorable.

—No veo qué tiene eso de adorable. —El Príncipe no siente ninguna necesidad de mentir—. Pero lo entiendo. En vez de comprar estampas genéricas que fabrica alguien por motivos comerciales, debe merecer mucho más la pena hacerlas uno mismo gratis. ¿Se le da bien dibujar a su hijo?

—Para nada. Es en verdad encantador.

—¿No se le da bien? Qué patético.

Kimura se le queda mirando inexpresivamente y tarda unos instantes en registrar el insulto que el Príncipe acaba de dedicarle a su hijo.

El Príncipe siempre elige con cuidado sus palabras. Tanto si son injuriosas como distendidas, nunca las pronuncia sin considerar antes el efecto que tendrán. Quiere tener el control en todo momento de aquello que dice y de cómo lo dice. Sabe que el uso aparentemente casual con sus amigos de palabras ofensivas como *cutre*, *inútil* o *basura* no hace sino establecer una determinada relación de poder. Incluso si no hay razón alguna para llamar a algo *cutre* o *basura*, hacerlo tiene un efecto. Decirle a alguien cosas como «Tu padre es patético» o «Tienes un gusto de mierda» socava poco a poco su moral.

No hay mucha gente que posea un sólido conjunto de valores personales y auténtica confianza en sí mismo. Y, cuanto más joven es una persona, más inconstantes son sus valores.

La mayoría no pueden evitar que les influencie todo aquello que los rodea. Por eso, el Príncipe acostumbra a hacer alarde de su seguridad usando palabras injuriosas y ofensivas. Con frecuencia, presenta su opinión subjetiva como si fuera un dictamen objetivo, reforzando con ello su superioridad.

La gente piensa entonces cosas como: «Este tipo sabe de lo que está hablando». A él lo tratan con esa deferencia sin tener siquiera que pedirlo. Si en un grupo uno se establece como aquel que determina sus valores, el resto es fácil. En el círculo de amigos del Príncipe, no hay reglas claras como en el futbol o el béisbol, pero todos siguen sus órdenes como si fuera el árbitro.

—Un día encontré un paquete de estampas en el departamento de una tienda. Estaba sin abrir, de modo que supuse que se habría caído del envío al hacer la entrega. Resultó que en su interior había un estampa muy rara.

—Qué suerte la tuya.

—En efecto. Tuve mucha suerte. Cuando lo llevé a la escuela, a todos esos jóvenes aficionados se les iluminó la cara. «¿Me lo das?», me preguntaban todos. Yo no lo necesitaba y en principio mi intención era dárselo a alguien. Pero lo quería demasiada gente y, de repente (y esto es cierto, no tenía ningún motivo ulterior), decidí que no podía limitarme a regalarlo. ¿Qué cree usted que pasó?

—¿Que lo vendiste al mejor postor?

—¡Es usted tan simple, señor Kimura! Resulta enternecedor. —El Príncipe escoge esta palabra intencionadamente. No importa si lo que dijo Kimura es enternecedor o no. Lo que importa es que el Príncipe emitió un juicio a sabiendas de que Kimura tendría la sensación de que lo trataba como a un niño y que ahora estaría preguntándose si hay de verdad algo infantil en él y si es posible que su forma de pensar en efecto lo sea. Por supuesto, es imposible que pueda encontrar una respuesta a todo esto, porque nada de lo que dijo es realmente enternecedor, de modo que comenzará a pensar que el Príncipe sabe la respuesta y comenzará a prestar atención al criterio y a los valores de este.

—Bueno, la cosa es que la gente empezó a ofrecerme distintas cantidades y ya parecía que iba a haber una subasta, cuando de repente alguien dijo: «¿Por qué no pides algo que no sea dinero? Yo haría lo que fuera». A partir de ese momento, la situación cambió por completo. Ese chico debió de pensar que sería más fácil hacer algo por mí que pagar una suma de dinero. Probablemente, no tenía nada. Y a continuación, todo el mundo comenzó a decir lo mismo: «¡Haré lo que quieras!». Y entonces me di cuenta de que podía usar la situación para controlar a la clase.

—Claro, ¿por qué no?

—Hacer que la gente compitiera entre sí, que sospecharan los unos de los otros.

—De modo que fue entonces cuando su majestad el Príncipe comenzó a pensar que era el mejor.

—Fue entonces cuando tomé conciencia de que la gente quería cosas y que yo podía obtener un beneficio si poseía aquello que alguien quería.

—Te debiste de sentir muy orgulloso de ti mismo.

—Para nada. Simplemente, comencé a ser consciente del efecto que podía tener en las vidas de los demás. Como dije antes, solo hay que averiguar cuál es el punto débil de alguien. Usando esa información, puedo hundir a alguien y arruinarle la vida con un esfuerzo mínimo. Es de hecho sorprendente.

—No puedo decir que yo me haya sentido igual alguna vez. Entonces ¿fue eso lo que te condujo a matar personas?

—Aunque en realidad no maté directamente a nadie. Digamos, por ejemplo, que estoy en la fase final de un resfriado pero que todavía tengo tos, ¿de acuerdo? Imagine entonces que me cruzo en la calle con una madre que va empujando un cochecito con su bebé y que, cuando la madre no mira, me inclino y toso en su cara.

—No parece algo muy grave.

—Puede que el bebé todavía no haya sido vacunado y se contagie. Mi tos podría tener repercusiones en su salud. Y también en la de sus padres.

—¿De veras has hecho algo así?

—Quizá. O digamos que voy a una funeraria y que, al cruzarme con una familia que está transportando las cenizas de un pariente fallecido, hago ver que tropiezo y me caigo encima, vertiéndolas por todas partes. Se trata de algo muy simple, pero que mancha irremediablemente el recuerdo de alguien. Nadie piensa que alguien de mi edad pueda tener malicia, de modo que no serán muy duros conmigo. También soy demasiado joven para que mis actos tengan consecuencias penales. Lo cual significa que la familia que ha perdido las cenizas todavía se sentirá más triste y frustrada.

—¿Has hecho eso?

—Ahora vuelvo. —El Príncipe se pone de pie.

—¿Adónde vas?

—Quiero ver si puedo encontrar la maleta.

Recorre el vagón número seis en dirección a la parte trasera del tren mirando a un lado y a otro. No ve al hombre de los lentes oscuros. En las bandejas portaequipajes hay mochilas grandes, bolsas de papel y maletas pequeñas. Ninguna tiene la misma forma o color que la maleta que vio antes. Está bastante seguro de que el hombre de los lentes oscuros no está más allá del vagón número siete en el que él y Kimura van sentados. Ha estado atento y no lo vio pasar. Lo que significa que debe de estar en la parte trasera, en algún lugar entre los vagones cinco y uno.

Sale del vagón número seis sin dejar de darle vueltas al asunto.

No ve a nadie en el vestíbulo. Hay dos baños. El más cercano está cerrado. Pero alguien debe de estar usando el lavabo, pues la cortina está echada. El hombre de los lentes oscuros podría estar escondido en el baño con la maleta. Puede que pretenda quedarse ahí dentro hasta que el tren llegue a Omiya. No sería mala idea. Cabe la posibilidad de que alguien se queje de que el baño lleva ocupado demasiado rato, pero el tren no va demasiado lleno y probablemente no se armaría ningún alboroto. Es muy posible, pues, que el hombre de los lentes oscuros esté ahí.

El Príncipe decide esperar a ver si es así. Si la persona que está dentro no sale pronto, puede pedirle a algún empleado del tren que abra la puerta. Podría hacer su numerito de alumno ejemplar, comportándose con exagerada amabilidad y mostrando su gran respeto por las normas: «Perdone que le moleste, pero el baño lleva mucho rato ocupado, ¿no habrá sucedido algo malo?».

Es muy probable que el empleado del tren no lo pensara dos veces antes de abrir la puerta.

Justo cuando piensa eso la cortina del lavabo se abre de golpe, sobresaltándolo. Del interior sale una mujer que le mira con timidez y le pide disculpas. En un acto reflejo, el Príncipe a punto está de pedirle disculpas a ella, pero se contiene. Las disculpas crean obligación y jerarquía, de modo que nunca las pide cuando no tiene por qué hacerlo.

Observa cómo se aleja la mujer. Lleva una chamarra encima de un vestido, es de estatura y complexión medias y parece tener unos veintimuchos años. Al Príncipe le hace pensar en una profesora que tuvo tres años atrás. Se llamaba Sakura, o Sato, no lo recuerda bien. Por supuesto, por aquel entonces sí sabía cuál era su nombre, pero después de graduarse ya no sintió necesidad alguna de seguir recordándolo. Los profesores son solo eso, personas que realizan una labor en la escuela. Los jugadores de béisbol, por ejemplo, no se molestan en memorizar los nombres de los demás jugadores y se limitan a llamarlos por la posición que ocupan. «El nombre y la personalidad del profesor no importan. Las creencias y los objetivos de todos los profesores son en esencia los mismos. Al fin de cuentas, en lo que se refiere a personalidades y actitudes solo hay un puñado de opciones. Todos procuran complacernos. Podría elaborar un diagrama con sus predecibles reacciones: si hacemos esto, ellos hacen esto otro; si hacemos esto otro, ellos hacen esto. Vienen a ser instrumental mecánico. Y, como tal, no necesitan nombres propios», solía decir el Príncipe.

Cuando decía cosas así, la mayoría de sus compañeros de clase se quedaban mirándolo confundidos. En el mejor de los casos se mostraban de acuerdo: «Sí, supongo que los nombres de los profesores no importan». Deberían haberle preguntado al Príncipe si pensaba que también ellos eran un mero instrumental mecánico, o si al menos estaba sopesándolo, pero nadie lo hizo.

Esa profesora siempre decía que era un chico listo y capaz y que gracias a su ayuda había conseguido tender un puente con el resto de sus alumnos. Una vez llegó incluso a decirle apreciativamente que, si no es por él, nunca habría llegado a enterarse de que había casos de acoso en clase.

En realidad, a él le daba un poco de pena que ella pensara que era su aliado inocente. En una ocasión, le insinuó que él no era lo que ella pensaba. Lo hizo en una reseña que escribió sobre un libro acerca del genocidio en Ruanda. El Príncipe prefería libros de historia y asuntos internacionales a novelas.

A sus profesores los sorprendió que leyera un libro así a su edad.

Estaban impresionados: «¡Qué precoz!», decían. El Príncipe estaba convencido de que si había una cosa para la que estaba especialmente dotado era la lectura. Leía un libro, digería el contenido, su vocabulario mejoraba, sus conocimientos aumentaban y a continuación pasaba a leer otro más difícil. Leer le ayudaba a poner palabras a las emociones humanas y a los conceptos abstractos, y le permitía asimismo pensar con objetividad sobre temas complejos. De ahí había un pequeño paso a ayudar a alguien a expresar sus miedos, ansiedades y frustraciones, lo que hacía que esa persona se sintiera en deuda con él y se estableciera entre ambos una relación de dependencia.

Aprendió muchas cosas del genocidio de Ruanda.

En ese país había dos grupos étnicos, los hutu y los tutsi. Físicamente eran más o menos igual, y había muchos matrimonios entre personas de los dos grupos. La distinción entre ambos había sido establecida por el hombre y era por completo artificial.

El derribo del avión del presidente ruandés en 1994 desencadenó el inicio del genocidio de los tutsi a manos de los hutu. En los siguientes cien días fueron asesinadas unas ochocientas mil personas, muchas con machete, a manos de vecinos junto a los que habían vivido durante muchos años. Un cálculo rápido indica que murieron asesinadas ocho mil personas al día, lo que supone cinco o seis cada minuto.

Esta inexcusable matanza de hombres y mujeres, niños y viejos, no era un suceso acaecido en la antigüedad y ajeno a todo sentido de la realidad, sino que había ocurrido hace menos de veinte años, y esto era lo que más fascinaba al Príncipe.

«Cuesta imaginar que pudiera llegar a suceder algo tan terrible —escribió en su reseña—, y me parece que no debemos olvidar nunca esta tragedia. No se trata únicamente de algo que pasó en un país lejano. He aprendido que todos debemos hacer frente a nuestra fragilidad y nuestras debilidades». El Príncipe sabía que afirmaciones de este tipo, vagas y sugerentes, eran las que mejor funcionaban en estas recensiones. Era un discurso grandilocuente (pero, en el fondo, carente de sentido) que garantizaba la aprobación de los adultos. Aun así, la última frase también contenía parte de verdad.

En efecto, había aprendido algo: la facilidad con la que se podía instigar a la gente a cometer atrocidades. Y había identificado también el mecanismo por el que resultaba tan difícil impedir que a continuación se produjera una escalada; esto es, el mecanismo que hacía posibles los genocidios.

Así, por ejemplo, Estados Unidos se había mostrado reacio a reconocer que en Ruanda estaba teniendo lugar un genocidio. Eso era lo que decía el libro, aunque lo cierto era que los norteamericanos más bien habían hecho todo lo posible para encontrar razones por las que no se trataba de ningún genocidio, dándole la espalda a la realidad. A pesar de las noticias sobre el número cada vez mayor de tutsis asesinados, Estados Unidos había adoptado una postura evasiva, asegurando que resultaba difícil determinar qué constituía con exactitud un genocidio.

¿Por qué?

Porque si hubiera llegado a reconocer el genocidio, la Organización de las Naciones Unidas le habría urgido a tomar algún tipo de medida.

Y la propia ONU había actuado del mismo modo. En esencia, no había hecho nada.

No eran solo los ruandeses quienes esperaban que los norteamericanos intervinieran de alguna forma. La mayoría de los japoneses, por ejemplo, opinan que si hay un problema mundial importante, Estados Unidos o la ONU se encargarán de él. Una sensación parecida a la de que la policía está a cargo y se ocupará de todo. Pero lo cierto es que ni los norteamericanos ni las Naciones Unidas determinan su curso de acción basándose en el sentido del deber o a una obligación moral, sino al mero cálculo de beneficios y pérdidas.

El Príncipe sabía por instinto que nada de esto era intrínseco a la historia de un pequeño país africano y que podía extrapolarse con facilidad a su escuela.

Un problema entre los alumnos como, por ejemplo, una epidemia de acoso escolar, equivaldría al genocidio, y los profesores serían Estados Unidos o la ONU.

De la misma manera que los estadounidenses se habían resistido a la idea del genocidio, los profesores nunca querían reconocer que pudiera haber un problema de acoso en su centro. Si lo hicieran, tendrían que efectuar algo al respecto, lo que les supondría un gran desgaste mental y logístico.

Al Príncipe se le ocurrió que sería interesante darle la vuelta a esto y propiciar que, a pesar de la existencia manifiesta de un problema de acoso en la escuela, los profesores no hicieran nada para resolverlo. Obtuvo la idea de la matanza que tuvo lugar en una escuela técnica en Ruanda. Cuando leyó el episodio por primera vez, su cuerpo comenzó a temblar de excitación.

Las tropas de paz de la ONU estaban acomodadas en una escuela y unos dos mil tutsis se refugiaron allí creyendo que estarían protegidos. Sin embargo, las órdenes que tenían las tropas no eran de protegerlos, sino de evacuar a los extranjeros de Ruanda. Por extensión, pues, a las tropas se les había dicho que no tenían obligación alguna de salvar tutsis.

Esto supuso un gran alivio para las tropas. No tenían que involucrarse. Si sus órdenes hubieran consistido en proteger a los tutsis, lo más probable es que ellos mismos se hubieran puesto en peligro. Cuando los hutus rodearon la escuela, las tropas de la ONU se retiraron argumentando que su misión no consistía en entrar en combate.

Los dos mil tutsis que estaban en la escuela fueron masacrados.

La presencia de una fuerza de paz había provocado que se produjeran todavía más víctimas.

Absolutamente fascinante.

Con independencia de cómo actuaran los alumnos, en el fondo todos creían que los profesores mantendrían el orden en clase. Y los padres pensaban igual. Confiaban en los profesores y les habían conferido esa responsabilidad, de modo que se sentían seguros. El Príncipe sabía que, si podía controlar al cuerpo docente, podría llegar a hacer la vida insoportable al resto de los alumnos.

Diseñó un plan.

Primero, se dedicó a sembrar la semilla de la inquietud sobre lo que sucedería si los profesores tomaban medidas contra el acoso y le explicó a una profesora las razones por las que ella misma podía llegar a estar en peligro. Luego, esta comenzó a justificar sus decisiones, diciéndose a sí misma que estaba haciendo lo mejor para los alumnos a pesar de no haber tomado ninguna medida directa.

Esto también lo trató en su recensión, comentando la estupidez y la lógica interesada de Estados Unidos y la ONU. Pensó que tal vez la profesora se daría cuenta de lo que estaba haciendo, de que en realidad estaba escribiendo sobre ella y de que era un chico peligroso. Le dio pistas. Pero, claro está, ella no las captó.

—¿De veras has leído este libro tan difícil, Satoshi? Es impresionante —lo aduló ella—. Tragedias como esta son realmente horribles. Cuesta creer que los seres humanos puedan cometer estas atrocidades.

El Príncipe se sintió decepcionado.

A él no le costaba comprender cómo podía suceder un genocidio. Se debía a que la gente tomaba decisiones equivocadas basadas en sus sentimientos. Y esos sentimientos eran susceptibles en extremo a influencias externas.

En otro libro leyó acerca de un famoso experimento. A diversos grupos de personas se les planteaban una serie de problemas y preguntas de fácil solución. Luego, los sujetos las contestaban uno a uno, de forma que todos los demás pudieran oír sus respuestas. En realidad, sin embargo, solo uno de los miembros de cada grupo era el auténtico sujeto del experimento, y todos los demás habían recibido instrucciones para que dieran respuestas equivocadas a propósito. Sorprendentemente, en una de cada tres ocasiones el individuo que contestaba con libertad optaba por dar la misma respuesta incorrecta que todos los demás de su grupo. En total, un setenta y cinco por ciento de los sujetos que estaban siendo examinados proporcionaron al menos un respuesta incorrecta a sabiendas de que lo era.

Los seres humanos son criaturas que buscan la conformidad.

Ha habido otros experimentos similares. Uno de ellos aislaba el patrón óptimo para un comportamiento conformista: cuando hay mucho en juego pero la pregunta es difícil no resulta obvia la respuesta correcta.

Si esto sucede, lo más probable es que la gente adopte como propia la opinión de otro.

Cuando la pregunta es fácil de responder, la gente tiende a tener más fe en su propia decisión.

También resulta fácil mientras no haya mucho en juego. En ese caso, la gente tampoco vacila en dar su propia respuesta.

El Príncipe lo entendió así: cuando alguien se ve obligado a tomar una decisión difícil que puede incluso ir en contra de su código ético optará por amoldarse a la opinión grupal, y puede incluso que llegue a creer que esa es la opción correcta.

Cuando lo pensaba en esos términos, le resultaba sencillo ver el mecanismo por el que un genocidio no solo era difícil de detener, sino también por el que se alimentaba a sí mismo. La gente que cometía las matanzas no confiaba en su propio juicio, sino que seguía al grupo convencida de que eso era lo correcto.

Oye un ruido en el baño. Alguien acaba de jalar la palanca. La puerta se abre, pero la persona que sale de su interior es un hombre trajeado de mediana edad que luego se dirige al lavabo. El Príncipe se apresura a abrir otra vez la puerta y echa un vistazo en el interior. Solo ve un triste inodoro, nada más.

No parece que haya ningún lugar en el que pueda esconderse una maleta. A continuación, echa un vistazo en el interior del otro baño. Es el de mujeres, pero eso no lo detiene.

Nada.

Ladea la cabeza. «¿Dónde puede estar?».

La maleta es demasiado grande para esconderla debajo de los asientos del tren. Tampoco está en las bandejas portaequipajes. Ni en los baños.

No tiene ninguna razón en concreto para inspeccionar los contenedores de la basura, salvo que ya miró en los demás lugares. Examina la abertura para las botellas y las latas y la ranura para tirar revistas, acercando el rostro a pesar de que sabe que es imposible que la maleta quepa en su interior. En efecto, al echar un vistazo solo ve envases desechados.

Y entonces nota la pequeña protuberancia.

Ahí, al lado de la ranura del papel. «Me pregunto si». La presiona y aparece una pequeña manilla. Tira de ella sin vacilar. El panel se abre, haciendo que su corazón palpite. No tenía ni idea de que ahí dentro hubiera un compartimento. En su interior ve un estante con una bolsa de basura en la parte inferior y una maleta encima. Sin duda alguna, se trata de la misma que llevaba el hombre de los lentes oscuros.

«La encontré». Cierra el panel y vuelve a colocar la manilla en su lugar. Luego exhala despacio. No hay prisa alguna. Es improbable que el hombre de los lentes oscuros vaya a llevársela en seguida. «Seguramente piensa que puede dejarla aquí hasta que llegue a donde vaya y que nadie la encontrará».

«¿Cómo puedo hacer que esto sea todavía más interesante?».

Deleitándose en la satisfacción que siente por haber encontrado la maleta, emprende el camino de vuelta al vagón número siete. «Realmente, soy afortunado».

Kimura

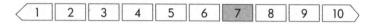

Los recuerdos relacionados con el Príncipe no dejan de aflorar a la mente de Kimura.

Cuando lo conoció en los grandes almacenes no pensó que fuera a volver a ver al chico.

Pero al cabo de dos semanas sus caminos volvieron a cruzarse, como si una fuerza invisible lo empujara.

En esta ocasión, Wataru también estaba con él. Volvían de la estación de tren tras haber acompañado a los padres de Kimura.

Estos habían venido a Tokio el día anterior para asistir a una reunión de antiguos alumnos de su escuela y se habían hospedado en un hotel cercano al departamento de Kimura. En cuanto Wataru regresó del preescolar, los abuelos llevaron a su nieto a una tienda de juguetes y se ofrecieron a comprarle lo que quisiera. El niño no estaba acostumbrado a pedir cosas y se sintió claramente abrumado cuando su abuelo le instó a que escogiera algo, lo que quisiera. Wataru pareció satisfecho con el globo que le dio el empleado. Y Kimura volvió a recibir una exagerada reprimenda de su padre: «¡Tiene miedo de pedir algo porque nunca le compras nada! Pobrecito».

—Wataru siempre fue así —explicó Kimura, pero su padre no le escuchaba.

En vez de eso, sacó a colación a la exesposa de Kimura.

—Cuando estaban juntos al niño le interesaban más los juguetes, y así es como debe ser —dijo con severidad—. Te dejó porque eres un desastre.

—Eso no es cierto. Ya te lo dije, tenía muchas deudas y se largó.

—No soportaba vivir contigo, ni tu alcoholismo.

—Por aquel entonces no bebía tanto —contestó, y era cierto. Siempre había sido más bien perezoso, pero cuando él y su esposa todavía estaban juntos no tenía problemas para vivir sin alcohol. Si hubiera estado bebiendo tanto como lo hacía ahora, jamás le habrían concedido la custodia de Wataru.

—Bueno, ahora lo único que haces es beber.

—No hables de lo que no sabes.

Su padre endureció entonces su expresión.

—No hay más que verte. U olerte. —Desde que Kimura tenía uso de razón su padre decía siempre eso de la gente. Se ponía altanero y declaraba que no había más que ver a alguien para saber de qué pie cojeaba. A Kimura eso no le gustaba y consideraba que eran prejuicios de la edad. Una vez, un viejo amigo de su padre, Shigeru, se rio y dijo:

—El señor Kimura siempre está diciendo cosas como: «¡Este tipo apesta! ¡Ese otro tipo apesta!».

A lo cual la madre de Kimura respondió:

—¡Pero si es él quien siempre está tirándose pedos!

Después de comprarle un juguete a Wataru fueron a un estacionamiento con un gran parque infantil. Kimura se sentó en un banco y contempló cómo su madre se le hacía para ir detrás de Wataru mientras él salía corriendo en dirección al alto tobogán. Se alegró de tener un descanso como principal compañero de juegos de su hijo y metió la mano en el bolsillo para agarrar la petaca, pero su padre se la agarró. Kimura ni siquiera se había dado cuenta de que estaba sentado a su lado.

—¿Qué diantre te crees que estás haciendo? —dijo Kimura en un tono iracundo. Su padre lo miró impertérrito. A pesar del pelo blanco, el viejo todavía era fuerte y le apretó con más fuerza la mano hasta que a Kimura le dolió y soltó la petaca. Su padre la agarró.

—¿Sabes cuál es la definición de alcoholismo?

—Vas a decir que soy yo y mi vida, ¿verdad?

—Todavía no, pero, si sigues así, terminarás convirtiéndote en un auténtico alcohólico, de eso no hay duda alguna. Lo que te estoy preguntando es si sabes lo que significa de veras el alcoholismo. —Le ofreció de regreso la petaca a Kimura y este la agarró.

—Significa que te gusta beber y que lo haces mucho.

—En líneas generales podría decirse que sí, pero lo que significa es adicción, lo cual a su vez significa enfermedad. No tiene nada que ver con apreciar la bebida ni con tener mucho aguante. Significa que, si uno da un trago, ya no puede evitar seguir bebiendo. No es una cuestión de resiliencia o contención. El alcoholismo significa que uno ya no puede parar. Tiene que ver con la fisiología. Cuando alguien así bebe un trago ya no puede hacer nada.

—Es hereditario, así que imagino que lo saqué de ti. ¿O quizá fue de mamá?

—Ninguno de nosotros dos bebemos. ¿Y sabes por qué? Porque sabemos que no hay cura posible.

—Claro que hay cura.

—En el cerebro hay un grupo celular llamado A10.

«¡Oh, Dios mío, papá! ¿Una charla científica?» Kimura comenzó a hurgarse la oreja para dejar clara su falta de interés.

—Una vez hicieron un experimento con una máquina. Si uno jalaba una palanca, esa máquina estimulaba las células del grupo A10. ¿Qué crees que pasó?

—Me rindo.

—La gente no dejaba de accionar la palanca.

—¿Y?

—Cuando se estimula, el grupo celular A10 libera dopamina y a uno lo invade una sensación de bienestar.

Al jalar la palanca, los sujetos del experimento obtenían satisfacción, de modo que no podían dejar de hacerlo una y otra vez. Algo parecido a los monos, que no dejan de masturbarse. Al parecer, esta sensación de bienestar es parecida a la que obtenemos al comer algo delicioso o al completar con éxito un encargo.

—¿Y qué?

—Beber alcohol estimula el grupo celular A10.

—¿Y qué?

—Cuando uno bebe obtiene esa sensación a pesar de no haber hecho nada en absoluto que merezca realmente la pena. «Esto es fácil —se dice uno a sí mismo—. Es fácil y sienta bien». ¿Y entonces qué crees que pasa? Pues que sigue bebiendo, del mismo modo que la gente del experimento no dejaba de jalar la palanca. Y, con el tiempo, su estructura cerebral sufre una mutación.

—¿Qué quieres decir con eso?

—Que cuando empieza, ya no hay vuelta atrás. En cuanto el alcohol entra en el sistema se activa un interruptor. Digamos, por ejemplo, que un alcohólico no toca la bebida en mucho tiempo. Los síntomas de su adicción han desaparecido y lleva una vida normal. Cuando tome siquiera un trago, volverá a ser incapaz de parar porque su cerebro ha mutado. No tiene nada que ver con la fuerza de la voluntad ni con la determinación. Simplemente, ahora su cerebro funciona así. Del mismo modo que las pupilas de un hombre se dilatan por instinto al ver a una mujer desnuda. No puede hacer nada para evitarlo. Es un mecanismo de dependencia.

—¿«Mecanismo de dependencia»? ¡Déjate de palabrería grandilocuente, papá! ¿Y qué hay del hecho de que el brandi se remonte a la cultura mesopotámica?

—No sabemos si eso es cierto. No creas todo lo que oyes o terminarás haciendo el ridículo. Solo hay un modo de vencer el alcoholismo y es renunciar por completo a la bebida. Si das un solo trago, ya no hay nada que hacer. No deberías recurrir al alcohol ni a las drogas para sentirte realizado. Lo que deberías hacer es buscar un trabajo honesto. Obtener esa satisfacción por la vía fácil hace que el cuerpo desarrolle dependencias.

—Otra vez esa palabrería grandilocuente.

—Deberías seguir mi ejemplo y ponerte a trabajar de verdad —dijo el padre de Kimura con energía—. Eso haría que te sintieras realizado de un modo más sano.

—¿Un trabajo de verdad? Pero si has trabajado en el almacén de un supermercado toda tu vida. —Desde que Kimura tenía uso de memoria, sus padres habían vivido con humildad. Trabajaban en un supermercado cerca de la casa en la que vivían. En realidad, tenían meros empleos de media jornada. Empleos modestos con sueldos modestos. Kimura siempre los había menospreciado un poco por ello.

—El trabajo de almacén es importante. Hay que controlar las existencias, hacer pedidos... —El padre de Kimura exhaló con fuerza por la nariz—. ¿Qué hay de ti? ¡No has tenido un trabajo honesto en toda tu vida!

—¿Y el trabajo que tengo ahora en la empresa de seguridad?

—¡Oh, bueno! Sí, ese es un buen trabajo. Lo siento. —La disculpa sonó sincera—. Pero antes de eso no habías trabajado nunca.

—Olvídate del pasado. ¿Es que vas a acusarme de no trabajar cuando iba a la escuela? ¡Nadie lo hacía! Además, antes de ser guardia de seguridad también tenía un trabajo.

—¿Qué tipo de trabajo? —Su padre se le quedó mirando y Kimura apartó la vista. ¿Qué tipo de trabajo? Alguien lo contrataba, él tomaba su pistola y le arruinaba la vida a un tercero.

No era exactamente un trabajo humanitario. Si se lo contaba a su padre, este pensaría que había fracasado educándolo. Casi lo hizo solo para hacerle sentir tan mal como él se sentía entonces. Pero en el último momento desistió: no parecía que confesarle a su padre algo tan hiriente mereciera la pena. Él ya tenía suficiente con los desafíos naturales de hacerse mayor.

—Supongo que se trata de algo de lo que no se puede hablar de forma abierta, ¿verdad?

—¿Lo sabes solo con mirarme?

—Así es.

—Te daría un ataque si te lo contara, así que te ahorraré el disgusto.

—Bueno, yo también me metí en alguno que otro lío cuando era joven.

—Creo que lo mío estaba a un nivel por completo distinto —dijo Kimura con una sonrisa amargada. Nada tan aburrido como los padres de uno jactándose de lo duras que eran las cosas en su época o de los problemas que solían armar.

—Olvídate de eso. Tú solo deja de beber, eso es todo.

—Te agradezco que te preocupes por mi salud.

—No eres tú quien me preocupa, sino Wataru. Tú eres un hueso duro de roer, si te pisara un pie gigantesco seguro que sobrevivirías.

—¿Acaso soy una cucaracha? —Soltó una risa ahogada—. Si me pisara un pie gigante moriría como cualquier otro.

—Escucha lo que te digo. Si de veras te importa Wataru, deja de beber.

—Sí, pensé en hacerlo, ya sabes, por Wataru... —y mientras lo decía ya estaba desenroscando el tapón de la petaca.

—Pero si estás diciendo que... y ahora estás... —protestó su padre—. Vuelvo a repetirte que el único modo de superar la dependencia es absteniéndote por completo.

—Supongo que no soy más que un borracho impresentable.

Su padre se le quedó mirando.

—Si solo fueras un borrachote no pasaría nada. Pero si eres un impresentable, ya no hay esperanza para ti. —Sus labios temblaron un poco.

—Ya, ya... —Kimura abrió la petaca y se la llevó a los labios. Las palabras recriminatorias de su padre todavía resonaban en su cabeza y, avergonzado, se limitó a dar un trago pequeño. Aun así, pudo notar los efectos del alcohol extendiéndose por su cuerpo y tuvo la sensación de que su cerebro mutaba como si fuera una esponja que alguien estuviera estrujando. Se estremeció.

Más tarde, ese mismo día, después de dejar a sus padres en la estación de tren, Kimura y Wataru regresaron a casa por el mismo camino que habían tomado para ir a la estación. Tras atravesar la vieja plaza comercial, llegaron a la zona residencial en la que vivían.

—Alguien está llorando, papá —dijo Wataru tirando de la mano de Kimura. En aquel momento estaban pasando junto a una gasolinera cerrada. Kimura se sentía algo aturdido. Sostenía la mano de su hijo pero mentalmente estaba muy lejos, acongojado por las palabras de su padre. No dejaba de oírlas una y otra vez: «No hay cura para la dependencia del alcohol». Hasta entonces, siempre había creído que, si desarrollaba una dependencia, siempre podía seguir un tratamiento, ponerse bien y seguir bebiendo. Igual que si uno se contagiara de gonorrea: el pene se le inflamaba, y hasta que no te curabas no podías mantener relaciones sexuales. Kimura siempre había creído que lo del alcoholismo era igual. Pero si lo que su padre le había dicho era cierto, difería mucho de la gonorrea. No había cura y uno ya no podía volver a beber.

—¡Mira, papá! —soltó Wataru de nuevo. Así que bajó la vista hacia su hijo y luego s volteó hacia el lugar que él estaba mirando. En el callejón que había entre la gasolinera cerrada y el edificio vecino podía distinguirse un grupo de chicos vestidos con el uniforme de su colegio. En total, eran cuatro.

Dos de ellos tenían a un tercero sujeto por los brazos para que no pudiera escaparse. El cuarto permanecía de pie frente a los demás. El que estaba inmovilizado parecía desesperado.

—¡Basta, por favor! —decía el chico entre lágrimas.

—¿Qué sucede, papá?

—No te preocupes. Son solo unos chicos haciendo cosas de chicos.

Kimura no tenía intención de detenerse. Cuando era joven siempre había algún chico empujando a otros o haciendo alguna que otra travesura. Kimura solía ser de los que empujaban, de modo que sabía que en la mayoría de las ocasiones no había ninguna razón en particular para ello. Simplemente, había gente que necesitaba poner de manifiesto su superioridad ante los demás. Humillando a otros, uno reafirmaba su propia supremacía. Así funcionaban las cosas.

—Un momento. ¡Paren! ¡La culpa es tanto mía como suya! —casi exclamó el chico que estaba siendo retenido—. ¿Cómo es que yo soy el único que va a ser castigado?

Kimura se detuvo y volvió a mirar a los chicos. El chico inmovilizado tenía el pelo corto teñido de castaño y llevaba un uniforme que le quedaba un poco pequeño. Se veía fuerte y en forma, así que los demás no estaban metiéndose con alguien débil, sino que más bien debía de tratarse de un grupo de amigos echando a uno de los miembros del grupo. Eso despertó un poco su interés.

—¿Y qué esperabas, hombre? Se tiró porque te pasaste de la raya —dijo el chico que sostenía el brazo derecho del chico con el pelo teñido. Tenía un rostro redondo y una frente amplia que recordaban un poco a un guijarro, pero en él todavía era perceptible la inocencia de la juventud.

«Supongo que los adolescentes siguen siendo en esencia unos niños», pensó Kimura. Por alguna razón, sin embargo, ver a chicos tan jóvenes pretendiendo ser rudos le parecía algo absurdo.

—Pero era cosa de todos. Y, además, antes incluso de que yo subiera el video a internet él no dejaba de decir cosas como «Desearía estar muerto» o «Quiero morir».

—Teníamos que llevarlo al borde del suicidio, pero evitando que llegara a hacerlo. El Príncipe está muy enojado —indicó el que sostenía el brazo izquierdo del chico con el pelo teñido.

«El Príncipe». Ese nombre le sonaba de algo. Aunque le intrigaba aún más el hecho de que estuvieran hablando de muertes y suicidios.

—Cuando hayas recibido tu descarga todo habrá terminado, así que lo mejor que puedes hacer es atenerte a las consecuencias.

—¡No quiero!

—Piénsalo bien —dijo el cuarto, que era el más alto de todos—. ¿Qué pasará si no lo haces? Pues que todos recibiremos la descarga. Eso es lo que pasará. Así que tú vas a terminar recibiéndolo de todos modos. Ahora bien, si nosotros también lo hacemos, nos enojaremos contigo. Si, en cambio, te limitas a soportar lo que te toca, nos sentiremos agradecidos. Ya que vas a recibir el castigo en cualquier caso, ¿qué prefieres? ¿Quieres que nos enfademos contigo o que nos sintamos agradecidos?

—Bueno, también podríamos fingir que lo han hecho. Le podríamos decir al Príncipe que he recibido la descarga.

—¿De veras crees que se lo tragaría? —dijo el alto, con una sonrisa apesadumbrada—. ¿Crees que puedes engañar al Príncipe?

—Discúlpenme, jovencitos —intervino Kimura hablando en un tono formal mientras entraba en el callejón con Wataru de la mano—. ¿Es que su acoso causó la muerte de un compañero de clase? —Asintió con efusión—. Estoy impresionado.

Los compañeros se miraron entre sí. Su formación de tres contra uno se disolvió y rápidamente volvieron a convertirse en un cuarteto. Todos se quedaron mirando con cautela a Kimura.

—¿Podemos ayudarle en algo? —preguntó el alto amenazadoramente. Tenía los ojos rojos, ya fuera por la ansiedad o el miedo. Kimura no estaba seguro. Lo que sí parecía claro era que todos intentaban hacerse los rudos—. ¿Ha perdido algo?

—¿Que si perdí algo? Bueno, me di cuenta de que aquí estaba teniendo lugar una pequeña disputa —dijo señalando al chico que habían inmovilizado—. ¿Qué queríais decir con lo de «descarga»? ¿Se referían a una descarga eléctrica? ¿Qué están tramando?

—¿De qué está hablando?

—Hablaban muy alto, lo oí todo. Han acosado a un compañero de clase hasta que se suicidó. Bueno, eso es algo de verdad jodido. ¿Y ahora qué? ¿Estaban analizando lo sucedido? —Mientras Kimura hablaba, Wataru comenzó a tirarle de la mano y susurró que quería marcharse a casa.

—Cierra el pico, viejo. Toma a tu niño y lárgate de aquí.

—¿Quién es el Príncipe?

En cuanto hizo la pregunta, los cuatro chicos palidecieron. Era como si alguien hubiera invocado una terrible maldición. Su reacción intrigó aún más a Kimura. Justo en ese momento, se acordó de su encuentro con aquel chico en los grandes almacenes.

—¡Ah, sí! ¡Ahora recuerdo al Príncipe! ¡Y a ustedes también! Los vi en el baño del centro comercial. Estaban celebrando una reunión secreta y se veían muy preocupados. «¡Oh, no! ¡El Príncipe se enfadará! ¿Qué vamos a hacer?» —Mientras los vacilaba, Kimura pensó en el chico que se llamaba a sí mismo Príncipe—. ¿De verdad le tienen miedo a ese don nadie?

Los cuatro permanecieron en silencio.

El alto sostenía una bolsa de plástico de un súper. De repente, Kimura se acercó a él y se la arrebató, tomando completamente de improviso al chico. Hecho una furia, este extendió una mano para intentar recuperar la bolsa, pero Kimura lo esquivó con facilidad, le agarró la mano y le retorció el meñique. El chico soltó un grito.

—No pienses que puedes enfrentarme, amigo. Te romperé el dedo. Yo ya soy perro viejo. Llevo muchos años más que tú en esta vida de mierda. ¿Sabes cuántas veces le he roto los dedos a alguien? —A pesar de lo que estaba diciendo, su tono era despreocupado. Le dio la bolsa a Wataru—. ¿Qué hay dentro?

Los estudiantes protestaron.

—Si alguien se mueve le rompo el meñique. Yo que ustedes no me pondría a prueba.

—¿Qué es esto, papá? —Wataru sacó de la bolsa una especie de aparato no muy sofisticado, con varios cables e interruptores a la vista y parecido al control remoto de un coche de juguete.

—Sí, ¿qué es esta cosa? —Kimura soltó la mano del chico y agarró el aparato—. Es como el cargador de un tren de juguete.

Uno de los amigos de Kimura en la escuela, un chico con un padre rico, tenía un montón de trenes de juguete y presumía mucho de ellos. Este dispositivo tenía un aspecto parecido al cargador que proporcionaba electricidad a las vías de los trenes. O tal vez era justo eso lo que era. Había unos cuantos cables a la vista y un extremo estaba recubierto con cinta adhesiva. Un cable de alimentación colgaba del otro extremo.

Los chicos dejaron la respuesta sin contestar.

Kimura se quedó mirando el aparato. Luego echó un vistazo a su alrededor y distinguió un enchufe en la parte baja de una pared de la gasolinera. Seguro que lo usaban los empleados cuando tenían que emplear alguna herramienta eléctrica. Tenía una tapa para protegerlo de la lluvia.

—¿Es que pensaban enchufar esto ahí y luego colocarle los cables en el cuerpo y aplicarle una descarga eléctrica? ¿Es eso? —Al caer en la cuenta, Kimura comenzó a sentirse algo inquieto. Cuando iba a la escuela también le había hecho daño a algunas personas, aunque solo las había espantado. Nunca se le habría ocurrido algo como usar electricidad. Y este aparato parecía haber sido modificado con exactitud para ese propósito. Además, parecía que lo usaban de forma regular—. ¿Hacen esto seguido? —Utilizar un aparato eléctrico le parecía un tipo de acoso francamente extremo y que lindaba con la tortura—. ¿Es esto idea del Príncipe?

—¿Cómo sabe de la existencia del Príncipe? —preguntó con voz temblorosa el chico del pelo castaño al que los demás habían inmovilizado.

—Lo conocí en las grandes tiendas después de verlos a ustedes. Cuando estaban en el baño asustados y lloriqueando porque el Príncipe estaba enfadado con ustedes.

—¡Un momento...! —El alto comenzó a recordar al fin el rostro de Kimura. Y, acto seguido, los demás también parecieron reconocerlo. Era el tipo ese que apestaba a alcohol y que se había entrometido en sus deliberaciones.

—En aquella ocasión era Takuya quien debía ser castigado. —De algún modo, el nombre que había oído en el baño acudió a su mente—. Takuya estaba asustado porque no había cumplido las órdenes de su majestad el Príncipe y él estaba enfadado.

Los chicos volvieron a mirarse entre sí como si intercambiaran un mensaje silencioso. Luego, el del rostro redondo dijo en voz baja:

—Takuya está muerto.

Los otros tres se voltearon hacia él de golpe, con el rostro lívido, y lo fulminaron con la mirada por haber revelado esa información a un desconocido.

—¿Qué quieres decir con lo de «muerto»? ¿Se trata de una metáfora? —preguntó con burla Kimura para no tener que admitir para sí que estaba comenzando a asustarse—. ¿Takuya está muerto, del mismo modo que el rock and roll o el béisbol profesional están muertos?

Unas sonrisas tensas y forzadas se dibujaron en los rostros de los estudiantes. No porque estuvieran tomándole el pelo a Kimura, sino porque se habían percatado de lo agitado que parecía ahora el hombre y eso los desconcertaba.

—¿Quieres decir que está muerto de verdad? Entonces ¿la persona que han mencionado antes, la que se tiró, era Takuya? —Kimura exhaló un suspiro. No esperaba que las cosas dieran un giro tan siniestro—. Son conscientes de que cuando alguien muere ya no hay vuelta atrás y esa persona desaparece para siempre, ¿verdad?

Wataru no dejaba de tirarle de la mano y el propio Kimura comenzó a pensar que tal vez no había sido tan buena idea entrometerse en los asuntos de estos chicos. Se dio la vuelta para marcharse.

—¡Espere, señor! ¡Ayúdenos! —gritó entonces uno de los chicos.

Kimura volteó. Los cuatro estaban mirándolo con el rostro pálido. Les temblaban las mejillas.

—Por favor —suplicó el alto.

Y, al mismo tiempo, el del rostro redondo dijo:

—Haga algo.

Y los otros dos añadieron:

—Ayúdenos.

Por supuesto, no habían planeado este coro como si ensayaran para un festival estudiantil. Simplemente, los cuatro se habían venido abajo al mismo tiempo y habían tomado conciencia de que debían buscar ayuda. Sus voces se superponían las unas a las otras, haciendo que su dolor fuera aún más conmovedor.

—¿Primero pretenden ser rudos y ahora piden ayuda? ¿En qué quedamos?

Kimura advirtió que a estas alturas ya no eran más que unos chicos asustados. Suplicaban como si la presa que contenía sus lamentos se hubiera roto.

—Usted no tiene pinta de ser un simple oficinista, señor.

—¡Tiene que hacer algo con el Príncipe!

—¡Nos va a matar a todos!

Kimura no podía creer lo que estaba pasando. Hizo un gesto con la mano como indicándoles que le dejaran en paz, que qué diantre esperaban que hiciera él. Se sentía como un pescador que hubiera tirado la caña con despreocupación y que, de pronto, hubiera capturado un pez gigantesco que amenazara con tirarle al mar. Sintió miedo.

—Está bien, de acuerdo, los ayudaré a librarse del Príncipe. —Aceptó medio desesperado y sin decirlo realmente en serio. El rostro de los chicos se iluminó como si un haz de luz los hubiera alumbrado de golpe. Esto molestó a Kimura todavía más. Miró a su alrededor. Era un callejón estrecho, pero desde la calle no se les podía ver. A cualquiera que pasara por ahí le habría parecido que unos adolescentes estaban atracando a un hombre y su hijo. O quizá, que un hombre acompañado de su hijo estaba sermoneando a unos estudiantes—. Lo haré si cada uno de ustedes me paga un millón de yenes.

Había soltado esa cifra para dejar claro que nunca iba a ayudarlos, pero, por increíble que pareciera, los chicos parecieron mostrarse dispuestos a aceptar su oferta y comenzaron a discutir cómo podían reunir el dinero.

—¡Vamos, chicos! —exclamó Kimura, ya frenético—. Es obvio, estaba bromeando. Hablen con sus padres. Si tantos problemas tienen con el Príncipe, vayan a lloriquearle a sus papás y mamás. O a sus profesores.

Los chicos empezaron a mascullar y gimotear casi al borde de las lágrimas.

—¡Mírense! Dan pena. A mí no me metan en sus asuntos. —Kimura bajó la mirada y se encontró con la de Wataru. Este no estaba mirándole el rostro, sino la petaca que Kimura tenía en la mano. «¿Cuándo...?» Volvió a colocar el tapón; lo que significaba que antes debía de haberlo retirado. Había cogido la petaca, había desenroscado el tapón y había tomado un trago, todo sin darse cuenta. Procuró contenerse y no chasquear la lengua, poniendo de manifiesto su frustración. La preocupación era perceptible en los ojos de Wataru. También la tristeza.

«Bueno, estos chicos estaban presionándome demasiado —pensó Kimura a modo de excusa—. Claro que me entraron ganas de tomarme un trago. Me pusieron nervioso con sus ruegos». Necesitaba un trago para mantenerse alerta y poder hacerse cargo de Wataru. En cuanto sintió los efectos del alcohol fue como si una lluvia cayera sobre la tierra reseca, alimentando los nervios de todo el cuerpo y aclarándole la cabeza y despabilándolo. «¿Qué tiene de malo el alcohol? —pensó, sintiendo incluso una punzada de orgullo—. Que sea veneno o medicina depende de cómo se use, y yo sé usarlo correctamente».

—Takuya —dijo con voz ronca uno de los chicos—. El mes pasado su padre fue despedido.

—¿Cómo? —Kimura frunció el ceño sin entender bien a qué venía eso—. ¿Te refieres al Takuya que ha muerto?

—Sucedió antes de que muriera. Su padre fue arrestado por tocamientos a una de las niñas de nuestra escuela. Cuando la noticia salió a la luz fue despedido.

—Bueno, si se aprovechó de una adolescente recibió su merecido —opinó Kimura con los orificios de la nariz dilatados. Entonces se fijó en la expresión vacilante de los chicos, como si no tuvieran claro qué decir a continuación—. ¡Un momento! —Una sospecha empezó a abrirse paso en su mente—. ¿Acaso ustedes tuvieron algo que ver con ello? ¿Están diciéndome que le tendieron una trampa al padre de Takuya?

No lo negaron, lo que hizo pensar a Kimura que en efecto había sido así.

—¿Era inocente?

De nuevo permanecieron callados.

—¿Cómo pudieron hacer algo así? ¿En qué mente cabe?

—Solo hicimos lo que el Príncipe nos dijo que hiciéramos —murmuró el del rostro redondo—. Y la chica igual. Todo se debió a que el padre de Takuya estaba intentando averiguar cosas sobre el Príncipe.

—¿O sea que el Príncipe hizo que maquinaran un caso de abuso sexual? ¿En serio? Un chico listo. Y despiadado —dijo Kimura medio bromeando, pero los cuatro chicos asintieron enérgicamente. Conocían bien la crueldad del Príncipe.

—También se ha deshecho de tres profesores —intervino uno de ellos en un tono siniestro.

—Uno pidió la baja por depresión, a otro lo encontraron toqueteando a una alumna y el tercero tuvo un accidente.

—No me digan que ustedes también son responsables de todo esto.

No hubo respuesta.

—Creo que no deberían tenerle tanto miedo al Príncipe. Podrían acorralarlo y darle una paliza. Estoy seguro de que si lo hacen todos juntos no tendrán ningún problema. —El Príncipe no parecía muy fuerte. E incluso si fuera un prodigio de las artes marciales o algo así, juntos podrían vencerlo.

La reacción de los chicos fue extraña. Todos abrieron los ojos como platos como si les hubiera sugerido algo inimaginable. Como si fueran incapaces de procesar lo que acababa de decirles.

«Ni siquiera se les pasó por la cabeza hacer algo así». Estaba claro que nunca habían considerado la posibilidad de derrocar al Príncipe.

Kimura recordó entonces un encargo que había realizado tiempo atrás. Debía vigilar a un hombre que había sido secuestrado y al que retenían en un viejo departamento cochambroso. El tipo ese no decía nada, se limitaba a pasar los días aplastado en el sillón, medio desnudo y en un estado de aturdimiento. Kimura, mientras tanto, echaba las horas en la habitación contigua, viendo la televisión y bebiendo. Había algo que no terminaba de comprender. El secuestrado no estaba atado y la puerta no estaba cerrada con llave. Si quería, podía escaparse. ¿Por qué no lo hacía?

Kimura obtuvo la respuesta del tipo que fue a relevarlo.

—¿Has oído hablar alguna vez de la indefensión aprendida? —preguntó este hombre.

—¿Indefensión aprendida?

—Una vez hicieron un experimento en el que a un perro le aplicaban una descarga eléctrica que podía evitar si saltaba. Cabría esperar, pues, que lo hiciera, ¿verdad? Antes, sin embargo, ese perro había vivido otra fase del experimento en la que recibía la descarga tanto si saltaba como si no, así que al final ya ni siquiera intentaba hacerlo.

—Terminó dándose por vencido.

—Básicamente, le enseñaron que no servía de nada. Al final, pues, el perro dejó de saltar a pesar de que con ello habría podido evitar la descarga. Lo mismo sucede en los casos de violencia doméstica. La esposa no deja de recibir palizas sumisamente porque la sensación de indefensión ha terminado subyugándola por completo.

—Así que se debe a eso —dijo Kimura mirando al hombre que permanecía retenido en la habitación.

—Sí. No intentará huir. Cree que no puede. Los seres humanos no operan mediante la lógica. En el fondo, somos animales.

Los chicos se encontraban en esta misma situación. Habían decidido hace mucho que era imposible que pudieran derrotar al Príncipe. ¿O tal vez se lo habían inculcado? Habían visto una y otra vez el sufrimiento que tanto compañeros de clase como adultos padecían a manos de su líder. Ese cúmulo de situaciones debía de haberlos convencido de su impotencia. Con toda seguridad, las descargas eléctricas formaban parte de ello. Kimura no sabía cómo se suministraban ni qué tipo de órdenes había dado con exactitud el Príncipe, pero estaba claro que a los chicos lo de las descargas les afectaba a un nivel profundo.

Volvió a mirarlos bien. Eran muy jóvenes. Puede que prestaran excesiva atención a sus peinados y que intentaran parecer malos y duros, pero en realidad eran unos cachorros asustados. Conseguir forjarse un estatus en su pequeño mundo era para ellos una cuestión de vida o muerte.

«No debe de ser demasiado difícil controlar a estos chicos», pensó Kimura. Y entonces decidió que era mejor no involucrarse en sus asuntos. Cuando un perro descarriado se le acerca uno con ojos tristes y llorosos es mejor ignorarlo.

—Resuélvanlo ustedes.

—¡Por favor, señor! —exclamó el del rostro redondo—. ¡Tiene que ayudarnos!

Wataru le apretó la mano con inquietud, tirando de él para que se marcharan del callejón y regresaran a casa.

—No es problema mío. —Kimura advirtió con un sobresalto que en algún momento se había acabado la petaca—. Estoy seguro de que terminarán convirtiéndose en unos adultos hechos y derechos —dijo, y se alejó.

—¡Oiga, señor Kimura!

Kimura abre los ojos al oír la voz. Tarda un momento en darse cuenta de que está en el Shinkansen. No se durmió, pero tampoco está del todo despierto, y la repentina aparición del rostro del Príncipe a su lado es como la de un fantasma surgido de su propia memoria.

—Ahora no es el momento de echarse sueñitos reparadores, señor Kimura. ¿No está al menos un poco preocupado por lo que va a pasarle?

—Incluso si lo estuviera, atado como estoy tampoco podría hacer nada al respecto, ¿no?

—Aun así, ya debe de haber asimilado que se encuentra en peligro. Yo estaba esperando su aparición en el tren, sí, pero desde luego no era para que realizáramos un bonito viaje juntos.

—¿Ah, no? ¿Y por qué? Hagámoslo. Podríamos ir a comer fideos fríos a Morioka. Yo invito.

El Príncipe no sonríe.

—Quiero pedirle que haga algo.

—No, gracias.

—No diga eso. Lamentaría mucho que le pasara algo malo a su hijo en el hospital.

A Kimura se le encoge el estómago y la sangre comienza a bullir en sus venas.

—¿Qué quieres que haga?

—Se lo diré cuando estemos más cerca de Morioka.

—¿Por ahora solo quieres ponerme nervioso?

—Imagino que, si le pidiera que matara a alguien, no querría saber nada al respecto.

Kimura se muerde el labio. Hablar sobre asesinatos de un modo tan despreocupado le parece algo infantil y adulto al mismo tiempo.

—¿De quién se trata? ¿A quién quieres que liquide?

—De momento, dejaré que disfrute de la expectación —y, tras decir eso, el Príncipe se inclina y comienza a aflojar las ataduras que sujetan los tobillos de Kimura.

—¿Vas a soltarme?

—Si intenta algo su hijo sufrirá las consecuencias, ¿lo entiende? Que le quite las ataduras no significa que sea libre. No se olvide. Si mi hombre no puede ponerse en contacto conmigo... ¡adiós, niñito!

Kimura se estremece de furia.

—¿Y ya estás pendiente del teléfono?

—¿Cómo dice?

Kimura tuerce el gesto.

—Dijiste que tendría muchos problemas si no contestas al teléfono.

—Ah, sí. Si suena diez veces y no contesto, sí, tendrá usted problemas.

—No quiero enterarme de que no contestaste porque no estabas prestando atención. En ese caso, serás tú quien los tenga.

—No se preocupe por eso, señor. —El Príncipe se muestra absolutamente indiferente—. Mientras tanto, me gustaría que me ayudara con otra cosa.

—¿Qué quieres, que te masajee la espalda?

El Príncipe señala la parte posterior del tren.

—Quiero que venga conmigo a buscar una maleta.

Campanilla Morada

El semáforo que regula el tráfico de vehículos en la principal intersección de Fujisawa Kongocho está en verde. Los coches pasan uno detrás de otro. La gente se agolpa en la acera a la espera de que el semáforo peatonal les indique que pueden cruzar.

Campanilla Morada permanece a treinta metros de la entrada de una cadena de librerías. Mira el semáforo. Mira a la gente. Hombre, alto, delgado, treinta y tantos: no. Hombre, fornido, veintitantos: no. Mujer: no. Hombre, bajito, veintitantos: no. Mujer: no. Hombre, uniforme escolar: no. Está esperando a su víctima.

El semáforo cambia de color. La muchedumbre cruza la intersección. Lo hace en todas direcciones: de frente, hacia un lado, en diagonal. Al poco tiempo, el semáforo peatonal comienza a parpadear y por fin se pone en rojo. Y, el del tráfico, en verde otra vez. Campanilla Morada memoriza el tiempo que tarda en hacerlo. La clave está en el momento en el que el semáforo se pone en ámbar y en el que está a punto de ponerse en rojo. Los coches van más rápido al ver la luz ámbar que la verde. Abandonan toda precaución y aceleran.

—Creo que el Empujón es uno de esos espíritus de comadreja del folclore, ya sabes, un *kamaitachi* —le había dicho en una ocasión una mujer que quería contratarlo para que realizara un encargo. Campanilla Morada se reunió con ella haciéndose pasar por el representante del Empujón.

»De repente, alguien se hace un corte en un brazo o en una pierna —prosiguió la mujer— y grita: "¡Me ha atacado un *kamaitachi*!", cuando en realidad fue una ráfaga de viento. En mi opinión, con el Empujón sucede algo parecido. Alguien sufre un atropello o se arroja delante de un tren y la gente dice que fue el Empujón. ¿Y si se trata de un mero cuento?

Ese malentendido sobre los *kamaitachi* es muy frecuente. Pero los cortes no son obra del viento. Culpar al viento, eso sí que es un cuento. Campanilla Morada se lo explicó a la mujer, pero a ella no le convencieron sus explicaciones.

La mujer podría haberlo dejado ahí, pero siguió insistiendo y haciendo todo tipo de preguntas sobre el Empujón, inquiriendo más detalles sobre él. Campanilla Morada decidió que no le gustaba esa mujer, rechazó el encargo y se marchó. Ella, sin embargo, fue tras él en plena noche, de modo que la empujó a la calzada justo antes de que el semáforo se pusiera en rojo. Una camioneta que en ese momento cruzaba la intersección a toda velocidad la atropelló. Lo único que lamentaba Campanilla Morada era haberlo hecho gratis.

Hombre, bajito, cuarenta y tantos: no. Mujer: no. Hombre, fornido, veintitantos: no. Mujer: no. Hombre, fornido, cuarenta y tantos. Su mirada sigue a ese hombre. Traje gris de raya diplomática. Pelo corto, hombros anchos. Campanilla Morada comienza a seguirle. El hombre se dirige a la intersección. Se une a la multitud que espera a que el semáforo peatonal se ponga en verde. Campanilla Morada le sigue. Tiene la mente despejada y es plenamente consciente de sus actos, pero, al mismo tiempo, es como si no fuera él mismo quien los estuviera ejecutando.

El semáforo del tráfico pasa del verde al ámbar. El hombre se detiene en el borde mismo.

Los coches vienen por la derecha. Una minivan negra, conducida por una mujer, pelo corto, niño pequeño en el asiento trasero. Todavía no es el momento oportuno. Casualmente, el siguiente vehículo es el mismo tipo de minivan. La luz del semáforo cambia. El coche acelera. Campanilla Morada extiende la mano con sigilo y toca la espalda del hombre.

Se oye el ruido del impacto y luego el chirrido de los frenos derrapando en el asfalto. Nadie grita todavía. La conmoción de la gente es como una explosión silenciosa y transparente.

Para entonces Campanilla Morada ya se ha marchado. Regresa por donde ha venido caminando con fluidez, como si estuviera dejándose llevar por una corriente. Tras él oye gritos que piden una ambulancia, pero su corazón está tan tranquilo como la superficie de un lago en calma. Su único pensamiento es el vago recuerdo de haber llevado a cabo un encargo en esa misma intersección hace ya mucho tiempo.

Fruta

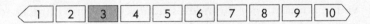

—¡Oye, Mandarina! ¿Por qué no intentas nombrar algunos de los personajes de *Thomas y sus amigos* que conoces? —Limón regresó de su búsqueda de la maleta con las manos vacías, pero en vez de ofrecer alguna explicación se sentó con despreocupación en el asiento del pasillo y ahora le pregunta esto a su compañero.

Mandarina voltea hacia el asiento de la ventanilla y echa un vistazo al cuerpo del Pequeño Minegishi. A juzgar por su aire distendido, Limón parece no querer aceptar la gravedad de la situación. Todavía tienen un cadáver en las manos y no han averiguado nada al respecto. Limón, sin embargo, insiste en iniciar una conversación estúpida.

—¿Encontraste la maleta?

—Vamos, ¿qué personajes de *Thomas y sus amigos* recuerdas? Nombra alguno que no sea muy conocido.

—¿Qué tiene eso que ver con la maleta?

—Nada. —Limón tuerce el gesto, en apariencia ofendido—. ¿Por qué diantre nos tenemos que preocupar de la maldita maleta?

«Supongo que no la ha encontrado». Hace cinco años que Mandarina se había asociado con Limón. Era una pareja ideal para este tipo de trabajo: tenía una gran capacidad física y, por crítica que fuera la situación, no entraba en pánico y siempre mantenía la calma (casi podría decirse que carecía de emociones), aunque, por otro lado, también se le daban fatal los detalles y era irresponsable y descuidado. Lo peor, sin embargo, era que cuando cometía un error enseguida salía con excusas y jamás reconocía su culpa. Como ahora. A pesar de encontrarse en una situación cuya gravedad aumenta por momentos, actúa como si no hubiera nada de qué preocuparse. Ignora los hechos. De hecho, intenta olvidarlos. Mandarina sabe que será cosa suya arreglar el relajo causado por Limón. Intentar cambiar eso sería como mear al viento.

—Gordon —dice Mandarina con un suspiro—. Es un personaje, ¿verdad? ¿No es uno de los amigos de Thomas?

—¡Por favor! Gordon es uno de los personajes más conocidos. Podría decirse incluso que es uno de los protagonistas. El chiste es que menciones un personaje poco conocido.

—¿Qué quieres decir con «poco conocido»? —Mandarina alza la vista al techo. Tratar con Limón es más duro que realizar un encargo—. Está bien. Como quieras. Dame un ejemplo.

Un ligero temblor en los orificios de la nariz delata el esfuerzo que hace Limón para tragarse su orgullo.

—Bueno, supongo que un buen ejemplo sería sir Handel, originalmente llamado Falcon.

—¿Es uno de los personajes?

—Ned también serviría.

—Desde luego, hay un montón de trenes. —Mandarina no tiene otra elección que seguirle la corriente.

—No es un tren, es un vagón grúa.

—¿Quién no es un tren? Estás confundiéndome.

Mandarina echa un vistazo al paisaje por la ventanilla. Pasan a toda velocidad por delante de un gigantesco edificio de departamentos.

—¡Oye, Limón! —le dice entonces a su compañero, que se ha puesto a tararear una melodía mientras hojea una revista—. No quieres admitir tu error, lo entiendo, pero ahora no es el momento de relajarse, ¿me oyes? El hijo de Minegishi está muerto. Su cadáver está enfriándose. Y la maleta desapareció. Somos como un par de mocosos a los que envían a la miscelánea y que, además de regresar sin las verduras que debían comprar, pierden la cartera.

—¿La miscelánea? Siempre me cuesta seguir tus explicaciones.

—Resumiendo, estamos jodidos.

—Sí, lo sé, dos palabras que describen nuestra situación actual.

—No parece que lo sepas. Por eso estoy recordándotelo. Deberíamos estar más preocupados. Bueno, yo ya lo estoy. Eres tú quien debería estar más preocupado. Volveré a preguntártelo. No encontraste la maleta, ¿verdad?

—No. —Por alguna razón, Limón parece estar satisfecho consigo mismo. Mandarina está a punto de regañarlo cuando Limón añade—: Ese pequeño vándalo me mintió y me hizo perder el tiempo.

—¿Un vándalo te engañó? ¿De qué estás hablando?

—«El hombre con la maleta que busca se fue en esa dirección», me dijo, y parecía un buen chico, así que le creí. Fui hasta el final del Hayate en busca de ese tipo.

—Puede que ese chico no te haya engañado. Alguien debe tener la maleta y puede que el chico haya visto de verdad al tipo. A lo mejor es que simplemente tú no lo has encontrado.

—No sé. No termino de comprender cómo una maleta de ese tamaño puede haber desaparecido.

—¿Miraste en los baños?

—En casi todos.

—¿En casi todos? ¿Qué quieres decir con eso? —Mandarina no puede evitar alzar la voz. Cuando se da cuenta de que Limón no está bromeando todavía se enfada más—. ¡No sirve de nada mirar en casi todos! ¡Quien sea que tenga la maleta podría estar escondido en uno de los que no has mirado!

—Bueno, si el baño está ocupado no puedo entrar a mirar, ¿no?

Mandarina no sabe ni qué contestar a eso, de modo que se limita a decir:

—Es necesario mirar en todos. Lo haré yo mismo.

Consulta su reloj. Faltan cinco minutos para que el tren llegue a la estación de Omiya.

—Mierda.

—¿Qué sucede? ¿Mierda por qué?

—Ya casi llegamos a Omiya. El hombre de Minegishi estará esperándonos.

Minegishi recelaba de todo el mundo, probablemente porque llevaba mucho tiempo dirigiendo una organización criminal. Estaba convencido de que, si alguien tenía la oportunidad de traicionarlo, sin duda lo haría. Por eso, cuando contrataba a alguien se aseguraba de controlar sus movimientos para que luego no lo apuñalara por la espalda.

En este encargo en concreto, le preocupaba que Mandarina y Limón se voltearan en su contra y huyeran con el dinero. O que secuestraran ellos a su hijo y lo escondieran en algún lugar para pedir todavía más dinero por su rescate.

—Los vigilaré de cerca —afirmó en la última reunión que habían mantenido, y tras decirles a la cara que no confiaba en ellos. Uno de sus secuaces estaría esperándolos en alguna estación del trayecto, para asegurarse de que en efecto estaban en el tren en dirección a Morioka con su hijo y que no estaban tramando nada raro.

Como es obvio, cuando les dijo esto a Mandarina y Limón, no tenían ninguna intención de traicionarlo. Pensaban hacer simplemente lo que les había ordenado, así que no mostraron ninguna objeción. «Por supuesto, haga lo que crea conveniente», contestaron con cordialidad.

—Jamás habría podido imaginar que las cosas saldrían así de mal.

—Los accidentes ocurren. Hay incluso una canción sobre eso en *Thomas y sus amigos*. Dice así: «Los accidentes ocurren, no te lo tomes muy a pecho».

—Pues deberías tomártelo al menos un poco a pecho.

Pero Limón no parece haber oído a Mandarina, pues empieza a cantar alegremente la canción añadiendo pequeños comentarios como «Cuánta razón» o «*Thomas y sus amigos* es profundo de verdad».

—¡Un momento! —dice de repente, volteando hacia Mandarina—. El hombre de Minegishi estará esperándonos en el andén, ¿no? ¿Sabes si también subirá al tren?

—Pues no sabría decirte. —No se lo habían especificado—. A lo mejor se queda en el andén y solo comprueba que estemos en el tren a través de la ventanilla.

—En ese caso, podríamos fingir que se durmió—dice Limón, inclinándose hacia delante y señalando el cadáver apoyado en la ventanilla—. Nosotros nos limitamos a saludar con una sonrisa en la cara y el tipo no tiene por qué darse cuenta de nada.

Mandarina desconfía instintivamente de la optimista propuesta de Limón, pero también es consciente de que podría funcionar. Siempre y cuando el hombre de Minegishi no suba al tren, claro.

—Es decir, si ve al chico aquí sentado, no debería tener ningún motivo para pensar que está muerto, ¿no?

—A lo mejor tienes razón. Yo tampoco lo pensaría.

—Pues ya está. Si no se debe dar cuenta, hagamos eso.

—Pero si por alguna razón sospecha algo, podría subir al tren.

—El tren solo se detiene en Omiya durante algo así como un minuto. Tampoco tendría tiempo de llevar a cabo una inspección demasiado concienzuda.

—Mmm...

Mandarina intenta imaginar qué tipo de órdenes daría si fuera Minegishi.

—Estoy seguro de que al tipo le dijeron que compruebe que todo esté en orden a través de la ventanilla y que, si piensa que sucede algo raro, llame a Minegishi.

—¿Y qué crees tú que le diría? ¿Algo en plan: «Jefe, su hijo tenía un aspecto terrible. Estaba inconsciente, debió haber agarrado una buena borrachera»? En ese caso, ¿qué crees que podría pasar?

—Minegishi podría concluir que su hijo no está borracho y comenzaría a sospechar que sucede algo raro.

—¿De veras crees que lo haría?

—Me apuesto lo que sea a que tiene un sexto sentido para estas cosas. Después, supongo que varios de sus hombres nos esperarían en la siguiente estación, en Sendai. No tendrían ningún problema en subir al tren y atraparnos.

—¿Y si le robamos el teléfono al tipo que tiene que llamar a Minegishi? Si no consigue ponerse en contacto con Minegishi, él no puede enfadarse con nosotros. Su hijo no está muerto hasta que se sepa que lo está.

—Alguien como Minegishi seguro que tiene otras formas de ponerse en contacto con sus hombres.

—¿Como cuáles? ¿Mensajeros a pie? —Por alguna razón, a Limón le da risa la idea y la repite varias veces: «Sí, seguro que usa mensajeros a pie».

—No sé, por ejemplo vallas publicitarias digitales. A lo mejor su hombre le escribe un mensaje en una: «Su hijo fue asesinado».

Limón parpadea varias veces.

—¿Lo dices en serio?

—Estoy bromeando.

—Tus bromas son estúpidas —dice, aunque luego parece bastante excitado por la idea—. Quizá deberíamos probarlo: la próxima vez que concluyamos un encargo, podríamos usar la pantalla de un estadio de béisbol para presentarle nuestro informe al cliente. «¡Encargo concluido con éxito!».

—No entiendo por qué querríamos hacer algo así.

—¡Porque sería divertido! —Limón sonríe como un niño pequeño. Luego toma un trozo de papel del bolsillo y comienza a escribir algo con un bolígrafo que saca de algún lugar—. Ten, toma esto —le dice a Mandarina, ofreciéndoselo.

Es el cupón para el sorteo del supermercado.

—No, mira el dorso —indica Limón, así que Mandarina le da la vuelta al cupón y ve el dibujo de un tren con una cara redonda. Le cuesta decidir si es un buen dibujo o no.

—¿Qué demonios es eso?

—Es Arthur. Debajo escribí el nombre. Es un tren de color granate. Muy diligente en su trabajo y que se enorgullece de no haber tenido ni un solo accidente. Cero. Su historial es perfecto. Y se esfuerza mucho por mantenerlo así. No tenía ninguna calcomanía de Arthur, así que te dibujé.

—¿Y por qué me lo das?

—¡Porque nunca tuvo un accidente! Será nuestro amuleto.

Ni siquiera un niño tendría fe en algo tan ridículo, pero Mandarina ya no tiene fuerzas para discutir, de modo que dobla el cupón por la mitad y lo guarda en el bolsillo trasero de los pantalones.

—Aunque también es cierto que al final Thomas engaña a Arthur y este termina teniendo un accidente.

—Entonces ¿cuál es el chiste?

—Bueno, después Thomas dice algo muy inteligente.

—¿Qué?

—¡Los récords existen para ser superados!

—No creo que sea lo mejor que se le puede decir a alguien a quien acabas de arruinar su récord personal. Thomas se comporta aquí como un auténtico idiota.

Nanao

Nanao vuelve a la primera hilera del vagón número cuatro. Maria le dijo que el propietario de la maleta se encuentra en el número tres. No le gusta estar tan cerca, pero cualquier otro lugar del tren también le habría parecido demasiado cercano, así que lo mejor que puede hacer es regresar al asiento que indica su boleto.

Piensa en Limón y Mandarina.

«¿Y si son ellos quienes buscan la maleta?» Al pensar eso, Nanao tiene la sensación de que su asiento se hunde en el suelo y que el techo se le cae encima. Recuerda haberle oído comentar a aquel intermediario obeso lo fríos y despiadados que eran, y que tanto su actitud como sus métodos eran muy violentos.

Considera la posibilidad de trasladar la maleta a un lugar más cercano a su asiento, como el contenedor de la basura que hay entre los vagones número cuatro y tres, pero al final decide no hacerlo. Si lo hace, cabe la posibilidad de que alguien lo vea, así que al final le parece mejor dejarla donde está. «No pasará nada, todo saldrá bien —no deja de repetirse—. No surgirán más contratiempos inesperados». «¿De veras? —dice en tono de burla otra voz interior—. Siempre que haces algo sufres percances que no habías previsto —prosigue esa voz—. Fue así desde que te secuestraron cuando volvías a casa desde la escuela primaria».

Pasa la azafata con el carrito de los aperitivos y Nanao le hace una señal.

—Un jugo de naranja, por favor.

—Se nos han terminado. Solemos tener, pero hoy se agotaron.

Nanao permanece impasible. «Debería habérmelo imaginado», casi le responde. Está acostumbrado a estas pequeñas muestras de mala suerte. Siempre que va a comprar zapatos se han agotado los de su talla en el color que le gusta. Cuando se coloca en una cola para pagar, la que hay al lado siempre avanza con más rapidez. Si deja pasar con amabilidad a un anciano al ascensor, en cuanto entra suena la alarma por sobrepeso. Estas cosas forman parte de su rutina diaria.

Pide un agua mineral y paga.

«Siempre estás muy nervioso y paranoico, es como si atrajeras la mala suerte —le dijo una vez Maria—. Tienes que relajarte. Cuando creas que vas a alterarte, tómate un té, respira hondo, practica la escritura de sinogramas en la palma de la mano con un dedo. Haz algo que te calme».

—No estoy nervioso porque sea de naturaleza inquieta o me obsesione en exceso con las cosas ni nada de eso. Se debe únicamente a la experiencia. Tuve una suerte pésima toda mi vida —respondió.

Abre la lata de agua mineral y le da un sorbo. El cosquilleo del gas le obliga a tragar con excesiva rapidez y sin querer se atraganta con el líquido.

«Escondí la maleta y pronto llegaremos a Omiya. Si mantengo la calma, en breve habrá terminado todo y, básicamente, lo habrá hecho acorde al plan salvo por el hecho de que bajaré en la estación de Omiya en vez de hacerlo en la de Ueno. Me veré con Maria, me quejaré de que al final el encargo no ha resultado ser tan fácil y eso será todo».

Cuanto más se dice a sí mismo todo eso, más nervioso se pone.

Se reclina en su asiento e intenta relajarse. Respira hondo y, tras abrir la palma de la mano derecha, comienza a practicar en ella la escritura de sinogramas con el dedo índice de la izquierda. Esto, sin embargo, le provoca unas inesperadas cosquillas y no puede evitar apartar la mano de golpe.

Al hacerlo, le da un golpe a la lata de agua con gas y la tira al suelo. La lata sale rodando con un alegre repiqueteo e, impulsada por el movimiento del tren, va a parar al otro extremo del vagón. Se pone de pie con rapidez para ir detrás tras ella.

No es tan optimista como para pensar que la lata terminará deteniéndose sola, pero incluso a él le sorprende que no deje de desplazarse erráticamente de derecha a izquierda. Nanao la persigue agachado, molestando con ello a los demás pasajeros y causando un pequeño alboroto.

Al final la lata se detiene y se apresura a recogerla. Tras exhalar un suspiro de alivio, comienza a erguirse otra vez y, de repente, siente un intenso dolor en las costillas que le hace soltar un gruñido. «Ya está. Me encontraron. Seguro que es el propietario de la maleta». Un sudor frío le recorre la espalda, pero entonces oye la voz de una anciana.

—Disculpe, joven. —Se da cuenta que no se trata de ningún asesino, sino de una abuela diminuta. Al parecer, no había visto que Nanao estaba agachado delante de ella y, al apoyar el bastón en el suelo para levantarse de su asiento, se lo ha clavado en las costillas. Debe de haberlo hecho en un punto en especial sensible, porque el dolor que siente es sorprendentemente intenso.

—Disculpe —insiste ella haciendo un gran esfuerzo para levantarse y salir al pasillo, sin prestar atención a Nanao más que para indicarle que se aparte—. ¿Me permite? —añade, y tras pasar a su lado se aleja renqueando.

Él se apoya en un asiento vecino para masajearse las costillas un minuto e intentar recobrar el aliento.

Todavía retorciéndose de dolor, repara en el hombre que va sentado detrás del asiento en el que se ha apoyado. Tiene su misma edad, o quizá es un poco mayor, y el traje que lleva le hace pensar que se trata de algún empleado de una empresa muy tradicional. Da la impresión de ser alguien bueno con los números y que se dedica a la contabilidad, las finanzas o algo así.

—¿Le sucede algo? —El hombre parece preocupado.

—No pasa nada, estoy bien. —Nanao intenta ponerse derecho para demostrárselo, pero un punzante dolor se lo impide y, volviéndose a inclinar, opta por dejarse caer en el asiento contiguo al del hombre—. Bueno, en realidad me duele un poco. Tuve una pequeña colisión con esa anciana de allá. Estaba tratando de recuperar esta lata.

—Qué mala suerte.

—Ya estoy acostumbrado.

—¿Suele tener mala suerte?

Nanao echa un vistazo al libro que sostiene el hombre. Debe de ser una guía de viaje, pues en sus páginas hay muchas fotografías de hoteles y comida.

El dolor por fin comienza a remitir, pero, en vez de levantarse del asiento para regresar al suyo, Nanao siente deseos de seguir hablando con ese tipo.

—Pues sí. Sin ir más lejos, cuando tenía ocho años me secuestraron —le explica.

Sorprendido ante esa repentina revelación, el hombre enarca las cejas y esboza una ligera sonrisa.

—¿Es que su familia es rica?

—Ojalá. —Nanao niega con la cabeza—. Más bien lo contrario. La única ropa que mis padres me compraban era el uniforme escolar, y sentía una gran envidia de mis amigos por los juguetes que sus padres les regalaban. Estaba tan frustrado que solía comerme las uñas. Había otro niño en mi clase cuya situación era la opuesta a la mía. Su familia era rica y tenía multitud de juguetes, lo que a mí me parecía una paga ilimitada y toneladas de mangas y muñecos. Era lo que podría considerarse un niño afortunado. Un día, este amigo afortunado me dijo que, si mi familia era pobre, lo que yo debía hacer era dedicarme al futbol o al crimen.

—Entiendo —murmura el hombre, cuya compasión por el joven Nanao parece sincera—. Hay niños para los cuales sin duda eso es cierto.

—Y ese fue mi caso. Se trataba de un abanico de opciones algo limitado: o me convertía en futbolista profesional o escogía la senda del crimen, pero era un niño obediente y creía que mi amigo era listo, así que hice las dos cosas.

—¿Las dos? ¿Futbolista y...? —El hombre vuelve a enarcar las cejas y ladea la cabeza.

—Criminal. Comencé robando una pelota. Más tarde, a base de practicar mucho tanto chutes como robos, conseguí que se me dieran bastante bien ambas cosas. Esto terminó moldeando el curso de mi vida, así que, en cierto modo, tengo con mi amigo una deuda de gratitud. —A Nanao le sorprende estar sincerándose con un desconocido cuando por lo general es una persona más bien reservada, pero hay algo en este hombre de apariencia amigable e inofensiva que le hace parecer un interlocutor ideal—. ¿Qué iba a decirle...? —Nanao se queda un momento callado y entonces lo recuerda—. ¡Ah, sí! Mi secuestro. —«¿De veras voy a hablar de esto?».

—Se diría que su amigo afortunado tenía más probabilidades de que lo secuestraran —dice el hombre.

—¡Ni que lo diga! —replica Nanao, alzando su tono de voz—. Me secuestraron a mí por accidente. Pensaban que era él. Me refiero a los secuestradores. Yo iba de camino a casa junto a mi amigo rico, pero él me había ganado a piedra, papel o tijera, así que llevaba su mochila, que era distinta a la de los demás niños.

¿Tenía una mochila especial?

—Sí, algo así. Hecha por encargo para ricachones —dice Nanao con una risa ahogada—. Y yo era quien la llevaba, así que me secuestraron a mí. Fue terrible. Yo no dejaba de decirles que no era rico, que se habían equivocado de niño, pero ellos no me creían.

—¿Y al final lo rescataron?

—Me escapé.

Los secuestradores exigieron un rescate a los padres del amigo rico de Nanao, pero estos no se lo tomaron en serio. Lo cual tenía sentido, pues su hijo estaba en casa con ellos, sano y salvo. Los secuestradores se enfadaron y comenzaron a tratar a Nanao cada vez con mayor crueldad, a pesar de que él seguía insistiendo en que se habían equivocado de niño. Al final, se dieron cuenta de que era cierto y, como lo único que les interesaba era obtener al menos algún dinero, llamaron a sus padres.

—La respuesta de mi padre fue de una lógica inquebrantable.

—¿Qué les dijo?

—Un hombre no puede dar lo que no tiene.

—Cierto.

—Esto molestó mucho a los secuestradores, que acusaron a mi padre de ser un progenitor lamentable, pero yo entendí a la perfección lo que quería decir. Sin duda, un hombre no puede dar lo que no tiene. Puede que mi padre quisiera salvar a su hijo, pero no tenía el dinero necesario para hacerlo. No había nada que pudiera hacer. Me di cuenta de que tendría que arreglármelas yo solo, de modo que escapé.

Los compartimentos del armario de su memoria se abren y cierran uno tras otro. Las escenas del pasado que atisban en su interior puede que estén recubiertas de polvo, pero mantienen la viveza y, a pesar de remontarse a su infancia, resultan inmediatas y tangibles. La negligencia de los secuestradores, su propia energía y determinación juveniles, el oportuno descenso de la barda de un paso a nivel y la llegada de un autobús. Recuerda la sensación de alivio que lo invadió cuando el autobús se alejó, así como el miedo que lo acometió después al darse cuenta de que no tenía dinero para pagar el boleto. En cualquier caso, lo había conseguido, se había escapado sin ayuda de nadie con apenas ocho años.

Más compartimentos se abren en su mente. Para cuando cae en la cuenta de que hay recuerdos que preferiría no sacar a la luz ya es demasiado tarde, y una puerta que debería haber permanecido cerrada ya está abierta. En su interior hay un niño pequeño con los ojos llorosos que le dice: «¡Ayúdame!».

—¿Qué sucede? —El hombre trajeado percibe el cambio de ánimo de Nanao.

—Nada, un pequeño trauma... —contesta Nanao, usando la misma palabra que Maria había empleado para burlarse de él—. Otro niño secuestrado. Este no consiguió escapar.

—¿Quién era?

—Nunca lo supe. —Era cierto. Lo único que sabía era que el otro niño estaba encerrado con él—. El lugar en el que nos retenían era una especie de almacén de niños secuestrados.

Este niño desconocido con el pelo rapado se dio cuenta de que Nanao iba a escaparse. «¡Ayúdame!», le pidió, pero Nanao no lo hizo.

—¿Creyó que entorpecería su huida?

—No recuerdo por qué no le ayudé. Puede que fuera algo instintivo. No creo que ni siquiera llegara a considerarlo.

—¿Y qué le pasó?

—Ni idea —contesta Nanao—. Pero se ha convertido en mi trauma personal y la verdad es que no me gusta pensar en ello. —«Me pregunto por qué lo he hecho», reflexiona al tiempo que cierra al fin el armario de la memoria. Si pudiera, lo cerraría con llave y la tiraría.

—¿Y qué fue de los secuestradores?

—Nunca los atraparon. Mi padre ni siquiera fue a la comisaría a presentar una denuncia. Dijo que el esfuerzo no merecía la pena y lo cierto es que a mí no me importó demasiado. Tenía suficiente con sentirme orgulloso por haberme escapado. Así es como aprendí que podía hacer cosas por mí solo. Pero ¿por qué razón le conté esta historia...? —Le parece de verdad extraño haber sentido esta necesidad de hablar. Como si fuera un robot y hubieran presionado un botón para que se le soltara la lengua—. ¡Ah, sí! Desde que me secuestraron no he dejado de sufrir un percance tras otro. Cuando estaba haciendo el examen de admisión a la universidad, por ejemplo, el chico que se sentaba a mi lado no dejaba de estornudar y terminé suspendiendo a pesar de haber estudiado muy duro.

—¿Los estornudos impidieron que se concentrara?

—No, no. En un momento dado, el chico estornudó muy fuerte y un enorme gargajo o esputo o lo que fuera salió volando y aterrizó en mi examen. Yo me puse histérico e intenté limpiarlo con la mano, pero solo conseguí borrar todas las respuestas que tanto me había costado redactar. Ni siquiera mi nombre era legible.

La familia de Nanao no tenía dinero para pagarle la escuela, de modo que debía sacar una buena nota para obtener una beca. Sin embargo, gracias a los mocos de un desconocido perdió la oportunidad de proseguir sus estudios. A los padres de Nanao nada parecía afectarlos en exceso, así que no se mostraron particularmente enfadados o consternados.

—Lo cierto es que tiene usted mala suerte.

—Cuando lavo el coche, llueve. Salvo si lo hago justo porque quiero que llueva.

—¿Qué significa eso?

—Es esa Ley de Murphy de la que solían hablar en la tele. Es la historia de mi vida.

—Ah, sí. La Ley de Murphy. Recuerdo cuando salió el libro.

—Si alguna vez me ve en la cola de una caja registradora, vaya a otra. Aquella en la que yo no esté irá más rápida.

—Lo recordaré.

El celular de Nanao vibra. Consulta la pantalla para ver quién le llama. Es Maria. Siente una mezcla de alivio e irritación por la interrupción de este inusual diálogo.

—El golpe en las costillas ya me duele menos. Gracias por escucharme.

—No he hecho nada especial —dice el hombre con educación. Nada parece perturbar su expresión, aunque tampoco parece del todo relajada. Es más bien como si hubieran desconectado un importante circuito emocional en su interior.

—Creo que se le da bien hacer hablar a la gente —opina Nanao—. ¿Se lo dijeron alguna vez?

—Pero... si yo no he hecho nada. —El hombre parece tener la sensación de que Nanao está criticándolo.

—Un poco como los sacerdotes, que le hacen hablar a uno solo con su presencia. Es usted una especie de confesionario andante, o quizá de sacerdote andante.

—Creo que la mayoría de los sacerdotes andan. En cualquier caso, solo soy un simple profesor de una escuela extracurricular.

A Nanao estas últimas palabras le llegan cuando ya está casi en el vestíbulo. Se lleva el celular a la oreja y de inmediato oye la voz de Maria reprendiéndolo.

—Tardaste mucho en contestar.

—Estaba en el baño —dice alzando la voz.

—¡Desde luego, te lo estás pasando en grande! Aunque, con tu suerte, seguramente no había papel higiénico o te mojaste las manos al mear.

—No voy a negarlo. ¿Qué sucede?

Nanao oye entonces lo que le parece un suspiro de irritación, aunque también podría tratarse del traqueteo del

Shinkansen. Se encuentra justo sobre el enganche que conecta los vagones. Las piezas metálicas se mueven como la articulación de una criatura viva.

—Te noto extrañamente relajado. El tren está a punto de llegar a Omiya. Asegúrate de bajar esta vez. ¿Qué has hecho con el cadáver del Lobo?

—No me lo recuerdes. —Las piernas de Nanao se balancean a causa del movimiento del tren, pero consigue mantener el equilibrio.

—Bueno, aunque descubran el cadáver dudo que nadie pueda relacionarte con él.

«Exacto», piensa Nanao. Nadie sabe demasiado sobre el Lobo, empezando por su nombre real. Seguro que a la policía le costará identificar el cadáver.

—Entonces ¿me llamaste solo para recordarme que tengo que bajar del tren en Omiya? Lo haré, no te preocupes.

—Estoy segura de que no habrá ningún problema. Solo quería meterte un poco de presión, por si acaso.

—¿Presión?

—Acabo de hablar con nuestro cliente. Le expliqué que mi mejor hombre tiene la maleta, pero que no pudo bajar del tren en Ueno. No creo que sea un problema grave que lo hagas en Omiya, pero creo que debía mantenerle informado. Me pareció lo correcto. A los empleados novatos, por ejemplo, les enseñan que deben informar de cualquier problema o cagada a sus supervisores.

—¿Se enojó?

—Se puso blanco como un fantasma. Bueno, yo no podía verle el rostro, claro está, pero noté cómo lo hacía.

—¿Y por qué diantre iba a palidecer? —Nanao puede entender que el cliente se enfade, pero esta reacción le da mala espina y tiene la sensación de que todo esto es mucho más que un mero encargo.

—Nuestro cliente recibe órdenes de otro cliente. Es decir, nos subcontrató un subcontratista.

—Pasa a menudo.

—En efecto. Pero el principal cliente es un hombre de Morioka llamado Minegishi.

Justo en ese momento el tren se balancea de un lado a otro, Nanao pierde el equilibrio y tiene que agarrarse a una asa. Luego, vuelve a colocarse el celular en la oreja.

—¿Cómo dijiste que se llama? No oí lo que dijiste.

—Al preguntarlo, el tren entra en un túnel. De repente las ventanillas oscurecen y un fragor sordo envuelve los vagones como si del rugido de un animal se tratara. Cuando era pequeño, Nanao se moría de miedo cada vez que iba en tren y entraba en un túnel. Tenía la sensación de que había un monstruo gigante que aprovechaba la oscuridad para acercar su hocico al tren e inspeccionar a los pasajeros en busca del bocado más sabroso. Podía notar cómo se volteaba hacia él y le miraba lascivamente («¿Hay algún niño malo? ¿Algún niño en su punto para echármelo al hocico?»), por lo que se hacía un ovillo e intentaba permanecer lo más quieto posible. Ahora se da cuenta de que, con toda seguridad, se trataba de un miedo residual por el hecho de haber sido raptado por equivocación. Por aquel entonces, sin embargo, pensaba que, si había algún desafortunado pasajero con probabilidades de ser engullido por el monstruo, era él.

—Minegishi. Has oído hablar de él, ¿verdad? El nombre al menos debe de sonarte.

Nanao tarda unos instantes en procesar lo que Maria está diciéndole y, cuando por fin lo hace, siente una intensa punzada en el estómago.

—¿Minegishi? ¿Te refieres a *ese* Minegishi?

—No sé qué quieres decir con *ese*.

—El que tal vez le cortó un brazo a una chica por llegar tarde.

—Cinco minutos. Solo cinco minutos tarde.

—Es uno de esos personajes que siempre aparecen en las historias que contamos para asustar a los criminales jóvenes. Oí rumores. Al parecer, odia que la gente no haga bien su trabajo. —Al pronunciar estas palabras, Nanao siente un leve mareo que, sumado al balanceo del tren, casi consiguen que pierda otra vez el equilibrio.

—¿Ves lo que quiero decir? —pregunta Maria—. Estamos en un aprieto. No hemos hecho bien nuestro trabajo.

—Me cuesta creer que esté pasando esto. ¿Estás segura de que el cliente principal es Minegishi?

—No al cien por ciento, pero todo parece indicar que sí.

—Si no estás segura al cien por ciento es que no lo sabemos con seguridad.

—En efecto. Pero nuestro cliente está aterrorizado, como si temiera lo que Minegishi le hará. Le expliqué que el hecho de que bajes en Omiya no supone ningún problema grave y que no debería ponerse nervioso, que no hay nada de que preocuparse.

—¿Crees que Minegishi sabe lo que ha pasado? Me refiero a que no haya bajado del tren en Ueno. Es decir, que no hice bien mi trabajo.

—No lo sé. Supongo que todo depende de lo que le haya dicho nuestro cliente. No sé si está demasiado asustado para informarle o si ha ido corriendo a hacerlo porque teme lo que pueda pasarle si no lo hace.

—¿No hay nadie en el tren que te haya llamado con la información sobre dónde estaba la maleta? —Nanao recuerda de repente que, justo después de que el Shinkansen partiera de la estación de Tokio, Maria había recibido el soplo de que la maleta se encontraba en el compartimento portaequipajes del vestíbulo que hay entre los vagones número tres y cuatro—. Puede que esa persona todavía esté en el tren.

—Podría ser. ¿Y qué?

—Pues que se trataría de alguien que está de mi lado, en el equipo robamaletas, ¿no? —A Nanao la idea

de contar con un aliado en el tren le resulta esperanza-
dora.

—No contaría con ello. El trabajo de esa persona solo
era confirmar la localización de la maleta y llamarme.
Casi seguro, bajó del tren en Ueno. —Nanao se da cuenta de que es muy probable que tenga razón—. ¿Te has
puesto nervioso? ¿Temes lo que pueda pasarte si no haces
bien el trabajo?

—Siempre fue mi intención hacer bien el trabajo.
—Al decir eso, Nanao asiente con firmeza. «No conozco a nadie que se esfuerce más que yo en hacer las cosas
bien. Aunque eso también depende de la definición que
tenga uno de hacer las cosas bien. En cualquier caso,
siempre actúo sin dejarme llevar por veleidades, no me
precipito, ni me quejo de lo pobres que eran mis padres,
tampoco caigo en la desesperación y siempre me esfuerzo por mejorar, como cuando robé esa pelota de futbol
y me puse a practicar y practicar hasta mejorar mi técnica. No me sorprendería que otra gente me tuviera
como ejemplo».

—En efecto, haces bien tu trabajo. Pero tienes mala
suerte. Contigo nunca sé qué es lo que va a pasar.

—Todo irá bien. —Más que contestar a Maria, en
realidad Nanao se lo dice a sí mismo para convencerse
de ello—. Escondí la maleta y ya casi llegamos a Omiya.
En cuanto descienda del tren, habré concluido el encargo. Minegishi no tendrá razón alguna para estar enfadado.

—Espero que tengas razón. Pero desde que trabajamos juntos he aprendido una lección: la vida está llena de
contratiempos esperando al acecho. De repente, un encargo que parecía imposible que pudiera salir mal se va
inesperadamente al traste. O, aunque no lo haga, sucede
algo terrible. De hecho, cada vez que estás tú a cargo
descubro una nueva forma mediante la que las cosas pueden irse a pique.

—¡Pero si siempre me dices que se trata de un encargo fácil!

—Y siempre es cierto. No es culpa mía que los problemas te persigan. Seguro que, si quisieras comprobar hasta qué punto es estable una pasarela por la que quieres pasar, tus pisotones molestarían a una abeja que está descansando, te picaría y terminarías cayéndote al río. Siempre te pasan cosas así. Estoy segura de que nunca has jugado al golf, ¿verdad?

—¿Qué? Pues no.

—No lo hagas. Meterías la pelota en el hoyo, sí, pero cuando fueras a meter la mano para recuperarla, saldría una rata y te mordería un dedo.

—Eso es ridículo. ¿Por qué iba una rata a vivir en un hoyo de golf?

—Porque tú estarías jugando. Siempre encuentras nuevas formas de meter la pata.

—Deberías buscarme un encargo que consistiera precisamente en meter la pata. Seguro que en ese caso saldría todo bien —bromea Nanao, pero Maria no se ríe.

—No, porque entonces no meterías la pata.

—Ya, la Ley de Murphy.

—¿Qué dices de Eddie Murphy?

De repente, Nanao siente una punzada de ansiedad.

—Debería ir a comprobar que la maleta sigue donde la dejé —dice, volteando hacia la parte frontal del tren.

—Buena idea. Estando tú implicado, la posibilidad de que haya desaparecido es alta.

—No empeores las cosas, por favor.

—Ten cuidado. Seguro que el hecho mismo de ir a echarle un vistazo a la maleta hará que surja algún contratiempo.

«Entonces ¿qué diantre se supone que debo hacer?», quiere gritar Nanao, pero tiene que admitir que es muy probable que Maria tenga razón.

El Príncipe

El Príncipe retira la cinta adhesiva de las muñecas y los tobillos de Kimura, dejándolo libre. Esto, sin embargo, no le preocupa lo más mínimo. Si Kimura se dejara llevar por sus sentimientos y se pusiera violento, pondría en peligro a su hijo. A estas alturas, eso ya le quedó claro. Sabe que el Príncipe no está blofeando y que no mentiría sobre algo así. Y ahora, además, este le pidió ayuda, lo cual sugiere que, si hace un buen trabajo, su hijo podría salvarse. Hay muchas cosas que Kimura podría hacer para escapar de esta situación, pero las posibilidades de que ponga voluntariamente en peligro a su hijo son muy escasas. Mientras piensen que las cosas todavía pueden resolverse de forma favorable, las personas tienden a evitar los actos desesperados.

—¿Qué quieres que haga? —pregunta Kimura con hosquedad mientras se frota la zona de los tobillos que tenía atada con cinta adhesiva. Debe ser humillante para él aceptar órdenes de alguien a quien odia, pero se esfuerza en contener sus emociones. El Príncipe lo encuentra muy divertido.

—Vamos a ir juntos a uno de los vestíbulos que hay un poco más atrás. ¿Recuerda el bote de basura que hay en la pared? La maleta se encuentra ahí.

—¿Cabe en el bote de basura?

—No. Yo tampoco lo sabía, pero resulta que la pared en la que está la bolsa de basura es en realidad un panel que se abre.

—¿Y ahí es donde el tipo de los lentes oscuros la escondió? Bien, ¿y cuando tengamos la maleta qué hacemos? No se trata de un bulto exactamente pequeño. Si la traemos aquí y la dejamos junto a nuestros asientos, la verán.

El Príncipe asiente. La maleta no es muy grande, pero aun así no pueden esconderla en ningún lugar cercano a sus asientos.

—Podemos hacer dos cosas —indica mientras salen del vagón. Una vez en el vestíbulo se acerca a la ventanilla y se voltea hacia Kimura—. La primera es que nos la guarde el conductor.

—¿El conductor?

—Sí. Le llevamos la maleta, le explicamos la situación y le pedimos que nos la guarde. Imagino que hay unos armarios o algo así para empleados donde puede dejarla. En ese caso, el propietario nunca la encontrará.

—¿Y se puede saber qué le dirás? ¿Que encontraste una maleta en el pasillo? ¿O que se cayó de la bandeja? En cualquiera de esos casos, se limitará a anunciarlo por el altavoz y todos los pasajeros del tren se enterarán. Los que quieran la maleta harán cola delante de las taquillas para tenerla.

—Le explicaría algo mejor que eso. Como, por ejemplo, que se trata de mi maleta, pero que el hombre que va sentado a mi lado no deja de mirarla y que, como temo que quiera robármela, me preguntaba si sería posible que me la guardara hasta que bajara del tren. Algo así. —Cuando menciona al hombre que va sentado a su lado, señala a Kimura.

—¡Bah, eso no suena nada sospechoso!

—Si lo dice un estudiante de aspecto honesto como yo...

Kimura suelta un resoplido para dejar claro el desdén que le provoca ese plan. Aun así, es consciente de que al Príncipe no le costaría demasiado convencer al conductor.

—Puedo recuperar la maleta cuando lleguemos a Morioka o, si por alguna razón eso parece problemático, puedo simplemente dejarla ahí. Quiero saber qué hay en su interior, pero es más importante que permanezca oculta. De ese modo, podré manipular a la gente que la quiere.

—¿Como a tus compañeros de clase, con las estampas coleccionables de robots?

—Exacto. Aunque también pensé en otra cosa que puedo hacer con ella. Quedarme el contenido. —La maleta que preocupa tanto al hombre de los lentes oscuros tiene un cierre de combinación de cuatro dígitos—. Puedo ir probando combinaciones hasta que se abra.

—¿Vas a probar todas las combinaciones posibles? ¿Tienes alguna idea de cuántas son? Buena suerte, chico. —Está claro que a Kimura le parece una idea estúpida que solo podría haber concebido un niño. Al Príncipe le da pena ese hombre y su incapacidad para escapar de sus prejuicios.

—No sería yo quien lo hiciera, sino usted. La llevaría al baño y comenzaría a probar combinaciones.

—¡Y una mierda! ¿En el baño? ¡Ni hablar!

El Príncipe contiene la risa. Le divierte la facilidad con la que Kimura pierde los estribos.

—Señor Kimura, estoy cansándome de decírselo una y otra vez, pero si no hace lo que le digo su hijo sufrirá las consecuencias. Sería mucho mejor para él que se llevara usted la maleta al baño y comenzara a probar combinaciones. Mucho mucho mejor.

—Si estoy mucho rato en el baño el conductor terminará enterándose.

—Yo vendré a ver cómo está la situación de vez en cuando. Si veo que se forma cola, le avisaré. Entonces usted sale, espera a que se despeje y luego vuelve a entrar. Tampoco es que haya nada malo en probar combinaciones del cierre de una maleta. Hay muchas excusas posibles para algo así.

—Estaré probando combinaciones hasta que me muera. No tengo ninguna intención de hacerme viejo en ese baño.

El Príncipe se pone otra vez en marcha. Entra en el siguiente vagón y recorre el pasillo fantaseando sobre lo que debe de estar pensando Kimura mientras lo sigue. Este va justo detrás, mirando la espalda de la persona que empujó a su hijo de un tejado. Sin duda, le gustaría abalanzarse sobre él. Sus deseos violentos son palpables. Si no estuvieran en el tren, agarraría al Príncipe por el brazo, lo atraería hacia él y lo estrangularía hasta matarlo. Pero Kimura no puede hacer nada de eso. Para empezar, porque en el Shinkansen hay demasiado público, pero sobre todo porque la vida de su hijo pende de un hilo.

El mero hecho de imaginar la exasperante frustración que debe de sentir Kimura llena al Príncipe de calidez y bienestar.

—Señor Kimura —dice por encima del hombro mientras recorren el vagón número seis. En efecto, al atisbar el rostro de Kimura, le complace comprobar que está contraído por el esfuerzo que le supone contener la ira que siente. El Príncipe se regodea en ello—. No tardará tanto como piensa en encontrar la combinación correcta. Se trata de un número entre el 0000 y el 9999, de modo que hay diez mil combinaciones posibles. Digamos que prueba una cada segundo. Eso le llevará diez mil segundos. Unos ciento sesenta y siete minutos. Menos de dos horas y cincuenta minutos. Y estoy seguro de que no hará falta tanto tiempo. Probablemente, podrá probar más de una combinación por segundo. Y, además...

—¿Lo has calculado mentalmente? ¡Qué chico más listo! —dice Kimura con sorna, pero al Príncipe esto no hace sino parecerle más estúpido.

—... además, decía, le sorprendería lo afortunado que soy. Incluso cuando actúo de un modo más o menos azaroso, las cosas suelen salirme bien. Gano sorteos y cosas así continuamente. Siempre fue igual. Es algo casi sobrenatural. Así que estoy convencido de que encontrará la combinación correcta bastante rápido. Quizá incluso en los primeros treinta minutos. Seguro que se trata de un número entre el 0000 y el 1800.

Llegan al siguiente vestíbulo. Está vacío. El Príncipe se dirige directo a la bolsa de basura que hay en el contenedor de la pared.

—¿Está ahí? —Kimura se coloca a su lado.

—Mire —señala la protuberancia redonda—. Presione eso y luego jale la manilla que aparecerá.

Kimura hace lo que el Príncipe le dice y extiende la mano, pulsa y tira. El panel se abre. Deja escapar un grito ahogado de sorpresa. El Príncipe se inclina hacia delante y ambos miran en el interior del contenedor. Ahí está, en el estante superior: la maleta negra.

—Es esa. Vamos, tómela.

Kimura se queda momentáneamente absorto con la revelación del compartimento secreto, pero las palabras del Príncipe lo devuelven a la realidad. Extiende la mano y agarra la maleta. Al mismo tiempo que la deja en el suelo, el Príncipe vuelve a cerrar el panel con cuidado.

—Vamos, señor Kimura, entre en el baño y comience a probar combinaciones —ordena el Príncipe, señalando la puerta del baño—. Deberíamos acordar una señal. Si hay algún problema, llamaré a la puerta con los nudillos. Algún otro pasajero también podría hacerlo, así que debería tratarse de una llamada especial que pueda reconocer. Si veo que hay cola y tiene que salir un momento, golpearé cinco veces seguidas: pum-pum-pum-pum-pum. Dudo que nadie más haga algo así. Y, si veo que se acerca alguien sospechoso, golpearé tres veces haciendo una pausa entre el segundo y el tercer golpe: pum-pum, pum.

—¿A quién te refieres con lo de sospechoso?

—Quizá el hombre de los lentes oscuros. —Mientras lo dice, el Príncipe piensa en este tipo de aspecto afligido. Está seguro de que si este le acusara de haberle robado la maleta no tendría muchos problemas en convencerlo de que no fue así. Algunas personas son difíciles de manipular, otras en cambio son fáciles. No es algo que tenga tanto que ver con su inteligencia o sus aptitudes como con su carácter y su psicología esenciales. La gente que se deja mangonear no se vuelve más astuta con la edad. Por eso, siempre hay oportunidades para estafadores y timadores—. O el otro más alto que estaba buscando la maleta. —Este, en cambio, parecía más peligroso y daba la impresión de estar dispuesto a actuar con violencia sin pensárselo dos veces—. Si alguien así aparece, llamaré dos veces y, después de una pausa, una tercera vez.

—Pum-pum, pum. ¿Y entonces qué hago?

El Príncipe no puede evitar esbozar una sonrisa. Kimura ya está comenzando a depender de él y a pedirle su opinión. Casi le entran ganas de animarlo a que piense por sí mismo.

—Dependerá de la situación. Usted limítese a esperar dentro y manténgase alerta. Cuando la persona vuelva a alejarse, volveré a llamar a la puerta; esta vez, solo un golpe con los nudillos.

—¿Y si no parece que tenga intención de marcharse?

—Ya se me ocurrirá algo. De todas formas, no creo que pueda imaginarse que está usted dentro intentando averiguar la combinación, así que dudo que se quede mucho rato.

—La verdad es que no esperaba un plan tan impreciso de ti.

Kimura lo dice a modo de burla, pero el Príncipe no le hace el menor caso. No ve necesidad alguna de contar con un plan más complejo. Le parece más importante ser flexible, mantener la calma cuando algo suceda y, en ese caso, decidir el siguiente paso.

—Bueno, señor Kimura, llegó el momento. Entre, encuentre la combinación y abra la maleta. ¡Preparados, listos, ya! —El Príncipe tira de la manga de Kimura en dirección al baño.

—¡Oye, tranquilo! ¿Quién te crees que eres para ir dándome órdenes? ¿Acaso piensas que simplemente voy a hacer todo lo que me digas?

—Sí, eso es lo que pienso. Si regreso y no está en el baño, o si intenta huir a algún lugar, haré una llamada. Ya sabe, al amigo que tengo en el hospital. Y, en ese caso, todo habrá terminado para su hijo. ¿No son peligrosos los celulares? Uno puede hacer de todo con ellos.

Kimura fulmina con la mirada al Príncipe, pero este no le presta atención y se limita a abrir la puerta del baño. Kimura entra sin dejar de refunfuñar y, una vez dentro, cierra con el pasador.

El Príncipe consulta la hora en su reloj. El tren está a punto de llegar a Omiya, pero todavía falta mucho para Morioka. Tiene el presentimiento de que antes habrán conseguido abrir la maleta.

Mientras el Príncipe espera en el vestíbulo, la puerta que da al vagón número cinco se abre con un ruido parecido al de una ráfaga de viento.

Es el hombre de los lentes oscuros. Va vestido con una chamarra tejana y unos pantalones cargo. Las arrugas en las comisuras de los ojos le dan un aire amable, como si sonriera a menudo. Procurando actuar con normalidad, el Príncipe se acerca a la puerta del baño y llama golpeando primero dos veces y luego una tercera vez. Intenta que parezca que lleva un rato esperando y que está a punto de darse por vencido. Luego se voltea como si acabara de fijarse en el hombre de los lentes oscuros.

—¡Ey, hola! —dice—. ¿Se encuentra bien su amigo?

—¡Ah, eres tú! —Un amago de irritación parece esbozarse fugazmente en el rostro del hombre. Apenas es perceptible, pero al Príncipe no se le escapa. «Le parezco un incordio», advierte. No es una reacción infrecuente. Algunos adultos quedan deslumbrados ante los alumnos ejemplares, pero para otros resultan insoportables—. Sigue inconsciente. Durmiendo. Los borrachos son un auténtico engorro, ¿verdad? —Se detiene y se rasca la sien. Luego se voltea hacia el bote de la basura de la pared y echa un vistazo al Príncipe.

—¿Sucede algo? —pregunta este con amabilidad, aunque sabe exactamente qué es lo que quiere hacer el hombre: comprobar si la maleta todavía está ahí. La escondió hace muy poco, así que el Príncipe se sorprende de que tarde tan poco tiempo en acudir a hacerlo.

«Está más nervioso de lo que creía». El Príncipe cambia la opinión que se había formado de este hombre. Con toda seguridad, en realidad es de esos que al salir de casa comienzan a preguntarse si han cerrado con llave la puerta y han apagado el gas.

—No, nada. —Está claro que quiere que el Príncipe se marche y lo deje solo. No pierde la compostura, pero parece agitado.

El Príncipe consulta el celular como si de repente recibiera una llamada.

—Discúlpeme —dice a continuación, fingiendo que se pone a hablar por teléfono mientras se aleja en dirección a la puerta. Concluye que, si cree que nadie le mira, el hombre intentará abrir el panel. Y, en efecto, por el rabillo del ojo registra sus movimientos nerviosos delante del contenedor de la basura.

Se oye un leve ruido metálico. Seguro que se trata del panel al abrirse, pero el Príncipe se obliga a sí mismo a no mirar. Imagina la expresión de desconcierto del hombre al descubrir que la maleta desapareció y reprime una sonrisa.

—¡No puede ser! —protesta el hombre. El Príncipe termina su falsa llamada y, tras acercarse de nuevo a la puerta del baño, le pregunta inocentemente al hombre si algo está mal. Este ni siquiera se ha molestado en cerrar de nuevo el panel y permanece inmóvil ante el contenedor con el rostro pálido y la boca abierta.

—¡Vaya! ¡La pared se abre! —dice el Príncipe con despreocupación.

El hombre se tira del pelo y luego se quita los lentes y se frota los ojos. Es un gesto de consternación tan estereotipado que el Príncipe no esperaría verlo ni en un personaje de manga, pero está claro que el hombre no pretende ser gracioso. Está desconcertado de verdad. Lo único que el Príncipe no entiende es lo que dice a continuación:

—Lo sabía.

—¿Lo sabía? ¿Qué es lo que sabía?

El hombre, en apariencia conmocionado, ni siquiera se molesta en inventarse algo.

—Ahí dentro había una maleta. La maleta con la que me viste antes. Mi maleta. La había dejado ahí.

—¿Y por qué la había dejado ahí? —El Príncipe interpreta el papel del estudiante inocente y bienintencionado.

—Es una larga historia.

—¿Y ahora no está? ¿Y por qué dijo que ya lo sabía? ¿Qué quuiso decir?

—Sabía que pasaría esto.

«¿Sabía que se la robarían? —Esta idea incomoda algo al Príncipe—. ¿Está diciendo que sabía que yo la robaría?». La posibilidad de que ese tipo haya adivinado sus intenciones le parece tan improbable que casi lo acusa de mentir, pero se contiene.

—¿Sabía que la maleta desaparecería?

—No, específicamente no. Si hubiera sabido eso, no la habría dejado aquí. Es solo que siempre me pasan este tipo de cosas. Todo lo que hago termina saliendo mal. En cuanto pienso algo que sería terrible que pasara, eso es justo lo que sucede. Hace un momento, pensé que tendría un grave problema si la maleta desapareciera, así que vine a comprobar que siguiera aquí. Y, por supuesto, desapareció. —Mientras habla, el hombre parece estar cada vez más al borde de las lágrimas.

«Ah, de modo que es eso», piensa el Príncipe, aliviado.

—Tiene que ser duro —dice con amabilidad—. ¿Dijo que tendría problemas si la maleta desaparece?

—Problemas gordos. Muy muy gordos. Debía bajar del tren en Omiya.

—¿Y no puede hacerlo sin la maleta?

El hombre mira al Príncipe y parpadea con rapidez. Al parecer, esa posibilidad no se le había ocurrido. Ahora parece estar imaginando qué sucedería si la llevara a la práctica.

—Supongo que podría hacerlo. Si es que quiero pasarme el resto de la vida huyendo.

—Lo que hay dentro de esa maleta debe de ser muy importante. —El Príncipe se lleva entonces los dedos a la boca en un gesto claramente sobreactuado, pero que hace a sabiendas de que reforzará su imagen de chico inofensivo—. ¡Un momento! —exclama de repente, alzando la voz y arrastrando las sílabas—, ahora que lo menciona, la vi hace poco. Su maleta, quiero decir.

—¿Qué? —El hombre abre los ojos como platos—. ¿D-dónde?

—De camino al baño me crucé con un hombre con una maleta negra. Era alto y llevaba puesta una chamarra. Tenía el pelo más bien largo.

Al principio el hombre de los lentes oscuros lo escucha con cierto recelo, pero al cabo de un momento comienza a fruncir el ceño.

—Limón o Mandarina.

El Príncipe no termina de comprender por qué diablos menciona esas frutas.

—¿En qué dirección se fue?

—No lo vi.

—Ah... —El hombre mira a un lado y a otro, en dirección a la parte frontal y trasera del tren, intentando decidir por dónde debería iniciar su búsqueda—. ¿En qué dirección crees tú que fue? ¿Qué dice tu instinto?

—¿Cómo? —«¿Por qué habría de importarle mi instinto?».

—Todo lo que hago sale mal. Si voy en dirección al vagón número seis, quien sea que tenga la maleta habrá ido en la otra dirección, pero si comienzo a buscar por el cinco, la dirección que habrá tomado será la opuesta. Escoja la opción que escoja, seguro que al final habrá un cambio.

—¿Un cambio? ¿A qué se refiere?

El hombre traga saliva como si no supiera bien qué decir. Al final, opta por explicarse:

—A que alguien cambiará la opción válida, ¿de acuerdo? Como si hubiera alguien mirándonos desde arriba y tirando de los hilos de nuestras vidas.

—Yo no creo nada de eso —dice el Príncipe—. Nadie tira de ningún hilo. No hay ningún dios del destino y, si por alguna casualidad hay un dios, creo que nos metió a los humanos en una vitrina y se olvidó de nosotros.

—Entonces estás diciendo que mi mala suerte no es culpa de Dios.

—Es difícil de explicar. Digamos que uno tiene un tablero que está inclinado y deja caer encima unos perdigones o unos guijarros. Todos tomarán su propia dirección y seguirán su propio curso, pero no porque nadie lo determine con anterioridad o decida cambiar su dirección a mitad de la caída. El recorrido que hagan y el lugar en el que terminen cayendo dependerá fundamentalmente de la forma de cada uno y de la velocidad que alcancen.

—Entonces lo que estás diciendo es que tengo mala suerte por naturaleza y que esto no cambiará nunca, haga lo que haga y por mucho que me esfuerce.

El Príncipe esperaba que sus palabras provocaran al hombre y le hicieran perder los estribos, no que fuera a sentirse por completo abatido.

—¿Cuál es su número favorito?

—¿Por qué? —El hombre parece desconcertado por la pregunta, pero a pesar de su confusión contesta sin dudar—: Siete. Incluso forma parte de mi nombre. Me llamo Nanao. Se supone que el siete es el número de la suerte, ¿no?

—Entonces ¿por qué no mira en el vagón número siete? —El Príncipe señala la parte frontal del tren.

—No sé. Tengo la sensación de que terminará siendo la dirección equivocada —dice el hombre—. Iré hacia el otro lado. —Comienza a alejarse hacia la parte trasera. El tren llegará a Omiya de un momento a otro.

—¡Espero que la encuentre!

El Príncipe se acerca a la puerta del baño y golpea con los nudillos una sola vez. «La maleta que está usted buscando se encontraba aquí mismo, pero se ha limitado a pasar de largo. Realmente, tiene mala suerte».

Fruta

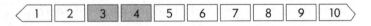
La melodía que señala la inminente llegada del tren a Omiya comienza a sonar por el altavoz, seguida del anuncio de la estación.

—¿Nervioso? —pregunta Limón con una sonrisa desde el asiento contiguo.

—Sí, un poco. ¿Tú no? —El hombre de Minegishi estará esperándolos en Omiya.

—No. La verdad es que no.

Mandarina exhala un suspiro.

—Qué envidia. Debe ser genial ser tan simplón. Eres consciente de que estamos metidos en este lío por tu culpa, ¿verdad?

—Sí, claro, lo que tú digas —dice Limón mientras come unas galletas—. Aunque no todo es por mi culpa. Es decir, sí, es muy probable que el hecho de que hayamos perdido la maleta sí que lo sea, pero la culpa de que este chico haya muerto no es tuya ni mía, sino suya.

—¿Suya? —Mandarina echa un vistazo al cadáver apoyado en la ventanilla—. ¿Quieres decir que es culpa suya que esté muerto?

—Sí. No debería haberlo hecho. Es algo egoísta, ¿no te parece? Ni siquiera nos dejó pistas.

El Shinkansen comienza a reducir la velocidad. Mandarina se pone de pie.

—¡Oye! ¿Se puede saber adónde vas? —pregunta Limón con preocupación.

—Estamos llegando a la estación de Omiya. Tengo que decirle al hombre de Minegishi que todo está bien. Voy a esperar en la puerta.

—No irás a bajar y salir huyendo, ¿verdad?

«No se me había ocurrido esa posibilidad», cae en la cuenta Mandarina.

—Con toda seguridad huir no haría sino empeorar las cosas.

—Que sepas que, si lo haces, llamaré a Minegishi, le diré que es todo culpa tuya y me ofreceré a llevarle tu cabeza. Ya sabes, menearé la cola y le haré la barba... «¡Oh, señor Minegishi! ¡Yo atraparé a ese cabrón de Mandarina! ¡Le pido clemencia! ¡Por favor, perdóneme la vida!». Algo así.

—Por alguna razón, me cuesta visualizar esa escena. —Limón sigue sentado y Mandarina tiene que encogerse para salir al pasillo.

Los frenos del tren ya se han activado. Por la ventanilla de la izquierda Mandarina ve un estadio. Su tamaño es sobrecogedor y, de algún modo, irreal. Parece una fortaleza. A la derecha atisba fugazmente un centro comercial.

—No te confíes demasiado —dice Limón a su espalda—. Esto también lo dice la canción de *Thomas*. «El mejor plan puede salir mal si te confías demasiado —canta—, si no te concentras en lo que estás haciendo. ¡Los accidentes ocurren sin más!»

—A mí eso me parece una auténtica tontería —replica Mandarina—. En cualquier caso, eres tú quien necesita prestar atención al mensaje de la canción.

—Yo nunca me confío demasiado. La confianza que tengo en mí mismo es exactamente la que debe de ser, ni más ni menos.

—Me refería a la parte de concentrarse en lo que uno está haciendo. Eres muy descuidado, Limón. Para ti toda tarea es un fastidio. Careces de capacidad de concentración y te despistas con mucha facilidad.

—¡Yo no me despisto con mucha facilidad! Tomemos por ejemplo *Thomas y sus amigos*...

—¡Por el amor de Dios!

—... hay dos personajes llamados Oliver, ¿lo sabías? Está la locomotora que rescató Douglas y luego el vagón grúa. La mayoría de la gente al oír el nombre de Oliver piensa en la locomotora, pero en realidad hay dos.

—¿Y qué?

—Lo que quiero decir es que presto atención a cosas así. Mi capacidad de concentración es perfecta.

—Sí, sí... —Mandarina hace un gesto con la mano como si no diera ningún valor a las palabras de su compañero. Le gustaría contestarle que, si ese es el tipo de cosas que le preocupan, en *Anna Karénina* por ejemplo hay tres personajes llamados Nikolái, pero sabe perfectamente que Limón se limitaría a soltar alguna tontería, como que en *Thomas* no hay ninguna Anna, pero sí una Annie, y que Karénina suena como una combinación de coche en inglés, *car*, y Nina, un nombre que, por cierto, tampoco aparece en *Thomas*.

El tren comienza a detenerse en la estación de Omiya.

Justo cuando Mandarina llega al vestíbulo, los altavoces anuncian que se abrirán las puertas de la izquierda. Se coloca frente a estas y observa el andén por la ventanilla. Aquí y allá hay gente esperando la llegada del tren.

Mandarina no sabe qué aspecto tendrá el hombre de Minegishi, ni tampoco si solo habrá uno. «¿Cómo voy a encontrar a este tipo?», se pregunta dubitativo. Pero en ese momento, justo cuando el tren comienza a detenerse, atisba por la ventanilla a un hombre que claramente no tiene nada que ver con los demás ciudadanos normales y corrientes que hay en el andén. Es evidente que se trata de alguien cuyo mundo son los callejones oscuros de los bajos fondos. «¡Ahí está!». Se trata de un hombre alto con el pelo peinado hacia atrás. Lleva un traje negro con una llamativa camisa azul, sin corbata. Apenas es visible un instante mientras el tren recorre sus últimos metros antes de detenerse, de modo que Mandarina no llega a verle bien la cara.

Con un ruido parecido a una exhalación, la puerta vibra y luego se abre.

Mandarina desciende al andén sin pensárselo dos veces. Se gira y ve al hombre del traje negro y la camisa azul aproximarse al Shinkansen y acercar su rostro a la ventanilla con las manos ahuecadas a ambos lados. El tipo echa una ojeada por el interior del tren, ignorando a las dos jóvenes que van sentadas justo enfrente y que parecen escandalizarse por esa indiscreción. Debe de estar mirando al hijo de Minegishi, que está sentado en la ventanilla directamente opuesta, al otro lado del pasillo.

—¡Oye! —exclama Mandarina. El hombre se voltea hacia él con el ceño fruncido. Mandarina comprueba que no se trata de ningún bravucón de quinta. Su porte es distinguido y tiene unos cuarenta y tantos años. Si fuera un ciudadano normal probablemente sería directivo. Es más bien apuesto, tiene una mirada penetrante y parece estar en buena forma física. Electrifica el aire a su alrededor solo con su presencia, lo que provoca que a Mandarina se le ericen los nervios.

—¿Qué puedo hacer por ti, amigo? —le pregunta el hombre a Mandarina, y luego vuelve a mirar por la ventanilla del tren.

—Soy Mandarina. Supongo que eres la persona que Minegishi ha enviado para asegurarse de que mi socio y yo tenemos a su hijo.

El ceño fruncido del tipo de la camisa azul se relaja, pero un momento después su expresión vuelve a endurecerse.

—¿Está todo bien?

—Más o menos. Ya sabes, tres hombres apretujados en esos asientos no es lo más cómodo. —Señala con despreocupación la ventanilla y echa un vistazo hacia el interior del tren. Desde su asiento, Limón los saluda con la mano con un entusiasmo infantil. Lo único que Mandarina puede hacer es rezar. «No la cagues».

—¿Está durmiendo? —pregunta el tipo de la camisa azul señalando la ventana con el pulgar.

—¿Quién, el chico? Sí, cuando lo encontramos estaba atado a una silla y no había dormido nada. Debió estar agotado. —Mandarina procura que su tono de voz suene lo más natural posible. El tren no tardará mucho en partir de la estación. Tiene que volver a subir.

—¿Ah, sí? —El tipo de la camisa azul cruza los brazos y vuelve a echar un vistazo por la ventanilla con expresión recelosa. Las dos chicas jóvenes tuercen el gesto y giran el cuerpo para evitar su mirada. Limón sigue saludando con la mano.

—Me preguntaba una cosa sobre Minegishi —dice Mandarina. No quiere que el tipo de la camisa azul se fije demasiado en el cadáver del niño rico.

—Querrás decir *señor* Minegishi —puntualiza el tipo de la camisa azul sin despegar el rostro de la ventanilla. A pesar de la calma con la que habla, su tono transmite una innegable autoridad.

—Sí, eso, *señor* Minegishi. ¿Es tan duro como dicen? Oí todo tipo de rumores, pero no sé cuánto hay de verdad en ellos.

—No es duro si la gente hace bien su trabajo. La gente que no hace bien su trabajo, en cambio, suele encontrar el trato del señor Minegishi más bien duro. Lo cual es perfectamente razonable, ¿no crees?

La melodía que anuncia la partida del tren comienza a sonar por el altavoz del andén. Mandarina procura disimular su alivio.

—Bueno, supongo que esta es mi señal. —«Mantén la calma».

—Eso parece. —El tipo de la camisa azul se aparta de la ventanilla y mira directamente a Mandarina.

—Dile a Minegishi que lo tenemos todo controlado.

—*Señor* Minegishi.

Mandarina se da la vuelta y se dirige hacia la puerta del Shinkansen. «Bueno, he conseguido ganar algo de tiempo. Al menos hasta que lleguemos a Sendai. —Se dice a sí mismo, tranquilizándose, aunque puede sentir la mirada del tipo de la camisa azul en la espalda—. No te pongas nervioso ahora». Se lleva la mano al bolsillo trasero y encuentra el cupón con el dibujo del tren que no tuvo nunca un accidente. «Me pregunto si esto funciona».

—¡Ah, una cosa! —dice el tipo de la camisa azul a su espalda. Mandarina se detiene de golpe con un pie ya en la escalerilla del tren. Procurando actuar con la mayor naturalidad posible, sube la otra pierna al tren y se da la vuelta.

—¿Qué sucede?

—Tienen la maleta, ¿verdad? —La expresión del tipo de la camisa azul no manifiesta la menor duda o sospecha. Es como si el tipo simplemente estuviera realizando rutinarias labores administrativas y se limitara a tachar las tareas realizadas de una lista de asuntos pendientes. Mandarina se esfuerza por mantener su respiración en calma.

—Por supuesto.

—Y no han hecho ninguna estupidez como dejarla en algún lugar donde no la tengan a la vista, ¿verdad?

—No, está junto a nuestros asientos.

Mandarina se da la vuelta despacio y se mete en el interior del tren justo cuando la puerta se cierra. Regresa al vagón número tres y vuelve a sentarse en su asiento. Su mirada se cruza con la de Limón.

—¡Todo en orden! —dice Limón alegremente al tiempo que alza un pulgar.

—Bájale a tu rollo —murmura entre dientes Mandarina—. Seguro que el tipo todavía está mirándonos.

Limón se gira hacia la ventanilla. Lo hace con excesiva brusquedad y eso le hace parecer nervioso. Antes de que Mandarina pueda regañarlo, sigue su mirada. En efecto, el tipo de la camisa azul está al otro lado, mirándolos fijo.

Limón vuelve a saludarlo con la mano. Mandarina no sabe si está siendo paranoico, pero tiene la impresión de que la expresión del tipo de la camisa azul es más recelosa que antes.

—Vamos, hombre. Déjalo ya. Creo que sospecha algo —dice Mandarina procurando mover los labios lo menos posible.

—Relájate. El tren está partiendo. Cuando un tren arranca ya nadie puede detenerlo. A no ser que seas sir Topham Hatt, claro.

Mientras el tren comienza a moverse poco a poco, el tipo de la camisa azul sigue mirándolos con frialdad. Mandarina se despide haciendo un leve gesto con la mano, como si se despidiera de un compañero de oficina.

Caminando en paralelo al tren, el tipo de la camisa azul alza una mano y la mueve tímidamente como si le dijera: «Hasta luego». De repente, sin embargo, su expresión se endurece y sus ojos se abren como platos, lo que hace que Mandarina frunza el ceño consternado. «¿Qué ha pasado?», se pregunta, y luego se voltea hacia Limón y ve algo que le cuesta creer: este toma una mano del Pequeño Minegishi y, como si estuviera jugando con un muñeco gigante, está agitándola para despedirse del hombre de Minegishi. Por el modo en el que la cabeza está apoyada en la ventanilla y cómo el cuerpo descansa contra la pared, el ángulo que forma el brazo resulta muy poco natural.

—¿Se puede saber qué demonios estás haciendo? —Con suma rapidez, Mandarina le quita de un tirón el brazo del chico a su compañero, con lo que el cadáver del Pequeño Minegishi se inclina hacia Limón y la cabeza se le cae hacia el pecho, inerte. No parece que esté durmiendo plácidamente. Frenético, Mandarina intenta mantenerlo erguido.

—¡Oh, mierda! —Ahora incluso Limón parece preocupado.

El Shinkansen agarra velocidad y Mandarina echa un vistazo por la ventanilla. Ya están comenzando a alejarse del andén, pero puede distinguir con claridad cómo el tipo de la camisa azul los mira con cara de pocos amigos y se lleva su celular a la oreja.

Por fin, consiguen colocar el cadáver en posición vertical y que se mantenga estable.

Mandarina y Limón se dejan caer al mismo tiempo en sus asientos.

—Estamos jodidos. —Mandarina no puede evitar constatar lo obvio.

Limón comienza a cantar en voz baja.

—¡Los accidentes ocurren, no te lo tomes ta-a-a-an a pecho-o-o-o!

Nanao

Nanao observa cómo la estación de Omiya desaparece a lo lejos y se pregunta vagamente qué diantre pasa. Es como si una cortina de humo se arremolinara en su cerebro e impidiera que sus pensamientos circularan con normalidad.

Tiene la sensación de que debería hacer algo más, aparte de regresar a su asiento, de modo que se queda en el vestíbulo con la mirada puesta en la pantalla de su celular. Sabe que debería llamar a Maria, pero no se siente con fuerzas para hacerlo. Pero también sabe que es una mera cuestión de tiempo que ella le llame.

Al final, se decide y llama.

Maria contesta antes incluso de que suene el primer tono, como si estuviera sobre el teléfono a la espera de abalanzarse sobre él. Nanao siente un gran pesar. Incluso Maria, por lo general tan optimista y flexible, parece nerviosa. Seguramente porque sabe lo peligroso que es Minegishi.

—¿Qué tren tomaste para regresar a Tokio? —pregunta con forzada despreocupación, a pesar de que se muere por confirmar que en efecto Nanao ya está de regreso a casa.

Sigo en el mismo tren de antes. Estoy en el Hayate —contesta con una naturalidad que casi resulta frívola. También tiene que hablar más alto de lo habitual a causa de que en el vestíbulo se oye el elevado ruido que hacen las vías. Le cuesta entender bien lo que le dice Maria.

—¿Qué quieres decir? ¿No has llegado a Omiya todavía?

—Ya hemos pasado Omiya. Todavía voy en el Hayate.

Maria se queda en silencio, presa de una momentánea confusión. Por último, exhala un suspiro. Dadas sus anteriores experiencias con Nanao, ya se imagina que algo ha salido mal.

—Suponía que podía pasar, pero en realidad no pensaba que fuera a pasar. Supongo que te había subestimado.

—La maleta desapareció, así que no podía bajar.

—¿No habías escondido la maleta?

—Sí. Pero ahora ya no está.

—Es hora de que te cases.

—¿Cómo dices?

—Con el dios de la mala suerte. Llegados a este punto, deberían casarse. Son el uno para el otro. Debería alegrarme, pero estoy demasiado enojada.

—¿Por qué deberías alegrarte?

—Porque estaba en lo cierto al suponer que no podrías bajar en Omiya. Tener razón debería provocar una especie de euforia, ¿no? Pero en este caso solo me siento deprimida.

A Nanao le molesta que Maria se burle así de él y, por un momento, considera la posibilidad de devolverle la burla, pero no quiere perder el tiempo ni la energía. Lo más importante ahora es averiguar cómo debe actuar en la situación en la que se encuentra.

—Siguiente pregunta. Comprendo que no sabes dónde está la maleta. No es algo que me haga feliz, pero acepto la realidad de los hechos. Ahora bien, ¿por qué no bajaste del tren en Omiya? Si la maleta desapareció es que alguien la tomó. En ese caso, diría que hay dos posibilidades. Una, que la persona que la tomó todavía esté en el tren o, dos, que haya bajado en Omiya con ella.

—Así es.

Nanao consideró esto mismo en los momentos previos a la llegada a Omiya como si se apresurara a terminar un trabajo de construcción: ¿Debería bajar del tren o quedarse en él y seguir buscando la maleta?

—Entonces ¿por qué decidiste seguir en el tren?

—Había dos opciones y tenía que elegir una. Me decidí por la que parecía más probable, aunque fuera por poco.

Intentó valorar con qué opción tenía más probabilidades de recuperar la maleta. Duda que, de haberse bajado en Omiya y haberse puesto a buscar a la persona que la había tomado, hubiera podido encontrarla ya que, si esa persona se había subido a otro tren o se había escabullido por las calles, no había mucho que pudiera hacer. Por otro lado, si se quedaba en el tren y la persona con la maleta también seguía aquí, habría al menos alguna posibilidad de que pudiera recuperarla. El ladrón no podría descender hasta que llegaran a la próxima estación, de modo que, si Nanao registraba minuciosamente el tren, tal vez podría atraparlo. En función de estos cálculos, decidió que era mejor quedarse en el tren. En parte, además, también estaba el hecho de que si permanecía aquí todavía podría decir que seguía al pie del cañón. Si Minegishi se ponía en contacto con alguien para averiguar cómo iban las cosas, Maria podría decirle que Nanao continuaba en el tren, haciendo todo lo posible por cumplir con su deber. Al menos, esperaba que ese fuera el caso.

Aunque al final sí que había bajado un momento. Le había parecido que, como mínimo, debía echar un vistazo a la gente que descendía del tren para asegurarse de que no salía nadie corriendo con la maleta. Si alguien le hubiera parecido sospechoso habría ido detrás de él. De bido a lo largo que era el tren y a la curva del andén, no alcanzaba a ver la parte frontal, pero estaba decidido a hacer lo que pudiera, de modo que había permanecido en el andén mirando a un lado y a otro.

Unos pocos vagones en dirección a la parte trasera, puede que frente al vagón número tres o quizá el cuatro, dos personas le habían llamado la atención. Una era un tipo alto vestido con ropa negra y el pelo algo largo para ser hombre. Mandarina, o quizá Limón.

Quien sea que fuera de los dos, permanecía de espaldas a Nanao y de cara a otro hombre que parecía estar esperando en el andén. Se trataba de un tipo algo mayor que iba vestido con una chillona camisa azul. Llevaba el pelo hacia atrás de un modo que a Nanao le había recordado al peinado que una anciana habría podido llevar en una película extranjera. Resultaba casi entrañable.

Luego, el hombre alto había vuelto a meterse en el tren. Nanao se había fijado en su perfil, pero no había sido capaz de determinar si se trataba de Limón, Mandarina u otra persona. El hombre de la camisa azul, por su parte, se había quedado en el andén y se había inclinado sobre el ferrocarril para mirar por una ventanilla. No parecía que estuviera despidiéndose del alto. De hecho, Nanao no podría decir con certeza qué estaba haciendo ese tipo de la camisa azul. Lo único de lo que estaba seguro era de que el vagón ante el que se encontraba era el número tres, no el cuatro. Los había contado.

—Antes me dijiste que el propietario de la maleta viaja en el vagón número tres, ¿no? —le pregunta Nanao a Maria antes de explicarle lo que vio en el andén de Omiya.

—Sí. Al menos, eso es lo que me dijeron. ¿Dices que has viste a Mandarina o a Limón en ese vagón?

—A alguien que podría ser uno de los dos. Lo que da más peso a la teoría de que son los propietarios originales de la maleta.

—Creo que es algo más que una teoría.

—Perdona, ¿qué dijiste? —Está prestando atención, pero le cuesta oírla bien. El Shinkansen tiene fama de ser silencioso, pero el balanceo del tren puede llegar a ser muy intenso en el vestíbulo. Tiene que esforzarse para mantener el equilibrio, y el incesante traqueteo de las vías resulta molesto. Es como si el tren estuviera intentando evitar que se comunicara con Maria, su único aliado—. En cualquier caso, decidí que permaneciendo en el tren tendría más probabilidades de recuperar la maleta.

—Bueno, en eso seguro que tienes razón. Entonces ¿crees que los gemelos con nombres de fruta son quienes te la quitaron?

—Yo se la robé a ellos y luego ellos la recuperaron. Esa parece la explicación más plausible. Si hubiera una tercera persona involucrada, las cosas comenzarían a complicarse. Espero de veras que ese no sea el caso.

—Si eso es lo que esperas, me temo que seguramente será el caso.

—Estás poniéndome nervioso. —Sus esperanzas y sueños nunca se cumplen, pero todo aquello que teme sí que lo hace.

—No estoy intentando ponerte nervioso. No es más que la historia de tu vida. El dios de la mala suerte está enamorado de ti. Bueno, o la diosa.

Nanao intenta mantener el equilibrio.

—¿Es guapa, la diosa esa de la mala suerte?

—¿De veras quieres saberlo?

—Supongo que no.

—Bueno, pues entonces ¿qué vamos a hacer? —Nanao puede percibir con claridad la inquietud de Maria.

—Eso me pregunto yo.

—¿Qué te parece esto? —Al decir eso, el tren da un bandazo y Nanao está a punto de caer. Sin embargo, consigue agarrarse a un asa—. Para empezar, tienes que volver a robarles la maleta a la pareja con nombres de fruta.

—¿Cómo?

—No importa cómo. Tienes que hacerlo sí o sí. Consigue esa maleta. Es el primer punto del orden del día. Mientras tanto, yo le contaré alguna mentira al cliente.

—¿Qué le contarás?

—Algo como que tenemos la maleta, pero que te fue imposible bajar en Omiya, que el Shinkansen no vuelve a parar hasta Sendai y que, por lo tanto, tendrá que esperar hasta entonces. Eso es lo que voy a contarle. Lo importante es dejarle claro que tenemos la maleta y que estás haciendo tu trabajo. Es solo que no has podido bajar del tren. Seguro que eso será suficiente.

—¿Suficiente para qué?

—Suficiente para evitar que Minegishi se ponga furioso.

«Tiene sentido», piensa Nanao. En vez de ser unos niños a los que enviaron a la miscelánea a comprar verduras y no lo han hecho, es mejor ser unos niños que sí han comprado las verduras, pero que están tardando en regresar a casa por culpa de unas obras. Así, seguirán pareciendo dignos de confianza y es muy probable que tengan menos problemas.

—Por cierto, ¿crees que Mandarina y Limón podrían reconocerte? —pregunta Maria con cierta tirantez. Sin duda, ya está comenzando a considerar la posibilidad de una confrontación.

Nanao hace memoria.

—No lo creo. Nunca hemos trabajado juntos. Una vez yo estaba en un bar y me los señalaron. «Ese es Mandarina y ese otro Limón, los tipos más duros de la mafia», me dijeron. Recuerdo haber pensado que parecían peligrosos y, de hecho, terminaron destrozando el local. Fue un auténtico caos.

—En ese caso, también puede haber sucedido lo contrario, ¿no?

—¿Qué quieres decir?

—Es posible que en alguna ocasión alguien te haya señalado a ti y les haya explicado quién eres. «Ese tipo de los lentes oscuros todavía es joven, pero sin duda se trata de la persona con más mala suerte del gremio». A lo mejor pueden reconocerte.

—Yo... Eso es... —Nanao intenta decir algo, pero se le hace un nudo en la garganta. No puede estar seguro de que no haya ocurrido algo así. Maria parece darse cuenta de lo que está pensando.

—¿A que tengo razón? Ese es justo el tipo de cosas que te pasan. Porque eres su favorito —dice ella—. La espantosa diosa de la mala suerte está enamorada de ti con locura.

—¿Ahora es espantosa?

—Es lo que hay. Y ahora ve de una vez al vagón número tres —dice Maria y, acto seguido, suelta un grito de consternación.

—¿¡Maria!? ¿¡Qué pasa!?

—No puede ser. Tiene que tratarse de una broma. Nanao pega con fuerza su oreja al celular.

—¿¡Se puede saber qué pasa!?

—¡No puedo más! ¡Ya estoy harta! —exclama con un gruñido.

Acongojado, Nanao finaliza la llamada.

Kimura

«¿Por qué son tan asquerosos los baños de los trenes?», piensa Kimura torciendo el gesto mientras se inclina sobre la maleta y se dispone a manipular el cierre. Limpian el baño con regularidad y no está particularmente sucio, pero la situación no deja de parecerle repugnante.

Comienza a probar combinaciones. Gira uno de los discos un dígito, intenta abrir el cierre. No se abre. Gira otro dígito, nada. Vuelve a girarlo un dígito más, intenta abrir el cierre. Lo intenta de nuevo, pero sigue sin cooperar.

El Shinkansen se balancea rítmicamente.

El espacio es angosto y Kimura tiene la sensación de que las paredes se le caen encima, aplastándole el espíritu. Piensa en cómo era no hace tanto. No podía dejar de beber y, si pasaba demasiado rato sin echar siquiera un par de tragos, se volvía irascible. En más de una ocasión, Wataru había escondido todo el alcohol que había en su departamento siguiendo instrucciones de sus abuelos; Kimura registraba entonces todas las habitaciones de arriba abajo y, si no encontraba el alcohol, se desesperaba hasta el punto de sopesar la idea de beberse un tónico capilar. Se alegra de no haber llegado nunca a pegar a Wataru. Sabe que, si lo hiciera alguna vez, los remordimientos que sentiría terminarían matándolo.

Y ahora que por fin dejó de beber, ahora que consiguió salir del oscuro agujero del alcoholismo, su hijo yace en coma en un hospital. A Kimura le entran ganas de gritar. «¿Cómo es que, ahora que conseguí vencer al alcohol, Wataru no está aquí para verlo?». Tiene la sensación de que eso le quita el sentido al hecho de haber vuelto a comenzar.

El balanceo del tren mece su cuerpo de un lado a otro.

Kimura gira el disco una vez más y tira del mango para abrir la maleta. Sigue cerrada. Ya va por el 0261 y está harto de esta tarea tan tediosa. «¿Por qué debo hacer esta mierda para el jodido Príncipe?» La mezcla de humillación y rabia que siente va en aumento hasta que explota y le da una fuerte patada al inodoro. Esto sucede otras tres veces más, pero después de cada arrebato consigue tranquilizarse y se dice a sí mismo que debe mantener la calma. «No te pongas nervioso, haz ver que sigues sus órdenes, espera el momento adecuado. Tarde o temprano, surgirá la oportunidad de castigar a ese pequeño hijo de puta».

Al cabo de poco, sin embargo, vuelve a ponerse nervioso y otra vez le entran ganas de pelearse a patadas con todo. Vuelta a empezar.

Un poco antes, el Príncipe le hizo una señal. Llamó a la puerta golpeando dos veces y luego una tercera: pum-pum, pum. Habían acordado que eso quería decir que alguien había aparecido buscando la maleta, tal vez el tipo de los lentes oscuros. Kimura intentó averiguar qué sucedía al otro lado de la puerta, pero no se oía bien, así que siguió probando combinaciones. Al poco tiempo, el Príncipe llamó otra vez, esta vez con un solo golpe. Eso significa que el tipo se fue.

Cuando llega al número 0500 piensa en un reloj marcando las cinco en punto y eso lo remonta a aquella tarde de la que recuerda haber mirado el reloj justo cuando marcaba esa hora.

Se encontraba en casa con Wataru, que estaba viendo un programa infantil en la televisión. Kimura yacía aplastado en el sofá detrás de su hijo, echándose una botella. Era lunes, pero estaba incapacitado, de modo que se había pasado todo el día holgazaneando por ahí y bebiendo. A las cinco en punto, sonó el timbre de la puerta. «Será un ambulante que viene a ofrecer la suscripción a algún periódico», supuso. Por aquel entonces, solía hacer que fuera Wataru quien abriera la puerta, pues la mayoría de la gente prefería que lo recibiera un niño amigable a un borracho de mediana edad.

Esa vez, sin embargo, fue él mismo quien lo hizo. Wataru estaba absorto con su programa y Kimura pensó que ya le tocaba levantarse del sofá de todos modos.

En la puerta se encontró con un chico vestido con su uniforme escolar.

A Kimura le extrañó que un estudiante llamara a la puerta de su casa y, por alguna razón, pensó que tal vez quería venderle las bondades de alguna religión.

—Ya estamos salvados, gracias.

—¡Señor! —La voz del chico le resultaba familiar. De hecho, no se había dirigido a él como uno lo haría con un desconocido. Su tono, sin embargo, no había sido irrespetuoso, sino más bien vulnerable. El chico parecía estar al borde de las lágrimas.

—¿Se puede saber qué diablos quieres? —La cantidad de alcohol que tenía en la sangre hizo que Kimura pensara que tal vez estaba viendo algo que no existía, que se trataba de un espejismo. Entonces se dio cuenta de que ya había visto antes a este chico y comenzó a recordarlo todo. Era uno de esos estudiantes con los que se había cruzado un par de veces. Se trataba de un chico larguirucho con el rostro pálido y una cabeza oblonga que a Kimura le hacía pensar en un pepino del que sobresalía una nariz torcida.

—¿Qué diantre estás haciendo aquí?

—Necesito su ayuda, señor.

—¡Pero bueno! ¡Lo que faltaba! —En un primer momento, Kimura quiso cerrar la puerta. No quería verse implicado en los asuntos de estos chicos. Pero también se sentía lo bastante intrigado como para querer saber qué estaba sucediendo. Se acercó al chico, le agarró del cuello de la camisa y, tras un zarandeo, lo arrojó hacia atrás. El chico con cabeza de pepino cayó de trasero y se quedó sentado en el suelo, lloriqueando. A Kimura no le dio pena—. ¿Cómo has averiguado dónde vivo? Eres uno de esos chicos del callejón. ¿Cómo me encontraste?

—Lo he seguido —dijo en tono lloriqueante, pero con firmeza.

—¿Me seguiste?

—Cuando voy a la escuela extracurricular paso por aquí con la bici. Una vez lo vi y decidí seguirlo. Así es como averigüé dónde vive.

—¿Cómo es que las mujeres nunca me siguen? ¿O es que eso es lo que buscas? ¿Acaso te gustan los hombres mayores? —dijo Kimura en broma, para disimular el miedo que sentía. Tenía la sensación de que la presencia de este chico en su puerta era un mal presagio.

—Ni hablar. Es solo que es usted la única persona que puede ayudarme.

—¿Otra vez el Príncipe? —Kimura exhaló un suspiro sin dejar de mirar al chico. No sabía si el aliento le olía a alcohol, pero la expresión del chico le dejó claro que, en cualquier caso, debía de oler bastante mal.

—... va a morir.

—Nadie se muere por inhalar un aliento con alcohol. No es como el humo de un cigarrillo.

—No, digo que Takeshi va a morir.

—¿Quién es Takeshi? ¿Otro de tus compañeros de clase? —Kimura estaba harto—. La última vez, alguien se había suicidado. ¿Se puede saber a qué tipo de escuela vas? Desde luego, no pienso llevar a mi hijo ahí.

—Esta vez no se trata de ningún suicidio —se apresuró a decir el chico con cabeza de pepino.

—Me importa una mierda lo que hagas. —Y, tras decir eso, se dispuso a darle una patada al chico y a decirle que se largara, pero entonces él dijo:

—No se trata de ninguna persona. Es un perro. Takeshi es el perro de Tomoyasu.

Esto despertó la curiosidad de Kimura.

—¿Cómo? ¿Qué quieres decir con que es un perro? No entiendo nada —dijo, pero lo cierto era que eso había despertado su interés. Volteándose hacia el departamento, exclamó—: Wataru, voy a salir un rato. Tú pórtate bien y quédate viendo la televisión, ¿de acuerdo? —Wataru le respondió obedientemente. Y luego, volteándose de nuevo hacia el chico, dijo—: Está bien, jovencito. Explícame qué diantre sucede.

Kimura solía ir al parque que se encontraba en las afueras de su barrio. En él había un parque infantil con un arenero situado frente a un pequeño bosque de árboles variados. Era un parque bonito y extrañamente grande para un barrio residencial.

De camino al parque, el chico puso a Kimura al corriente de la situación.

Todo había comenzado cuando uno de sus compañeros de clase cuyo padre era médico les contó que en su consulta privada había un aparato para aplicar descargas eléctricas. Era parecido a un desfibrilador externo automático de los que se usaban para restablecer el ritmo cardiaco, pero se trataba de un prototipo y sus descargas eran más fuertes que las de un desfibrilador normal.

Y era tan sencillo de usar como uno de ellos. Tenía dos parches con electrodos que se colocaban sobre el pecho, a cada lado del corazón, y analizaban el ritmo cardiaco. Si el aparato determinaba que el paciente necesitaba una descarga, solo había que apretar un botón para aplicarla.

—En cuanto el Príncipe lo oyó, quiso probar la fuerza de esa descarga.

Kimura torció el gesto como si se hubiera tragado un insecto.

—Qué gran idea. Desde luego, su Príncipe es un tipo de lo más noble. ¿Y qué sucedió entonces?

—El chico cuyo padre era médico dijo que el aparato era automático y que no funcionaría con alguien con el corazón sano.

—¿Es eso cierto?

El chico con la cabeza de pepino frunció el ceño y negó con la cabeza.

—Pensó que diciendo eso el Príncipe lo dejaría ir.

—Pero ese es el tipo de cosas que a él le gusta probar, ¿verdad? —El chico asintió con expresión alicaída.

Ese mismo día, el Príncipe hizo que el chico le robara el aparato a su padre.

—¿Y ahora va a probarlo en el parque?

—Ha ido todo el mundo.

—La máquina sirve para restaurar el ritmo cardiaco, ¿no?

—Sí.

—¿Y qué pasa si se usa en una persona con el corazón sano?

El chico arrugó la cara.

—Le pregunté eso mismo al hijo del médico. Ya sabe, en secreto. Su padre le había explicado que algo así mataría a la persona.

—Mmm...

—Los desfibriladores externos son automáticos, o sea que con alguien sano no funcionan, pero este es un prototipo, y las descargas que aplica son más fuertes.

Kimura hizo una mueca al pensarlo.

—Y ahora el Príncipe quiere usar el perro de Tomoyasu para probarlo. Tiene sentido. Supongo que no tiene las agallas necesarias para hacerlo directamente con un ser humano.

El chico con la cabeza de pepino negó con la cabeza despacio. No era un gesto de negación, sino más bien de decepción por el hecho de que Kimura estuviera subestimando al Príncipe. También de desesperación, al darse cuenta de que tal vez este hombre no podría ayudarlos.

—No. Al principio, el Príncipe iba a probarlo con Tomoyasu.

—¿Y eso? ¿Es que Tomoyasu metió la pata? —No era difícil imaginárselo. Pensó en sus propias experiencias con bandas y organizaciones criminales. Por lo general, cuando los líderes empleaban la violencia con miembros de su propio grupo lo hacían para dar ejemplo. El miedo les servía para unir más al grupo. Era un buen modo de imponer obediencia. El Príncipe, que había conseguido su posición de superioridad respecto a sus compañeros mediante el miedo, seguramente empleaba las mismas tácticas. Usaría las descargas eléctricas para aplicar castigos y recordarle a todo el mundo que era él quien mandaba.

—Tomoyasu es un chico algo lento. Me refiero a que se mueve con lentitud. El otro día estábamos robando mangas en una librería y, al escaparnos, él se quedó rezagado y casi nos atrapan. —El chico con cabeza de pepino le explicó a Kimura que el empleado había ido detrás de ellos y había atrapado a Tomoyasu, pero que todos los demás habían regresado y, tras tirar al empleado al suelo, habían comenzado a darle patadas, logrando así que su compañero de clase pudiera escapar—. Incluso cuando el tipo estaba en el suelo seguimos dándole patadas, hasta que perdió la consciencia. Creo que lo dejamos en bastante mal estado.

—Si les preocupa tanto que los atrapen quizá no deberían robar.

—A Tomoyasu siempre le pasan cosas parecidas, pero aun así también le gusta fanfarronear.

—Se mueve con lentitud y es bravucón. No me extraña que el Príncipe esté molesto con él. ¿Qué hace, jactarse de que su padre es un abogado importante o algo así? —Kimura había dicho lo del abogado por casualidad. El chico con cabeza de pepino volteó hacia él con expresión de sorpresa.

—Pues sí, su padre es abogado.

—Sí, bueno, en realidad los abogados no son tan importantes. Y algo me dice que al Príncipe tampoco le importan mucho las leyes.

—Pero el padre de Tomoyasu tiene algunos amigos peligrosos, o al menos eso es lo que él siempre dice.

—Eso sí que es molesto. A nadie le gusta oír alardear a otros, pero que lo hagan sobre la gente a la que conocen es todavía peor. Quienes hacen eso merecen un golpe o dos.

—Se decidió que Tomoyasu era el mejor sujeto para llevar a cabo la prueba de la descarga. Él, claro está, no quería hacerlo. Aquí mismo, en el parque, se puso a llorar y suplicar mientras le besaba los pies al Príncipe.

—¿Y qué hizo su majestad?

—Dijo que lo perdonaba, pero que, en ese caso, tendría que ir a buscar a su perro Takeshi para hacer la prueba con él. Conozco a Tomoyasu desde que éramos pequeños y tuvo ese perro toda su vida. Lo quiere de veras.

Kimura soltó una risa ahogada. Ahora veía claras las intenciones del Príncipe. Llegados a este punto, probar el desfibrilador era algo secundario. Se trataba más de saborear el sacrificio que hacía Tomoyasu de su querido perro para salvar su propio pellejo. Con ello, destruía moralmente a su compañero de clase, rompía su espíritu. Y, sin embargo, a pesar de que no había duda de lo que pretendía el Príncipe, a Kimura no dejaba de inquietarle la idea de que en efecto pudiera llevarlo a cabo.

—Su alteza es de verdad como pocos. En cierto modo, sin embargo, un comportamiento tan despreciable le hace predecible.

—Yo no comenzaría a pensar que el Príncipe es predecible si fuera usted, señor —dijo el chico. Y, como ya estaban llegando a la entrada del parque, añadió—: No debería acompañarlo más allá. Lo dejaré aquí y me iré a casa. Si el Príncipe sospecha que lo delaté tendré problemas.

Kimura no se vio con ánimo de burlarse del chico y llamarle gallina. Se daba cuenta de que estaba desesperado. Si sus amigos averiguaban que había ido a buscar ayuda, quién sabía lo que podía pasarle. Como poco, sería la nueva víctima para probar el desfibrilador.

—Sí, está bien, lárgate. Haré como que estaba paseando. —Le hizo un gesto al chico para indicarle que se marchara.

El chico con la cabeza de pepino asintió asustado y comenzó a irse.

—¡Un momento! —exclamó Kimura. El chico volteó y recibió un fuerte puñetazo en la mandíbula. Tras tambalearse, cayó al suelo con los ojos en blanco.

—Tú también has cometido unas cuantas fechorías, ¿no? Considera esto tu castigo. Y da las gracias de que sea lo único que te haga —dijo Kimura con un gruñido, y luego preguntó—: ¿Por qué yo? ¿Por qué acudiste a mí en busca de ayuda? ¿Es que no conoces a ningún otro adulto? Buscar ayuda de un borracho con un hijo no parece la mejor elección.

—Es el único que puede hacerlo —contestó el chico mientras se frotaba la mandíbula y comprobaba si tenía sangre. No parecía enfadado, sino más bien aliviado por el hecho de que su castigo consistiera únicamente en un mero puñetazo en la mandíbula—. Es usted el único que puede detener al Príncipe.

—¿Por qué no acudir a la policía?

—La policía... —El chico vaciló—. No, eso nunca funcionaría. Necesitan pruebas de todo. La policía solo va detrás de la gente que es claramente culpable de algo.

—¿Qué quiere decir eso de claramente culpable de algo? —Pero Kimura sabía a la perfección qué quería decir. Había leyes para la gente que robaba y daba palizas. En esos casos, las autoridades podían recurrir al código penal y administrar el castigo correspondiente. Pero cuando las cosas no eran tan evidentes y tenían que tratar con un delincuente menos claro, las leyes no funcionaban tan bien—. Supongo que las leyes no sirven para los príncipes. Estos hacen sus propias leyes.

—Eso es. —El chico comenzó a irse otra vez, todavía frotándose la mandíbula—. Pero a usted no parecen importarle las leyes, señor.

—¿Porque soy un borracho?

El chico no contestó y desapareció en la oscuridad del crepúsculo.

Kimura entró en el parque. «Estoy caminando en línea recta». O, al menos eso fue lo que pensó, pues en realidad no estaba seguro de si lo hacía o no. Se imaginó a sus padres regañándolo y diciéndole que no había caminado en línea recta en su vida. Se echó el aliento en la palma de la mano para olerlo y comprobar si percibía el alcohol, pero tampoco estaba seguro de si podía hacerlo o no.

Llegó al bosque y se adentró en ella bajo la creciente oscuridad.

Un poco más adelante, oyó algo. No exactamente voces o ruidos identificables, solo un oscuro murmuro.

El terreno describía una leve pendiente descendente hasta llegar a una hondonada en la que se acumulaban las hojas caídas. En su centro, unas sombras formaban un círculo. Los uniformes estudiantes les hacían parecer miembros de una secta que llevaban a cabo un ritual.

Kimura se escondió detrás de un árbol. Sus pisadas sobre las hojas sonaban como si estuviera arrugando un papel, pero se encontraba lo bastante lejos del grupo para que nadie pudiera advertir su presencia.

Se asomó otra vez y observó a los chicos. Unos diez estaban atando a un perro. Al principio le costó distinguir a qué lo estaban atando, pero al poco tiempo se dio cuenta de que se trataba de otro chico. Seguramente el propietario del perro, Tomoyasu. Este estaba abrazado al chucho y los demás los envolvían con cinta adhesiva. Kimura podía oír a Tomoyasu intentando tranquilizar al perro. «No te preocupes, Takeshi, no pasa nada». La escena del chico intentando mitigar el miedo de su perro hizo que a Kimura se le encogiera el corazón.

Volvió a esconderse detrás del árbol. Los demás chicos que rodeaban a Tomoyasu y al perro permanecían en silencio. El aire estaba cargado de una tensión asfixiante. A Kimura le pareció raro que el perro no ladrara y volvió a asomarse. Reparó entonces en que le habían atado un trozo de tela al hocico.

—Date prisa en colocarlos —dijo uno de los chicos. Estaban poniéndole en el pecho los parches del desfibrilador.

—Ya está. Mira.

—¿Va a funcionar?

—Claro que sí. ¿Estás llamándome mentiroso? ¿Qué problema tienes? Cuando estábamos dándole una paliza a Tomoyasu oí que le pedías perdón. Tú ni siquiera querrías estar haciendo esto. Se lo contaré al Príncipe.

—No le pedí perdón. No te inventes cosas.

«Realmente, el Príncipe tiene a estos chicos bajo su control. Se sienten por completo indefensos». Kimura no pudo evitar sentirse impresionado. Cuando alguien lidera un grupo mediante el miedo, los miembros que lo conforman desconfían los unos de los otros. Cuanto mayor es el miedo, mayor es también la desconfianza. La ira y el resentimiento que deberían sentir por el déspota que los domina son redirigidas hacia aquellos que deberían ser sus aliados, minimizando así la posibilidad de rebelión. Lo único que quiere todo el mundo es mantenerse a salvo. Su único propósito es evitar el castigo, así que comienzan a vigilarse entre sí. Cuando Kimura llevaba pistola y se dedicaba a realizar actividades ilegales, solía oír hablar de un tipo llamado Terahara. Todos los miembros de la organización que él dirigía recelaban unos de otros. Procuraban no cometer ningún error con la esperanza de que la ira de su jefe cayera sobre otro. Con el tiempo, esto condujo a que todos se volvieran contra todos en busca de alguien a quien ofrecer en sacrificio.

«Parece justo lo que está pasando aquí».

Kimura frunció el ceño. Los chicos que iban de un lado a otro haciendo crujir las hojas caídas mientras preparaban su siniestro experimento no parecían estar divirtiéndose de la misma forma en que Kimura recordaba haberse divertido cuando era adolescente y se metía con otros chicos. Lo único que percibía aquí era terror. Estaban torturando a alguien para protegerse a sí mismos.

Bajó la mirada a sus pies y se percató de que llevaba sandalias.

Teniendo en cuenta lo que imaginaba que podía pasar cuando se encarara con los chicos, no iba demasiado bien preparado. «¿Debería quitarme las sandalias? No, descalzo me costará más caminar por aquí. ¿Debería ir a buscar mi pistola? Con ella terminaría con esto en un instante, pero vaya relajo tener que ir a buscarla ahora». Mientras repasaba sus opciones, oyó que Tomoyasu gritaba.

—¡Un momento, chicos! ¡Paren! ¡No pueden hacerme esto! ¡No quiero que Takeshi muera! —La vegetación del bosque parecía absorber sus súplicas, pero Kimura podía oírlas con claridad. En vez de hacerlos recapacitar, los ruegos de Tomoyasu solo consiguieron animarlos todavía más. Oír sus lamentos pareció despertar finalmente sus instintos sádicos.

Kimura salió de detrás del árbol y descendió la pendiente en dirección al grupo de chicos.

—¡Usted! —dijo uno de los estudiantes, reconociéndolo de inmediato. Kimura no recordaba su cara, pero supuso que se trataba de uno de los que había visto antes, como cabeza de pepino.

Se acercó más a ellos. Sus sandalias hacían crujir las hojas.

—¡Oye! ¿Se puede saber qué están haciéndole a ese chucho? No te preocupes, perrito, yo te salvaré. —Kimura fulminó a los chicos con la mirada. El aparato médico estaba en el suelo. De él salían dos cables que terminaban en sendos parches con electrodos. Se los habían pegado al perro con cinta adhesiva—. Pobrecito, mírate. Esto no está nada bien. No te preocupes, este viejo borracho está aquí para salvarte.

Aprovechando el hecho de que los chicos se habían quedado sin saber muy bien qué hacer, Kimura se acercó al perro y le quitó los parches. Luego arrancó la cinta adhesiva que lo mantenía atado junto a su dueño. El adhesivo era fuerte y se había pegado al pelaje del animal, que se revolvió, pero al final consiguió quitársela del todo.

—Esto no puede ser —oyó que uno de los chicos decía a su espalda—. Tenemos que detener a este tipo.

—Eso es, jovencito, enfádate. Les estoy desbaratando la misión. Si no hacen algo rápido, su alteza el Príncipe se pondrá furioso. —Kimura sonrió con malicia—. Por cierto, ¿dónde está su querido Príncipe?

Una voz sosegada y clara le contestó.

—Desde luego, señor, parece estar usted muy satisfecho de sí mismo.

Kimura levantó la mirada. No muy lejos divisó la deslumbrante sonrisa del Príncipe. Luego vio que una piedra salía volando de la oscuridad.

El cierre hace «clic» y la maleta se abre, interrumpiendo el recuerdo de Kimura, que baja la mirada a los discos. La combinación es la 0600. «Parece que su majestad es realmente afortunado». Teniendo en cuenta la cantidad de combinaciones posibles, ha encontrado la correcta muy rápido. Coloca la maleta sobre el inodoro y la abre del todo.

Está lleno de fajos de billetes de diez mil yenes cuidadosamente apilados. A Kimura no le impresionan demasiado. Los billetes no son nuevos. Están usados y arrugados. Y, aunque hay bastante dinero, tampoco es una cantidad suficiente para quitarle el hipo. En sus tiempos transportó sumas mucho más grandes.

Está a punto de cerrar otra vez la maleta cuando repara en las tarjetas que hay en el compartimento de malla. Las toma y comprueba que se trata de tarjetas de débito, cinco, cada una de un banco distinto. Todas tienen el número pin escrito en el dorso con marcador permanente.

«Debe de ser una especie de bonus. —Ofrecer lo que hay en esas cuentas además de la pila de dinero sin duda es un bonito detalle—. Supongo que así es como los criminales hacen las cosas hoy en día».

Presa de un repentino impulso, Kimura toma un billete de diez mil yenes. «Dudo que alguien note». Luego lo rompe en pedazos. Siempre quiso hacer algo así. Cierra la maleta, la agarra y tira los trozos del billete al inodoro.

Tras pasar la mano por delante del sensor para descargar el tanque, sale del baño. El Príncipe está esperándolo en el vestíbulo. Kimura ni siquiera se da cuenta de que en algún lugar de su mente espera que le felicite por haber hecho bien el trabajo.

Fruta

—Bueno, mi querido Mandarina, ¿y ahora qué hacemos?
—Limón va sentado en el asiento del medio, entre el cadáver, que está en el de la ventanilla, y Mandarina, en el del pasillo—. Cambiemos de lugar. No me gusta ir en medio.

—¿A qué rayos vino eso? —Mandarina parece enfadado, y claramente no tiene intención alguna de cambiar de asiento.

—¿Qué quieres decir?

—Sabías que el hombre de Minegishi estaba en el andén.

—Claro que lo sabía. No soy idiota. Por eso lo saludé.

—Que lo hicieras tú no supone ningún problema
—dice Mandarina en voz baja y como si masticara las palabras, haciendo todo lo posible para contener su ira—.
¿Por qué usaste también su mano? —pregunta, señalando al Pequeño Minegishi, que sigue apoyado en la ventanilla con los ojos cerrados.

Limón suelta una risita.

—Hablas como ese programa de la tele en el que se cuelan en los dormitorios de personas que todavía duermen, ya sabes, susurrando exageradamente. —Al decir esto, Limón recuerda una cosa que le contaron una vez—. Por cierto, hablando de colarse en dormitorios, ¿has oído hablar del profesional que odiaba que lo despertaran?

Mandarina no parece estar de humor para charlas despreocupadas, pero contesta con sequedad:

—Sí.

—Al parecer, cuando alguien lo despertaba perdía los estribos y disparaba a la persona que lo había hecho. Dicen que una vez se enojó al ver cómo alguien despertaba a otra persona.

—Sí, sí. Se enojaba incluso con sus socios y clientes cuando intentaban despertarlo. Al final, todo el mundo procuraba ponerse en contacto con él indirectamente, sin tener que ir a su casa. Oí esas malditas historias. Como lo de que le dejaban mensajes en el pizarrón de la estación de tren.

—¿Igual que Ryo Saeba? —Limón no cree que Mandarina vaya a captar la referencia al viejo manga. Y, en efecto, este le pregunta que quién es ese, a lo que Limón responde—: Otro tipo duro de antaño. Hablando de tiempos pretéritos, ¿todavía existen los pizarrones de las estaciones de tren?

—Lo importante, puesto que nunca lo captas, es que la comunicación puede llegar a ser un aspecto muy peliagudo en nuestro ámbito profesional. Saber cómo hacerle llegar la información a alguien de forma segura y sin dejar pruebas. Si las cosas terminan siendo demasiado complicadas, es que seguro que no es un sistema válido.

—Supongo que tienes razón.

—Como lo que comentábamos antes de comunicarnos mediante vallas publicitarias digitales. Pongamos que quisiéramos probar algo así; para ello, necesitaríamos infiltrar a alguien en la empresa que se encarga de programar los carteles o coaccionar a la persona de esa empresa que esté a cargo de hacerlo.

—Bueno, si lo pones así, lo único que tendríamos que hacer es obtener el control de esa empresa y ya está.

—A eso me refiero. El esfuerzo no valdría la pena.

—En cualquier caso, al parecer el tipo que odiaba que lo despertaran era alucinante. Al menos, eso es lo que oí.

Dicen que era un tipo realmente duro. Una auténtica leyenda.

—Las leyendas comienzan porque alguien se las inventa. Seguro que ese tipo nunca existió. Decir que alguien es una leyenda es casi lo mismo que decir que es un mito. Lo más probable es que algunos tipos le dieran muchas vueltas a cómo transmitirles mensajes a otros, y uno de ellos terminó fantaseando sobre un asesino al que no le gustaba que lo despertaran. En mi opinión, a este tipo no lo despertaban nunca porque en realidad no existía. —A medida que va hablando, Mandarina va subiendo el volumen de su voz.

—Yo nunca te despierto porque soy una buena persona.

—No, se debe simplemente al hecho de que siempre te despiertas más tarde que yo.

—Mira, solo pensé que sería una buena idea hacer que el chico se moviera para que no pareciera que está muerto.

—Cuando alguien se supone que está durmiendo y de repente saluda con la mano, o es una marioneta gigante, o un cadáver cuya mano está moviendo otra persona.

—¡Oye, vamos! Estoy seguro de que la cosa fue bastante bien. —Limón comienza a menear las piernas, nervioso—. El tipo ese con el pelo peinado hacia atrás seguro que llamó a Minegishi para resumir la situación en cuatro palabras: «Todo va requete-bien». Requete-bien cuenta como dos palabras.

—Desde luego que lo llamó. «Señor Minegishi, había algo raro con su hijo. Creo que hay algún problema».

—Espera, no he podido contar la cantidad de palabras.

—¡Eso no importa!

Limón se voltea hacia Mandarina y repara en la severidad de su expresión. «¿Por qué siempre está tan estresado?».

—Está bien. Lo que tú digas. En tu opinión, pues, ¿cuál es ahora la situación?

Mandarina consulta la hora en su reloj.

—Si yo fuera Minegishi, enviaría a mis hombres a la siguiente estación. Hombres peligrosos, armados hasta los dientes. Haría que esperaran en el andén y me aseguraría de que los dos tipos del tren a los que contraté no consiguieran huir. Y si se quedaran en el tren, haría que mis hombres subieran a bordo. Aprovecharía que en este Shinkansen quedan muchos asientos vacíos y ahora mismo estaría comprando los boletos de todos.

—Me dan lástima los dos tipos del tren.

—Sí, me pregunto quiénes serán.

—Entonces crees que cuando el tren llegue a Sendai un puñado de indeseables van a invadir el tren. La cosa no luce bien. —Limón imagina el tren llenándose de hombres barbudos blandiendo pistolas y cuchillos. La imagen le resulta molesta—. ¿Es posible que también haya chicas que trabajen para Minegishi? ¿Chicas que puedan atacarnos en bikini?

—No importa quiénes sean si van armadas. Mientras tú te dedicas a mirarles las tetas, te matarán de un disparo.

La puerta en la parte frontal del vagón se abre deslizándose a un lado y entra un joven procedente del vagón número cuatro.

—Señor Limón —dice Mandarina en voz baja, lo cual hace que Limón preste atención.

—¿Qué sucede, mi querido Mandarina?

—¿Te gustaría oír una historia divertida?

—No, gracias. Cuando un tipo serio como tú dice que tiene una historia divertida, el noventa por ciento de las ocasiones se trata de una porquería.

Mandarina prosigue sin hacerle caso.

—El otro día me encontré con alguien a quien conozco del barrio.

Ahora Limón sabe qué está insinuando su compañero. Contiene una sonrisa.

—¡Ah, sí! Yo también lo conozco.

—No me digas.

La conversación termina ahí.

El paisaje que se ve por la ventanilla va cambiando a toda velocidad. Limón avista un campo de práctica de golf y un edificio de departamentos que rápidamente se pierden en la distancia. Comienza a pensar en Thomas.

—En *Thomas y sus amigos*, el director del Ferrocarril Noroeste, sir Topham Hatt, le dice a Thomas y a todos los demás: «Son unos trenes muy útiles». Eso es lo que dice.

—¿Quién es este sir Topham Hatt?

—Ya te lo expliqué otras veces. El Inspector Gordo. ¿Cuántas veces tengo que decírtelo? El director del Ferrocarril Noroeste, que siempre lleva un sombrero negro de seda. Elogia a los trenes que trabajan duro y regaña a los que no. Es muy respetado por todos. Viene a ser el jefe de todos los trenes de Sodor, así que es genial que alguien como él te diga algo así.

—¿El qué?

—«Son unos trenes muy útiles». Cualquiera sería feliz si alguien le dijera que es útil. A mí me encantaría que alguien me dijera que soy un gran tren.

—En ese caso, deberías ser más útil. Sin ir más lejos, hoy tú y yo somos lo más alejado que existe de un tren útil.

—Eso es porque no somos trenes.

—¡Eres tú quien sacó el tema de los trenes! —protesta Mandarina.

—Déjame ver esas calcomanías que te di antes.

—Ya te las devolví.

—¡Ah, sí! —Limón toma la hoja de calcomanías que guarda doblada en el bolsillo—. ¿Cuál es Percy?

—Ni lo sé ni me importa.

—¿Cuántos años hace que trabajamos juntos? Muchos. Hazme un favor e intenta recordar quién es quién en *Thomas y sus amigos*. Al menos apréndete sus nombres.

—¿Y tú? ¿Acaso has leído alguno de los libros que te recomendé? *¿El color prohibido?* ¿Qué hay de *Los demonios*?

—Ya te dije que no me interesan. Los libros que me recomiendas no tienen dibujos.

—Y lo único que tú recomiendas son un montón de locomotoras de vapor.

—También hay locomotoras diésel. En cualquier caso, quería decirte algo más importante. Tuve un momento de inspiración.

—¿De qué se trata?

—Un plan.

—Cuando un tipo descuidado dice que tiene un plan, el noventa por ciento de las ocasiones se trata de una porquería de plan, pero oigámoslo de todos modos.

—De acuerdo, ahí va. Dices que tenemos que encontrar a la persona que asesinó al Pequeño Minegishi o, si no, encontrar al menos la maleta perdida. En caso contrario, Minegishi se enfadará con nosotros.

—Así es. Y no hemos encontrado ninguna de las dos cosas.

—El problema es que no estamos enfocando bien este asunto. O, mejor dicho, simplemente estamos haciendo las cosas mal. Pero eso no es razón para sentirse contrariado. Todo el mundo mete la pata alguna vez.

—¿No decías que tenías un plan?

—Sí. —Los labios de Limón esbozan un amago de sonrisa.

La expresión de Mandarina se endurece.

—Que no te oiga nuestro amigo del barrio.

— Tranquilo —responde Limón—. Examen sorpresa. Aquí una famosa cita: «No busques un culpable. Crea uno». ¿Sabes quién lo dijo?

—Pues supongo que Thomas o alguno de sus amigos.

—No todo lo que digo tiene que estar relacionado con Thomas. ¡Fui yo! ¡Yo lo dije! Estoy citándome a mí mismo: no busques un culpable. Crea uno.

—¿Y qué significa eso exactamente?

—Escogemos a alguien que vaya en el Shinkansen, a cualquiera, y lo convertimos en culpable.

La expresión de Mandarina cambia un poco y a Limón no se le pasa por alto. «¡Bueno bueno...! ¡Mira a quién le gusta mi plan!».

—No está mal —murmura Mandarina.

—¿Verdad?

—Pero eso no significa que Minegishi vaya a tragárselo.

—Quién sabe. En cualquier caso, es mejor que quedarse aquí sentados sin hacer nada. Yo y tú... Es decir, tú y yo metimos la pata. Permitimos que mataran al niño rico y perdimos la maleta. Como es obvio, Minegishi se pondrá furioso. Pero el hecho de que le entreguemos al asesino podría cambiar un poco las cosas, ¿no?

—¿Y qué hay de la maleta?

—Podríamos decir que el asesino se deshizo de ella o algo así. A ver, no creo que esto vaya a solucionarlo todo, pero si podemos hacer que parezca que todo este relajo fue culpa de otro, quizá podría, esto, ya sabes...

—¿Mitigar la furia de Minegishi?

—Sí, eso es justo lo que iba a decir.

—¿Y a quién culpamos?

A Limón le alegra que Mandarina esté dispuesto a seguir su plan y quiere comenzar de inmediato, pero, al mismo tiempo, le parece un fastidio tener que ponerlo en marcha.

—¿De veras vamos a hacerlo?

—Es idea tuya. Si lo único que piensas hacer es tocarte los huevos, voy a terminar enfadándome, Limón. Hay un pasaje en un libro que me gusta que dice: «Odio a ese hombre. Pues incluso mientras la tierra se abre bajo sus pies y las rocas caen sobre su cabeza, una amplia sonrisa deja a la vista sus dientes y comprueba que no se le haya estropeado la base de maquillaje. Mi desprecio se convierte en una tormenta y es por su culpa que arraso este lugar».

—Está bien, está bien. —Limón le indica con la mano que se calme—. No te enfades.

Limón sabe bien lo peligroso que Mandarina puede llegar a ser cuando se enfada. Por lo general, se limita a leer sus novelas y no parece para nada agresivo, pero cuando pierde la paciencia se convierte en una persona despiadada y resulta casi imparable. Partiendo de su conducta es imposible saber si está enfadado o no, y eso le hace todavía más peligroso. Estalla de golpe, sin advertencia previa. Es algo terrible. Limón sabe, sin embargo, que cuando Mandarina comienza a citar libros y películas es mejor tener cuidado. Parece como si, al enojarse, la caja de recuerdos que hay en su memoria se volcara y vertiera su contenido, haciendo que comience a citar frases de sus novelas y películas favoritas. Es la señal más clara de que está a punto de estallar.

—Entendido. Me comportaré. —Limón alza algo las manos—. Sé a la perfección a quién podemos echarle la culpa.

—¿A quién?

—Ya sabes, a alguien que es muy probable que sepa quién es Minegishi.

—¿Nuestro amigo del barrio?

—Ese mismo.

—Sí, es una buena idea. —Mandarina se pone de pie—. Debo ir al baño.

—Un momento, ¿qué sucede?

—Quiero mear.

—¿Y qué hago si tengo la oportunidad de actuar antes de que hayas regresado? Ya sabes, si surge la ocasión de hablar con nuestro amigo del barrio. ¿Y si no estás aquí?

—Tú puedes. Sabrás arreglártelas solo, ¿no? Además, probablemente será más fácil que esa oportunidad surja si no estamos los dos.

Limón no puede evitar sentir cierto regocijo por esa demostración de confianza de Mandarina.

—Está bien, de acuerdo.

Limón observa cómo su compañero sale del vagón. Luego se inclina hacia el cadáver del Pequeño Minegishi, coloca la mano en la parte trasera de su cabeza y, moviéndola hacia delante y hacia atrás como si manejara una marioneta, dice con voz de ventrílocuo:

—Eres un tren útil, Limón.

Nanao

Maria le dijo que no debe perder el tiempo preocupándose, pero Nanao no puede evitarlo. De hecho, de camino al vagón número tres no dejó de preocuparse en ningún momento.

Piensa en Mandarina y Limón. De inmediato, comienza a dolerle el estómago. Está acostumbrado a realizar encargos peligrosos, pero también sabe lo temibles que pueden llegar a ser los profesionales de tan alto nivel.

En cuanto la puerta se abre deslizándose a un lado, Nanao hace acopio de valor y entra en el vagón número tres. «Están aquí. Actúa con naturalidad —se dice a sí mismo—. No eres más que un pasajero cualquiera que regresa del baño. No hay nada sospechoso en ti». Hace lo posible por mostrarse despreocupado. Ve que hay muchos asientos vacíos, algo que resulta ideal para elegir con tranquilidad en cuál quiere sentarse, pero no tanto si quiere pasar desapercibido. Mira a su alrededor con rostro sereno. «Ahí están». A su izquierda, a la altura del centro del vagón, ve a tres hombres. El del asiento de la ventanilla está apoyado en esta, durmiendo como un muerto, pero los otros dos están despiertos. El del asiento del pasillo tiene el semblante reflexivo y está diciéndole algo al del asiento del medio, que parece estar acosándolo a preguntas. Son de la misma altura y tienen un aspecto parecido. Llevan el pelo largo, son larguiruchos y las piernas apenas les caben en el espacio de los asientos.

Nanao no tiene claro quién es Mandarina y quién Limón.

En el último momento toma la decisión de sentarse por allí cerca. Tanto la hilera inmediatamente posterior como la siguiente están vacías. Sentarse más lejos sería más seguro, pero mantenerse cerca le permitirá hacerse una idea de la situación con más rapidez. Maria lo desconcertó al mencionar a Minegishi, y se siente algo intranquilo a causa de esa sucesión de percances. Por un momento, se imagina a un futbolista llevando a cabo una jugada arriesgada, una que por lo general no se atrevería a intentar, con la esperanza de compensar los errores cometidos durante el partido. Una maniobra desesperada para recuperar el prestigio. Nanao es consciente de que no vio nunca algo así que funcione. Los fracasos solo engendran fracasos. Pero cuando un jugador está en un aprieto es la única opción.

Se sienta justo detrás de ellos. Se siente envalentonado por el hecho de que, al entrar en el vagón, su mirada se cruzó con la de Mandarina, o tal vez con la de Limón, y fuera quien fuera no pareció reconocerlo. «Perfecto. No me conocen», piensa aliviado. También sabe por experiencia que la gente no suele prestar demasiada atención a lo que sucede en los asientos posteriores a los que se encuentra.

Conteniendo el aliento y haciendo lo posible para no llamar la atención, toma una revista del bolsillo del respaldo y la abre. Es un catálogo de venta por correo en el que se publicita una gran variedad de productos. Mientras pasa sus páginas, intenta oír lo que dice la pareja que tiene delante.

Nanao se inclina un poco. Aunque puede oírlos bastante bien, no consigue entender todas las palabras.

El hombre del asiento del medio está diciendo algo sobre Thomas y unos trenes. Según Maria, Limón es el seguidor de *Thomas y sus amigos*, lo que convertiría al hombre que está sentado a su lado en Mandarina. A este le gusta la literatura.

Procurando pasar lo más desapercibido posible a pesar de tener los nervios de punta, Nanao pasa una página del catálogo y ve una selección de maletas. «Si vendieran la de Minegishi, la compraría ahora mismo».

—De acuerdo, ahí va. Dices que tenemos que encontrar a la persona que asesinó al Pequeño Minegishi o, si no, encontrar al menos la maleta perdida. En caso contrario, Minegishi se enfadará con nosotros.

Nanao casi se cae del asiento cuando oye lo que dice Limón. «Ellos tampoco tienen la maleta». Y no se le escapa el nombre de Minegishi. Pero Limón no dijo Minegishi, sino Pequeño Minegishi. «¿Quién es ese?». Podría ser su hijo. «¿Tiene hijos? ¿Me dijo Maria algo al respecto?». No lo recuerda. Pero sin duda, oyó que Limón decía que el Pequeño Minegishi fue asesinado. Lo cual significaría que alguien mató al hijo de Minegishi. Un escalofrío recorre la espalda de Nanao. «¿Quién lo hizo? ¿Quién podría haber cometido una locura semejante?».

Recuerda una vez que estaba en un *izayaka* y el mesero les dijo a los clientes del bar que había dos tipos de personas en el mundo. Nanao sonrió irónicamente, pues esa fórmula ya le parecía algo choteada, pero aun así aceptó morder el anzuelo.

—¿Cuáles son los dos tipos?

—Los que no han oído hablar de Minegishi y los que le temen. —Todo el bar se quedó en silencio. Entonces el mesero prosiguió—: Y luego está el propio Minegishi, claro.

Todos los clientes senalaron que eso hacía tres tipos.

Mientras se reía y los demás clientes se burlaban del mesero, Nanao pensó que todas las personas que conocía parecían temer a Minegishi y que, seguramente, eso era lo más prudente. Ese día en el bar, decidió que debía mantenerse bien lejos de él.

—Examen sorpresa —suelta Limón alzando un dedo y en un tono algo prepotente. Nanao no consigue oír bien lo que dice a continuación, pero sí reconoce las palabras «culpable» y luego «crear uno».

Después de discutir un poco más en un volumen casi inaudible, Mandarina se pone de pie, sobresaltando a Nanao.

—Debo ir al baño —dice, y comienza a alejarse hacia la parte frontal del tren, en dirección al baño del vestíbulo que hay entre los vagones tres y cuatro.

Limón lo detiene.

—Un momento, ¿qué sucede?

—Quiero mear.

—¿Y qué hago si tengo la oportunidad de actuar antes de que hayas regresado? Ya sabes, si surge la ocasión de hablar con nuestro amigo del barrio. ¿Y si no estás aquí?

—Tú puedes. Sabrás arreglártelas solo, ¿no? Además, probablemente será más fácil que esa oportunidad surja si no estamos los dos.

—Está bien, de acuerdo.

—¡No hagas ninguna escena! —Y, tras decir esto, Mandarina se da la vuelta y sale del vagón número tres.

El vagón se queda de repente en silencio. O, al menos, eso le parece a Nanao. Por supuesto, el tren sigue balanceándose y las ruedas traquetean sobre los rieles mientras el paisaje visible a través de las ventanillas no deja de cambiar, pero Nanao tiene la extraña sensación de que, al terminar la conversación entre Mandarina y Limón, una calma mortal se adueña del vagón y el tiempo se detiene.

Pasa otra página del catálogo. Sus ojos recorren las líneas impresas, pero no consigue comprender las palabras.

«Ahora o nunca —piensa mientras sus ojos se deslizan por la página—. Limón está solo. Si quiero hablar con él, esta es mi oportunidad.

»¿Y de qué hablarás con él? —pregunta una voz en el interior de su cabeza—. Tienes que encontrar la maleta y parece que ellos no la tienen. ¿Para qué perder el tiempo, pues?

»Pero no hay nadie más que pueda ayudarme.

»¿De veras crees que ellos lo harán?

»Si menciono a Minegishi, tal vez me escuchen. Como dice el dicho: "El enemigo de mi enemigo es mi amigo"».

No le quedan claros todos los detalles de lo que está pasando, pero no hay duda de que Mandarina y Limón estaban transportando la maleta de Minegishi. Y, al mismo tiempo, este había contratado a Nanao para que se la robara. Lo cual significa que los tres están trabajando para el mismo cliente. No es difícil de imaginar que Minegishi tiene algún tipo de plan. Nanao está seguro de que, si le explica a Limón que él también está trabajando para Minegishi, terminarán llegando a algún tipo de acuerdo aunque al principio se muestre receloso con él y no quiera creerlo. Ambos tienen un mismo objetivo: encontrar la maleta. Si Limón y Mandarina están dispuestos a pasar por alto el hecho de que fue él quien se las robó en primer lugar, podrían unir sus fuerzas. Podrían formar un equipo, como una pareja que hace lo posible por sobreponerse a una infidelidad y al final consigue superar el bache. Al menos, eso es lo que él quiere proponerles.

Nanao cierra el catálogo y vuelve a dejarlo en el bolsillo del asiento delantero. Al principio no entra bien, pero hace un poco de fuerza y logra meterlo. Respira hondo para tranquilizarse. Si agarra por sorpresa a Limón, es posible que consiga reducir su margen de maniobra. Entonces le explicará la situación. «Adelante», se dice a sí mismo, y se pone de pie.

En cuanto lo hace, se encuentra cara a cara con Limón.

—¡Hombre, hola!

Nanao tarda un momento en procesar lo que está sucediendo.

—¡Hombre, hola! ¿Qué tal todo? —le pregunta Limón como si hablara con un viejo conocido. Se encuentra de pie junto al asiento de Nanao, bloqueándole la salida al pasillo.

Antes incluso de que pueda resolver la interrogante que se forma en su cerebro, su cuerpo comienza a moverse y se agacha. Lo hace justo a tiempo, pues Limón lanza un puñetazo allí donde se encontraba su cabeza. Si hubiera vacilado, habría recibido el impacto del gancho en la mandíbula.

Nanao vuelve a erguirse y, tras agarrarle una muñeca a Limón, le retuerce el brazo y se lo coloca en la espalda. Procura limitar sus movimientos tanto como puede para no llamar la atención. Armar un alboroto en medio del tren resultaría perjudicial. Si la policía o los periodistas intervinieran, le sería más difícil ocultarle a Minegishi su metida de pata. Necesita ganar algo más de tiempo.

Por suerte, Limón tampoco parece querer montar ninguna escena. Limitando asimismo sus movimientos, comienza a agitar la mano como si estuviera sufriendo un espasmo, lo que hace que Nanao afloje su presión.

Nanao sabe que debe evitar proporcionarle a su oponente la menor oportunidad, pero está tan preocupado por no llamar la atención que se arriesga a echar un vistazo alrededor. La mayoría de los pasajeros están dormidos o mirando sus celulares o revistas. Al fondo del vagón, sin embargo, hay un niño pequeño de pie en el asiento, observándolos con gran interés. «¡Oh, no!». Nanao le clava el codo en el pecho a Limón, no tanto para hacerle daño como para que pierda el equilibrio.

Aprovechando que su oponente se tambalea un poco, se deja caer en el asiento de la ventanilla. Si permanecieran de pie, tarde o temprano alguien repararía en ellos.

Limón también se sienta. Lo hace en el asiento del pasillo, y ambos comienzan entonces a lanzarse puñetazos por encima del asiento del medio. El respaldo del mismo asiento de la hilera de enfrente está muy reclinado, lo que dificulta sus golpes, pero hacen lo que pueden. Ninguno de los dos ha peleado nunca sentado.

Mueven sus cuerpos de un lado a otro sin dejar de lanzar puñetazos y de inclinarse para esquivar los golpes del contrincante.

En un momento dado, Limón lanza un tremendo *uppercut* dirigido a las costillas de Nanao, pero este baja de golpe el reposabrazos de su asiento y el puño de su oponente impacta en él con un fuerte ruido sordo. Limón deja escapar un gemido de rabia. A Nanao la satisfacción le dura poco, pues de repente repara en que Limón tiene un cuchillo en la otra mano. Es pequeño, pero despide un frío fulgor al surcar el aire. Deprisa, agarra una revista del bolsillo del asiento delantero y la abre para bloquearlo. La hoja del cuchillo corta por la mitad la fotografía de unos exuberantes arrozales. Nanao intenta entonces cerrar la revista alrededor del cuchillo, pero Limón lo retira a tiempo.

«Al menos no ha sacado una pistola». Quizá Limón piense que un cuchillo es mejor que una pistola para una pelea cuerpo a cuerpo como esta, o, simplemente, tal vez no lleve ninguna encima. Sea como sea, a Nanao le da igual la razón.

Limón vuelve a arremeter con el cuchillo y Nanao intenta atraparlo otra vez con la revista, pero no calcula bien y recibe un corte en el brazo izquierdo. Siente una punzada de dolor y baja la mirada al brazo. La herida no es muy profunda. Luego vuelve a mirar a su adversario y, con un rápido movimiento, le agarra la muñeca de la mano con la que sujeta el cuchillo. Luego tira con fuerza y le clava el codo del otro brazo. Limón suelta un gruñido y el cuchillo cae al suelo. Nanao aprovecha la ventaja e intenta clavarle dos dedos en los ojos. Ahora ya no se contiene y tiene toda la intención de dejar ciego a su oponente. Limón, sin embargo, se mueve en el último momento y los dedos fallan e impactan en los lados de los ojos en vez de hacerlo en el centro. A continuación, Nanao vuelve a alzar los dedos para intentarlo otra vez, pero Limón mete una mano en el interior de su chamarra y, un instante después, saca una pistola. La sostiene a baja altura, apuntando directamente a Nanao.

—No quiero usarla, pero ya tuve suficiente —amenaza en voz baja.

—Si disparas te delatarás.

—Lo haré si no tengo otra opción. Es una medida de emergencia, así que Mandarina lo comprenderá. En cualquier caso, es muy difícil pelear sin llamar la atención.

—¿Cómo sabes quién soy?

—Te identifiqué en cuanto te vi subir a bordo hecho un manojo de nervios. Básicamente, estabas gritando: «Ya estoy aquí, el chivo expiatorio ha llegado».

—¿Chivo expiatorio? ¿Qué quieres decir con lo de chivo expiatorio?

—Tú eres el tipo que trabaja con Maria, ¿no?

—¿Conoces a Maria? —Mientras hace la pregunta, Nanao baja la mirada a la pistola que Limón sostiene a la altura de la cadera. Sabe que en cualquier momento podría recibir un disparo.

—Trabajamos en lo mismo. McDonald's sabe todo acerca de Burger King. Y Steren sobre RadioShack. Esto es lo mismo. Y, además, nuestro gremio es muy pequeño. No hay mucha gente que esté dispuesta a hacer determinadas cosas para otros. El intermediario ese gordo me habló de Maria y de ti.

—¿Quién? ¿Don Buenas Noticias-Malas Noticias?

—Sí, ese. Aunque con él la mayoría de las veces se trata de malas noticias. La cuestión es que oí hablar mucho de Maria y sé que estos últimos dos años ha estado representando al Lentudo.

—¿Qué dice la gente del Lentudo? —Nanao no quiere bajar la guardia ni siquiera un instante, pero al mismo tiempo intenta mostrarse despreocupado.

—Dicen que no lo hace mal. En términos de *Thomas y sus amigos*, supongo que vendría a ser como Murdoch.

—¿Es uno de los personajes?

—Sí. Es muy padre. —Limón se queda un momento callado y luego prosigue—: Murdoch es una locomotora muy grande de diez ruedas. Es sosegado por naturaleza y le gustan los lugares tranquilos; lo que no impide que también disfrute charlando con sus amigos en la estación.

—¿Cómo dices?

—Es la descripción del personaje de Murdoch.

A Nanao lo desconcierta esa repentina disertación, pero también sonríe para sí. «Es cierto que me gustan los lugares tranquilos. Lo único que quiero es algo de paz y tranquilidad. Y, sin embargo —piensa con cierta amargura—, aquí estoy».

—Había visto una foto tuya, Lentudo, pero no esperaba verte por aquí. ¿Mera coincidencia?

—En cierto modo sí, aunque quizá no tanto.

—¡Un momento! Ya entiendo. —De repente Limón cae en la cuenta—. Tú eres el que nos robó la maleta. Bueno, mucho mejor. Ahora ya no tendré que tenderte una trampa para incriminarte, puesto que lo hiciste de verdad.

—Primero escúchame. Minegishi los contrató para que le llevaran la maleta, ¿verdad?

—Así que en efecto estás involucrado. Sabes cómo está la cosa.

—Yo también trabajo para Minegishi. Me contrató para que les robara la maleta.

—¿De qué estás hablando?

—No sé por qué, pero Minegishi me contrató sin decirles nada.

—¿Estás seguro de eso?

Limón no ofrece ningún contraargumento más que esa simple pregunta, pero es suficiente para que Nanao se ponga nervioso. Al fin y al cabo, no está del todo seguro de que haya sido Minegishi quien lo contrató.

—¿Por qué querría Minegishi que nos robaras la maleta? Se supone que debemos llevársela.

—Ya lo sé. Es extraño, ¿verdad? —Nanao quiere enfatizar la incongruencia de la situación—. A ver, digamos que Thomas debe transportar una carga pero que al final es otro tren quien lo hace. Tal y como yo lo veo, eso solo puede deberse a dos razones: o Thomas está averiado o alguien no confía en él. ¿Acaso estás tú y tu compañero indispuestos? No parece, de modo que esa no es la razón.

Limón chasquea la lengua.

—¿Estás diciendo que Minegishi no confía en nosotros?

El cañón de la pistola se mueve ligeramente. Está claro que Limón está disgustado, y este disgusto provoca que su dedo índice se tense en el gatillo.

—Será mejor que nos devuelvas la maleta, y rápido. ¿Dónde está? Si no lo haces te dispararé, ¿lo entiendes? Y mientras te retuerces de dolor, rebuscaré en tus bolsillos en busca de tu boleto. Seguro que si voy a tu asiento encontraré la maleta. Así que será mejor que me la des antes de que te meta un disparo entre ceja y ceja.

—Un momento, no lo entiendes. Yo también estoy buscando la maleta. No está en mi asiento.

—Parece que quieres que te dispare.

—Estoy diciéndote la verdad. Si tuviera la maleta, no habría venido a buscarlos. Pensaba que la habían recuperado, por eso vine a este vagón a pesar de que sabía que sería peligroso. Y, en efecto, terminó siéndolo mucho.

—Nanao mantiene un tono de voz bajo y no deja de decirse a sí mismo que debe permanecer en calma. Mostrar miedo o agitación no haría más que animar a Limón. Y aunque todavía esté intentando asimilar su crónica mala suerte, ya se acostumbró a mirar el cañón de una pistola. Las armas no le asustan tanto.

Está claro que Limón no le cree, pero aun así parece estar pensando en lo que le acaba de contar.

—De acuerdo, ¿entonces quién tiene la maleta?

—Si lo supiera no estaría hablando contigo. La respuesta más simple es que hay otra persona o grupo que la quería.

—¿Otro grupo?

—Aparte de mí y de ustedes dos. Y ahora esta otra persona o grupo la tiene en su poder.

—¿Y también trabajan para Minegishi? ¿En qué demonios está pensando este?

—Vuelvo a decir que no sé qué es con exactitud lo que está pasando aquí. No es que sea un tipo muy listo. —«Solo se me dan bien el futbol y los encargos peligrosos».

—¿Cómo es que llevas lentes si no eres listo?

—¿No hay trenes que lleven lentes?

—Sí. Whiff es una locomotora con lentes. Un buen tipo que no se enfada ni siquiera cuando los demás chismean sobre él. Aunque sí, supongo que tampoco es demasiado listo.

—Mi suposición es que Minegishi no confía en los trabajadores externos como nosotros. —Nanao comparte estos pensamientos a medida que se le van ocurriendo. Confía en que si sigue hablando haya menos probabilidades de recibir un disparo—. Así que a lo mejor contrató a distintas personas para asegurarse de que recibe la maleta.

—¿Por qué habría de tomarse tantas molestias?

—Cuando era niño había un tipo en mi barrio que solía pedirme que fuera a comprarle distintas cosas.

234

—¿Qué tiene eso que ver con todo esto?

—Un día me dijo que si iba al kiosco a comprarle el periódico y unas revistas me daría algo de dinero, así que lo hice encantado. Al regresar, sin embargo, me dijo que la revista estaba doblada y que no pensaba darme nada.

—¿Y?

—En realidad, la excusa ya la tenía preparada de antemano. En ningún momento había tenido la intención de darme ninguna propina. Estoy seguro de que Minegishi tiene en mente hacer algo parecido con ustedes. Querrá saber qué pasó con la maleta y luego dirá algo como: «Han metido la pata, así que ahora les toca pagar».

—¿Y crees que por eso te contrató para que nos la robes?

—Podría ser. —Mientras lo dice, Nanao piensa que en efecto es muy probable. Minegishi odia tener que reconocer que se hizo un buen trabajo y pagar todo el precio acordado. Urdiendo una trama como esta, podría conseguir que aquellos a quienes contrató sientan que están en deuda con él, en vez de al revés.

—«Ahora les toca pagar». ¿Qué crees que podría querer decir con eso exactamente?

—Podría exigirles que le pagaran una cantidad de dinero, o tal vez hacer que les peguen un tiro. Estoy seguro de que pensó algo en plan: «Quiero que otro me haga el trabajo sucio, pero no quiero tener que pagar por ello, ¿no sería genial contratar a alguien y luego librarme de él?».

—Pero si efectivamente contrató a otra persona para impedir que Mandarina y yo hagamos nuestro trabajo, ¿eso no le costaría también dinero? En ese caso, la jugada no tendría sentido.

—Si se trata de un trabajo más sencillo, podría contratar a alguien por menos dinero. Al final, terminaría saliéndole más barato.

—Cuando un tren trabaja duro, hay que hacerle sentir bien, decirle que es un tren útil.

—Hay gente que prefiere morir antes que elogiar a otros. Puede que Minegishi sea uno de ellos.

A Nanao todavía le preocupa la pistola, pero sigue intentando que parezca que no le da importancia y hace todo lo posible para distraer a Limón de la posibilidad de apretar el gatillo.

—¿Tu compañero Mandarina todavía está en el baño?

—Ya hace rato que se fue. —Limón no aparta los ojos de Nanao para echarle un vistazo a la puerta—. Puede que haya cola.

A Nanao se le ocurre algo.

—¿No existe la posibilidad de que te esté traicionando?

—Mandarina no haría algo así.

—Podría haber escondido la maleta en algún lugar. —Nanao está haciendo auténticos malabares: quiere poner un poco nervioso a Limón, pero no tanto como para que termine apretando el gatillo.

—No. Mandarina nunca me la jugaría así. No porque sintamos una profunda confianza mutua ni nada de eso. Simplemente, no es alguien que pierda la calma así como así. Y sabe que, si me traicionara, tendría problemas muy gordos.

—¿Y no te molesta que, mientras tú estás aquí peleando, él esté tomándose su tiempo en el baño? —Nanao sigue intentando sembrar la duda en la mente de Limón.

Pero Limón se limita a hacer una mueca desdeñosa.

—Mandarina sabe que tú y yo estamos aquí juntos, amigo.

—¿Qué?

—En cuanto apareciste en el vagón me dijo: «Vi a alguien del barrio». Sin venir a colación, ¿entiendes? Es un código que tenemos. Lo usamos cuando aparece alguien a quien conocemos y no queremos que la persona en cuestión se dé cuenta de que nos enteramos. Cuando

Mandarina se levantó para ir al baño me dijo que te dejaba en mis manos.

—¿D-de v-verdad? —A Nanao lo acomete una profunda sensación de incompetencia. Todo aquel que trabaja en la mafia usa códigos y mensajes secretos. Recuerda la conversación que acaban de tener Limón y Mandarina. No recuerda nada que le llamara la atención, pero es muy probable que Limón esté diciendo la verdad.

Y encima, ahora el tiempo apremia. Si Mandarina sabe que Nanao está aquí, podría regresar en cualquier momento y pasarían a ser dos contra uno. No le atrae esa perspectiva.

—Una cosa —dice Limón de repente—. Tú no odias que te despierten, ¿verdad?

—¿Cómo dices?

—Oí hablar de alguien de la mafia que odia que lo despierten. Se supone que es un tipo muy duro. Por un momento pensé que podías ser tú, pero supongo que no.

Nanao no oyó hablar nunca de alguien así. Parece un rasgo algo estúpido por el cual ser conocido.

—¿Y dices que es duro?

—Viene a ser como el legendario tren Ciudad de Truro. Ni siquiera Gordon pudo vencerlo.

—Lo siento, no conozco la referencia.

—Escucha, es imposible que puedas vencerme. E incluso si, por alguna razón, consiguieras matarme, no moriría.

—¿Qué quieres decir con eso?

—¡Quiero decir que el gran Limón es inmortal! Incluso si muriera, resucitaría. Aparecería ante ti y te amedrentaría vivo.

—No, gracias —dice Nanao frunciendo el ceño—. No me va el más allá y no me gustan los fantasmas.

—¡Soy peor que un fantasma!

Justo en ese momento, Nanao advierte por la ventanilla del lado opuesto que se acerca otro Shinkansen en dirección contraria. Al cruzarse, los dos trenes parecen empujarse mutuamente, como diciendo que no hay tránsito pacífico en esta vida y que todo está plagado de dificultades.

—¡Oye, puede que sea Murdoch! —murmura Nanao, distraído, sin ninguna intención en particular. No es ninguna trampa, y, si lo fuera, no esperaría que funcionara. Solo reparó en el otro tren, se preguntó qué modelo sería y expresó sus pensamientos en voz alta.

Limón, sin embargo, voltea la cabeza con gran excitación y, sin el menor escepticismo, pregunta:

—¿Dónde?

Nanao no puede creerlo. Limón está apuntándolo con una pistola, pero volteó para mirar por encima del hombro como si estuvieran manteniendo una conversación amigable. «No voy a tener otra oportunidad como esta», piensa. Deprisa, agarra la mano que sostiene la pistola y, al mismo tiempo, lanza un fuerte puñetazo a la mandíbula de Limón. Golpear la barbilla, sacudir el cerebro, dejar noqueado al oponente: otra de las técnicas que Nanao había practicado una y otra vez en su adolescencia, tal y como había hecho con el futbol. Le parece oír un ruido parecido a una suerte de chasquido muscular o al de un interruptor gigante al ser accionado.

Limón se desploma en su asiento con los ojos en blanco. Nanao arrastra su cuerpo hasta el asiento de la ventanilla y lo apoya en esta. Por un momento se pregunta si debería romperle el cuello, pero algo lo detiene. Después del Lobo, le parece demasiado arriesgado volver a matar. Y también está seguro de que si liquida a Limón tendrá que vérselas con un enojado Mandarina. Tiene que evitar que estos dos se conviertan en sus enemigos. Es improbable que lleguen a ser aliados, pero no quiere provocarlos más de lo necesario.

«¿Y ahora qué hago? ¿Ahora qué? ¿Ahora qué?». Tiene la sensación de que la cabeza se le está recalentando. Sus engranajes mentales van cada vez más rápido.

Agarra la pistola de Limón y la guarda en el cinturón, procurando que quede oculta bajo la chamarra. También agarra su celular. Luego se inclina y mira el cuchillo, que ahora descansa en el suelo. Piensa si llevárselo también, pero al final decide no hacerlo.

«¿Y ahora qué?». Las poleas y los engranes del cerebro trabajan frenéticamente, alzando una idea tras otra; ideas que aparecen en su cerebro para desaparecer inmediatamente después. «¿Qué vas a hacer?», susurra una voz en su interior.

«¿Debería dirigirme a la parte frontal del tren o a la posterior? Mandarina llegará de un momento a otro». En cuanto piensa esto, recuerda por dónde debe regresar Mandarina y se da cuenta de que no puede dirigirse hacia la parte frontal. Su única opción viable es huir a la posterior.

Opciones y fragmentos de planes de huida se arremolinan en su cabeza. «Aunque vaya hacia la parte trasera, Mandarina vendrá por mí. Ambas direcciones son callejones sin salida». Tiene que concebir algún modo de sortearlo.

Abre la cangurera. Primero saca un tubo de pomada antibiótica, desenrosca la tapa y se la aplica sobre el corte que le hizo Limón. La herida no sangra demasiado, pero le parece una buena idea detener la hemorragia en la medida de lo posible. Siente dolorosas palpitaciones en el brazo a causa del corte y de los puñetazos que ha bloqueado. También propinó unos cuantos, y ahora el cuerpo le duele al moverse y le están saliendo moretones. Pero no hay nada que pueda hacer al respecto.

A continuación, saca un reloj digital de muñeca. «No hay tiempo para pensar». Sube el volumen de la alarma y escoge una hora. «¿Cuánto necesitaré? Si suena demasiado pronto no me servirá, y si lo hace demasiado tarde tampoco». Solo por si acaso, pone una segunda alarma en otro reloj, diez minutos después de la primera.

Deja el primer reloj en el suelo, debajo del asiento de Limón, y el otro en la bandeja portaequipajes que tiene sobre la cabeza.

Nanao está a punto de marcharse cuando se fija en la hilera de tres asientos en la que iban Limón y Mandarina, y donde un tercer tipo sigue sentado, inmóvil y apoyado contra la ventana. Hay algo raro en él, así que Nanao se acerca y le toca el hombro con cautela. Ninguna respuesta. «No puede ser», piensa. Coloca los dedos en el cuello del tipo. No tiene pulso. «¿Y este quién será?». Nanao exhala un suspiro. La incógnita lo abruma, pero sabe que no puede quedarse aquí más rato. Justo antes de salir del vagón repara en una botella de plástico medio vacía que asoma del bolsillo del asiento frente al que iba sentado Limón. A Nanao se le ocurre una pequeña idea y toma un paquete de polvos que lleva en la cangurera. Se trata de un somnífero soluble en agua. Lo abre y tira el contenido en la botella. No tiene ni idea de si Limón beberá de ella ni, de hecho, si funcionará, pero le parece que lo mejor es plantar semillas allí donde pueda.

Luego sale corriendo en dirección al vagón número dos. «Muy bien. ¿Y ahora qué?».

El Príncipe

Justo cuando comienza a pensar que tal vez debería regresar a su asiento, la puerta del baño se abre y Kimura sale con expresión agitada.

—¿Cuál era la combinación?

—¿Cómo sabes que la abrí?

—Lo noté en su cara.

—Pues no pareces sorprendido, ni tampoco feliz. Estás realmente acostumbrado a que las cosas te salgan bien, ¿verdad? Era la 0600. —Kimura echa un vistazo a la maleta que lleva debajo del brazo—. La volví a cerrar por ahora.

—Vamos. —El Príncipe da media vuelta y Kimura va detrás de él con la maleta. Si se topan con su propietario no resultará demasiado difícil culpar al adulto del robo, piensa el chico.

Llegan a sus asientos y el Príncipe le indica a Kimura que se siente junto a la ventanilla. «Lo que viene a continuación es crucial», piensa, mentalizándose. Decide entonces que se sentirá mucho más seguro si vuelve a atar a Kimura.

—Señor Kimura, voy a volver a atarle las manos y los pies, ¿de acuerdo? El bienestar de su hijo está en juego, así que ya imagino que no tiene pensado cometer ninguna estupidez, pero de momento volveré a atarlo.

«A mí personalmente me da igual si va atado o no, ambas opciones me parecen bien»: esta es la actitud que el Príncipe está intentando proyectar. Pero la diferencia que supone el hecho de que un oponente vaya atado o no es considerable. Kimura es mucho más corpulento que él. Aunque sepa que la vida de su hijo pende de un hilo, algo podría hacer que perdiera la cabeza y decidiera llevar a cabo un ataque suicida. Si eso ocurriera, el Príncipe no podría hacer nada para detenerlo. Cuando una situación se vuelve violenta las cosas no siempre salen como uno espera, así que el mejor modo de garantizar su seguridad es que las cosas vuelvan a ser como antes. Pero también debe asegurarse de que Kimura no sea consciente de ello.

El Príncipe sabe que esto es fundamental para poder ejercer el control sobre alguien. Si una persona se da cuenta de que llega el momento de la verdad y que, si quiere hacer algo para cambiar la situación en la que se encuentra, debe actuar sin más dilación, lo más probable es que lo intente, con independencia del tipo de persona que sea. Si sabe con seguridad que esa es la única opción que tiene, es posible que pelee sin miedo alguno a las consecuencias. Por eso, si uno puede prevenir que su oponente se dé cuenta de ello, es mucho más probable que gane. Muchos dirigentes lo hacen. Ocultan sus verdaderas intenciones. Es como llevar a un par de pasajeros en un viaje de tren sin informarles del destino y haciendo ver que es lo más natural del mundo. A estos pasajeros se les oculta también que pueden bajar en cualquiera de las estaciones del camino. El conductor simplemente mantiene el tren en marcha. Para cuando la gente comienza a lamentar no haber bajado antes, ya es demasiado tarde. Tanto si se trata de una guerra, un genocidio o de las revisiones a una ley, en la mayoría de los casos la gente no es consciente de la situación en la que se encuentra hasta que ya está viviéndola, y para entonces solo puede pensar que, de haberlo sabido antes, habría protestado.

Por eso, cuando el Príncipe termina de atar otra vez las manos y los pies de Kimura con tiras de tela y cinta adhesiva siente un considerable alivio. Kimura ni siquiera parece ser consciente de que perdió la oportunidad de contraatacar.

El Príncipe coloca la maleta a sus pies y la abre, dejando a la vista los fajos de billetes.

—¡Caray!

—No es tan sorprendente. No hay nada especial en una maleta llena de billetes. Lo de las tarjetas bancarias, en cambio, sí que es algo nuevo.

El Príncipe echa otro vistazo a la maleta y, en efecto, en el compartimento de malla de su interior ve cinco tarjetas de débito. Todas tienen cuatro dígitos escritos con marcador en el dorso.

—Supongo que estos son los códigos para poder retirar dinero.

—Es muy probable. Dos tipos de pago: en efectivo y con tarjeta. Un detallazo.

—Me pregunto si, al usar las tarjetas, el propietario de la maleta podría averiguar dónde se retira el dinero...

—Para nada. No es de la policía. Además, ninguna de las personas relacionadas con esta maleta lleva una vida honrada. Ni los que la transportan, ni aquel a quien se la llevan. Es probable que tengan algún tipo de acuerdo para no sabotearse mutuamente.

—Mmm. —El Príncipe le echa una ojeada a uno de los fajos—. Algo me dice que agarró usted uno de estos. ¿Es así, señor Kimura?

La expresión de Kimura se endurece y sus mejillas se sonrojan.

—¿Por qué dices eso?

—Simplemente tengo la sensación de que, al ver esto, es posible que le hayan entrado ganas de hacer algo como, por ejemplo, agarrar un billete o dos, romperlos y tirarlos por el inodoro. ¿Lo hizo?

Al Príncipe no se le escapa que el rostro de Kimura se vuelve lívido. «Parece que acerté».

Entonces Kimura comienza a mover las manos y los pies. Por desgracia, para entonces ya están atados. «Si quería intentar algo, debería haberlo hecho antes».

—¿Sabe qué cosas son justas en esta vida, señor Kimura? —El Príncipe se quita los zapatos y, tras llevarse las rodillas al pecho, se reclina en su asiento y se balancea sobre su coxis.

—Sí. Ninguna.

—¡Exacto! Eso es correcto al cien por ciento. —El Príncipe asiente—. En esta vida hay cosas que se consideran justas, pero no hay forma de determinar si realmente lo son. Por eso, aquellos que hacen creer a los demás que algo es justo son quienes tienen todo el poder.

—No termino de comprender lo que dice, su majestad. Hable para que los plebeyos como yo puedan entenderlo.

—En la década de los ochenta se estrenó un documental titulado *El café atómico*. Fue muy famoso. Hay una parte en la que los soldados practican el protocolo de actuación en caso de explosión nuclear y tienen que entrar en una zona en la que acaba de explotar una bomba. En la sesión informativa previa a la misión, un tipo con facha de militar de alto rango les explicó a los soldados la operación en el pizarrón. «Solo hay tres cosas que deben temer: la explosión, el calor y la radiación. —Y añade después—: La radiación es la nueva amenaza, pero también es lo que menos debe preocuparlos».

—¿Cómo pudo decir algo semejante?

—La radiación es invisible e inodora. En la película se les dice a los soldados que, si siguen el protocolo, no enfermarán. Por eso, cuando explota la bomba comienzan a marchar directamente hacia el hongo atómico... ¡vestidos con su uniforme habitual!

—¿En serio? ¿Y la radiación no les hizo nada?

—No sea ridículo. Todos terminaron enfermando y sufriendo de un modo horrible. El hecho es que, si la gente oye una explicación, quiere creerla. Y cuando alguien importante dice algo en plan «No se preocupen, no pasa nada» con absoluta convicción, la gente le hace caso. Lo más probable, sin embargo, es que esa persona importante no tenga la menor intención de contar a los demás toda la verdad. En la misma película se incluye un antiguo video educativo para niños. En él, una tortuga de dibujos animados les explica que, si hay una explosión nuclear, deben esconderse debajo de la mesa de inmediato.

—Vaya estupidez.

—A nosotros nos lo parece, pero si el gobierno declara con serenidad y convicción que eso es lo que debe hacerse, a nosotros no nos queda otra alternativa que creer que tiene razón, ¿no? Y puede incluso que así sea. Como, por ejemplo, en el caso del amianto. Ahora está prohibido su uso en la construcción a causa de los peligros que conlleva para la salud, pero antes se celebraban sus propiedades ignífugas y resistentes al calor. Hubo una época en la que se pensaba que usar amianto en la construcción de edificios era lo correcto.

—¿De veras tienes catorce años? Nadie lo diría oyéndote hablar.

«Vaya imbécil —piensa el Príncipe al tiempo que se ríe por la nariz—. ¿Y cómo se supone que debe hablar un chico de catorce años? Si uno lee suficientes libros y obtiene suficientes conocimientos, su forma de hablar evoluciona de forma natural. No tiene nada que ver con la edad». Luego continúa:

—A pesar incluso de los informes que comenzaron a surgir advirtiendo de la peligrosidad del amianto, tardaron años en prohibir su uso. Probablemente, esto hizo que la gente pensara que, si fuera en verdad peligroso, el clamor en su contra sería mayor y se decretaría una ley prohibiendo su uso; como no pasó eso, no debía de ser para tanto. Ahora usamos otros materiales, pero no se sorprenda si en un momento dado comienza a oír que alguno de ellos también es peligroso. Lo mismo sucede con la polución, la contaminación de alimentos o los medicamentos peligrosos. No hay forma alguna de que nadie pueda estar seguro de qué es lo que debe creer.

—El gobierno está podrido, los políticos son lo peor, todo es una basura. ¿Es eso? No es una opinión demasiado original.

—Lo que estoy intentando explicarle no es eso, sino lo fácil que resulta hacer pasar por justas cosas que en realidad no lo son. Aunque, en el momento de afirmar que algo es justo, sea probable que incluso los políticos estén convencidos de ello y no pretendan engañar a nadie.

—¿Y qué?

—Pues que lo más importante es ser una de las personas que decide qué creen los demás. —«Aunque, por más que se lo explique, dudo que llegue a comprenderlo»—. No son los políticos quienes controlan las cosas, sino los dirigentes empresariales y los burócratas. A estos, sin embargo, nunca los verá en la televisión. La mayoría de la gente solo conoce a los políticos que aparecen en la tele y en los periódicos. Lo cual resulta más que conveniente para la gente que se oculta detrás.

—Criticar a los burócratas tampoco es ninguna novedad.

—Pero digamos que alguien opina que los burócratas son inútiles. En realidad no sabe quiénes son, de modo que no sabe a quién está dirigiendo su ira o su descontento. Carecen de rostro. Son los políticos quienes deben trabajar bajo escrutinio público, y los burócratas se aprovechan de ello. Mientras que los políticos están expuestos a todas las críticas, los burócratas permanecen a salvo detrás de ellos. Y si algún político causa algún problema, no hay más que filtrar alguna noticia delicada sobre él a los medios de comunicación. —El Príncipe se da cuenta de que está hablando demasiado. «Probablemente estoy excitado por haber conseguido abrir la maleta»—. En general, la persona que posea más información y pueda usarla para conseguir sus objetivos es la más fuerte. Como en el caso de esta maleta. Solo por el mero hecho de saber dónde está ya puedo controlar a la gente que la quiere.

—¿Qué vas a hacer con el dinero?

—Nada. Al fin y al cabo, solo es dinero.

—Sí, claro. Es dinero.

—En realidad usted tampoco lo quiere, señor Kimura. Ninguna cantidad de dinero conseguirá que su estúpido hijo se recupere.

El rostro de Kimura se contrae, oscureciendo todavía más su expresión. «Qué fácil», piensa el Príncipe.

—¿Por qué haces esto?

—Tiene que ser más específico. ¿Qué quiere decir con «esto»? ¿Se refiere a lo de la maleta? ¿O a que lo haya atado y lo lleve conmigo a Morioka?

Kimura se queda un momento callado. «Ni siquiera sabe qué es lo que está preguntando —piensa el Príncipe—. Pregunta sin estar seguro de qué es lo que quiere averiguar. Alguien como él nunca será capaz de cambiar de vida».

Por último, Kimura hace su pregunta.

—¿Por qué le hiciste daño a mi hijo?

—Ya se lo dije, el Pequeño Wataru me siguió a mí y a mis amigos al tejado y se cayó. «Déjenme jugar con ustedes —no dejaba de decir—. Déjenme jugar con ustedes». Yo le advertí que era peligroso. De veras que lo hice.

El rostro de Kimura enrojece tanto que parece emitir calor. Al final, sin embargo, consigue contener su ira.

—¡Vamos, eso no son más que mentiras! Lo que quiero saber es por qué Wataru, por qué lo escogiste a él.

—Pues para llamar la atención de usted, claro —dice el Príncipe animado, y luego se lleva un dedo a los labios y susurra—: Pero no se lo diga a nadie.

—¿Sabes qué es lo que pienso? —Kimura se le queda mirando con una media sonrisa en los labios. De repente, la tensión desapareció de su rostro y su expresión cobra vida y sus ojos relucen. Es como si volviera a ser joven, un adolescente, como si él también fuera a la escuela. Por un momento, el Príncipe tiene la repentina sensación de estar tratando con un igual—. Creo que me tienes miedo.

El Príncipe está acostumbrado a que le subestimen. Mucha gente lo hace porque es un estudiante pequeño y de aspecto débil. Y él disfruta convirtiendo esa subestimación en miedo.

Pero ahora mismo, es él quien se siente inquieto.

Vuelve a pensar en lo sucedido aquella tarde, unos pocos meses más atrás.

En el parque, entre los árboles de un pequeño bosque, al fondo de un suave barranco, el Príncipe y sus compañeros de clase estaban a punto de probar el aparato médico. Había propuesto que lo usaran para aplicarle una descarga eléctrica a Tomoyasu, ese bobo perruno. Bueno, en realidad no era una propuesta, sino una orden. A diferencia de un desfibrilador externo automático, el uso de este aparato en alguien cuyo corazón funcionaba a la perfección podía llegar a matarlo. El Príncipe lo sabía, pero no se lo había dicho a los demás. Les había proporcionado solo la información indispensable. También sabía que la muerte de Tomoyasu supondría una oportunidad: los demás entrarían en pánico y, en su estado de confusión, acudirían a él en busca de respuestas.

Tomoyasu gritaba y lloraba de tal modo que, al final, el Príncipe accedió a probar el aparato con su perro en su lugar. Para entonces, su interés ya no radicaba en los efectos del desfibrilador. Ahora quería ver cómo afectaba a Tomoyasu sacrificar a su querido perro, una mascota a la que había criado desde que era niño.

El primer paso para conseguir el control de sus compañeros de clase consistía en socavar su autoestima. Les había hecho darse cuenta de lo imperfectos que eran como seres humanos. El modo más rápido para lograr eso consistía en explotar sus impulsos sexuales: averiguaba los deseos sexuales secretos de alguien y luego los exponía en público, humillándolo. O, en algunos casos, exponía a esa persona las actividades sexuales de sus padres, mancillando con ello la imagen que tenía de las personas de las que más dependía. A pesar de que no hay nada inusual en albergar deseos sexuales, la exposición pública de estos siempre conseguía avergonzar a la víctima. Al Príncipe no dejaba de sorprenderle lo bien que funcionaba eso.

El siguiente paso consistía en hacer que traicionaran a alguien. Podía tratarse de un progenitor, de un hermano, de un amigo... Cuando uno traicionaba a alguien importante para él, su autoestima se hundía todavía más. Eso era lo que el Príncipe estaba intentando hacer con Tomoyasu y su perro.

Pero justo cuando acababan de atar al chucho y se disponían a aplicarle la descarga, apareció Kimura.

El Príncipe lo reconoció de inmediato. Era el tipo ese que había conocido en el centro comercial. En aquella ocasión le había dado la impresión de que se trataba de un antiguo delincuente juvenil ya maduro y con un hijo. Alguien vulgar y grosero, además de poco listo.

—¡Oye! ¿Se puede saber qué están haciéndole a ese chucho? —Al parecer, a Kimura solo le interesaba rescatar al perro y al chico—. Eso es, jovencito, enfádate. Les estoy desbaratando la misión. Si no hacen algo rápido, su alteza el Príncipe se pondrá furioso. Por cierto, ¿dónde está su querido Príncipe?

A este no le hizo mucha gracia el modo en que Kimura se reía de él.

—Desde luego, señor, parece estar usted muy satisfecho de sí mismo —dijo el Príncipe, y le tiró una piedra a la cara

que le dio directo y lo tiró de espaldas—. ¿Lo recogemos?
—preguntó en voz baja el Príncipe y, obedientemente, sus
compañeros de clase se pusieron manos a la obra.

Alzaron a Kimura y lo agarraron por los brazos. Luego se acercó otro por la espalda y le rodeó el cuello con un brazo.

—Eso duele —exclamó Kimura.

El Príncipe se acercó a él.

—Supongo que no había reparado usted en que estaba aquí mismo, señor. Debería prestar más atención.

El perro comenzó a ladrar, llamando la atención del Príncipe. Tomoyasu y su chucho permanecían a un lado. Debía de haberse puesto de pie cuando todo el mundo estaba ocupado con Kimura. Las piernas le temblaban. El perro no había intentado huir, sino que esperaba fielmente junto a su dueño, ladrando con valentía. «Estábamos tan cerca», pensó con amargura el Príncipe. Había faltado muy poco para hacer añicos el vínculo que los unía: un poco más de dolor y la traición se habría consumado.

—¿Disfruta su majestad mangoneando así a sus amiguitos? —A pesar de que sus asaltantes no eran más que jovencitos, los dos chicos que le tenían agarrado por los brazos y el que lo hacía del cuello dificultaban sus movimientos.

—¿A pesar de la situación en la que se encuentra todavía se cree rudo? —respondió el Príncipe—. Qué gracioso.

—Las situaciones cambian. Todo depende de cómo se desarrollen las cosas. —Kimura se mostraba muy tranquilo, sin que pareciera inmutarlo el hecho de que lo tuvieran inmovilizado.

—¿Quién quiere darle un puñetazo a este viejo en el estómago? —El Príncipe echó un vistazo a sus compañeros de clase. Una ráfaga de viento agitó las copas de los árboles, haciendo que algunas hojas cayeran al suelo. Los compañeros, confundidos por esa orden inesperada, se miraron entre sí con recelo, pero un momento después ya estaban empujándose para ser el primero en pegar a Kimura. Uno detrás de otro fueron asestándole puñetazos con gran júbilo.

Kimura iba dejando escapar gruñidos que parecían gemidos de dolor, pero luego dijo en un tono de voz relajado:

—Estuve bebiendo, van a hacer que vomite. —Y añadió—: Son conscientes de que no tienen por qué hacer lo que les dice el Príncipe, ¿verdad?

—Tengo una idea. ¿Por qué no probamos el desfibrilador con usted, señor? —El Príncipe bajó la mirada hacia el aparato, que descansaba en el suelo—. ¿Qué le parecería recibir una descarga eléctrica?

—Una idea genial —dijo Kimura animadamente—. Me hace feliz ofrecer mi cuerpo a la ciencia. Siempre pensé que los Curie eran geniales.

—Yo no estaría tan tranquilo si fuera usted.

«Vaya imbécil —pensó el Príncipe—. ¿Cómo ha sobrevivido durante tanto tiempo? No debe de haber trabajado duro ni sufrido en toda su vida. Seguro que siempre hizo lo que le ha venido en gana».

—Sí, tienes razón, debería tomármelo más en serio. ¡Oh, no! ¡Estoy muy asustado, su majestad! —La voz de Kimura subió una octava—. ¡Sálveme, su majestad! ¡Y luego deme un beso!

Al Príncipe esto no le pareció gracioso, pero tampoco dé la enojó. Básicamente, le costaba comprender cómo podía habérselas arreglado alguien como Kimura para llegar vivo a la edad que tenía.

—Está bien, probémoslo. —El Príncipe volvió a mirar a sus compañeros de clase. Después de propiciarle puñetazos a Kimura, se habían quedado ahí sin decir nada, a la espera de nuevas instrucciones. En cuanto el Príncipe lo indicó, varios agarraron el desfibrilador y se lo acercaron a Kimura. Tenían que colocarle los parches con electrodos en el pecho. Uno de ellos se inclinó, le levantó a Kimura la camisa y estaba a punto de colocarle uno cuando él volvió a hablar.

—Deberías tener cuidado con mis piernas. Nadie está sujetándomelas. Voy a darte una patada que saldrás volando. ¡Su alteza, dígale a estos idiotas que me agarren las piernas!

El Príncipe no tenía claro si Kimura estaba intentando mostrarse despreocupado o si simplemente estaba loco, pero aceptó la sugerencia y ordenó a uno de sus compañeros de clase que lo hiciera.

—¿No hay ninguna chica en la pandilla? Preferiría que fueran chicas quienes me agarraran. Ustedes apestan a semen.

El Príncipe lo ignoró y les dijo a sus compañeros de clase que le colocaran los parches.

«Y si eso lo mata —pensó—, le diremos a la policía que este borracho desconocido apareció con el desfibrilador y que se dio la descarga él mismo». Suponía que nadie le daría la mayor importancia a que un borrachote desaliñado terminara muerto.

—Adelante —dijo el Príncipe, mirando a Kimura. Por cómo lo tenían agarrado los chicos, su postura parecía la de Jesús clavado en la cruz.

—Un momento —dijo Kimura con tranquilidad—. Hay algo que me preocupa. —Se volteó hacia el chico que le sujetaba el brazo izquierdo—. Creo que tengo un granito en el labio. ¿Tiene mal aspecto?

—¿Cómo? —Confundido, el chico parpadeó y se inclinó para mirarlo. Kimura le escupió con violencia y un gargajo fue a parar a la cara del chico, que se encogió y soltó el brazo del hombre para pasarse una mano por el rostro y quitarse el escupitajo.

Inmediatamente después, Kimura le dio un puñetazo en lo alto del cráneo al chico que le sostenía las piernas.

Este bizqueó y se llevó ambas manos a la cabeza, liberando las piernas de Kimura.

Entonces Kimura dio una patada hacia atrás y le clavó el talón en el tobillo al estudiante que tenía detrás. Y, por último, lanzó un puñetazo a la cara del chico que le agarraba el brazo derecho. En apenas unos segundos había dejado a cuatro chicos gimiendo de dolor y volvía a estar libre.

—¡Tacháaán! ¿Vio, su majestad? Envíe a todos los compañeros de clase que quiera por mí, no importa. Mire, ni un rasguño. Ahora es su turno. —Avanzó amenazadoramente hacia el Príncipe.

—Vamos, chicos, ocúpense de este viejo —ordenó el Príncipe—. No tengan miedo de hacerle daño.

Además de los cuatro desdichados que Kimura acababa de quitarse de encima, había tres chicos más.

Después de ver lo que Kimura les había hecho a sus amigos, estos claramente estaban aterrorizados.

—Todo aquel que no pelee como debería jugará después a un pequeño juego conmigo. O quizá haré que jueguen sus hermanos. O sus hermanas. O tal vez vuestros padres.

El Príncipe no necesitó decir nada más para que los chicos le hicieran caso. La mera insinuación de que pudieran recibir una descarga eléctrica hizo que siguieran sus órdenes cual robots programados para ello.

Kimura se encargó de ellos con facilidad. Dos de los chicos tenían cuchillos, pero él arremetió con violencia, repartiendo puñetazos a diestra y siniestra, agarrándolos por el cuello de las camisas y tirando con fuerza hasta hacer volar los botones de sus uniformes. No se contuvo. Uno cayó al suelo sangrando por la boca, pero él siguió golpeándole la cara con el codo y la palma de la mano. A los otros dos les rompió los dedos intencionadamente. Para cuando terminó, las piernas le temblaban, bien a causa del alcohol, bien de la fatiga, pero eso solo le confería una apariencia aún más monstruosa.

—¿Qué me dices, principito? ¡Te crees muy duro, pero ni siquiera puedes con un viejo! —El rostro de Kimura brillaba aquí y allá, como si estuviera salpicado de baba.

Antes de que el Príncipe pudiera darse cuenta de lo que estaba pasando, Kimura se le echó encima, le agarró por el uniforme y tiró con fuerza, rompiendo la tela del uniforme. Luego se dispuso a colocar los parches con electrodos en el pecho desnudo del chico.

El Príncipe intentó defenderse agitando los brazos.

—Sí, creo que me tienes miedo. —Sentado en el Shinkansen, el tono de voz de Kimura suena casi triunfal—. Por eso fuiste por mi hijo. Querías vengarte de mí por haberte amedrentado.

«¡Eso no es cierto!», está a punto de replicar el Príncipe, pero se traga las palabras. Sabe que dejar traslucir las emociones es señal de debilidad.

En vez de eso, se para a preguntarse a sí mismo si estaba asustado realmente.

Es cierto que el arrebato de Kimura en el parque lo había intimidado. Era un tipo fuerte, estaba furioso y parecía por completo ajeno a toda decencia o sentido común. Encontrarse ante un dominio físico semejante supuso un shock para el Príncipe, que dependía de los libros para compensar su falta de experiencia vital. Mientras veía a Kimura dándole una paliza a sus compañeros de clase tuvo la impresión de estar observando a la humanidad en su verdadera forma, y que él no era más que una mera pieza de atrezo en una barata producción teatral.

Por eso dio media vuelta y salió corriendo, aunque en aquel momento se dijo a sí mismo que iba a por Tomoyasu y el perro.

Por supuesto, no tardó en recobrar la compostura. Era consciente de que Kimura no era más que un perdedor que a la mínima recurría a la violencia sin considerar las consecuencias. Pero ese momento de terror y confusión que le había hecho sentir no se le había ido de la cabeza, y su deseo de venganza había ido creciendo con los días. Sabía que no se sentiría satisfecho hasta que hubiera aterrorizado y doblegado a Kimura.

Y, si no lo conseguía, eso querría decir que había llegado al límite de sus poderes.

Lo consideró un desafío, una prueba a su capacidad y sus aptitudes.

—No le tenía miedo, señor Kimura —responde—. Lo que sucedió con su hijo fue solo parte de una prueba. Algo así como una prueba de aptitud.

Kimura no parece comprender qué significa eso, pero tiene la impresión de que el Príncipe está menospreciando a su hijo encomado. Su rostro vuelve a enrojecer y la confianza en sí mismo que un momento atrás mostró desaparece. «Eso está mejor», piensa el Príncipe.

Este alza la maleta hasta su asiento, introduce la combinación 0600 y la abre.

—¿Ahora su majestad quiere dinero? ¿Es que la paga que le dan tus padres no es muy elevada?

El Príncipe ignora la burla de Kimura, agarra las tarjetas de débito y las guarda en el bolsillo. Luego vuelve a cerrar la maleta y la toma por el mango.

—¿Qué estás haciendo?

—Pensé en volver a dejar la maleta donde estaba.

—¿Qué diantre significa eso?

—Exactamente lo que parece. Voy a dejarla donde estaba, en el compartimento de la bolsa de basura. O quizá la dejo en algún lugar donde sea más fácil que la encuentren. Seguro que eso es mejor. Podría dejarla en uno de los compartimentos portaequipajes.

—¿Y por qué harías algo así?

—Ya averigüé qué hay dentro de la maleta. Ahora, ya no me importa. Será más divertido ver cómo otros se pelean para conseguirla. Y agarré las tarjetas de débito, eso debería causarle algún problema a alguien más adelante.

Kimura lo queda mirando por completo desconcertado. Es incapaz de comprender las motivaciones del Príncipe. «Seguro que no está acostumbrado a que alguien haga algo por alguna razón que no sea la obtención de dinero o la posibilidad de jactarse de ello. No entiende mi deseo de averiguar cómo se comporta la gente».

—Ahora regreso. —El Príncipe se pone de pie y sale por la puerta del vagón tirando de la maleta.

Campanilla Morada

Hace una llamada telefónica para comunicar que el trabajo está hecho. Al otro lado de la línea hay un hombre al que podría considerarse un intermediario. Años atrás, también solía realizar este tipo de encargos, pero comenzó a engordar y poco a poco fue bajando el ritmo. Ahora que ya es cincuentón, se estableció como negociador de contratos.

Campanilla Morada solía gestionar antes sus propios contratos, pero hoy en día los encargos que realiza le llegan a través de este intermediario. Seis años atrás se cansó de llevar en persona las negociaciones a causa de los complicados acuerdos relacionados con la megaoperación que supuso el desmantelamiento de la organización Doncella.

Todo ese asunto comenzó en el mismo cruce grande. Los recuerdos vuelven a asaltarle. Un hombre que trabajaba como tutor, dos niños y una mujer, Brian Jones, dinero... Las imágenes afloran en su memoria sin orden ni contexto. Se arremolinan en su cabeza, luego se aposentan como polvo y al final desaparecen.

—Buen trabajo —le dice el intermediario, y luego añade—: Y, aprovechando que estamos hablando...

Campanilla Morada tiene un mal presentimiento.

El intermediario prosigue:

—... tengo buenas noticias y malas noticias.

Él sonríe con amargura. El intermediario siempre dice esa frase.

—No estoy interesado en ninguna de las dos.

—No digas eso. Anda, primero las malas —anuncia el intermediario—. Acabo de recibir una llamada urgente de un conocido. Hay un encargo que puede resultar algo complicado y que tiene que llevarse a cabo ahora mismo.

—No parece muy atractivo —contesta Campanilla Morada en un tono de voz neutro. Solo está siendo educado.

—Ahora, las buenas. El lugar del encargo es precisamente el lugar en el que te encuentras.

Campanilla Morada se detiene y mira a su alrededor: una amplia avenida y un pequeño súper, algo más.

—A mí ambas noticias me parecen malas.

—El cliente..., bueno, nos conocemos desde hace mucho. Se trata de alguien que me ayudó en el pasado. No me encuentro en una posición en la que pueda decir que no —confiesa el intermediario.

—Eso no tiene nada que ver conmigo. —No es que Campanilla Morada esté en contra del encargo, simplemente prefiere no realizar dos en un mismo día.

—Este tipo que me lo pidió es como un hermano mayor para mí. Me enseñó de qué iba la cosa cuando yo estaba comenzando. Y no se trata precisamente de un don nadie. Estamos hablando de una leyenda —explica el intermediario con cierta excitación—. Si fuera un videojuego sería Hydlide o Xanadu, uno de los grandes.

—Tendrás que usar una analogía que pueda comprender.

—Está bien. Si fuera un grupo de música sería los Rolling Stones.

—Ah, a esos sí los conozco. —Campanilla Morada sonríe ligeramente.

—O no, quizá se parecen más los Who, que se separaron pero que vuelven de vez en cuando.

—Sí, bueno, da igual.

—¿Qué pasa? ¿Es que no te gustan los clásicos?

—Cualquier cosa que haya existido durante mucho tiempo merece respeto. La supervivencia es una prueba de superioridad. ¿De qué tipo de encargo estamos hablando, por cierto? —Campanilla Morada decide al menos oír de qué se trata. El intermediario parece contento, pues se lo toma como una señal de aprobación.

Campanilla Morada escucha la descripción del encargo y casi suelta una carcajada. No solo los detalles son extremadamente imprecisos, sino que además no es para nada un tipo de encargo que se ajuste a sus aptitudes.

—¿Por qué dices eso? ¿Qué te hace pensar que no eres la persona adecuada?

—Yo solo trabajo en lugares en los que pasan coches o trenes. Dentro de los edificios no circulan vehículos. Los interiores no son lo mío. Pídeselo a otro.

—Lo entiendo, pero no hay tiempo. Y es justo al lado del lugar en el que te encuentras. Nadie más podría llegar a tiempo. Yo voy en camino ahora mismo. Hace ya muchos años que solo me dedico a negociar contratos y no me ocupo en persona de ningún encargo, ya lo sabes, pero en este caso no tuve otra elección. Me vi obligado a salir de casa para esto.

—Te sentará bien. Y, como dijiste, no te encuentras en una posición en la que puedas decir que no.

—Estoy un poco nervioso —dice el intermediario con un ligero temblor en la voz, como un recién graduado confesando el miedo que siente al enfrentarse al mundo real—. Hace ya mucho de mi último encargo, así que no tengo todo de mi parte. Por eso estoy pidiéndote que me ayudes.

—Incluso si accediera, ¿qué puedo hacer yo? La gente me llama el Empujón. Este encargo no requiere empujar a nadie. Es como pedirle a un golfista que corra un maratón.

—Lo único que te pido es que vengas conmigo. Ya casi llego.

—Rezaré por ti.

—¿De veras? Gracias, Campanilla Morada. Te debo una.

Campanilla Morada se pregunta cómo diantre pudo interpretar el intermediario que accedía a acompañarlo.

Fruta

Mandarina sale del baño y se dirige al lavabo sin demasiada prisa.

Reconoció al instante al tipo que entró en el vagón número tres. También trabaja en la mafia. Parece un poco más joven que Limón y él, y sus lentes de sol le dan un aire intelectual. Por alguna razón, también da impresión de ser algo inexperto: procuraba actuar con naturalidad, pero se le veía muy nervioso. Cuando pasó a su lado tuvo que esforzarse para no mirarlos.

Mandarina, por su parte, tuvo que hacer un gran esfuerzo para no reírse.

El momento no podría haber sido más oportuno.

«He aquí nuestro chivo expiatorio, justo a tiempo». Si querían endilgarle su metida de pata a otra persona, tal y como había sugerido Limón, no habrían podido pedir una víctima más idónea que este individuo en particular. Su llegada fue como un rayo de luz en un callejón a oscuras.

Mandarina dejó que Limón se encargara de él porque tenía que ir a mear. No quería tener que estar aguantándose el pipí cuando las cosas se pusieran serias, y pensó que sería mejor ir al baño mientras todavía tenía tiempo. No le pareció muy probable que Limón fuera a tener algún problema ocupándose él solo de ese tipo.

«El hombre de los lentes de sol. Se trata del tipo que trabaja para Maria». Mientras meaba, recordó lo que sabía sobre él. Se dedica a lo mismo que ellos, lo que significa que no es demasiado quisquilloso sobre los encargos que acepta realizar y que sabe hacer de todo. Nunca han trabajado con él, pero se rumora que es bueno a pesar de ser relativamente nuevo en la mafia.

«Aunque sea bueno, dudo que sea rival para Limón —piensa Mandarina mientras se lava con cuidado las manos—. Estoy seguro de que, a estas alturas, ya recibió una buena paliza y no supondrá ningún problema». Se frota los dedos uno a uno, luego cierra la llave y coloca las manos debajo del secador.

El delgado celular que lleva en el bolsillo trasero comienza a vibrar en silencio. Mandarina reconoce el número que ve en la pantalla: es Momo, una mujer gorda dueña de una pequeña librería para adultos en Tokio. Se trata de una tienducha que vende de todo, desde cosas meramente sugerentes hasta la pornografía más extrema. En sus anaqueles puede encontrarse una exhaustiva selección de revistas para aquellas personas anticuadas que todavía prefieren el porno en papel. A pesar de contar con suficientes clientes habituales para mantenerse a flote, las ventas tampoco son nada del otro mundo. La tienda, sin embargo, es además un importante foco de información de los barrios bajos. Con los años, Momo se ha convertido en un nodo central de la red de información criminal. Según el encargo que tengan que realizar, Mandarina y Limón acuden a ella para comprar información, y, a veces, para venderla.

—Mandarina, querido, ¿tienes problemas? —pregunta Momo por teléfono.

El traqueteo de las vías hace que le cueste oírla bien. Mandarina se acerca a la ventanilla y, alzando la voz, finge no saber de qué le habla.

—¿A qué te refieres?

—Oí que Minegishi está reclutando hombres para que acudan tanto a Sendai como a Morioka.

—¿Sendai? ¿Por qué iba Minegishi a convocar a gente en Sendai? ¿Se trata acaso de una de esas quedadas de amigos virtuales de las que siempre oigo hablar?

Mandarina oye el suspiro que exhala Momo.

—Limón tiene razón, tus chistes son realmente malos. No hay nada menos divertido que alguien serio intentando ser divertido.

—Está bien, tranquila, lo siento.

—Minegishi no llamó solo a sus hombres. Además está reclutando a cualquiera que sea de confianza y pueda llegar con rapidez a Sendai. Mucha gente está preguntándome al respecto. Reunir a un montón de hombres en la próxima media hora no parece un encargo ordinario.

—¿Y me llamas para saber si Limón y yo estamos interesados?

—Pues no exactamente. Oí que los vieron con el hijo de Minegishi y pensé que tal vez habríais reñido con él.

—¿Reñido?

—No sé, quizá han secuestrado a su hijo y ahora están pidiendo un rescate.

—Para nada. Sabemos lo peligroso que puede resultar enfadar a Minegishi. —Mandarina tuerce el gesto. Él lo sabe a la perfección. Y esa es justo la situación en la que se encuentra—. Es al revés. Minegishi nos contrató para que rescatáramos a su hijo de unos secuestradores. Ahora estamos en el Shinkansen, llevándolo de regreso a casa.

—¿Entonces por qué Minegishi está reclutando gente?

—Puede que esté preparándonos un comité de bienvenida.

—Eso espero. Me caen bien. Temía que se hubieran metido en algún lío, así que decidí llamar para avisarles lo que estaba pasando. Sienta bien ayudar a los demás, ¿verdad?

Mandarina está a punto de decirle que vuelva a llamarle si averigua algo más cuando se le ocurre una cosa.

—Por cierto, ¿conoces al tipo que trabaja para Maria?

—Sí, claro. Mariquita.

—¿Mariquita?

—Se llama Nanao. En su nombre hay un siete, y siete son los puntitos que tienen las mariquitas. Es muy lindo, también me cae bien.

—¿Sabes que en la mafia se dice que la gente que te cae bien tiende a desaparecer?

—¿Como quién, por ejemplo?

—Como Cigarra.

—¡Oh, eso fue una verdadera pena! —Parece sincera.

—Y este Mariquita, ¿cómo es?

—No puedo decírtelo gratis, cariño.

—¿Qué pasó con la mujer que acaba de decir que se siente bien ayudar a la gente? ¡Dile que vuelva!

La risa de Momo se mezcla con el traqueteo de la puerta.

—Veamos, Nanao es un tipo cortés y educado. Puede parecer un poco tímido, pero no lo subestimes. Es un tipo duro.

—¿De veras? No parece muy duro. Por su apariencia habría dicho que se trataba de alguien más apto para un trabajo de oficina.

—Bueno, puede que rápido sea una palabra más apropiada que duro. Al menos eso es lo que dice la gente. En plan: «Iba a golpearlo, pero él me golpeó primero», cosas así. Se mueve como activado por un resorte. Ya sabes cómo es la cosa, cuanto más equilibrado es alguien más peligroso resulta cuando se lanza. Las personas así son una amenaza mayor que los tipos de apariencia más violenta. Así es Nanao. Apacible, pero si se altera hay que tener cuidado con él.

—Está bien, de acuerdo. Aun así, seguro que no es rival para Limón.

—Lo único que digo es que no lo juzgues a la ligera. No pocos lo han hecho y terminaron lamentándolo. Seguramente suficientes para organizar una fiesta.

—Ja, ja.

—Has atrapado una mariquita alguna vez, ¿no? Me refiero al insecto. Cuando extiendes el dedo índice sube hasta la punta, ¿verdad?

Mandarina no tiene muy claro cómo se sentía respecto a los insectos cuando era pequeño. Recuerda haberlos matado a puños, pero también llorar por los muertos y organizarles funerales en miniatura.

—Una vez que la bonita mariquita llega a lo alto del dedo, ¿qué sucede a continuación?

Mandarina recuerda la sensación del insecto ascendiendo por su joven dedo, una mezcla de extraña repugnancia y placentero cosquilleo. «Oh, ahora lo recuerdo». Al llegar a lo alto del dedo la mariquita se detenía como si estuviera recobrando el aliento y luego extendía sus alas y salía volando.

—Vuela.

—Así es. Ese es Nanao. Vuela.

Mandarina no sabe qué contestar.

—Pero los seres humanos no pueden volar.

—Claro que no. Qué cerrado eres, Mandarina. Se trata de una metáfora. Quiero decir que, cuando lo acorralan, se pone como una moto.

—¿Te refieres a que se le va la cabeza?

—Más bien a que mete turbo. Su concentración se intensifica. Cuando la situación se pone difícil, su tiempo de reacción o su velocidad de arranque, como quieras llamarlo, se sale de lo común.

Mandarina termina la conversación y cuelga. «Es imposible», piensa, pero al mismo tiempo un desagradable escalofrío le recorre la columna vertebral. De repente, comienza a preguntarse si Limón estará bien. Se apresura a llegar al vagón número tres. En cuanto la puerta se abre, ve a Limón con los ojos cerrados, sentado justo detrás del cuerpo sin vida del Pequeño Minegishi. No se mueve. «Perdió». Se acerca a él y, tras sentarse a su lado, le coloca los dedos en el cuello. Hay pulso. Pero no está echándose una siesta: Mandarina le abre los ojos, pero no responde. Está inconsciente.

—¡Oye, Limón! —exclama a su oído, también inútilmente. Luego le abofetea las mejillas. Nada.

Se pone de pie y mira a su alrededor. Ninguna señal de Nanao.

Justo en ese momento pasa el carrito de los aperitivos, y Mandarina aprovecha para comprar una lata de agua mineral. Procura mantener su tono de voz lo más neutra posible.

En cuanto el carrito sale del vagón, coloca la lata fría en la mejilla de Limón. Luego lo hace en el cuello.

Todavía nada.

—Esto es ridículo. No estás siendo un tren nada útil. Más bien eres un tren totalmente inútil —murmura—. De hecho, ni siquiera eres un tren.

Limón se despierta con un sobresalto. Abre los ojos, pero no parece ver nada. Agarra a Mandarina por el hombro.

—¿¡Quién es un tren inútil!? —exclama en un volumen tan alto que Mandarina tiene que colocarle una mano sobre la boca. La gente no debería gritar en el tren, y menos todavía si lo hace diciendo algo sobre trenes. De todos modos, justo en ese momento el Shinkansen se mete en un túnel y un fragor sordo sofoca el arrebato de Limón.

—Tranquilízate, soy yo. —Mandarina le coloca la lata en la frente.

—¿Cómo? —dice Limón, que vuelve al fin en sí—. ¡Oye! ¡Eso está frío, hombre! —Y, a continuación, le quita la lata a Mandarina, la abre y le da un trago.

—¿Qué pasó?

—¿Qué quieres decir? Agarré la lata y ahora estoy bebiendo.

—No, me refiero a qué pasó antes. ¿Dónde está nuestro amigo? —Se da cuenta de que sin querer usó el código que tienen, de modo que para ser más preciso vuelve a preguntárselo—: ¿Dónde está Nanao? El tipo que trabaja con Maria, ¿adónde fue?

—¡Ah, el tipo ese! —Limón se pone de pie e intenta apartar a Mandarina para salir al pasillo, pero él lo detiene y lo obliga a sentarse de nuevo.

—Espera. Primero cuéntame qué pasó.

—Bajé la guardia. ¿Estaba inconsciente?

—Como si te hubieran cortado la corriente. Debe de haberte apaleado de lo más lindo.

—No me apaleó. Solo me cortó la corriente.

—No habrás intentado matarlo, ¿verdad? —Mandarina esperaba que Limón se limitara a noquear a Nanao y luego lo atara.

—Bueno, puede que me haya excitado un poco. Escucha, Mandarina, se trata de un tipo mucho más duro de lo que pensaba. Y cuando me topo con alguien duro, me excito. Me pasa como a Gordon, que es el tren más rápido de la isla de Sodor y cuando alguien le desafía se va para arriba y acelera a fondo. Entiendo a la perfección cómo se siente.

—Momo me llamó y me habló un poco sobre él. Al parecer, subestimarlo puede resultar letal.

—Sí, ya imagino. Lo subestimé. ¿Por qué iba a estar aquí Murdoch, además? —Limón se queda un momento callado y mira alrededor—. ¡Un momento! ¡Este no es mi asiento! —Con paso inestable, se vuelve a sentar en su asiento junto al Pequeño Minegishi. Claramente, todavía no se ha recuperado del todo.

—Tú quédate aquí y descansa un rato. Yo iré a buscarlo —dice Mandarina—. Tiene que estar en algún lugar del tren. Sabía que yo estaba en el baño que hay en la parte delantera de nuestro vagón, de modo que seguro que se fue hacia los vagones de la parte posterior del tren.

Mandarina se aleja por el pasillo. La puerta del vestíbulo que hay entre los vagones tres y dos se abre. En él no hay ni baño ni lavabo. Solo necesita un vistazo para saber que aquí no podría haberse escondido nadie.

Suponiendo que Nanao haya venido por aquí, Mandarina imagina que podrá acorralarlo con facilidad en algún lugar entre el vestíbulo en el que se encuentra y la parte posterior del vagón número uno. Las opciones de Nanao son limitadas: puede que esté en un asiento, o agachado en el pasillo, o tal vez apretujado en la bandeja portaequipajes. Si no se encuentra en ninguno de esos lugares, entonces puede que esté en un vestíbulo o en un baño. Eso es todo. Lo único que Mandarina debe hacer es inspeccionar a conciencia los vagones dos y uno y lo encontrará.

Recuerda lo que Nanao llevaba puesto cuando lo vio antes: lentes oscuros, chamarra tejana, pantalones cargo.

Luego entra en el vagón número dos. Hay unos pocos pasajeros que apenas ocupan un tercio de los asientos, todos sentados de cara a la puerta por la que acaba de entrar.

Antes de comprobar sus caras una a una, Mandarina examina la escena en su conjunto como si estuviera tomando una panorámica con una cámara. Busca alguna reacción a su entrada. Si de repente alguien se pone de pie, aparta la mirada o se pone tenso lo advertirá enseguida.

Se toma su tiempo en recorrer el pasillo y, procurando no resultar demasiado obvio, escudriña a cada uno de los pasajeros.

El primero que llama su atención es un hombre que va en un asiento de ventanilla situado hacia la mitad del vagón. Parece estar durmiendo con el respaldo reclinado y tiene el rostro cubierto por un sombrero vaquero de color rojo que parece salido directo de una película del Oeste. Decididamente sospechoso. El resto de la hilera está vacía.

«Si es Nanao, ¿de veras cree que puede ocultarse así? ¿O es que tal vez está intentando tenderme una trampa?».

Mandarina se acerca, listo para atacar en cualquier momento. En cuanto llega a su lado, le quita el sombrero de vaquero esperando que Nanao contraataque abalanzándose sobre él, pero no pasa nada. No es más que un tipo cualquiera profundamente dormido. No se parece a Nanao ni, de hecho, tienen siquiera la misma edad.

«Estoy demasiado exaltado», piensa Mandarina mientras exhala el aliento que ha estado conteniendo. Entonces distingue un destello verde a través de la ventanilla de la puerta que da al vestíbulo que comunica este vagón con el número uno. La puerta automática se abre deslizándose a un lado cuando se acerca a ella. En el vestíbulo ve a una persona vestida con un top verde que está a punto de abrir la puerta del baño.

—¡Un momento! —Mandarina se sorprende a sí mismo gritando.

—¿Qué quiere? —La persona que se voltea va vestida como una mujer, pero se trata inequívocamente de un hombre. Alto, de hombros anchos y brazos bien definidos.

Mandarina no sabe quién es esta persona, pero desde luego no se trata de Nanao.

—Nada —contesta.

—Eres lindo. ¿Quieres entrar conmigo al baño y divertirte un poco? —dice con sarcasmo el tipo. Mandarina siente el impulso de darle una paliza al travesti, pero se contiene.

—¿Has visto a un joven con lentes oscuros?

El hombre suelta un resoplido y esboza una sonrisa de suficiencia. En su rostro ya asoma la sombra de la barba.

—¿Se refiere al chico que se largó con mi peluca?

—¿Adónde ha ido?

—No lo sé. Si lo encuentra, hágame un favor y recupere mi peluca, ¿quiere? Ahora discúlpeme o terminaré meándome encima. —El tipo entra en el baño y cierra la puerta con pasador. Mandarina se queda en el vestíbulo hecho una furia.

Hay otro baño con la puerta abierta. Mandarina mira dentro. Vacío. En el lavabo tampoco hay nadie.

Se pregunta por la peluca que mencionó el travesti. «¿La habrá robado Nanao para usarla de disfraz?». Incluso si ese es el caso, no pasó nadie a su lado. Lo que significa que Nanao solo puede estar en el vagón número uno.

Solo para asegurarse, Mandarina inspecciona el compartimento portaequipajes. Hay una maleta cubierta de calcomanías y, a su lado, una caja de cartón abierta. En su interior ve otra caja, esta de plástico transparente. Es una especie de terrario, pero dentro no parece que haya nada. La toma para sacarla, pero se detiene cuando la parte superior se suelta. La tapa no está ajustada. De repente, Mandarina teme que esa caja transparente contenga alguna especie de gas venenoso, pero por suerte no es así y él tiene prisa, de modo que en vez de intentar averiguar qué contiene exactamente, vuelve a cerrar la caja y sigue adelante.

La puerta del vagón se abre deslizándose a un lado. De nuevo, examina la escena en su conjunto, escudriñando a los pocos pasajeros que van sentados de cara a él. Lo primero que llama su atención es una forma negra. Por un momento se siente confundido y la toma por una gigantesca mata de pelo, pero de inmediato se da cuenta de qué se trata: un paraguas abierto, de tamaño compacto, abandonado en una hilera de asientos vacíos.

Dos hileras por delante del paraguas hay un pasajero durmiendo, pero no es Nanao. «¿A qué viene lo del paraguas? Tiene que ser algún tipo de trampa», decide Mandarina. Un señuelo para distraerlo de otra cosa. Mira a su alrededor y luego arriba y abajo: repara entonces en una especie de cable que va de un lado a otro del pasillo.

Mandarina pasa con cuidado por encima y se inclina para examinarlo. Es una cuerda para empacar de vinilo, algo deshilachado. Está atado a los portavasos de los asientos que hay a cada lado del pasillo y luego lo pasaron por debajo de los asientos para que quede tendido a baja altura y sirva de trampa.

«Ahora lo capto, quería que me fijara en el paraguas para que no viera esto».

Mandarina no puede evitar sonreír ante la simplicidad de la estratagema, pero también se recuerda a sí mismo que no debe bajar la guardia. Momo le dejó claro que Nanao piensa deprisa cuando está acorralado. Seguro que está probando absolutamente todo lo que se le ocurre. No puede haber pasado mucho rato desde que dejó inconsciente a Limón. En ese tiempo dejó preparada esta trampa, y es muy probable que también el paraguas. Sin duda con la esperanza de derribarlo. ¿Y luego qué pensaba hacer? Hay dos respuestas posibles: atacar a su perseguidor cuando esté en el suelo o intentar escapar. En cualquier caso, Nanao debe de encontrarse cerca.

Mandarina echa un vistazo alrededor. Ve a dos chicas adolescentes vestidas para salir por ahí y a un hombre calvo que no ha levantado la mirada ni una sola vez de su computadora portátil. Las chicas parecen haber reparado en Mandarina, pero no se muestran demasiado interesadas en él. Hay otra pareja, un hombre de mediana edad y una mujer joven que claramente se encuentran en plena cita. Ninguna señal de Nanao.

En la última hilera, junto a la ventana, hay una persona más, un tipo con la cabeza agachada. Mandarina no dejó de advertir que, quienquiera que sea, acaba de encorvarse todavía más. Se dirige hacia él.

«La peluca». A través del espacio entre los asientos puede ver que este tipo lleva una puesta. Tiene ese brillo lustroso característico del pelo artificial. Mandarina se percata también de que esa persona sintió su mirada y luego intentó ocultarse con tanta rapidez como pudo, lo que no hace sino llamar todavía más su atención.

«¿Es Nanao?». Mandarina vuelve a mirar alrededor. Ahora los demás pasajeros están de espaldas, y no hay nadie en los asientos más inmediatamente cercanos.

Se acerca a él, listo para atacarlo. Justo entonces, el tipo de la peluca alza la cabeza y Mandarina retrocede.

—¡N-no me haga d-daño! —tartamudea el tipo, al tiempo que alza ambas manos con docilidad. Luego la peluca se le cae a un lado y tiene que sostenerla con una mano.

No es Nanao. No se parecen en nada. Este tipo tiene la cara redonda, le mira con una sonrisa bobalicona y lleva barba.

—¡Lo siento, solo estaba haciendo lo que me dijeron que hiciera! —Parece nervioso. Con los dedos de una mano toquetea con torpeza el teclado del celular.

—¿Qué es lo que le dijeron que hiciera y quién lo hizo? —Mandarina vuelve a echar un vistazo alrededor del vagón y luego agarra al tipo por el cuello de la camisa. Manteniendo el tono de voz bajo, prosigue—: ¿Dónde está el tipo que le dijo que hiciera lo que sea que esté haciendo? Era un hombre joven con lentes oscuros, ¿verdad?

Tira hacia arriba de la camisa de rayas de aspecto barato, levantando ligeramente al tipo de la peluca.

—¡No lo sé, no lo sé! —exclama el hombre. Mandarina sisea, indicándole que no alce la voz. El tipo no parece estar mintiendo—. Primero ha intentado robarme la peluca, pero se lo he impedido a gritos. Luego me ha ofrecido diez mil yenes —explica, haciendo un esfuerzo para controlar el volumen de su voz. Aun así, uno de los otros pasajeros parece haberse percatado del alboroto y extiende el cuello para asomar la cabeza y ver qué es lo que está pasando. Mandarina suelta de inmediato al tipo, dejándolo caer pesadamente en el asiento. La peluca se le cae del todo.

«Este tipo solo es otro señuelo».

Mandarina decide regresar al vagón número dos. A medio camino, se detiene junto al hombre de mediana edad que parece estar en plena escapada romántica y le coloca una mano en el hombro. Al tipo casi se le escapa el corazón por la boca.

—¿Vio a la persona que dejó ese paraguas de ahí? —pregunta, señalando el paraguas cuidadosamente colocado en el asiento como si fuera una pieza de arte moderno.

El hombre está visiblemente aterrado. Su joven amiguita está mucho más tranquila y responde:

—Un tipo con lentes negras lo dejó ahí hace apenas un minuto.

—¿Por qué lo hizo?

—No lo sé. ¿Quizá quería airearlo?

—¿Y adónde ha ido?

—Creo que se ha marchado en esa dirección —dice, señalando la parte delantera del tren; esto es, hacia el vagón número dos.

«¿Cómo puede haber pasado a mi lado?» Mandarina no vio a nadie entre los vagones tres y uno que se pareciera siquiera un mínimo a Nanao.

Se vuelve hacia la puerta del vestíbulo y, a través de la ventanilla, ve al travesti de antes saliendo del baño y balanceando las caderas de vuelta al vagón número uno. «Otra vez el tío raro ese no, por favor», piensa Mandarina y, como si le hubiera leído el pensamiento, el travesti se acerca a él y coloca una mano en su brazo.

—¡Oye, cariño! ¿No estarás esperándome?

Mandarina retrocede.

—Espero que te hayas lavado las manos.

—¡Uy! Me temo que me he olvidado... —responde el travesti con absoluta tranquilidad.

Nanao

Al salir del vagón número tres, un coro de voces no deja de canturrear en su cabeza: «¿Y ahora qué hago? ¿Y ahora qué hago?». Supone que Limón permanecerá inconsciente un buen rato, pero también sabe que Mandarina regresará del baño de un momento a otro, y no tardará en darse cuenta de qué ha sucedido. Y entonces irá a por él. En un mundo perfecto, comenzaría a buscarlo en la otra dirección, dirigiéndose hacia el vagón número cuatro, pero eso no parece probable. Lo más seguro es que imagine que Nanao ha ido hacia la parte posterior del tren. «Vendrá en esta dirección».

En el vestíbulo que hay entre los vagones tres y dos no hay baño ni cubículo con lavamanos. Nanao se acerca a la abertura del cubo de basura que hay en la pared, presiona el botón que hace aparecer la manilla y abre el panel. El espacio es suficientemente grande para esconder una maleta, pero está claro que una persona no cabe.

«No puedo esconderme aquí. ¿Dónde, pues? ¿Ahora qué hago? ¿Ahora qué hago?»

Nanao puede notar cómo se le estrecha el campo visual. También se le aceleran el pulso y la respiración y se le forma un nudo en el estómago. Sacude la cabeza. En su mente sigue sonando la cacofonía de voces preguntándole qué va a hacer ahora. De repente, sin embargo, las aguas crecen y se desbordan, llevándose por delante los pensamientos. En su cerebro se forma un vórtice alrededor del cual se arremolinan todas las palabras y las emociones como si del centrifugado de un programa de lavado se tratara. El remolino arrasa con todo, despabilando a Nanao. Todo esto sucede en cuestión de segundos, apenas unos pocos parpadeos, pero a continuación se siente por completo renovado. El embotamiento que le nublaba el cerebro desapareció y, sin más dilación, se pone manos a la obra. Ahora su campo visual está del todo despejado.

La puerta del vagón número dos se abre deslizándose a un lado con una enérgica exhalación. En cuanto la cruza, Nanao ve a unos pocos pasajeros de cara a él y los demás asientos vacíos.

A la derecha hay un tipo durmiendo, de mediana edad y con el pelo ya grisáceo. Va con el respaldo reclinado al máximo y duerme con la boca entreabierta y roncando un poco. En el asiento de al lado descansa un sombrero vaquero de un llamativo color rojo bombero. Tanto si le queda bien como si no, está claro que pertenece al tipo que duerme. Cuando llega a su altura, Nanao agarra. el sombrero y se lo coloca al tipo en la cabeza esperando no despertarlo. Debe de estar profundamente dormido, porque no mueve ni un pelo.

«¿Verá Mandarina esto y se detendrá para investigarlo?». No lo sabe, ni tampoco qué pasará si Mandarina muerde el anzuelo. Pero incluso si no funciona, sabe que debe preparar tantas distracciones como pueda. Si Mandarina las ve, llaman su atención e intenta averiguar de qué se tratan, lo ralentizarán. Y, cuanto más pueda ralentizar Nanao a su oponente, mayores serán sus probabilidades de salir con vida.

Llega al vestíbulo que hay entre los vagones dos y uno y lo inspecciona en busca de algo que pueda usar. En el compartimento portaequipajes ve una maleta abollada y cubierta de calcomanías que parece haber estado por todo el mundo. La toma por el mango y tira para sacarla del estante, pero es muy pesada y apenas se mueve, así que decide dejarla.

A su lado, hay una caja de cartón atada con cuerda para empaquetar. Nanao deshace el cordel y echa un vistazo dentro. Hay otra caja.

Esta segunda caja es de plástico transparente y en su interior hay una cuerda negra enrollada. «¿Por qué alguien se tomaría la molestia de guardar una cuerda dentro de una caja de plástico? ¿Es un terrario...?». Nanao se inclina para verlo mejor y suelta un pequeño grito. Lo que hay dentro no es una cuerda enrollada, sino una serpiente. Su piel manchada tiene un resplandor glutinoso. Al verla, Nanao se echa hacia atrás de un salto y cae al suelo de trasero. «¿Qué diantre hace aquí una serpiente?». Llega a la triste conclusión de que no es sino otra manifestación más de su mala suerte. «Quizá la diosa de la mala suerte sea una entusiasta de los reptiles». Entonces se da cuenta de que, al mover la caja, la tapa se soltó y, antes de que pueda siquiera moverse para volver a colocarla, la serpiente se escapa rápidamente. La sorpresa da paso a la alarma.

Al ver cómo la serpiente se desliza por el suelo en dirección a la parte frontal del tren, Nanao tiene la sensación de que cometió un pecado que ya no puede deshacer. E, incluso si pudiera hacer algo para reparar el daño, no tendría tiempo para perseguir a una serpiente, pues Mandarina está persiguiéndolo; así que se levanta y vuelve a colocar la tapa en la caja. Está a punto de atar de nuevo el cordón alrededor de la caja de cartón cuando en el último momento cambia de parecer y lo deja a un lado, enrollado de tal forma que le recuerda a la serpiente. Esta desaparece en algún lugar e intenta apartarla de sus pensamientos. Lo primordial ahora es encontrar un modo de escapar.

El baño está vacío, pero no es un buen lugar para esconderse. Si Mandarina aparece y lo encuentra cerrado, sabrá que su presa está dentro, dejando a Nanao atrapado cual ratón en un cepo.

Entra en el vagón número uno y, tras echarle un vistazo a todos los pasajeros, comienza a recorrer el pasillo. A la izquierda hay un tipo durmiendo. En la bandeja portaequipajes, distingue un paraguas, uno de esos modelos compactos. Lo coge y lo abre. Al desplegarse, emite un pequeño chasquido y agita el aire ante su rostro. Varios pasajeros se vuelven hacia él, pero Nanao los ignora y coloca el paraguas sobre un asiento.

Luego comienza a atar el cordel de vinilo en el reposabrazos del asiento del medio. Se arrodilla, pasa el cordel por debajo de los asientos, lo tiende hasta otro lado del pasillo y lo pasa por debajo de los asientos de ese lado. Tras tensarlo, comprueba que sobra cordel suficiente para atarlo al reposabrazos. Y, con esto, ha tendido una pequeña trampa a Mandarina.

Tiene mucho cuidado al pasar por encima. Con su historial, no le sorprendería tropezar con su propia trampa. Sin echar la vista atrás, se dirige al fondo del vagón y sale por la puerta que da al mirador del vagón. Ahí, sin embargo, no hay ningún lugar en el que esconderse ni nada que pueda usar, de modo que regresa al vagón número uno.

Hasta el momento, lo único que hizo es dejar preparada la maniobra de distracción del paraguas y tender la trampa del cordel. Sabe que no será suficiente.

Intenta imaginar a Mandarina distrayéndose con el paraguas y tropezando con el cordel. Luego él se abalanzaría encima desde un asiento cercano y lo atacaría, si es posible lanzándole un directo a la mandíbula que lo dejara fuera de combate y mientras él escaparía hacia la parte frontal del tren. «¿Es realista todo esto? —Sabe que la respuesta es negativa—. Mandarina no se dejará engatusar por algo tan simple».

Nanao echa un vistazo alrededor del vagón.

Sus ojos se posan un momento en el pequeño letrero digital que hay sobre la puerta trasera y en el que se proyectan titulares de noticias. Sonríe con tristeza. «Todo lo que está sucediendo en este tren terminará saliendo en las noticias, sin duda».

Tal y como sospechaba, no hay ningún escondite bueno en el vagón.

«Sigamos adelante, pues». Nanao sale del vagón número uno y vuelve a entrar en el dos. Recuerda entonces una escena que vio en el andén de Tokio. Alguien con mucho maquillaje se quejaba por no viajar en el vagón de primera clase. Un hombre vestido con ropa de mujer hacía un berrinche mientras su acompañante, un hombre menudo con barba, hacía lo posible por calmarlo. «La primera clase es demasiado cara —dijo—. Pero mira: vamos en la hilera dos del vagón número dos. Dos-dos, como el dos de febrero. ¡Tu cumpleaños!».

Nanao sigue adelante y pasa por delante del lavabo y el baño. Permanece alerta por si aparece la serpiente, pero no la ve. «Puede que se haya metido en el bote de basura».

Entra en el vagón número dos. Ahí están, en la segunda hilera. El travesti está leyendo un periódico y el de la barba juega con su celular. Sobre sus cabezas, en la bandeja portaequipajes, hay una bolsa, la misma que Nanao vio en el andén de Tokio. Sabe que dentro hay una chillona chamarra roja y una peluca. «A lo mejor puedo usarlas de disfraz». Los asientos que hay detrás de la pareja están vacíos, así que se mete en la hilera, extiende los brazos y toma la bolsa. Al bajarla al asiento, el papel del que está hecha hace un pequeño ruido, pero la pareja no parece darse cuenta.

Nanao se apresura a regresar al vestíbulo, se acerca a la ventanilla y revisa el contenido de la bolsa. Chamarra, peluca y también un vestido. Agarra la peluca. La chamarra es demasiado llamativa. Se pregunta si la peluca funcionará como disfraz.

—¡Quita tus manos de mis cosas, desgraciado!

Nanao se sobresalta al oír eso.

Rápidamente, se da la vuelta y ve ante él al travesti y al hombre de la barba de pie, con cara de pocos amigos, acercándose a él. Parece que sí que se dan de que les agarró la bolsa y le siguieron hasta el vestíbulo.

Nanao sabe que no hay tiempo qué perder. Al instante, toma al hombre de la barba por la muñeca y le hace una llave.

—¡Ay! ¡Ayyy! —protesta el hombre.

—No alces la voz, por favor —le dice Nanao al oído. Sabe que el tiempo se le acaba y le parece oír los pasos de Mandarina, aproximándose cada vez más. «Llegará de un momento a otro».

—¿Se puede saber qué intentas hacer? —le pregunta el fornido travesti.

—No hay tiempo. Por favor, hagan lo que les pido —dice Nanao tan deprisa como puede, y luego vuelve a intentarlo abandonando su habitual tono educado—. Hagan lo que les pido. Si lo hacen, les pagaré. Si no, le romperé el cuello. Lo digo en serio.

—¿Pero tú qué tomaste? —El travesti parece irritado.

Nanao suelta al hombre de la barba y, tras darle la vuelta para tenerlo de cara, le pone la peluca en la cabeza.

—Ve al vagón número uno. No te quites la peluca. Dentro de poco aparecerá un hombre. Cuando lo haga, llámala a ella con el celular.

Nanao se da cuenta de que se refirió a su acompañante en femenino, pero a la pareja no parece incomodarle para nada.

«¿Ahora qué? ¿Ahora qué?».

La cabeza le gira a mil por hora. No deja de formular planes y esbozar ideas que de inmediato descarta para volver a empezar.

—¿Por qué tengo que llamarla?

—Tú deja que suene varias veces y luego cuelga.

—¿Dejo que suene y luego cuelgo?

—No hace falta que digas nada. Solo estarás enviándole un mensaje. Date prisa, que no hay tiempo. Ve.

—¿Y se supone que voy a hacer lo que me digas? ¿Quién te crees que eres?

En vez de discutir, Nanao toma su cartera, saca un billete de diez mil yenes y se lo mete al hombre en el bolsillo de la camisa.

—Este es tu premio.

Los ojos del hombre se iluminan, lo que supone un alivio para Nanao. Tratar con la gente es fácil si puede motivarla con dinero.

—Si haces un buen trabajo, te daré veinte mil más.

De repente entusiasmado a pesar de haber sido amenazado hace apenas un momento, el hombre pregunta:

—¿Cuánto tiempo debo permanecer ahí? ¿Quién va a venir?

—Un hombre alto y apuesto. —Nanao empuja un poco al tipo para que se marche de una vez.

—Está bien, está bien, ya voy. —Con un aspecto algo ridículo a causa de la peluca, el hombre se da la vuelta y se dirige al vagón número uno. A medio camino, sin embargo, se detiene y se voltea—. No será peligroso, ¿verdad?

—Para nada —dice Nanao con firmeza—. Es absolutamente seguro.

«Es absolutamente falso», se reprende a sí mismo Nanao con una punzada de culpa.

El hombre parece algo indeciso, pero al final se mete en el vagón número uno. Sin estar tampoco demasiado convencido, Nanao se voltea hacia el travesti.

—Ven conmigo.

Por fortuna, el travesti no parece tener intenciones de resistirse a Nanao. Parece incluso excitado. Sigue a Nanao hasta la puerta del baño.

—¿Sabes que eres muy lindo, querido? Haré lo que me pidas. —El brillo de sus ojos hace que Nanao se encoja un poco, pero no pierde tiempo alguno preocupándose por ello.

—El hombre que va a venir es todavía más lindo. Escúchame. Aparecerá por ahí en cualquier momento. Tú quédate aquí hasta que lo haga.

—¡Oh! ¿Un modelo está de camino?

—Cuando llegue, métete en el baño. Asegúrate de que el modelo vea que vas al baño.

—¿Por qué?

—Tú hazlo —dice Nanao con firmeza.

—¿Y luego qué?

—Te lo contaré en el baño.

—¿Qué quieres decir?

Nanao ha abierto la puerta y ya tiene un pie dentro.

—Yo estaré esperando dentro. Cuando veas al hombre, entra tú también. Pero que no vea que yo estoy aquí.

No parece que el travesti comprenda bien la situación, pero es demasiado arriesgado perder más tiempo con explicaciones.

—Tú haz lo que digo. Y si por alguna razón el tipo no llega en los próximos diez minutos, entra de todos modos. —A continuación, Nanao se mete en el baño y cierra la puerta detrás de él. Se queda junto al inodoro con la espalda pegada a la pared. No tiene claro si esto va a funcionar o no, de modo que quiere tener un buen ángulo para atacar a Mandarina si este aparece.

Al cabo de poco la puerta se abre. Todo el cuerpo de Nanao se tensa.

—Discúlpeme o terminaré meándome encima —dice el travesti mientras entra en el baño, y luego cierra la puerta con llave.

—¿Era él?

—Sí. En efecto, muy lindo. Con esas piernas tan largas realmente podría ser modelo. —«Mandarina». Aunque Nanao estaba esperando a su perseguidor, el estómago le da un vuelco—. Parece que ahora ya solo estamos tú y yo. Y en un lugar tan estrecho... —dice el travesti, contoneando las caderas y acercándose a él.

—Apártate y cierra el pico —replica Nanao con brusquedad, intentando mostrarse tan agresivo como puede. Nunca se le dio bien intimidar a los demás, y ni siquiera tiene claro si el tipo está bromeando o de verdad está tirándole los perros, pero en cualquier caso necesita que permanezca callado. No sabe con seguridad qué puede oír alguien que esté en el vestíbulo.

Intenta imaginar qué debe de estar haciendo Mandarina en ese momento. Probablemente inspeccionará el vestíbulo y luego seguirá adelante hacia el vagón número uno. Nanao necesita que vaya hasta el extremo del vagón o el plan no funcionará. Sabe que Mandarina querrá inspeccionar ambos baños, pero cuenta con que, al ver al travesti en este, lo descarte. Por lo que Limón dijo, Mandarina sabe el aspecto que tiene Nanao. Lo cual significa que no pensará que es el travesti disfrazado. Y no parece probable que vaya a caer en la cuenta de inmediato de que hay dos personas en este baño.

«A estas alturas, ya debería de estar en el vagón número uno». Nanao visualiza la escena: Mandarina deteniéndose para inspeccionar el paraguas, luego llegando a la trampa de la cuerda («¿La verá antes de caer en ella...? Sí, lo hará») y por último concluyendo que Nanao lo preparó todo, lo que le indicará que pasó por ahí y debería motivarlo a seguir hasta el final del vagón.

Y luego todo se reduce a si el hombre de la barba seguirá las instrucciones que le dio. Confía en que se haya escondido en la última hilera y llame tan pronto como Mandarina se acerque a él. «Vamos, barbitas, no me decepciones». Justo cuando Nanao formula su ruego silencioso, el bolso del travesti comienza a vibrar con lo que debe de ser una llamada entrante y casi inmediatamente después deja de hacerlo. «Perfecto».

—Adelante —dice Nanao. No hay tiempo para pensar. Ahora solo puede seguir su instinto—. Sal del baño y ve al vagón número uno.

—¿Qué?

—Que salgas del baño y vayas directo al vagón número uno.

—¿Y entonces qué?

—Con toda seguridad, el hombre al que acabas de ver te preguntará por mí. Tú dile que no sabes nada. Dile que te amenacé y que te limitaste a hacer lo que te pedí.

—¿Y tú qué vas a hacer?

—Será mejor qué no lo sepas. De este modo, si te lo pregunta podrás decir que no lo sabes y no estarás mintiendo. —Nanao sabe que solo tiene una oportunidad. Debe salir ahora del baño y huir en dirección contraria, hacia la parte frontal del tren. Así, incluso si Mandarina echa un vistazo en dirección al vestíbulo, el travesti estará en medio e impedirá que pueda ver bien a Nanao. «Al menos, eso espero».

—Un momento —dice, y agarra un celular del bolsillo y se lo da al travesti.

Es el que agarró antes al Lobo.

—Dale esto.

—Oye, ¿y qué hay de mi dinero?

Nanao se había olvidado, pero de todos modos agarra dos billetes de diez mil yenes de su cartera y se los da.

—Ahora, lárgate —ordena mientras quita el pasador de la puerta.

El travesti sale del baño y gira a la izquierda en dirección al vagón número uno. Él, por su parte, lo hace a la derecha y se aleja, sin detenerse ni echar la vista atrás.

Kimura

El Príncipe sale por la puerta trasera del vagón número tres tirando de la maleta con rueditas.

Kimura se inclina hacia la ventanilla y echa un vistazo fuera. El paisaje le recuerda la velocidad a la que avanza el tren. Cada edificio o extensión de tierra en la que se fija desaparece al instante. Le resulta difícil encontrar una postura cómoda con las manos y los pies atados. El Shinkansen entra en un túnel. Una estruendosa reverberación envuelve el tren, haciendo que las ventanillas traqueteen. Una pregunta acude a su mente: «¿Hay luz al final del túnel?». Piensa que para Wataru, tumbado en la cama del hospital, todo es tan negro como este túnel. «Todo es oscuro e incierto». Esta idea hace que se le encoja el corazón.

Se pregunta adónde habrá ido el Príncipe a dejar la maleta. «Espero que se tope con el dueño». Esa posibilidad le hace sonreír. Imagina a unos tipos peligrosos acorralando al chico. «¿Se puede saber qué haces con nuestra maleta, mocozo estúpido?» Kimura espera que le den una buena paliza. Casi inmediatamente después, sin embargo, recuerda que, si algo le pasa al Príncipe, Wataru también correrá peligro.

«¿Es eso de verdad cierto? ¿De veras hay alguien esperando en el hospital a que le den luz verde? —Comienza a cuestionar esa posibilidad—. ¿Y si se trata de un engaño?». Puede que el Príncipe se lo haya inventado para mantenerlo dócil. Puede que en este mismo momento esté riéndose de él.

Es posible. Pero no hay forma de saberlo con seguridad. Mientras exista una posibilidad, siquiera remota, de que sea cierto, sabe que el Príncipe debe seguir vivo. La idea hace que le hierva la sangre, y le entran ganas de agitar las manos atadas y arremeter contra todo lo que tiene a la vista. Debe hacer un gran esfuerzo para calmar su agitada respiración.

«Nunca debería haber dejado solo a Wataru». Kimura siente una oleada de remordimiento.

Kimura apenas había dejado el hospital en el mes y medio que Wataru llevaba en coma. El niño se encontraba en estado vegetativo, así que no podía conversar con él ni tampoco animarlo, pero hacía cualquier otra cosa que estuviera a su alcance. Como, por ejemplo, cambiarle de ropa o cambiar su postura en la cama; lo que hiciera falta. Y como resultaba bastante difícil dormir bien en el hospital, su agotamiento no había hecho sino ir a más. En la habitación había otros pacientes, a veces hasta seis al mismo tiempo, todos niños y niñas, y sus padres también se quedaban a pasar la noche igual que él. Ninguno de esos otros padres había intentado entablar conversación con el hosco y taciturno Kimura, pero tampoco habían dado señales de querer mantener las distancias. Al verlo sentado junto a Wataru, murmurando para él o al niño inconsciente, podían suponer fácilmente por lo que estaba pasando, puesto que ellos se encontraban en una situación similar, y lo miraban con ojos compasivos. En cierto modo, todos estaban librando la misma batalla. En cuanto a Kimura, en su vida solo había enemigos o gente que lo evitaba, por lo que al principio no sabía qué pensar de esos otros padres, pero al final llegó a la conclusión de que estaban todos en el mismo equipo, sentados en la misma banca.

—Mañana tendré que estar todo el día fuera por trabajo. Si hay alguna novedad respecto a Wataru, ¿harían el favor de llamarme?

El día anterior, tras informar a las enfermeras de que se ausentaría, Kimura les pidió eso a los otros padres de los niños que estaban en la misma habitación que Wataru. No era muy natural en él pedir algo con tanta educación.

En ningún momento tuvo intención de pedírselo a sus propios padres. Sin duda, estos le habrían leído la cartilla: «¿Cómo puedes dejar a Wataru? ¿En qué estás pensando? ¿Se puede saber adónde vas?». ¿Qué se suponía que debía decirles? ¿Que planeaba vengarse de Wataru matando a un chico? Sus avejentadas mentes no habrían podido comprenderlo.

—Por supuesto, no supone ningún problema —le dijeron los otros padres afablemente. Nunca habían visto a Kimura salir del hospital, de modo que ignoraban cómo podía mantenerse, si pidió licencia en su trabajo, o si tal vez se trataba de un empresario fabulosamente rico, aunque en ese caso, ¿por qué no estaba su hijo en una habitación privada? Habían hecho todo tipo de especulaciones, así que se sintieron aliviados al enterarse de que Kimura tenía que ir a algún lugar por trabajo. Era una indicación de que se trataba de una persona normal y trabajadora como ellos. Él, por su parte, sabía que el personal del hospital se encargaría de la mayoría de las necesidades de Wataru, pero quería estar seguro de que su hijo no quedara desatendido en ningún momento, así que había sentido la necesidad de pedir ayuda a los otros padres. Y estos se habían mostrado más que dispuestos a ayudarle.

—Este último mes y medio ha estado..., bueno..., durmiendo, así que no creo que mañana vaya a haber ningún cambio.

—Nunca se sabe. Podría ser que despertara justo el día que usted no está presente —dijo una madre en un tono animado. Kimura se dio cuenta de que no estaba siendo sarcástica. En su voz había auténtica esperanza.

—Sí, claro. Podría ser.

—Claro que sí —afirmó ella—. Y si su trabajo le obliga a ausentarse más de un día, no tiene más que llamar. Haremos lo que haga falta.

—Solo estaré fuera un día —respondió él de inmediato. Lo que tenía que hacer era muy sencillo. Subir a bordo del Shinkansen, apuntar su pistola a la cabeza de ese pequeño cabrón y apretar el gatillo. Luego regresaría al hospital. Eso era todo.

O eso había pensado. Nunca habría podido imaginar que las cosas terminarían saliendo así. Baja la mirada a sus manos y pies atados. Intenta recordar cómo se las arregló Shigeru, el amigo de su padre, para liberarse de las ataduras, pero es imposible recordar aquello que uno nunca llegó a saber.

«No importa lo que suceda en este tren, Wataru se encuentra en el hospital, dormido, esperándome». Y, de repente, ya no soporta más estar sentado ahí. Antes de darse cuenta siquiera de lo que está haciendo, se pone de pie. No tiene ningún plan, pero sabe que tiene que hacer algo y, contoneándose, se mueve hasta el pasillo.

«Debo regresar al hospital».

Piensa que debería hacer una llamada telefónica e intenta meter una mano en el bolsillo, pero con las manos atadas pierde el equilibrio y se cae, golpeándose la cadera con el reposabrazos del asiento del pasillo. Siente un intenso dolor en el costado y, encorvándose, chasquea la lengua con frustración.

Alguien se acerca por detrás. Una mujer joven que parece molesta por el hecho de que Kimura le impida el paso por el pasillo y también fastidiada ante la idea de tener que interactuar con él.

—¡Ejem! —suelta inquisitivamente.

—Oh, lo siento. —Kimura se incorpora y se sienta en el asiento del pasillo. Luego tiene una idea—. Disculpe, ¿me dejaría usar su teléfono?

Ella parpadea, desconcertada. Está claro que piensa que hay algo raro en él. Kimura se inclina un poco y esconde las manos entre las piernas para ocultar el hecho de que están atadas.

—Debo hacer una llamada. Es urgente. Mi celular se quedó sin batería.

—¿Adónde tiene que llamar?

Él vacila. Sus padres cambiaron de compañía telefónica y no sabe cuál es su nuevo número. Y no se le ocurre ningún otro número al que pueda llamar. Los tiene todos guardados en la memoria del celular.

—Al hospital —dice, y menciona el lugar en el que se encuentra Wataru—. Mi hijo está ingresado ahí.

—¿Cómo dice?

—Mi hijo está en peligro, ¿sí? Necesito llamar al hospital.

—Está bien, de acuerdo, ¿cuál es el número? —Sintiéndose presionada por el apremiante tono de voz de Kimura, la mujer agarra su celular y se acerca a él. Luego lo mira como si estuviera herido—. ¿Se encuentra usted bien?

Él tuerce el gesto.

—No sé cuál es el maldito número del hospital.

—Oh, bueno, entonces supongo que..., yo..., lo siento. —Y se marcha apresuradamente.

Kimura siente un arrebato de ira, pero decide que es mejor no ir detrás de ella. Casi le dice a gritos que llame a la policía y que les diga que protejan a Wataru, pero tampoco llega a hacerlo. No tiene ninguna información sobre la persona que está bajo las órdenes del Príncipe. No sabe si se trata de un compañero de clase, o tal vez alguien del personal médico o incluso, por improbable que parezca, alguien vinculado a la policía. Lo que sí tiene claro es que, si el Príncipe descubre que Kimura intentó ponerse en contacto con las autoridades, seguro que cobra su venganza.

—¿Qué está tramando, señor Kimura? ¿Quiere ir al baño? —El Príncipe reaparece y baja la mirada hacia Kimura, que permanece sentado en el asiento del pasillo—. ¿O es que acaso pretende jugarme una mala pasada?

—Quiero ir al baño.

—¿Con los pies atados? Estoy seguro de que puede aguantar un poco más. Vamos, regrese a su asiento. —El Príncipe le da un empujón a Kimura para que se cambie de lugar y luego se sienta él.

—¿Qué hiciste con la maleta?

—Volví a dejarla en el compartimento portaequipajes en el que estaba originalmente.

—Te tomaste tu tiempo.

—Recibí una llamada.

—¿De quién?

—Ya se lo dije, mi amigo está ubicado cerca del hospital en el que se encuentra su hijo y me llama con regularidad para comprobar que todo va bien. Lo hizo cuando partimos de Omiya, tal y como habíamos quedado, y ahora ya tocaba otra llamada. Me preguntó que cuándo podría hacerlo y cuánto más tendría que esperar. «Déjame hacerlo ahora, déjame matar al niño», me pidió. Parece impaciente por cumplir con su encargo. Pero no se preocupe, señor Kimura, le dije que todavía no hiciera nada. Ahora bien, si le digo que llegó el momento o no contesto a su llamada...

—Entonces le hará daño a Wataru.

—Haría algo más que hacerle daño —dice el Príncipe con una risa—. El Pequeño Wataru, que ahora mismo solo respira, dejaría incluso de hacer esto. Si tenemos en cuenta el hecho de que con ello ya no exhalaría más CO_2 en la atmósfera, podría decirse que estaríamos siendo ecológicamente responsables. Matar al Pequeño Wataru Kimura, pues, no sería un pecado, sino una medida sostenible —explica, y suelta una estentórea risota.

«Está intentando provocarme», se dice a sí mismo Kimura mientras procura mantener su ira bajo control.

«Escoge las palabras con el propósito de enojarme». Comenzó a darse cuenta de que a veces el Príncipe dice «su hijo» y otras «Pequeño Wataru», y que detrás de ello hay un método con el que pretende sacarlo de quicio. «No dejes que se salga con la suya», se advierte a sí mismo Kimura.

—¿Se puede saber a quién enviaste al hospital? ¿Quién es este tipo que está tan impaciente? ¿De dónde salió?

—Ya imagino que le gustaría saberlo. Pero, si le soy sincero, ni siquiera yo sé mucho sobre él. Solo puedo decirle que accedió a realizar el encargo por dinero. A lo mejor ya está dentro del hospital vestido con una bata blanca. Dudo que nadie le diga nada si ya va vestido como cualquier otro médico y deambula por el hospital como si trabajara allí. Lo único que debe hacer es actuar con naturalidad y no levantará ninguna sospecha. Pero no se preocupe, señor Kimura. Por ahora, todo va bien. Le dije que todavía no le haga nada a su hijo. Le ordené que permaneciera alerta, pero que no mate todavía al chiquillo.

—Sí, bueno, hazme un favor y no dejes que a tu celular se le acabe la batería —le pide Kimura animadamente, aunque en el fondo está hablando muy en serio. No quiere siquiera considerar lo que pasaría si el lacayo del Príncipe intentara llamar y no consiguiera ponerse en contacto con él.

Luego se queda mirando fijo al chico como si estuviera viendo algo repugnante.

—¿Se puede saber cuál es tu objetivo en la vida?

—¿Qué tipo de pregunta es esa? No sé bien cómo contestarla.

—Me cuesta imaginar que no tengas algún tipo de objetivo.

El Príncipe sonríe con un desenfado y una inocencia tales que, por un instante, la repulsión de Kimura se ve reemplazada por el deseo de cuidarle y protegerle.

—Me sobreestima usted. No soy tan sofisticado. Solo quiero probar tantas cosas como pueda.

—¿Experiencias vitales? ¿Eso es lo que buscas?

—Solo se vive una vez. —No parece que esté mintiendo. Lo dice por completo en serio.

—Sigue actuando de este modo y tu preciosa vida podría terminar antes de lo que te gustaría.

—Puede que tenga razón. —Ahí está otra vez, esa apariencia de inocencia absoluta—. Pero tengo la sensación de que se equivoca.

«¿Qué te hace estar tan seguro?», quiere preguntarle Kimura, pero al final no lo hace. Sabe que la respuesta no será mera palabrería infantil. Le ha quedado bien claro que el Príncipe nació con un sentido natural de autoridad sobre los demás, la creencia en su propio poder para conceder vida o muerte, y que no alberga la menor duda sobre su superioridad. Los príncipes tienen mejor suerte que los demás porque son ellos quienes establecen las reglas.

—Señor Kimura, ¿sabe que tras un concierto de música clásica la gente aplaude?

—¿Has ido a un concierto de música clásica?

—Claro que sí. Al principio no aplaude todo el mundo. Son solo unas pocas personas quienes comienzan a hacerlo y luego se les unen todas los demás. El aplauso es así cada vez más alto hasta que, al final, comienza a disminuir de nuevo el número de gente que aplaude.

—¿Acaso tengo facha de haber ido alguna vez a un concierto de música clásica?

—Si hiciéramos una gráfica del aplauso, esta describiría una curva de campana, ¿verdad? Al principio solo aplauden unas pocas personas, luego más, y, tras llegar al pico, el aplauso comienza a decrecer otra vez.

—¿Acaso tengo facha de que me importan las gráficas?

—Y si hiciéramos una gráfica de otra cosa, como por ejemplo la difusión de un modelo de teléfono celular en particular, tendría exactamente el mismo aspecto que el gráfico del aplauso del concierto.

—¿Qué se supone que debo decir al respecto? ¿Acaso debo celebrar tus hallazgos y decirte que deberías publicar tu investigación?

—Lo que quiero decir es que las personas actúan bajo el influjo de quienes las rodean. Lo que motiva sobre todo a los seres humanos no es la razón, sino el instinto. Así, cuando parece que alguien actúa por voluntad propia, en realidad lo hace influenciado por otras personas. Es posible que piense que lleva una existencia independiente y original, pero cuando lo incluyes en una gráfica no es más que otro elemento estadístico más. Por ejemplo, si le decimos a alguien que es libre para hacer lo que quiera, ¿qué cree usted que hará primero?

—Ni idea.

—Mirará a su alrededor para ver qué están haciendo los demás. —El Príncipe parece inmensamente satisfecho con su dictamen—. ¡A pesar de haberle dicho que puede hacer lo que quiera! Aunque se le conceda carta blanca, seguirá preocupándose por lo que hacen los demás. Y los imitará sobre todo en aquellas cuestiones que sean importantes pero, a su vez, carezcan de respuesta clara. Extraño, ¿verdad? Sin embargo, así estamos hechos los seres humanos.

—Pues bueno —responde con desgana Kimura, pues ya perdió el hilo de lo que el Príncipe está intentando explicarle.

—Me fascina este comportamiento y el hecho de que las personas estén controladas por una fuerza tan poderosa sin ni siquiera ser conscientes de ello. Caen en las trampas de la racionalización y la autojustificación mientras actúan de acuerdo con lo que hacen los demás. Observarlo resulta divertido. Y si uno puede aprovecharse de ello para controlar a los demás, todavía más. ¿No cree? Si lo hago bien, puedo provocar un accidente de tráfico o incluso un genocidio como el de Ruanda.

—¿Cómo? ¿Controlando la información?

—¡Oye! ¡No está mal, señor Kimura! —dice el Príncipe con una generosa sonrisa—. Pero por sí solo eso no es suficiente. No se trata únicamente de controlar la información. Manipular las relaciones humanas es como un juego de billar: si uno consigue que alguien se sienta inquieto, o lo asusta, o lo hace enfadarse del modo adecuado, resultará fácil provocar que ataque a otra persona, o que la ponga en un pedestal, o incluso que la ignore.

—¿Y llevarme a mí a Morioka forma parte de tu investigación independiente?

—En efecto —dice el Príncipe muy ufano.

—¿A quién esperas exactamente que mate? —En cuanto sus labios pronuncian estas palabras, Kimura rememora algo que había apartado por completo de su cabeza y que ahora no es más que el vago recuerdo de un cuento chino—. Años atrás había un tipo en Tokio, un pez gordo, que de repente se marchó al campo.

—¡Oh, definitivamente va usted en la dirección adecuada! Continúe. —El Príncipe parece estar pasándola bien, pero el rostro de Kimura se endurece de golpe y se diría que las siguientes palabras se las saca a la fuerza.

—No me digas que vas a por el señor Minegishi.

Los labios del Príncipe se extienden hasta formar una amplia sonrisa.

—¿Tan importante es?

—No estamos hablando de ningún famosillo de quinta. Se trata del violento jefe de una banda de violentos criminales. No puedes ni imaginar la cantidad de dinero que tiene o lo poco que le importan las reglas y la moral de la gente. —Kimura nunca llegó a conocer en persona a Minegishi, claro está, y cuando todavía trabajaba en la mafia él nunca le contrató directamente, pero en aquella época el poder de Yoshio Minegishi en el mundo del hampa era tal que casi todo encargo tenía su origen en él, o eso decía la gente.

Kimura sabía que lo más probable era que la mayoría de los trabajos que había hecho se los hubiera encargado alguien que trabajaba para Minegishi.

—Y antes de Minegishi había un hombre llamado Terahara, ¿verdad? —pregunta el Príncipe como si fuera un niño pequeño pidiendo que le explicaran historias antiguas, como si oír anécdotas de capos criminales fuera lo mismo que escuchar a su abuela explicándole que solía lavar la ropa en el río.

—¿Cómo sabes tú todo esto?

—Obtener información es fácil. Solo los viejos estúpidos creen que pueden evitar que los secretos salgan a la luz. Es imposible contener la información. Si quiero, puedo enterarme de cualquier cosa. Bien husmeando detalles sueltos por ahí, bien obligando a alguien a que desembuche.

—¿Qué haces, buscas cosas en internet?

En la sonrisa del Príncipe puede percibirse un amago de decepción.

—Claro que uso internet, pero no es más que una de las posibles fuentes. Para la gente mayor las cosas son siempre blancas o negras. O menosprecia la red o le tiene miedo. Le pone una etiqueta a algo para sentirse mejor. En realidad, no importa si uno obtiene la información en internet o no, lo que importa es cómo utiliza esa información. Luego están los jóvenes que no se fían de nada que aparezca en la televisión o los periódicos y que consideran imbéciles a los adultos que se lo tragan todo, pero yo creo que los imbéciles son ellos por tragarse la idea de que todo lo que sale en la televisión o los periódicos es automáticamente falso. Está claro que toda fuente de información propaga una mezcla de verdades y falsedades, pero todo el mundo pretende que una sea mejor que la otra.

—Y supongo que su alteza posee el poder mágico de distinguir la verdad de las mentiras.

—Algo más básico, me temo. Se trata simplemente de obtener información a través de varias fuentes, aislar lo relevante y hacer lo posible para confirmarlo uno mismo.

—¿Entonces Minegishi está dándote problemas?

—No sé si podrían llamarse problemas —responde el Príncipe haciendo una mueca que subraya ese aire infantil—. Hay un compañero de clase que no me gusta. Usted lo conoce, es aquel con el que estábamos jugando en el parque aquella vez. El del perro.

—¡Ah, sí...! —Kimura frunce el ceño mientras trata de recordar el nombre—. Tomoyasu, ¿no? ¿Llamas a eso jugar? Más bien estaban torturándolo. —Está a punto de preguntarle por qué están hablando de Tomoyasu cuando otro detalle acude a su mente—. Un momento, ¿no dijo él que su padre tenía un amigo peligroso que iría a por ti?

—Creí que estaba inventándoselo, así que no le hice mucho caso, pero resulta que, en efecto, luego fue a llorarle a su papá. Patético, ¿no? ¿Quién va y se queja con sus padres? Y su padre se puso furioso. ¿No es estúpido lo histéricos que se ponen los padres en lo que respecta a sus hijos? Ese idiota se cree muy importante.

—Sí, no me gustaría ser ese tipo de padre —mascula con socarronería Kimura—. ¿Y qué hizo el padre entonces?

—¡Me delató!

—¿A quién?

—Al señor Minegishi.

Oír al Príncipe pronunciar este nombre no deja de sorprender a Kimura, pero entonces todo cobra sentido y comprende el vínculo entre ambos.

—Al final, resultó que el amigo peligroso del padre de Tomoyasu era de verdad peligroso.

—Siento más respeto por alguien como usted, que se ocupa en persona de sus propios asuntos. El padre de Tomoyasu es un inútil. Me sentí muy decepcionado. —No parece que el Príncipe esté intentando parecer rudo. Más bien, suena como un niño que se siente desalentado al descubrir que Santa Claus no existe—. Aunque todavía más decepcionante fue la escasa importancia que me dio el idiota de Minegishi.

—¿Qué quieres decir con eso? —Kimura apenas puede creer que acaba de oír a alguien referirse con tranquilidad a Yoshio Minegishi como idiota. Especialmente porque esa tranquilidad no nace de la ignorancia, sino de la confianza que el Príncipe tiene en sí mismo.

—Lo único que hizo fue llamarme por teléfono. Llamó a mi casa y me dijo que dejara en paz a Tomoyasu o que se enfadaría y yo lo lamentaría. Fue como si estuviera regañando a un niño.

—Eres un niño. —Kimura se ríe burlándose, aunque sabe perfectamente que no es un niño normal.

—Supuse que lo mejor era fingir que tenía miedo. «Lo siento —le dije—. No volveré a hacerlo». Procuré que pareciera que estaba a punto de llorar. Y eso fue todo.

—En ese caso, tuviste suerte. Minegishi no debió de querer perder su tiempo con un jovencito. Si de verdad hubiera ido por ti, no te habrías librado con unas pocas lágrimas falsas.

—¿En serio? —El Príncipe parece genuinamente extrañado. Con su pelo sedoso y su cuerpo grácil y esbelto, este adolescente parece la imagen arquetípica de un diligente alumno ejemplar. Su aspecto es tan impecable que cuesta imaginárselo robando en alguna tienda o comiendo algo a escondidas de camino a casa tras salir de la escuela. Kimura se sorprende a sí mismo fantaseando con que está de excursión al norte con su refinado sobrino—. ¿De veras es tan peligroso Minegishi?

—Es jodidamente terrorífico.

—Me pregunto si eso no será simplemente lo que todo el mundo piensa. Como los soldados norteamericanos del documental aquel, que estaban convencidos de que la radiación no podía hacerles daño. ¿No cabría la posibilidad de que todo el mundo hubiera aceptado sin más los rumores que corren sobre Minegishi? A lo mejor es como esa gente mayor que no para de decir que los programas de televisión y los jugadores de béisbol eran mucho mejores en sus tiempos, cuando no es más que nostalgia.

—Subestimarlo podría costarte la vida.

—Lo que quiero decir es precisamente que tal vez eso no es más que una superstición. ¡No enfades a Minegishi o terminarás muerto! Como si una preconcepción tergiversada hubiera acabado dando pie a una convención general que, a su vez, tergiversa la realidad todavía más.

—¿Te importaría hablar como un adolescente normal?

—Cuando a la gente le dicen que alguien es peligroso, suele limitarse a aceptarlo y a temer a esa persona. Lo mismo sucede con el terrorismo o las enfermedades. Nadie tiene la energía o el tiempo necesarios para formarse una opinión propia. Estoy seguro de que el señor Minegishi no cuenta con ninguna ventaja más allá del dinero, las amenazas, la violencia y una ventaja numérica en cuanto a secuaces a su servicio.

—Eso sería suficiente para asustarme.

—La cuestión es que no me tomó en serio. Solo porque soy un adolescente.

—¿Y entonces qué ha planeado su majestad?

El Príncipe señala la parte frontal del Shinkansen, en dirección a su destino.

—Voy a Morioka para encontrarme con el señor Minegishi. ¿Sabías que una vez al mes va a ver a la hija que tuvo con su amante? También tuvo un hijo con su esposa, pero es estúpido, egoísta y, en esencia, un inútil. Tal vez esa es la razón por la que Minegishi adora tanto a su hijita. Esta todavía es una niña pequeña.

—Veo que estás bien informado.

—Eso no es lo importante. La cuestión es que hay una niña pequeña implicada.

Kimura frunce el ceño.

—¿Qué se supone que significa eso?

—En los programas infantiles de la televisión no importa lo duro que sea el villano, siempre tiene un punto débil. Cuando era pequeño me parecía que eso no era muy creíble.

—Todavía eres un niño.

—Pero resulta que es cierto. Todo el mundo tiene un punto débil, no importa quién sea. Y por lo general se trata de su familia o de sus hijos.

—¿Así de simple?

—Bueno, por eso usted vino por mí, ¿no? Lo hizo por su hijo. Es increíble lo vulnerable que es la gente cuando sus retoños están en peligro. Y Minegishi tiene una hija a la que adora. Ese es su punto débil, y tarde o temprano conseguiré llegar a ella.

—¿Vas a ir por la hija de Minegishi?

Un torbellino de emociones sacude a Kimura. Una es simple ira por el hecho de que el Príncipe esté dispuesto a hacerle daño a una niña inocente. Otra es una duda: no tiene claro si Minegishi dará la cara por su hija.

—¿De veras crees que funcionará?

—Todavía no voy a hacerlo.

—¿No?

—Lo de hoy no es más que el primer paso. Una introducción, o más bien una investigación preliminar.

—¿Crees que Minegishi te recibirá?

—Oí que su amante y su hija llegaron ayer. Se encuentran con él en la villa. Esta está situada en un complejo residencial cerca de un puñado de granjas.

—¿Cómo sabes dónde está?

—Bueno, tampoco es que se trate de un secreto. Minegishi no lo oculta ni nada. Simplemente, tiene un montón de seguridad alrededor de la villa para que nadie pueda acercarse.

—Entonces ¿qué piensas hacer?

—Como dije, investigación preliminar. Pero me pareció que sería una pena no intentar nada. Por eso decidí traerla a usted conmigo, señor Kimura. Para ponerla a trabajar.

Kimura cae al final en la cuenta del detalle crucial: el Príncipe ha planeado que mate a Yoshio Minegishi.

—Eso no es ninguna investigación preliminar. A mí me parece más bien el acontecimiento principal.

—Iremos a su villa y yo distraeré al personal de seguridad para que usted pueda entrar y cargarse al jefe.

—¿Y crees que funcionará?

—Ya veremos. Diría que hay un veinte por ciento de posibilidades de que lo haga. Lo más probable es que fracases, pero en ese caso tampoco pasaría nada.

—¿Cómo que no?

—Las probabilidades de ganar aumentarán cuando pueda usar a la hija en su contra. Si la vida de esa niña está en peligro, dudo que Minegishi tome ninguna decisión apresurada.

—Yo tendría cuidado si fuera tú. Nunca se sabe lo que un padre enojado puede llegar a hacer por su hijo.

—¿Como tú, quieres decir? ¿Estás dispuesto a morir por tu hijo? ¿E, incluso si murieras, seguirías estando tan preocupado por él que resucitarías?

—Desde luego que sí. —A la mente de Kimura acude la imagen de unas madres muertas saliendo a rastras de sus tumbas. Teniendo en cuenta cómo se siente, no le parece algo tan descabellado.

—La gente no es tan fuerte. —El Príncipe se ríe—. Minegishi hará cualquier cosa por su hija. Y, con independencia de lo que te pase a ti, yo me iré por la puerta. Me limitaré a decir que me obligaste a participar.

—A mí no me pasará nada —afirma Kimura en tono jactancioso.

—Oí el rumor de que Minegishi no muere cuando le disparas —dice el Príncipe con afectado júbilo.

—Eso no son más que sandeces.

—Sí, ¿verdad? Simplemente debió de sobrevivir a un ataque una vez. Debe de ser un tipo afortunado.

—En ese caso, yo también fui afortunado cuando trabajaba en la mafia —contesta Kimura endureciendo el tono de voz. No es ninguna mentira. En dos ocasiones distintas el encargo se le complicó y estuvo a punto de pelarse, pero en ambos casos salvó el pellejo en el último minuto. Una vez, gracias a un amigo, y la otra porque llegó la policía—. Aunque sería difícil decir quién tiene más suerte, si Minegishi o su alteza.

—Eso es lo que quiero averiguar. —Los ojos del Príncipe relucen como los de un atleta que por fin ha encontrado un rival a su altura—. Así que hoy voy a hacer que vaya a por Minegishi. Se tratará de una pequeña prueba para ver lo afortunado que es en realidad. Pase lo que pase, aprenderé algo sobre él. En el peor de los casos, podré acercarme a su villa y ver qué tipo de seguridad tiene. Y también cómo opera. Diría que no está mal para tratarse de una mera investigación preliminar.

—¿Y qué harás si decido volverme en tu contra?

—Hará lo que debes por el bien de su hijo. Al fin y al cabo, es su padre.

Kimura mueve la mandíbula de izquierda a derecha, emitiendo un chasquido. No puede soportar a ese listillo con respuestas para todo.

—Está bien, aunque todavía no me ha quedado claro qué supondría para ti. Digamos que consigues vértelas con Minegishi y las cosas salen según lo planeado y ridiculizas a todos los adultos...

—No estoy intentando ridiculizarlos. Es más que eso. A ver, ¿cómo podría explicarlo...? Quiero que se sientan desesperados.

«Eso sigue siendo muy impreciso», piensa Kimura, y le contesta:

—¿Sabes qué? No importa lo que hagas. No eres más que un pequeño vándalo que pretende codearse con los peces gordos.

—¡Eso es, señor Kimura! ¡Justo eso! —El Príncipe abre la boca y deja a la vista sus perfectos dientes blancos—. Quiero demostrarles a todos aquellos que piensan que no soy más que un pequeño vándalo hasta qué punto se encuentran indefensos ante mí. A eso me refería con lo de desesperados. Quiero que se den cuenta de lo insignificantes que han sido sus vidas. Quiero que se den por completo por vencidos.

Fruta

Limón todavía se siente un poco aturdido. Mira por la ventanilla. Con la mirada puesta en los edificios ante los que pasan a toda velocidad, se lleva una mano a la barbilla. En el momento del puñetazo no ha sentido dolor alguno, simplemente perdió el sentido.

—Estuve cerca, ¿sabes? Podría haber terminado en el mismo lugar en el que te encuentras tú —le dice al Pequeño Minegishi—. ¿Qué, ahora me ignoras?

De repente cae en la cuenta y comprueba si lleva la pistola. Desapareció. Frunce el ceño. «No está bien quitarle las cosas a la gente, Murdoch».

Luego recuerda lo que Nanao le dijo: que también estaba trabajando para Minegishi y que, después de robarles la maleta, alguien se la había robado a él. «Entonces ¿dónde se encuentra ahora?».

Se pone de pie y considera la posibilidad de ir a ver qué está haciendo Mandarina, pero cuando ya está a punto de enfilar el pasillo en dirección a la parte trasera del tren, decide no hacerlo. «La verdad es que no me apetece. Descansaré aquí un poco más». En vez de ir en busca de su compañero, lo llamará. Descubre entonces que su celular también desapareció. «¡Maldita sea, Lentudo!». Le entristece en especial haber perdido el dije de Thomas que llevaba colgado del aparato.

Al final, repara en un ruido que lleva sonando desde hace un rato, un insistente pitido digital apenas perceptible bajo las vibraciones del tren. Al principio, cree que se trata del celular de alguien.

—¡Vamos, contesta de una vez quienquiera que seas! —dice, pero el ruido no cesa. Entonces se da cuenta de que proviene de algún lugar más cercano y comienza a mirar a un lado y a otro, intentando localizarlo.

«Debajo de mí».

El origen del pitido parece estar debajo del asiento. Se inclina y mira, pero no puede verlo bien. Aunque no le hace demasiada gracia ensuciarse los pantalones, el ruido está poniéndolo de los nervios, de modo que por último se arrodilla y busca en el espacio que hay entre el asiento y el suelo. Nada. Parece que el ruido proviene de la hilera de atrás, así que se pone de pie, cambia de hilera y vuelve a agacharse.

Ahora el ruido suena más alto, y no tarda en encontrar su origen. Un pequeño reloj de pulsera digital. De correa negra y aspecto barato.

La pantalla parpadea. Se pregunta si se le habrá caído a alguien accidentalmente. «Cuiden mejor sus cosas». Masculla una sarta de invectivas y, de repente, se queda petrificado. «¿Y si se trata de un truco?». No parece ninguna bomba, pero podría ser que la alarma fuera una señal que desencadenara algo imprevisible. Será mejor no dejar el reloj aquí. Cambia de posición su largo cuerpo hasta que encuentra un buen ángulo desde el que estirar el brazo y agarrar el reloj. Como no lo ve bien y lo hace a tientas tarda un poco, pero al final lo consigue. Luego vuelve a ponerse de pie y regresa a su asiento.

—¡Oye, niño rico! —dice, sosteniendo el reloj ante el inexpresivo rostro de Minegishi—. ¿Habías visto alguna vez esta baratija? —Presiona un botón y el pitido al fin se detiene. Parece un reloj normal, sin nada especial.

«¿No será un micrófono oculto?». Le da la vuelta y luego se lo lleva a la oreja y aguza el oído. «No, solo es un reloj de pulsera».

Mientras decide si tirarlo o no, Mandarina entra en el vagón procedente del número dos.

—¿Encontraste al Lentudo? —pregunta Limón, pero conoce la respuesta solo con mirar la cara de pocos amigos de Mandarina.

—Se ha escapado.

—¿Cómo? ¿Se fue en la otra dirección? ¿Hacia la parte frontal del tren? —Limón señala la puerta que conduce al vagón número cuatro.

—No, sin duda alguna se dirigió hacia el número uno, pero de algún modo consiguió escapar.

—¿De algún modo? ¿Acaso no estabas prestando atención? —Limón nota que sus labios se extienden y esbozan una sonrisa. La idea de que su imperturbable y quisquilloso compañero la haya cagado no deja de proporcionarle cierto placer—. Tampoco era tan difícil. Solo tenías que ir de aquí al vagón número uno. El Lentudo estaba en algún lugar entre esos dos puntos, así que no tenía adónde ir. Deberías haberte topado con él. Era más fácil eso que no hacerlo, ¿sabes? ¿Qué pasó, Mandarina, te quedaste encerrado en el baño? ¿O acaso parpadeaste muy despacio y se escabulló cuando tenías los ojos cerrados?

—No fui al baño y parpadeo con normalidad. Alguien le ayudó. —Mandarina tuerce el gesto.

«Oh, mierda. Está realmente enojado —advierte Limón con cierta consternación—. Cuando Don Imperturbable está enojado es un auténtico imbécil».

—Entonces, deberías haberle apretado los tornillos a quienes le ayudaron.

—Al parecer, los ha obligado a hacerlo. Era una pareja, un hombre vestido de mujer y otro mayor vestido normal.

—¿Y crees que es cierto, que los ha obligado?

—Me pareció que no tenían ni idea de dónde estaba. No creo que mintieran —dice disgustado mientras se frota los nudillos de la mano derecha. «Debe de haberles metido el miedo en el cuerpo».

—Eso significa que el Lentudo se escapó y fue en la otra dirección. —Limón se voltea hacia la parte frontal del tren—. Pero yo no vi pasar a nadie.

—Puede que estuvieras parpadeando muy despacio.

—Ni hablar. De pequeño gané un concurso de mirar fijamente que se celebró en mi escuela.

—Me alegro de no haber ido a tu escuela. ¿Estás seguro de que no pasó nadie por aquí? ¿Nadie en absoluto?

—Bueno, una o dos personas sí que lo hicieron, claro. En los trenes la gente se mueve de un lado a otro. Y luego está la chica del carrito. Pero nadie que se pareciera al Lentudo.

—¿Y estuviste sentado mirando hacia delante todo el rato?

—Claro. No soy uno de esos niños que va mirando todo el rato por la ventanilla. —En cuanto pronuncia estas palabras, Limón recuerda el reloj de muñeca que sostiene en la mano—. ¡Un momento! —dice, y exhala un suspiro—. Me arrodillé para agarrar esto.

Limón sostiene el reloj en alto y Mandarina lo observa con suspicacia.

—La alarma de este reloj comenzó a sonar. Estaba en el suelo, ahí detrás —dice, señalando el asiento de la hilera inmediatamente anterior—, de modo que me arrodillé para agarrarlo. —Mandarina endurece la mirada, de manera que Limón se apresura a añadir—: ¡Ese fue el único instante en el que no miré!

—Pues ya está.

—¿Qué quieres decir?

—Es él quien debe de haberlo dejado ahí. El Lentudo piensa rápido, ¿recuerdas? Debía de estar planeando algo.

—¿Qué podía estar planeando?

—Le gusta usar herramientas y dispositivos variados. Mira. —Mandarina le muestra el celular que sostiene en la mano.

—¿Tienes un celular nuevo?

—Me lo dio él. Ella. El travesti. Me dijo que era de Nanao.

—¿Qué estará tramando? A lo mejor nos llama llorando y pidiéndonos que no le hagamos nada. —Limón lo dice en broma, pero justo entonces la pantalla LCD se enciende y el celular emite una dulce melodía.

—¡Vaya! Parece que tenías razón —dice Mandarina encogiéndose de hombros.

Nanao

| 1 | 2 | 3 | 4 | 5 | 6 | 7 | 8 | 9 | 10 |

Después de esquivar a Mandarina en el vestíbulo situado entre los vagones uno y dos, Nanao se dirige a la entrada del vagón número tres. Antes de entrar, intenta echar un vistazo por la ventanilla de la puerta, pero sin querer activa el sensor y la puerta se abre deslizándose a un lado. «Otra vez mala suerte». Por experiencia, sabe que es mejor no resistirse al rumbo que siga su fortuna. Así pues, entra en el vagón. La primera hilera está vacía y se sienta procurando pasar desapercibido.

Asegurándose de que no lo vea nadie, echa un vistazo entre los reposacabezas de dos asientos. Ve a Limón de pie.

Consciente. Está claro que no bebió de la botella de agua en la que diluyó el somnífero. Eso habría simplificado las cosas, pero Nanao tampoco contaba con ello. Solo era una más de las pequeñas trampas que fue tendiendo apresuradamente. No tiene ningún sentido enfadarse porque alguna no haya funcionado.

Se arriesga a mirar otra vez.

Limón se mueve de un lado a otro. Seguro que está buscando el reloj que está pitando.

—¡Vamos, contesta de una vez quienquiera que seas! —le oye decir.

«Es mío —piensa Nanao—. Fui yo quien dejó ahí ese reloj. Para ti».

Como está acostumbrado a su mala suerte, una parte de él esperaba que la alarma no sonara, o que antes de hacerlo la batería se agotara a pesar de que en estos relojes casi nunca lo hace, o quizá incluso que alguien lo encontrara antes de que lo hiciera Limón. Pero por alguna razón, nada de eso sucedió.

Nanao aguarda el momento oportuno.

El momento exacto en el que pueda ponerse de pie y atravesar el pasillo. Teme que de repente Mandarina aparezca detrás de él.

Levanta el culo del asiento ligeramente, dispuesto a ponerse en marcha, y asoma la cabeza por encima del reposacabezas del asiento de delante.

La alarma sigue pitando con insistencia. Nanao espera y se pregunta si Limón irá en busca del reloj, confiando en que lo haga. En efecto, al final Limón se pone de pie, se dirige a la fila de la que proviene el pitido y se agacha.

«¡Ahora!».

Nanao obedece la orden que resuena en el interior de su cabeza y enfila el pasillo sin la menor vacilación, avanzando a una velocidad controlada. Mientras Limón está ocupado buscando a tientas el reloj debajo del asiento, Nanao pasa a su lado conteniendo la respiración.

Suelta el aire en cuanto cruza la puerta y se encuentra en el siguiente vestíbulo. «No te detengas ahora. Sigue adelante».

Cruza el vagón número cuatro y luego el cinco. En cuanto deja atrás este vagón, agarra el celular y busca en la agenda el número que guardó antes como nuevo contacto, el del Lobo, y llama. En el vestíbulo, el tren suena como un río bravo, pero Nanao presiona con más fuerza el celular contra su oreja para poder oír bien. En cuanto contestan a su llamada se apoya en la ventanilla de la puerta.

—¿Dónde estás? —pregunta una voz al otro lado de la línea—. ¿Qué pretendes?

—Por favor, cálmate. No soy tu enemigo —dice Nanao con firmeza. Su principal prioridad es convencer a Mandarina para que no vaya por él—. Antes les robé la maleta, sí, pero solo estaba siguiendo órdenes de Minegishi.

—¿Minegishi? —Mandarina se muestra receloso. Nanao puede oír la voz de Limón al fondo. Seguramente está diciéndole a su compañero que a él también se lo explicó antes. «De modo que vuelven a estar juntos».

—Creo que lo que pretende Minegishi es precisamente que nos enfrentemos.

—¿Dónde está la maleta?

—Yo también estoy buscándola.

—¿Esperas que me crea eso?

—Si estuviera en mi poder habría bajado del tren en Omiya. Y no tendría razón alguna para ponerme en contacto con ustedes. Lo hago independientemente de lo peligroso que es porque no tengo ninguna otra opción.

—Mi padre me dijo algo antes de morir. —La voz de Mandarina es fría y cauta, justo lo contrario del habla despreocupada de Limón—. Me dijo que nunca me confiara de los escritores que abusan de las oraciones incompletas ni de aquellos que al hablar usan la palabra «independientemente». ¿Sabes qué más creo? Creo que no solo te contrataron para robarnos la maleta, sino también para eliminarnos. El hecho de que te pongas en contacto con nosotros a pesar de saber lo peligroso que es se debe a que necesitas acercarte lo suficiente para hacerlo. El nerviosismo que percibo en tu tono de voz se debe a que todavía no has concluido el encargo.

—Si me hubieran contratado para matarlos, habría liquidado a Limón antes, cuando estaba inconsciente y tuve la oportunidad.

—O tal vez estabas esperando a que ambos estuviéramos en el mismo lugar. Querías finiquitar el asunto de una sola vez y matarnos a los dos a la vez.

—¿De qué te sirve ser tan desconfiado?

—Así es como me he mantenido con vida hasta el momento. Y ahora dime en qué vagón estás.

—Cambié de tren —contesta Nanao con cierta desesperación—. Dejé el Hayate y ahora voy en el Komachi —explica, a pesar de que sabe que no hay vestíbulo que conecte entre ambos trenes.

—Esa mentira no engañaría ni a un alumno de preescolar. No se puede pasar del Hayate al Komachi.

—A veces las mentiras que no funcionan con los alumnos de preescolar sí que lo hacen con los adultos. —Las sacudidas del tren aumentan de intensidad. Nanao presiona con más fuerza el celular contra su oreja e intenta no perder el equilibrio—. ¿Cuál es su plan? Ninguno de nosotros tiene mucho margen de maniobra.

—Cierto, no hay demasiadas opciones. Por eso serás nuestro chivo expiatorio. Le diremos a Minegishi que todo es culpa tuya.

—¿Van a culparme de la desaparición de la maleta?

—Y también de la muerte de su querido hijo.

Nanao se queda estupefacto. Le pareció oír algo en ese sentido mientras escuchaba a escondidas su conversación, pero ahora sabe que es cierto y tarda un momento en comprender sus aterradoras ramificaciones.

—Supongo que se me había olvidado mencionártelo. El hijo de Minegishi está con nosotros, pero ha muerto.

—¿Qué quieres decir con eso? —Nanao recuerda haber visto el cuerpo del joven junto a Mandarina y Limón. No respiraba ni se movía. Sin duda, estaba muerto. «De modo que se trataba del hijo de Minegishi. ¿Por qué tenía que ir en este tren? ¿Por qué me está pasando todo esto a mí?». Siente deseos de gritar de frustración—. P-pero eso no está bien.

—Nada bien —responde Mandarina con total despreocupación.

«Idiota», quiere exclamar Nanao. Cualquiera que haya perdido a su hijo enloquecerá de dolor, con independencia del tipo de persona que sea. Y si descubre quién fue el responsable, ese dolor se convertirá en un infierno de ira. Nanao ni siquiera quiere imaginar la intensidad de ese infierno si su origen es Yoshio Minegishi. Solo pensar en ello ya siente su calor y tiene la sensación de que se le chamusca y ennegrece la piel.

—¿Por qué lo mataron?

En ese momento, el tren da una fuerte sacudida. Intentando no perder el equilibrio, Nanao flexiona los músculos de las piernas e, inclinando el cuerpo hacia la ventanilla, se apoya en ella con la frente. De forma inesperada, sin embargo, algo húmedo golpea con fuerza la parte exterior del cristal justo a la altura de su cara. Nanao no sabe si se trata de una cagada de pájaro o de un terrón de barro, pero le sobresalta de tal modo que suelta un embarazoso aullido y, tras dar un salto hacia atrás, cae de culo al suelo.

«Otra muestra más de mi mala suerte», piensa al tiempo que exhala un suspiro. El dolor en el coxis le molesta menos que el persistente infortunio.

Al caer al suelo también se le cae el celular de la mano.

Un tipo que en ese momento pasa por el vestíbulo se detiene para recogerlo. Es el hombre al que conoció antes, el profesor de rostro plácido aunque también extrañamente apagado.

—¡Oh! ¡Hola, profe! —saluda Nanao sin querer.

El hombre mira el celular que sostiene en la mano. Oye una voz hablando por él y, por instinto, se lo lleva a la oreja.

Nanao se pone deprisa de pie y extiende una mano para que se lo devuelva.

—Veo que le cuesta mantener el equilibrio —dice el hombre con cordialidad al tiempo que le devuelve el celular a Nanao y, a continuación, se mete en el baño.

—¿Hola? —continúa Nanao—. Se me cayó el celular. ¿Qué estabas diciendo?

Mandarina muestra su irritación chasqueando la lengua.

—Dije que nosotros no matamos al hijo de Minegishi. Simplemente, estaba sentado aquí y de repente nos dimos cuenta de que había muerto. Pensamos que tal vez había fallecido a causa de un shock o algo así. Pero, en cualquier caso, no fuimos nosotros, ¿lo oyes?

—Dudo que Minegishi les crea. —«Yo tampoco lo hago», dice para sí.

—Por eso le diremos que fuiste tú. Es verosímil, ¿no te parece?

—Para nada.

—Es mejor que nada.

Nanao vuelve a exhalar un suspiro. Esperaba unir fuerzas con Mandarina y Limón, pero ahora que sabe que planean endilgarle la muerte del hijo de Minegishi, así como la pérdida de la maleta, se arrepiente de haberse puesto en contacto con ellos. Se da cuenta de que fue una idea estúpida, como intentar evitar que lo acusen a uno de haber robado en una tienda pidiéndole a unos asesinos que le expliquen el malentendido a la policía. Un grave error.

—¡Oye! ¿Todavía estás ahí?

—Sí. Es solo que me sorprende que se hayan metido en un lío semejante.

—Nosotros no. Fue todo culpa tuya, Lentudo. —Mandarina no parece estar bromeando—. Tú perdiste la maleta y tú mataste al primogénito de Minegishi, así que ahora vamos a matarte. Sin duda, Minegishi se enfadará, pero serás tú quien cargue con el grueso de la culpa. Puede incluso que termine elogiándonos por un trabajo bien hecho.

«¿Ahora qué hago? ¿Ahora qué hago?». Los pensamientos se arremolinan a toda velocidad en la cabeza de Nanao.

—Pero no es así como irán las cosas —comenta Nanao viendo cómo, a causa de la velocidad del Shinkansen, la suciedad de la ventanilla ahora cambia de forma y se extiende—. Que intentemos matarnos mutuamente en el tren no va a terminar bien para nadie. ¿No te parece?

Mandarina no contesta.

Alguien se coloca detrás de Nanao. Se trata del profesor, que al parecer ya salió del baño. Está mirándolo fijamente con una inescrutable expresión en el rostro.

—Si no quieres que trabajemos juntos, acordemos al menos un alto al fuego temporal. —Nanao habla en voz baja, consciente de la presencia del profesor—. Al igual que ustedes, estoy atrapado en el tren y no puedo escaparme a ningún lado. Mantengamos la calma hasta que lleguemos a Morioka. Cuando estemos ahí ya terminaremos de resolver esto. Todavía habrá tiempo para hacerlo.

El tren da una sacudida.

—Dos cosas —dice Mandarina directamente al oído de Nanao—. Una: cuando dices que ya arreglaremos esto en Morioka, se diría que crees que vas a ganar.

—¿Qué te hace pensar eso? Tienen ventaja numérica. Dos contra uno.

—Independientemente de eso.

—¡Oye, acabas de decir «independientemente»!

A Nanao casi le parece oír la sonrisita de Mandarina.

—Dos —prosigue este—: no podemos esperar a Morioka. Tenemos que entregarte en Sendai.

—¿Por qué en Sendai?

—Allí habrá hombres de Minegishi esperándonos.

—¿Por qué?

—Quieren comprobar que el Pequeño Minegishi está bien.

—Y no lo está.

—Por eso, necesitamos haberte atrapado para cuando lleguemos a Sendai.

—Pero eso es... —Nanao cae en la cuenta de que el profesor todavía está ahí de pie, mirándolo como si hubiera descubierto a unos alumnos tramando alguna travesura.

No parece que tenga ninguna intención de marcharse—. Perdona, ¿te importa que cuelgue un momento? Ahora mismo vuelvo a llamarte.

—Sí, claro. Nos limitaremos a disfrutar del paisaje mientras esperamos tu llamada. ¿Es eso lo que quieres que diga? En cuanto cuelgues iremos por ti —replica Mandarina en un tono cortante, aunque de fondo se oye cómo Limón dice:

—¡Qué buena idea! Disfrutemos un poco del paisaje.

—Vamos todos en el mismo tren, así que no hay ninguna prisa. Todavía falta más de media hora para que lleguemos a Sendai.

—No podemos permitirnos esperar tanto —dice Mandarina, pero, de nuevo, Limón interviene:

—¡Vamos, hombre! ¡Déjalo ya y cuelga!

Y a continuación, la línea se corta.

Consternado por el desastroso resultado de las negociaciones, Nanao casi llama de nuevo, pero luego piensa que Mandarina no es de los que se precipitan. Seguramente, no hay razón para entrar en pánico todavía. «Tranquilicémonos —se dice a sí mismo para calmarse—. Mejor será ir resolviendo los problemas a medida que se presenten». Levanta la mirada hacia el profesor:

—¿Puedo ayudarle en algo?

—¡Oh, lo siento! —contesta el hombre, como si acabara de darse cuenta de que estaba ahí de pie. Inclina la cabeza en señal de disculpa. Se trata de un movimiento rápido y mecánico como el de un juguete al que acabaran de ponerle pilas nuevas.

—Cuando tomé el celular del suelo oí que la persona que estaba al otro lado de la línea estaba diciendo algo perturbador, y supongo que me quedé absorto en mis propios pensamientos.

—¿Algo perturbador?

—Esa persona estaba diciendo que alguien fue asesinado. Algo terrorífico.

Debe de haberse llevado el teléfono al oído cuando estaban hablando del Pequeño Minegishi.

—No parece usted muy asustado.

—¿Quién fue asesinado? ¿Por qué?

—Fue en este tren.

—¿¡Qué!?

—¿Qué haría si fuera cierto? Con toda seguridad, ir corriendo a decírselo a uno de los conductores. O tal vez anunciarlo por altavoz. Podría decir algo en plan: «Si hay algún agente de policía a bordo del tren, ¿podría hacer el favor de acudir a la cabina?».

—O, ya entrado, podría pedir que acudieran a la cabina los asesinos que estuvieran a bordo —dice el tipo con una leve sonrisa apenas visible, como una línea trazada con un dedo en la superficie del agua.

Nanao suelta una carcajada ante esa respuesta inesperada. «Desde luego, sería mejor».

—Solo estaba bromeando. Si estuviera al tanto de un asesinato en el Shinkansen no estaría tan tranquilo, ¿verdad? Lo cierto es que me escondería en el baño hasta que llegara a mi destino. O me refugiaría detrás del conductor y esperaría a que todo hubiera terminado. Si sucediera algo violento en un espacio cerrado como este, se armaría un buen jaleo.

Todo mentira, claro. Nanao ya había matado al Lobo y se había peleado con Limón y en el tren no se había armado el menor jaleo.

—Pero antes dijo que tiene muy mala suerte, así que tampoco me sorprendió demasiado que, al agarrar su celular, oyera a alguien hablando sobre un asesinato. Es la Ley de Murphy, ¿no? Siempre que uno viaja en el Shinkansen termina metiéndose en problemas, salvo cuando los busca de forma específica. —El tipo da un paso adelante. En sus ojos puede percibirse un repentino destello de amenaza. Son como dos huecos en la corteza de un árbol; como si un gran árbol hubiera envuelto por completo al hombre y este fuera invisible salvo por dos agujeros que se encontraran justo en el lugar donde deberían estar sus ojos. Nanao se queda mirando fijamente su oscura luminiscencia con la sensación de que en cualquier momento le engullirá.

Sobrecogido por el miedo, Nanao da un paso atrás. Esos ojos son un mal presagio, pero no puede apartar la mirada, y eso le hace sentir todavía más miedo.

—¿A-acaso es...? —tartamudea Nanao—. N-no será usted también una de esas personas que llevan a cabo encargos peligrosos...

—¡Qué preguntas hace! Claro que no. —El hombre sonríe con amabilidad.

—Su asiento se encuentra en el vagón número cuatro. Podría haber ido al baño que hay entre los vagones cuatro y el tres. ¿Por qué ha venido hasta aquí exactamente? —Nanao mira al tipo de forma inquisitiva.

—Me equivoqué de dirección, eso es todo. Para cuando me di cuenta de que estaba yendo hacia la parte frontal del tren ya había hecho la mayor parte del trayecto. Así que, en vez de regresar, bueno, ya sabe.

Nanao murmura algo ininteligible, todavía receloso.

—Pero me vi involucrado en situaciones peligrosas en el pasado.

—Yo estoy involucrado en una ahora mismo —replica Nanao sin pensar. Puede sentir cómo las palabras salen con espontaneidad de su boca—. El hijo de un hombre muy peligroso fue asesinado. No es que yo lo haya visto. Al parecer, nadie lo hizo, pero está muerto.

—El hijo de un hombre muy peligroso... —El profesor parece estar hablando para sí.

—Eso es. Estaba vivo y, un momento después, ya no lo estaba.

Nanao no puede creerse que le esté diciendo esto. Sabe que no debería hacerlo, pero no puede parar. «Este tipo hace que uno quiera contarlo todo —piensa—. Es como si tuviera una especie de aura especial. Como si el espacio que lo rodea fuera un confesionario». Se advierte a sí mismo que no debería explicarle nada más, pero es como si una membrana interna bloqueara su propia advertencia. «Son sus ojos», piensa Nanao, pero también este pensamiento queda silenciado.

—Ahora que lo menciona, en esa ocasión en la que me vi involucrado en problemas también fue asesinado el hijo de un hombre peligroso. Y al hombre peligroso también lo asesinaron, de hecho.

—¿De quién está hablando?

—Dudo que conozca usted el nombre. Aunque, al parecer, el tipo era muy famoso en su ámbito profesional. —Por primera vez, el rostro del hombre adopta una expresión adolorida.

—No estoy seguro de a qué ámbito profesional se refiere, pero algo me dice que reconoceré el nombre del tipo.

—Se llamaba Terahara.

—Terahara —repite Nanao—. Era famoso. Murió envenenado. —No quería decirlo y, en cuanto lo hace, se arrepiente.

Pero al profesor eso no parece perturbarlo lo más mínimo.

—¡Eso es! Al padre lo envenenaron y al hijo lo atropelló un coche.

Nanao se queda dándole vueltas a lo que acaba de decir el tipo.

—Lo envenenaron... —murmura y, entonces, como si accionara un interruptor, recuerda de golpe el nombre del profesional que asesinó a Terahara—. ¿Avispón?

—¿Cómo dice? —el hombre ladea la cabeza.

—Estoy seguro de que el hijo de Minegishi también fue asesinado por el Avispón. —Y, sin poder evitarlo, señala al hombre y pregunta—. ¿No será...? ¿No será usted el Avispón?

—Míreme bien. ¿Acaso parezco un avispón? —pregunta, alzando algo el tono de voz—. Solo soy el señor Suzuki. Un simple profesor de una escuela extracurricular. —Y luego suelta una risita, como riéndose de sí mismo—. Soy un ser humano. Los avispones son insectos.

—Soy perfectamente consciente de que no es usted un insecto —dice Nanao completamente serio—. Pero sigo pensando que es usted un sacerdote andante.

La verdad es que Nanao no sabe qué aspecto tiene el profesional conocido como Avispón, ni cuáles son sus rasgos característicos, ni tampoco, de hecho, nada concreto sobre él. «Seguro que Maria sí lo sabe», piensa, de modo que agarra el celular y comienza a buscar su número. Cuando vuelve a levantar la mirada, el tipo desapareció. El miedo atenaza a Nanao. Es como si hubiera estado hablando con un fantasma. Mientras suenan los tonos de la llamada, echa un vistazo por la ventanilla de la puerta del vagón número cinco y ve al profesor alejándose. Se lleva una mano a su martilleante corazón y exhala un suspiro de alivio. «Parece que, después de todo, no fue ninguna alucinación».

Nanao regresa junto a la ventanilla del tren, desde la que puede contemplar el paisaje cambiante, y se lleva el celular a la oreja. La suciedad del cristal se ha esparcido hasta formar pequeñas gotitas.

Los tonos siguen sonando, pero Maria no contesta. Nanao se pone cada vez más nervioso, temeroso de que Mandarina o Limón puedan aparecer en cualquier momento. Comienza a deambular de un lado a otro del vestíbulo. El enganche entre los vagones se retuerce como un reptil.

—¿Dónde estás? —dice por fin Maria.

—¿Bueno? —contesta Nanao, de repente sorprendido.

—¿Qué pasó?

—¡Está aquí! —Nanao parece estar por completo estupefacto.

—¿De qué estás hablando?

Es Nanao quien llamó a Maria, pero ya se olvidó de ello: acaba de encontrar la maleta negra. Está en el mismo compartimento portaequipajes del que la robó antes. Como si nunca se hubiera movido de ahí.

—La maleta. —Esta inesperada aparición de lo que estaba buscando no termina de parecer del todo real.

—¿Te refieres a la maleta que nos contrataron para robar? ¿Dónde estaba? ¡Y felicidades por haberla encontrado!

—En realidad, no la encontré. Solo te llamé y, de pronto, vi que ahí estaba. En el compartimento portaequipajes.

—¿En el lugar en el que la perdiste?

—No, en el mismo compartimento del que la tomé al inicio de todo esto.

—¿Qué quieres decir?

—Ha regresado al mismo lugar.

—¿Como un perro que regresa junto a su dueño? Qué conmovedor.

—Puede que alguien la tomó por accidente y, al darse cuenta, regresó a dejarla en su lugar.

—O quizá alguien te robó la maleta, pero luego le dio miedo quedársela y prefirió devolverla.

—¿Por miedo a Minegishi?

—O a ti. Quizá pensó algo como: «Si está involucrado Nanao, esto es demasiado peligroso. El tipo este es como una lámpara mágica que absorbe y almacena toda la mala suerte del mundo». En cualquier caso, mejor para nosotros, ¿no? Ahora no vuelvas a perderla. Y asegúrate de bajar del tren en Sendai. —Maria exhala un profundo suspiro de alivio—. Por un momento me preocupé. Esto podría haber terminado mal de verdad, pero ahora las cosas parece que se han arreglado. Tengo la sensación de que todo va a salir bien.

Nanao tuerce el gesto.

—Es posible, pero todavía debo vérmelas con Mandarina y Limón.

—¿Al final te encontraste con ellos?

—¡Pero si fuiste tú quien me dijo que no me acobardara y fuera al vagón número tres!

—No recuerdo nada de eso.

—Yo lo recuerdo a la perfección.

—Está bien, digamos que te dije que fueras al vagón número tres. ¿Acaso te dije que te enfrentaras a ellos? No lo creo.

—Sí que lo hiciste —responde Nanao, aunque sabe que no es cierto—. Lo recuerdo perfectamente.

Maria se ríe como quitándole importancia.

—Bueno, lo hecho, hecho está. Supongo que ahora tendrás que deslindarte de ellos.

—¿Y cómo lo hago?

—De algún modo.

—Eso es fácil de decir, pero en el tren no hay muchas escapatorias. ¿Qué quieres que haga, que me esconda en un baño?

—Es una opción.

—Pero si buscan bien no tardarán en encontrarme.

—Sin duda, pero no es sencillo abrir a la fuerza las puertas de los baños del Shinkansen. Como poco, debería permitirte ganar algo de tiempo. Y, antes de que te des cuenta, ya habrás llegado a Sendai.

—Pero si salgo del baño en Sendai y están esperándome en la puerta, se acabó la historia.

—Pues entonces plántales cara.

«Es una sugerencia algo vaga. Desde luego, no puede considerarse exactamente una estrategia», piensa Nanao, aunque también debe reconocer que no se trata de algo tan descabellado. La puerta de los baños no es muy ancha, así que si vienen por él y está preparado para contraatacar, podría salir airoso. Quizá usando un cuchillo o rompiéndoles el cuello. En cualquier caso, tiene más probabilidades de éxito si lo intenta en un espacio reducido. Otra opción es esperar a que el tren llegue a Sendai y, en cuanto las puertas se abran, salir disparado del baño, tomándolos por sorpresa, y luego huir a toda velocidad por el andén de la estación. Podría funcionar.

—Además, es posible que haya más de un baño ocupado, así que podría llevarles algo de tiempo inspeccionarlos todos. Con suerte, unos cuantos estarán ocupados y Mandarina y Limón tardarán en averiguar dónde estás. El tren podría llegar a Sendai antes de que lo descubrieran.

—¿«Con suerte»? Debes de estar bromeando. —Nanao casi se ríe—. Sabes con quién estás hablando, ¿verdad? Decirme algo como «Con suerte» es básicamente lo mismo que decir «Aquí algo que nunca sucederá».

—Sí, tienes razón. —Maria se muestra de acuerdo—. Otra opción es que uses el cuarto de los empleados.

—¿El cuarto de los empleados?

—O el pequeño cuarto que hay al final del vagón de primera clase. Este el número nueve, así que el cuarto estará en el vestíbulo que hay entre los vagones nueve y diez. Es el lugar que usan algunas mujeres para dar pecho.

—¿Y para qué quieres que lo use yo?

—Pues si te apetece, puedes dar pecho.

—Genial. Si me apetece, iré a echarle un vistazo.

—¡Ah, otra cosa! Por si no lo sabes, es imposible pasar del Hayate al Komachi mientras el tren está en marcha. Están conectados por el exterior, pero entre ambos no hay ninguna puerta. Así que no intentes esconderte en el Komachi.

—Hasta un alumno de preescolar sabe eso.

—Los alumnos de preescolar saben cosas que los adultos ignoran. Por cierto, ¿qué querías? Fuiste tú quien me llamó.

—Cierto. Me había olvidado. Cuando hablamos antes mencionaste al Avispón. No me refiero al insecto, sino al profesional que usa agujas envenenadas.

—Y que mató a Terahara. Aunque algunas personas dicen que en realidad lo hicieron juntos el Avispón, la Ballena y el Grillo.

—¿Qué aspecto tiene o tenía el Avispón?

—No sabría decirte. Creo que es un hombre, pero también oí decir que había una mujer involucrada, así que tal vez se trate de una pareja. En cualquier caso, no creo que llamen mucho la atención.

«No, ya imagino que no», piensa Nanao. Es improbable que vayan por ahí vestidos de un modo que los delate como asesinos a sueldo.

—Creo que tal vez el Avispón está en este tren.

Maria se queda un momento callada.

—¿Qué quieres decir?

—No estoy seguro, pero hay un muerto a bordo sin heridas visibles.

—Sí, el Lobo. Y fuiste tú quien lo mató.

—No, no me refiero al Lobo, sino a otra persona.

—¿Qué quieres decir con otra persona?

—Quiero decir eso mismo, que otra persona fue asesinada, tal vez con una aguja envenenada. —Nanao no se atreve a decirle a Maria que se trata del hijo de Minegishi. Al mismo tiempo, la mención del Lobo le recuerda una cosa.

—¡Oh, por el amor de Dios! —exclama Maria algo más que exasperada—. No sé qué está pasando, pero hay algo que está mal en tu tren. Todo son problemas.

Nanao no sabe qué contestar. Siente justo lo mismo. Mandarina y Limón, el cadáver del Pequeño Minegishi, el cadáver del Lobo... El tren está plagado de personajes del mundo del hampa.

—No es culpa del tren, sino mía.

—Cierto.

—¿Qué hago si en efecto el Avispón va en el tren?

—Hace mucho tiempo que no oigo nada sobre él. Mi impresión es que está jubilado.

Esto desata las conjeturas de Nanao. ¿Cabe la posibilidad de que el Avispón esté intentando restablecer su nombre asesinando al hijo de Minegishi del mismo modo que asesinó al de Terahara? Y, por otro lado, ¿no era el Lobo un lacayo de Terahara?

—Comprendo que estés asustado. Las agujas dan miedo. Seguro que llorarías si vieras una.

—En realidad, solía ponerle las inyecciones de insulina a una anciana del barrio. Lo hacía muy a menudo.

—Eso es un procedimiento médico. Creo que hacer algo así es ilegal si no eres pariente de la persona.

—¿De veras?

—Sí.

—¡Ah, por cierto! Parece que Mandarina y Limón también están trabajando para Minegishi.

—¿Qué quieres decir?

—Los contrató para que le llevaran la maleta. —La velocidad a la que habla Nanao va aumentando a medida que comparte su teoría—. Seguramente, Minegishi no confía en nadie, así que contrata a varios profesionales para que hagan el mismo encargo y se compliquen la vida entre sí. De este modo, se asegura una posición ventajosa cuando termina todo. Puede que no quiera pagar a nadie, o tal vez tiene pensado liquidarnos a todos.

Maria considera esa posibilidad.

—Si al final ese resulta ser el caso, te aconsejo que no intentes dártelas de héroe. Siempre puedes renunciar.

—¿Renunciar?

—Sí. O, si prefieres, llámalo abortar la misión. Olvídate de la maleta, ofrécesela a Mandarina y Limón a cambio de tu vida. Estoy segura de que a ellos les parecerá bien. Si en realidad Minegishi estaba planeando otra cosa, dará igual que cumplamos o no con el encargo encomendado,

¿no? Renunciaremos al pago y pediremos disculpas. Estoy segura de que al final todo se arreglará.

—¿Se puede saber qué te dio de repente?

—Solo digo que si se trata de un asunto tan complicado como está empezando a parecer, retirarse puede que sea la mejor opción.

Por supuesto, además de la maleta está el detalle, no precisamente insignificante, de la muerte del Pequeño Minegishi, pero Nanao no sabe cómo explicarle esto a Maria. Solo conseguiría contrariarla aún más.

—No puedo creer lo que estoy oyendo. ¿Estás diciendo que mi seguridad es la principal prioridad, por encima incluso del encargo?

—Solo en el peor de los casos. Es decir, si llegas a un punto en el que ya no puedes hacer nada, que sepas que siempre tienes la opción de retirarte. En ningún caso el encargo va en segundo lugar. El encargo es la prioridad principal. Pero, bueno, a veces uno no puede hacer nada.

—Está bien. Entendido.

—¿Seguro? Entonces procura bajar del tren con la maleta. Haz todo lo que puedas. Y, si no lo consigues, recurre al plan B.

—De acuerdo. —Nanao cuelga.

«¿Que haga todo lo que pueda? Ni hablar. Pienso retirarme».

El Príncipe

La puerta que queda a su espalda se abre y alguien entra en el vagón. El Príncipe se relaja y se reclina en su asiento.

El hombre que entró comienza a recorrer el pasillo tirando de una maleta. Se trata del tipo de los lentes oscuros. No aminora el paso ni mira a su alrededor. Sigue avanzando con rapidez en dirección a la puerta que hay en el otro extremo. Kimura también parece reparar en él, pero se limita a mirarle en silencio.

Por fin, el hombre de los lentes sale del vagón número siete y, acto seguido, la puerta se cierra detrás de él deslizándose a un lado como si lo cerrara herméticamente.

—Es él —murmura Kimura.

—En efecto. Seguro que está muy contento por haber encontrado la maleta. Y hay otros dos tipos que también la buscan. Aparecerán por aquí de un momento a otro. El de los lentes tendrá que seguir avanzando hasta llegar al extremo frontal del tren. ¡Las cosas comienzan a ponerse interesantes!

—¿Qué piensas hacer?

—Ya veremos. —El Príncipe también se lo pregunta—. ¿Cómo podemos hacer que las cosas sean todavía más interesantes?

—Ya te dije que es peligroso para un niño como tú meter las narices en los asuntos de los adultos.

Un celular comienza a vibrar en la mochila del Príncipe.

—Es su celular, señor Kimura —dice mientras agarra el aparato. En la pantalla puede verse que la persona que llama es Shigeru Kimura—. ¿Quién es? —pregunta el Príncipe, sosteniendo el celular ante el rostro de su prisionero.

—Ni idea.

—¿Es un familiar suyo? ¿Su padre, quizá? —Kimura frunce los labios, lo cual le indica al Príncipe que acertó—. Me pregunto qué querrá.

—Seguramente saber cómo se encuentra Wataru.

El Príncipe se queda mirando de forma pensativa el celular, que sigue vibrando.

—Tengo una idea. Juguemos a un juego.

—¿Un juego? No tengo ningún juego en el celular.

—Comprobemos cuánta fe tiene su padre en usted.

—¿De qué diantre estás hablando?

—Responda a la llamada y dígale a su padre que está siendo retenido y que necesita su ayuda.

—¿Hablas en serio? —Kimura se muestra receloso.

—Pero no le diga nada de Wataru. Si piensa que algo está mal con su nieto, se ablandará de inmediato.

El Príncipe piensa en su propia abuela, recientemente fallecida. Sus padres no tenían una relación muy estrecha con los demás parientes, y sus otros tres abuelos habían muerto cuando era pequeño, de modo que la madre de su padre era el único pariente de edad avanzada al que había tratado. Por lo que respectaba al Príncipe, se trataba de alguien tan cándido como los demás. Con ella se mostraba inofensivo, se portaba bien y se aseguraba de parecer feliz cuando le traía algún regalo. «¡Qué buen chico! ¡Y qué alto estás ya!», solía decir ella con una sonrisa y los ojos llorosos, como si al mirarlo estuviera contemplando su propio futuro menguante.

Cuando él tenía once años, un día que estaban solos en casa durante las vacaciones de verano, le preguntó:

—¿Por qué está mal matar personas?

Había intentado hacerles esa misma pregunta a otros adultos y ni siquiera habían tratado de ofrecerle una auténtica respuesta. O, más bien, seguramente se habían visto incapaces de hacerlo, de modo que, con su abuela, sus expectativas tampoco eran demasiado altas.

—No deberías decir esas cosas, Satoshi —respondió ella con preocupación—. Matar es algo terrible.

«Lo mismo de siempre», pensó él, decepcionado otra vez.

—¿Y qué hay de las guerras? Todo el mundo dice que matar está mal, pero luego tenemos guerras, ¿no?

—La guerra también es terrible. Y matar es ilegal.

—Pero el mismo gobierno que promulga leyes en contra de matar declara guerras y aplica la pena de muerte. ¿No te parece extraño?

—Lo comprenderás cuando seas mayor.

Esa evasiva solo consiguió enojarlo más.

—Tienes razón —dijo él por fin—. Hacer daño a los demás está mal.

El Príncipe presiona el botón para aceptar la llamada. La voz de un anciano suena al otro lado de la línea.

—¿Cómo está Wataru?

El Príncipe tapa el micrófono y dice apresuradamente:

—Aquí tiene, señor Kimura. Recuerde, no diga nada sobre su hijo. Si rompe las reglas, el Pequeño Wataru no volverá a levantarse de la cama. —Y luego acerca el aparato al oído de su prisionero.

Kimura mira al Príncipe de reojo mientras intenta decidir qué hacer.

—Wataru está bien —dice al teléfono—. Pero necesito que prestes mucha atención a lo que voy a decirte, papá.

Una sarcástica sonrisa se extiende por el rostro del Príncipe. Tendría sentido que uno valorara la situación en la que se encuentra antes de entregarse a hacer algo, pero Kimura no se lo piensa dos veces. El Príncipe le dijo que jugarían a un juego, pero no llegó a explicarle las reglas y Kimura no le preguntó el menor detalle antes de comenzar a jugar. Casi siente lástima por él. La gente suele decir que desea actuar basándose en su libre albedrío, pero al final termina acatando las órdenes de otro. Si un tren estuviera a punto de partir de una estación, sería una buena idea saber adónde se dirige para calcular los riesgos. Alguien como Kimura, sin embargo, se limita a subir a bordo. Semejante ignorancia es pasmosa.

—Estoy en el Shinkansen —prosigue Kimura—. Me dirijo a Morioka. ¿Qué? No, esto no tiene nada que ver con Wataru. Ya te lo dije, Wataru está bien. Le pedí a los otros padres con hijos en la misma habitación que estén pendientes de él.

Parece que al padre de Kimura le enojó que este dejara al niño solo. Kimura intenta calmar a su padre explicándole la situación.

—Escúchame. Estoy siendo retenido. Por alguien peligroso. Eso es. ¿Qué? Claro que estoy diciéndote la verdad. ¿Por qué iba a mentirte?

El Príncipe tiene que morderse el labio para no reír. Kimura lo está haciendo fatal. Su padre nunca le creerá si le dice eso. Para que otros le crean, uno debe escoger con cuidado el tono con el que habla y aquello que dice, procurando proporcionarles a los demás una razón para confiar en lo que uno está contándoles. Kimura en cambio no está haciendo nada de eso y se limita a exponérselo todo a su padre, dejando que sea este quien decida si le cree o no.

El Príncipe inclina el celular un poco hacia él para poder oír toda la conversación.

—Estás bebiendo otra vez, ¿verdad? —oye que dice el anciano.

—¡No! ¡No! ¡Ya te lo dije! ¡Estoy siendo retenido!

—¿Por la policía?

Es una suposición razonable. Cuando alguien dice que está siendo retenido, la mayoría de la gente piensa automáticamente que se encuentra detenido en una comisaría.

—No. La policía no tiene nada que ver con esto.

—Entonces ¿quién te retiene? ¿Qué estás tramando? —El padre de Kimura parece furioso.

—¿Tramando? ¿Qué significa eso? ¿Es que no quieres ayudarme?

—¿Estás pidiéndole ayuda a un anciano, a un viejo encargado de almacén que solo tiene su pensión? ¿Y a tu madre, que con sus rodillas apenas puede entrar y salir de la bañera? ¿Cómo vamos a ayudarte si estás en el Shinkansen? ¿En qué línea vas?

—En la línea Tohoku. En veinte minutos llegaré a Sendai. Y cuando digo que no parece que quieras ayudarme, no te estoy pidiendo que vengas aquí. Solo quería saber si estabas de mi lado.

—Escucha. No sé qué es lo que pretendes. ¿Se puede saber qué demonios estabas pensando para dejar solo a Wataru y subir a un Shinkansen? Soy tu padre, pero de verdad que no te comprendo.

—¡Ya te dije que estoy siendo retenido!

—¿Y quién querría hacer eso? ¿Qué tipo de juego es este?

«Muy agudo, abuelo», piensa el Príncipe. Todo esto no es más que un juego. El rostro de Kimura se contrae.

—Ya te dije que...

—Está bien. Digamos que estás siendo retenido, aunque, aun así, no tengo ni idea de qué demonios haces en un tren. Si lo que estás contándome es cierto, diría que lo más probable es que te lo hayas buscado tú solo. Y de todas formas, ¿por qué iba tu captor a dejarte contestar el teléfono?

El Príncipe se da cuenta de que Kimura no sabe qué más decir. Con una sonrisa triunfal, se lleva el celular a su oreja.

—Hola, estoy sentado al lado del señor Kimura. —A pesar de su refinada elocución, su tono de voz sigue sonando infantil.

—¿Con quién hablo? —El padre de Kimura parece confundido por esa nueva voz.

—Soy solo un niño de catorce años que está sentado al lado del señor Kimura. Creo que el señor Kimura solo estaba bromeando. Cuando recibió su llamada, dijo: «Voy a decirles a mis padres que estoy en un apuro, a ver cómo reaccionan».

Al otro lado de la línea se oye cómo el anciano exhala un profundo suspiro de decepción.

—Entiendo. Aunque se trata de mi hijo, me cuesta comprender por qué hace estas cosas. Te pido disculpas si te molestó. Le gusta hacer bromas.

—A mí me parece una buena persona.

—Esta buena persona no estará bebiendo, ¿verdad? Si parece que va a comenzar a beber, hazme un favor e impídeselo.

—De acuerdo. Haré lo que pueda —dice con educación el Príncipe, en ese tono que siempre complace a los adultos. Después de colgar, agarra a Kimura por una muñeca—. Lo siento, señor Kimura. Perdió. Su padre no se creyó ni una sola palabra de lo que le contó. Aunque, teniendo en cuenta la forma en la que se dirigió a él, no lo culpo. —Tras decir esto, con la mano libre el joven agarra una pequeña bolsa de su mochila y de ella saca una aguja de coser.

—¿Qué estás haciendo?

—Perdió el juego. Ahora tiene que recibir el castigo correspondiente.

—El juego no era exactamente justo.

El Príncipe sujeta bien la aguja y se inclina sobre Kimura. A la gente se controla mediante el dolor y el sufrimiento. No puede arriesgarse a aplicarle otra descarga eléctrica en el tren, pero la aguja ya le serviría. Mucho más fácil de esconder, o de explicar. Al poner las reglas y obligar al otro a seguirlas, el Príncipe estableció la diferencia de estatus que hay entre ambos. Mientras Kimura permanece sentado presa de la confusión, el Príncipe le inserta la aguja por debajo de una uña.

Kimura suelta un grito.

El Príncipe le indica que se calle como si regañara a un niño.

—No grite, señor Kimura. Cuanto más ruido haga, más le clavaré la aguja.

—¡Suéltame de una puta vez!

—Si vuelve a gritar, le clavaré la aguja en un lugar que duele aún más. Permanezca en silencio y todo terminará mucho más rápido. —Tras decir esto, saca la aguja y se la clava debajo de la uña de otro dedo. Kimura abre los ojos como platos al tiempo que se le dilatan los orificios de la nariz. Claramente, está a punto de gritar. El Príncipe exhala un suspiro—. La próxima vez que grite, el Pequeño Wataru sufrirá las consecuencias —susurra al oído de Kimura—. Haré la llamada, lo digo en serio.

El rostro de Kimura se vuelve rojo de ira. Luego recuerda, sin embargo, que el Príncipe no es de los que blofean, y de inmediato palidece y aprieta las mandíbulas. Hace todo lo que puede para controlar su furia y prepararse para el dolor que va a sentir.

«Está por completo bajo mi control», piensa el Príncipe, exultante. Kimura ya lleva un rato siguiendo sus órdenes. Cuando uno cumple una orden es como si descendiera un escalón en unas escaleras, y, cuanto más obedece, más desciende por ellas, hasta que, por último, termina haciendo todo aquello que se le dice. Y volver a subir no es cosa fácil.

—Está bien, allá vamos. —Introduce despacio la aguja, clavándola en el punto de unión entre la uña y la carne.

Al Príncipe le proporciona la misma sensación satisfactoria que arrancarse una costra.

Kimura emite un débil lamento. Al Príncipe le parece un niño pequeño que intenta contener las lágrimas, y esa idea le parece graciosísima. «¿Por qué? —se pregunta—. ¿Por qué hay gente dispuesta a sufrir por otro, aunque se trate de su propio hijo? Padecer el dolor en nombre de otra persona es mucho más duro que dejar que esa otra persona padezca el tuyo».

Justo en ese momento, el Príncipe recibe un fuerte golpe que lo ciega momentáneamente. La aguja se le cae al suelo.

Al poco, vuelve a incorporarse.

Incapaz de soportar más el dolor, Kimura le dio un rodillazo al Príncipe en la cabeza. En su rostro se adivina una mezcla de excitación y de miedo por lo que ha hizo.

El Príncipe nota cómo le palpita la cabeza, pero no pierde el control. En vez de eso, sonríe con amabilidad.

—Vaya, ¿le hice demasiado daño? —dice en tono burlón—. Tiene suerte de que soy yo y no otra persona. Mi profesor siempre dice que soy el alumno más paciente y sosegado de la clase. Alguien un poco más impetuoso ya estaría al teléfono, ordenándole a un asesino a que fuera por su hijo.

Kimura exhala una bocanada de aire por la nariz. No parece saber qué hacer a continuación.

La puerta que queda a su espalda vuelve a abrirse. El Príncipe se da la vuelta y ve a dos hombres que pasan junto a ellos. Ambos son delgados y de extremidades largas. Recorren el pasillo inspeccionando exhaustivamente el vagón. Cuando el tipo con pinta más peligrosa repara en que el Príncipe está mirándolos, dice:

—¡Pero si tenemos aquí a Percy! —Su melena desgreñada recuerda a la de un león. El Príncipe recuerda su encuentro previo.

—¿Todavía están buscando algo? ¿Qué era?

—Una maleta. Y sí, todavía estamos buscándola.
—Limón acerca su rostro al Príncipe. Teme que se dé
cuenta de que Kimura va atado de pies y manos y se levanta para distraerlo.

—Acabo de ver pasar un hombre con una maleta
—dice, intentando sonar lo más inocente que puede—.
Llevaba lentes.

—¿Estás seguro de que no estás mintiéndome otra vez?

—Antes no le mentí.

El otro tipo se voltea hacia su compañero, también
desgreñado.

—Vamos, sigamos adelante.

—Me pregunto qué es lo que está sucediendo en la
parte delantera del tren —comenta Desgreñado—. Un
enfrentamiento, con toda seguridad.

«¿Un enfrentamiento? ¿Qué enfrentamiento?». El
comentario despierta la curiosidad del Príncipe.

—Murdoch contra el Avispón. ¡Oh, ya sé! ¡A este le
llamaré James!

—¿Es que todo el mundo debe tener un nombre
sacado de *Thomas y sus amigos*? —pregunta su compañero.

—James es famoso por haber recibido la picadura de
un avispón en la nariz.

—No puede ser tan famoso, porque nunca había oído
hablar de él.

Y, tras eso, continúan adelante. El Príncipe fue incapaz de seguir una sola palabra de lo que estaban diciendo,
lo que no hace sino que avivar todavía más su curiosidad.

Se voltea hacia Kimura.

—Vayamos hacia la parte delantera, ¿le parece?
—Kimura se le queda mirando en silencio—. Parece que
van a celebrar una reunión.

—¿Y qué si lo hacen?

—Vayamos a ver.

—¿Yo también?

—No querrá que me pase nada, ¿verdad? Tendrá que protegerme. Me protegerá como si fuera su propio hijo, señor Kimura. En cierto modo, yo soy lo único que mantiene con vida al Pequeño Wataru. Considéreme su salvador.

Fruta

Rebobinemos un poco.

Al salir del vagón número cinco, unos minutos antes de pasar junto al Príncipe en el siete, Limón consulta la hora en su reloj.

—Solo faltan treinta minutos para llegar a Sendai.

Se detienen en el vestíbulo.

—Y eso que el Lentudo dijo que faltaban más de treinta minutos —comenta Mandarina.

El pequeño letrero que hay junto al pasador del baño de mujeres indica que está ocupado. Todos los demás baños están abiertos y no hay nadie en su interior.

—¿Cuáles son las probabilidades de que esté escondido en el baño de las chicas? —Limón parece estar mortalmente aburrido.

—¿Cómo voy a saber yo las probabilidades? Pero sí, podría estar ahí dentro. Nuestro amigo con lentes se encuentra en una situación desesperada, así que dudo que tenga reparos en esconderse en el baño de mujeres en vez de hacerlo en el de hombres. —Mandarina se queda callado un momento—. Sea como sea, si está en algún baño pronto lo averiguaremos.

—No hay tantos lugares en los que esconderse en un tren. Ni siquiera nuestro talentoso amigo puede permanecer oculto para siempre —dijo Limón después de la conversación telefónica entre Mandarina y Nanao.

335

—¿Qué haremos cuando lo encontremos?

—Me agarró el arma, así que tendrás que dispararle.

—Disparar un arma en el tren llamará la atención.

—¿Entonces qué hacemos? ¿Lo metemos en un baño e intentamos matarlo ahí procurando no hacer ruido?

—Me gustaría haber traído un silenciador. —Con aire taciturno, Mandarina visualiza el pequeño supresor en el extremo del cañón de su pistola. No le había parecido que fuera a necesitar uno en este encargo.

—Puede que encontremos uno en algún lugar.

—Oh, sí, quizá los venden con los refrescos. O podemos pedirle uno a Santa Claus.

Limón junta las manos.

—Por favor, Santa Claus, esta Navidad quiero un silenciador para mi pistola.

—Ya basta. Tenemos que pensar qué vamos a hacer. En primer lugar, es necesario que entreguemos a Minegishi al asesino de su hijo.

—Que es el Lentudo.

—Pero si matamos al Lentudo, tendremos que arreglárnoslas para mover el cadáver sin llamar la atención. Llevarlo ante Minegishi será mucho más fácil si está vivo. Matarlo ahora no haría sino complicar aún más las cosas.

—Sí, pero si llevamos al Lentudo vivo ante Minegishi, dirá que él no es el asesino y que estamos intentando echarle la culpa.

—Bueno, es lo que diría cualquiera en una situación similar. No me preocuparía por eso.

Así pues, deciden registrar hasta el último centímetro del tren. Si miran en todos los asientos, compartimentos portaequipajes, baños y zonas de aseo, seguro que terminarán encontrándolo. Y si alguien está usando el baño, esperarán a que salga su ocupante.

Ahora, junto al baño ocupado, Limón dice:

—Yo me encargo de este. Tú sigue adelante. —Y señala hacia la parte frontal del tren. Acto seguido, añade—: Tengo una idea mejor. ¡Hagamos lo contrario!

—¿Y qué es lo contrario? —Mandarina sabe que se tratará de una idiotez, pero lo pregunta de todos modos.

—Puedo ir cerrando todos los baños. ¡De ese modo, si no lo encuentro, tendrá menos lugares en los que esconderse!

Unos pocos minutos antes escondieron el cadáver del Pequeño Minegishi en el baño que hay entre los vagones tres y cuatro. No les pareció una buena idea dejarlo solo en el asiento. Lo apoyaron en el inodoro, y luego Limón usó un trozo de cable de cobre para echar el pasador por fuera. Rodeándolo con el cable, se las arregló para jalarlo y cerrar la puerta al mismo tiempo. Fue necesario calcular bien los ángulos y jalar hacia abajo en el momento exacto en el que la puerta se cerraba, pero Limón lo hizo a la perfección.

—Bueno, ya tenemos el misterio de la habitación cerrada —dice con orgullo. Y luego, excitado, añade—: ¿No hay una película antigua en la que usan un imán descomunal para abrir una puerta cerrada con seguro?

—Sí, *Crónica negra*. —Mandarina recuerda haber disfrutado de esa escena en la que un imán gigantesco movía desde el otro lado de la puerta la cadena del pasador.

—¿Con Steven Seagal?

—Con Alain Delon.

—¿De verdad? ¿Estás seguro de que no era *Alerta máxima 2*?

—No, no era *Alerta máxima 2*.

Un minuto después, la puerta del baño de mujeres se abre y del interior sale una mujer delgada. Su blusa blanca es de corte juvenil, pero el excesivo maquillaje y las arrugas del rostro delatan su verdadera edad. A Mandarina le recuerda a una planta marchita. Observa cómo se aleja.

—Definitivamente, no se trata de Mariquita. Al menos, eso está claro.

Entran en el vagón número seis e inspeccionan a los pasajeros uno a uno, confirman que ninguno es Nanao y siguen adelante. No dejan de mirar debajo de los asientos y en las bandejas portaequipajes, a pesar de que dudan que vayan a encontrarle a él o a la maleta perdida en ninguno de esos dos lugares. Por suerte, a simple vista ya pueden comprobar que ninguno de los pasajeros es Nanao disfrazado: ni su edad ni su sexo corresponden.

—Cuando heblé con Momo me dijo que Minegishi estaba intentando reunir a un equipo de hombres en la estación de Sendai.

—O sea, que cuando lleguemos encontraremos la estación llena de tipos rudos. ¡Qué fastidio!

—Con tan poco tiempo dudo que pueda reunir a demasiada gente —reflexiona Mandarina mientras salen del vagón número seis—. Todos los que son mínimamente buenos ya tienen la agenda completa.

—Sí, pero quienquiera que se presente, llegará y se pondrá a disparar. No entenderá razones.

—Es cierto, eso podría pasar. Pero lo dudo.

—¿Por qué?

—Porque tú y yo somos los únicos que tal vez tengan alguna idea sobre lo que le pasó al hijo de Minegishi. No pueden matarnos de inmediato.

—Supongo que tienes razón. Somos trenes útiles. —Limón asiente—. ¡No, espera!

—¿Qué pasa?

—Si fuera yo, nos mataría a mí o a ti.

—No tengo ni idea de quién hace qué en esta frase que acabas de decir. Es como una novela de prosa pésima.

—Lo que estoy intentando decir es que los secuaces de Minegishi solo necesitan que uno de nosotros dos esté vivo si quieren averiguar qué le pasó al chico, ¿no? Además, intentar llevarnos a los dos juntos sería más peligroso. Mejor deshacerse de uno. Este tren solo necesita un vagón.

Justo en ese momento reciben una llamada. Mandarina toma su celular, pero el que vibra es el aparato del travesti. No reconoce el número. Al contestar oye la voz de Nanao.

—¿Señor Mandarina o señor Limón?

—Soy Mandarina —responde. Limón lo mira con expresión interrogativa, de modo que Mandarina describe con el dedo unos círculos ante sus ojos para indicarle que se trata del Lentudo—. ¿Dónde estás?

—En el Shinkansen.

—¡Qué casualidad, nosotros también! ¿Por qué llamas? No vamos a hacer ningún trato contigo.

—No llamo para hacer ningún trato. Me rindo. —Mandarina percibe la tensión en la voz de Nanao.

El temblor y el ruido del tren son mucho más intensos en el vestíbulo que en el interior de los vagones. El estruendo es tal que se diría que van en un vagón descubierto.

—¿Te rindes? —Mandarina no está seguro de haberlo oído bien e insiste—: ¿Lo dices en serio?

Limón lo mira con el ceño fruncido.

—Y encontré la maleta.

—¿Dónde?

—En el mismo compartimento portaequipajes en el que estaba originalmente. Apareció de repente.

A Mandarina le parece sospechoso.

—¿Por qué iba a reaparecer sin más? Debe de tratarse de una trampa.

Nanao se queda un momento callado y luego contesta:

—Ignoro si se trata de una trampa. Lo único que sé es que la maleta estaba ahí.

—¿Y el contenido?

—Ni idea. Desconozco la combinación del cierre y nunca llegué a saber qué había dentro. Pero me gustaría devolvérselas.

—¿Y por qué harías algo así?

—No creo que pueda seguir esquivándolos aquí en el tren, así que en vez de andar preocupado por la posibilidad de que me maten, pensé que será mejor que me retire. Le di la maleta a uno de los conductores. Pronto hará un anuncio por altavoz. Se trata de la suya. ¿Por qué no la recoges y luego van a la parte posterior del tren? Yo dejo este encargo. Bajaré del tren en Sendai y ya no tendrán que preocuparse por mí.

—Si no concluyes el encargo, Maria se enfadará contigo. E imagino que su cliente Minegishi todavía más.

—Prefiero eso a tener que vérmelas con ustedes.

Mandarina aparta el celular de la oreja y se voltea hacia Limón.

—El Lentudo se rinde.

—Muy sensato por su parte —comenta Limón con gran satisfacción—. Sabe lo duros que somos.

—Pero eso sigue sin resolver nuestro problema con el Pequeño Minegishi. —Mandarina vuelve a llevarse el celular a la oreja—. Para nosotros tú sigues siendo el asesino.

—Será más creíble si le entregan a Minegishi al auténtico asesino.

—¿Qué quieres decir con eso?

—¿Han oído hablar del Avispón?

Limón estira el cuello hacia el celular.

—¿Qué dice el Lentudo?

—Pregunta si hemos oído hablar del avispón.

—Claro que sí —dice Limón, y le quita el celular a Mandarina—. Cuando era pequeño coleccionaba escarabajos y, siempre que iba a buscar más, los avispones me perseguían. ¡Son muy peligrosos! —exclama con tal efusión que de su boca salen despedidas unas pocas gotas de saliva. Luego frunce el ceño al oír la respuesta de Nanao—. ¿Cómo que si estoy hablando de avispones de verdad? ¿Es que estás hablando tú de uno falso? ¿Acaso hay gente que falsifica avispones?

Mandarina ya entendió de qué está hablando Nanao. Le indica con un gesto a Limón que le devuelva el celular.

—Te refieres al profesional que envenena a la gente, ¿no? A ese Avispón.

—Eso es —confirma Nanao.

—¿Y qué gano por haber acertado la respuesta correcta?

—Al asesino.

Al principio a Mandarina no le queda muy claro qué es lo que está sugiriendo Nanao y está a punto de reprocharle que le haga perder el tiempo, pero al final cae en cuenta.

—¿Estás diciendo que el Avispón va en este tren?

—¿¡Avispones!? ¿¡Dónde!? ¡Odio los avispones! —Limón se protege enseguida la cara mientras mira a su alrededor con nerviosismo.

—Creo que es posible que el Avispón haya envenenado al hijo de Minegishi —prosigue Nanao—. Eso explicaría por qué no tiene ninguna herida visible.

Mandarina no sabe con exactitud cómo trabaja el profesional llamado Avispón, pero se dice que usa agujas para causar un shock anafiláctico en sus víctimas. El primer pinchazo no las mata, solo les debilita el sistema inmunológico. El segundo provoca una reacción alérgica que termina causándoles la muerte.

—Al menos dicen que ese es su método —le explica Mandarina a Nanao.

—Entonces ¿el segundo pinchazo es el mortal?

—Quizá. ¿Dónde está?

—No lo sé. No tengo ni idea de cuál es su aspecto..., pero creo que es una mujer. Y hay una fotografía suya.

—¿Cómo que hay una fotografía suya? —Mandarina no tiene claro adónde quiere ir a parar Nanao y está comenzando a perder la paciencia—. Ve al grano.

—Al fondo del vagón número seis encontrarán a un hombre mayor sentado junto a la ventanilla. En el bolsillo de su saco lleva una fotografía.

—¿Y esa fotografía es del Avispón? ¿Y quién es el hombre mayor? —Mandarina se voltea en dirección al vagón número seis. Le parece recordar haber visto a un hombre de mediana edad durmiendo.

—Es de la mafia. Un tipo nada recomendable. Al parecer, la mujer que aparece en la fotografía era su objetivo.

—¿Y qué te hace pensar que esa mujer es el Avispón?

—No tengo ninguna prueba real. Solo sé que el hombre que va en el vagón número seis era uno de los secuaces de Terahara. Solía jactarse de lo bien que le caía al jefe. Y Terahara...

—... fue asesinado por el Avispón.

—Eso es. La cuestión es que este tipo me dijo que había venido al Shinkansen a vengarse. Lo llamó *vendetta*, de hecho. En su momento, no le presté mucha atención, pero seguramente se refería a vengarse del Avispón.

—Pero todo esto no son más que especulaciones.

—También mencionó algo sobre Akechi Mitsuhide. Seguro que estaba comparando el hecho de que el Avispón matara a Terahara con que Akechi hiciera lo propio con Nobunaga. Ya sabes, un fiel teniente traicionando a su jefe.

—No puedo decir que esté muy convencido, pero supongo que iremos a echarle un vistazo a la fotografía. A ver qué nos dice el tipo ese.

—Me temo que no podrá decirles mucho —dice Nanao apresuradamente, pero Mandarina habla al mismo tiempo y no lo oye.

—En cuanto haya visto la fotografía, te llamo —está diciendo Mandarina, y cuelga. Limón se acerca y le pregunta qué sucede.

—Parece que yo tenía razón.

—¿Sobre qué?

—Supuse que el Pequeño Minegishi había muerto a causa de una reacción alérgica, ¿recuerdas? Al parecer, es posible que eso sea con exactitud lo que sucedió.

Entran en el vagón número seis. Varios pasajeros los miran extrañados, preguntándose qué están haciendo estos dos tipos delgaduchos recorriendo el pasillo arriba y abajo. La pareja ignora el escrutinio y se dirige directamente al fondo del vagón.

En la hilera de dos asientos ven a un hombre de mediana edad apoyado contra la ventanilla. Lleva una gorra plana con visera calada hasta las cejas.

—¿Quién es este dormilón? —pregunta Limón con el ceño fruncido—. No es el Lentudo.

—Más que dormido, parece muerto. —Al decir eso, Mandarina se da cuenta de que, de hecho, el tipo está muerto. Se sienta junto al cadáver y comienza a registrarlo. Aunque no se vean manchas, a Mandarina le da la sensación de que la sudadera que lleva puesta el tipo está sucia y, al abrirla para inspeccionar el interior, no puede evitar una mueca de desagrado. En efecto, en el bolsillo interior hay una fotografía. La toma. En ese momento, la cabeza del cadáver resbala por la ventanilla y cae hacia delante. Tiene el cuello roto. Mandarina vuelve a colocar la cabeza como estaba.

—¿Cómo puedes registrarle así los bolsillos y que ni siquiera se mueva? —pregunta entre dientes Limón.

—Porque está muerto —contesta Mandarina señalando la cabeza.

—Supongo que es peligroso dar demasiadas cabezadas cuando uno duerme sentado.

Mandarina sale al vestíbulo por la puerta que hay al fondo del vagón. Consulta el historial de llamadas de su celular y llama al último número. Limón entra al vestíbulo y se coloca a su lado.

—Hola —dice Nanao.

El estruendo del tren resuena en los oídos de Mandarina.

—Tengo la fotografía. ¿Qué le pasó al tipo ese? ¿Acaso está de moda el cuello roto esta temporada?

—A veces pasan cosas así —contesta Nanao con solemnidad y sin dar más explicaciones.

Mandarina no se molesta en preguntarle si fue él quien lo hizo. En vez de eso, baja la mirada a la foto.

—¿Entonces esta chica es el Avispón?

—Bueno, no puedo ver la fotografía, pero creo que es muy posible. Si ves a alguien a bordo que parezca ser ella, ten cuidado.

Mandarina no vio nunca a la chica que aparece en la foto. Limón se inclina para echarle un vistazo y pregunta nervioso:

—¿Cómo se vence al Avispón? ¿Con insecticida en aerosol?

—En *Al faro*, de Virginia Woolf, matan a una abeja con una cuchara.

—¿Cómo se las arreglan para matar a una abeja con una cuchara?

—Siempre que leo esa parte me pregunto lo mismo.

En ese momento, Mandarina oye que Nanao le dice algo que no logra entender.

—¿Qué dijiste?

No obtiene ninguna respuesta, de modo que vuelve a preguntárselo. Al cabo de un momento, Nanao responde:

—Lo siento. El carrito de los aperitivos estaba pasando a mi lado y me he pedido un té. Tenía sed.

—Desde luego, te lo estás tomando con mucha calma para ser alguien con tantos problemas.

—Es importante ingerir nutrientes y fluidos cuando se tiene la oportunidad. Igual que ir al baño.

Bueno, no sé si creerte, pero estaré alerta por si la veo —dice Mandarina—. Llevará un rato inspeccionar a todos los pasajeros, pero no es imposible.

Piensa entonces, sobresaltándose, que tal vez ese sea precisamente el plan de Nanao, ganar tiempo antes de que el tren llegue a Sendai.

—¡Oye! —exclama Limón señalando con el dedo la cara que aparece en la foto—. ¡Es ella!

—¿Quién?

A Limón le sorprende que Mandarina no reconozca ese rostro.

—La azafata. La chica que va empujando el carrito de los aperitivos de un lado a otro del tren.

Nanao

Rebobinemos un poco más. Nanao está a punto de entregarle la maleta al conductor. A la derecha del vestíbulo situado entre los vagones ocho y nueve hay una pequeña puerta con un letrero en el que puede leerse EMPLEADOS. Justo cuando Nanao se acerca, un conductor sale por ella y casi chocan.

—¡Ups! ¡Lo siento! —dice Nanao. «Voy a ver al conductor y casi lo tumbo. Mi mala suerte no cesa», piensa.

Mientras Nanao sigue aturdido , el conductor, que lleva un elegante uniforme con saco cruzado y tiene un aspecto sorprendentemente juvenil, permanece tranquilo.

—¿Puedo ayudarlo?

Antes de que cambie de opinión, Nanao le muestra la maleta.

—¿Puedo darle esto?

El conductor mira la maleta desconcertado. Lleva un sombrero demasiado grande, lo que le confiere la apariencia de un niño pequeño al que le gustan mucho los trenes y que, de algún modo, consiguió un empleo en el Shinkansen. Su trato es amable, a pesar de la formalidad del uniforme con saco cruzado.

—¿Quiere darme su equipaje?

—Lo encontré en el baño —miente Nanao—. En el vestíbulo que hay entre los vagones cinco y seis.

—¿Ah, sí? —contesta el joven conductor sin el menor recelo aparente. Examina la maleta e intenta abrir el cierre, pero está cerrado—. Me aseguraré de hacer un anuncio por el micrófono.

Nanao le da las gracias y, tras recorrer el vagón de primera clase, llega al vestíbulo que hay entre este vagón y el número diez. El final del Hayate. Está pensando en el Lobo y el Avispón y la conexión entre ambos. Un momento después agarra el celular.

Mandarina contesta y Nanao le explica la situación con tanta rapidez como puede: que decidió renunciar al encargo, que le dio la maleta al conductor, su teoría de que el hijo de Minegishi podría haber sido asesinado por el Avispón y el hecho de que el hombre que hay al fondo del vagón número seis lleva una foto del Avispón en el bolsillo. Luego Mandarina cuelga.

Nanao se apoya en la ventanilla y mira al exterior aferrado al celular como si estuviera esperando la llamada de una amante. El tren entra en un túnel. Al sumergirse en la oscuridad tiene la sensación de estar conteniendo la respiración bajo el agua. Cuando el paisaje vuelve a ser visible es como si pudiera volver a respirar. Casi inmediatamente después, sin embargo, hay otro túnel. Sumergirse, emerger, sumergirse, emerger, oscuridad, luz, oscuridad, luz, mala suerte, buena suerte, mala suerte, buena suerte. Recuerda el viejo dicho sobre que la fortuna y el infortunio están inextricablemente unidos. «Aunque en mi caso se trata mayormente de infortunio».

Es entonces cuando la azafata llega con el carrito al vestíbulo. Este está lleno de aperitivos y bebidas, entre los que sobresale una alta torre de tazas de papel.

Nanao pide una botella de té justo cuando Mandarina vuelve a llamarlo. Sostiene el celular con el hombro mientras paga con cambio a la azafata. Mandarina le pregunta qué sucede y Nanao le explica que está pidiéndose un agua.

—Desde luego, te lo estás tomando con mucha calma para ser alguien con tantos problemas.

—Es importante ingerir nutrientes y fluidos cuando se tiene la oportunidad. Igual que ir al baño.

La azafata le da las gracias y se aleja por el vagón número diez empujando el carrito.

—¡Oye, Nanao! —dice Mandarina enérgicamente—. Acabo de enterarme de una cosa que te interesará. Parece que la chica de los aperitivos es el Avispón.

—¿¡Qué!? —La repentina revelación agarra a Nanao tan desprevenido que alza la voz más de lo que pretendía.

El carrito de aperitivos se detiene.

La azafata sigue de espaldas a él, pero voltea la cabeza. Sus rechonchas y juveniles mejillas forman una amigable sonrisa que parece preguntarle: «¿Está todo bien? ¿Puedo ayudarle en algo?». Su apariencia es absolutamente natural.

Nanao cuelga y la queda mirando. «¿De veras es el Avispón?». La escanea de arriba abajo. Cuesta creer.

—¿Sucede algo, señor? —La chica se da la vuelta por completo. Vestida con ese delantal y el uniforme de empleada del tren no parece que pueda ser otra cosa salvo la azafata del carrito de los aperitivos.

Nanao se guarda el celular en el bolsillo trasero.

—Yo... No, nada, todo está bien. —Procura que no se le note el nerviosismo—. ¿Cualquiera puede usar este cuarto? —pregunta, señalando una puerta que hay a la izquierda en la que puede leerse CUARTO MULTIUSOS. Junto a la puerta deslizante hay un letrero en el que se le indica a los pasajeros que deben avisar a algún empleado del tren si tienen intención de usarlo. «Debe de tratarse del cuarto para dar pecho del que me habló Maria». Al tirar de la manija descubre que la puerta no está cerrada. Se trata de un anodino cuarto vacío con un único asiento.

—La mayoría de los pasajeros lo usan para atender a sus hijos —responde la azafata—, pero siempre y cuando avise a un empleado, usted también puede usarlo. —Para entonces, su sonrisa parece impostada, artificial. A Nanao le cuesta decidir si se trata de la sonrisa habitual que usa al tratar con clientes o señal de una tensión más profunda.

Frente al cuarto multiusos hay un baño más grande que los de los otros vestíbulos. Y junto a él, un botón de gran tamaño para abrir la puerta. Sin duda está pensado para pasajeros que van en silla de ruedas.

La azafata sigue sonriendo. «¿Y ahora qué hago? ¿Y ahora qué hago? —no deja de repetirse Nanao, como si fuera un mantra—. ¿Debería intentar averiguar si es realmente ella? Y si lo es, ¿qué hago?».

Se oye una pequeña rasgadura.

Es la etiqueta de la botella de té que sostiene en la mano. Ha estado tirando de ella sin darse cuenta.

—Una pregunta: ¿hay un avispón a bordo? —Procura sonar lo más despreocupado posible, como si acabara de ocurrírsele. Alejándose de la puerta de la sala multiusos, arranca por completo la etiqueta de la botella.

—¿Cómo dice? —La chica parece desconcertada por la pregunta—. ¿Un... avispón?

—Sí, ya sabe, uno de esos avispones gigantes asiáticos que son venenosos —insiste—. Me pareció ver uno.

—¿Vio uno en el tren? Puede que haya entrado al parar en una de las estaciones. Podría ser peligroso. Avisaré a alguno de los conductores.

Nanao no tiene claro si está haciéndose la tonta o si de verdad no sabe a qué se refiere. Nada en su forma de actuar la delata.

La chica esboza otra sonrisa y vuelve a darse la vuelta para enfilar el pasillo del vagón número diez.

Nanao también se da la vuelta como si pretendiera regresar al vagón de primera clase, pero centra toda su atención en intentar percibir el menor movimiento a su espalda y levanta la botella de plástico para ver si el líquido le sirve de espejo.

Reflejado tenuemente en el té, distingue a la mujer acercándose a él sin hacer ningún ruido.

Nanao se da la vuelta de golpe. La chica está justo delante de él.

Le tira la botella a la cara. Ella la esquiva, pero Nanao aprovecha para empujarla con fuerza y rapidez. La chica se tambalea hacia atrás y choca con el carrito de los aperitivos, tirando al suelo la torre de tazas de papel y varias cajas de aperitivos. Con la espalda pegada al carrito, cae al suelo con fuerza.

Nanao repara en otra cosa: algo que parece un trozo de cuerda sale reptando de debajo del carrito.

«La serpiente».

Es la misma que antes vio escaparse del terrario que hay al fondo del tren. Debe de haberse escondido entre las cajas de aperitivos. Nanao ve cómo repta por la pared del vestíbulo y, un momento después, la pierde de vista.

La chica se agarra al carrito y se pone de pie. Algo reluce en su mano derecha. Una aguja.

La entallada camisa azul y el delantal índigo que lleva puestos no son los más apropiados para moverse con comodidad, pero eso no la detiene en absoluto. Sale disparada hacia Nanao sin la menor vacilación. Él no tiene ni idea de cómo piensa atacarlo, si intentará clavarle la aguja con la mano o se la arrojará.

Ya casi la tiene encima.

Nanao presiona el botón del baño para pasajeros en silla de ruedas. La puerta se abre deslizándose y ella no puede evitar echarle un fugaz vistazo.

Él aprovecha para, echándose a un lado, darle una fuerte patada y meterla en el baño. Sabe que no importa si su oponente es un hombre, una mujer o un niño: cuando se trata de un profesional, no hay tiempo para la piedad.

Ella se precipita al interior del baño y, deprisa, él va detrás. A pesar de ser más grande que los demás que hay en el tren, tampoco deja mucho espacio para los dos. Nanao y la chica están pegados al inodoro mismo. Él se apresura a lanzarle un puñetazo con la mano izquierda, pero ella bloquea el golpe con el antebrazo, de modo que rápidamente él le lanza otro con la derecha dirigido a las costillas. Justo cuando el puño está a punto de impactar, ella se gira y lo esquiva.

La chica es rápida. Parece algo preocupada ante las arremetidas de Nanao, pero no se amedrenta .

Él tiene la sensación de que de un momento a otro ella le lanzará una aguja.

La puerta automática comienza a cerrarse, de modo que Nanao le da un golpetazo al botón del interior del baño para que vuelva a abrirse. Sale entonces corriendo al vestíbulo e intenta darse la vuelta para apoyar la espalda contra la puerta del cuarto multiusos y no perder el equilibrio, pero siente una intensa punzada de dolor en la herida que le hizo Limón al apuñalarlo antes en el brazo.

Y, encima, la pistola que lleva en el cinturón, la que le quitó a Limón, se le cae al suelo. Cuando se agacha para recogerla, Nanao oye un tenue sonido metálico a su espalda.

Algo golpea en la puerta del cuarto multiusos y cae. Es una aguja que la chica ha lanzado cual misil.

La chica, a continuación, sale al vestíbulo y le da una patada a la pistola que Nanao sostiene en la mano, arrojándola al suelo.

Él corre hacia el carrito, agarra una de las cajas de aperitivos que se cayeron antes y, volteándose hacia la chica, la sostiene en alto para usarla de escudo. En cuanto lo hace, una aguja la atraviesa. «Un segundo más y»... La chica echa hacia atrás una mano con otra aguja, que sujeta entre los dedos del puño cerrado, y luego arremete para clavársela. Nanao también la atrapa con la caja.

Entonces echa la caja a un lado con las agujas todavía clavadas y la mano de ella todavía agarrada a la segunda.

Intenta darle otra patada a la chica. Esta vez, la punta del pie impacta de pleno en su plexo solar. Ella se lleva las manos al abdomen y se dobla por la mitad.

«¡Ya es mía!», piensa Nanao, acercándose a ella para rematarla.

Pero el vestíbulo se encuentra encima del enganche de los vagones y, justo en ese momento, el tren da una fuerte sacudida. Solo dura un segundo, pero es muy intensa, como la de un animal sacudiéndose al salir del agua. Si fuera una mariquita en la espalda del animal, podría salir volando para escapar del terremoto de carne, pero para el ser humano que va en el Shinkansen eso resulta imposible. Antes de que pueda agarrarse a ningún lado, Nanao pierde el equilibrio y cae al suelo.

En vez de pensar «¿Por qué ahora?», se dice a sí mismo: «Claro. Caer en mitad de una pelea. Otra prueba de amor más de la diosa de la mala suerte».

La chica sigue gimiendo con las manos en el estómago.

Al usar las manos para volver a ponerse de pie, Nanao siente una punzada de dolor. «¿Qué diantre...?», se pregunta. A continuación, nota cómo su rostro palidece: tiene una aguja clavada en el lado de una mano. Los ojos se le abren como platos y el vello de la nuca se le eriza. La punta de la aguja que impactó contra la puerta se dobló, formando una especie de anzuelo, y al caer, Nanao colocó la palma de la mano encima. «Y no es un pinchazo normal», se lamenta Nanao. La aguja está envenenada.

Un torbellino de señales, palabras y fragmentos de pensamientos se arremolina en su cabeza. «Pésima suerte. El Avispón. Veneno. Morir. Siempre desafortunado —y, con gran pesar—: ¿Llegó mi momento? ¿Así sin más?».

En su cabeza no deja de resonar el familiar coro («¿Y ahora qué hago? ¿Y ahora qué hago?») y ya nota que su campo visual comienza a estrecharse, mientras hace un esfuerzo para permanecer consciente. A su alrededor ve a la mujer, doblada por la mitad, el carrito, los refrescos tirados por el suelo... Le parece sentir el veneno corriendo por sus venas. «¿A qué velocidad circula?». Su creciente agitación va a más hasta que la confusión lo invade por completo. «¿Y ahora qué hago? ¿Y ahora qué hago?».

Un instante después, todo pasó. La confusión retrocede y su campo de visión vuelve a ser completo. Tiene la mente despejada y sabe muy bien qué es lo que debe hacer.

Primero, se arranca la aguja de la mano.

«No hay tiempo qué perder».

Hay otra aguja en el suelo, junto a la mujer. Nanao se pone enseguida de pie y se dirige hacia ella.

La chica consigue incorporarse, pero sigue aferrada al plexo solar con una mano.

Con la otra, busca a tientas la pistola que a Nanao se le cayó al suelo.

Nanao corre hacia ella. Primero agarra la pistola y luego la aguja y, sin la menor vacilación, se la clava a la chica en el hombro con tanta naturalidad como si estuviera dándole unas palmaditas de ánimo. Ella abre la boca y se queda así, cual polluelo en el nido a la espera de que lo alimenten. Luego ve la aguja que sobresale de su hombro y sus ojos se abren como platos.

Nanao retrocede un paso, y luego otro.

A ella le cuesta creer que le hayan clavado una de sus propias agujas envenenadas.

Nanao no sabe cuánto tiempo tarda en hacer efecto el veneno ni qué síntomas anuncian el inicio del ataque. Mientras permanece a la espera, el pánico lo atenaza y comienza a imaginar que le cuesta respirar, que su conciencia se desvanece del todo y que su vida se apaga. Piensa en el final, rápido y repentino, como si hubieran tirado de un enchufe, y la idea le resulta casi insoportable. Un sudor frío comienza a caerle por la frente. «Por favor te lo pido, date prisa». Como si hubiera oído su súplica, la chica comienza a buscar algo que lleva en el delantal, y de un bolsillo saca algo que parece un marcador. Con gran agitación, le saca el tapón y se levanta la falda hasta dejar a la vista el muslo. Cuando acerca el marcador a la piel, Nanao se abalanza sobre ella, se inclina y le rompe el cuello.

Luego agarra el dispositivo con forma de marcador. Parece diseñado para administrar una inyección. Es parecido a los que usaba cuando era joven para inyectarle insulina a su vecina anciana. En circunstancias normales, se aseguraría de que este dispositivo funcionara igual que aquellos, pero ahora mismo no tiene tiempo. Mete un dedo en el agujero que hay en la rodilla izquierda de sus pantalones cargo y tira con fuerza para rasgar la tela y hacerlo más grande. En cuanto asoma el muslo, se clava la punta del dispositivo en la piel, preguntándose si, en efecto, será el antídoto, si se lo está administrando del modo correcto o si no será ya demasiado tarde. Las dudas y los miedos se multiplican en su interior, pero él los ignora.

El pinchazo no le duele tanto como esperaba. Permanece con la aguja clavada en la piel unos segundos y luego la retira. Cuando intenta ponerse de pie, nota que el corazón le late con más fuerza de lo habitual, pero es posible que sea a causa de los nervios.

Agarra en brazos a la chica con el cuello roto, la lleva al cuarto multiusos y la deja sentada en el suelo, con la espalda apoyada contra la pared y las piernas extendidas, de forma que eviten que la puerta pueda abrirse del todo. Luego sale por la estrecha abertura.

Puede que no se trate de una solución perfecta, pero confía en que, si algún pasajero intenta abrir la puerta y no consigue hacerlo con facilidad, supondrá que el cuarto está fuera de servicio. También gira la manecilla del letrero para que indique que está ocupado.

Luego vuelve a colocar en el carrito todos los aperitivos y refrescos que han caído al suelo. No quiere que haya señales de ninguna pelea. Después de limpiar la escena, lleva el carrito a un rincón del vestíbulo.

A continuación, saca el cargador de la pistola y lo tira a la basura. Conociendo su suerte, le parece bastante probable que pueda perder la pistola y termine metiéndose en más problemas. Con la chica casi le pasa. Decide que es más seguro para él no llevar un arma cargada.

Ya sin el cargador, vuelve a colocarse la pistola en el cinturón. Aunque no tenga balas, puede servirle para amenazar a alguien.

Apoya la espalda contra la pared que hay junto al bote de basura y, tras deslizarse hasta el suelo, flexiona las rodillas.

Respira hondo varias veces y luego mira el lugar en el que se clavó la aguja en la mano.

En ese momento, un hombre de mediana edad entra en el vestíbulo procedente del vagón número diez. Solo es un pasajero cualquiera. Este le echa un vistazo al carrito que descansa en un rincón, pero no parece extrañarle que esté ahí, como abandonado. Luego se mete en el baño. «Por poco —piensa Nanao—. Un minuto antes y lo habría visto todo». No deja de preguntarse si al final tuvo suerte y todavía está vivo. «Sigo vivo. Sigo vivo. ¿Sigo vivo?».

El temblor del Shinkansen se propaga hacia arriba y se le extiende por todo el cuerpo.

Kimura

—¡Vamos! ¡Andando! Seguro que sucederá algo que valdrá la pena. —El Príncipe empuja a Kimura para que avance. Ya no tiene atados las manos y los pies, pero todavía no se siente libre. Por supuesto, el odio que le provoca el chico sigue colmando todo su ser, pero sabe que no puede permitir que aflore a la superficie. Esa parte de él que tiembla de furia y que murmura para sí «Te mataré, jodido cabrón» le resulta borrosa y confusa, como si la viera a través de un cristal ahumado y fuera otra persona que solo se le parece, o incluso como si esa animosidad perteneciera a un desconocido y él solo estuviera imaginándose qué supone sentirse así.

Recorren el pasillo del vagón número siete. Kimura sabe que la persona que tiene detrás no es más que un chico, pero no puede evitar la inquietante sensación de que lo está siguiendo un monstruo que podría devorarlo en cualquier momento. «¿Tengo miedo de este jovencito? —La pregunta también parece estar oscurecida por la neblina—. ¿De verdad este chico tiene el poder de amenazar a la gente y hacer que otros le teman?». Niega con la cabeza, sacudiendo sus pensamientos.

Cuando llegan al vestíbulo ven a un hombre alto junto a la puerta. Está apoyado contra la pared con los brazos cruzados y aspecto de estar aburrido. Tiene cara de pocos amigos y su desgreñado cabello parece formar un halo sobre su cabeza. Recuerda un poco al modo en que un niño pequeño dibujaría los rayos del sol.

Kimura reconoce a uno de los dos hombres que acaban de pasar a su lado en el vagón siete.

—¡Pero si es Percy! —dice el hombre en un tono apático. Kimura no ha oído hablar nunca de este tal Percy, pero supone que se trata del personaje de algún programa.

—¿Qué está haciendo aquí de pie? —pregunta el Príncipe.

—¿Yo? Esperando para entrar en el baño —contesta, señalando la puerta cerrada. Kimura está demasiado lejos para ver el letrero, pero debe de estar ocupado—. Estoy esperando a que salga la persona que está dentro.

—¿Es su amigo?

—No, Mandarina se fue a la parte delantera del tren.

—¿Mandarina?

—Sí —dice el tipo con orgullo—. Yo soy Limón y él Mandarina. Uno es amargo y el otro dulce. ¿Cuál prefieres?

El Príncipe no parece encontrarle sentido a la pregunta, y se limita a encogerse de hombros.

—¿Y ustedes dos? —plantea Limón—. ¿Es que siempre vas al baño con tu papá?

«Oh, claro —piensa Kimura—. Debe de parecer que este chico horrible es mi hijo». Y a continuación, no puede evitar imaginarlo él mismo.

El Shinkansen traquetea y se balancea. Es como si fuertes vientos zarandearan el tren. A Kimura esa sensación le trae a la memoria la época en la que, tras dejar de beber de un día para otro, el mero hecho de reprimir las ganas de beber exigía de su parte un esfuerzo descomunal. Durante esos días, temblaba todavía más que el Shinkansen ahora.

—No es mi padre —dice el Príncipe—. Ahora regreso, ¿de acuerdo, tío Kimura? —Mientras se dirige al urinario, el Príncipe esboza una deslumbrante sonrisa de una inocencia tal que, al verla, el mismo Kimura siente cómo lo inunda una profunda ternura. Sabe que esta reacción es instintiva y que nada tiene que ver con la razón, pero aun así le entran ganas de perdonarle todo al chico—. Espérame aquí.

Kimura sabe que lo que el Príncipe en realidad quiere decir es que no diga nada inconveniente mientras espera. De repente, se siente estúpido ahí de pie mientras el tipo ese del pelo imposible le mira de un modo irritante.

—Oye, tú eres un alcohólico, ¿verdad, amigo? —pregunta Limón de repente. Kimura aparta la mirada.

—Lo eres, ¿a que sí? He conocido a un montón de alcohólicos, así que suelo reconocer uno cuando lo veo. Mis propios padres lo eran. Ambos tenían la misma adicción, de modo que no podían contar con que el otro le ayudara. Ninguno de los dos reprimía nunca sus ganas de beber y la situación fue empeorando cada vez más. Como en ese capítulo de *Thomas y sus amigos* en el que unos vagones de mercancías descontrolados empujan a Duck y este termina estrellándose en una barbería. Lo mismo. Ya sabes, «Ayuuudaaa, no puedo paraaar». Desperdiciaron sus vidas. No había nada que yo pudiera hacer, así que me limité a mantener las distancias escondido en un rincón. Mi amigo Thomas me ayudó a sobrevivir.

Kimura no entiende la mitad de lo que Limón está contándole, pero contesta:

—Ya no bebo.

—Bueno, claro. Cuando un alcohólico bebe ya no puede hacer otra cosa. Es decir, mírame a mí. Uno no puede luchar contra sus genes, así que yo nunca bebo alcohol. Solo agua. Es curioso, tanto el agua como el alcohol son líquidos transparentes, pero sus efectos son por completo distintos. —Haciendo un gran aspaviento, Limón alza la botella de agua mineral que sostiene en la mano, desenrosca el tapón y le da un trago—. El alcohol le ofusca a uno, mientras que el agua hace lo contrario, le ayuda a pensar con claridad.

Al principio Kimura no se da cuenta, pero cuanto más mira el líquido que desaparece por la garganta de Limón, más le parece que se trata de dulce y delicioso alcohol. Da un paso atrás.

El tren no tiembla rítmica o mecánicamente, sino que se contonea como una criatura viva. De vez en cuando parece incluso que relincha y flota en el aire durante unos segundos. Esa extraña sensación y las repentinas sacudidas amenazan con alejar a Kimura de la realidad.

—Ya estoy de regreso —dice el Príncipe al llegar a su lado—. Vamos a echar un vistazo al vagón de primera clase —le sugiere a Kimura en un tono bien equilibrado, sin timidez ni desvergüenza. Suena exactamente igual que un chico entusiasmado que estuviera de vacaciones—. ¡Seguro que vemos a gente rica!

—No necesariamente —responde Limón—. Aunque, bueno, sí, la gente que va en primera clase seguro que es un poco más acomodada que el resto.

En ese momento se abre la puerta del baño y del interior sale un hombre trajeado. Echa un vistazo a Kimura y a los demás, pero no parece prestarles especial atención. Después de lavarse las manos, regresa al vagón número siete.

—Bueno, parece que al final no se trataba de Nanao —dice Limón.

—¿Nanao? —Kimura no tiene ni idea de a quién se refiere.

—Bueno, yo voy a seguir con lo mío —declara Limón y, tras exhalar un suspiro, comienza a alejarse hacia la parte delantera del tren.

El Príncipe le indica a Kimura con la mirada que también deben irse, pero luego dice en voz alta:

—¿Sabe qué? ¡Le ayudaremos a buscar la maleta!

—No es necesario, Percy. Ya sé dónde está.

—¿Dónde?

Limón cierra la boca y se queda mirando al Príncipe. Su mirada es escalofriante. De repente, se muestra receloso del niño. No parece que, si hace falta, vaya a reprimirse porque se trate de un chico, del mismo modo que a un depredador no le importa lo más mínimo la edad de su presa.

—¿Por qué debería decírtelo? ¿Es que también estás interesado en la maleta?

El Príncipe no se pone nervioso.

—No, para nada. Simplemente, me pareció que podía ser algo divertido. Como si jugáramos a buscar el tesoro. —Limón sigue mostrándose escéptico y le lanza una mirada asesina con la que parece estar intentando penetrar en su interior y escudriñarlo a nivel psicológico—. No importa —añade el chico—, mi tío y yo la buscaremos por nuestra cuenta. —Kimura sabe que está interpretando un papel para parecer un mero estudiante inofensivo sin ninguna intención oculta.

—Tú no te metas en esto. Nada bueno sucede cuando Percy intenta hacer algo. Como esa ocasión en la que no quiere ensuciarse de carbón y termina haciéndolo de chocolate. Siempre está tramando algo y al final nunca sale bien. —Limón se da la vuelta para marcharse.

—¡Bueno, espero que esté más contento cuando la encontremos primero! —dice el Príncipe con gran petulancia—. ¿Verdad, tío Kimura?

Este responde sin pensar.

—Sí, yo también quiero una parte de ese dineral. —No pretendía decir eso, soltó lo primero que le vino a la cabeza cuando el Príncipe le preguntó. Aunque también es cierto que en algún lugar de su mente sigue albergando el recuerdo de haber visto todos esos billetes y tarjetas de débito.

—¿Cómo sabes tú lo que hay dentro? —Limón vuelve a dar media vuelta y lo mira inquisitivamente. Kimura nota que la atmósfera se tensa de golpe.

Incluso entonces, el Príncipe no pierde la calma. Reprende a Kimura por su error con una despreciativa mirada, pero por lo demás no muestra la menor agitación y se limita a decirle a Limón con la máxima ingenuidad:

—¡Vaya! ¿La maleta está llena de dinero?

Hay una pausa en la conversación, en la que lo único que se oye son las vibraciones del Shinkansen.

Limón fulmina con la mirada al Príncipe y luego a Kimura.

—No sé qué es lo que hay dentro.

—¡Entonces no es lo que hay en su interior, sino la maleta misma lo que vale tanto! ¡Por eso todo el mundo está buscándola! —Kimura no puede sino admirar las agallas y el ingenio del Príncipe. Están siendo interrogados, pero poco a poco el chico se las arregla para zafarse del escrutinio. No todo el mundo es capaz de mermar las defensas de un oponente con una simple máscara de inocencia.

El recelo de Limón, sin embargo, es más difícil de aplacar que el de la mayoría de la gente.

—¿Cómo sabes que todo el mundo está buscándola?

Por un instante, el Príncipe se pone tenso. Es la primera vez que Kimura lo ve así.

—Eso es lo que dijo la primera vez que nos vimos —contesta, actuando de nuevo como un despreocupado jovencito—. Comentó que todo el mundo estaba buscándola.

—No lo hice —responde Limón en tono desafiante—. Creo que no me gustas —añade, rascándose la cabeza contrariado.

Kimura no sabe qué hacer. Ojalá pudiera avisar a Limón y decirle algo como: «Este chico es peligroso, líbrate de él antes de que él se deshaga de ti». Pero no puede hacerlo. Si el Príncipe se pone en contacto con su cómplice, Wataru podría pagar las consecuencias. Aunque no está convencido de la existencia de este tipo, algo le dice que es real.

—Tío —dice el Príncipe, pero Kimura permanece absorto en sus pensamientos, de modo que repite alzando la voz—: ¡Tío Kimura!

—¿Sí? ¿Qué pasa?

—Creo que dijimos alguna inconveniencia. Me parece que Limón se enojó.

—Lo siento mucho. No pretendíamos molestarle —se disculpa Kimura inclinando la cabeza.

—La verdad, tío Kimura, es que a mí no me pareces un mero ciudadano normal y corriente —dice de repente Limón.

—Bueno, soy un alcohólico. —Kimura está comenzando a temer lo que pueda hacer Limón. Nota cómo el sudor le corre por la espalda. Que un oponente dudara de su identidad era una situación en la que se había encontrado varias veces cuando todavía trabajaba en la mafia. En este caso, puede notar cómo la tensión entre Limón y él es cada vez mayor.

—Contéstame a una pregunta, tío Kimura. ¿Odias que te despierten?

«¿Cómo?». Esa pregunta parece completamente fuera de lugar.

—¿Te enojas cuando estás durmiendo y alguien te despierta?

—¿Qué diantre significa eso?

—Entonces ¿te parece bien que te despierten?

—Bueno, a nadie le gusta que lo despierten.

De repente, un fuerte impacto le gira la cara y ve las estrellas.

El puñetazo lo ha alcanzado directamente en la boca. En ningún momento llegó a ver que Limón moviera el brazo o que le soltara un porrazo. Entre la lengua y las encías nota ahora algo pequeño y duro. Mueve la lengua: se le ha caído un incisivo. Se lleva una mano a los labios y se limpia la sangre. Luego saca el diente de la boca y se lo guarda en un bolsillo.

—¡Oiga! ¿Por qué hizo eso? ¿Estás bien, tío Kimura? —El Príncipe sigue interpretando su papel de estudiante ingenuo—. Eso no estuvo bien. ¿Por qué le dio un puñetazo?

—Pensé que si era un profesional sería capaz de esquivar el golpe. Pero le di con todo. Parece que estaba equivocado.

—¡Claro que estaba equivocado! ¡Mi tío es una persona corriente!

—Vaya... —Al ver la boca ensangrentada de Kimura, Limón se siente de repente desanimado—. Mi instinto me decía que este tipo se dedicaba a lo mismo que Mandarina y yo.

—Su instinto estaba equivocado —responde Kimura con sinceridad—. Tiempo atrás lo hice, pero me retiré hace años. Ahora trabajo como guardia de seguridad. A decir verdad, estoy bastante oxidado.

—No, hombre. Esto es como montar en bicicleta. Aunque uno lo deje durante un par de años, su cuerpo sabe qué debe hacer.

«Y una mierda», tiene ganas de contestar Kimura, pero se contiene.

—¿Dijo que iba a la parte delantera del tren? —De la boca de Kimura salen despedidas más gotas de sangre.

—¿Estás bien, tío Kimura? —El Príncipe se quita la mochila y, tras agarrar un pañuelo del bolsillo frontal, se lo ofrece.

—¿Vas preparado con pañuelos? —dice Limón con una sonrisa burlona—. ¡Vaya nivel, jovencito!

El Príncipe vuelve a colocarse la mochila en la espalda. Es entonces cuando Kimura recuerda que dentro de esa mochila está la pistola que trajo con él al tren. Podría estirar el brazo, abrir el cierre y agarrarla. O, al menos, eso se dice a sí mismo.

Dos preguntas acuden entonces a su cabeza.

La primera es qué haría cuando tuviera la pistola. ¿Amenazar o disparar? ¿Y a quién debería apuntar? ¿Al Príncipe o a Limón? Por supuesto, lo que más le gustaría es apuntar con la pistola a ese adolescente desalmado y apretar el gatillo, y sin duda eso es lo que haría si pudiera. Pero nada habría cambiado respecto a Wataru. La vida de su hijo seguiría pendiendo de un hilo. «No te preocupes de eso. Simplemente, hazlo. —Con cada sacudida, el tren parece estar pinchándolo y menoscabando su autocontrol—. Nunca te has complicado las cosas. Si quieres hacer algo, lo haces. La vida es más corta cada día. ¿Por qué contenerse? Haz que este maldito chico sufra. Se lo merece. Solo está blofeando. En el hospital no hay nadie. Wataru no está en peligro». Hasta el momento, ha conseguido reprimir esa parte de sí mismo que quiere elegir la vía fácil, pero ahora nota que está aflorando cada vez más.

Y luego está la segunda pregunta: «¿No estaré haciendo aquello en concreto que el Príncipe quiere que haga?».

Tiene la mochila justo delante. Sabe a la perfección que la pistola está dentro.

«¿Y si lo planeó? ¿Y si espera que agarre la pistola y liquide a Limón? ¿Es posible que esté controlándome?».

Cuanto más piensa en ello, más se hunde en el lodo. Las dudas se apilan unas encima de otras. Kimura se aferra a un palo cercano para intentar salir de ahí, pero ni siquiera está seguro de que ese palo pueda aguantar su peso. Y luego está ese otro Kimura que asoma su rostro cada vez más y que quiere actuar y al que no le importan las consecuencias. Tiene la sensación de que está a punto de romperse en mil pedazos.

—Y ahora inspeccionaremos tu equipaje —anuncia Limón en un tono teatral y, antes de que Kimura se dé cuenta de qué es lo que está sucediendo, Limón le quita la mochila al Príncipe. Este se queda boquiabierto. Tampoco lo vio venir. De repente, la mano ha salido disparada y, tras describir una leve curva en el aire, se adueña de su bolsa.

Kimura nota que su rostro palidece. Incluso el Príncipe parece agitado.

—Bueno, Percy y tío Kimura, no sé qué hay en esta mochila, pero por cómo el tío estaba mirándola estoy seguro de que se trata de algo que podría proporcionarles alguna ventaja en su situación actual. —Limón alza la bolsa, abre el cierre y mira en su interior—. ¡Uau! —exclama—. Aquí hay algo bueno de verdad.

Saca la pistola y lo único que puede hacer Kimura es quedarse mirándola.

—Si tuviera que decir cómo me siento en cuatro palabras, sería algo así como: «¡Santa Claus existe!». Un momento. No, eso son tres palabras. —Kimura no tiene claro si Limón está hablando para sí. Este observa con interés la pistola que sostiene en la mano, cuyo cañón lleva puesto un silenciador—. Si uno dispara una pistola dentro de un tren haría tanto ruido que todo el mundo se enteraría. Ese era exactamente nuestro problema. ¡Y ustedes trajeron un silenciador a bordo! ¡Ni siquiera tuve que pedírselo a Santa Claus!

El Príncipe no aparta los ojos de la pistola. La situación se está deteriorando con demasiada rapidez para que Kimura pueda incluso reaccionar.

—Contéstame a una cosa. —Limón le quita el seguro a la pistola y apunta a Kimura.

—¿Yo? —se limita a decir Kimura, aunque le habría gustado seguir y decir algo como: «No es a mí a quien debe disparar. El peligroso es este chico».

El Shinkansen traquetea, amplificando la inquietud de Kimura.

—Van con un arma y un silenciador, lo que significa que no son unos aficionados. Nunca había oído hablar de ningún equipo formado por un adulto y un chico, pero tampoco es algo descabellado. Hay todo tipo de equipos raros en nuestro gremio. Lo que quiero saber es: ¿Por qué están aquí? ¿Fue idea suya o los envió alguien? ¿Detrás de qué andan? ¿Cuál es su relación conmigo y mi socio?

La verdad es que no hay ninguna relación entre Kimura y Limón o Mandarina. Él solo trajo la pistola para matar al Príncipe, y el hecho de verse mezclados con el asunto de la maleta fue idea únicamente de este. Por desgracia, no le parece probable que Limón pueda llegar a creerse semejante explicación.

El Príncipe se voltea hacia Kimura.

—¿Qué está pasando, tío Kimura? Tengo miedo —dice, contrayendo la cara como si estuviera a punto de llorar.

A Kimura le embarga un inesperado instinto protector, pero de inmediato se dice a sí mismo que no debe dejarse engañar. Aunque ahora el Príncipe parezca un chico asustado de verdad, en realidad no es más que un psicópata interpretando un papel. Una criatura maliciosa haciéndose pasar por un estudiante.

—Me pregunto si ustedes también trabajan para Minegishi —pregunta Limón—. ¿Lo hacen?

—¿Minegishi? —Kimura mira con nerviosismo al Príncipe. «¿Qué tiene que ver este tipo con Minegishi?».

—Les cuento. Voy a disparar a uno de los dos. A ti o a ti. Si se preguntan por qué no a los dos, la respuesta es que Mandarina se enfadaría. Suele hacerlo cuando mato a alguien que podría proporcionarnos información. La gente del grupo sanguíneo A es muy quisquillosa con estas cosas. En cualquier caso, no puedo dejar que sigan vivos los dos. Es demasiado peligroso. Debo disparar a uno. Así pues, tengo otra pregunta.

Entonces Limón baja la pistola, flexiona una rodilla y se inclina hacia delante.

—¿Cuál de los dos es el líder? No me confío del tamaño o la edad. Podría ser que fuera el chico. Así que, a la de tres, quiero que el líder levante la mano y que el otro lo señale. Si sus respuestas no coinciden y ambos levantan la mano o ambos señalan al otro, sabré que están mintiendo y los mataré a los dos.

—Pensaba que tendría problemas si nos mataba a los dos —dice Kimura, desesperado.

—¿Qué pasa, tío Kimura, tu grupo sanguíneo también es el A? ¡Qué tiquismiquis eres! Me da igual. No me gusta que Mandarina se enfade conmigo, pero tampoco va a matarme. Prefiero divertirme un poco.

—¿Encuentra esto divertido? —Kimura arruga el rostro. Antes el Príncipe quería jugar a un juego y ahora Limón está divirtiéndose con uno. «¿Se puede saber qué le pasa a esta gente?». Tiene la sensación de que es la persona más decente de los tres, alguien capaz de disfrutar tranquilamente de su alcohol sin importunar a nadie.

—Bueno, allá vamos. Contéstenme con sinceridad —dice Limón frunciendo los labios.

Justo entonces, una madre joven y su hijo pequeño entran en el vestíbulo. Limón se queda callado.

Kimura y el Príncipe también permanecen en silencio.

—¡Vamos, mamá! —exclama felizmente el niño pequeño al pasar frente a Kimura. Le recuerda un poco a Wataru. La madre echa un vistazo a los tres hombres que se encuentran en el vestíbulo y nota la tensión en el aire, pero sigue avanzando hacia el vagón número siete.

La voz del niño pequeño parece accionar un interruptor en Kimura. «Debo seguir vivo. Debo salir de esta por Wataru. No importa lo que suceda. No puedo morir». Se lo repite una y otra vez como si estuviera intentando hipnotizarse a sí mismo.

El niño y su madre desaparecen detrás de la puerta del vagón, que permanece abierta un momento y luego se cierra deslizándose a un lado.

Limón observa cómo se cierra y luego pregunta con una amplia sonrisa:

—¿Quién es el líder? Uno, dooos, ¡y tres!

Kimura no se lo piensa dos veces y alza la mano. Mira de reojo al Príncipe y comprueba que este lo está señalando a él. Luego vuelve a mirar a Limón y al cañón de la pistola.

En el lavabo con cortina que hay al lado del baño se oye de repente cómo se acciona un secador de manos.

Alguien debe de haber estado allí dentro todo este rato. El leve ruido que efectúa el aparato de aire caliente hace que los ojos de Kimura se vuelvan hacia la cortina.

No llega a oír el disparo, solo un tenue ruido parecido al que hace una llave al girar en una cerradura, apenas audible con el secador en marcha. Después, la llave vuelve a girar dos veces más. Kimura tarda un momento en darse cuenta de que se trata del sonido que hace la pistola con el silenciador puesto. Es tan tenue que ni siquiera se entera de que le disparan. Siente entonces un ardor en el pecho. Nada de dolor, solo la sensación de que su cuerpo está perdiendo algún fluido. Se le empaña la vista.

—Me sabe mal, tío Kimura, pero me temo que esto es todo. —Limón todavía sonríe.

Para cuando Kimura oye las palabras ya no puede ver nada. Pero siente un impacto en la parte posterior de la cabeza. «¿Me caí al suelo?».

El dolor se extiende por todo el cráneo. A continuación, lo único que puede percibir es el estruendo del Shinkansen.

Ante sus ojos se abre un abismo y luego todo se funde negro, pierde toda noción del espacio y ya no hay arriba o abajo.

Su mente se apaga.

Un momento después, tiene la sensación de estar flotando. ¿O están arrastrándolo?

No sabe qué es lo que está pasando ni cuánto tiempo transcurre desde que le dispararon. Esto no se parece nada a quedarse dormido profundamente. Es mucho más solitario.

Como estar cerrado en un espacio estrecho y oscuro.

«¡Tío, tío!», exclama alguien en algún lugar.

Kimura nota cómo su conciencia se disuelve en una neblina que se dispersa ya para siempre. Aun así, su mente sigue razonando. Quiere beber algo. Sus sentidos físicos son cada vez más débiles. El miedo y la incertidumbre se apoderan de su corazón y lo estrujan con fuerza. Es terrible. «Pero hay una última cosa. Algo de lo que debe asegurarme». Su amor paternal aflora a borbotones como si de magma se tratara.

«¿Está bien Wataru?». Seguro que sí.

«A cambio de mi muerte, mi hijo sigue vivo. Eso me basta». A lo lejos, la voz del Príncipe suena como el viento aullando fuera de casa:

—Tío Kimura, estás muriendo. ¿Estás triste? ¿Asustado?

«¿Qué hay de Wataru?», quiere preguntar Kimura, pero apenas puede respirar.

—Tu hijo también va a morir. Haré la llamada de un momento a otro. Eso significa que habrás muerto en vano, tío. ¿Decepcionado?

Kimura no sabe qué es lo que está pasando. Lo único que sabe es que oyó que su hijo va a morir.

«Deja que viva», intenta decir, pero su boca no se mueve. La sangre apenas circula ya por sus venas.

—¿Qué dices, tío? ¿Te gustaría decir algo? —El Príncipe suena despreocupado y lejano—. Puedes hacerlo. Solo tienes que decir: «Por favor, deja vivir a mi hijo», y lo haré.

Ya no siente ira. Si el Príncipe está dispuesto a perdonarle la vida a Wataru, él está dispuesto a suplicar. Consigue tomar esa decisión a pesar de que su mente está apagándose.

Intenta mover los labios. Escupe sangre y tiene ganas de vomitar. Su respiración es agónica.

—Wataru... —Kimura mueve los labios, pero su cuerpo está exangüe y no consigue que su voz suene.

—¿Dijiste algo? No puedo oírte. ¿Tío?

Kimura ya no sabe quién está dirigiéndose a él. «Lo siento, hablaré en cuanto pueda, de verdad que lo haré, por favor ayuda a mi hijo».

—Eres lamentable, tío Kimura. El Pequeño Wataru va a morir. Y todo por culpa tuya. —El tono de voz es dichoso. Kimura nota cómo vuelve a hundirse en el abismo. Su alma grita algo, pero nadie lo oye.

El Príncipe

—¡Ya está! —dice Limón. El Príncipe observa cómo se yergue otra vez.

—¿Y ahora ya está cerrada?

Después de meter al moribundo Kimura dentro del baño, Limón usó un pequeño alambre de cobre para echar el seguro por fuera. Tiró de él con fuerza justo cuando la puerta se cerraba. La primera vez no funcionó, pero al segundo intento ambos pudieron oír cómo se cerraba el pasador. Al Príncipe esa técnica le pareció algo primitiva. Ahora un trozo de alambre asoma del marco de la puerta.

—¿Y qué hay de este trozo que cuelga?

—No te preocupes por él. Nadie lo verá, y así puedo volver a abrir la puerta. Solo debo tirar del alambre. Pásame la botella. —Extiende la mano y el Príncipe le devuelve la botella de agua mineral. Limón le da un buen trago. Luego se queda mirando fijamente al Príncipe.

—Me pregunto qué diantre le dijiste ahí dentro en voz baja. —Después de arrastrar a Kimura hasta el baño, el Príncipe le pidió a Limón si podía decirle una última cosa a su tío antes de que muriera y luego se inclinó sobre él.

—Nada importante. Es padre de un niño, solo estaba diciéndole algo sobre su hijo. Y parecía que él quería contestarme algo, así que esperé a ver qué era.

—¿Y?

—Ya no podía hablar. —El Príncipe rememora la escena que acaba de vivir, cuando le dijo a Kimura que el Pequeño Wataru iba a morir. Verle pálido y agonizante y luego observar cómo su expresión se volvía todavía más desesperada al mencionarle a su hijo, sobre todo, ese instante en concreto, le produjo una indescriptible satisfacción.

El Príncipe se siente orgulloso de sí mismo. «Conseguí que alguien que estaba a punto de morir se sintiera todavía más desesperado —piensa—. No todo el mundo puede hacer algo así». Ver a Kimura intentando formar las palabras para suplicar por la vida de su hijo le pareció graciosísimo. Por más que se esforzaba, no lograba decir nada.

Le recordó a algo que leyó en el libro sobre Ruanda. La mayoría de los tutsis que murieron fueron asesinados con machetes. A muchos los descuartizaron de un modo horrible. Temiendo este destino, hubo una persona que le ofreció todo lo que tenía a sus asaltantes para que lo mataran de un disparo. «Por favor, no me maten. Pero, si lo hacen, que sea de un modo menos doloroso». Al Príncipe le había parecido realmente patético y, al mismo tiempo, la idea de hacer caer a alguien tan bajo también le había resultado excitante.

La muerte interrumpe la vida de una persona, pero no es lo peor que le puede pasar a uno. También se puede hundir a esta persona en la desesperación justo antes de que muera. En cuanto se dio cuenta de esto, el Príncipe supo que debía probarlo. Había abordado este asunto con la misma actitud que un músico que intenta tocar una pieza difícil.

Desde ese punto de vista, lo que acaba de suceder con Kimura no podría haber salido mejor. Tiene que reprimir la risa al pensar cómo incluso en el momento mismo en el que estaba muriendo, Kimura no podía dejar de preocuparse por su hijo, otro ser humano. Lo cual le da otra idea: quizá puede usar la muerte de Kimura para atormentar a otras personas. Como a su hijo, o a sus padres.

—Está bien. Vamos, sígueme. —Limón voltea la cabeza hacia la parte frontal del tren.

Se trató de un disparo limpio y apenas salió sangre de la herida. Al arrastrar a Kimura al baño dejaron un leve rastro, como si una babosa roja se hubiera deslizado en esa dirección, pero Limón lo limpió con una toallita húmeda.

—¿Por qué tengo que ir con usted? —El Príncipe intenta mostrarse asustado, aunque procura no exagerar—. Yo solo estaba haciendo lo que ese tipo me dijo que hiciera. No era mi tío de verdad. No sé de qué se trata todo esto. Ni siquiera sé qué hacer con esta pistola.

Limón vuelve a dejarla en la mochila del Príncipe.

—Ya, bueno, sigo sin creerte. Pienso que tal vez eres un profesional.

—¿Un profesional?

—Alguien que realiza determinados encargos por dinero. Cosas peligrosas, ya sabes, como Mandarina y yo.

—¿Yo? Pero si solo soy un estudiante.

—Hay todo tipo de estudiantes. No quiero presumir ni nada de eso, pero yo mismo maté a algunas personas cuando todavía iba a la escuela.

El Príncipe se lleva la mano a la boca como si se hubiera quedado anonadado. Por dentro, sin embargo, se siente decepcionado. Él lleva matando gente desde que tenía once años. Había esperado que Limón lo sorprendiera, pero ahora esa esperanza está marchitándose. Una prueba más.

—¿Por qué está mal matar personas?

Limón se pone en marcha, pero se detiene de golpe. Otro hombre pasa en ese momento por el vestíbulo, de modo que se hace a un lado y se queda junto a la puerta.

—Ven aquí, Percy. —La zona en la que se encuentran es bastante espaciosa—. ¿Por qué está mal matar personas? Percy nunca preguntaría algo así —dice frunciendo el ceño—. Por eso le gusta tanto a los niños.

—Siempre me lo he preguntado. Es decir, matamos gente en las guerras, y luego está la pena de muerte. ¿Por qué decimos entonces que está mal matar personas?

—Acabo de matar a alguien, así que no deja de resultar gracioso que me preguntes eso —dice Limón, aunque no parece nada contento—. Bueno, esta es mi opinión: la norma de que matar está mal la inventaron las personas que no quieren que las maten. No pueden hacer nada para protegerse a sí mismas, pero quieren sentirse seguras. Según mi parecer, sin embargo, si uno no quiere que lo maten lo que debe hacer es actuar de un modo que evite que lo hagan. No enojar a nadie, por ejemplo, o fortalecerse. Lo que sea. Pueden hacerse muchas cosas. Deberías hacerme caso, es un buen consejo.

Al Príncipe esa respuesta no le parece nada profunda y casi se le escapa una risota. Puede que este tipo actúe de un modo extraño, pero solo se dedica a hacer trabajos criminales porque es su única forma de sobrevivir. Hay mucha gente como él, sin la menor filosofía detrás de sus actos. Al Príncipe le enoja que Limón no esté a la altura de sus expectativas. Lo que le fascinaría es que alguien recurriera a la violencia después de haber meditado minuciosamente quién es como persona. Por el contrario, las personas que se entregan a ella sin más le parecen vacías y superficiales.

—¿Se puede saber de qué te ríes? —El tono de Limón es cortante. El Príncipe se limita a negar con la cabeza con rapidez.

—Es solo que me siento muy aliviado —explica. Para el Príncipe, la elaboración de explicaciones lógicas supone una técnica básica para controlar a los demás. Proporcionar una razón o esconderla, explicar las reglas u ocultarlas: estas herramientas hacen que le resulte sorprendentemente fácil influenciar o engañar a la gente—. Ese tipo me asustó mucho.

—No pareció afectarte demasiado que lo matara de un disparo.

—Después de lo que me hizo...

—¿Tan malo fue?

El Príncipe procura mostrarse aterrorizado.

—Terrible.

Limón le queda mirando. Su penetrante mirada parece adentrarse capa a capa bajo la superficie del chico, como si estuviera pelando una naranja. Al Príncipe le preocupa que su verdadero yo pueda quedar a la vista, de modo que lo oculta dentro de él todavía más hondo.

—No sé si termino de creérmelo —dice Limón.

Al Príncipe se le aceleran los pensamientos intentando averiguar deprisa qué puede hacer. Mientras tanto, niega con la cabeza lastimeramente.

—Todo esto me recuerda a otro episodio de *Thomas y sus amigos* —añade. Los ojos de Limón se iluminan y las mejillas se le relajan hasta formar una sonrisa.

—¿Cuál?

—Ese en el que Diesel llega a la isla de Sodor. A Diesel no le gusta Duck, la locomotora verde de vapor, y, para quitárselo del medio, comienza a difundir calumnias sobre él.

—No conozco ese episodio. —El Príncipe observa con cautela a Limón, ahora más animado, mientras intenta urdir algún plan.

—El viejo Diesel va por ahí diciendo que Duck está difundiendo rumores malintencionados sobre los demás trenes. Las locomotoras de la isla de Sodor son bastante crédulas, así que todos se enfadan con Duck («Dijo barbaridades sobre mí» y tal), aunque en realidad fue inculpado injustamente.

Limón habla con excitación, como si lo estuviera haciendo frente a un auditorio. Incluso el Príncipe lo escucha con interés. Al mismo tiempo, sin embargo, no se le escapa que Limón tiene la pistola en una mano y el silenciador en la otra y que ahora vuelve a enroscarlo en el cañón cual chef de sushi preparando un rollito. Toda esa serie de movimientos calculados y ensayados parecen la preparación para una ceremonia. «¿Cuándo diantre...?». El Príncipe es consciente asimismo de que ni siquiera se dio cuenta de que Limón agarró otra vez la pistola de la mochila.

—Duck se queda estupefacto. De repente, todo el mundo está enfadado con él. ¿Sabes qué dice cuando al final descubre que le culparon de manera injusta de ser un chismoso? —Limón mira interrogativamente al Príncipe como si fuera un profesor que está explicándole una lección. Termina de enroscar el silenciador y apunta el arma al suelo. Después desliza hacia atrás la corredera y comprueba el cargador.

El Príncipe no puede moverse. Escuchar a este tipo contar una historia de niños mientras se prepara para matar a alguien le parece irreal.

—Te diré lo que dice: que a él nunca se le habrían podido ocurrir todas esas cosas, lo cual es cierto. Esos rumores malévolos eran demasiado sofisticados para que fuera él quien los concibiera.

El brazo derecho de Limón cuelga a un lado con la pistola en la mano. Después de todos esos preparativos ya parece estar lista para disparar en cualquier momento.

—¿Y entonces qué sucede? —pregunta el Príncipe, apartando los ojos de la pistola y clavando la vista en Limón.

—Entonces Duck añade algo muy bueno, algo que deberías recordar.

—¿Qué dice?

—¡Una locomotora de vapor nunca haría algo tan cobarde!

Limón extiende el brazo y el cañón de la pistola apunta directamente a la frente del Príncipe. El silenciador parece flotar en el aire.

—¿Por qué? —inquiere el Príncipe. Sigue preguntándose frenéticamente qué diantre puede hacer. «Esto va mal», termina admitiendo para sí.

Considera seguir con el número del chico inocente. Controlar las emociones de la gente depende en gran medida de las apariencias. Si los bebés no fueran tan lindos y su apariencia no despertara esa reacción emocional, nadie haría el esfuerzo que supone su cuidado. Los koalas son criaturas violentas, pero, por más que uno lo sepa, resulta difícil sentirse amenazado por un adorable koala que va por ahí cargando su cachorro en la espalda. Del mismo modo, si algo tiene un aspecto grotesco siempre provocará una reacción repulsiva. No es nada más que una respuesta animal, y eso hace que sea todavía más fácil aprovecharse de ella.

La gente toma sus decisiones basándose en el instinto, no en el intelecto. La respuesta física es una palanca para el control emocional.

—¿Por qué va a dispararme? Antes dijo que quería dejar a uno de los dos con vida. —Esto parece un buen inicio: puede que Limón se haya olvidado de lo que dijo antes y tiene sentido recordárselo.

—Sí, pero luego me di cuenta de una cosa.

—¿De qué?

—En realidad, tú eres como el infame Diesel.

—¿Qué quiere decir con que soy como Diesel?

—Diesel es una locomotora que vino a echar una mano a las vías férreas de sir Topham Hatt —comienza a recitar Limón—. Es cruel y egoísta. Se burla de las locomotoras de vapor y solo hace algo si puede obtener un beneficio. Al final, sin embargo, sus retorcidos planes siempre terminan siendo descubiertos y él es castigado... Ese es Diesel. Y tú eres igual. ¿Tengo razón? —Limón ya no sonríe—. Dijiste que tu tío era una persona mala, pero yo creo que era más bien como Duck. A él nunca se le habría ocurrido todo esto. ¿No es así? No parecía un tipo muy inteligente. Era un borracho ridículo, sí, pero no creo que fuera alguien cruel.

—No lo entiendo. —El Príncipe procura no perder la calma. Para empezar, deja de mirar el cañón de la pistola. «Si puedo malgastar mi atención con la pistola, también puedo averiguar cómo salir de esta. No debo dejarme llevar por el pánico o estaré perdido». Considera sus opciones: proponerle un trato, suplicarle piedad, amenazarlo, tentarlo con algo. «Primero debo ganar algo de tiempo. ¿Con qué puedo despertar su interés?». El Príncipe intenta pensar en qué es lo que más quiere Limón—. Por cierto, la maleta...

—Aunque, claro —prosigue Limón, ignorando el comentario del Príncipe—, tampoco creo que ese tipo fuera alguien bueno como Duck. En cualquier caso, el hecho de haber sido inculpado de manera injusta los asemeja.

La pistola le apunta como si fuera un dedo extralargo de Limón. El cañón lo mira fijamente sin pestañear.

—Un momento, un momento. No entiendo lo que quiere decir. Y, en cuanto a la maleta...

—No eres Percy, eres el infame Diesel. Simplemente, tardé un poco en darme cuenta.

«Me disparó». El Príncipe no puede ver nada. Luego se da cuenta de que cerró los ojos. Vuelve a abrirlos de golpe.

«Si voy a morir aquí, quiero ver cómo sucede. Cerrar los ojos por miedo al peligro es para los débiles».

No tiene miedo, lo cual es bueno. Lo único que siente es una leve desilusión por la celeridad con la que está pasando todo. Como si el final de su vida fuera una televisión que alguien apaga de golpe tras decir que no pasaban nada bueno. La noticia no le molesta tanto como cabría esperar. En cualquier caso, se siente orgulloso por el hecho de ser capaz de afrontar su final sin alterarse.

—Sí, eres Diesel —oye que dice Limón.

Y luego se queda mirando el cañón. «La bala que va a terminar con mi vida saldrá de ese agujero». No piensa apartar la mirada.

Pasan unos segundos y comienza a preguntarse por qué no ha recibido todavía ningún disparo. Se percata de que el brazo que hay detrás de la pistola comienza a flexionarse.

Levanta la mirada hacia Limón, que parpadea con el ceño fruncido mientras se toca la cara con la mano libre. Está claro que le pasa algo. Sacude la cabeza adelante y atrás y luego bosteza dos veces con la boca abierta al máximo.

«¿Está quedándose dormido? No puede ser». El Príncipe da un primer paso a un lado y, tras una breve pausa, otro, apartándose así del cañón.

—¿Qué sucede? —pregunta extrañado.

Al Príncipe se le ocurre de golpe que Limón parece estar bajo los efectos de alguna droga. En el pasado, él había usado un potente somnífero para doblegar a una compañera de clase. Los síntomas parecen exactamente los mismos.

—Demonios. —Limón agita la pistola ante sí. Es como si una súbita sensación de peligro lo instara a cargarse al chico antes de caer en la inconsciencia—. Tengo mucho sueño.

Aprovechando la flojera de su oponente, el Príncipe lo agarra por el brazo con ambas manos y, con decisión, lo quita el arma. Limón suelta un gruñido e intenta golpearle con el otro brazo. El Príncipe lo esquiva y retrocede hasta la pared opuesta del vestíbulo.

A Limón se le doblan las rodillas y se tambalea, golpeándose contra la puerta. Está intentando resistirse al sueño y está perdiendo. Palpa con debilidad las paredes tratando de agarrarse a algo, pero al final cae al suelo como una marioneta a la que le cortan los hilos que la sostienen.

El Príncipe guarda la pistola en la mochila sin molestarse en quitarle el silenciador.

A los pies de Limón hay una botella de plástico. El Príncipe pasa por encima con cuidado y la recoge. Parece una simple botella de agua mineral. «Puede que la droga estuviera aquí. —Echa un vistazo por la boca—. En este caso, ¿quién la puso?». En cuanto se hace esa pregunta, otro pensamiento acude a su mente.

«Soy muy afortunado. Muy muy afortunado».

Apenas puede creerlo. Cuando parecía que ya no podía hacer nada, cuando estaba a punto de morir, la situación dio un giro inesperado.

Se coloca detrás de Limón y lo agarra por las axilas. Pesa bastante, pero no tanto como para no poder moverlo. «Podré con él». Vuelve a dejarlo en el suelo y se dirige a la puerta del baño. Con cuidado de no cortarse, agarra el trozo de alambre de cobre y tira hacia arriba. El pasador se abre.

Regresa junto a Limón, vuelve a colocarse detrás y, tras agarrarlo de nuevo, lo arrastra al interior del baño.

Entonces llega el ataque.

Limón parecía estar profundamente dormido pero, de repente, extiende ambos brazos, agarra al Príncipe por las solapas del *blazer* y tira de él hacia abajo. El Príncipe cae al suelo. Todo está del revés, perdió el control de la situación. Sin embargo, se levanta con rapidez. Sabe que otro ataque de Limón podría terminar con él.

—¡Oye...! —dice Limón, todavía sentado en el suelo. Tiene la mirada perdida y lanza puñetazos al aire como si estuviera borracho. Arrastrando las palabras añade—: Dile a Mandarina...

Al Príncipe le resulta muy cómico contemplar los ya inútiles esfuerzos de Limón para intentar mantenerse en pie. No parece que haya ingerido un somnífero normal, sino algo más potente. Con la pistola en la mano, el Príncipe se acerca a Limón y se inclina sobre él.

Este aprieta los dientes, procurando mantenerse despierto.

—Dile a Mandarina que lo que está buscando, la llave, está en un almacén de la estación de Morioka. Díselo. —Y, a continuación, se le cae la cabeza hacia delante y ya se queda así.

Es como si hubiera muerto, aunque el Príncipe puede ver que todavía respira.

Cuando vuelve a colocarse detrás de él para agarrarlo de nuevo, repara en un pequeño dibujo que hay debajo de una de las manos.

Es una calcomanía pegada al suelo.

En ella puede verse una pequeña locomotora verde con cara. Es el personaje de un programa infantil. «Está claro que adora este estúpido programa», piensa el Príncipe. Entonces se le ocurre que puede tratarse de algún tipo de señal para su compañero, así que arranca la calcomanía y, tras hacer una bolita con ella, la tira a la basura.

Luego arrastra a Limón hasta el baño. Kimura sigue tirado en el suelo. En su torso se ha formado una mancha de color rojo negruzco y una mezcla de sangre y pipí se extiende por el suelo.

—Qué asco, señor Kimura —murmura entre dientes el Príncipe al percibir el desagradable olor.

Antes de que aparezca alguien y vea lo que está pasando, el Príncipe cierra la puerta. Luego levanta el cuerpo inconsciente de Limón y lo sienta en el inodoro. A continuación, agarra la pistola de la mochila y, sin la menor vacilación, coloca el cañón en la frente de Limón. Como no quiere mancharse con sus sesos, al final opta por apartarse y se coloca junto a la puerta.

Levanta el arma, apunta a su víctima y aprieta el gatillo. Tras el disparo, un leve zumbido reverbera en el baño. Entre el silenciador y el traqueteo del Shinkansen, nadie oyó nada.

La cabeza de Limón cuelga y de un pequeño agujero borbotea la sangre.

Asesinar a alguien mientras duerme no termina de satisfacer del todo al Príncipe. «Seguro que no le dolió nada».

No puede evitar sonreír con malicia al ver cómo la sangre mana débilmente de la herida. Un juguete al que se le acaban las pilas tiene una muerte más digna.

«Yo no quiero terminar así».

Tras pensarlo un momento, decide dejar la pistola en el baño. Al principio iba a quedársela, pero el riesgo le parece demasiado alto. Puede decir que lleva la pistola paralizante para autodefensa, pero esa excusa no servirá con una pistola de verdad. Y, teniendo en cuenta que tanto Kimura como Limón murieron de un disparo, tiene sentido que haya una pistola con ellos.

Vuelve a salir del baño y cierra la puerta usando el alambre para echar el pasador.

Al entrar en el vagón número ocho se le ocurre algo, se detiene y regresa al vestíbulo. Agarra el celular que lleva en el bolsillo delantero de su mochila. Es el de Kimura. Busca el historial de llamadas y llama al último número.

Tardan un poco en responder.

—¿Sí? —dice por último una hosca voz masculina.

—¿Hablo con el padre del señor Kimura? —El estruendo que hay en el vestíbulo impide que pueda oír bien a su interlocutor, pero no le importa.

—¿Cómo? —El hombre se queda un momento callado y luego añade—: ¡Ah, sí! Eres el estudiante con el que hablé antes, ¿no?

El Príncipe se imagina al viejo tomando té con tranquilidad delante del televisor y le entran ganas de reír.

«¡Su hijo fue asesinado mientras usted disfrutaba de una taza de té!».

—Solo quería decirle que todo lo que le contó antes el señor Kimura era cierto.

El padre de Kimura no responde. Siempre que le revela algo importante a un interlocutor, el Príncipe puede sentir cómo lo invade el entusiasmo.

—El señor Kimura se metió en una situación delicada. Y ahora su hijo también está en peligro.

—¿Cómo dices? Wataru está en el hospital.

—No estoy tan seguro de eso.

—¿Dónde está Yuichi? Déjame hablar con él.

—Ya no puede contestar el teléfono.

—¿Qué quieres decir con eso? ¿No está en el Shinkansen?

—Con lo tranquilos que deben de estar usted y su esposa en casa... No debería haberles llamado —dice en un tono plano y desapasionado, como si estuviera limitándose a relatar una serie de hechos—. Y creo que será mejor para usted que no hable con la policía.

—¿De qué estás hablando?

—Lo siento, esto es todo lo que tenía que decir. Ahora voy a colgar. —Y presiona un botón para finalizar la llamada.

«Con esto bastará», piensa. Lo más probable es que en esos momentos los padres de Kimura estén entrando ya en pánico. No tienen ni idea de lo que le ha pasado a su hijo y a su nieto y lo único que pueden hacer es llamar al hospital. De momento, sin embargo, ahí todavía no sucede nada, de modo que cuando lo hagan les dirán que todo está bien. Más allá de esto, los padres de Kimura no pueden hacer nada salvo angustiarse. No cree que acudan a la policía. E incluso si lo hicieran, los polis les dirían que seguramente alguien les hizo una broma telefónica o algo así.

Y, cuando todo salga a la luz, se hundirán en la desesperación. Esta pareja de ancianos que vivía sus últimos años en paz y tranquilidad terminará sus días presa de la ira y el remordimiento. El Príncipe ya se muere de ganas de que eso ocurra. Le gusta verse a sí mismo como alguien que estruja a la gente para obtener todo el jugo que sale de ellos. Para él, no hay nada más dulce.

Vuelve a entrar en el vagón número ocho. «Parece que, después de todo, el señor Limón no era gran cosa. Nadie lo es.

»Niños, adultos, animales: todos son seres débiles, despreciables e insignificantes».

Campanilla Morada

El trayecto de taxi fue tan corto que el taxímetro ni siquiera empezó a correr.

Campanilla Morada paga, desciende del coche y luego contempla cómo se aleja el taxi. Al otro lado de la calle de dos carriles en ambas direcciones hay un edificio. Es alto y parece una nueva construcción.

Se pregunta si habrá llegado ya el intermediario. Este no deja de ser un gerente que trabaja sentado a un escritorio y pegado al teléfono, así que la idea de que se aventure nerviosamente a llevar a cabo una misión hace sonreír a Campanilla Morada. Resulta mucho más agradable que alguien que busca excusas para seguir escondido.

Lo llama. El intermediario no contesta, a pesar de que le dijo que ya estaría aquí. Más que enfadarse, a Campanilla Morada le invade la sensación de haber perdido el tiempo. Considera la posibilidad de marcharse a casa. Para cuando se da cuenta, sin embargo, está cruzando la calle de camino al edificio.

Mientras espera en una isla a que el semáforo de peatones se ponga en verde contempla la calle. A él le parece un río. Su campo visual se estrecha y el color desaparece. El río pasa frente a él, con irregulares olas que suben y bajan. El guardarraíl que hay junto a la calzada es como un baluarte que evita que la estruendosa corriente se desborde.

De vez en cuando, arrecia una tormenta que encrespa la superficie del agua. Salvo esos casos, su quietud es casi absoluta.

Su campo visual regresa a la normalidad. El río desaparece y en su lugar vuelve a estar la calle. La escena retoma asimismo sus colores y adquiere consistencia.

En los matorrales de la isla hay un pequeño cartel en el que se avisa al peatón que tenga cuidado y, a su lado, un pequeño bote de basura de aluminio. Campanilla Morada baja la mirada. A los pies de los matorrales ve unos pocos dientes de león. Sus pequeñas flores amarillas poseen una sana vitalidad. Como un niño que duerme cuando quiere dormir y juega cuando quiere jugar. Los tallos verdes que sostienen las vivaces flores se balancean con suavidad.

Alrededor de los pétalos amarillos hay unas mustias hojas verdes. Eso le indica que se trata de dientes de león comunes.

Recuerda haber oído que el diente de león común, que no es autóctono, expulsó al nativo, el diente de león Kanto.

Pero no es cierto.

El diente de león Kanto está desapareciendo porque los seres humanos han invadido su hábitat.

Y el diente de león común pasó a ocupar los espacios que con anterioridad ocupaban los otros dientes de león.

A Campanilla Morada todo eso le parece fascinante.

La gente se comporta como si el diente de león común fuera el culpable de la desaparición del diente de león Kanto y los seres humanos solo fueran testigos, pero lo cierto es que la culpa es de los humanos. Es solo que el diente de león común es más resiliente. Incluso si no hubiera aparecido, el diente de león Kanto seguiría extinguiéndose de todos modos.

Junto a las flores ve un punto rojo.

No es más grande que una uña. Una perfecta gotita roja. Es una mariquita. En la espalda de la gotita roja pueden verse unos puntitos negros que parecen pintados con el más pequeño de los pinceles. Campanilla Morada se acerca al insecto.

¿A quién se le ocurrió el diseño de este bicho?

No parecen fruto de una adaptación al medioambiente. ¿Acaso tiene alguna utilidad evolutiva un cuerpo rojo con puntitos negros? No es que sea grotesco o estrafalario como el de otros insectos, pero se trata de una apariencia que parece improbable en la naturaleza.

Campanilla Morada observa cómo la mariquita trepa por una hoja. Extiende un dedo y el insecto rodea el tallo para evitarlo.

Cuando levanta la mirada el semáforo ya está en verde. Se dispone a cruzar la calle.

Entonces recibe una llamada. Es el intermediario.

Fruta

Mandarina está comenzando a preguntarse por qué tarda tanto Limón, pero olvida su pregunta en cuanto deja atrás el vagón de primera clase y ve sentado a un hombre con lentes en el suelo del vestíbulo.

El tren entra en un túnel y el estrépito de las vías cambia su patrón sonoro. De golpe, el exterior oscurece y una presión parece envolver el tren como si se sumergiera bajo el agua.

Nanao está sentado con la espalda en la pared, las rodillas flexionadas y de cara a la parte trasera del tren. Al principio, a Mandarina le parece que está inconsciente. Tiene los ojos abiertos, pero la mirada perdida.

Mandarina mete la mano en el bolsillo para agarrar su pistola, pero antes de que pueda hacerlo Nanao ya está apuntándole con la suya.

—No te muevas —dice Nanao. Sigue sentado, pero sostiene el arma con firmeza—. Si lo haces te dispararé.

El Shinkansen sale del túnel. Al otro lado de la ventanilla, los arrozales listos para la cosecha se extienden hasta el horizonte. Casi inmediatamente después, el tren se adentra en otro túnel.

Mandarina levanta algo las manos.

—No intentes nada raro. No estoy de humor. Te dispararé. —Nanao sigue apuntando a Mandarina con la pistola—. Te pondré al corriente deprisa: me encontré con la asesina del hijo de Minegishi. El Avispón.

Por el rabillo del ojo Mandarina ve el carrito de los aperitivos. A la azafata, en cambio, no la ve por ningún lado.

—¿Sí? ¿Y conseguiste deshacerte de ella con facilidad? ¿Dónde está?

—En el cuarto multiusos. Y no me resultó nada fácil —contesta Nanao—. Ahora ya no me necesitan como chivo expiatorio, ¿verdad? Ya no tienen por qué atacarme.

—No sé... —Mandarina examina cautelosamente a Nanao. «Podría agarrarlo desprevenido y arrebatarle el arma». Se comporta como si estuviera desorientado.

—Como te dije antes, lo mejor es que trabajemos en equipo. Enfrentándonos no conseguiremos nada, salvo beneficiar a otro.

—¿A quién?

—No lo sé. Pero hay alguien.

Mandarina permanece inmóvil con la mirada puesta en Nanao. Está pensando. Por último, asiente.

—De acuerdo. Baja la pistola. Hagamos una tregua.

—No fui yo quien inició las hostilidades. —Nanao se levanta poco a poco y, tras colocar una rodilla en el suelo y una mano en la pared, se lleva la otra mano al pecho y respira hondo. «La pelea con esa chica debe de haberle exigido mucho», piensa Mandarina. Luego Nanao se examina con cuidado el cuerpo. Tiene un rasgón en los pantalones. En el suelo hay algo que parece una jeringuita de juguete. Cuando advierte que Mandarina está mirándola, la agarra y la tira a la basura.

Después, vuelve a colocarse la pistola en el cinturón.

—¿Es que te picaste?

—Era una profesional, así que supuse que debía de llevar consigo algún tipo de antídoto. supuse a punto de morir. Contaba con que echara mano de ese antídoto si conseguía clavarle una jeringuita. Pero tampoco era algo seguro.

—¿Por qué?

—No tenía claro si no sería ya demasiado tarde para mí. —Nanao abre y cierra la mano varias veces como asegurándose de que todo está bien. Luego se mira los pantalones y toquetea el rasgón en la tela de los pantalones.

De repente, el celular de Mandarina vibra. Lo agarra y mira quién le llama en la pantalla. De inmediato, siente que le invade una profunda pesadumbre.

—Es nuestro cliente mutuo.

—¿Minegishi? —Nanao abre los ojos como platos. Justo cuando estaba comenzando a sentirse mejor, la mera mención de ese nombre hace que su rostro vuelva a palidecer.

—Ya casi llegamos a Sendai. Está llamando para asegurarse por última vez.

—¿Asegurarse de qué?

—De que me quedó claro que, si no le digo la verdad, comenzará a perder la paciencia.

—¿Y qué vas a decirle?

—Podría darte el teléfono a ti para que lo hicieras tú. Al final, Mandarina contesta.

Minegishi no se molesta en decir quién es.

—Contéstame una pregunta.

—¿Sí?

—¿Está bien mi hijo?

Es tan directo que Mandarina no sabe qué contestar.

—Recibí una llamada hace un rato y me dijeron que algo parecía ir mal a bordo del tren —dice Minegishi—. Esa persona me dijo lo siguiente: «Su hijo tiene un aspecto extraño. Debería asegurarse de que está bien». A lo que yo contesté: «Mi hijo no va en el Shinkansen solo. Contraté a dos hombres de confianza para que lo acompañen. No hay nada de qué preocuparse». Pero entonces mi interlocutor me advirtió lo siguiente: «Debería tener cuidado con depositar su confianza en esos dos hombres. Puede que estén con su hijo, pero este no se movía y no estoy seguro de si respiraba o no».

Mandarina sonríe incómodo.

—El tipo que envió a Omiya está equivocado, señor. A él debe de haberle parecido que su hijo no respiraba, pero en realidad estaba durmiendo. —Le aterra la posibilidad de que Minegishi le diga que ponga al chico al teléfono.

Nanao permanece al lado de Mandarina, mirándolo con nerviosismo.

—Ahora que estoy hablando con usted, señor, caigo en la cuenta de que uno de los dos sinogramas con los que se escribe la palabra «hijo» significa «respiración». No es ninguna casualidad.

Minegishi no presta atención a lo que le está diciendo Mandarina. Está acostumbrado a dar órdenes y exigir cosas. Los consejos y las opiniones de otros no llegan a sus oídos. Lo único que necesita de ellos son informes.

—Así pues —prosigue Minegishi—, para asegurarme de que todo está bien envié a algunos hombres a la estación de Sendai para que lo comprueben.

«Parece que Momo tenía razón». Mandarina se encoge un poco.

—Ningún problema. Aunque el Shinkansen no permanecerá mucho rato detenido en la estación.

—Pues bajen ustedes del tren en Sendai con mi hijo y la maleta. Varios de mis hombres los estarán esperando en el andén. También contraté a algunos amigos suyos .

—A la gente de la estación le sorprenderá ver a tantos jóvenes alineados en el andén.

La melodía que anuncia la llegada a la siguiente estación comienza a sonar por el altavoz del tren. Se trata de una pequeña composición ligera y sugerente. Mandarina vuelve a sonreír con inquietud.

—Si todo estuviera yendo como debería, algo así no sería necesario, pero a veces estas cosas son inevitables. Vuelvo a preguntártelo, pues. ¿Está bien mi hijo? ¿Tienen la maleta?

—C-c-claro que sí —responde Mandarina.

—Entonces todo será muy rápido. Lo único que tienen que hacer es mostrarle a mis hombres la maleta y mi hijo y podrán volver a subir al tren.

—Su hijo, sí. Que todavía respira. Comprendido, señor.

Después del anuncio automatizado, la voz del conductor informa a los pasajeros de que llegarán a Sendai en unos instantes.

—Dejaste de hablar —dice Minegishi al otro lado de la línea—. ¿Qué pasó?

—El anuncio de estación que hicieron por altavoz era demasiado alto. Estamos llegando a Sendai.

—Van en el vagón número tres, ¿verdad? Mis hombres los esperarán en el andén. Cuando el tren llegue a Sendai tienen que bajar, ¿entendido?

—Pero es que ahora mismo su hijo está en el baño, señor —comenta Mandarina sin pensar, y luego tuerce el gesto. «Vaya excusa más pobre. Eres más inteligente que eso».

—Repito una vez más que sus instrucciones consisten en bajar del vagón número tres y mostrarles la maleta y mi hijo a mis hombres. Eso es todo.

—En realidad, tuvimos un pequeño desacuerdo con uno de los conductores y nos trasladamos al vagón número nueve —se apresura a decir Mandarina—. No llegaremos al tres a tiempo.

—Entonces vayan al seis. Está a mitad de camino del nueve y el tres. Ahí sí que podrán llegar a tiempo, ¿no? Yo avisaré a mis hombres que los esperen frente al vagón número seis. Bajen de este. Con mi hijo.

—Solo por curiosidad, señor —dice Mandarina, intentando que su tono de voz suene lo más despreocupado posible—. ¿Qué sucedería si sus hombres pensaran que hay algo que está mal? No se pondrían a disparar ahí en medio...

—¿Hay algún problema con mi hijo o la maleta? Si no lo hay, no tienen nada de lo qué preocuparse.

—Pero sus hombres podrían malinterpretar algo. Si discutimos con ellos y las cosas se ponen feas en el andén de la estación, podría haber un problema.

—¿Para quién?

Mandarina no sabe qué decir. Sabe que no puede argumentar de forma convincente la necesidad de evitar posibles testigos inocentes.

—Hay muchos pasajeros en el tren, si hubiera un tiroteo podrían entrar en pánico.

—No hay tanta gente a bordo —niega Minegishi categóricamente.

—En realidad, señor, está casi lleno. —Mandarina no vacila en mentir. No cree que Minegishi tenga modo alguno de saber cuánta gente va en el tren.

—No está lleno. Bloqueé la mayoría de los asientos.

—¿Bloqueó...?

—En cuanto me enteré de qué tren tomarían con mi hijo, compré boletos para todos los asientos disponibles.

—¿Todos? —Mandarina no puede evitar alzar algo la voz ante la inesperada noticia. Sin embargo, recupera con rapidez su escepticismo habitual. «No es imposible pero, ¿por qué haría algo así?».—Quería minimizar las variables. Reducir riesgos. En el Shinkansen puede pasar cualquier cosa. Cuantos menos pasajeros haya, más fácil les resultará mantener a mi hijo a salvo. ¿Me equivoco?

«Del todo. Tanto como muerto está su hijo. Y no tardaron nada en cargárselo». Mandarina reprime el impulso de contárselo a Minegishi. Entre las pocas personas que van en el tren, además, varias son profesionales. La estrategia de Minegishi no parece haber servido de mucho.

—¿Cuánto dinero cuesta algo así?

—No demasiado. En cada vagón hay cien asientos, así que en total adquirí menos de mil boletos.

Mandarina frunce el ceño. No le sorprende que la relación de Minegishi con el dinero sea tan distinta de la suya; al fin y al cabo, la mayoría de la gente que los contrata a Limón y a él vive en otro plano económico. Aun así, ese modo de despilfarrar le parece estúpido. ¿De qué ha servido? ¿En ningún momento se paró a considerar la posibilidad de que a los conductores les pudiera extrañar que hubiera tan poca gente en el tren, a pesar de que todos los asientos habían sido adquiridos?

De fondo, Mandarina puede oír la risa de una niña. La hija de Minegishi, supone. La discordancia entre la escena doméstica que imagina y los terribles acontecimientos que están teniendo lugar en el Shinkansen lo fastidia. ¿Cómo puede Minegishi estar disfrutando del tiempo libre con su hija mientras sabe que su hijo y heredero está en peligro? La única explicación es que sus valores son por completo distintos de los de las personas normales, y que su estructura psicológica está por completo distorsionada.

—En cualquier caso, me dijiste que el tren va lleno, lo cual es mentira. El tren no va lleno. Yo que tú dejaría de lado de una vez las mentiras y las exageraciones. Siempre las captaré. Y eso no hará sino empeorar las cosas. Pero no te preocupes. Mientras no causes ningún problema en Sendai, todo saldrá bien.

Y, tras decir eso, cuelga.

El Shinkansen toma una suave curva y comienza a aminorar la velocidad.

No hay tiempo para pensar. Mandarina deja atrás el vagón número nueve y empieza a recorrer el ocho.

—¿Qué sucede? —pregunta Nanao con desazón. Pero Mandarina no responde, de modo que se limita a ir detrás de él, apoyándose ocasionalmente en los reposacabezas de los asientos para no perder el equilibrio a causa del movimiento del tren al desacelerar.

Un par de pasajeros está tomando su equipaje de las bandejas portaequipajes. Está claro que van a bajar en Sendai. Cuando Mandarina ya está llegando a la puerta que hay al otro extremo del vagón, un chico asoma por ella. «Apártate de mi camino», piensa Mandarina, pero el chico se dirige a él:

—Es usted el señor Mandarina, ¿verdad? El señor Limón está buscándole.

«Oh, claro». Se había olvidado completamente de Limón. Pero ahora no tiene tiempo.

—¿Dónde está?

—Dijo que tenía que hacer algo y se dirigió a la parte trasera del tren.

Mandarina se queda mirando al chico. Pelo reluciente sin raya al lado, ojos grandes como los de un gato, nariz elegante. «Otro niño rico».

No hay tiempo. Mandarina cruza la puerta y sale al vestíbulo. Puede notar que el conductor accionó los frenos.

—¿Se puede saber qué estás haciendo? ¿Adónde vas? ¿Cuál es tu plan? —Nanao no se calla.

Unos cuantos pasajeros permanecen de pie en el vestíbulo a la espera de poder bajar del tren. Se voltean y miran con recelo a Mandarina y a los otros dos que van detrás de él.

Mandarina echa un vistazo al compartimento portaequipajes y agarra la primera maleta negra que ve, robusta y mucho más grande que la que llevaban Limón y él.

—¿Qué haces con eso? —quiere saber Nanao.

Rodeando a la gente que espera, Mandarina entra en el vagón número siete. Pasa a toda velocidad al lado de los pasajeros que llenan el pasillo a la espera de salir del tren, que lo miran con enojo.

Llega al siguiente vestíbulo. En él también hay una cola de gente esperando para bajar. Aquí es donde se supone que debería estar, entre los vagones siete y seis. Se queda a cierta distancia de la cola. Nanao llega a su lado un momento después. Y a continuación lo hace el chico.

—Escucha —dice, volteándose hacia Nanao—. Tenemos que bajar un momento en Sendai.

—¿Es eso lo que te dijo Minegishi?

—Sus hombres están esperando en la estación. Debo bajar al andén con su hijo y la maleta para que comprueben que tengo ambas cosas.

—Esta maleta es distinta —señala Nanao.

—Cierto. Y tú no eres el hijo de Minegishi.

—¿Qué?

—Lo único que podemos hacer para intentar salir de esta es mentir. Tanto la maleta como el hijo serán falsos. Tú solo quédate callado y deja que hable yo.

Nanao permanece ahí de pie, incapaz de procesar lo que Mandarina está diciéndole.

—¿Yo?

Al desacelerar, el Shinkansen da una sacudida que casi los tira a todos. Mandarina no puede mantener el equilibrio con las piernas y tiene que apoyarse en la pared para no caer.

—Tienes que hacer ver que eres el hijo de Minegishi, ¿lo entiendes?

El tren ya está deteniéndose en el andén de la estación de Sendai.

—¿Pero...? —Nanao comienza a mirar a su alrededor con nerviosismo—. ¿Qué se supone que debo...?

—Tú ven conmigo.

De repente, el chico interviene.

¿No sería mejor que ignorara las instrucciones que le dieron? —le dice a Mandarina—. Si no baja, esos hombres no podrán saber qué le pasó, ¿no? Mientras no sepan cuál es la situación, no harán nada. Hágase el tonto y quédese en el tren hasta que se marche.

«¿Diría algo así un chico normal y corriente?». A Mandarina no le gusta. La idea tiene sentido, pero no quiere cambiar de plan llegado a este punto.

—Si no bajamos, esos hombres subirán al tren. Y serán muchos. No queremos que pase eso.

Las puertas se abren.

Nanao

El anuncio de la partida del tren resuena por toda la estación de Sendai y gente con equipaje comienza a subir a bordo del Shinkansen. Nanao registra sus movimientos por el rabillo del ojo mientras permanece junto a Mandarina en el andén. Frente a ellos hay tres hombres trajeados. «Dos contra tres», dice una voz en su interior. Un par de metros más allá ve a un hombre alto con la cabeza afeitada y, un poco más lejos, a dos tipos musculosos que parecen luchadores. Todos están mirándolos a él y a Mandarina.

—Esto es como una falta en un partido de futbol. Una hilera de hombres formando un muro.

Mandarina mientras tanto está tranquilo. O al menos, eso parece. Habla con serenidad y no se le acelera la respiración.

—Tú debes de ser Mandarina —dice el tipo trajeado del medio. Carece de cejas y tiene los ojos saltones—. Oí hablar mucho de ti y de tu socio. Recibimos una llamada urgente del señor Minegishi diciendo que debíamos venir a comprobar que todo estuviera bien.

A pesar de lo que está diciendo, el tono del tipo trajeado es educado.

Nanao levanta algo la mirada y repara en un conductor que permanece de pie al final del andén. Está mirándolos inquisitivamente, lo que tiene sentido: no deben de parecer un grupo normal de personas. Desde luego, no son amantes separándose, ni tampoco amigos despidiéndose. De algún modo, el conductor se da cuenta de que es más seguro para él mantener las distancias.

Engañar a los secuaces de Minegishi con la maleta no debería ser muy difícil. Mandarina solo tiene que insistir en que se trata de la auténtica y probablemente le creerán. «El problema soy yo», piensa Nanao, bajando de nuevo la mirada. Hazte pasar por el hijo de Minegishi, le dijo Mandarina, pero lo cierto es que no tiene ni idea de cómo hacer eso. ¿Por qué iba a saberlo?

—¿Te importaría abrir la maleta?

—No se puede —responde Mandarina—. No sabemos cómo hacerlo. ¿Saben ustedes lo que hay dentro? Podría pedirles que la abrieran por mí.

El tipo trajeado sin cejas no dice nada, pero extiende la mano para agarrar la maleta. Se inclina para verla mejor y luego la agarra por el mango y comprueba que tiene un cierre de combinación. La examina como si fuera un coleccionista mirando un jarrón poco común, pero a Nanao no le parece que se haya dado cuenta de que no es la verdadera maleta de Minegishi.

—¿Qué son estas iniciales? —dice, levantando la mirada hacia Mandarina.

En la base hay dos calcomanías: «MM». Son de color rosa intenso y brillantes. Como las que llevaría una adolescente.

—Seguramente es la M de Minegishi —contesta Mandarina sin perder la calma.

—¿Y por qué hay dos? El señor Minegishi se llama Yoshio.

—Como dije, es la M de Minegishi.

—Me refiero a la segunda M.

—Esa también es de Minegishi. Ja, ja, ja. Bueno, el nombre Yoshio significa «hombre honrado», así que debe de tratarse de una broma, ¿no? En cualquier caso, no fui yo quien puso esas calcomanías ahí. No me preguntes qué quieren decir. El Shinkansen partirá de un momento a otro. ¿Podemos volver a subir?

Ya no baja más gente del Shinkansen. Ni tampoco sube nadie. Las únicas personas que permanecen en el andén están esperando el siguiente tren.

El tipo trajeado vuelve a erguirse y se coloca justo delante de Nanao.

—¿Siempre ha llevado lentes? —Nanao tiene la sensación de que el corazón está a punto de salirle por la boca. Siente un irrefrenable deseo de quitarse los lentes, pero consigue contener el impulso.

—Fue idea mía —contesta Mandarina—. No sé si estás al corriente, pero el Pequeño Minegishi... —Al oír eso, el tipo sin cejas se tensa algo, de modo que Mandarina se corrige a sí mismo—, quiero decir, el hijo del señor Minegishi fue secuestrado por gente muy peligrosa. Eso quiere decir que es un objetivo. Es muy posible que en el Shinkansen haya alguien que quiera atacarlo, así que pensé que necesitaba un disfraz.

—¿Unos lentes?

—Sí, y otros pequeños detalles. Tiene un aspecto distinto del habitual, ¿no? —dice Mandarina sin perder en ningún momento la calma.

—Supongo que sí —responde dubitativamente el tipo trajeado y, a continuación, agarra su celular—. El señor Minegishi me envió una fotografía de su hijo. —En la pantalla del celular puede verse una cara y el tipo alza el brazo para colocarlo junto a la de Nanao.

—¡Date prisa, que el tren está a punto de partir! —Mandarina exhala un suspiro de exasperación.

—No se parecen mucho.

—Claro que no. Modificamos su aspecto para que nadie lo reconociera. Pelo, lentes... Bueno, ahora nos vamos. Puedes decirle a Minegishi que todo está bien. —Mandarina coloca una mano sobre el hombro de Nanao para llevárselo hacia el tren. Él asiente y procura transmitir un aire de suficiencia para que no se note su alivio. «No veo el momento de terminar con esta farsa».

Entonces, el tipo sin cejas pronuncia un nombre desconocido. Nanao casi lo ignora, pero de repente cae en la cuenta de que tal vez se trata del nombre del hijo de Minegishi, de modo que levanta la mirada hacia el tipo. Parece que su corazonada es correcta.

—Así que tu padre es el único que puede abrir la maleta, ¿Oye? —dice el tipo.

Nanao tuerce el gesto y asiente.

—Yo no tengo ni idea de cuál es la combinación —responde, pero vuelve a sentirse intranquilo y tiene la sensación de que debería hacer algo más que permanecer ahí de pie, de modo que agarra la maleta y comienza a toquetear el cierre de combinación—. Sería genial dar con ella por casualidad... —Por alguna razón, piensa que este numerito hace que su ignorancia resulte más creíble. Es el clásico ejemplo de alguien que actúa de un modo extraño cuando quiere mostrarse despreocupado.

En ningún momento se le ocurrió que, manoseando la cerradura de este modo, pueda llegar a encontrar la combinación correcta. «Nadie lo haría y, con mi suerte, yo menos». Pero se olvida de la Ley de Murphy: probando combinaciones al azar no se abrirá la cerradura, a no ser que precisamente uno no quiera que lo haga.

De repente la maleta se abre y, a causa del poco cuidado con el que Nanao estaba manipulándola, una avalancha de ropa interior femenina cae al suelo del andén.

Tanto el tipo sin cejas como los otros dos tipos trajeados permanecen inmóviles. También el de la cabeza afeitada y los dos musculosos. Les cuesta comprender lo que están viendo.

Lo único que tienen claro es que esa maleta llena de ropa interior no pertenece a Minegishi.

Incluso Mandarina se queda estupefacto. Nanao es quien está más tranquilo, pues ya está acostumbrado a estos repentinos golpes de mala suerte. Se siente vagamente sorprendido y piensa algo como «¿Otra vez?» o, más bien, «Debería de haberlo sabido». Sin pensarlo dos veces, sube al tren de un salto y a continuación lo hace Mandarina. Justo cuando este entra en el vestíbulo, las puertas se cierran y el Shinkansen se pone en marcha.

Por la ventanilla pueden ver cómo el tipo trajeado sin cejas se lleva el celular a la oreja.

—Bueno, ¿y ahora qué? —pregunta Nanao a Mandarina, que en ese momento está exhalando profundamente. Ajeno a la agitación de ambos hombres, el Shinkansen comienza a acelerar.

—¿Se puede saber por qué abriste la maleta? —Mandarina lo queda mirando con severidad. Quizá piense que Nanao quiso tenderle una trampa, pero su rostro, frío y pálido, es difícil de interpretar.

—Solo me pareció que sería más convincente que probara abrir la cerradura.

—¿Te pareció que eso era convincente?

—Si no hubiera podido abrirla, me habrían creído.

—Ya, pero la abriste.

—Supongo que soy un tipo afortunado. —Nanao se ríe de su pequeño chiste—. Bueno, imagino que ahora piensan que tramamos algo. Como poco, deben de haberse dado cuenta de que la maleta era falsa.

—Eso seguro. Si después de Omiya sospechaban que sucedía algo raro, ahora seguro que ya no albergan ninguna duda.

—Pero el tren no vuelve a parar hasta Morioka, así que de momento estamos a salvo —observa Nanao, intentando ver el lado bueno de la situación. Y, aunque sabe que no es más que un autoengaño, se aferra a ello.

—Limón diría justo lo mismo. —Al pronunciar esas palabras, se pregunta en voz alta—: Por cierto, ¿dónde está Limón? —Mandarina mira a un lado y a otro en busca del chico—. ¡Oye, tú! ¿No dijiste que Limón había ido a la parte trasera del tren? —le pregunta al estudiante . «¿El chico todavía está aquí?», piensa por su parte Nanao. El Príncipe estuvo escuchándolos y vio lo que sucedió en el andén de la estación de Sendai. Tiene que haberse dado cuenta de que se trataba de un asunto peligroso, pero no salió corriendo ni fue a avisar a nadie. «¿Dónde están sus padres?». A juzgar por su aspecto, parece un alumno pulcro y educado, pero a lo mejor tiene un lado oscuro y se siente atraído por las cosas poco ortodoxas. Nanao prueba imaginárselo. Tal vez, sin embargo, el chico solo quiera alardear con sus amigos las locuras que vivió en el Shinkansen.

—Sí. —El chico asiente—. Su amigo se marchó corriendo en esa dirección, como si se hubiera olvidado de hacer algo —añade, señalando hacia el vagón número seis.

—Puede que haya bajado en Sendai —dice Nanao.

—¿Por qué haría algo así?

—No lo sé. ¿No podría ser que se hubiera hartado de todo esto y hubiera decidido dejar el encargo?

—Limón nunca haría algo semejante —responde Mandarina con tranquilidad—. Quiere ser un tren útil.

—El hombre con el que yo estaba también desapareció —dice el chico, mirando alternativamente a Mandarina y a Nanao—. ¿Qué está pasando aquí? —Parece el delegado de una clase o el capitán de un equipo midiendo el estado de ánimo del grupo antes de asignarles a sus miembros distintas responsabilidades—. ¡Ah, por cierto...!

—¿Sí?

—La siguiente parada no es Morioka.

«¿¡Qué!?» casi exclama Nanao ante esa noticia inesperada.

—¿Cuál es, entonces?

—Ichinoseki. Llegaremos en unos veinte minutos. Luego viene Mizusawa-Esashi, después Shin-Hanamaki y, entonces sí, Morioka.

—Pensaba que el Hayate iba directo de Sendai a Morioka.

—No todos. Este es uno de los que no.

—No lo sabía. —Mandarina parece tan sorprendido como Nanao. Justo en ese momento, suena el celular de Nanao—. Contesta. Seguramente es tu Maria —añade de inmediato Mandarina.

No hay ninguna razón para no aceptar la llamada.

—Imagino que no bajaste en Sendai —dice con tono acusador Maria.

—¿Cómo lo sabes?

—Antes contéstame algo más importante, ¿estás bien? Temía que Mandarina o Limón te hubieran atrapado.

—Ahora mismo, estoy con Mandarina. ¿Quieres hablar con él? —bromea sarcásticamente Nanao.

Maria permanece un instante callada. Debe de estar preocupada.

—¿Te capturaron?

—No, no. Estamos ayudándonos —dice al tiempo que mira a Mandarina. Este se encoge de hombros—. Hice lo que me sugeriste y les devolví la maleta.

—Te dije que ese era el último recurso.

—Y ahora, llegó el momento del último recurso.

Maria vuelve a quedarse callada. Mientras tanto, Mandarina recibe también una llamada y se aparta para contestarla. El chico se queda solo, pero no regresa a su asiento. Se queda ahí, mirando a los dos hombres.

—¿Cuál es la siguiente estación? —pregunta Maria.

—Pues parece que no es Morioka, sino Ichinoseki.

—Entonces, ahí es donde deberías bajar. Olvídate de la maleta. Baja de una vez de ese tren. Está maldito. ¡Es demasiado peligroso! Tú baja y no voltees la mirada.

Nanao sonríe con amargura.

—Al tren no le pasa nada. Soy yo quien está maldito.

—Y no bajes la guardia con Mandarina y Limón. Ellos también son peligrosos.

—No hace falta que me lo digas.

Nanao finaliza la llamada. Al poco, Mandarina vuelve a su lado.

—Era Minegishi. —Su expresión sigue inmutable, pero en ella puede adivinarse un profundo pesar.

—¿Qué dijo? —quiere saber el chico.

Mandarina le lanza una penetrante mirada de advertencia y luego se voltea hacia Nanao.

—Me dijo que vaya hasta Morioka.

—¿Hasta Morioka?

Al parecer, Minegishi se mostró más diligente que enojado. Quería saber por qué Mandarina les había enseñado a sus hombres una maleta falsa.

—No sabía si debía disculparme, hacerme el tonto o mostrarme impertinente —le explica Mandarina a Nanao—. Al final, terminé diciéndole que sus hombres estaban apretándome demasiado los tornillos, así que quise ponerlos en su lugar.

—¿Y por qué le dijiste eso? Diría que esa respuesta todavía enfadará más a Minegishi.

—Pensé que algo así lo confundiría aún más, y que no tendría claro si lo traicioné o si simplemente estoy tomándole el pelo. Pero, en realidad, no era nuestra intención traicionarlo en ningún momento. Solo la cagamos.

«Sí, y esa cagada le costó la vida al hijo de Minegishi». A Nanao se le hace un nudo en el estómago.

—«Si no tienen nada qué ocultar, vendrán a Morioka», me dijo Minegishi. «Si, en cambio, bajan antes del tren, entenderé que están huyendo de mí. Y, en ese caso, lo lamentarán. Los haré sufrir tanto que desearán haber venido a Morioka». «Claro que iremos a Morioka —le contesté yo—. Su hijo se muere de ganas de verlo».

Tras reproducirle la conversación a Nanao, Mandarina vuelve a encogerse de hombros y concluye:

—Así pues, ahora Minegishi está de camino a la estación de Morioka.

—¿En persona?

—Sí, en vez de quedarse tranquilamente en su villa —dice Mandarina, molesto—. Le dijeron que estaba pasando algo extraño y que debía comprobarlo él mismo.

—¿Quién le dijo eso?

—El tipo ese de la estación de Sendai. «Será mejor que lo compruebe usted mismo», dijo.

Al principio, Nanao no sabe qué decir. «¿De verdad un subordinado de Minegishi lo apremió a salir de casa?».

—Bueno —dice un momento después—. Te deseo lo mejor. Yo bajaré en Ichinoseki.

Mandarina saca una pistola y apunta con ella a Nanao. Es un arma pequeña y de líneas elegantes. Parece más una cámara digital con una forma extraña que un arma de fuego.

El chico abre los ojos como platos y da un paso atrás.

—Tú te quedas conmigo, Mariquita.

—No, lo siento. Yo me despido en Ichinoseki. Del tren y de este encargo. Tu maleta está en el cuarto de empleados y la mujer que mató al hijo de Minegishi en el multiusos que hay después del vagón de primera clase. Puedes explicárselo todo a Minegishi.

—No —dice Mandarina en un tono cortante—. ¿Acaso crees que tienes alguna opción? ¿Crees que cuando saco una pistola estoy blofeando?

Nanao no asiente ni niega con la cabeza.

—¿Y no va a ir a buscar al señor Limón? —pregunta entonces el chico, que vuelve a sonar como si fuera el delegado de una clase y estuviera intentando dar por concluidas las enrevesadas discusiones de una extraña reunión de la asamblea escolar. «¡Qué fácil la tienen los chicos!», piensa Nanao.

Kimura

—¿Quién llamó? —le pregunta Akiko a su esposo Shigeru Kimura en cuanto cuelga el teléfono.

Viven en una vieja zona residencial situada en la prefectura de Iwate, al norte de Japón. Había sido construida por un promotor entusiasta en una época de bonanza económica. Con el paso de los años y la llegada de la crisis, los residentes más jóvenes se habían trasladado a zonas más urbanas, la población había disminuido, los planes de las secciones sin construir se habían quedado en meros proyectos y la zona había ido adquiriendo un aspecto desolado y mortecino. Los colores de los edificios se habían desvaído y daba la impresión de que el lugar había pasado sin transición de la fase de desarrollo a la de deterioro. A Shigeru y Akiko, sin embargo, esta zona residencial por lo menos les parecía bien, alejada como estaba de los ruidos y las extravagancias de la ciudad. Cuando, diez años atrás, habían encontrado en la zona una pequeña casa unifamiliar, la compraron sin pensárselo dos veces, y desde entonces, vivían felices allí.

—Alguien que iba en el Shinkansen —contesta.

—¿En serio? —dice Akiko, dejando una bandeja con pastelitos de arroz y galletitas picantes en la mesa—. Aquí tienes. Alterna las dulces y las picantes. Lo único que falta es un poco de fruta —comenta ella con jovialidad—. ¿Y qué quería?

—Cuando le llamé antes, Yuichi me dijo que lo estaban reteniendo. «Ayúdame», me dijo.

—Sí, lo recuerdo. Me comentaste que iba en el Shinkansen y que te quería hacer una broma pesada.

—Sí, pero ahora creo que tal vez no se trataba de ninguna broma. —Como no termina de comprender la situación, las explicaciones de Shigeru Kimura son más bien vagas—. El chico con el que hablé antes acaba de llamarme.

—¿Y te dijo que Yuichi estaba tramando algo?

—Lo que me contó es muy extraño.

Se lo explica a su esposa. Ella ladea la cabeza, extrañada, y luego agarra una galletita y se la mete en la boca.

—No pica tanto. ¿Quieres volver a llamar a Yuichi?

Shigeru manipula con torpeza el teléfono digital para intentar devolver la llamada al último número que lo llamó a él. Cuando al final averigua cómo hacerlo y presiona el botón, salta un mensaje diciendo que el teléfono al que está tratando de llamar fue apagado.

—Esto no me gusta —dice Akiko mientras mastica otra galleta.

—Estoy preocupado por Wataru. —Una opresión oscura e indefinida comienza a extenderse letalmente en su interior. Como el chico con el que habló por teléfono no le dio detalles, Shigeru no puede evitar que su imaginación comience a divagar.

—¿Está en peligro?

—No lo sé. —Shigeru vuelve a agarrar el teléfono y llama al hospital—. ¿En qué diablos estaba pensando Yuichi para dejar a Wataru y tomar el Shinkansen? ¿Crees que quizá venía a vernos?

—Si fuera así, nos habría avisado. Incluso si pretendía darnos una sorpresa, al menos se habría asegurado de que estábamos en casa.

—¿Es posible entonces que se haya cansado de cuidar de Wataru y haya decidido huir?

—Es un alcohólico y un vago, pero nunca haría algo así.

Shigeru sigue al teléfono. Al principio, no responde nadie. El tono de llamada continúa sonando. Por fin, una empleada descuelga el teléfono. Se trata de una enfermera a la que Shigeru había visto varias veces, y cuando le dice su nombre le contesta con amabilidad.

—¿Está bien Wataru?

—Fui a verlo hace poco y no había ningún cambio, pero si quiere puedo ir a mirar otra vez. —Shigeru espera un minuto o dos a que la enfermera regrese—. Sigue igual, pero si hay alguna novedad me aseguraré de ponerme en contacto con usted.

Él le da las gracias y, tras permanecer un momento callado, le explica:

—Es que estaba echándome una siesta y tuve una pesadilla. Soñé que un tipo peligroso había entrado furtivamente al hospital para hacerle daño a Wataru —comenta algo avergonzado.

—¡Dios mío! —La enfermera no parece saber qué responder—. ¡Debe de haberse preocupado mucho!

—Lamento haberla molestado. Supongo que los ancianos le damos demasiada importancia a los sueños.

—No se preocupe. Lo entiendo a la perfección.

Está claro que ella está haciendo lo posible para mostrarse educada, lo cual él agradece. Es preferible eso a que lo consideren a uno un incordio. Termina la llamada y cuelga el teléfono.

—¿Temes que pueda suceder algo grave? —pregunta Akiko con el ceño fruncido mientras se lleva una taza de té a los labios y le da un sorbo.

—Creo que ya sucedió. Y mi instinto no suele fallar. —Se acaricia la incipiente barba blanca mientras piensa—. Hay algo raro en todo esto.

—¿Qué quieres decir?

—El chico que llamó. Al principio parecía un jovencito normal, pero en esta última llamada me pareció que su voz sonaba distinta. —Shigeru yergue la espalda y, con un crujido de articulaciones, extiende los brazos por encima de la cabeza.

Piensa en la llamada. Era una voz masculina y le dijo que tenía catorce años. Hablaba con claridad, pero no le dio muchos detalles. «Con lo tranquilos que debían de estar usted y su esposa en casa... No debería haberlos llamado —se disculpó, como si hubiera hecho algo malo—. Lo siento, esto es todo lo que tenía que decir. Ahora voy a colgar». Y entonces colgó, dejando a Shigeru en la más absoluta confusión.

—¿Crees que este chico trama algo? —Akiko prueba otra galletita—. La verdad es que estas galletas son más dulces que picantes.

—Ya sabes que suelo tener razón con estas cosas.

—Pero incluso si fuera así, ¿qué puedes hacer al respecto? No conseguiste ponerte en contacto con Yuichi. Quizá deberíamos llamar a la policía.

Shigeru se pone de pie y se dirige al armario que hay en la habitación contigua.

En los estantes guardan sus futones enrollados.

—¿Vas a echarte una siesta? Siempre lo haces cuando estás preocupado. —Akiko exhala un suspiro y se come otra galletita—. Y la mayoría de las veces tienes pesadillas.

Pero una oscura neblina ofusca la mente de Shigeru. Tiene la sensación de que la pesadilla ya comenzó .

Fruta

«¿Dónde se metió Limón?».

Mandarina avanza por el pasillo en dirección a la parte posterior del tren. Permanece alerta por si ve alguna señal de su compañero. De momento, no hay rastro alguno.

—Ya te dije que seguro bajó en Sendai —dice Nanao, entrando a un vestíbulo detrás de él—. Debe de haber surgido algo urgente.

Mandarina da media vuelta.

—¿Y qué puede haber sido tan urgente?

Nanao se detiene de golpe. Todo su cuerpo está tenso y se comporta con nerviosismo, pero también se coloca a una distancia perfecta para repeler cualquier ataque repentino. Mandarina lo observa con atención. Desde luego, puede parecer un tipo asustadizo y poco fiable, pero en lo que se refiere a su línea de trabajo hay que decir que se trata de todo un profesional. Detrás de ellos va el estudiante. Que siga con ellos resulta extremadamente molesto, pero le da pereza librarse de él.

—Tal vez, vio a alguien cuyo aspecto no le gustaba y decidió seguirle —conjetura Nanao.

—... lo mismo me pasó a mí.

En efecto, cabe la posibilidad de que Limón haya visto a alguien sospechoso saliendo del baño y haya decidido seguirlo. A Mandarina no se le ocurre quién podría ser esta persona, pero Limón funciona de un modo más instintivo que racional, y bien podría haber tomado esa decisión sin pensarlo dos veces. Parece algo factible. A pesar de que estuvo en el andén con Nanao, Mandarina no tuvo la oportunidad de mirar a un lado y a otro y Limón podría haber bajado del tren sin que lo viera.

—Pero si hubiera hecho eso, se habría puesto en contacto conmigo —dice Mandarina más a sí mismo que a Nanao—. Es lo que hizo en otras ocasiones. Puede que sea vago y descuidado, pero cuando hay un cambio de planes siempre llama.

Los trenes útiles siempre llegan a su hora, dice siempre Limón. Y cuando deben cambiar de vía, avisan a alguien. Si no lo hacen de antemano, sí tan pronto como pueden. Para Limón es una cuestión de principios.

Mandarina agarra su celular y mira la pantalla. No ha recibido ninguna llamada.

Mientras está mirando el celular, el estudiante recibe una llamada. Mandarina no oye el tono ni ninguna vibración a causa del estruendo del tren, pero de repente el chico se lleva su celular a la oreja y se aparta de ellos para colocarse junto a la puerta. Mandarina decide aprovechar la oportunidad para deshacerse de ese pesado chico: se voltea y sigue adelante.

La puerta automática del siguiente vagón se abre y, tras entrar en él, Mandarina comienza a inspeccionar las caras de los pasajeros y su equipaje. Nadie se parece a Limón, ni nadie parece tampoco haber tenido nada qué ver con él.

Llega al siguiente vestíbulo, seguido por Nanao.

—Como dije, debe de haber bajado en Sendai.

Mandarina vuelve a detenerse.

—Algo me dice que no lo hizo. —Se voltea otra vez hacia Nanao. Las reverberaciones del tren en las vías son como el atronador latido de un corazón. Mandarina se imagina que viajan por una inmensa arteria de acero.

—¡Oye, Mariquita! —De repente se le ocurre algo—. ¿Tú no hablaste con Limón?

—¿Que si hablé con Limón? ¿Qué quieres decir?

—En algún momento.

—Podría decirse que sí, hablamos un poco.

—¿Te dijo algo sobre una llave que estoy buscando? ¿O quizá te dio algún otro mensaje para mí?

—¿Una llave? ¿Una llave para qué? —pregunta Nanao con recelo.

—No importa —dice Mandarina.

«¿Y si...? —piensa entonces—. ¿Y si Limón está muerto?». Finalmente, se permite contemplar esa posibilidad. «Podría ser». No es imposible y, de hecho, en este Shinkansen en concreto parece perfectamente posible. «¿Por qué no lo consideré antes?». A Mandarina le sorprende lo mucho que tardó en hacerlo.

Si Limón fue asesinado, tiene que haber sucedido hace poco. Lo que significa que el asesino no anda lejos. Mandarina no puede estar seguro de que no haya sido Nanao y, en ese caso, piensa que Limón podría haber intentado dejarle algún mensaje o pista.

—Entonces ¿no te dijo nada?

—Nada sobre ninguna llave, no. —No parece estar ocultando nada. Entonces Mandarina cae en la cuenta de que, tras dejar a Limón frente al baño, él se siguió hacia la parte frontal del tren en busca precisamente de Nanao, de modo que él no pudo haberlo asesinado sin que se diera cuenta. En cuanto junta todas las piezas, le resulta obvio y sonríe irónicamente.

—Cuesta imaginar que alguien haya podido liquidarlo.

—Desde luego, es un tipo duro, sí —admite Nanao—. Lo que sí me dijo es que, en caso de morir, regresaría.

Por un segundo, Mandarina considera la posibilidad de que se trate de un mensaje de Limón, pero luego lo descarta. Limón siempre anda diciendo eso. Siempre que conoce a alguien se jacta de ser inmortal y le dice que, si muere, resucitará. A veces explica que lo hará como Limón Z, aunque Mandarina no sabe muy bien a qué se refiere con eso.

—Sí, bueno, ni Limón ni yo nos rendimos con facilidad. No importa lo que ocurra, siempre regresamos cuando uno menos se lo espera.

En ese momento, un conductor entra en el vestíbulo procedente de la parte trasera del tren. Parece joven, pero camina con la cabeza alta y la espalda erguida, lo que le confiere una apariencia de formalidad y seriedad.

—Disculpe. ¿Recuerda la maleta que le di antes? Le pertenece a él —le dice Nanao sin vacilar, señalando a Mandarina.

El conductor echa un rápido vistazo a Mandarina.

—¡Ah, sí! Antes hice un anuncio por altavoz, pero no vino nadie a buscarla. Todavía está en el cuarto de los empleados. ¿Quieren ir por ella ahora?

—Buena idea —contesta Nanao, volteándose hacia Mandarina—. Vayamos a buscar la maleta, ¿te parece?

Mandarina duda. Todavía no han encontrado a Limón, pero tampoco quiere volver a perder la maleta. Seguramente, será mejor ir a buscarla ahora que tiene la oportunidad.

—Señor Mandarina —dice entonces una voz juvenil, y este advierte que el estudiante vuelve a estar con ellos. Debe de haber venido corriendo después de terminar la llamada. «Mocoso nefasto». Mandarina está comenzando a sentir auténtica antipatía por él. Seguro que el chico solo quiere meter las narices en los asuntos de los mayores para sentirse como un adulto, pero lo único que está consiguiendo es ser una molestia tremenda. Cuando comienza a pensar qué diantre puede hacer para librarse de él, el chico vuelve a hablar—. Antes vi algo extraño.

—¿Vamos a buscar la maleta? —pregunta el conductor sin prestar atención al chico y, tras decir eso, se pone en marcha esperando con claridad que lo sigan.

Lo hacen. Nanao primero, luego Mandarina y el chico al final.

Cuando dejan atrás el vagón número siete y llegan al vestíbulo que hay entre este y el ocho, el chico comienza a jalar la chamarra de Mandarina. Son pequeños jalones insistentes, como si estuviera intentando llamar su atención. Este se da la vuelta y el niño señala con los ojos la puerta del baño.

—¡Oye! —le dice Mandarina a Nanao—. Tú ve tendido y agarra la maleta. Yo esperaré aquí un momento mientras el chico va al baño.

El conductor no parece darse cuenta de que falta alguien, aunque posiblemente Nanao sí que se da cuenta de lo que está pasando, pues se limita a asentir. Ambos desaparecen tras la puerta del siguiente vagón.

En cuanto se han alejado, Mandarina se acerca a la puerta del baño.

—¿Aquí es donde viste algo extraño?

—Sí, esto de aquí. —El chico adopta una expresión dócil y señala un cable de cobre que sobresale de la ranura lateral de la puerta.

Mandarina abre los ojos como platos. Es uno de los alambres de cobre de Limón. Sin duda alguna. Es idéntico al que usó para echar el pasador de la puerta del baño en el que escondieron el cadáver del Pequeño Minegishi.

—Extraño, ¿no? La puerta del baño está cerrada con pasador y, según el letrero, está ocupado, pero no se oye a nadie dentro. Algo raro está pasando. Me da un poco de miedo. —El chico parece estar asustado del baño del mismo modo que un niño pequeño lo está de la oscuridad.

—¿Fue Limón quien dejó esto aquí? —Mandarina agarra el extremo del alambre y lo jala hacia arriba.

El pasador se abre con un ruido metálico.

—¿Está seguro de que quiere entrar? —pregunta el chico.

Mandarina lo ignora y abre la puerta. La escena que ve es decididamente distinta a la de un baño de tren normal. Hay un inodoro, sí, pero también dos cadáveres tirados en el suelo con las extremidades entrelazadas y los cuerpos enroscados como si de un nido de serpientes se tratara. Es una horripilante maraña de brazos y piernas que parece salida directamente de una película de terror.

El mundo de Mandarina enmudece.

Hay dos hombres tirados junto a la base del inodoro, pero el revoltijo de carne no parece humano.

Se diría más bien que se trata de una nueva especie de insecto gigantesco. Alrededor de los cadáveres se extiende un charco de sangre. Parece pipí.

—¡¿Qué pasó!? —exclama el chico a su espalda, agudizando la voz.

—Limón —Mandarina dice el nombre en voz baja.

El sonido vuelve a sus oídos. El traqueteo del Shinkansen penetra hasta lo más profundo de su ser. Visualiza en su mente el rostro de su compañero. No el que tiene delante ahora, con los ojos cerrados bajo un pequeño agujero ensangrentado, sino el del hombre que no dejaba de parlotear a su lado. El infantil brillo en sus ojos cuando decía que quería que la gente lo considerara un buen tren. Mandarina tiene la sensación de que le abren el pecho en dos y, por la abertura, una fría ráfaga de viento le congela el corazón. Se da cuenta de que nunca antes se había sentido así, lo que no hace sino perturbarlo todavía más.

Una frase de un libro resuena en su mente: «Perecimos, completamente solos».

Pasamos mucho tiempo juntos, pero al final todos estamos solos.

El Príncipe

Tras echar un vistazo al interior del baño, el Príncipe retrocede un paso, y luego otro. Se asegura de fingir que está asustado sin perder de vista la expresión de Mandarina. No se le escapa que, por un momento, este palidece y se queda petrificado. Casi parece estar a punto de explotar y romperse en mil pedacitos, como si fuera de cristal. «No imaginaba que fueras a ser tan frágil», le vienen ganas de decir en voz alta.

Mandarina entra en el baño y cierra la puerta, dejando al Príncipe solo en el vestíbulo. Vaya chasco: le habría gustado ver lo que hacía este tipo que parece tan sereno y circunspecto, ¿conseguiría mantener la compostura al ver de cerca el cadáver de Limón o tendría problemas para contener sus emociones?

Al cabo de poco, la puerta se abre y Mandarina regresa al vestíbulo. Su expresión vuelve a ser normal, lo que desilusiona un poco al Príncipe.

—El otro es el hombre que iba contigo, ¿no? —Mandarina lo señala con un pulgar y cierra la puerta detrás de él con la otra mano—. Recibió un disparo en el pecho, pero no en el corazón. ¿Qué quieres hacer?

—¿Q-qué... quiero hacer?

—Limón está muerto, pero tu amigo todavía está vivo.

El Príncipe tarda un momento en procesar lo que Mandarina le acaba de decir. «¿Kimura está vivo?». Estaba convencido de que Limón lo había matado. Lo cierto es que no había sangrado mucho, pero la idea de que haya sobrevivido al disparo hace que de repente piense que a lo mejor Kimura no morirá. Tiene que hacer un esfuerzo para no quejarse de la tenacidad del tipo.

—No me malinterpretes, está bastante mal —añade Mandarina—. No está muerto, pero apenas respira. Así pues, ¿qué quieres hacer? Ten en cuenta que aquí en el tren no puede recibir cuidados intensivos, así que tampoco hay mucho que puedas hacer por él. Tal vez podrías suplicarle al conductor que detengan el tren y llamen a una ambulancia.

El Príncipe no tarda ni un segundo en tener clara su respuesta. No tiene la menor intención de detener el tren e involucrar a las autoridades.

—Ese hombre me había secuestrado.

Y le explica entonces a Mandarina que Kimura lo estaba reteniendo en contra de su voluntad y que sintió mucho miedo. Por supuesto, es todo inventado, pero quizá la historia funcione. Le dice que descubrir que Kimura está al borde de la muerte resulta aterrador y desconcertante, pero, en el fondo, también un alivio. E insinúa además que preferiría que se diera por vencido de una vez y muriera.

Mandarina no parece demasiado interesado en lo que le cuenta. Su expresión es pétrea y difícil de interpretar. El Príncipe espera que, como cualquier otro adulto, le conteste que deberán llamar a la policía de todos modos, pero Mandarina debe de tener sus propias razones para no querer que el tren se detenga, y no dice nada.

Tampoco hace el menor amago de querer marcharse del vestíbulo. Se queda mirando al Príncipe.

—En el baño hay dos personas. Tu amigo todavía no está muerto, pero pronto lo estará. El cadáver de Limón está encima de él, lo que significa que a tu amigo le dispararon primero y luego lo colocaron ahí antes de que Limón muriera. Imagino que fue él quien le disparó y que luego le dispararon a él.

—¿Quién?

—En el baño solo hay una pistola.

—¿Solo una? Entonces ¿quién le disparó?

—Una posibilidad es que Limón haya disparado a tu amigo y que, antes de morir, este haya conseguido quitarle la pistola y le haya disparado... Pero no tengo claro que haya pasado eso.

«Sería maravilloso que lo creyeras». A pesar de estar en guardia, al Príncipe le entran ganas de soltar una carcajada. Este Mandarina es un tipo listo. Razona las cosas. «Me encanta tratar con gente inteligente». Cuanta más lógica emplea alguien, más difícil le resulta a esa persona escapar de las cadenas de la autojustificación y más fácil le resulta a él manipularla a su antojo.

Mandarina se inclina para inspeccionar el trozo de cable de cobre.

—Ahora bien, esto no tiene mucho sentido.

—¿Para qué es ese cable?

—Un pequeño truco de Limón. Lo usaba para echar el pasador de las puertas por fuera. Siempre lo hacía. —Mandarina tira del extremo del cable. No lo hace de un modo emocional ni con tristeza por la muerte de su amigo, sino para comprobar su robustez—. Me pregunto quién habrá echado el pasador de la puerta después de que Limón muriera. Tenía que haber alguien más en ese baño.

—Está usted hecho todo un detective. —El Príncipe no pretende burlarse de Mandarina. Lo dice en serio. Piensa en una escena que leyó tiempo atrás en un libro en la que un famoso inspector explicaba, sereno e imperturbable, cómo se había cometido un asesinato mientras deambulaba de un lado a otro de la habitación en la que se encontraba el cadáver.

—No estoy jugando a las adivinanzas. Solo estoy tratando de deducir el escenario más probable en función de los indicios que tengo ante mí —dice Mandarina—. Todo indica que Limón disparó a tu amigo, metió su cadáver en el baño y luego echó el pasador. Es entonces cuando usó el cable.

El Príncipe no tiene claro adónde quiere ir a parar Mandarina y se limita a asentir con inseguridad.

—Pero luego alguien disparó a Limón. Y esa persona también metió su cadáver en el baño. Seguramente, pensó que esconder ambos cadáveres juntos era la opción más segura. Por último, quienquiera que sea esa persona usó el cable para volver a echar el pasador por fuera.

—No sé qué...

—Seguro que esa persona vio a Limón usar el cable previamente y decidió hacer lo mismo para echar el pasador. Primero vio cómo lo hacía y luego lo imitó .

—¿Crees que Limón le enseñó a hacerlo?

—No, no creo que se lo haya enseñado. Simplemente, vio que usaba el cable. —Mandarina toca el extremo del cable y luego retrocede unos pasos y, agachándose, comienza a examinar el suelo del vestíbulo en busca de alguna pista. Luego pasa los dedos por unas marcas que hay en la pared, tal y como haría un policía que estuviera examinando el escenario de un crimen.

—Por cierto, me dijiste antes que tú y Limón habían hablado, ¿verdad? —pregunta de repente Mandarina, como si la pregunta se le acabara de ocurrir.

—¿Qué?

—Hablaste con él un poco, ¿no?

—¿Cuando estaba vivo?

—Bueno, ya imagino que no lo hiciste después de que muriera. ¿Te dijo algo?

—¿C-como qué?

Mandarina lo piensa un momento.

—Algo sobre una llave. —Ladea la cabeza y se queda mirando fijamente al Príncipe.

—¿Una llave?

—Estoy buscando una llave. Limón sabía algo sobre ella. ¿No te dijo nada?

«Pues ahora que lo dices»..., casi responde el Príncipe. Recuerda las últimas palabras que le oyó pronunciar a Limón, cuando este intentaba con desesperación permanecer consciente y, agotando sus últimas fuerzas, le dijo: «La llave está en un almacén de Morioka. Díselo a Mandarina». En ese momento no comprendió qué quería decir, por eso lo recuerda bien. Ahora se pregunta si decírselo a Mandarina arrojaría algo de luz al respecto.

«Mencionó algo sobre una llave, pero no sé qué es lo que quería decir con eso» está a punto de decir.

Pero en cuanto abre la boca una alarma suena en su cabeza: «¡Es una trampa!». No tiene ninguna prueba para pensarlo, pero algo le dice que es mejor no revelarle lo que le dijo Limón.

—No, no me dijo nada sobre ninguna llave.

—¿Ah, no? —dice Mandarina con tranquilidad, sin sonar particularmente decepcionado.

El Príncipe lo queda mirando. «¿Debería haberle dicho lo del almacén de Morioka? Bueno, en cualquier caso no decir nada tampoco me perjudica. La situación sigue siendo la misma de antes. O tal vez, incluso un poco más favorable».

—Pero hay algo que sigo sin comprender —comenta Mandarina de repente.

—¿Qué?

—Antes, cuando estábamos en el vestíbulo que hay entre los vagones cinco y seis, recibiste una llamada y te apartaste de nosotros para contestarla.

—Eso creo, sí.

—Pero tu asiento está en el vagón número siete.

«¿Se acuerda de eso?». Mandarina solo ha pasado por delante de su asiento una vez, ¿fue eso suficiente para que se acuerde?

Mandarina se lo queda mirando fijamente.

El Príncipe se dice a sí mismo que no debe perder la calma. Sabe que solo está intentando ponerlo nervioso.

—Verás... —replica con timidez—. Regresé a mi asiento y...

—¿Y?

—Y tenía que ir al baño, de modo que vine en esta dirección.

«Buena respuesta. —El Príncipe asiente para él—. Una explicación perfectamente aceptable».

—¿Ah, sí? —Mandarina también asiente—. Dime, ¿habías visto esto alguna vez? —Le muestra una pequeña hoja arrugada con calcomanías de colores y la despliega. El Príncipe reconoce los personajes de *Thomas y sus amigos*.

—¿Qué es esto?

—Lo encontré en el bolsillo de la chamarra de Limón.

—Desde luego, le gustaba mucho *Thomas*.

—No te lo puedes ni imaginar.

—¿Y qué tiene esto de importante? —pregunta el Príncipe a su pesar.

—Faltan algunas calcomanías —señala dos espacios vacíos.

El Príncipe recuerda cuando Limón estaba en el suelo y pegó en el suelo la calcomanía de un tren verde. Él la había arrancado y tirado.

—No te habrá dado ninguna, ¿verdad?

Era como si Mandarina hubiera desplegado unas antenas invisibles o una suerte de aretes incoloros y transparentes que le escudriñaran la cara para intentar descubrir lo que se oculta bajo su superficie.

Los pensamientos del Príncipe suceden a toda velocidad y no sabe bien qué contestar, si fingir ignorancia o inventarse algo sobre la calcomanía que suene verosímil.

—Sí, me dio una, pero me dio miedo y la tiré a la basura.

El Príncipe se alegra de ser todavía tan joven.

Sabe que Mandarina bien podría dejarse llevar por sus instintos e interrogarle violentamente con relación a la muerte de Limón. Sin duda, lo hizo muchas otras veces antes.

Pero con él no emplea la violencia. «¿Y por qué no?», pues porque todavía es un niño. Esto es lo que lo cohíbe. Piensa que es demasiado joven y débil para hacerle daño. No tiene pruebas sólidas y, a causa de su buena voluntad, necesita algo más concreto antes de infringirle algún castigo físico. «Y eso a pesar de que la buena voluntad no ha beneficiado nunca a nadie».

Mandarina es más listo que Limón. Posee mayor profundidad y sustancia, así como una vida interior más desarrollada. Esto le proporciona una mayor capacidad imaginativa y, a su vez, conduce a una mayor capacidad de empatía. Ese es su punto débil y, por ello, en realidad resulta más fácil de controlar que Limón. «Lo cual significa que tengo muchas probabilidades de vencerlo».

—Así que la tiraste... ¿Y recuerdas qué personaje era? —pregunta Mandarina con absoluta seriedad.

—¿Qué? —El tren da una sacudida y el Príncipe pierde el equilibrio. Tiene que apoyar una mano en la pared para no caerse.

—La calcomanía que te dio. Una de las que faltan. ¿Qué personaje era? ¿Recuerdas el nombre? —La hoja de calcomanías que sostiene en la mano está manchada de sangre.

El Príncipe niega con la cabeza.

—No, lo siento.

—Qué raro —murmura Mandarina. Al Príncipe se le hace un nudo en el estómago. Es como si estuviera caminando por una cuerda floja y, de repente, hubiera llegado a un espacio frío y vacío.

—¿Qué es raro?

—Limón estaba empecinado en que todo el mundo aprendiera los nombres de los amigos de Thomas. Siempre que le daba a alguien una calcomanía o un juguete de alguno de los trenes se aseguraba de decirle cuál era su nombre. Siempre. Nunca se limitaba a dar algo sin más. Si te daba una calcomanía, te decía el nombre del personaje. Aunque no lo recuerdes, seguro que te lo dijo.

El Príncipe sopesa sus opciones. Algo le dice que es mejor no responder. Se concentra en retirar con cuidado el pie del abismo para volverlo a colocar sobre la cuerda floja y recuperar el equilibrio.

—Si tuviera que escoger una —dice Mandarina mirando los espacios vacíos entre las calcomanías—, diría que te dio la calcomanía que iba aquí —señala uno de los espacios—. La del tren verde, ¿verdad que sí?

—¡Pues sí, era verde! —En efecto, la calcomanía que tiró era la del tren verde.

—Percy. El pequeño Percy. A Limón le encantaba.

—Sí, creo que se llamaba así. —El Príncipe prefiere ver cómo se desarrollan los acontecimientos antes de confirmarlo con rotundidad.

—Mmm... —La expresión de Mandarina es inescrutable—. ¿Y sabes cuál es el personaje que había aquí? —Señala otro espacio vacío.

—Pues no. —El Príncipe vuelve a negar con la cabeza—. Esa calcomanía no me la dio.

—Yo sí sé cuál era.

—¿Sí?

—Sí. —De repente, Mandarina se abalanza sobre el Príncipe y lo agarra por las solapas del *blazer*—. Porque la tienes pegada aquí. —Vuelve a soltarlo tan de repente como lo agarró.

El Príncipe permanece inmóvil.

—Mira. Este es Diesel. El infame Diesel. —Mandarina le muestra la calcomanía de un tren negro de cara cuadrada.

Al Príncipe lo toma desprevenido la inesperada aparición de esa calcomanía, pero hace todo lo posible para que no se le note.

—Usted también sabe mucho sobre *Thomas y sus amigos*, señor Mandarina —se limita a decir.

Mandarina frunce algo el ceño. Intencionadamente o no, también esboza una leve sonrisa.

—Siempre estaba hablando de ese programa. Normal que recuerde una o dos cosas. En su chamarra también encontré esto —dice, agarrando un pequeño libro del bolsillo trasero de sus pantalones. La portada es de color naranja apagado y en ella solo figuran el título del libro y el nombre del autor. Mandarina pasa los dedos por la cubierta y luego lo abre por el punto en el que se encuentra el marcapáginas—. Llegó hasta aquí —murmura—. A Limón nunca le gustó mucho ese tren. Y a mí tampoco. Es un mal bicho.

—Yo...

—Diesel es malvado y rencoroso. Limón siempre me decía que no me confiara de él. Miente y olvida los nombres de los demás. Y ahora voy y encuentro la calcomanía de Diesel en tu *blazer*.

—Debe de haber... —El Príncipe mira a un lado y a otro.

Limón debió pegársela cuando lo agarró. Su último acto antes de morir. El Príncipe no se dio cuenta.

«Esto no va bien —piensa de repente—. Pero todavía hay esperanza». A juzgar por experiencias pasadas, hay muchas razones para pensar que puede salir airoso de este trance.

Mandarina todavía no ha sacado su pistola. Quizá porque sabe que puede hacerlo cuando quiera, o tal vez haya alguna otra razón. En cualquier caso, no es algo que parezca preocuparle demasiado ahora mismo.

—Hay un pasaje en *Crimen y castigo*, de Dostoievski, que reza así —comienza a decir entonces con gran serenidad y compostura. Al Príncipe lo desorienta ese repentino cambio de tema—: «La ciencia nos dice ahora que debemos amarnos a nosotros mismos antes que a los demás, pues todo se basa en el interés propio». En esencia, pues, lo más importante es la propia felicidad. Si uno la prioriza, estará contribuyendo a que los demás también sean felices. Lo cierto es que yo nunca pensé demasiado en la felicidad o infelicidad de los otros, pero al leer este pasaje me pareció algo razonable. ¿A ti qué te parece?

El Príncipe responde con su propia pregunta. Su favorita:

—¿Por qué está mal matar personas? Si alguien se lo preguntara, ¿qué le respondería?

A Mandarina no parece desconcertarle lo más mínimo esa pregunta.

—Bueno, esto es lo que dice Dostoievski en *Los demonios*: «El crimen ya no puede considerarse algo demencial, sino mero sentido común; casi un deber o, cuando menos, una noble protesta». No hay nada inusual en las transgresiones, nos dice. Son por completo normales. Y yo opino lo mismo.

Mandarina se llena la boca con rimbombantes citas de novelas, pero al Príncipe no le parece que esté contestando realmente a su pregunta. Y si bien está de acuerdo con lo de que el crimen es un acto de sentido común, la sugerencia de que se trata también de una «noble protesta» se le antoja mero narcisismo y apenas le suscita un superficial divertimento. Una vez más, se siente desilusionado.

«Otra respuesta basada en la emoción, aunque se trate de una respuesta más apasionada de lo habitual.

»Meras palabras. Lo que quiero es una respuesta objetiva sobre la razón por la que el asesinato no está permitido».

Al mismo tiempo, piensa en la llamada que recibió justo después de que el tren se hubiera detenido en la estación de Sendai. Se trataba del hombre que había enviado al hospital. Seguía a la espera de su autorización para liquidar al hijo de Kimura.

—Ya entré —le dijo—. Voy vestido como un enfermero. Supongo que tú ya dejaste atrás Sendai, ¿no? No oí nada de ti y me preguntaba si debía seguir esperando. —Parecía impaciente por realizar el encargo encomendado.

—Todavía no hagas nada —le respondió—. Recuerda las reglas: si me llamas y no contesto al décimo tono, puedes proceder.

—De acuerdo. Entendido —le dijo el tipo con gran excitación. He ahí alguien que solo se quería a sí mismo y que no tenía ningún problema en matar a un niño a cambio de dinero. Seguramente, se había dicho a sí mismo que en realidad ni siquiera se trataba de un asesinato, que solo manosearía el instrumental médico y desestabilizaría un poco la situación del niño.

—Vas a la escuela, ¿verdad? —le pregunta Mandarina—. ¿Cuántos años tienes?

—Catorce —responde el Príncipe.

—Perfecto.

—¿Perfecto?

—¿Conoces el artículo 41 del Código Penal?

—¿Cómo?

—El artículo 41 dice que las personas menores de catorce años no pueden ser sentenciadas a ningún castigo por haber cometido un crimen. ¿Lo sabías? En cuanto uno cumple catorce años, sin embargo, ya puede ser castigado como cualquier adulto.

—No lo sabía —responde, aunque por supuesto sí que lo sabe. El Príncipe lo sabe todo sobre esas cosas. Eso no ha evitado que siga haciendo lo que le da la gana a pesar de haber cumplido ya los catorce. Al fin y al cabo, tampoco es que hiciera esas cosas solo porque no podía ser castigado. La ley solo es algo más qué tener en cuenta cuando hace aquello que quiere hacer. Sus crímenes existen en una dimensión distinta a la de los triviales detalles de la ley.

—Compartiré contigo otro pasaje que me gusta. Este es de *El marino que perdió la gracia del mar*.

—¿Qué dice?

—Es una cita sobre el artículo 41 de un chico que tiene más o menos tu edad. Este dice: «Esta ley es un símbolo de las esperanzas que los adultos han depositado en nosotros y, al mismo tiempo, un símbolo de que esas esperanzas nunca se cumplirán. Como son tan estúpidos de pensar que no podemos hacer cualquier cosa, nos ofrecen el atisbo de un retazo de cielo azul, un fragmento de absoluta libertad». Me gusta este pasaje por la cualidad distante de su prosa, pero también porque sugiere una posible respuesta a tu pregunta sobre por qué está mal matar personas. Decir que matar está mal es solo la expresión de un sueño adulto. Solo un sueño. Una fantasía. Como Santa Claus. Algo que no existe en el mundo real, un cuadro de un hermoso cielo azul pintado por alguien muy asustado que luego prefiere mirar la pintura en vez del mundo real. Lo mismo sucede con la mayoría de las leyes. No son más que símbolos diseñados para que la gente se sienta mejor.

El Príncipe sigue sin comprender por qué Mandarina se ha puesto a citar novelas, pero el hecho de que recurra a las palabras de otros hace que pierda algo de respeto por él.

Entonces repara en la pistola.

Dos pistolas. Frente a él.

Una le apunta directa al pecho y la otra está sobre la palma abierta de Mandarina, que se la ofrece cual cuerda salvavidas.

«¿Qué es esto?».

—Escúchame. Estoy más que un poco enfadado. Los chicos como tú me enojan especialmente. Pero no me parece bien disparar a alguien indefenso. No me meto con los débiles. Así pues, te ofrezco esta pistola. Así ambos tendremos una y ya solo será cuestión de quién dispara primero y quién recibe el disparo.

El Príncipe no sabe bien qué hacer. No tiene claro qué diantre está planeando su oponente.

—Date prisa y agárrala. Te enseñaré a usarla.

Sin quitar los ojos de Mandarina, el Príncipe rodea con sus dedos la pistola que le ofrece. Luego retrocede dos pasos.

—Coloca la mano sobre la corredera y tira de ella hacia atrás. Luego agarra bien la pistola por el mango y tira de esa pequeña palanca que hay a un lado. Es el seguro. Ahora lo único que debes hacer es apuntarme y disparar. —El rostro de Mandarina es inescrutable y su tono absolutamente sereno. «¿Está de verdad enfadado?».

El Príncipe está a punto de empuñar la pistola y hacer lo que Mandarina le indicó cuando, de repente, el arma se le cae al suelo. De inmediato siente una oleada de pánico, pues sabe que su oponente aprovechará este momento para atacarlo. Este, sin embargo, se limita a sonreír levemente.

—Tranquilízate. Recoge la pistola y vuelve a intentarlo. No comenzaré hasta que no estés listo.

No parece que esté mintiendo. El Príncipe se agacha para recoger la pistola, pero de repente un pensamiento pasa por su cabeza: «¿Significa algo que se me haya caído la pistola al suelo en un momento tan crucial?». A alguien tan afortunado como él, meter la pata de este modo le parece algo sorprendente. Y esto le hace pensar que tal vez no fue casualidad, y que se trata de un contratiempo necesario.

—No necesito la pistola —dice el Príncipe, ofreciéndosela de nuevo a Mandarina.

Este frunce el ceño y su expresión se oscurece.

—¿Qué sucede? ¿Acaso crees que rindiéndote te salvarás?

—No, no es eso —dice el Príncipe, recuperando la confianza en sí mismo—. Simplemente, creo que se trata de una trampa.

Mandarina permanece en silencio.

«Lo sabía. La buena fortuna todavía me acompaña». Más que alivio, lo que siente el Príncipe es una profunda satisfacción. Ignora la razón exacta, pero algo no termina de cuadrarle. Tiene la sensación de que si llegaba a disparar la pistola el perjudicado habría sido él.

—Me sorprende que te hayas dado cuenta. En efecto, si hubieras apretado el gatillo, la pistola habría explotado. No creo que hubiera llegado a matarte, pero sí que te habría herido de gravedad.

«Mi suerte es como un campo de fuerza. —El Príncipe ya no está asustado—. Llegados a este punto, es posible incluso que sea él quien comience a temerme a mí».

Justo en ese momento, la puerta que hay detrás de Mandarina se abre deslizándose a un lado y alguien entra en el vestíbulo.

—¡Ayúdeme! —exclama el Príncipe con el tono más lastimoso del que es capaz—. ¡Quiere matarme!

Un instante después, la cabeza de Mandarina se gira de golpe. Estaba mirando al frente y ahora lo hace a un lado. Luego, se desploma al suelo del Shinkansen con la pistola todavía en la mano.

El traqueteo del tren suena como el clamor ritual de una procesión funeraria. Junto al cadáver se encuentra Nanao.

Nanao

No se ve con ánimo ni de suspirar. Nanao se queda mirando inexpresivamente el cadáver con el cuello roto de Mandarina.

«¿Por qué no deja de pasarme esto?».

—¡Estaba a punto de matarme! —dice el chico con voz temblorosa.

La irritación que a Nanao le provoca el niño está tan paralizada como el resto de sus emociones.

—¿Qué está pasando aquí?

—Esos tipos se dispararon.

—«¿Esos tipos?» —A Nanao no se le escapa el plural. El chico señala el baño.

—Si jala ese cable de cobre, abrirá la puerta.

Nanao sigue las instrucciones y, en efecto, la puerta se abre.

Echa un vistazo en el interior del baño y sus ojos se abren como platos. Hay un cadáver en el suelo, junto al inodoro. Dos cadáveres. Están ahí tirados como si fueran basura o un par de electrodomésticos estropeados.

—¡Oh, no! ¡No puedo más! ¡Ya tuve suficiente! —exclama presa de la frustración—. ¡Ya basta!

Sabe que no puede dejar el cadáver de Mandarina en el suelo del vestíbulo, de modo que lo mete en el baño, que ya estaba lleno. «Ha pasado a ser un auténtico depósito de cadáveres», piensa lúgubre.

Registra a Mandarina y encuentra su teléfono celular, que agarra, y un papelito doblado. Lo desdobla. Es una participación para un concurso. «¿Se puede saber de qué se trata esto?».

—En el dorso hay algo —dice el chico.

Nanao le da la vuelta. Es un dibujo a bolígrafo de un tren. Debajo dice «Arthur».

—¿Qué es?

—El dibujo de un tren. —Nanao vuelve a doblarlo y se lo guarda en el bolsillo.

Cuando termina de registrarlo, vuelve a salir del baño.

—Me salvó —le dice el chico, colocándose de nuevo la mochila a la espalda.

A Nanao le pareció ver algo en la mano del chico que parecía una pistola, pero ahora no ve nada. «Debe de haber sido mi imaginación». Cierra la puerta y usa el sistema del cable para volver a echar el pasador.

Rememora todo lo que acaba de suceder.

Después de ir al cuarto de empleados para recuperar la maleta, regresó al vestíbulo y vio que Mandarina estaba apuntando al chico con una pistola.

Su expresión y el tono de voz con el que exclamó hicieron que Nanao actuara sin pensarlo dos veces. En ese chico indefenso suplicando ayuda vio la imagen de aquel niño secuestrado al que había abandonado tiempo atrás.

Con la mente en blanco y actuando de forma instintiva, se acercó a Mandarina y le rompió el cuello. Algo primario lo empujó a ello. Tenía la sensación de que, si atacaba a Mandarina sin liquidarlo, se estaría poniendo en peligro a sí mismo.

—¿Por qué quería dispararte?

—No lo sé. Encontró los cadáveres en el baño y comenzó a comportarse de un modo extraño.

«De modo que ver a su amigo muerto le hizo perder la razón». No parecía improbable.

—Ni siquiera tengo claro quién mató a quién en ese baño. —Nanao consigue al fin exhalar un suspiro. Los detalles ya le dan igual. Solo quiere bajar de este ridículo tren. Tiene la sensación de que el Shinkansen mismo es portador de mala suerte. A bordo de este tren que se dirige al norte a doscientos cincuenta kilómetros por hora solo encontrará infortunio y calamidades.

Sopesa por un momento qué hacer con la pistola de Mandarina. Decide tirarla a la basura.

—¡Oye! —El chico hace un pequeño ruido.

—¿Qué?

—Creo que estaríamos más seguros si se la quedara.

—Quedármela no hará sino traernos más problemas, créeme. —Nanao piensa que mantenerse alejado de cualquier cosa peligrosa es lo más inteligente que puede hacer teniendo en cuenta su mala suerte. También tira el celular de Mandarina—. Será mejor que también me libre de él —y a continuación agarra la maleta por el mango—. Listo. Ahora quiero salir de aquí de una vez.

—¿Va a bajar del tren? —pregunta el niño con la expresión compungida y los ojos vidriosos.

—No sé qué es lo que voy a hacer. —Ahora que Mandarina y Limón están fuera de juego, no tiene ni idea de cuáles serán las intenciones de Minegishi. En cualquier caso, parece razonable pensar que la culpa del fallecimiento de su hijo debería recaer únicamente sobre esos dos y que a Nanao no debería pasarle nada. Su encargo solo consistía en robar la maleta y bajar del Shinkansen. Si desembarca en la siguiente estación con la maleta en la mano, no debería tener ningún problema. Puede que no obtenga un diez, pero la calificación seguiría siendo un nueve. Al menos eso piensa. O lo que quiere pensar.

Por altavoz anuncian que están a punto de llegar a la siguiente parada, Ichinoseki. «Justo a tiempo».

—¿P-podría hacerme el favor de quedarse conmigo hasta Morioka? —El chico parece estar a punto de ponerse a llorar—. Estoy asustado.

A Nanao le gustaría poder hacer oídos sordos. No tiene el menor interés en involucrarse en ningún otro asunto. Nada bueno puede salir del hecho de que siga en el tren hasta Morioka. Y se le ocurren unas cuantas calamidades que podrían pasarle.

—Es que... Es que... —El chico parece querer decir algo. A Nanao le asalta una terrible premonición y teme que este chico le cuente una verdad inoportuna de la que no podrá escapar. Esta idea lo aterra, e incluso empieza a llevarse las manos a las orejas para tapárselas—... si no llego a Morioka, un niño pequeño estará en peligro.

Las manos de Nanao se detienen a unos pocos milímetros de las orejas.

—¿De qué estás hablando?

—Del hijo de un conocido. Lo tienen como rehén. Solo tiene cinco o seis años. Está en el hospital. Y si no llego a Morioka, su vida correrá peligro.

—¿Su vida? ¿Qué es lo que está pasando exactamente?

—No estoy del todo seguro.

Este es justo el tipo de asunto del que Nanao no quería oír hablar. Ahora no puede evitar una creciente preocupación por este chico y desea que llegue a Morioka a salvo. Al mismo tiempo, sin embargo, quiere bajar del Shinkansen tan pronto como pueda.

—No te preocupes. No creo que pase nada más de aquí a Morioka. —Nanao no se cree en realidad lo que dice. Sus palabras son más bien la expresión poco convincente de un deseo que difícilmente se cumplirá—. Regresa a tu asiento y todo saldrá bien.

¿Me promete que no pasará nada más?

—Bueno, tampoco puedo estar seguro al cien por ciento.

—No sé lo que sucederá cuando llegue a Morioka. Tengo miedo.

—Dudo que haya algo que yo pueda...

Justo en ese momento, la puerta del vagón número siete se abre y aparece un hombre. Nanao se queda callado a media frase.

Intentando no parecer sospechoso, se queda por completo inmóvil, lo que solo hace que parezca todavía más sospechoso.

—¡Ah, hola! —dice el hombre que acaba de llegar al vestíbulo.

Nanao se voltea hacia él. Se trata del profesor. El tipo permanece ahí de pie con aspecto insustancial, casi como si fuera transparente y uno pudiera atravesarlo con la mano. Igual que un fantasma.

Se rasca la cabeza con timidez.

—Les dije a mis alumnos que iba en el vagón de primera clase y me di cuenta de que, si no voy a ver cómo es, no podré convencerlos de que realmente fui en primera clase. Así que me dirigía hacia allí ahora, a explorar un poco. —Parece sincero. Sonríe avergonzado por haber explicado qué hacía ahí antes de que Nanao le preguntara nada.

—Ser profesor parece duro —dice Nanao con una media sonrisa.

—¿Es un amigo suyo? —pregunta el chico con recelo.

«Este chico debe de pensar que todas las personas que van a bordo del tren son peligrosas —piensa Nanao—. Aunque, claro, seguramente no esperaba que le apuntaran con una pistola ni descubrir unos cadáveres en el baño. Los niños deberían quedarse en el parque infantil».

—No exactamente. Nos conocimos antes y hemos estado charlando un poco —le explica Nanao al chico—. Es profesor en una escuela extracurricular.

—Me llamo Suzuki —dice el tipo. No hacía falta que se presentara, pero lo hace de todos modos. Nanao lo toma como una señal de su franqueza.

Entonces a Nanao se le ocurre algo.

—Señor Suzuki, ¿adónde se dirige?

—A Morioka, ¿por qué?

En realidad, no lo ha considerado con detenimiento. Solo se dijo a sí mismo que hay una razón por la que se encontraron a Suzuki aquí y ahora.

—¿Le importaría hacer compañía a este chico?

—¿Cómo dice?

—Yo tengo que bajar en Ichinoseki, y me preguntaba si podría usted cuidar de él hasta Morioka.

Suzuki parece desconcertado por la inesperada petición de Nanao, y con motivo, pues parece más una exigencia que una petición. El chico parece igual de extrañado. Se queda mirando a Nanao como si estuviera abandonándolo.

—¿Se perdió? —pregunta al final Suzuki.

—No, no se perdió —contesta Nanao, ladeando la cabeza—. Es solo que tiene miedo de ir hasta Morioka solo.

—Preferiría quedarme con usted... —Está claro que al chico no le hace demasiada gracia este repentino cambio de planes. La expresión de su rostro es una mezcla de insubordinación y ansiedad.

—Debo tomar esto y bajar en la siguiente estación —dice Nanao, levantando la maleta.

—Pero... —comienza a decir el chico.

—A mí no me importa acompañar al joven, pero no parece que eso vaya a apaciguar sus miedos. —Suzuki se muestra algo confundido.

Nanao exhala un suspiro

El Shinkansen está aproximándose a la estación de Ichinoseki y comienza a reducir velocidad. Nanao observa un momento el cambiante paisaje a través de la ven-

tanilla y luego le echa un vistazo al chico, que también
está mirando por la ventanilla. «Hay algo aquí que no
encaja. ¿No está demasiado tranquilo este chico después
de un viaje en tren lleno de armas y cadáveres? Yo mismo
acabo de romperle el cuello a alguien delante de él. Y no
se trató precisamente de un accidente, lo hice como si
supiera con exactitud lo que estaba haciendo. ¿No debería tenerme un poco de miedo o, al menos, preguntarse
quién soy yo? ¿Por qué quiere viajar a Morioka con un
asesino?».

Y entonces se le ocurre la respuesta. «Todo esto fue
demasiado para él. No sabe cómo procesarlo y se encerró
en sí mismo». Tiene sentido: al fin y al cabo, estuvo a
punto de recibir un disparo. «Pobrecito».

Kimura

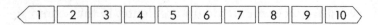

Shigeru Kimura deja de rebuscar en el armario y se voltea hacia su esposa.

—¿Volviste a cambiarlas de lugar?

—¿No ibas a echarte una siesta? —Akiko le da un pequeño mordisco a una galletita—. Pensaba que ibas a agarrar el futón.

—¿Es que no oíste nada de lo que dije? ¡Ahora no es momento de siestas!

—Pero ni siquiera sabes qué es lo que está pasando en realidad. —Lo amonesta Akiko, al tiempo que agarra la silla pequeña del salón y la lleva junto al armario. Tras apartar a Shigeru, coloca la silla, sube encima y, estirándose, abre la gaveta que hay encima del armario.

—¿Ah, está ahí?

—Tú nunca dejas las cosas en su lugar. —Akiko agarra un paquete envuelto en un *furoshiki*—.[1] Esto es lo que estás buscando, ¿verdad?

Shigeru agarra el paquete y lo deposita en el suelo.

—¿De verdad quieres hacer esto? —Akiko desciende de la silla haciendo una mueca.

—Tengo un mal presentimiento.

—¿A qué te refieres?

1. Tela cuadrangular tradicional de Japón que suele usarse para envolver. *(N. del t.)*

—O, mejor dicho, me llegó un olor —dice con el gesto torcido—. Algo que no había olido en mucho tiempo.

—¿Y de qué olor se trata? —Ella echa un vistazo a la cocina y, entre dientes, añade que no cocinó nada en especial aromático.

—A maldad. Lo percibí a través del teléfono. Apestaba.

—¡Oh, qué recuerdos! Antes solías decirlo continuamente, querido. Huelo a maldad. Es como si te persiguiera el espíritu de la maldad. —Akiko dobla las rodillas y se sienta frente al contenido del *furoshiki*.

—¿Sabes por qué quise que dejáramos nuestra antigua profesión?

—Porque nació Yuichi. Eso es lo que dijiste. Querías ver crecer a tu hijo y te pareció que sería mejor que cambiáramos de carrera. Y a mí me alegró hacerlo; hacía ya tiempo que deseaba ese cambio.

—Esa no fue la única razón. Hace treinta años, me harté de todo. Todo el mundo a mi alrededor apestaba.

—¿A maldad?

—Aquellos que disfrutan haciendo daño a los demás, o humillándolos, aquellos que, por encima de todo, lo que buscan es medrar y beneficiarse..., todos desprenden el mismo olor.

—La verdad es que suena un poco ridículo.

—Todo el mundo a mi alrededor hedía a maldad y ya no podía soportarlo, así que decidí que había llegado el momento de un cambio. El supermercado era duro, pero ahí nunca percibí ese tufo.

Los labios de Shigeru Kimura esbozan entonces una sonrisa amarga al pensar que más adelante su hijo decidió dedicarse al mismo trabajo que él había dejado atrás. Cuando a través de un amigo le llegó el rumor de que su hijo había comenzado a implicarse en algunos asuntos peligrosos, se preocupó tanto que incluso consideró la posibilidad de seguirlo para protegerlo.

—¿Y todo esto a qué viene?

—Quien sea que haya llamado despedía ese mismo olor. Por cierto, ¿miraste los horarios del Shinkansen?

Cuando antes Yuichi le dijo por teléfono que estaba en el Shinkansen, a Shigeru le pareció que algo no iba bien a pesar de que no tenía ninguna razón para pensarlo, salvo lo que le dictaba su instinto y ese ligero olorcito rancio que percibió en la otra persona con la que habló. En cuanto terminó la llamada, le explicó a Akiko que Yuichi llegaría a Sendai en veinte minutos y que mirara si había un Shinkansen a esa hora. Protestando vagamente, su esposa consultó el folleto con los horarios que guardan en el estante que hay al lado de la televisión.

—Sí que lo hice, y hay un tren a esa hora —Akiko asiente—. Llegó a la estación de Sendai a las once en punto. A Ichinoseki llegará a las once y veinticinco y, a Mizusawa-Esashi, a las once y treinta y cinco. ¿Sabías que ahora ya no hace falta mirar ningún folleto y que todo esto puede consultarse en internet? Recuerdo que, cuando trabajábamos juntos, tenía que buscar los horarios en montones de folletos y anotar tantos números de teléfono que tenía un cuaderno así de gordo. ¿Lo recuerdas? —Ella señala el grosor con los dedos índice y el pulgar de una mano—. Hoy en día ya no haría falta, ¿verdad?

Shigeru Kimura yergue la espalda y levanta la vista hacia su viejo reloj de pared. Las once y cinco.

—Si salimos ahora, no deberíamos tener ningún problema para llegar a tiempo a Mizusawa-Esashi.

—¿De veras quieres subir a bordo del Shinkansen? ¿Lo dices en serio?

Kimura salió antes de casa para repartir una notificación de la comunidad a los vecinos, de modo que ya lleva puestos unos pantalones chinos. Estoy listo, dice para sí, y luego:

—¿No vas a venir?

—Claro que no.

—Si yo voy, tú también.

—¿De veras quieres que vaya?

—Antiguamente siempre trabajábamos juntos.

—Eso es cierto. Y no pocas veces lograste salir con vida porque yo iba contigo. Seguro que te acuerdas. Aunque no estoy tan segura de que llegaras a agradecérmelo. En cualquier caso, de todo eso hace ya más de treinta años... —Akiko se pone de pie y se frota los músculos de las piernas mientras se queja de su rigidez y de lo que le duelen las rodillas.

—Es como ir en bici. Tu cuerpo ya sabe qué hacer.

—Creo que es algo muy distinto a ir en bici. Para hacer este trabajo hay que tener los nervios de acero. Nuestros nervios, en cambio, hace ya mucho que son más bien de algodón.

Shigeru sube a la silla que antes Akiko dejó junto al armario y, tras sacar dos prendas enrolladas de la gaveta, las arroja al suelo.

—¡Oh, qué recuerdos me traen estas chamarras! Aunque al parecer la gente ya no las llama chamarras, sino *biker jacket*. —Akiko pasa una mano por una de las chamarras y luego le da la otra a Shigeru—. Esta es la tuya. Podríamos combinar las dos palabras y llamarlas *biker chamarras*.

Con cara de horror ante ese pésimo chiste, Shigeru se pone la chamarra de cuero.

—¿Y qué piensas hacer cuando estemos en el Shinkansen?

—Quiero averiguar qué le pasa a Yuichi. Me dijo que iba camino a Morioka.

—¿Y no crees que tal vez se trata de algún tipo de broma?

—Hay algo en ese joven que no me gusta. Bueno, en realidad no sé si en realidad es un condenado jovencito.

441

—Aun así, ¿de veras crees que es necesario todo esto? —Después de ponerse la chamarra, Akiko baja la mirada a su arsenal, dispuesto sobre el *furoshiki* abierto.

—Se me dispararon todas las alarmas. Tenemos que estar preparados. Por suerte, no se trata de un avión y no hace falta pasar por seguridad para subir a bordo del Shinkansen. ¡Oye, el percutor de esta porquería no funciona!

—De todos modos, es mejor que no uses el revólver. Los casquillos salen volando por todas partes y tú eres de gatillo fácil. Es mejor que lleves una pistola con seguro. —Akiko agarra una e introduce un cargador por la base de la empuñadura. Al entrar se oye un fuerte clic. Acto seguido, echa hacia atrás la corredera—. Esta servirá. Toma.

—Esta la limpio regularmente. —Shigeru agarra la pistola que le ofrece Akiko y se la mete en una de las dos pistoleras incorporadas a la chamarra.

—La pistola puede que esté en perfecto estado, pero tú hace treinta años que no usas una. ¿Estás seguro de que podrás hacerlo?

—¿Con quién crees que estás hablando?

—¿Y qué hay de Wataru? Estoy más preocupada por él.

—Está en el hospital. No creo que vaya a pasarle nada malo estando ahí. Y tampoco se me ocurre ninguna razón por la que tuviera que estar en peligro, ¿no te parece?

—¿No podría ser que hubiera alguien de nuestro pasado que todavía nos guarde rencor y quisiera hacernos pagar haciéndole daño a él?

Shigeru Kimura se queda inmóvil de golpe y luego se voltea hacia su esposa.

—No había pensado en eso.

—Han pasado treinta años y ahora somos ancianos. Alguien que nos tuviera miedo podría haber pensado que ahora tiene una oportunidad.

—En ese caso, se equivoca . Tú y yo somos tan peligrosos como entonces —dice Shigeru—. Aunque estos últimos años hayamos estado más ocupados colmando de cuidados a Wataru.

—Cierto. —Akiko inspecciona las demás pistolas con la emoción contenida de quien se reencuentra con sus juguetes favoritos de la infancia. Sus manos parecen moverse por sí solas y revisan las armas con gran pericia. Ella siempre fue más cuidadosa que su marido, y también tenía mejor puntería. Al fin, escoge una y la guarda en una de las pistoleras. Luego se abrocha la chamarra.

Kimura se acerca al teléfono y busca el número de la última llamada recibida para anotarlo en un cuaderno. Por si acaso, también anota el número del hospital.

—¿Recuerdas el número de Shigeru? El otro Shigeru. Es la única persona que conocemos en Tokio.

—Me pregunto qué tal le va. ¿Vamos ya, querido? Si no salimos ahora podríamos perder el tren.

El Príncipe

El Hayate se aproxima a la estación de Ichinoseki. Por la ventanilla ya puede verse el andén. Mientras el tren reduce su velocidad, Nanao se recoloca sus lentes oscuros en la nariz y, antes de voltearse hacia la puerta, dice:

—De acuerdo, señor Suzuki. Dejo este chico en sus manos hasta Morioka.

—Siempre y cuando no le suponga ningún problema —responde el hombre que dice ser profesor en una escuela extracurricular . El Príncipe no tiene claro si se dirigió a él o a Nanao, pero en cualquier caso no tiene mucho sentido, de modo que lo ignora.

—¿De verdad va a dejarme? —le dice el Príncipe a Nanao, que se encuentra de espaldas a él. Sus pensamientos suceden a toda velocidad. «¿Debería bajar del tren con él? ¿O debería intentar detenerle?». Su plan consistía en ir a Morioka para investigar a ese tal Minegishi. Como Kimura iba con él, pensaba usarlo para que lo hiciera en su lugar, pero ahora él desapareció de escena y apenas debe de respirar ya, si es que todavía está vivo, reducido a mera alfombrilla para otros dos cadáveres.

«Quizá debería usar a Nanao en su lugar». Para hacer esto, antes debe averiguar cómo controlar a Nanao. Cómo colocarle un collar con correa. El problema es que no tiene la llave para mantener cerrado ese collar. Con Kimura, esa llave era la vida de su hijo, y también el odio que sentía hacia él. En el caso de Nanao, sin embargo, todavía desconoce su punto débil.

A juzgar por la destreza con la que le rompió el cuello a Mandarina, parece obvio que no se trata de un ciudadano que respete escrupulosamente la ley, así que tampoco le cuesta imaginar que, escarbando un poco, encuentre alguna debilidad que pueda explotar.

«¿Debería hacer todo lo que pueda para evitar que descienda del tren? Con toda seguridad no. Eso lo haría pensar que tramo algo. A lo mejor, debo simplemente aceptar que va a bajar». El Príncipe sigue con su diálogo interior.

«Creo que iré hasta Morioka, echaré un vistazo al complejo de Minegishi y regresaré a Tokio. Ya me encargaré de él cuando esté preparado de verdad», decide. Puede que haya perdido a Kimura, pero cuenta con muchos otros peones.

—¿Podría al menos darme su número de teléfono? —le pregunta a Nanao. Algo le dice que debería asegurar algún modo de ponerse en contacto con él. «Puede que también llegue a convertirse en uno de mis peones».

—Me da miedo lo que pueda pasar. Si por lo menos supiera que puedo llamarlo...

A su lado, Suzuki se muestra de acuerdo.

—Buena idea. A mí también me gustaría ponerme en contacto con usted cuando lleguemos a Morioka, para confirmarle que todo salió bien.

Nanao parece algo turbado, pero de manera instintiva agarra el celular.

—Ya llegamos a la estación, debo bajar —dice agitado.

Justo en ese momento, el Shinkansen se detiene con una pequeña sacudida. El movimiento es mayor de lo que esperaba el Príncipe y se tambalea.

Nanao se tambalea mucho más y, al chocar contra la pared, el celular se le escapa de las manos. Tras rebotar en el suelo, el aparato va a parar al compartimento portaequipajes, justo entre dos maletas grandes, como si fuera una ardilla que cayó de un árbol y sale corriendo para esconderse con rapidez en un hueco que hay entre las raíces.

Nanao deja la maleta en el suelo y corre a recuperar el celular.

Las puertas del Shinkansen se abren.

—¡Vamos, vamos! —farfulla Nanao, con una rodilla en el suelo y contorsionando el cuerpo para meter el brazo entre las dos maletas e intentar agarrar el celular. No lo consigue, de modo que se pone de pie y, tras retirar una de las maletas del compartimento, vuelve a arrodillarse y recupera, ahora sí, el aparato. Al incorporarse, se da un golpe en la cabeza con la bandeja portaequipajes.

El Príncipe lo queda mirando sin salir de su asombro. «Es un absoluto desastre».

Con las manos en la cabeza, Nanao se pone por último de pie y vuelve a meter en el compartimento la maleta que retiró para agarrar el celular. Luego, regresa junto a la puerta del tren tambaleándose absurdamente.

Esta se cierra ante sus ojos sin la menor compasión.

Sus hombros se desploman.

El Príncipe no sabe qué decir.

El tren comienza a moverse despacio.

Aferrado al mango de la maleta, Nanao no parece sorprendido ni, de hecho, avergonzado.

—Estas cosas me pasan continuamente. A estas alturas, ya se trata de algo normal para mí.

—Bueno, ¿qué hacemos aquí de pie? ¡Vayamos a sentarnos! —sugiere Suzuki.

Después de partir de Ichinoseki, el tren va todavía más vacío que antes, de modo que no hace falta que regresen a sus asientos originales. Entran en el siguiente vagón, el número ocho, y se sientan los tres juntos en la primera hilera vacía.

—Me da miedo ir solo —dice el Príncipe en un tono compungido, y los dos adultos le creen. Nanao ocupa el asiento de la ventanilla, el Príncipe el del medio y Suzuki el del pasillo.

Cuando aparece el checador, el profesor le explica que han cambiado de asientos. El joven uniformado ni siquiera les pide los boletos, se limita a asentir con una sonrisa y sigue adelante.

—Bueno, tampoco es tan malo —murmura para sí Nanao con aire taciturno.

—¿Cómo dice?

—Oh, nada. Solo pensaba que, en comparación a mi mala suerte habitual, esto no es tan grave.

Hay un triste heroísmo en el tono de voz de Nanao. Está claro que está intentando convencerse a sí mismo de lo que dice. «A lo mejor la suerte que le falta es la que tengo yo de más». Incapaz de comprender lo que supone ser desafortunado, el Príncipe no sabe bien qué decir.

—Como al final no bajó del tren, ahora ya puede quedarse con el chico hasta que lleguemos a Morioka —sugiere con cordialidad Suzuki. Suena como si estuviera animando a un alumno que hubiera reprobado un examen, en ese tonito característico de los profesores que al Príncipe le da asco, aunque por supuesto no deja que se le note.

—Sí, por favor —dice en cambio—. Me encantaría que se quedara conmigo.

—Voy a echar un vistazo al vagón de primera clase. —Suzuki se pone de pie, en apariencia aliviado de que el problema se haya resuelto y el chico ya no sea responsabilidad suya. El profesor no tiene ni idea de que el tren está lleno de tipos peligrosos y cadáveres, ni vio tampoco que nadie blandiera ninguna pistola. Por eso se comporta de un modo tan despreocupado. «La ignorancia es una bendición, señor Suzuki», piensa el Príncipe, mientras ve cómo el tipo se aleja por el pasillo.

En cuanto se quedan los dos solos, el chico se voltea hacia Nanao.

—Muchas gracias —dice, procurando sonar tan aliviado como puede—. Me siento mucho mejor con usted aquí.

—Muy amable de tu parte —responde Nanao con una risa ahogada—. Si fuera tú, procuraría no acercarme demasiado a mí. Soy un imán para la mala suerte.

El Príncipe recuerda su cómica actuación en el vestíbulo y tiene que morderse el labio para no reír.

—¿A qué se dedica, señor Nanao? —pregunta, aunque en realidad ya hizo sus suposiciones. «Con toda seguridad hace lo mismo que Mandarina y Limón: se dedica a ayudar a otros a cometer sus crímenes. Otro tipo que piensa en pequeño».

—Vivo en el Shinkansen —responde Nanao con el ceño fruncido—. No puedo bajar en ninguna estación. Deben de haberme echado una maldición. Ya viste lo que me pasó en Ichinoseki. Siempre me suceden cosas así. Me pasaré los próximos diez años en el tren —añade, pero entonces se da cuenta de lo estúpido que suena—. No me hagas caso. ¿No puedes imaginarte a qué me dedico? Ya me viste antes.

—¿Intentando bajar del tren?

—No, ahora hablo en serio. Antes de eso. Realizo encargos. Trabajos sucios.

—Pero si parece usted muy buena persona, señor Nanao —dice, intentando transmitirle un mensaje muy concreto: «Soy un niño indefenso, usted es la única persona con la que puedo contar, confío en usted». El primer paso es que Nanao sienta el impulso de protegerlo.

Este hombre es tan desafortunado y tiene una autoestima tan baja que al Príncipe debería resultarle fácil someterlo a su influencia y robarle su libre albedrío.

—Ahora mismo estás confundido y no tienes ni idea de qué es lo que está pasando en realidad, pero puedo asegurarte que no soy una buena persona. No soy ningún héroe. Mato personas.

«Eres tú quien está confundido —quiere decirle el Príncipe—. Sé con exactitud qué es lo que está pasando».

—Pero me salvó. Me siento mucho más seguro con usted que estando solo.

—Bueno, es posible... —dice Nanao en voz baja. Aunque parece incómodo, el Príncipe puede ver que también está sonrojándose.

Una vez más, este debe esforzarse para no reír. «En cuanto se activa su sentido del deber, se apaga su pensamiento racional. Es automático. Es como un hombre de mediana edad sonriendo al recibir el cumplido de una mujer. Patético».

Mira por la ventanilla y ve unos arrozales pasando a toda velocidad y, a lo lejos, una cordillera que pasa muy despacio.

En breve llegarán a Mizusawa-Esashi. El Príncipe se pregunta si Nanao volverá a intentar bajar, aunque parece haber decidido que es mejor quedarse en el tren hasta Morioka. O tal vez no quiera volver a hacer el ridículo en el vestíbulo al intentar bajar y no poder hacerlo. Sea cual sea la razón, Nanao no muestra ninguna reacción cuando suena el anuncio por el altavoz.

Todavía existe la posibilidad de que cambie de repente de parecer y salga corriendo hacia la salida, pero el Shinkansen se detiene en la estación de Mizusawa-Esashi, las puertas se abren, luego se cierran y finalmente el tren vuelve a partir. Mientras tanto, Nanao permanece sentado en su asiento, suspirando con resignación y mirando al vacío.

El Shinkansen prosigue su viaje hacia el norte.

Al cabo de unos pocos minutos un celular comienza a vibrar. El Príncipe mira a ver si es el suyo y luego se dirige a Nanao.

—¿Es su celular el que vibra?

Nanao regresa en sí con un sobresalto y, tras comprobarlo, niega con la cabeza.

—No, no es el mío.

—¡Oh...! —El Príncipe se da cuenta entonces de que se trata del celular de Kimura y lo saca del bolsillo frontal de su mochila—. Es el aparato de ese hombre de antes.

—¿De antes? ¿Quién? ¿El tipo ese con el que estabas?

—Se llamaba señor Kimura. Mire, parece que llaman desde una cabina. —Se queda mirando un momento la pantalla mientras piensa qué hacer. No se le ocurre ninguna razón por la que nadie tenga que llamar a Kimura desde una cabina—. ¿Contesto?

Nanao se limita a negar con la cabeza.

—Ninguna de mis decisiones conduce a nada bueno. Tendrás que decidirlo por ti mismo. Pero, si lo haces, con toda seguridad no creo que haga falta que vayas al vestíbulo. Ya casi no queda nadie en el vagón.

El Príncipe asiente y contesta la llamada.

—¿Eres tú, Yuichi? —pregunta una voz al otro lado de la línea. «La madre de Kimura», supone el Príncipe. Siente una oleada de júbilo. Debe de haber oído antes a su marido y ahora debe de estar muriéndose de preocupación. Seguro que ha estado imaginando todas las cosas terribles que pueden haberles pasado a su hijo y a su nieto y su ansiedad ha ido aumentando, hasta que ya no pudo soportarlo más y decidió tomar un teléfono. No hay temor más delicioso para el Príncipe que el que siente un progenitor por su hijo. La madre de Kimura debe de estar tan asustada que tardó en llamar más de lo que él habría imaginado.

—No está aquí —responde el Príncipe, mientras comienza a pensar en cuál podría ser el mejor modo de avivar las llamas de su angustia.

—¿Y dónde estás tú ahora?

—Todavía en el Shinkansen. En concreto, en el Hayate.

—Eso ya lo sé. Me refiero al número de vagón.

—Aunque se lo dijera, ¿de qué le serviría?

—Mi marido y yo habíamos pensado en ir a verte.

El Príncipe advierte por primera vez que el tono de voz de la madre de Kimura es inusualmente tranquilo y suena tan firme como un poderoso árbol con profundas raíces.

La puerta que hay a su espalda se abre.

Se voltea con el celular todavía en la oreja justo cuando un hombre entra en el vagón. Altura y complexión medias, pelo blanco y chamarra. Unas espesas cejas oscurecen sus estrechos ojos, de mirada dura y penetrante.

El Príncipe gira todavía más el cuello para ver mejor al hombre por encima del hombro. Una sonrisa se extiende por el rostro del hombre.

—Así que realmente eres un jovencito.

Nanao

El recién llegado es un tipo de mejillas rubicundas con pinta de ser un jubilado feliz y de trato fácil. Se dirige hasta la hilera frente a la que están sentados Nanao y el chico y, accionando una palanca, hace rotar los asientos con brusquedad.

Ahora, las dos hileras de tres asientos están cara a cara y el hombre se sienta delante de ellos dos con una expresión desafiante en el rostro. Ha sucedido todo demasiado rápido para que Nanao pueda decir algo. Antes de que llegue a procesarlo, ahí están todos juntos, como si tres generaciones de una misma familia estuvieran de viaje.

La puerta que hay a su espalda vuelve a abrirse deslizándose a un lado y aparece una mujer, también con aspecto de haberse jubilado hace ya tiempo.

—¡Ah, estás aquí! —Se sienta junto al hombre y de cara a ellos dos como si fuera lo más natural del mundo—. Te encontré mucho más rápido de lo que esperaba, querido. —Luego se queda mirando a Nanao y al chico como si inspeccionara la mercancía.

Desconcertado por la repentina llegada de esta extraña pareja, Nanao tarda unos instantes en abrir la boca.

—Este...

—Es la primera vez que uso la cabina del Shinkansen, pero no vi ningún cable telefónico —lo interrumpe la mujer—. ¿Sabes cómo funciona?

—¿Quién sabe? A lo mejor usa el cableado eléctrico de las vías.

—Deberíamos llevar teléfonos celulares. Eso haría las cosas mucho más fáciles.

—A mí me basta con que el celular de Yuichi pueda recibir llamadas de la cabina del tren. Oí decir que algunas compañías telefónicas no lo permiten.

—¿Ah, sí? —La mujer dirige esa pregunta a Nanao. «¿Y yo qué voy a saber?», se pregunta él.

—Disculpen, abuelitos, ¿qué están...? —El chico no termina la frase. Parece nervioso.

Es cierto que son una pareja de ancianos, pero parecen nada achacosos. Desde luego, no lo suficiente para referirse a ellos como abuelo y abuela. «Aunque, claro, puede que para un chico no tenga mucho sentido llamarlos de otro modo», piensa distraídamente Nanao.

—Lo hiciste a propósito, ¿verdad? —le pregunta el hombre al Príncipe.

—¿Cómo dice? —El chico se muestra desconcertado.

—Te dirigiste a nosotros como si fuéramos vejestorios inútiles a propósito. No nos llamaste abuelitos por casualidad. ¿Me equivoco?

—No asustes al chico, querido —dice la mujer alegremente—. Esta es la razón por la que la gente no tiene paciencia con la gente mayor.

—Él no es ningún chico inocente. Escoge con mucho cuidado las palabras que usa. Y apesta.

—¿Apesto? —responde el chico frunciendo el ceño—. No me parece muy correcto decirle algo así a alguien a quien acaba de conocer. No le llamé abuelo con mala intención.

—Puede que estemos viéndonos en persona por primera vez, pero ya nos conocemos. Soy Kimura. Hablamos por teléfono hace poco. —El hombre sonríe. Habla en un tono de voz calmado, pero su mirada es penetrante—. Lo que me dijiste me preocupó mucho, de modo que vinimos corriendo a Mizusawa-Esashi para subir al tren.

Al caer en la cuenta de quiénes son, el chico abre la boca como si exclamara «Aaah» y luego dice:

—Ustedes deben de ser los padres del señor Kimura.

—Podría decirse que somos un poco sobreprotectores. No pudimos evitar presentarnos aquí deprisa y corriendo en cuanto nos enteramos de que nuestro hijo se encontraba en apuros. ¿Dónde está Yuichi, por cierto?

Nanao también comienza a atar cabos. «Yuichi Kimura es el hombre con el que estaba este chico, el que terminó en el suelo del baño. ¿Por qué habrá llamado el chico al padre de Kimura?».

—Me dijiste por teléfono que Yuichi estaba en apuros y que mi nieto Wataru corría peligro.

—Oh, eso solo fue... —comienza a decir el chico. En sus labios puede percibirse un temblor.

—Y luego dijiste que lamentabas perturbar nuestra tranquilidad y que no deberías habernos llamado. ¿Lo recuerdas?

—Eso solo fue... —El chico baja la mirada a su regazo—. Me obligaron a decirlo. El señor Kimura me amenazó. Él y otro hombre.

«¿Qué otro hombre?». Nanao mira el perfil del chico. Facciones agraciadas, nariz perfecta, cabeza proporcionada. Es como mirar una elegante pieza de cerámica. Le trae a la memoria aquel compañero de clase rico que le dijo que, si quería escapar de la pobreza, debía intentar convertirse en futbolista o criminal. Tenía la misma apariencia impoluta. «Supongo que las personas afortunadas lo parecen ya a simple vista».

—Solo es un chico normal y corriente que se vio involucrado en una situación peligrosa. No hace falta que sea tan duro con él —interviene Nanao, incapaz de reprimir sus palabras.

454

—¿Así que solo un chico normal y corriente...? —El hombre mira a Nanao. Su rostro está arrugado y reseco, pero desprende una innegable dignidad. Es como un gran árbol que sigue en pie después incluso de que le hayan arrancado la corteza y cuyo grueso tronco no puede agitar ni el más fuerte de los vientos—. Lo dudo mucho.

En cuanto pronuncia esas palabras, mete una mano en el interior de la chamarra.

Nanao reacciona de forma puramente automática y agarra la pistola que lleva sujeta en la parte posterior del cinturón justo cuando el hombre desenfunda la suya y apunta al chico.

Están sentados tan cerca los unos de los otros que tanto el chico como el hombre tienen los cañones de las pistolas a pocos centímetros de sus rostros. A Nanao la escena no le parece real. Por lo general, la gente se sienta cara a cara para poder charlar y jugar cartas. Y, sin embargo, ellos se apuntan con dos pistolas.

El hombre menea el cañón ante la nariz del chico.

—Si nos dices la verdad, amiguito, puede que consigas salir con vida de esto.

—Querido, si no apartas eso de su cara no podrá decirte nada aunque quiera hacerlo —dice con calma la mujer. Parece estar completamente relajada.

—¡Vamos, esto es una locura! —A Nanao no le gusta la rapidez con la que las cosas se están complicando—. ¡Si no aparta la pistola, dispararé!

El hombre mira la pistola de Nanao como si la viera por primera vez.

—¡Vamos! ¡Pero si esa cosa ni siquiera está cargada!

Nanao se queda callado. Es cierto, antes tiró a la basura el cargador. «¿Cómo se dio cuenta?». No parece algo que pueda advertirse a simple vista.

—¿De qué está hablando? ¡Claro que está cargada! —dice finalmente.

—Está bien, entonces dispara. Yo también lo haré.

A Nanao le avergüenza un poco que lo traten como un mero aficionado, pero ahora no es el momento de preocuparse por su ego. Despacio y sin apartar los ojos del hombre vuelve a guardar la pistola vacía en la parte posterior del cinturón.

—¿Ya tienen boletos? Los asientos del Shinkansen deben reservarse con antelación, ¿saben? —dice el chico.

—No me vengas con tonterías. Además, ya no quedaban boletos.

—¿No quedaban boletos? —Nanao echa un vistazo alrededor del vagón vacío—. Pero si aquí no hay casi nadie.

—Ya lo sé. Es muy extraño. Puede que un grupo haya cancelado su viaje en el último momento. Da igual. El conductor no va a echarnos del tren. Bueno, ¿dónde está Yuichi? ¿Qué le pasó? ¿Y a Wataru?

—Desconozco los detalles —dice el chico en un tono sombrío—. Lo único que sé es que, si no llego a Morioka, algo malo le pasará a Wataru en el hospital.

Nanao vuelve a mirar el perfil del chico. Basándose en lo que acaba de oír, el niño sobre el que dijo que correría peligro si no llegaba a Morioka debe de ser el nieto de la pareja que acaba de llegar. Lo que todavía no tiene claro es el vínculo entre estos dos y el chico.

Pero hay algo que le intriga todavía más: «¿Quién diantre son estos dos?». Al fijarse en la mujer, se da cuenta de que esta también parece llevar un arma en la pistolera de la chamarra. «¿Una abuela con una pistola?». A juzgar por el aplomo con el que se desenvuelven, cuesta imaginar que sean ciudadanos normales y corrientes. «Sin duda, se trata de profesionales. Aunque lo cierto es que nunca había oído hablar de profesionales tan mayores».

Nanao ignora en qué lío se metió, pero tiene claro que el hombre piensa que el chico es su enemigo. «No tiene sentido. Nada en este viaje lo tiene, cierto, pero esto todavía menos. ¿Un par de jubilados con pistolas amenazando a un chico?».

Justo entonces, un celular recibe una llamada y comienza a vibrar. Lo hace alegremente, como si estuviera burlándose de las cuatro personas que están ahí sentadas.

Por un momento permanecen todos inmóviles, conteniendo la respiración y escuchando las vibraciones del celular. Todo lo demás parece quedar en silencio.

Nanao comprueba si se trata del celular que lleva en el bolsillo del pantalón, pero no es a él a quien llaman.

—¡Oye! —dice entonces el chico colocando la mochila en su regazo y abriendo la cremallera—. ¡Es mi celular el que suena!

—No te muevas. —El hombre le clava el cañón de la pistola. Están tan cerca que parece estar amenazando al chico con un cuchillo.

—Pero el celular...

—Quédate quieto y olvídate de él.

Bajo sus palabras, Nanao puede oír las vibraciones del celular. Cuenta los tonos de llamada: tres, cuatro, cinco...

—Creo que debería contestar —dice entonces el chico.

—¿Qué problema hay con que lo haga? —Nanao no tiene ninguna razón especial para decir esto. Lo hace con el mismo espíritu que un padre trata de ponerse de parte de su hijo después de que haya infringido una norma de la escuela.

—Ni hablar. —El hombre es inflexible—. No me gusta este chico. Dice que va a contestar el teléfono, pero seguro que trama algo.

—¿Y qué quieres que trame, querido? —dice la mujer con la misma alegría de siempre.

—No lo sé con exactitud, pero sí que tengo claro que cuando uno está viéndoselas con alguien inteligente no hay que dejarle hacer nada. Jamás de los jamases. Aunque se trate de una acción insignificante, pues seguro que en realidad está tramando algo. Recuerdo, por ejemplo, una vez que estaba enfrentándome con un tipo que dirigía un restaurante de ramen. En un momento dado, le apunté con una pistola. Y no porque el ramen estuviera malo. Quería que me diera algo, un paquete importante. De repente, el teléfono del restaurante comenzó a sonar y el tipo del ramen me dijo que, si no contestaba, alguien podía pensar que sucedía algo malo. Pensé que no le faltaba razón, así que me porté bien y dejé que lo hiciera, advirtiéndole que no dijera nada sospechoso. Él contestó la llamada y comenzó a anotar lo que parecía un pedido: ramen de miso, ramen con *chashu*... Lo que yo no sabía es que en realidad se trataba de un código. Pocos minutos después, aparecieron refuerzos, un grupo de tipos peligrosos, y hubo un tiroteo en el restaurante. Por supuesto, sobreviví, pero fue un auténtico desmadre. Y recuerdo también otra vez que estaba apretándole los tornillos al jefe de una oficina. El teléfono sonó y yo tuve la deferencia de dejar que contestara. En cuanto lo hizo, ¡bang! ¿Qué nos dice todo esto?

—Que treinta años atrás no teníamos teléfonos celulares —dice la mujer con sarcasmo.

Está claro que ha oído estas historias incontables veces.

—No. Nos dice que, en situaciones como esta, las llamadas telefónicas son un mal presagio.

—O, al menos, lo eran hace treinta años —dice ella, y se ríe alegremente.

—También vale para hoy en día.

Nanao se voltea hacia el chico. La mochila se encuentra ahora en el asiento que hay entre ellos. Está abierta. El chico parece estar concentrado, pensando en algo, y comienza a recelar de él. El miedo juvenil que el chico emanaba cuando le suplicó que le ayudara parece haberse evaporado. Ahora, se comporta con una calma muy extraña para ser alguien a quien están apuntando con una pistola. Antes lo ha achacado al shock que había sufrido, pero ahora el chico parece estar bien.

Entonces repara en algo por el rabillo del ojo. En el interior de la mochila del chico asoma algo que parece la empuñadura de una pistola. «¿Una pistola? ¿Por qué habría de tener una pistola un estudiante de su edad? ¿La metió él en la mochila?». No se le ocurre ninguna respuesta satisfactoria. Lo único seguro es que hay una pistola en la mochila.

«Y yo podría usarla», piensa Nanao procurando mantener la calma.

El recién llegado se dio cuenta de que su pistola no estaba cargada, por lo que ahora debe de pensar que Nanao está desarmado. No esperará que saque un arma de la mochila. Tanto la pareja como el chico son peligrosos. Podría pasar cualquier cosa, y si no tiene cuidado podría terminar sufriendo alguna herida, o algo peor. «Si consigo agarrar el arma, tomaré el control de la situación».

Permanece alerta, a la espera de la mejor oportunidad para agarrar la pistola. Si comete un error, no hay ninguna duda de que recibirá un disparo.

El celular deja de sonar.

—¡Oye! Quienquiera que estuviera llamando se dio por vencido. —El chico agacha la cabeza.

—Si se trataba de algo importante, volverán a llamar —responde el hombre.

Nanao percibe una ligera vibración del aire, una especie de exhalación entrecortada que el Príncipe expulsa por la nariz. Se voltea hacia al chico y repara con gran sorpresa que, todavía con la cabeza gacha, está mordiéndose el labio inferior y haciendo esfuerzos para contener la risa.

El Príncipe

Todo su cuerpo tiembla a causa de la risa que está intentando contener, una risa que surge de lo más profundo de su interior y que apenas puede disimular. «Este anciano es como todos los demás —se regodea el Príncipe—. Se hace el rudo y se jacta de tener mucha más experiencia que yo, como si esto fuera lo más fácil del mundo para él. Pero, en el fondo, no deja de ser otra víctima del exceso de confianza y es incapaz de reconocer una amenaza, aunque acabe de tropezar con ella».

Casi con toda seguridad, la llamada perdida era del hombre que se encuentra en el hospital de Tokio. Debía de tener alguna pregunta, o tal vez había tomado conciencia de lo que iba a hacer y se había puesto nervioso, o quizá simplemente se había cansado de esperar.

Habían acordado que, si el tono del teléfono sonaba más de diez veces y el Príncipe no contestaba, tendría luz verde para actuar.

No sabe con certeza si el tipo ese terminará atreviéndose a matar a Wataru Kimura, pero, a juzgar por la suerte que lo acompaña siempre, el Príncipe está seguro de que en estos momentos ya se dirige a la habitación del pequeño con intenciones homicidas. Está acostumbrado a que tanto la gente como los animales se comporten justo como él quiere.

«Esto es culpa suya —se muere por decirle al viejo que tiene delante—. Creía usted que apuntándome con una pistola obtendría ventaja, pero lo único que va a conseguir es terminar con la vida de su querido nieto». Casi le da pena el anciano y siente incluso el impulso de consolarlo. Pero a la vez ya comenzó a calcular cómo puede sacar provecho de este nuevo giro de los acontecimientos. Si juega bien sus cartas, es posible incluso que pueda llegar a controlar a esta pareja de jubilados. Primero, compartirá con ellos la noticia de la tragedia, luego se regodeará en la visión del hombre consumido por la angustia y la mujer presa del shock y, a continuación, jugará con sus sentimientos de culpa, les sustraerá el poder de decisión y terminará encadenando sus corazones. «Haré lo que siempre hago».

«Pero todavía no ha llegado el momento». Es fácil imaginar lo que sucedería si les dijera que su nieto corre un grave peligro: el tipo se pondría hecho una furia y amenazaría con matarlo. Y seguro que también llamaría al hospital y les suplicaría que salvaran al niño. Esta información debe permanecer oculta un poco más.

—¡Oye, tú! —dice el anciano—. Habla o te dispararé antes de que llegues a Morioka.

—¿Por qué? —dice entonces Nanao—. ¿Por qué tiene tantas ganas de dispararle?

—¡De verdad, lo juro, no tengo ni idea de lo que está pasando! —El Príncipe aprovecha la intervención de Nanao y retoma su papel de estudiante asustado.

—¿De veras crees que el chico está mintiendo, querido? A mí no me parece. —La cara de la mujer le recuerda por un momento a la de su abuela fallecida. Siente una punzada de nostalgia, pero no de afecto. Más que nada, se alegra de que sea alguien tan fácil de manipular. La gente mayor no puede evitar sonreír a los niños y tratarlos con indulgencia. No es una cuestión de moralidad o de deber humanos, sino de mero instinto animal. Las criaturas de la misma especie deben proteger a sus reto-ños. Están diseñadas para ello—. Pero ¿dónde está Yui-chi? ¿Bajó del tren en Sendai? ¿Por eso ya no podía con-testar el teléfono?

—Ya te dije que este chico apesta —contesta el viejo al tiempo que se reclina en su asiento y lo señala con un movimiento de barbilla. Luego vuelve a guardar la pis-tola en una de las pistoleras de la chamarra. No ha baja-do la guardia, pero se muestra un poco menos agresivo—. En cualquier caso, comprobemos primero cómo está Wa-taru. Le pedí a Shigeru que fuera a verlo al hospital, pero con lo precipitado que fue todo no estoy seguro de si lo habrá hecho.

—Desde luego, Shigeru es algo descuidado —comen-ta la mujer graciosamente.

«¿Han enviado a alguien al hospital?».

—¿Quieres que vaya a la cabina telefónica a llamar-le? —añade la mujer.

«Esto no pinta bien —piensa el Príncipe—. Debo ga-nar algo de tiempo».

—¿Su nieto está enfermo? —pregunta Nanao. El Príncipe agradece su intervención.

Ahora, perderán tiempo hablando de Wataru. «Por-que soy muy afortunado».

—Se cayó del tejado de unas grandes tiendas. Desde entonces, está en coma en el hospital —responde el hom-bre con brusquedad, quizá para no dejar traslucir sus emociones.

El Príncipe se lleva la punta de los dedos a la boca.

—¡Oh, no! ¿De verdad? —dice con cara de estupe-facción, como si no supiera nada al respecto—. ¿Del te-jado? ¡Debió de pasar un miedo atroz!

Por dentro, sin embargo, está riéndose de oreja a ore-ja. Recuerda la expresión de desconcierto y pavor del niño cuando lo empujó al vacío.

El hombre prosigue con voz ronca:

—Que Wataru esté en coma es como cuando la diosa Amaterasu escondió su luz en la cueva. Ahora, todo el mundo está a oscuras. Necesitamos que los demás dioses bailen y rían y llamen a Wataru para que regrese. En caso contrario, esta terrible oscuridad ya nunca nos abandonará.

El Príncipe se esfuerza en contener la risa. «Ustedes son los únicos que están en la oscuridad. Al resto del mundo no le pasa nada. Que su nieto viva o muera es absolutamente irrelevante».

—¿Qué dicen los médicos? —pregunta Nanao.

—Hacen todo lo que pueden, pero en realidad no hay mucho que pueda hacerse. Dicen que podría despertar en cualquier momento. O que tal vez ya no lo hará nunca.

—Deben de estar ustedes muy preocupados —comenta Nanao en voz baja.

El hombre sonríe afablemente.

—Por alguna razón, joven, tú no despides ningún olor. Lo cierto es que me sorprende. No percibo ninguna maldad en ti. Por el modo en que agarraste esa pistola, sin embargo, deberías apestar, pues diría que te dedicas a lo mismo que nosotros y que no eres ningún novato, ¿es así?

—Sí, hace ya algún tiempo que me dedico a esto. —Nanao sonríe irónicamente—. Es solo que tengo muy mala suerte, así que cuando oigo que alguien sufrió alguna desgracia no me cuesta nada imaginar cómo se siente.

—Hay algo que no dejo de preguntarme —interviene el Príncipe con la esperanza de que sigan hablando en vez de ir a hacer la llamada.

—¿Qué? —El hombre lo mira con una mezcla de recelo e irritación.

—No sé si nosotros conoceremos la respuesta a tu pregunta —reflexiona la mujer.

—¿Por qué está mal matar personas? —La misma pregunta de siempre. La pregunta que siempre escandaliza a los adultos, que intentan eludir con clichés, que son incapaces de responder.

—¡Oye! —exclama de repente Nanao. El Príncipe se voltea hacia él, pensando que tal vez quiere responder a su pregunta, pero ve que está mirando hacia la parte frontal del tren—. Aquí viene el señor Suzuki.

En efecto, Suzuki, el profesor, avanza por el pasillo, en su dirección.

—¿Quién es ese? —El hombre vuelve a agarrar su pistola y apunta a Nanao.

—Solo alguien a quien conocí en el tren. No somos amigos ni nada de eso. Apenas hablamos un par de veces. Es un civil. No sabe que voy armado. Es profesor en una escuela extracurricular . Estaba preocupado por el chico y se sentó un rato con nosotros —explica Nanao con rapidez—. Por eso ahora viene hacia aquí.

—No me fío —indica el hombre—. ¿Estás seguro de que no es un profesional? —dice, apretando con fuerza la empuñadura de la pistola.

—Si piensa que lo es, dispárele en cuanto llegue —dice Nanao con firmeza—. Pero si lo hace, lo lamentará. El señor Suzuki es un hombre bueno y honesto.

La mujer se inclina hacia el pasillo y, apoyando una mano en el voltea, vuelve la cabeza para echar un vistazo. Un momento después, se sienta hacia delante otra vez.

—A simple vista, parece un tipo normal y corriente. No creo que esté tramando nada, y está claro que no va armado. Diría que su única transgresión fue querer comprobar lo que se sentía al ir en el vagón de primera clase y que ahora ya regresa a su asiento.

—¿Estás segura? —pregunta el hombre.

—Tiene toda la razón, señora. —Nanao asiente afanosamente.

El hombre mete la mano con la pistola dentro del bolsillo de la chamarra y apunta a Nanao a través de la tela.

—Si veo algo extraño, dispararé.

En ese momento, Suzuki llega a su lado.

—¡Vaya, parece que aquí la cosa se animó! ¿Quiénes son estos dos?

La mujer sonríe arrugando los ojos y dice:

—Subimos en la última estación. Temíamos sentirnos muy solos en este tren tan vacío, pero estos dos jóvenes tuvieron la amabilidad de invitarnos a sentarnos con ellos —se inventa con rapidez sin inmutarse.

—¡Ah, ya veo! —asiente Suzuki—. ¡Qué bien!

—Nos dijeron que es usted profesor —le dice el anciano a Suzuki en un tono de voz bajo y mirándolo inquisitivamente. No parpadea una sola vez.

—Doy clases en una escuela extracurricular , así que supongo que se me puede considerar profesor.

—Perfecto. Es justo lo que necesitábamos. Siéntese aquí, al lado de mi esposa —indica, señalándole a Suzuki el asiento del pasillo, de cara a Nanao y al Príncipe. En cuanto se sienta, el anciano prosigue—. Este chico acaba de hacer una pregunta controvertida. —Parece que ya no sospecha de Suzuki, aunque también es posible que esté esperando el momento oportuno para enfrentarse a tiros.

—¿De qué se trata? —Suzuki abre los ojos con curiosidad.

—Quiere saber por qué está mal matar personas. Como profesor, ¿qué tiene usted qué decir a eso? Ilústrenos.

A Suzuki parece desconcertarle ser objeto de esa repentina atención. Luego, se voltea hacia el Príncipe.

—¿Eso es lo que quieres saber? —Frunce el ceño con preocupación. O tristeza.

El Príncipe tiene que esforzarse para no poner los ojos en blanco. Prácticamente, todo aquel a quien le hizo la pregunta adopta la misma expresión. O sus mejillas enrojecen de indignación.

—Solo siento curiosidad —contesta.

Suzuki toma aire y luego lo expulsa despacio, como si estuviera tratando de sosegar el ánimo. No parece inquieto, solo triste.

—No estoy seguro de cómo contestar a eso.

—Es difícil, ¿verdad?

—Bueno, más bien se trata de que no tengo claro qué es lo que quieres saber en realidad. —La expresión de Suzuki está adquiriendo un aire cada vez más profesoral, lo que desagrada al Príncipe—. En primer lugar —prosigue—, te daré mi opinión personal.

«¿Acaso existe alguna opinión que no sea personal?».

—Si fueras a matar a alguien, preferiría que no lo hicieras. Y al revés igual. Si alguien fuera a matarte a ti, también me gustaría que desistiera de sus intenciones.

—¿Por qué?

—Porque resulta desgarrador que alguien sea asesinado. O que alguien ataque a otra persona, aunque no llegue a matarla —dice Suzuki—. Es algo triste y trágico. Preferiría que no sucediera.

Al Príncipe no le interesa lo más mínimo oír una opinión semejante.

—Comprendo lo que intenta decir, y yo siento lo mismo —miente—. Pero se trata de un razonamiento ético que no contesta del todo a mi pregunta. Supongamos que hubiera alguien que no compartiera este posicionamiento, ¿para él no sería lícito matar? Existen las guerras o la pena de muerte, por ejemplo, y la mayoría de los adultos aprueban ambas cosas.

—Cierto —Suzuki asiente como si ya esperara que el Príncipe dijera algo así—. Como dije, esa era mi propia posición al respecto. Creo que nadie debería matar a nadie, bajo ninguna circunstancia. Morir es lo más triste que existe. Pero esta no es la respuesta que estás buscando, así que me gustaría preguntarte algo —dice en un tono de voz de repente amable.

—¿De qué se trata?

—¿Qué harías si ahora hiciera pipí encima tuyo?

—¿Cómo dice? —El Príncipe no esperaba algo tan infantil.

—¿Qué harías si te obligara a quitarte toda la ropa?

—¿Es que le gustan esas cosas?

—No, no. Pero piénsalo. No se debe hacer pipí en el tren. No se debe obligar a nadie a desnudarse. No se debe chismorrear. Ni fumar. Tampoco subir al Shinkansen sin boleto. Si uno quiere un jugo, debe pagarlo.

—No entiendo bien adónde quiere ir a parar.

—Ahora mismo, me gustaría pegarte. ¿Sería lícito?

—¿Lo dice en serio?

—¿Qué pasaría?

—Preferiría que no lo hiciera.

—¿Por qué no?

El Príncipe sopesa su respuesta. «¿Debería decirle que simplemente no quiero que lo haga o, por el contrario, que debería sentirse libre de hacerlo si así lo desea?».

—La vida está llena de normas y prohibiciones. —Suzuki se encoge de hombros—. Hay normas para todo. Si uno estuviera solo todo el tiempo, no habría ningún problema. En cuanto aparece otra persona, sin embargo, entran en funcionamiento todo tipo de normas. Estamos rodeados en todo momento de normas sin fundamento claro. A veces, se diría que no se nos permite hacer nada. Por eso me parece extraño que, de todas estas normas, lo que más te interese es la prohibición de matar personas. Y otros chicos también lo preguntan. Podrías preguntar por qué está mal pegarle un puñetazo a alguien, o por qué no puedes aparecer en casa de otra persona y quedarte a dormir en ella, o por qué no puedes encender una fogata en el patio de la escuela. O insultar a alguien. Hay muchas normas que tienen mucho menos sentido que la prohibición de matar. Por eso, siempre que oigo a alguien de tu edad preguntar qué tiene de malo matar a alguien, tengo la sensación de que simplemente está llevando las cosas al extremo para que los adultos a quienes hace la pregunta se sientan incómodos. Lo siento, eso es lo que parece.

—Pero yo quiero saber de verdad la razón.

—Como dije, la vida está llena de normas. La lista es interminable. Pero hay muchas cuya infracción puede subsanarse. Digamos que te robo la cartera: puedo devolvértela. O, si vierto algo encima de la ropa que llevas y no tiene arreglo, puedo comprarte prendas nuevas. Quizá eso haga que nuestra relación se lastime, pero las cosas podrían volver a ser más o menos como antes. Cuando alguien muere, sin embargo, ya no hay vuelta atrás.

El Príncipe suelta un resoplido y está a punto de preguntar si eso se debe a que la vida humana es algo precioso, pero antes de que pueda hacerlo, Suzuki prosigue:

—Y no lo digo porque haya nada particularmente precioso en la vida humana. Considerémoslo así: ¿qué pasaría si uno quemara el último ejemplar existente de un manga? Cuando desapareciera, ya no podría recuperarse. No creo que las vidas humanas y los mangas tengan el mismo valor, pero a modo de comparación objetiva podría decirse que son similares en ese sentido. Cuando uno pregunta por qué está mal matar a alguien, pues, bien podría preguntar por qué está mal quemar un manga superraro.

—¡Qué profesor más platicador! —bromea el anciano.

Lejos de excitarse, cuanto más habla el profesor Suzuki más tranquilo parece estar, lo que desconcierta un poco al Príncipe.

—Y ahora que dije todo eso, expondré mi conclusión —Suzuki pronuncia estas palabras como si estuviera diciéndoles a sus alumnos que este tema saldrá en el examen, y que deberían prestarle atención si quieren saber qué contestar.

—¿Sí?

—Si fuera lícito matar, el Estado no podría funcionar.

—¿El Estado? —El Príncipe frunce el ceño, temiendo que la contestación haya degenerado hasta la abstracción.

—Si las personas pensaran que pueden morir asesinadas en cualquier momento, la actividad económica se detendría de golpe. Para empezar, no puede haber economía sin el derecho a la propiedad. Estoy seguro de que estarás de acuerdo con eso: si uno no tuviera ninguna garantía de que aquello que ha comprado le pertenece, nadie usaría el dinero, y el capital dejaría de tener sentido. Teniendo en cuenta eso, si consideramos que la vida es el patrimonio más importante que uno posee, para que la actividad económica funcione adecuadamente tiene que haber algún tipo de norma que proteja esa vida o, al menos, que parezca hacerlo. Esta es la razón por la que el Estado decreta normas y prohibiciones, entre las que se encuentra la prohibición de matar. Es de hecho una de las más importantes. Con esto en mente, tiene todo el sentido que las guerras y la pena de muerte estén permitidas, pues sirven a las necesidades del Estado. Las únicas cosas que están permitidas son aquellas que el Estado sanciona. Lo cual no tiene nada que ver con la ética.

El Shinkansen llega a la estación de Shin-Hanamaki.

Permanece detenido en el andén durante un minuto, como si estuviera recobrando el aliento. Luego, se pone en marcha otra vez y el paisaje retoma su movimiento.

Nanao

Nanao escucha con gran interés lo que Suzuki está contando. Resulta estimulante el hecho de presenciar cómo el profesor alecciona al estudiante con esa serenidad.

—Y es posible que algunos países, tal vez lejanos, consideren que es lícito matar a alguien. No estoy seguro, pero podría ser que en algún lugar del mundo hubiera una comunidad o un país en el que matar esté permitido. La prohibición de matar, pues, se reduce a las prioridades de cada Estado. Si fueras a un país así, tendrías la libertad de matar a quien quisieras, pero los demás también la tendrían para matarte a ti.

No es la primera vez que Nanao oye un argumento similar, pero la metódica forma que tiene Suzuki de exponer sus argumentos resulta muy sugestiva. Nanao mató muchas veces, y oír un largo discurso sobre el razonamiento en el que se fundamenta la prohibición de matar no hará que se ponga a escudriñar su alma ni cambiar de profesión; aún así, le gusta la forma de hablar de Suzuki, al mismo tiempo dulce y resuelta.

—Si dejamos a un lado la ética, las únicas explicaciones por las que matar no está permitido son de carácter legal. Buscar una explicación que esté más allá de la ley, pues, resulta un poco engañoso. Es como si preguntaras por qué debemos comer verdura más allá del hecho de que está llena de nutrientes. —Suzuki exhala momentáneamente—. En cualquier caso, llegados a este punto me gustaría repetir lo que dije al principio: creo que matar personas está mal y, a mi parecer, las leyes y la agenda del Estado no tienen nada que ver con ello. Que alguien desaparezca de este mundo, que su ser se desvanezca, resulta algo mismo tiempo aterrador y trágico.

—Al decir esto, ¿no estará pensando en alguien en particular? —pregunta el anciano.

—Sí, yo estaba preguntándome lo mismo —dice la mujer.

—Bueno, ha pasado ya mucho tiempo, pero mi esposa murió. —Suzuki aparta la mirada. Esta debe de ser la razón por la que Nanao fue incapaz de detectar el menor destello en sus ojos—. Bueno, en realidad fue asesinada.

—¡Oh, no! —Los ojos de la mujer se abren como platos.

Nanao parece igual de sorprendido.

—¿Qué le pasó a quienquiera que la asesinara? —quiere saber el anciano, claramente dispuesto a intervenir y vengarse.

—Está muerto. Todos lo están, y con eso terminó todo. —El tono de Suzuki sigue siendo tranquilo—. Cuando pienso en por qué pasó todo, en por qué mi esposa se fue, sigo sin comprenderlo. Todo me parece un sueño. La luz no cambiaba y, mientras comenzaba a preguntarme cuándo se pondría en verde, ahí estaba yo, en el andén.

—¿Qué significa eso? —pregunta el anciano con una risa ronca—. ¿Se trata de algún tipo de alucinación?

—Siempre pensé que la estación de Tokio era el final de la línea, no esperaba que el tren siguiera adelante sin detenerse...

El tono de voz de Suzuki es cada vez más suave y no deja de decir cosas que no tienen sentido. En sus ojos puede percibirse ahora cierta desesperación, como si hubiera sido engullido por una vieja pesadilla y no pudiera escapar. De repente, sin embargo, sacude la cabeza y parece volver en sí.

—Siempre que comienzo a pensar en mi esposa es como si me precipitara en un agujero angosto y tenebroso. O bien la imagino a ella vagando perdida en un desierto por completo oscuro. Está sola, ciega y aterrorizada. Es incapaz de gritar ni de oírme mientras la llamo, y no hay nada que yo pueda hacer para salvarla. No logro encontrarla. Si no tengo cuidado, a veces tengo la sensación de que podría incluso olvidarme de ella y abandonarla ya para siempre en la oscuridad de ese desierto, presa de una tristeza infinita.

—No termino de entender lo que está diciendo —comenta el anciano—, pero está claro que es usted un buen tipo. Está decidido, enviaremos a Wataru a estudiar con usted —dice, bromeando solo a medias—. Deme su tarjeta.

Suzuki mete la mano dentro del saco para agarrar una tarjeta y se ríe.

—Vaya, dejé las cosas en mi asiento. ¡Todos los caramelos que había comprado! —Ahora vuelve a parecer un despreocupado estudiante universitario—. Debo ir a buscarlos antes de que lleguemos a Morioka. —Se pone de pie—. Voy a visitar a los padres de mi esposa por primera vez desde que murió. Me ha costado sentirme preparado para ir a verlos.

—¿Ah, sí? Bueno, me alegro de que vaya a presentar sus respetos —dice el anciano con algo de brusquedad, aunque también parece alegrarle sinceramente que se celebre la reunión.

Suzuki se aleja en dirección a la parte trasera del tren.

—Bueno, ¿estás contento? —le pregunta entonces el anciano al chico—. ¿Su respuesta te pareció satisfactoria? En mi opinión, la decisión de matar o no depende de cada uno, así que no puedo decir que esté del todo de acuerdo con lo que expuso el profesor. Aun así, hizo algunas observaciones interesantes, ¿no te parece?

Algo intenso centellea en los ojos del chico. Nanao intenta identificar qué puede ser y si el chico está enfadado o impresionado, pero, antes de que pueda determinar de qué se trata, la expresión del chico vuelve a la normalidad y esa tensión desaparece como aire escapándose de un globo.

—Pues no. No me parece que haya sido una respuesta muy útil. Me decepcionó . —Esa tensión puede haber desaparecido, pero su tono de voz sigue siendo definitivamente mordaz.

—¡Oh, el niño está molesto! Bueno, pues me alegro. ¡Ya estoy harto de su arrogancia! ¡Se cree que vio todo! —La voz del anciano suena alta y clara, y vuelve a sacar la pistola—. Deja que te diga algo, mocoso.

—Usted dirá.

—Cuando yo tenía tu edad solía hacer la misma pregunta.

La mujer sentada a su lado se ríe con los labios fruncidos y suelta un leve silbido.

—Te crees muy listo, pero todo el mundo pregunta eso cuando es joven y tonto y quiere provocar a los adultos. «¿Qué sentido tiene vivir si vamos a morir de todos modos?», preguntan también los chicos, y se creen muy profundos, como si fueran los únicos que se han hecho nunca una pregunta semejante. Es como si uno se jactara de haber tenido sarampión. Todos lo tuvimos.

—Estoy de acuerdo —dice la mujer—. No me gustan los niños que presumen de no llorar viendo películas. Nadie lo hace de pequeño, la gente no comienza a llorar por cualquier cosa hasta que es mayor. Yo nunca lloré viendo una película cuando era pequeña. Nadie lo hace. Si alguien quiere presumir de eso, debería hacerlo cuando es mayor. Oh, lo siento, no quería sermonear a nadie. —Se lleva los dedos a los labios con teatralidad y, con una sonrisa, hace ver que los cierra con un cierre.

Ese gesto le recuerda a Nanao el cierre de la mochila y al bajar la mirada comprueba que sigue abierta y que la pistola todavía está ahí.

«Debería agarrarla. Es solo cuestión de esperar el momento adecuado», piensa.

Pero justo entonces el Príncipe inclina la cabeza y con voz delicada dice:

—Lo siento, abuelitos.

El Príncipe

Está enfadado, y eso lo enfada todavía más. No es que Suzuki se haya dirigido a él con paternalismo, pero, por alguna razón, el tono casi mesiánico de su respuesta provocó en él un inesperado rechazo que casi podría considerarse físico. Es como si hubiera visto un insecto con un montón de patas o una planta de un verde en particular chillón.

Y luego están esos dos ancianos hablando sin parar sobre la sabiduría que han adquirido durante todos sus años de experiencia, lo que resulta especialmente irritante.

Respira hondo para apaciguar los ánimos y reprimir la ira que siente y, a continuación, afirma:

—Lo siento, pero me temo que ya no puede hacerse nada por su nieto.

Por fin, llegó el momento de la revelación. La pareja de ancianos se queda por completo inmóvil. «En cuanto les menciono a su nieto, parecen a punto de desmoronarse. Y pensaban que eran muy fuertes».

—¿Recuerdan la llamada que recibí antes? Debería haberla contestado.

—¿De qué estás hablando? —El rostro del anciano se arruga y oscurece. El Príncipe sabe que no se debe a que esté intentando mostrarse duro, sino a causa de la atormentadora preocupación que siente.

—Eso es lo que me dijeron: «Asegúrate de contestar el teléfono. En caso contrario, el niño del hospital morirá». Tenía que contestar antes de que el tono de llamada sonara diez veces.

El anciano permanece en silencio. Por un momento, lo único que se oye es el traqueteo del Shinkansen.

—Pero usted no me dejó contestar —prosigue el Príncipe. Su voz suena ahora dócil y sus hombros tiemblan un poco. «Espero que esté satisfecho —es lo que realmente le gustaría decir—. Se comporta como si fuera muy listo, pero ni siquiera pudo proteger a su nieto. Le gané, y eso que no soy más que un chico que aún va a la escuela».

—¿Es eso cierto? —pregunta el hombre. «Ahora está comenzando a pensar que no se trata de un juego. Está sentado ahí, indefenso, a la espera de lo que yo le diga», piensa el Príncipe, y siente una oleada de placer físico que le recorre la columna vertebral.

—Lo es. Si hubiera podido contestar...

—Querido. —Por primera vez, la mujer parece alterada. La duda comienza a crecer por fin bajo su dura piel.

—¿Qué?

—¿Y si llamamos? —Comienza a ponerse de pie.

—Buena idea —dice el Príncipe. Es más que probable que ya no haya nada qué hacer—. ¿Quieren usar mi celular? Podría dárselo, aunque se supone que no debo moverme —dice con ironía, mirando directamente al anciano.

La expresión del hombre se endurece. Antes no confiaba en que el Príncipe tocara el celular, pero ahora todo su cuerpo grita lo contrario. «Dámelo», parece exclamar. «Esto se siente bien —piensa el Príncipe—. Es un buen primer paso». A continuación, piensa afianzar su dominio en esa dinámica de poder.

Está a punto de agarrar el celular que lleva en la mochila cuando repara en que Nanao está mirándole a él y a la mochila. De inmediato sabe por qué.

«La pistola. Nanao quiere la pistola».

Al Príncipe el corazón le da un pequeño brinco.

La pistola que guarda en la mochila es la que le agarró antes a Mandarina, y no se trata de un arma normal. Fue manipulada para que explote cuando alguien apriete el gatillo y así lo hiera. Es una pistola trampa. Y Nanao no lo sabe, razón por la que quiere usarla.

«Debería dejar que lo hiciera», piensa el Príncipe regocijándose en la idea.

No sabe qué pasará con exactitud si el arma explota, pero imagina que la explosión herirá a Nanao y al anciano que está sentado delante. Aunque no lleguen a morir, sin duda ralentizará sus movimientos.

Se desatará el caos.

Y, cuando lo haga, él encontrará un modo de escabullirse. «Eso es justo lo que sucederá».

Por supuesto, no puede estar por completo seguro de que no vaya a sufrir también alguna herida, pero cree que las probabilidades son bajas. Si salta al pasillo en cuanto Nanao apunte el arma, no debería pasarle nada. Y, sobre todo, confía en su suerte. «Siempre que pasa algo así, consigo salir indemne».

Una agradable melodía comienza a sonar por el altavoz, seguida de un anuncio: en cinco minutos el tren llegará a Morioka.

Es entonces cuando sucede todo, una cosa tras otra.

En primer lugar, al otro extremo del vagón un niño grita con gran excitación:

—¡Abu!

El niño está llamando a su propio abuelo, pero la pareja de ancianos se sobresalta al oír su voz. Por cómo van sentados, oyen gritar al niño a su espalda, y tienen la impresión de que es su nieto quien los llama. Ambos giran para mirar, la mujer inclinando además su cuerpo hacia el pasillo.

Es entonces cuando Nanao actúa. Agarra la mochila con la mano izquierda y mete la derecha dentro.

El Príncipe siente una oleada de excitación por la suerte que tuvo con que el niño distrajera a la pareja para que Nanao pudiera agarrar la pistola. «En cuanto la agarre y apriete el gatillo, todo habrá terminado», piensa. Se levanta del asiento de un salto.

Pero no hay ninguna explosión.

Ya en el pasillo, el Príncipe se voltea y ve que Nanao no tomó la pistola.

No solo eso, sino que permanece inmóvil en su asiento mirando la mano que retiró de la mochila. No mueve un solo músculo. Es como si le hubieran cortado la electricidad.

El Príncipe no se da cuenta de lo que sucede hasta que se fija en su brazo y, cuando lo hace, no puede evitar retroceder de un salto.

El anciano también se queda petrificado, con el arma en la mano y los ojos abiertos como platos.

El brazo de Nanao está hinchado de un modo extraño, como si sus venas se hubieran inflamado.

Eso es lo que parece a simple vista, pero en realidad se trata de otra cosa.

Hay una serpiente enrollada en su brazo.

—¿Q-qué diantre hace aquí una serpiente...? —exclama el anciano con la pistola todavía en la mano, y luego suelta una risota.

—¡Dios mío! —grita la anciana, estupefacta.

Nanao suelta un chillido, pero su cuerpo sigue inmóvil.

—¿Se puede saber qué está pasando aquí? —El anciano no puede parar de reír.

—¡Te tiene bien agarrado, jovencito! ¡Realmente tienes mala suerte! —La mujer hace un educado esfuerzo para contener la risa, pero la situación le gana y comienza a reír con ganas.

—¿Cuándo llegó esto aquí? —La voz y el brazo de Nanao tiemblan al unísono—. ¡Antes no estaba! Sabía que volvería a aparecer pero, ¿por qué ahora?

El Príncipe lo queda mirando fijo. No puede creer lo que está sucediendo.

—¡No me suelta! —exclama Nanao mientras agita el brazo frenéticamente.

—Prueba a mojarla con un poco de agua —sugiere la mujer, y, pasando junto al Príncipe, Nanao sale corriendo en dirección al vestíbulo como si lo llevara el diablo.

La mujer sigue riendo y, a su lado, el hombre sonríe.

—Increíble —repite él varias veces—. ¿Qué hace una serpiente en el Shinkansen? No me lo puedo creer. Tenías razón, se trata de un tipo muy desafortunado.

El Príncipe no entiende nada. «¿Qué está pasando? ¿Por qué había una serpiente en mi bolsa?». Esto no se lo esperaba. Siente una punzada de rabia, pero también de miedo. Teme que su buena suerte haya sido apresada por las fauces de una oscura bestia del infortunio y que ahora esta esté despedazándola.

Entonces oye que el anciano suelta una estentórea carcajada.

Creyendo que sigue carcajeándose por el episodio de la serpiente, el Príncipe se voltea hacia él y ve que está mirando hacia arriba, en dirección a un punto situado por encima de la cabeza del Príncipe. Una amplia sonrisa deja a la vista todos sus dientes.

—¡Ahí está! —dice.

La mujer mira en la misma dirección y su sonrisa se une a la de su marido.

—¡Oh, sí! ¡Es él!

«¿De qué demonios están hablando?». El Príncipe sigue su mirada y voltea la cabeza. Espera ver a alguien entrando en el vagón. Tal vez al profesor, o a Nanao. Pero no ve a nadie. Vuelve a mirar a los ancianos, pero siguen con la vista puesta en el mismo lugar. El Príncipe vuelve a darse la vuelta.

Es entonces cuando repara en el letrero digital que hay encima de la puerta.

Un texto se desliza por la pantalla: «Shigeru a Shigeru. Wataru está a salvo. El intruso ha muerto».

Campanilla Morada

El insecto trepa por el largo tallo del diente de león como si fuera una escalera de caracol, rodeándolo una y otra vez en su ascenso sin pausa, como si tuviera que realizar la importante entrega de un cargamento entero de buena fortuna.

—¡Oye, Campanilla Morada! ¿Me oyes? —dice la voz del intermediario al otro lado de la línea—. ¿Dónde estás?

—Junto a un diente de león y una mariquita —contesta. Piensa en unos niños a los que conoció en un encargo y a los que les encantaba coleccionar estampas coleccionables de insectos. Ahora deben de ser ya adolescentes. El tiempo pasa muy rápido. Él, en cambio, sigue igual, alejado de su impetuosa corriente, quizá porque permanece aferrado a una roca. Está por completo solo.

—¿Un diente de león y una mariquita? ¿Es que estás hablando en código o algo así?

—No es ningún código. Estoy de veras junto a un diente de león y una mariquita. Delante del hospital al que me dijiste que viniera. Veo la entrada principal. ¿Tú dónde estás? —pregunta.

Campanilla Morada siente un impulso inconsciente, extiende una mano y arranca el caracol amarillo del diente de león, que se desprende del tallo con un satisfactorio chasquido.

—Estoy cerca de las habitaciones de los pacientes. Mi amigo me pidió que fuera a una en concreto, cosa que hice justo a tiempo, pues al poco apareció un hombre vestido con una bata blanca.

—¿Habías quedado de verte con un hombre vestido con una bata blanca?

—No —responde el intermediario—. Mi amigo me pidió que fuera a la habitación en la que se encuentra su nieto y comprobara que todo estuviera bien por aquí. Justo cuando estaba dentro, vi que venía un hombre con una bata blanca y me escondí debajo de la cama. No fue fácil, pues ahí debajo había una maraña de cables y enchufes y ya conoces mis dimensiones, pero conseguí hacerlo a tiempo. El hombre de la bata blanca entró en la habitación y se puso a presionar botones de la máquina de soporte vital del niño.

—No tiene nada de raro que un hombre con una bata blanca manipule el instrumental médico de la habitación de un hospital. ¿Qué te hizo sospechar de él?

—Desde debajo de la cama pude ver sus zapatos. Estaban sucios. Manchados de barro. Me pareció sospechoso que un profesional médico llevara los zapatos así.

—Deberías dejar el trabajo de intermediario y dedicarte a hacer de detective tipo Sherlock Holmes.

—La cosa es que salí de debajo de la cama de un salto y le pregunté qué diablos estaba haciendo.

—¿Saliste de debajo de la cama de un salto? ¿Con ese cuerpo?

—Es una expresión. Como es obvio, tuve que retorcerme y arrastrarme por el suelo hasta que por fin conseguí salir de debajo de la cama.

—Debe de haberse quedado sorprendido.

—Tanto que salió corriendo. Salió al pasillo y se metió en el ascensor.

—Eso sí que es sospechoso. ¿Y dónde estás ahora?

Campanilla Morada tiene la sensación de que lleva ya un rato preguntándole lo mismo.

—Todavía estoy esperando el ascensor. En este hospital son muy lentos.

—Entiendo. —Campanilla Morada baja la mirada a la mariquita. Llegó a lo alto del tallo.

Por supuesto, el insecto no tiene ni idea de que un minuto atrás ahí había una pequeña flor amarilla. Espera el momento adecuado para emprender el vuelo.

En japonés se llaman *tentomushi* y, en inglés, *ladybird*, o *ladybug* y, a veces, *ladybeetle*. Alguien le dijo una vez que el *lady* del nombre hacía referencia a la Virgen María. No consigue recordar quién lo hizo. Recuerda vagamente a alguien susurrándoselo al oído, y luego haberlo leído en un libro ilustrado. Y también a un profesor escribiéndolo en el pizarrón cuando era pequeño, y oírselo a uno de sus clientes. Todos estos recuerdos son igual de vívidos, lo cual significa asimismo que son igual de borrosos, y no tiene forma alguna de saber cuál es real. Todos los recuerdos de Campanilla Morada son así.

La mariquita lleva en el dorso los siete dolores de la Virgen María, por eso en inglés se llama *ladybird*.

Campanilla Morada ignora cuáles son esos siete dolores, pero una sensación de bienestar se extiende por todo su ser al pensar en esa pequeña criatura que lleva a cuestas la tristeza del mundo en sus puntitos negros rodeados de un vívido rojo y que trepa por el tallo de una flor hasta llegar a su punta y emprender el vuelo. La mariquita asciende tan alto como puede y luego se detiene un momento, como si estuviera preparándose. Un segundo después, la carcasa roja se abre, el insecto despliega sus alas y comienza a volar. Campanilla Morada quiere pensar que cualquiera que presenciara algo así debería sentir cómo su tristeza se diluye, aunque la medida en que lo hiciera fuera solo del tamaño de uno de esos siete puntitos.

«Es justo lo opuesto a mi trabajo —piensa Campanilla Morada—. Cada vez que empujo a alguien, más sombras oscurecen el mundo».

—¡Oye, Campanilla Morada! —el intermediario sigue hablando—. El hombre de la bata blanca saldrá del edificio de un momento a otro. Necesito que te encargues de él. Yo voy en camino, pero no sé si llegaré a tiempo.

—Te pidieron que protejas al niño de la habitación. No creo que importe que su atacante se escape.

—No —dice el intermediario—. Mis instrucciones eran que si alguien intentaba hacerle daño al niño, no debía mostrar piedad.

—Una petición bastante severa.

—Así son estos profesionales de los viejos tiempos. Ten en cuenta que, cuando iban a la escuela, todavía había castigos físicos. Y, en todo caso, este amigo mío es el más duro entre los duros.

—Entonces ¿se trata de una oferta de trabajo formal? —quiere confirmar Campanilla Morada—. ¿Quieres que liquide a este tipo de la bata blanca? En ese caso, no tengo suficiente información. Si no me das más detalles, no puedo llevar a cabo el encargo.

—Espera la aparición de un hombre con una bata blanca.

—Eso no es muy preciso. Aunque imagino que ya servirá si veo salir del hospital a un hombre sospechoso vestido con una bata blanca.

En cuanto lo dice, Campanilla Morada suelta una leve risa ahogada. Ante sus ojos ve a un hombre que sale corriendo por la puerta del hospital. En el brazo izquierdo lleva algo blanco que se parece mucho a una bata arrugada a toda prisa. Sí, eso es exactamente lo que es.

Campanilla Morada le describe el tipo al intermediario.

—Es él, sin duda alguna —le contesta.

—Acepto el encargo. —Campanilla Morada cuelga.

El hombre con el bulto blanco mira a derecha e izquierda como si no supiera qué dirección tomar. Al final, cruza corriendo la calle hasta la isla. Cuando pasa a su lado, Campanilla Morada se fija en los zapatos manchados de barro.

Luego se voltea y ve que el hombre agarra su celular mientras espera a que el semáforo se ponga en verde.

Sin hacer ruido alguno, se coloca detrás de él. Después de prestar atención a la respiración de su objetivo, echa un vistazo al semáforo. Luego abre la mano, extendiendo completamente los dedos, y la cierra. A continuación, vuelve a abrirla. Su propia respiración se ralentiza y, por último, se detiene. Se voltea hacia la izquierda para ver el tráfico. No hay muchos coches, pero los pocos que circulan lo hacen a gran velocidad. Espera el momento adecuado. Exhala, concentra toda su atención en las puntas de sus dedos y toca la espalda del hombre.

Justo en ese instante, la mariquita sale volando, apaciguando con ello los dolores del lugar, aunque solo sea en la medida de esos siete puntitos negros.

Los frenos del coche reverberan con un chirrido. El celular del hombre cae al suelo.

Kimura

Al fondo del vagón número ocho, encima de la puerta, el mensaje se desliza de derecha a izquierda en el letrero digital, donde por lo general aparecen titulares de noticias y anuncios del tren.

—¿Q-qué significa eso? —El chico se dio la vuelta para ver la pantalla del letrero.

—¿Sorprendido? —Shigeru Kimura se ríe.

Wataru está a salvo. La misma frase aparece deslizándose a un lado cinco veces, como para disolver cualquier duda.

—¿Sorprendido? —vuelve a preguntar Kimura burlonamente al tiempo que siente cómo el alivio se extiende por su pecho.

—¿Qué pasó? —El chico está dejando que sus emociones salgan a la superficie por primera vez. Se voltea hacia Kimura con las aletas nasales dilatadas y el rostro enrojecido.

—Parece que Wataru está a salvo.

—¿Pasaron eso en las noticias? —El chico no parece entender qué es lo que está pasando.

—Tiempo atrás, los profesionales tenían problemas para ponerse en contacto. Por aquel entonces no había teléfonos celulares.

Akiko asiente.

—A nuestro amigo Shigeru siempre le gustó el vaivén de la comunicación.

—Es un tipo curioso. Solía escoger los encargos en función de la nueva forma de contacto que quisiera probar. Hoy eso resultó útil.

Antes de salir de casa para ir a tomar el Shinkansen en la estación de Mizusawa-Esashi, Shigeru Kimura había llamado a su tocayo.

—Quiero que vayas a ver a mi nieto —le había dicho—. Protégelo. Y si alguien te parece sospechoso, no tengas piedad. —No le había dado muchos detalles, pero su apremiante tono de voz no dejaba lugar a muchas dudas—. Si sucede algo, llámame a la cabina del Shinkansen. —Una medida extrema para ponerse en contacto, puesto que no tenía celular.

—Me parece que las cabinas del Shinkansen ya no aceptan llamadas entrantes. No se preocupe, me pondré en contacto con usted de algún otro modo —le había dicho con orgullo.

—¿Cómo?

—Usted esté atento a los letreros digitales que hay en los vagones. Si sucede algo, los usaré para comunicarme con usted.

—¿Puedes hacer eso?

—He aprendido algunas cosas desde que se retiró, señor Kimura. Como intermediario, conozco a mucha gente. Y resulta que mantengo muy buena relación con alguien que trabaja en el servicio de información para viajeros del Shinkansen —explicó Shigeru con gran excitación.

—Dame tu celular —dice Kimura cuando el mensaje desaparece por última vez. Al ver que el chico sigue confundido, aprovecha para quitárselo de las manos.

—¿Qué está haciendo? —protesta el chico, pero Kimura lo interrumpe.

—Voy a hacer una llamada para comprobar qué significa esa noticia. —Por supuesto, Kimura ya sabe a la perfección lo que significa. Solo está jugando con el chico.

Saca un trozo de papel del bolsillo de su chamarra y marca el número de teléfono que hay garabateado en él. Es el de Shigeru, que anotó antes.

—¿Hola? —contesta su amigo.

—Soy yo —dice Kimura.

—¿Señor Kimura? ¿Es que consiguió un teléfono celular?

—Estoy en el Shinkansen. Un mocoso sospechoso me dio su celular. —Kimura alza la pistola a la altura del hombro sin dejar de apuntar al chico.

—¡Qué casualidad! Justo acabo de hacer que envíen un mensaje al letrero digital de su tren.

—Lo vimos. ¿A quién le dijiste que enviara el mensaje?

—Ya se lo dije, a un conocido mío del servicio de información de viajeros del Shinkansen.

Kimura no siente la necesidad de perder el tiempo preguntándole los detalles.

—Tengo buenas y malas noticias, señor Kimura —anuncia Shigeru.

Kimura frunce el ceño. Treinta años atrás, siempre que Shigeru iba con él a hacer algún encargo no dejaba de hablar de buenas y malas noticias.

—¿Cuáles quiere primero?

—Empieza con las buenas.

—El hombre que quería hacerle daño a su nieto yace tirado en la calle. Se encargaron de él. Un coche lo atropelló —explica del tirón.

—¿Lo hiciste tú?

—No, yo no. Un profesional. Alguien con auténtico talento, no como yo.

—En eso tienes razón. —Kimura comienza a sentirse aliviado por el hecho de que Wataru esté a salvo.

El nudo que tenía en el estómago al fin se ha deshecho.

—¿Cuáles son las malas noticias? —pregunta. El Shinkansen comienza a reducir la velocidad, con lo que el ruido de las vías cambia de tono y el traqueteo empieza a disminuir. Es como si el tren estuviera soltando poco a poco las vías a las que ha estado, y todavía está, aferrado fuertemente. Pronto llegarán a la estación de Morioka.

El chico observa a Kimura con los ojos abiertos como platos. No puede oír toda la conversación, de modo que lo normal sería que estuviera preocupado. En vez de eso, permanece inesperadamente concentrado, haciendo todo lo posible para oír todo lo que pueda de la voz que hay al otro lado de la línea. «No puedo bajar la guardia con este», piensa Kimura.

—Las malas noticias... —comienza a decir Shigeru, hablando en un tono más suave—. No se enfade conmigo, ¿de acuerdo, señor Kimura?

—Suéltalo de una vez.

—Cuando estaba en la habitación de su nieto, tuve que esconderme debajo de la cama. Y cuando salí de un salto...

—¿Saliste de debajo de la cama de un salto? ¿Desde cuándo eres tan ágil?

—¡No es más que una expresión! —dice Shigeru con cierto resentimiento—. La cosa es que cuando salí de debajo de la cama tropecé.

—¿Le pasó algo a Wataru? —El tono de voz de Kimura se endurece al instante.

—Sí, lo siento mucho.

—¿Qué? —Kimura consigue no gritar. Se imagina que su amigo debe de haber tirado al suelo alguna de las máquinas y debe de haberla roto.

—Tropecé, o mejor dicho, me tambaleé. En cualquier caso, desperté a su nieto, cosa que me sabe muy mal porque estaba durmiendo muy plácidamente. Abrió los ojos y masculló algo y chasqueó los labios un par de veces. Sé lo mucho que odia usted que despierten a la gente cuando está durmiendo, señor Kimura. Sé que lo odia a muerte. Pero lo hice sin querer.

—¿Lo dices en serio?

—Sí, claro. ¿Por qué querría hacerle daño alguno? Sé lo mucho que odia que lo despierten, tengo cicatrices que lo demuestran... Como es obvio, no pensaba despertar a su nieto.

—No, pregunto si en serio Wataru se despertó .

Cuando Akiko oye a su marido se le ilumina toda la cara. A su lado, la del chico parece agriarse.

A medida que el tren comienza a aproximarse a su última parada, los pocos pasajeros que hay en el vagón se levantan de sus asientos para desembarcar. Kimura teme por un momento que alguno repare en su pistola, pero todos pasan a su lado y desaparecen por la puerta que da al vestíbulo. Apenas hay pasajeros suficientes para que se forme una cola para bajar del tren.

—Es cierto. Su nieto se despertó de verdad. Lo siento —repite Shigeru.

—No, me alegro mucho de haberte pedido ayuda —responde Kimura. Cuando llamó a Shigeru, básicamente su único amigo en Tokio, no estaba seguro de si Wataru estaba en realidad en peligro. Pero la intervención de Shigeru fue providencial—. Lamento haberte importunado con esto.

—Usted me ayudó muchas veces, señor Kimura.

—Sí, pero hace ya mucho de la última vez. Ha pasado ya un tiempo desde que me retiré.

—Cierto. Aunque luego su hijo siguió sus pasos. Cuando me enteré, me sorprendió mucho.

—Ah, ¿estabas enterado? —«De tal palo tal astilla», piensa Kimura con tristeza, y confía en que Yuichi sea el último que haga este tipo de trabajos. «Esperemos que, con el nieto, no se cumpla el dicho».

—En realidad, a Yuichi le salvé el pellejo varias veces —dice Shigeru en un tono algo avergonzado, no porque esté sugiriendo que Kimura está en deuda con él, sino a causa de su reticencia a contarle a un padre las meteduras de pata de su hijo—. Cambiando de tema, justo antes estaba comentando una cosa con un amigo.

—¿De qué se trata?

—Le decía que los más fuertes viven más. Ya sabe lo que quiero decir. Sean los Rolling Stones o usted, señor Kimura. Es usted un superviviente, y eso lo convierte en el ganador.

—¡Así que estás diciendo que el ganador es un anciano! —exclama Kimura con regocijo, y luego finaliza la llamada.

El Shinkansen describe una suave curva, demostrando una última vez su prestancia y su poderío antes de llegar al final de la línea. Por el altavoz se oye un anuncio sobre transbordos.

Kimura le devuelve el celular al chico.

—Parece que el mensaje del letrero decía la verdad. Nuestro nieto Wataru está a salvo. —Akiko se inclina sobre su marido y, exultante, le pregunta si de verdad es cierto.

—Disculpe... —El chico abre la boca.

—Chitón. No pienso contestar ninguna de tus preguntas —declara Kimura con rotundidad—. Y, de todos modos, llegamos a Morioka. Escúchame tú a mí. Hay muchas cosas que imagino que desconoces. Como, por ejemplo, con quién hablé por teléfono, o cómo puede ser que Wataru esté a salvo, o cómo es posible que se haya despertado. No tienes la menor idea de nada. Estoy seguro de que hasta este momento siempre habías mirado por encima del hombro a los adultos, convencido de que lo tenías todo claro. Como tu estúpida preguntita de por qué está mal matar personas. Te habías convencido a ti mismo de que lo sabías todo. Y es que, desde luego, eres un chico listo. Por eso te pasaste toda la vida riéndote de todo el mundo. Para ti los demás somos meros imbéciles.

—Eso no es cierto. —Incluso ahora, el estudiante sigue intentando interpretar su papel de chico indefenso.

—Pero hay cosas que ignoras y ya siempre lo harás. Yo no pienso explicarte nada. Seguirás en la inopia.

—Espere, por favor.

—Tengo más de sesenta años. Y mi esposa también. Debes de pensar que ya estamos viejos y acabados, que no tenemos ningún futuro.

—No, yo...

—Pues te diré una cosa. —Kimura alza la pistola a la altura de la ceja del chico y se la coloca entre los ojos—. No es fácil mantenerse vivo durante más de sesenta años. ¿Tú cuántos años tienes? ¿Catorce? ¿Quince? ¿Crees que conseguirás vivir otros cincuenta años más? Di lo que quieras, pero hasta que no llegues a esa edad no sabrás si podrás sobrevivir durante tanto tiempo. Podría acabar contigo una enfermedad. O un accidente. Crees que eres intocable, un chico muy afortunado, pero te diré una cosa que no puedes hacer.

Los ojos del chico centellean. Esta vez no a causa de la inminencia de la victoria, sino de pura rabia. Un fuego líquido brilla en sus ojos y no desentona con la ansiedad que se refleja en su rostro puro y perfecto. Su autoestima debe de haberse visto afectada.

—Dime qué puedo hacer.

—No puedes vivir otros cincuenta años. Lo siento, pero mi esposa y yo viviremos más que tú. Pensabas que éramos estúpidos, pero tenemos más futuro que tú. Irónico, ¿no?

—¿De verdad va a dispararme?

—No me vengas con esas, ya soy mayorcito.

—¿El número al que llamaste no seguirá grabado en su celular, querido? —pregunta Akiko—. Se lo devolviste, pero el número de Shigeru sigue ahí. ¿No deberíamos borrarlo?

—No te preocupes por eso.

—¿Cómo que no debo preocuparme por eso?

—Este mocoso no volverá a usar su celular.

El chico lo queda mirando.

—Voy a decirte lo que va a pasar —comienza a explicar Kimura—. Todavía no voy a matarte. Solo voy a dispararte para que no puedas escapar, y luego te sacaré del tren. ¿Sabes por qué?

—No.

—Porque quiero darte la oportunidad de reflexionar sobre lo que hiciste.

Al chico se le ilumina ligeramente el rostro.

—¿Una oportunidad... de reflexionar?

—No me malinterpretes. Estoy seguro de que se te da muy bien hacer ver que te sientes compungido. Imagino que llegaste hasta aquí engañando a todos los adultos con tus interpretaciones lastimeras. Pero a mí no se me engaña con tanta facilidad. De todos aquellos con los que me he cruzado, tú eres quien más apesta. Seguro que has hecho cosas terribles. ¿Estoy en lo cierto? Así pues, voy a darte la oportunidad de reflexionar sobre ello, pero eso no quiere decir que vayas a irte campante.

—Pero...

Kimura lo interrumpe, hablando en un tono contenido e indiferente.

—Me aseguraré de que mueras muy poco a poco.

—Desde luego, querido, eres realmente terrible —dice Akiko con serenidad.

—P-pero su nieto está bien. —El chico parece estar a punto de llorar.

Kimura suelta una carcajada.

—Soy un anciano, no veo muy bien y tengo atrofiado el oído. Me temo que tu interpretación sirve de poco conmigo. El hecho es que intentaste hacerle daño a nuestro nieto. Eso fue un gran error. Para ti ya no hay esperanza alguna. Como dije, no pienso matarte de golpe. Lo haré poco a poco. Y, cuando hayas pensado largo y tendido y sinceramente acerca de todo lo que hiciste...

—¿Qué pasará cuando haya hecho eso? —pregunta Akiko.

—Dejaré de cortarlo en pedacitos pequeñitos y comenzaré a hacerlo en pedazos más grandes.

El chico se muestra asustado, pero también parece estar preguntándose qué quiere decir eso.

—No, no se trata de ninguna figura retórica. Lo digo por completo en serio. Y no tengo ganas de lidiar con gritos y llantos, así que comenzaré haciéndolo de modo que no puedas gritar y poco a poco iremos a más.

Akiko le da una palmada en el hombro.

—¡No vamos a volver a hacer eso! —Luego se voltea hacia el chico con una sonrisa—. ¿Sabes qué? Antes solía intentar persuadir a mi marido para que no se pasara con la gente, pero esta vez no pienso hacerlo.

—¿Por qué no?

—Bueno —dice Akiko—. Intentaste hacerle daño a nuestro nieto. ¿De verdad crees que te dejaríamos morir plácidamente?

Al oír eso, el chico parece renunciar a sus estratagemas y tácticas. Convencido de estar hundiéndose inexorablemente en el lodazal, decide lanzar una última provocación desesperada.

—Su hijo alcohólico está en el baño, tirado en el suelo. Muerto. Lloró como un bebé hasta el final. Toda su familia es débil, abuelo.

Kimura siente que una oleada de inquietud le atraviesa. A pesar de saber a la perfección lo que este chico pretende, no puede evitar que aumente su desasosiego. Lo único que consigue mantenerle en calma son las palabras que su esposa dice a continuación, firmes y en un tono risueño.

—Yuichi es muy duro. Estoy segura de que sigue

vivo. La preocupación que debía de sentir por Wataru seguro que ha impedido que se rinda.

—En eso tienes razón —Kimura asiente—. Aunque le pisara un zapato gigantesco seguiría con vida.

Y justo en ese momento el Shinkansen se detiene en la estación de Morioka.

Nanao

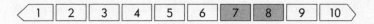

Nanao llega corriendo al lavabo y salpica con agua a la serpiente, pero solo consigue que esta se apriete con más fuerza al brazo, lo que lo pone aún más frenético. «¡Está cortándome la circulación! ¡Voy a perder el brazo!». Presa del pánico, coloca el brazo en el borde del lavabo y deja caer el otro puño sobre el animal con toda la fuerza de la que es capaz. Es como si aplastara una manguera. La serpiente afloja la presión y se suelta. Nanao se voltea hacia la puerta y ve que unos cuantos pasajeros están preparándose para bajar del tren en la estación de Morioka. Recoge la serpiente aturdida del suelo y la enrolla, para transportarla como si fuera un pequeño bolso de piel. Luego se acerca con rapidez al bote de basura que hay en la pared y la tira. Por un momento, teme que alguna otra cosa salga del bote de un salto y lo ataque, pero nada lo hace.

«Yo y mi mala suerte. Aunque no me mordió, así que puede que todavía tenga algo de suerte, después de todo».

El Shinkansen sigue ralentizando su velocidad y los frenos emiten un reverberante chirrido. «Ya casi llegamos. Este absurdo viaje por fin termina», piensa con alivio. Entonces se imagina a sí mismo sin poder bajar del tren, y vuelve a sentirse atenazado por el miedo.

«Debo regresar al vagón y agarrar la maleta». Un par de pasajeros a la espera de desembarcar le impide el paso, y no tiene ganas de abrirse paso a empujones. Se pregunta qué estará pasando con el estudiante y la pareja de ancianos. ¿Estará bien, el chico? El episodio de la serpiente, sin embargo, lo ha alterado tanto que no quiere saber ya nada de lo que está sucediendo en ese vagón. Básicamente, tiró la toalla. El estremecimiento del tren se intensifica entonces una última vez, haciendo que Nanao pierda el equilibrio. Intenta agarrarse a algo, pero no lo consigue y cae al suelo de rodillas. «Ya basta. No puedo más».

Los frenos chirrían y el tren se detiene con una fuerte sacudida hacia delante.

Por fin, el Shinkansen suelta una pesada exhalación y se detiene junto al andén. Luego, las puertas se abren deslizándose a un lado con un bufido. La atmósfera del tren parece aligerarse y una sensación de alivio lo inunda todo.

Uno a uno, los pasajeros cruzan la puerta y bajan al andén. No hay muchos, pero todos se toman su tiempo y descienden las escaleras con cuidado.

Un repentino estallido resuena en el aire.

Es un ruido penetrante y agudo como el de un clavo de acero atravesando la pared.

Ninguno de los pasajeros parece haber reparado en ese instante de violencia. A lo mejor piensan que se trató del Shinkansen recobrando el aliento, la activación del freno de estacionamiento, o algún otro ruido típico de un tren que Nanao jamás sería capaz de identificar, pero todos parecen aceptarlo como algo natural. Tan solo una máquina cansada haciendo crujir sus articulaciones.

Nanao sabe que fue un disparo.

Y que es muy probable que haya tenido lugar en el vagón número ocho.

«¿Habrá recibido un disparo el chico?».

Se voltea hacia la parte trasera del tren, pero no ve señal alguna de Suzuki. Debe de haber regresado a su asiento en busca de sus cosas y, una vez de regreso en el mundo normal, seguramente se habrá preguntado qué diantre estaba haciendo con ese niño y ese tipo extraño con lentes.

«Un tipo listo. No es de extrañar que sea profesor».

Nanao mira la puerta del vagón número ocho. Permanece cerrada cual centinela, muda e inamovible, impidiendo la entrada a la espeluznante escena que se desarrolla en el interior.

Por último, decide descender del tren en la estación de Morioka. «¡Aunque debería haberlo hecho en Ueno!», casi exclama en voz alta. Se suponía que iba a ser un viaje de cinco minutos, pero aquí está él, dos horas y media después y quinientos kilómetros más al norte. De algún modo, sin embargo, tiene la sensación de que no llegó a ningún lugar. Se vio arrastrado a un viaje que no tenía intención alguna de realizar y ahora se siente desconcertado y agotado, con el cuerpo pesado y la mente embotada.

Hombres trajeados esperan alineados de pie en el andén. Es una imagen extraña. Hay cinco delante de cada uno de los vagones a modo de muralla humana. Los pasajeros que desembarcan miran extrañados a los hombres, como intentando averiguar a qué viene eso, pero aun así no se detienen y siguen hacia las escaleras mecánicas.

Delante de Nanao hay uno de esos grupos de cinco. Todos tienen el porte disciplinado de un soldado. Son soldados trajeados.

«Tú debes de ser Nanao. ¿Dónde está la maleta? ¿Y qué estás haciendo en Morioka?», espera que le pregunten, pero en realidad no parecen mostrar el menor interés en él. Puede que no sepan qué aspecto tiene. En cualquier caso, lo dejan por completo en paz.

En vez de eso, suben al tren. Lo hacen al mismo tiempo todos los hombres que hay a lo largo del andén. A continuación, el Hayate debería ir al depósito, o tal vez ser limpiado antes de regresar a Tokio, pero esos hombres no tienen ningún escrúpulo en irrumpir en el tren y registrarlo como si vaciaran la casa de alguien.

Son como una horda de hormigas devorando una gran lombriz y extendiéndose por sus entrañas de forma concienzuda e implacable.

Es solo cuestión de tiempo que descubran los cadáveres que hay en el cuarto y el del Lobo, que Nanao dejó en su asiento.

Nanao aprieta el paso para alejarse tan rápido como puede del lugar. Frente al Hayate ve entonces a un hombre fornido. Tiene los rasgos arrugados de un dinosaurio y el cuerpo de un jugador de rugby. «Minegishi. No hay duda alguna». Está rodeado por hombres vestidos con trajes negros.

El ejército de hormigas que está registrando de arriba abajo el Shinkansen son los soldados de Minegishi.

Frente a este se encuentra uno de los conductores. Parece estar quejándose del alboroto que se ha armado en el tren. Debe de haberse dado cuenta de que este hombre de aspecto reptiliano es el líder que está detrás de todo este caos y está suplicándole que le ponga punto final.

Por supuesto, Minegishi no le hace el menor caso e, impasible, se limita a indicarle con la mano que se largue.

El conductor, sin embargo, insiste en pedirle que detenga a sus hombres. Nanao no puede oír lo que dice, pero está claro que no funciona. Al final, el conductor decide marcharse en dirección a las escaleras mecánicas.

Nanao nota entonces que alguien le da un golpecito en la espalda y casi se muere del susto.

—¡¡¡Ah!!! —chilla al tiempo que se da la vuelta, extendiendo ya las manos para agarrar el cuello de su atacante.

—¡Oye, tranquilo! ¡Nada de violencia! —Se trata de una mujer vestida con un traje de raya diplomática, que lo mira con furia.

—¡Maria! —exclama Nanao, perplejo—. ¿Cómo...? ¿Cuándo...? ¿Q-qué estás haciendo aquí?

—Relájate. Sí, soy yo. No se trata de ningún fantasma.

—¿No estabas en Tokio?

—Cuando me dijiste que no habías bajado en Ueno supuse que terminarías haciendo todo el trayecto. Tenía claro que te meterías en algún apuro.

—Y así fue.

—Por eso, pensé que debía acudir a tu rescate y subí al tren en Omiya. —Maria se voltea hacia el lugar del andén en el que se encuentra Minegishi—. Ese de ahí es Minegishi, ¿no? Esto no luce bien. Deberíamos largarnos de aquí ahora mismo. No hay ninguna razón para que nos quedemos. ¿Y si nos pregunta por la maleta? Qué miedo. Larguémonos —insiste Maria, tirando del brazo de Nanao.

—Creo que está más preocupado por su hijo.

—¿Le pasó algo a su hijo? —Pero antes de que Nanao pueda contestarle, añade—: Déjalo. Prefiero no saberlo.

Siguen caminando en dirección a las escaleras mecánicas.

—¿Dónde estabas? —pregunta Nanao, que recorrió todo el Shinkansen y no la vio—. Subiste al tren, pero no veniste a ayudarme ni una sola vez.

—Bueno... —comienza a decir Maria, pero luego su voz se apaga. Está claro que hay algo que le cuesta decir. Finalmente, prosigue—: Yo... subí al Komachi.

—¿Lo dices en serio?

—¡Y resulta que no se puede pasar del Komachi al Hayate! ¡No podía creerlo! ¿Se puede saber entonces por qué van unidos?

—¡Hasta un alumno de preescolar sabe que no puede pasarse de uno a otro!

—Bueno, los alumnos de preescolar saben algunas cosas que los adultos ignoran.

—Pero ¿cómo sabías que me quedaría en el tren hasta Morioka? —Estuve a punto de desembarcar en Ichinoseki—. ¿Y si hubiera bajado en Sendai?

—Eso es lo que imaginaba que pasaría, pero...

—¿Pero...?

—... me quedé dormida.

Los ojos de Nanao se abren como platos.

—¿Te quedaste dormida? ¿Con todo lo que estaba pasando?

—¡Ya te dije antes que me pasé toda la noche despierta viendo películas!

—¿Y presumes de eso?

—Después de hablar contigo por teléfono, cerré los ojos un minuto y cuando volví a abrirlos ya habíamos pasado Sendai. Te llamé, preocupada, pero como es obvio no habías bajado del tren. Es entonces cuando me di cuenta de que, con tu suerte, llegarías hasta el final de la línea.

—O sea que mientras yo lidiaba con mil matones tú estabas durmiendo.

—Tú eres quien se encarga de esas cosas y yo quien duerme. Dormir es una parte importante de mi trabajo.

—Pensaba que estabas cansada porque habías estado viendo *La guerra de las galaxias*. —Nanao reprime su frustración y aprieta el paso para no quedarse atrás.

—¿Y qué hay de Mandarina y Limón? —pregunta Maria.

—Muertos. Están en un baño del tren.

Maria exhala un suspiro.

—Pero ¿se puede saber cuántos cadáveres hay? ¿Es que es el tren de los cadáveres?

—Veamos... —Nanao está a punto de contarlos, pero al final decide que prefiere no hacerlo—. Cinco o seis.

—¿O siete? ¿Es que estás contando los puntitos de una mariquita?

—Pero no todos murieron por mi culpa.

—Es como si cargaras con la mala suerte de los demás.

—¿Por eso soy tan desafortunado?

—Si no fuera así, es imposible explicar todo eso que te pasa. En realidad, creo que seguramente estás ayudando a la gente.

Nanao no tiene claro si Maria está alabándolo o burlándose de él, y no dice nada. En cuanto están a punto de subir a las escaleras mecánicas, oye a su espalda un gran estruendo. Casi puede sentirlo. Es un temblor como el de un mastodonte desplomándose. Las vibraciones puede que ni siquiera se deban al ruido, sino a la gravedad de lo que acaba de suceder. Se oye un grito.

Nanao se voltea y ve a los hombres trajeados agachándose en el andén para intentar sostener a alguien. Minegishi, que antes permanecía de pie con gran firmeza, cayó al suelo como un muñeco de madera roto.

—¿Qué...? —Maria también percibe el alboroto y se voltea para mirar.

Una multitud se ha agolpado alrededor de Minegishi.

—Es Minegishi —murmura Nanao.

—¿Qué pasó?

—Puede que esté anémico y se haya caído.

—Será mejor que no nos veamos involucrados en esto. Larguémonos corriendo de aquí —dice, empujándolo entre los omóplatos.

Lo cierto es que quedarse ahí no puede traer nada bueno. Nanao aprieta el paso.

—¡Tiene algo clavado en la espalda! —exclama una voz en el andén. Luego se alza un clamor, pero para entonces Nanao y Maria ya llegaron a las escaleras mecánicas.

—¡Es una aguja! —grita otra persona.

Mientras descienden, Nanao se voltea hacia Maria, que va a su lado.

—¿Crees que fue el Avispón?

Maria parpadea con rapidez.

—¿Un avispón? —pregunta extrañada, pero luego cae en la cuenta—: ¡Ah, te refieres a la envenenadora, no al insecto!

—Me topé con ella en el tren. Llevaba el carrito de los aperitivos. Tuve que liquidarla. —Nanao habla en un tono bajo y distante. Entonces le viene a la cabeza la imagen del hombre uniformado que discutía con Minegishi en el andén—. ¡El conductor!

—¿Qué le pasa a ese?

—¿No corría el rumor de que el Avispón eran tal vez dos personas?

—Sí, no se sabe bien si es una persona sola o un dúo.

—Yo siempre había pensado que se trataba únicamente de una persona, pero es posible que en el tren hubiera dos. En ese caso, debían de ir por Minegishi y su hijo.

A lo mejor, la chica del carrito se había encargado del hijo y el conductor del propio Minegishi, aquí en Morioka. «Quién sabe».

Llegan al pie de las escaleras mecánicas. Nanao baja primero y luego lo hace Maria.

Ahora es ella quien acelera para alcanzarlo.

—¿Sabes qué, Nanao? Puede que tengas razón. El Avispón se hizo famoso por liquidar a Terahara —dice, pensando en voz alta—. Puede que pensara o pensaran que podía marcarse otro gran gol con Minegishi.

—¿Intentando recuperar su pasada gloria?

—Es lo que hace todo el mundo cuando se le acaban las buenas ideas, revisitar éxitos pasados.

Al parecer, las autoridades han sido alertadas del alboroto del tren o de que Minegishi se desplomó en el andén, pues policías y empleados del ferrocarril y de seguridad pasan corriendo al lado de Nanao y Maria en dirección a las escaleras mecánicas. Deberían estar acordonando la zona, pero es posible que todavía no sepan qué está pasando.

«Me pregunto si lo sabe —piensa Nanao—. Ese conductor que forma parte del equipo del Avispón, ¿sabe que su socia murió?». No deja de darle vueltas a esa pregunta. Aunque fue él quien la mató, Nanao no puede evitar sentir cierta lástima por el hombre. Le viene a la cabeza la imagen de un grupo de música que se queda sin uno de sus integrantes, y que espera en vano a que regrese.

—Por cierto, ¿qué pasó con la maleta? ¿No la tenías? —La voz de Maria hace que vuelva en sí.

«¡Maldición!», piensa, pero luego le inunda una oleada de exasperación y ansiedad.

—A quién le importa —dice violentamente—. Desde luego, no a Minegishi.

Mete el boleto en el torniquete y se dispone a cruzarlo. De repente, sin embargo, suena una alarma y la puertecita que le llega a la altura del muslo se cierra de golpe.

Un empleado del ferrocarril se acerca y, tras inspeccionar el boleto de Nanao, ladea la cabeza extrañado.

—No parece que haya ningún problema con su boleto. Me pregunto por qué sonó la alarma. Vuelva a probarlo en ese otro torniquete.

—No pasa nada. Ya estoy acostumbrado a estas cosas —dice Nanao torciendo el gesto. Agarra el boleto que le devuelve el empleado y se dirige al final de la hilera de torniquetes.

Mariquita

Un viento helado sopla en el exterior. La temperatura es inusualmente baja incluso para diciembre. «Suerte que dijeron que sería un invierno cálido», piensa Nanao con aire taciturno. Parece como si las cuerdas que mantienen sujeto el cielo estuvieran a punto de ceder y fuera a caer una fuerte nevada.

Se encuentra en un gran supermercado que hay cerca de la estación de Urushigara. Es uno de esos en los que hay de todo: desde artículos para el hogar hasta juguetes, pasando por material de papelería. No está interesado en comprar nada en particular, pero se dirige a las cajas registradoras con una caja de mochi. En cada una de las cajas hay una cola de unas cinco personas más o menos. Las examina un momento para intentar pronosticar cuál será la más rápida y finalmente decide colocarse en la segunda comenzando por la izquierda.

Le llaman y se acerca el celular a la oreja.

—¿Dónde estás? —pregunta Maria.

—En un supermercado —contesta Nanao, y le dice el nombre y dónde se encuentra.

—¿Se puede saber qué estás haciendo ahí? Cerca de mi casa hay un montón de supermercados. Debo contarte muchas cosas. Date prisa y ven aquí.

—Iré en cuanto haya pagado, pero hay cola en todas las cajas.

—Seguro que la tuya es la más lenta.

A juzgar por sus experiencias anteriores, Nanao debe estar de acuerdo.

El cliente que encabeza su cola termina de pagar y se marcha. La cola avanza como si fuera una cinta automática, arrastrando a Nanao con ella.

—Por cierto, estuve investigando un poco acerca de ese chico por el que me preguntaste —dice Maria.

—¿Y qué averiguaste?

Los acontecimientos acaecidos en el Shinkansen dos meses atrás habían sacudido a todo el país. El hallazgo de múltiples cadáveres en los baños y asientos del tren había provocado un clamor popular. La gente quería saber qué había sucedido. A medida que la investigación policial avanzaba, sin embargo, parecía cada vez más claro que ninguno de los fallecidos era un ciudadano normal y corriente: eran todos personajes turbios asesinados en extrañas circunstancias, incluida la chica que llevaba el carrito de los aperitivos. La mayoría de los medios de comunicación adoptaron el lenguaje impreciso de la policía y lo redujeron todo a una mera disputa entre facciones del submundo criminal, ignorando cualquier detalle que no se mencionara en las explicaciones oficiales. Los medios debieron de sentir la necesidad de zanjar el asunto cuando el hecho de que la gente tuviera miedo de tomar el tren se convirtió en una amenaza para la economía nacional. Por último, pues, se aceptó que el incidente había sido un caso aislado y que la gente normal no tenía nada qué temer. En cuanto a Minegishi, simplemente se informó que un ilustre residente de Iwate había muerto de repente en la estación de tren a causa de dificultades respiratorias. El hecho de que hubiera sucedido en el mismo andén en el que se encontraba en ese momento el tren de la muerte se consideró una mera coincidencia y no se estableció ningún vínculo entre los dos incidentes. La sangrienta carrera de Minegishi y su enorme red de influencias ni siquiera se mencionaron en las noticias.

Por sorprendente que pudiera parecer, Kimura, el hombre que estaba con el chico, había sido encontrado con vida en un baño y fue llevado con rapidez a un hospital, donde consiguieron estabilizar sus signos vitales. No hubo más noticias sobre él.

—Confirmé que se produjo un disparo en el vagón número ocho, donde ibas sentado, pero al parecer no se halló ningún rastro de sangre.

Tampoco en los medios se hablaba sobre lo que le había sucedido al chico y a esa pareja de ancianos. A juzgar por lo que había presenciado, Nanao estaba convencido de que el hombre debía de haber disparado al chico, aunque solo fuera un niño, y luego probablemente bajó del tren con su cuerpo en brazos, fingiendo que estaba ayudando a su nieto herido.

—Estuve investigando casos de chicos desaparecidos que tuvieran catorce años y fueran de Tokio, pero descubrí que hay un montón. ¿Qué pasa en este país? ¡No dejan de desaparecer jovenes! También averigüé que encontraron el cadáver de un niño en el puerto de Sendai, pero no pudieron identificarlo.

—Me pregunto si sería ese chico.

—Tal vez. O tal vez no. Si quieres, puedo conseguirte fotografías de todos los chicos que han desaparecido.

—No, da igual. No te preocupes. —Revisar ese material resultaría demasiado deprimente—. ¿Y qué hay del profesional, el tal Kimura?

—Parece que todavía no puede caminar, pero está mucho mejor. Su hijo está con él todo el rato. Una escena enternecedora, la verdad.

—No me refiero a ese Kimura, sino a su padre. Y a su madre también. Ya sabes, la pareja de sesentones. Los Kimura.

—¡Ah, ellos! —dice Maria con excitación—. ¡La de historias que oí sobre esos dos! Son legendarios. Tuviste la suerte de conocer a unos auténticos mitos de la mafia. —Habla como si estuviera celosa de que Nanao hubiera acudido al concierto de un famoso músico a punto de retirarse.

—Pues parecían simples jubilados.

—Si las historias que oí son ciertas, sin duda el chico está muerto y nadie encontrará nunca su cadáver.

—¿Qué quiere decir eso?

—Cuando estos profesionales de la vieja escuela se ponen serios, pueden llegar a ser muy extremos.

—¿Qué quieres decir exactamente? —Y, si bien hizo la pregunta, Nanao interrumpe a Maria antes de que pueda contestarle y le dice que da igual, que no quiere oír nada sobre desmembramientos o cosas similares.

Resulta que en las proximidades del vagón número ocho fueron hallados múltiples hombres con heridas de bala y gritando de dolor. Todos habían recibido varios disparos en hombros y piernas que los habían inmovilizado. Esto solo podía haber sido obra de los Kimura. Debieron de abrirse paso a disparos cuando el tren estaba repleto de hombres de Minegishi. A Nanao le cuesta imaginarse a la pareja de ancianos en acción, disparándoles balas a esos secuaces en las mismas zonas del cuerpo, como si les estamparan un sello oficial, pero sin duda los autores tuvieron que ser ellos.

—Y hay otra cosa a la que he estado dándole vueltas.

—Ya me dirás de qué se trata cuando llegue a tu casa.

—Deja que te cuente un pequeño avance. —Maria parece tener ganas de compartir su teoría con él—. Creo que fueron los Avispones quienes nos contrataron, no Minegishi.

—¿¡Qué!? ¡Pero si fuiste tú quien me dijo que nos habían subcontratado en nombre de Minegishi!

—Cierto, pero no era más que una suposición.

—¿En serio?

—Mandarina y Limón se habrían interpuesto en sus planes para liquidar a Minegishi y a su hijo. Que alguien les robara la maleta los despistaría.

—Entonces ¿crees que no éramos más que una maniobra de distracción? —A Nanao le cuesta creerlo.

—Eso es. Necesitaban tener acceso al hijo para clavarle la aguja envenenada. Esa sería la razón por la que nos contrataron para robar la maleta.

—En ese caso, la persona que se puso en contacto contigo para indicarte la localización de la maleta después de que el tren hubiera partido de Tokio debió de ser la chica del carrito de aperitivos o el conductor, uno de los dos —razona Nanao—. Ambos podían moverse con toda libertad por el tren e inspeccionarlo todo sin levantar sospechas.

—Es posible incluso que fueran ellos quienes se pusieran en contacto con Minegishi desde el tren para crear todavía más confusión. A lo mejor, fueron ellos quienes le dijeron que pasaba algo raro y que sería mejor que se presentara en la estación de Morioka.

—¿Por qué habrían de...? —Pero entonces cae en la cuenta. Para poder matar a Minegishi. Hacer que fuera a la estación les facilitaba las cosas.

Maria y Nanao terminan la conversación y él cuelga. La cola de la caja apenas ha avanzado. Echa un vistazo por encima del hombro y comprueba que detrás de él hay más gente. Y entonces repara en alguien que hay al final de la cola y casi suelta un grito.

Se trata del profesor, Suzuki. Va vestido con traje, tiene un aspecto saludable y en una mano lleva un cesto lleno de comida. Al ver a Nanao sus ojos se abren como platos, pero casi enseguida después sonríe relajado, como alegrándose de este encuentro casual. Aunque apenas se conocen, es casi como si fueran viejos amigos.

Nanao lo saluda asintiendo con la cabeza y Suzuki inclina la suya a modo de respuesta. Luego su expresión cambia de golpe, como si acabara de recordar algo importante, y se va a otra cola.

El repiqueteo de unas monedas cayendo al suelo hace que Nanao se voltee de golpe. Al frente de su cola ve a una anciana que tiró accidentalmente su monedero y que ahora se inclina para recoger las monedas que se le cayeron. Algunas personas de la cola le echan una mano. Una de las monedas llega hasta los pies de Nanao describiendo un círculo perfecto. Intenta agarrarla varias veces, pero la moneda no se detiene y al final se le escapa.

Mientras tanto, las colas de las otras cajas registradoras siguen avanzando. Nanao oye reír a Suzuki.

Cerca de la salida del supermercado, Nanao saca de la cartera un cupón para un sorteo. En el dorso está el dibujo de un tren hecho a mano. «Arthur», pone. Es el cupón que llevaba Mandarina en el Shinkansen. Nanao lo agarró sin saber muy bien por qué lo hacía, pero luego se olvidó de él. Hasta que el otro día, lavando la ropa, se lo encontró. Le recordó todo lo que había sucedido en ese terrible viaje y estuvo a punto de tirarlo para librarse de cualquier recuerdo de ese fatídico día, pero en el último momento, sin saber exactamente por qué, lo repensó. Advirtió que la dirección del supermercado estaba cerca de una estación a la que no había ido nunca y decidió ir a visitarlo y comprobar si había ganado algo.

—Desde luego, no esperaba encontrármelo aquí.

Nanao se voltea y ve a Suzuki a su lado.

—Hizo lo correcto en la cola. Aquella en la que esté yo siempre será la más lenta.

Suzuki se ríe.

—Comencé a hacer cola mucho más tarde que usted. No esperaba que terminaría pagando antes. Todavía no me lo creo.

Al parecer, Suzuki ha estado esperando a Nanao fuera del supermercado, pero comenzó a preguntarse por qué tardaba tanto y volvió a entrar. Entonces lo vio haciendo cola para participar en el sorteo.

—Aquí solo hay una cola, así que no estoy preocupado —dice Nanao con una risa ahogada.

—¿Va a participar en el sorteo? No me sorprendería que ganara —dice Suzuki—. Su mala suerte podría dar al fin un giro.

Nanao le echa un vistazo al tablón en el que se muestran los premios.

—Resultaría un poco decepcionante que toda la mala suerte que tuve en la vida hubiera sido solo para que pudiera ganar un viaje en un sorteo.

Suzuki vuelve a reírse.

—Aunque tiene usted razón —prosigue Nanao—. Yo también tengo la sensación de que voy a ganar. Salir con vida de ese Shinkansen me hizo pensar que al fin comenzaba a tener algo de buena suerte. Y el otro día me encontré este cupón, así que espero que sea un indicio de mi cambio de fortuna. Supongo que por eso vine hasta aquí.

—Pero su caja registradora era la más lenta —señala con cordialidad Suzuki.

—Cierto —responde Nanao con el ceño fruncido—. Pero también me encontré con usted. ¿No es eso un indicio de buena suerte?

—Tal vez si yo fuera una chica guapa. —En el tono de voz de Suzuki puede apreciarse un tinte compasivo.

La cajera le indica con un gesto a Nanao que llegó su turno. Este le entrega el cupón con el dibujo del tren.

—Vale por un intento —le dice la cajera, una mujer de mediana edad increíblemente robusta cuyo uniforme parece a punto de explotar. La mujer le desea suerte. Suzuki observa con interés cómo Nanao agarra la manivela del bombo y comienza a darle vueltas. A través de la manivela, Nanao puede notar cómo las bolas dan vueltas dentro del bombo.

Al final, del bombo sale una bola de color amarillo.

Un instante después, la corpulenta empleada del supermercado hace sonar una campana con solemnidad. Sorprendido, Nanao se voltea hacia Suzuki.

—¡Felicidades! —dice otro empleado del supermercado, que le trae una caja de cartón abierta y añade—: ¡Le tocó el tercer premio!

—¡Bien hecho! —dice Suzuki, dándole una palmada a Nanao en el hombro. Cuando Nanao mira dentro de la caja de cartón, sin embargo, se le hiela la sonrisa. Le alegra haber ganado, pero no está seguro de qué le parece el premio.

—¿Qué voy a hacer con todo esto?

La caja está dividida en dos mitades y cada una está llena de un tipo de fruta: mandarinas del tamaño de un puño en un lado y radiantes limones amarillos en el otro.

—¡Qué suerte! ¡Me alegro por usted! —La cajera lo felicita efusivamente con una amplia sonrisa y Nanao acepta la caja con resignación.

«¿Cómo voy a llevarme esto a casa? ¿Y qué diantre voy a hacer con todos estos limones?», no deja de preguntarse.

Se queda mirando la fruta y, por un momento, tiene la sensación de que las mandarinas y los limones desprenden un destello de orgullo, casi como si estuvieran diciéndole: «¿Lo ves? ¡Ya te dijimos que volveríamos!».

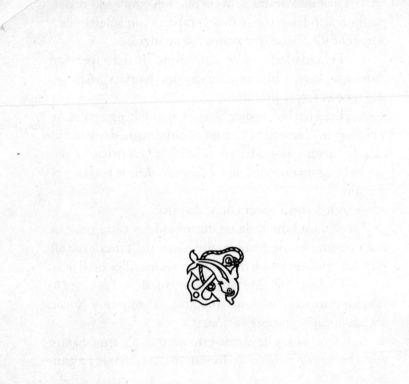